HEYNE

SCIENCE FICTION

Das Buch

Im Asteroidengürtel unseres Sonnensystems werden eines Tages merkwürdige Aktivitäten beobachtet, die nicht menschlichen Ursprungs sein können. Der Astronaut und ehemalige Raumfahrtunternehmer Reid Malenfant macht sich auf, die Ursache des Geschehens zu ergründen. Er findet heraus, dass eine Roboter-Spezies dabei ist, das Sonnensystem zu erkunden und auszubeuten. Die Gaijin, wie sie bald genannt werden, verfügen über eine Technik, mittels derer man sich über Lichtjahre hinweg durch die Galaxis teleportieren kann. Malenfant nimmt dieses Transportsystem in Anspruch und bricht zu einer faszinierenden Reise durch die Galaxis auf. Doch als er auf die Erde zurückkehrt, existiert die Welt, die er kannte, nicht mehr …

Der Autor

Der Engländer Stephen Baxter, geboren 1957, zählt zu den weltweit bedeutendsten Autoren naturwissenschaftlich-technisch orientierter Science Fiction. Aufgewachsen in Liverpool, studierte er Mathematik und Astronomie, bevor er sich dem Schreiben widmete. Baxter lebt und arbeitet in Buckinghamshire.

Eine Liste der im WILHELM HEYNE VERLAG erschienenen Bücher von Stephen Baxter finden Sie am Ende des Bandes.

STEPHEN BAXTER

RAUM

DAS MULTIVERSUM

Zweiter Roman

Aus dem Englischen von
MARTIN GILBERT

WILHELM HEYNE VERLAG
MÜNCHEN

HEYNE SCIENCE FICTION & FANTASY
Band 06/6424

Titel der englischen Originalausgabe
MANIFOLD 2: SPACE

Deutsche Übersetzung von Martin Gilbert
Das Umschlagbild ist von Don Dixon

Umwelthinweis:
Dieses Buch wurde auf chlor- und
säurefreiem Papier gedruckt.

Redaktion: Wolfgang Jeschke

Erstausgabe 2000 by *Voyager,*
An Imprint of HarperCollins*Publishers,* London

http://www.heyne.de
Deutsche Erstausgabe 11/2002
Printed in Germany 9/2002
Umschlaggestaltung: Nele Schütz Design, München
Technische Betreuung: M. Spinola
Satz: Schaber Satz- und Datentechnik, Wels
Druck und Bindung: Elsnerdruck, Berlin

ISBN 3-453-21357-2

inhalt

widmung

Für meinen Neffen, Thomas Baxter, und
Simon Bradshaw und Eric Brown

danksagung

Teile dieses Romans sind in unterschiedlichen Versionen im Magazin *Science Fiction Age* und in *Moonshots* erschienen, einer von Peter Crowther herausgegebenen Anthologie.

Unzählige Sonnen existieren; unzählige Erden drehen sich um diese Sonnen, ähnlich wie die sieben Planeten um unsre Sonne sich drehen. Lebendige Wesen bewohnen diese Welten …

Giordano Bruno (1548–1600)

Wenn sie existierten, wären sie hier.

Enrico Fermi (1901–1954)

prolog

Mein Name ist Reid Malenfant.

Sie kennen mich. Ich bin ein ewiger Raumkadett.

Sie wissen auch, dass ich unter anderem für private Bergbau-Expeditionen zu den Asteroiden geworben habe. Ich habe in der Vergangenheit sogar versucht, Ihnen für solche Dinge das Geld aus der Tasche zu ziehen. Ich habe Sie oft genug damit gelangweilt, stimmt's?

Deshalb möchte ich es heute Abend etwas persönlicher halten. Heute Abend möchte ich Ihnen erzählen, wieso ich mein Leben einem Ziel gewidmet habe, dem ich alles andere unterordne.

Es begann mit einer einfachen Frage:

Wo sind die denn alle?

Als Kind lag ich nachts oft draußen im Rasen, ließ mich von Tau benetzen und schaute zu den Sternen auf. Zugleich versuchte ich zu spüren, wie die Erde unter mir sich drehte. Ich verspürte eine wundervolle Leichtigkeit des Seins – mein Gott, an meinen zehn Jahren hatte ich wirklich nicht schwer zu tragen.

Aber ich wusste damals schon, dass die Erde nur eine Gesteinskugel am Rand einer unerforschten Galaxis war.

Wie ich da so lag und zu den Sternen emporschaute – die Tausende, die ich mit bloßem Auge zu erkennen vermochte, die Milliarden, die den großen Lichtklecks unsrer Galaxie bilden und die unzähligen Billiarden in den fremden Galaxien –, wollte ich damals schon nicht glauben, dass es niemanden *dort* draußen gab, der auf mich *hier* unten herabschaute. War es wirklich möglich, dass dies der *einzige* Ort war, an dem das Leben Fuß gefasst hatte – dass es nur *hier* Bewusstsein und Augen gab, die zu schauen und zu staunen vermochten?

Und wenn nicht, *wo sind sie?* Wieso finden wir nirgends Anzeichen außerirdischer Zivilisationen?

Bedenken Sie Folgendes. Leben auf der Erde entwickelte sich, sobald die Voraussetzungen vorlagen – als das Gestein sich abkühlte und die Meere entstanden. Natürlich dauerte es dann noch recht lang, bis *wir* entstanden. Dennoch glauben wir, dass das, was für die Erde gilt, auch für alle anderen Welten dort draußen gelten müsste, ob sie Ähnlichkeit mit der Erde haben oder nicht: Leben müsste überall sprießen. Und weil es *Hunderte Milliarden* Sterne dort draußen in der Galaxis gibt, hat das Leben vermutlich auch Hunderte Milliarden Möglichkeiten, aus dem Meer ans Land zu kriechen – und das gilt umso mehr für die anderen Galaxien in unsrem Universum.

Darüber hinaus hat das Leben sich so schnell und weit wie möglich über die Erde ausgebreitet. Und schon schicken wir uns an, uns auf anderen Welten auszubreiten. Auch das kann nicht nur ein Merkmal irdischen Lebens sein.

Wenn das Leben also überall sprießt und sich so schnell und weit ausbreitet wie möglich, wie kommt's dann, dass sich noch niemand bei *uns* breitgemacht hat?

Natürlich ist das Universum riesig. Es gibt große Räume zwischen den Sternen. Aber *so* groß ist es nun auch wieder nicht. Selbst wenn wir mit Nussschalen durchs Universum schlichen, die nur einen Bruchteil der Lichtgeschwindigkeit erreichen – Schiffe, deren Bau wir heute schon in Angriff nehmen könnten –, würden wir die Galaxis in ein paar Dutzend Millionen Jahren kolonisieren. In hundert Millionen Jahren, wenn's hoch kommt.

Einhundert Millionen Jahre: Das scheint eine Ewigkeit zu sein – schließlich herrschten vor hundert Millionen Jahren die Dinosaurier auf der Erde. Aber die Galaxis ist hundertmal so alt. Seit der Geburt der Sterne wäre ausreichend Zeit gewesen, die Galaxis *viele* Male zu kolonisieren.

Bedenken Sie, es bedürfte nur *einer* Rasse, die den Willen und die Mittel zur Kolonisierung aufbringt; und wenn dieser Prozess erst einmal angestoßen wurde, ist es im Grunde unmöglich, ihn wieder zum Stehen zu bringen.

Als Kind auf dem Rasen habe ich sie nicht gesehen. Ich schien nur von Leere und Stille umgeben.

Wir machen doch schon auf allen Funkfrequenzen Rabatz. Dann müssten wir mit unsren riesigen Radioteleskopen auch die galaktischen Zivilisationen entdecken, die auf unsrem Entwicklungsstand sind. Aber das ist nicht der Fall.

Und höherentwickelte Zivilisationen würden noch viel eher auffallen. Es müsste möglich sein, jemanden zu orten, der seinen Stern in eine Hülle packt oder nuklearen Abfall darin entsorgt. Wir würden solche Aktivitäten vielleicht sogar in anderen Galaxien feststellen. Aber das ist auch nicht der Fall. Diese anderen Galaxien, andere Sternenriffe, scheinen genauso öde und leer zu sein wie diese.

Vielleicht haben wir auch nur Pech. Vielleicht leben wir in der falschen Zeit. Die Galaxis ist alt; vielleicht haben viele Spezies schon existiert, sind erblüht und wieder vergangen. Doch bedenken Sie dies: Selbst wenn sie schon lang verschwunden sind, müssten wir trotzdem ihre Ruinen überall um uns herum finden. Aber wir finden nicht einmal das. Die Sterne zeigen keinerlei Anzeichen von technischer Umgestaltung. Das Sonnensystem wirkt urzeitlich in dem Sinn, dass es keine Anzeichen der großen Projekte zeigt, die wir uns bereits vorzustellen vermögen – wie Terraformen der Planeten, Manipulation der Sonne und so weiter.

Es gibt viele Erklärungen für das Fehlen zivilisatorischer Merkmale.

Vielleicht gibt es irgendetwas, das jede Zivilisation wie die unsre abtötet, ehe wir zu weit gehen – ehe wir uns zum Beispiel durch einen Atomkrieg oder eine Umweltkatastrophe selbst vernichten. Oder vielleicht gibt es solche Dinge wie Schwärme von Todesrobotern, die lautlos zwischen den Sternen patrouillieren und aus unverständlichen Motiven aufstrebende Zivilisationen vernichten.

Oder vielleicht ist die Antwort auch nicht so brutal. Vielleicht befinden wir uns in einer Art Quarantäne – oder in einem Zoo.

Allerdings überzeugt mich keiner dieser Filtermechanismen. Sehen Sie, man sollte meinen, dass dieser wie auch immer geartete magische Unterdrückungsmechanismus bei *jeder* Rasse in dieser unserer Galaxis wirkt. Es würde schon genügen, wenn nur eine Rasse den Krieg überlebt, den Vakuum-Robotern entkommt oder die Quarantäne unterläuft, um den Eingeborenen Glasperlen zu verkaufen – oder auch nur eine außerirdische Version von *X-Akten* ausstrahlt. Wir würden sie sicher hören oder sehen.

Aber wir hören und sehen nichts.

Dieses Paradoxon wurde erstmals im zwanzigsten Jahrhundert von einem Physiker namens Fermi formuliert. Das ist ein großes Mysterium. Die Widersprüche sind offensichtlich: Leben scheint überall entstehen zu können; eine raumfahrende Rasse hätte sich bis heute mit Leichtigkeit in der Galaxis auszubreiten vermocht; die Entwicklung scheint zwangsläufig zu sein – aber nichts ist passiert.

Die Beschäftigung mit Paradoxa vermittelt den Menschen Denkanstöße. Ich glaube, das Fermi-Paradoxon will uns etwas Grundlegendes übers Universum und unsren Platz darin sagen. Oder wollte uns etwas sagen.

Nun ist natürlich alles ganz anders.

buch eins

FREMDE

AD 2020–2042

... Und er hatte das Gefühl zu ertrinken, als ob er in einer dicken, viskosen Flüssigkeit dem Licht zustrebte. Er wollte den Mund zu einem Schrei öffnen – aber er hatte keinen Mund und auch keine *Worte.* Was würde er schreien?

Ich.

Ich bin.

Ich bin Reid Malenfant.

■

Er sah das Segel.

Es war ein gazeartiges Tuch, das über die dicht gedrängten Sterne dieses Orts drapiert war – wo, Malenfant? Natürlich der Kern der Galaxis, sagte er sich, wobei ein Gefühl des Wunders durch den Schmerz brach –, und unter dem geblähten Segel sah er einen Neutronenstern, eine zornig rot glühende Kugel mit einer unheimlichen xenonblauen Marmorierung. Sie sah aus wie ein Spielball.

Ein Stern mit einem Segel. Schön. Schaurig.

Triumph wallte in ihm auf. Ich habe gewonnen, sagte er sich. Ich habe das *koan* gelöst, das große Rätsel des Kosmos; Nemoto würde sich freuen. Und nun verbessern wir beide ein unbefriedigendes Universum. Das ist ein Kracher.

Aber wenn du das alles siehst, Malenfant, was bist dann *du?*

Er schaute an sich hinab.

Versuchte es.

Ein kurzes Körpergefühl. Breitbeinig auf dem hauchzarten Gespinst des Segels. Klammerte sich mit Fingern und Zehen, Affenklauen, im Mittelpunkt der Galaxis fest. Eine Metapher natürlich, eine Illusion, um sein armes menschliches Bewusstsein zu trösten.

Willkommen in der Realität.

Der Schmerz! O Gott, der *Schmerz.*

Furcht brandete gegen ihn an. Und Zorn.

Und dann erinnerte er sich an den Mond, wo es angefangen hatte ...

kapitel 1

GAIJIN

Als Passagier im Schlepper HOPE-3 flog Reid Malenfant dem Mond entgegen.

Die Basis auf der Mondrückseite, Edo genannt, war eine Ansammlung von Betongebäuden – Wohnmodule, Kraftwerke, Lagerhäuser, Fertigungsstätten –, die in die kraterübersäte Ebene eingegraben waren. Beim Landeplatz handelte es sich um einen ein paar Kilometer außerhalb der Station gelegenen Klecks aus versengtem Mondstaub-Beton. Der Regolith um die Station selbst war durch Spuren von Zugmaschinen zerfurcht.

Überall wuselten Roboter herum und gingen verschiedenen Verrichtungen nach; Edo wuchs wie eine Bakterienkultur in einer Nährlösung.

Eine *hi-no-maru,* eine japanische Sonnenflagge hing an einem Mast im Mittelpunkt von Edo.

■

»Ich heiße Sie in meinem Heim willkommen«, sagte Nemoto.

Sie empfing ihn in der Luftschleuse der Landezone, in einer geräumigen Kammer, die man in den Regolith gesprengt hatte. Sie hatte ein breites, bleiches Gesicht mit schwarzen Augen, und das raspelkurze Haar brachte ihre Kopfform zur Geltung. Sie lächelte, anscheinend gewohnheitsmäßig. Sie war höchstens halb so alt wie Malenfant, vielleicht dreißig.

Nemoto half Malenfant beim Anlegen des Anzugs, den man ihm auf dem Flug von der Erde ausgehändigt hatte. Die Farbe des Anzugs war signalorange. Er hatte eine bequeme Passform und drückte nicht einmal an den Gelenken; getrübt wurde der Tragekomfort nur durch die eingenähten schweren Platten der Wolframarmierung.

»Das ist geradezu ein Quantensprung im Vergleich zu den alten EMUs, die ich als Shuttle-Pilot getragen hatte«, sagte er im Versuch, Konversation zu machen.

Nemoto lauschte, wie junge Leute es zu tun pflegen, höflich den bruchstückhaften Erinnerungen an eine vergangene Zeit. Sie sagte ihm, dass der Anzug auf dem Mond hergestellt worden sei und aus Spinnenseide bestünde. »Ich werde Ihnen die Fabrik zeigen. Eine Höhle unter der Mondoberfläche, mit lauter riesigen Spinndüsen. Ein alptraumhafter Anblick …!«

Malenfant fühlte sich desorientiert und rastlos.

Er war hier, um leitenden Angestellten von Nishizaki Heavy Industries einen Vortrag über die Kolonisierung der Galaxis zu halten. Doch nach dem Verlassen des Schleppers wurde er von Nemoto empfangen, der Nachwuchsforscherin – fast noch ein Kind –, die ihn auf den Mond eingeladen hatte. Er hoffte nur, dass er sich nicht zum Narren machte.

Reid Malenfant war ein ehemaliger Astronaut. Er hatte die letzte Shuttle-Mission – STS-194 – mit der *Discovery* geflogen, als das Raumtransportsystem vor zehn Jahren das Ende der erwarteten Lebensdauer erreicht hatte und die noch immer unvollendete Internationale Raumstation schließlich auch aufgegeben worden war. Seitdem war kein Amerikaner mehr ins All geflogen – höchstens als Gast der Japaner, Europäer oder Chinesen.

Heute, im Jahr 2020, war Malenfant sechzig Jahre alt, fühlte sich aber viel älter – als Flüchtling in diesem seltsamen neuen Jahrhundert gestrandet. Er hoffte nur, dass es ihm gelang, seine Würde zu bewahren.

Egal, sagte er sich, trotz der zweifelhaften Politik, trotz der Anfechtung seiner Würde war er hier. Es war der Traum seines langen Lebens gewesen, den Fuß auf eine fremde Welt zu setzen. Auch wenn er es nur als Gast einer Japanerin tat.

Und selbst wenn er, verdammt noch mal, schon zu alt war, um es zu genießen.

Sie gingen durch einen Verbindungstunnel und von dort aus direkt in eine kleine Zugmaschine, eine Linse aus getöntem Glas. Die Zugmaschine entfernte sich vom Landeplatz. Die großen Ballonräder schluckten die Unebenheiten des Bodens, sodass Malenfant glaubte, in einer Seifenblase über den Mond zu schweben.

Jede Oberfläche in der Kabine war von feinem grauem Mondstaub überzogen. Er roch den Staub sogar; er roch, wie man ihm gesagt hatte, nach Holzasche oder Schießpulver.

Hinter dem Fenster erstreckte das geröllübersäte Mare Ingenii – das Meer der Sehnsucht – sich bis zum gekrümmten Horizont. Es war Spätnachmittag auf dem Mond; das flach einfallende Sonnenlicht warf lange und scharfe Schatten auf die Oberfläche. Die Landschaft leuchtete in einem kräftigen Beige, wenn er den Blick von der Sonne abwandte, doch sonst war sie eher grau. Die Erde war natürlich hinterm Horizont verborgen, aber Malenfant sah einen Kommunikationssatelliten über den schwarzen Himmel ziehen.

Am liebsten hätte er das Glas durchbrochen und den uralten Boden berührt.

Nemoto aktivierte den Autopiloten und ging in die kleine Bordküche. Sie kam mit grünem Tee, Reiscrackern und gedörrtem *ika*-Tintenfisch zurück. Malenfant war zwar nicht hungrig, griff aber trotzdem zu. Er wusste, dass der Fisch hier ein echter Luxus war; Nemoto wollte ihm damit eine Ehre erweisen.

Der Tee zeigt ein ebenso komplexes wie interessantes Fließverhalten, als sie ihn in der Gravitation einschenkte, die nur ein Sechstel der Erdenschwere betrug.

»Ich fühle mich geehrt, dass Sie meine Einladung, nach Edo zu reisen, angenommen haben«, sagte Nemoto. »Sie dürfen sich natürlich frei in der Stadt bewegen. Es gibt hier sogar einen *Makudonarudo.* Einen McDonald's. Sie können sich einen *bifubaaga* genehmigen ... aus Soja natürlich.«

Er stellte den Teller ab und suchte direkten Blickkontakt zu ihr. »Sagen Sie mir, weshalb ich hierher gebracht werde. Ich wüsste nicht, von welchem Interesse meine Arbeit, die langfristige Nutzbarmachung des Alls, für Ihren Arbeitgeber sein sollte.«

Sie musterte ihn. »Um den Vortrag werden Sie leider nicht herumkommen. Aber – nein, Ihre Arbeit ist nicht von Belang für Nishizaki.«

»Dann verstehe ich es wirklich nicht.«

»Ich bin es, der Sie eingeladen und auch das Finanzielle geregelt hat. Sie fragen wieso. Ich bin ein Forscher, genau wie Sie.«

»Forscher trifft es nicht ganz«, sagte er. »Ich bezeichne mich nun als Berater. Ich habe keinen Forschungsauftrag an einer Hochschule.«

»Ich auch nicht. Nishizaki Heavy Industries bezahlt mein Gehalt; meine Forschungen müssen den Unternehmenszielen dienen.« Sie musterte ihn und nahm sich noch etwas Fisch. »Ich bin eine *Angestellte.* Ein guter Mitarbeiter, wie Sie sagen. Doch im Herzen bin ich eine Wissenschaftlerin. Und ich habe ein paar Beobachtungen gemacht, die ich nicht mit dem akzeptierten Paradigma in Einklang zu bringen vermag. Ich habe nach neueren wissenschaftlichen Veröffentlichungen gesucht, die das Fachgebiet meiner – Hypothese betreffen. Aber ich habe nur Ihre gefunden.

Mein Fachgebiet ist die Infrarot-Astronomie. In unsrer Forschungsstation außerhalb von Edo betreibt die Firma Radiometer, Fotometer, Fotopolarimeter und Kameras. Ich arbeite mit Wellenlängen im Bereich von zwanzig bis hundert Mikron. Eine raumgestützte Plattform wäre natürlich besser: Die Aktivitäten der Menschen verdichten die Mondatmosphäre mit jedem Tag und blockieren das unsichtbare Licht, das ich auffange. Aber der Mondstützpunkt ist günstig im Unterhalt und genügt den Zwecken des Unternehmens. Wir ziehen die zukünftige Ausbeutung der Asteroiden in Betracht, müssen Sie wissen. Infrarot-Astronomie ist ein mächtiges Werkzeug beim Studium dieser entfernten Felsen. Mit ihrer Hilfe sind wir imstande, viele Informationen über Oberflächenstrukturen, Zusammensetzung, Temperatur, Rotationseigenschaften und so weiter zu gewinnen.«

»Erzählen Sie mir von Ihrer umwälzenden Hypothese.«

»Ja.« Sie trank einen Schluck grünen Tee. »Ich glaube, Beweise für die Aktivität extraterrestrischer Intelligenzen im Sonnensystem gefunden zu haben«, sagte sie ruhig.

■

Das Schweigen zwischen ihnen zog sich in die Länge. Die Luft knisterte förmlich. Diese Aussage war völlig unerwartet für ihn gekommen. Er war perplex.

Immerhin wurde ihm nun klar, weshalb sie ihn hierher gebracht hatte.

Seit dem Ausscheiden aus der NASA hatte Malenfant darauf verzichtet, wie seine Kollegen sich einen lukrativen Posten im Vorstand eines Luft- und Raumfahrtunternehmens zu sichern oder in die Politik zu gehen, wie es für abgehalfterte Astronauten üblich war. Stattdessen hatte er sein ganzes Gewicht in die Waagschale der Forschung geworfen, die er als langfristiges Denken betrachtete: SETI, mit dem Einsatz von Gravitationslinsen für die Suche nach Planeten und Signalen fremden Lebens, fortschrittliche Antriebssysteme, Pläne für die Kolonisierung der Planeten, Terraformen, interstellarer Raumflug, Auflösung des altehrwürdigen Fermi-Paradoxons.

Der ganze Kram, dem Emma so ablehnend gegenübergestanden hatte. *Du verschwendest deine Zeit, Malenfant. Kann man mit Gravitationslinsen vielleicht Geld verdienen?*

Aber seine Frau war lange tot. Dahingerafft von Krebs: Das Ergebnis eines zufälligen kosmischen Ereignisses, bei dem ein schweres Teilchen aus einer uralten Supernova durchs Universum schwirrte und ihr einen *solchen* Schaden zufügte … Es hätte genauso gut ihn treffen können; es hätte sie auch nicht treffen können; es hätte ein paar Jahre später passieren können, als man den Krebs in den Griff bekommen hatte. Aber es war anders gekommen, und nun war Malenfant, der ohnehin schon ausgebrannt war und nicht mehr ins All fliegen konnte, auch noch allein.

Also hatte er sich in die Forschung gestürzt. Was hätte er auch sonst tun sollen?

Nun, Emma hatte recht gehabt und wieder nicht. Immerhin vermochte er sich mit seinen Vortragsreisen über Wasser zu halten. Es hörten allerdings nur wenige ernsthafte Leute zu, wie sie ihm vorhergesagt hatte. Er musste ätzende Kritik einstecken; Lob oder zumindest nachdenkliche Stimmen waren die Ausnahme, und in den letzten Jahren war er nur noch in schöner Regelmäßigkeit durch die Talkshows getingelt.

Und nun *das*.

Er fragte sich, wie er darauf reagieren und was er sagen solle. Nemoto war anders als die Japaner, die er auf der Erde kennen gelernt hatte und die peinlich genau auf *reigi* bedacht waren – Etikette.

Sie betrachtete ihn mit offensichtlicher Belustigung. »Sie sind überrascht. Konsterniert. Sie glauben vielleicht, dass ich nicht ganz richtig bin, solche Spekulationen zu äußern. Sie sind mit einer verrückten Japanerin auf dem Mond gefangen. Der amerikanische Alptraum!«

Er schüttelte den Kopf. »Nein, das stimmt nicht.«

»Aber Sie müssen doch sehen, dass meine Spekulationen gar nicht so weit von Ihrer veröffentlichten Arbeit entfernt sind. Sie sind vorsichtig, wie ich auch. Niemand hört zu. Und wenn man dann doch Zuhörer findet, dann nehmen sie einen nicht ernst.«

»So würde ich es nicht ausdrücken.«

»Ihre Nation hat sich nach innen gewandt«, sagte Nemoto. »In ihr Schneckenhaus zurückgezogen.«

»Vielleicht. Wir haben eben die Prioritäten geändert.« In den Vereinigten Staaten war der Raumflug zu einem Hobby für alte Männer und Frauen geworden, Träume eines Zeitalters sublimierter Kriegsführung, die nur nostalgische Bilder alter Raumschiffe hinterlassen hatten, die im Internet fleißig kopiert wurden. Sie hatten aber keinen Bezug mehr zur Gegenwart.

»Wieso vertreten Sie dann noch immer so engagiert Ihren Standpunkt und geben sich der Lächerlichkeit preis?«, fragte sie.

»Weil ...« – wenn niemand es denkt, es definitiv nicht geschehen wird.

Sie lächelte ihn an und schien ihn auch ohne Worte zu verstehen. »Der *kokuminsei,* der Geist Ihres Volkes schläft. Aber in Ihnen und vielleicht auch in anderen brennt eine starke Neugier. Ich glaube, wir beide sollten uns dem Geist unsrer Zeit widersetzen.«

»Wieso haben Sie mich hierher gebracht?«

»Ich versuche ein *koan* zu lösen«, sagte sie. »Ein Rätsel, das sich einer logischen Analyse widersetzt.« Zum erstenmal, seitdem sie sich begegnet waren, verlor ihr Gesicht das gewohnheitsmäßige Lächeln. »Ich brauche eine neue Sichtweise – eine Perspektive von einem größeren Denker wie Ihnen. Und …«

»Ja?«

»Ich habe Angst«, sagte sie. »Angst um die Zukunft der Spezies.«

Die Zugmaschine rollte auf einem breiten aufgewühlten Pfad über den Mond. Nemoto reichte ihm weitere Speisen.

■

Die Zugmaschine fuhr an einer Luftschleuse am Rand von Edo vor. Ein großes NASDA-Symbol prangte an der Schleuse: NASDA für Japans Nationale Weltraum-Erschließungs-Behörde. Ohne viel Aufhebens führte Nemoto Malenfant durch die Schleuse in die Mondkolonie Edo.

Hier an der Peripherie war Edo zweckmäßig und funktional. Die Wände bestanden aus nacktem glasiertem Regolith. Röhren und Kabelstränge stapelten sich bis zur Decke. Die Leute trugen einfache Wegwerf-Papieroveralls. Es herrschte eine quirlige Atmosphäre, wie sie typisch war für Betriebe der Schwerindustrie.

Nemoto veranstaltete eine Führung durch Edo. »Die Station ist natürlich eine große Errungenschaft«, sagte sie. »Nicht weniger als fünfundneunzig Flüge unsrer alten H-2-Raketen waren erforderlich, um die Wohnmodule und Kraftwerke hierher zu transportieren. Wir haben unterm Regolith gebaut, um uns vor der Sonnenstrahlung zu schützen. Wir gewinnen Sauerstoff aus dem Gestein und Wasser aus dem Dauerfrost-Boden am Pol …«

Im Zentrum des Komplexes war Edo eine richtige Stadt. Es gab öffentliche Treffpunkte wie Bars und Restaurants, wo die Leute Reis, Suppe, gedünstetes Gemüse, *sushi* und *sake* genießen konnten. Es gab sogar einen winzigen Park mit Büschen und Bambus; ein spindeldürres mondgeborenes Kind spielte dort mit seinen Eltern.

Nemoto lächelte über Malenfants Reaktion. »Im Herzen von Edo, zehn Meter unter der Mondoberfläche, gibt es sogar Kirschbäume. Unsre Kinder lernen unter ihnen. Sie werden vielleicht lang genug bleiben, um *ichibuzaki* zu sehen, die Kirschblüte.«

Malenfant sah keine anderen Amerikaner oder Europäer. Die meisten Japaner nickten höflich. Alle mussten Nemoto kennen – Edo hatte schließlich nur ein paar hundert Einwohner –, aber niemand sprach sie an. Sein Eindruck, dass Nemoto eine exzentrische Einzelgängerin war, verstärkte sich.

Als sie an einer Gruppe vorbeikamen, hörte er einen Mann flüstern: *»Wah! – gaijin-kusai.«*

Gaijin-kusai. Der Geruch eines Fremden. Gelächter ertönte.

Malenfant verbrachte die Nacht in etwas, das als *ryokan,* ein Gasthaus bezeichnet wurde. Sein Apartment war ein winziges Zimmer. Trotz der kahlen glasierten Regolithwände war der Raum im japanischen Stil eingerichtet. Auf dem Boden lag eine abgetretene *tatami* – Reisstrohmatte –, die speckig glänzte. Ein *tokonoma,* ein in den Fels getriebener Alkoven enthielt einen modernen Computer mit Internetzugang; als Kontrast hierzu hatten die traditionsbewussten Eigentümer eine Gemälderolle aufgehängt – mit einer Libelle auf einem Grashalm – und ein paar Blumen zu einem *ikebana*-Gesteck arrangiert. Die Blumen schienen echt zu sein.

Kirschblüten waren an der Wand unter einer durchsichtigen Plastikabdeckung arrangiert. Der Kontrast des lebendigen Blassrosa mit dem grauen Mondgestein war das Schönste, das er je gesehen hatte.

In diesem winzigen Raum brandete Lärm gegen ihn an: Das tiefe Rumoren der künstlichen Lunge der Kolonie und der Maschinen, die durch den Regolith pflügten. Es war, als ob er sich im Bauch eines großen Schiffs oder U-Boots befunden hätte. Malenfant dachte sehnsüchtig an sein Studierzimmer mit dem Schreibtisch und der schönen Ausstattung, das von Iowas hellem Sonnenlicht durchflutet wurde.

In Edo galt Tokio-Zeit, sodass Malenfant hier auf dem Mond unter Zeitverschiebung litt. Er schlief schlecht.

■

Reihen von Gesichtern.

»... Wie sollen wir die Galaxis überhaupt besiedeln? Das ist vor allem eine wirtschaftliche Frage.« Über Malenfants Kopf wurde ein Bild in den kleinen Saal projiziert. Das Licht brach sich in den Nuten der Täfelung.

Malenfant ließ den Blick über die Reihen der japanischen Gesichter schweifen, die im Halbdunkel wie Münzen glänzten. Sie wirkten entfernt und unwirklich. Bei vielen Anwesenden handelte es sich um NASDA-Administratoren; so weit er sah, war aber niemand von der Nishizaki-Führungsriege hier, den nominellen Sponsoren seines Ausflugs zum Mond.

Die simple virtuelle Darstellung zeigte wahllos verstreute Sterne. Ein Stern blinkte – das sollte wohl die Sonne sein.

»Wir werden unbemannte Sonden losschicken«, sagte Malenfant. Schiffe schwärmten als kleine Lichtpunkte von der Sonne aus. »Wir könnten Ionenraketen verwenden, Sonnensegel, Gravitationsschleudern – was auch immer. Die erste Welle wird langsam sein; jedenfalls nur so schnell, wie wir es uns leisten können. Darauf kommt es aber nicht an. Zumindest nicht langfristig.

Die Sonden werden sich selbst replizieren: Hauptsächlich von Neumann-Maschinen. Universale Konstrukteure. Menschen werden möglicherweise folgen, zum Beispiel in Generationen-Raumschiffen. Allerdings wäre es billiger, wenn die Sonden Menschen in situ erzeugen würden, mittels Zellsynthese und künstlicher Gebärmutter-Technik.« Er ließ den Blick über das Auditorium schweifen. »Sie möchten wissen, ob wir zum Bau solcher Gerätschaften imstande sind. Noch nicht. Obwohl Ihre Kashiwazaki Electric schon einen partiellen Prototypen hat.«

Die Unternehmensbeauftragten nahmen das selbstzufrieden zur Kenntnis, und ihr Interesse war geweckt.

Während die virtuelle Lichtershow ihre eigene Geschichte erzählte, warf er einen Blick auf die umgebenden Wände und die Lichtreflexe auf dem Holz. Dies war ein bemerkenswerter Ort. Es war die größte Struktur in Edo und diente zugleich als Gemeinschaftszentrum, Rathaus und Prunkbau von der Größe eines zehnstöckigen Gebäudes.

Eigentlich handelte es sich aber um einen *Baum*, eine Eichenart. Die Eichen vermochten in der geringen Gravitation des Mondes eine Höhe von zweihundert Metern zu erreichen, doch diese hier war auf Breite gezüchtet und ausgehöhlt worden, sodass ein ›Wabenkern‹ entstanden war. Die Wände dieses Raums bestanden aus poliertem Holz und wurden nur von dezent integrierter Technik durchbrochen – Lampen, Belüftungsgittern und Bildschirmen. Die Luft hier war frisch, feucht und belebend.

Im Kontrast zu den älteren Teilen von Edo – all diesen grob behauenen Tunnels – war dies die Zukunft des Monds, wie die Japaner implizit sagten. Der lebendige Mond. Und da kam ein Amerikaner auf den Mond und wollte diesen geduldigen Japanern einen Vortrag über die Kolonisierung des Weltraums halten? Die Japaner taten es, mit emsiger und schrittweiser Arbeit.

Genau – *schrittweise:* Das war das richtige Wort. Denn nicht einmal diese Mondkolonisten waren imstande, über die aktuellen Projekte, die nächsten paar Jahre, ihre eigene Lebensspanne hinauszublicken. Sie vermochten das Potenzial nicht zu erkennen, das in dieser Entwicklung steckte. Für Malenfant war diese ultimative Bestimmung aber alles.

Und vielleicht würde Nemoto mit ihrer seltsamen Wissenschaft ein Wegbereiter sein.

Die kleinen Sonden-Bilder hatten die Zielsterne erreicht.

»Und dies ist der Kern der Strategie«, sagte er. »Wir unterstellen, dass ein Zielsystem unbewohnt ist. Daher sind wir imstande, die Sonden ohne Rücksicht auf Verluste auf eine massive und zerstörerische Ausbeutung der Ressourcen des Systems zu programmieren. Solche Ressourcen sind für keinen anderen Zweck nutzbar und stehen uns deshalb zur freien Verfügung. Und so kolonisieren und bauen wir stetig auf.«

Nun schwärmten weitere Sonden von der ersten Front der Zielsterne aus, diesmal jedoch mit deutlich erhöhter Geschwindigkeit. Die Sonden erreichten neue Ziele, und dann wurden wieder neue Sonden produziert und losgeschickt. Das von den Sonden ausgefüllte Volumen wuchs schnell an; es war, als ob man die Ausdehnung von Gas im Vakuum beobachtet hätte.

»Nachdem der Prozess einmal angestoßen wurde«, sagte er, »ist er selbstlaufend und selbstfinanzierend. Die Zeit, die erforderlich ist, um die Galaxis auf diese

Art und Weise zu besiedeln, veranschlagen wir auf zehn bis hundert Millionen Jahre. Wir brauchen aber nur für die Kosten für die erste Generation der Sonden aufzukommen. Deshalb werden die effektiven Kosten für die Kolonisierung der Galaxis geringer sein als die für das Apollo-Programm von vor fünfzig Jahren.«

Die Sonden breiteten sich bereits entlang der Spiralarme der Galaxis aus, sozusagen über sternengepflasterte Straßen. Das japanische Publikum lauschte artig.

Während er mit geschliffenen Worten den Vortrag hielt, schweiften seine Gedanken zu Nemoto und ihren mysteriösen Hinweisen ab – ein Mysterium, durch das sein ganzes Konzept vielleicht Makulatur wurde –, und er verlor den Faden.

Er versuchte sich zu konzentrieren und schloss die Rede zur kosmischen Bestimmung ab. »… Dies ist vielleicht eine Wasserscheide in der Geschichte des Kosmos. Denken Sie darüber nach. *Wir wissen, was zu tun ist.* Wenn wir nun die richtigen Entscheidungen treffen, wird das Leben sich vielleicht über Erde und Mond hinaus ausbreiten, weit über das Sonnensystem hinaus, und eine grüne Welle wird das Antlitz der Galaxis verändern. Wir dürfen nicht scheitern …« Und so weiter.

Sie spendeten ihm höflichen Beifall. Aber Fragen stellte kaum jemand.

Er verließ den Raum und kam sich wie ein Narr vor.

■

Am nächsten Tag sagte Nemoto, dass sie ihn mit an die Oberfläche nehmen wolle, damit er die Ergebnisse ihrer Infrarot-Spektroskopie aus erster Hand sehen könne.

Sie gingen durch die Basis zu einer Fahrzeug-Luftschleuse und stiegen wieder in die Anzüge. Die Infrarotstation war eine ›Autostunde‹ von Edo entfernt.

Einen Kilometer hinter Edo passierte das Fahrzeug eine der größten Strukturen, die Malenfant je gesehen hatte. Es war ein vielleicht hundertfünfzig Meter langer und zehn Meter durchmessender Zylinder. Er sah aus wie ein halb vergrabenes Atom-U-Boot. Die Mondoberfläche war hier von großen Rinnen zerfurcht, offensichtlich Spuren von Tagebau. Um den zentralen Zylinder zogen sich Gebilde, die wie Hochöfen aussahen und von halbdurchsichtigen Kuppeln überwölbt wurden.

»Unser Fusionskraftwerk«, sagte Nemoto. »Edo wird durch die Fusion von Deuterium, dem Wasserstoffisotop mit Helium-3 betrieben.«

Malenfant schaute mit morbidem Interesse hin. Auf diesem wie auch auf anderen Gebieten der Technik waren die Japaner den Amerikanern inzwischen voraus. Zwanzig Prozent der amerikanischen Energie stammten bereits aus der Fusion der zwei Wasserstoffisotope, Deuterium und Tritium. Allerdings hatten Wasserstofffusions-Prozesse sich als instabil und teuer erwiesen, selbst mit diesem relativ unergiebigen Brennstoff: Energiereiche Neutronen durchschlugen die Reaktorwände, zermürbten und verstrahlten sie. Der Helium-3-Fusionsprozess der Japaner erzeugte jedoch Protonen, die man wegen ihrer Ladung mit Magnetfeldern von den Reaktorwänden fernzuhalten vermochte.

Freilich gab es auf der Erde keine natürlichen Helium-3-Vorkommen.

Nemoto machte eine Handbewegung. »Auf dem Mond gibt es riesige Helium-3-Lagerstätten, die in Schichten aus Titan-Mineralien in den obersten drei Metern des Regolith eingeschlossen sind. Das Helium stammt von der Sonne und wird vom Sonnenwind herangetragen; das Titan verhält sich wie ein

Schwamm und saugt die Helium-Teilchen auf. Wir haben auch vor, Helium zur Erde zu exportieren.«

»Ich weiß.« Durch den Export würde Edo autark werden.

Sie lächelte fröhlich und voller Zukunftsoptimismus.

Als Edo außer Sicht war, fuhr das Fahrzeug an einem Steinhaufen vorbei. Darauf standen eine *Sake*-Flasche, eine Schale mit Reisküchlein und eine Porzellanfigur. Die Figur wurde von Papierfähnchen flankiert, die vom ungefilterten Sonnenlicht ausgebleicht waren.

»Das ist ein Schrein«, sagte Nemoto. »Für *Inari-samma.* Den Fuchs-Gott.« Sie lächelte ihn an. »Wenn Sie die Augen schließen und in die Hände klatschen, kommen vielleicht die *kami* zu Ihnen. Die Gottheiten.«

»Ein Schrein? In einem Industriekomplex auf dem Mond?«

»Wir sind ein altes Volk«, sagte sie. »Rein äußerlich sind wir mit der Zeit gegangen, doch mental haben wir uns nicht verändert. *Yamato damashi* – unser Geist – hat überdauert.«

Schließlich erreichte das Fahrzeug einen Gebäudekomplex in der Ebene. Dies war die Infrarot-Forschungsstation von Nishizaki Heavy Industries.

Nemoto überprüfte Malenfants Anzug und entriegelte das Schott.

Malenfant kletterte steif eine kurze Leiter hinunter. Während er sich ungelenk bewegte, hörte er das Zischen der Luft und das leise Surren der Servomotoren des Exoskeletts. Diese robotischen Muskeln halfen ihm dabei, den Anzugsdruck und das Gewicht der Strahlenschutzpanzerung aus Wolfram zu bewältigen.

Der Helm war eine große goldgetönte Kugel. Der Tornister war der gleiche wie Nemotos, ein halbdurchsichtiges Gerät mit Schläuchen und schwappendem Wasser – sechs Liter voll mit Blaualgen, die sich von

Sonnenlicht und seinen Ausscheidungen ernährten und so viel Sauerstoff erzeugten, dass es bis in alle Ewigkeit gereicht hätte. Theoretisch zumindest.

Malenfant vermisste jedoch seinen alten Anzug: Die Space Shuttle-EMU, die Mobilitätseinheit für Außeneinsätze mit den ratternden Pumpen und surrenden Lüftern. Vielleicht war er dieser neuen Technik unterlegen. Aber er hasste es, einen Tornister zu tragen, in dem es *schwappte,* um Gottes willen, und dessen Masse ihn in der geringen Schwerkraft ständig in eine andere Richtung zerrte. Und die robotischen Muskeln – die jeden Impuls verstärkten, die Gliedmaßen für ihn bewegten und den Kopf neigten –, vermittelten ihm das Gefühl, eine Marionette zu sein.

Den letzten Meter ließ er sich fallen; beim Aufprall wurde eine kleine Staubwolke aufgewirbelt, die sich aber gleich wieder setzte.

Und da war er nun und machte einen Mondspaziergang.

Mit surrendem und ruckendem Anzug entfernte er sich vom Fahrzeug. Er musste vielleicht hundert Meter gehen, bis er keine Radspuren und Fußabdrücke mehr sah.

Er erreichte unberührten Boden. Die Stiefel hinterließen scharf konturierte Abdrücke, als sei er aus der Apollo 11 gestiegen.

Es gab unzählige Krater; die Kraterbildung war fraktal bis hinunter zu kleinen Vertiefungen, in die er kaum den Finger zu stecken vermochte und noch kleiner. Aber sie sahen nicht mehr aus wie Krater – eher wie die Dellen von Regentropfen, als ob er auf einem frisch gepflügten Feld stünde, das der Regen aufgeweicht hatte. Nur dass es hier noch nie geregnet hatte, seit dem Ursprung der Zeiten nicht.

Die Sonne verströmte ein helles, blendendes Licht. Sonst war der Himmel pechschwarz und leer. Aber er war etwas erstaunt, dass er nicht das Gefühl der Weite verspürte, das er von einer irdischen Wüstennacht kannte. Er glaubte auf einer abgedunkelten Bühne im gleißenden Rampenlicht zu stehen, wobei die Wände des Universums nur ein Stück weit entfernt waren, knapp außer Reichweite.

Er drehte sich zum Fahrzeug mit der roten Sonne Japans um, die an der Seite prangte. Vor dem geistigen Auge erschienen ein urbar gemachter Mond und blaue Zwillingswelten. Er spürte, wie ihm Tränen heiß und stechend in die Augen traten. Verdammt. Wir waren zuerst hier. Es hatte schon alles uns gehört, und wir haben es fahren lassen.

Nemoto wartete auf ihn – eine kleine Gestalt in der gefalteten Ebene des Monds, das Gesicht unter der goldenen Glaskugel verborgen.

■

Sie führte ihn in den Gebäudekomplex. Es gab ein kleines Kernkraftwerk, Gas- und Flüssigkeitstanks. Ein Wohngebäude war halb im Regolith vergraben.

Den Mittelpunkt der Station bildete eine oben offene zylindrische Baracke, die eine Batterie Infrarot-Sensoren und Computerausrüstung enthielt. Die Infrarot-Detektoren waren in große Behälter mit flüssigem Helium getaucht. Roboter, deren komplexe Arme mit Mondstaub überzogen waren, krochen zwischen den Detektoren umher und überwachten sie ständig.

Nemoto ging zu einer Steuerkonsole. Ein virtuelles Bild erschien und schwebte über dem gestampften Regolith in der Mitte der Baracke. Die virtuelle Darstellung war ein Ring aus glitzernden roten Tropfen, die langsam kreisten.

»Das ist eine Zusammenfassung meiner Beobachtungen des Asteroidengürtels«, sagte Nemoto. »Obwohl es eigentlich ›Gürtel‹ heißen müsste, denn es gibt Lücken zwischen den Sub-Gürteln – die Kirkwood-Lücken, die durch Resonanzen mit dem Schwerefeld des Jupiter entstanden sind.« Die Kirkwood-Lücken wurden als schwarze Bänder ohne rote Tropfen abgebildet. »Natürlich hat Nishizaki Heavy Industries ein großes Interesse an den Asteroiden. Es gibt eine Mine im kanadischen Sudbury, die für lange Zeit eine ergiebige Nickelquelle war. Die Nickellagerstätte ist linsenförmig. Mit an Sicherheit grenzender Wahrscheinlichkeit handelt es sich um die Narbe eines Asteroideneinschlags auf der Erde.«

»Also Mineralextraktion.«

»Es gibt einen Plan, ein Stück vom Asteroiden Geographos abzubrechen, der die Erdumlaufbahn kreuzt. Das wäre unter Umständen mit kontrollierten Explosionen zu bewerkstelligen. Vielleicht gelingt es uns auch, Bruchstücke mithilfe lunarer Gravitationsassistenten in eine Umlaufbahn zu bringen und an der Erdatmosphäre ›abzuschleifen‹. Oder wir führen einen kontrollierten Einschlag auf dem Mond herbei. Allein diese Aktion würde uns Nickel, Rhenium, Osmium, Iridium, Platin und Gold im Wert von über neunhundert Milliarden Dollar eintragen – so viel, um die Weltwirtschaft grundlegend zu verändern.«

Malenfant wanderte in der Instrumenten-Baracke umher. Der Reiz des für ihn neuen Mondspaziergangs verging bereits; der Anzug kratzte, unterm Helm war es heiß, und das Kondom juckte. »Nemoto, es wird Zeit, dass Sie zur Sache kommen.«

»Das *koan*«, sagte sie. Der virtuelle Ring spiegelte sich in ihrem Visier und überblendete ihr Gesicht. »Schauen wir zu den Sternen.«

Sie nahm seine behandschuhte Hand in die ihre – durch die dicken Schichten des Handschuhs spürte er den Druck ihrer Finger kaum – und führte ihn aus dem

Gebäude nach draußen. Der virtuelle Asteroidenring folgte ihnen. Das mutete unheimlich an.

Sie standen im Kernschatten der Struktur. Mit einer Handbewegung bedeutete sie ihm, das Visier zu lüften.

Er hob den Kopf, sodass der Boden und die Gebäude aus dem Blickfeld verschwanden und drehte sich um sich selbst, wie er es als Kind in den finstersten mondlosen Nächten auf der Erde getan hatte.

Die Sterne natürlich: Tausende an der Zahl, die den Himmel pflasterten und die hellen Sternbilder überlagerten, die er von der Erde kannte. Und nun stellte sich auch dieses Gefühl der Weite ein. Vom Mond aus war es *viel* eher zu sehen, dass er nur ein Staubkorn war, das an einer Gesteinskugel haftete und sich unablässig in einem unendlichen, dreidimensionalen Sternenhimmel drehte.

»Schauen Sie.« Nemoto wies nach oben und zeichnete einen Himmelsbogen nach, der in staubigem Licht leuchtete.

Trotz der dicht gedrängten Sterne erkannte Malenfant ein paar Konstellationen – Cygnus und Aquila, den Schwan und den Adler. Und an der Stelle, auf die sie wies, strömte ein Fluss aus Licht durch die Konstellationen, ein Fluss aus Sternen. Es war die Milchstraße: Die Galaxis, die Scheibe aus Sternen, in die Sol und all seine Planeten eingebettet waren, in der Seitenansicht. Sie hatte sich in ein Band aus Licht verwandelt, das den Himmel umschlang. Beim Durchgang durch Cygnus und Aquila schien dieses Lichtband sich jedoch zu zwei schmalen Bändern zu teilen, die durch eine dunkle Lücke voneinander getrennt wurden. Diese Kluft war ein Schatten, der von dunklen Wolken geworfen wurde, die das Licht der Sternenbänke dahinter ausblendeten.

Nemoto wies dorthin. »Sehen Sie, wie die Dunkelheit als ›Rinnsal‹ aus Cygnus austritt, in Aquila sich verbreitert und über Serpens und Opiuchus weiter auffächert. Das ist ein perspektivischer Effekt. Wir sehen ein Staubband, das aus dem am weitesten entfernten Cygnus austritt und in Aquila und Opiuchus in kürzestem Abstand an der Sonne vorbeizieht. Malenfant, wir leben in einem Spiralarm der Galaxis – einem kleinen Ausschnitt, der als Orion-Arm bezeichnet wird. Und es ist typisch für Spiralarme, dass sie an den Innenseiten mit Staubbahnen ausgekleidet sind.«

»Wie diese hier.«

»Ja. *Das* ist die Innenseite unsres Spiralarms, der für alle sichtbar am Himmel hängt.« Ihre im Schatten liegenden Augen funkelten im Sternenlicht. »Es ist sogar möglich, die Struktur der Galaxis zu erkennen, wie Sie sehen: Sich davon zu überzeugen, dass wir in eine riesige Spirale aus Sternen eingebettet sind – sogar mit bloßem Auge. *Hier* leben wir.«

»Wieso zeigen Sie mir das?«

»Betrachten Sie die Galaxis, Malenfant. Sie erscheint wie eine riesige Maschine – nein, eine Ökologie –, die erschaffen wurde, um Sterne zu gebären. Und es gibt Hunderte Millionen Galaxien außer unserer. Ist es angesichts dieser Weite, dieser ganzen Struktur vorstellbar, dass wir wirklich allein sind? Dass Leben nur hier entstanden sein soll und nirgends sonst?«

Malenfant grunzte. »Das alte Fermi-Paradoxon. Hat mich schon als Kind beschäftigt, ehe ich überhaupt wusste, wer Fermi war.«

»Mich auch.« Er sah ihr Lächeln. »Sehen Sie, Malenfant, wir haben viel gemeinsam. Und die Logik hinter dem Paradoxon treibt mich noch immer um.«

»Obwohl Sie glauben, auf Außerirdische gestoßen zu sein.«

Sie ließ das im Raum stehen, und er wurde sich bewusst, dass er die Luft anhielt.

»Wie würden Sie sich fühlen, Malenfant, wenn ich recht hätte?«, fragte sie vorsichtig.

»Wenn Sie einen Beweis für die Existenz einer anderen Intelligenz hätten? Ich würde das wunderbar finden. Glaube ich jedenfalls.«

»Wirklich?« Sie lächelte wieder. »Wie sentimental Sie doch sind. Hören Sie mir zu: Die Menschheit wäre in allergrößter Gefahr. Erinnern Sie sich an Ihre eigene Aussage, wonach das Vorgehen eines solchen Expeditionskorps auf der Prämisse beruht, ein leeres System in Besitz zu nehmen. Eine solche Sonde würde vielleicht unsre Welten zerstören, ohne uns überhaupt zu bemerken.«

Er schauderte und fühlte sich schutzlos im Spinnennetz-Anzug.

»Gehen Sie noch einen Schritt weiter«, sagte sie. »Denken Sie wie ein Ingenieur. Falls eine außerirdische Replikator-Sonde Kurs aufs Sonnensystem nähme, wo würde sie wohl zu landen versuchen? Welche Anforderungen stellt sie?«

Er dachte darüber nach. Sie würde Energie brauchen, viel Energie. Also würde sie die Nähe der Sonne suchen. Zweitens: Rohstoffe. Die Oberfläche eines Gesteinsplaneten? Aber man zapft keine Gravitationsquelle an, wenn es nicht sein muss. Zumal die Sonde für den Leerraum ausgelegt ist ...

»Der Asteroidengürtel«, sagte er. Plötzlich wurde er sich der Weiterungen bewusst. »Reichlich Ressourcen, die frei schweben und weit von den großen Gravitationsquellen entfernt sind ... Nicht einmal die Hauptgürtel stehen allzu dicht beisammen, aber man würde sich wahrscheinlich eine Kirkwood-Lücke aussuchen, um das Risiko einer Kollision zu minimieren. Der Orbit würde zwar durch Jupiter gestört, genauso wie bei den Asteroiden, aber man könnte die Position trotzdem ohne großen Aufwand stabilisieren. Und ein

Schiff oder eine Kolonie dort draußen wäre für uns schwer zu orten, selbst mit einem Durchmesser von ein paar Kilometern.« Er schaute sie durchdringend an. »Wollten Sie mir das sagen? Haben Sie im Gürtel etwas gefunden?«

»Ich habe die Kirkwood-Lücken mit den Sensoren hier untersucht. Und in einer Lücke, die der Eins-zu-Drei-Resonanz mit Jupiter entspricht, habe ich das hier gefunden …« Sie deutete auf eine breite, deutliche Lücke im virtuellen Modell.

In der Mitte der Lücke stach eine geheimnisvolle, hell leuchtende Kette von Rubinen aus dem Schatten.

»Das sind Infrarotquellen«, sagte sie. »Quellen, für die ich keine Erklärung habe.«

Malenfant bückte sich, um die kleinen Lichtperlen genauer zu betrachten. »Sind das vielleicht Asteroiden, die nach Zusammenstößen in die Lücke gewandert sind?«

»Nein. Dazu sind die Quellen zu hell. Sie strahlen mehr Wärme ab, als ich von der Sonne empfange. Natürlich bin ich auf der Suche nach konkreteren Beweisen: Zum Beispiel nach einer Struktur in der Infrarotsignatur, oder vielleicht fange ich auch Radiowellen auf.«

Er schaute auf die rubinroten Lichter. Mein Gott. Sie hat recht. Wenn die Dinger Wärme *abstrahlen,* dann ist der Fall klar: Es wäre ein Beweis für industrielle Aktivität …

Das Herz schlug ihm bis zum Hals. Irgendwie hatte er nicht geglaubt, was sie ihm gesagt hatte. Doch wo er es nun sah, wurde sein Weltbild revolutioniert.

Er erkannte ihr Gesicht im trüben Licht, das vom Regolith reflektiert wurde, die glatte menschliche Haut in dieser staubigen Wildnis. Obwohl es ein großer Moment – ein Moment des Triumphs – für sie gewesen sein musste, ihm diesen Beweis zu zeigen, wirkte sie bedrückt. »Nemoto, weshalb haben Sie mich hierher bestellt. Sie haben eine große wissenschaftliche Leistung vollbracht, soweit ich das sehe. Das Ergebnis ist eindeutig. Sie sollten es veröffentlichen. Wieso brauchen Sie dann noch eine Bestätigung von mir?«

»Ich weiß, dass es eine große wissenschaftliche Leistung ist. Aber die Antwort ist *falsch.* Ganz falsch. Das *koan* ist mitnichten gelöst. Sehen Sie das denn nicht?« Sie schaute mit finsterem Blick gen Himmel, als ob sie die Signatur der Aliens mit bloßem Auge zu erkennen versuchte. *»Wieso jetzt?«*

Er wusste, was sie meinte.

Sie müssen eben erst angekommen sein, sonst hätten wir ihr Werk, die umgeformten Asteroiden schon ausschwärmen sehen … Aber wieso erscheinen sie ausgerechnet *jetzt,* wo wir uns anschicken, die Erde zu verlassen – wo wir erstmals imstande sind, sie zu verstehen? Ein bloßer Zufall? Wieso sind sie nicht schon viel früher gekommen?

Er grinste. Der alte Fermi war noch nicht geschlagen; hier traten tiefere Schichten des Paradoxons zutage – mit neuen Rätseln, die es zu lösen und neuen Fragen, die es zu stellen galt.

Aber nun war der falsche Zeitpunkt für Philosophie.

Die Gedanken jagten sich. »*Wir sind nicht allein.* Trotz aller Weiterungen und der unbeantworteten Fragen – mein Gott, was für eine Vorstellung. Wir werden die Ressourcen der ganzen Rasse, von jedem Einzelnen von uns einsetzen müssen, um darauf zu reagieren.«

Sie lächelte verhalten. »Ja. Es scheint, dass die Sterne interveniert haben. Ihr *kokuminsei,* der Geist Ihres Volkes, muss wiederbelebt werden. Es wird *satori* – ein Neuerwachen geben. Kommen Sie.« Sie streckte die Hand aus. »Wir sollten nach Edo zurückfahren. Wir haben viel zu tun.«

Er schielte und versuchte die Sternbilder vorm glänzenden Regolith zu erkennen. *Gaijin-kusai,* der Geruch des Fremden, sagte er sich. Er verspürte ein Hochgefühl, ein Erwachen, als ob eine Hängepartie beendet wurde. *Das ändert alles.*

Er nahm Nemotos Hand, und sie gingen über den Regolith zum Fahrzeug zurück.

kapitel 2

BAIKONUR

Unter einem Priester hatte Xenia Makarova sich eigentlich etwas anderes vorgestellt.

Xenia war selbst nicht religiös. Und Xenias Familie, die vor vier Generationen in die Vereinigten Staaten emigriert war, war orthodox gewesen. Sie hatte also keine Ahnung von katholischen Priestern und sich deshalb mit dem gängigen Klischee beholfen: Ein hagerer alter Mann, ein Italiener oder Ire, vom Zölibat gezeichnet und mit einer wallenden schwarzen Soutane bekleidet, die den giftigen Staub aufsog und für die Bedingungen hier am Startplatz völlig ungeeignet war.

Die erste Überraschung hatte sie erlebt, als der Priester keine Sonderwünsche bezüglich der Unterbringung angemeldet und sich in der Stadt Baikonur einquartiert hatte – zusammen mit den Technikern, die hier in diesem alten Raumfahrtzentrum aus Sowjetzeiten für Bootstrap arbeiteten. Baikonur, das ehemalige Leninsk im Herzen von Kasachstan, war ein Ort mit ausgebrannten Büros und leerstehenden Wohnungen mit Fensterhöhlen, mit Straßen und Dächern, die mit einem körnigen braunen Pulver überzogen waren, das aus mehreren hundert Kilometern Entfernung von den pestizidverseuchten Salzflächen des lange toten Aral-Sees herangeweht worden war. Baikonur war ein Relikt sowjetischer Träume, das von Kriminalität und Umweltverschmutzung heimgesucht wurde. Kein guter Ort für einen längeren Aufenthalt.

Xenia wusste jedenfalls nicht, was sie erwartete, als der Bus am Sicherheitstor vorfuhr. Sie ging hinaus, um ihren heiligen Gast zu empfangen.

Der Priester musste ungefähr sechzig gewesen sein. Er war klein und stämmig und schien noch recht gut in Form zu sein, obwohl sie sah, dass er beim Aussteigen aus dem Bus etwas steif wirkte. Glitzernde käfergroße Kameradrohnen schwirrten in einer Wolke um ihren Kopf.

Richtig, um *ihren* Kopf: Es handelte sich natürlich um eine Frau, eine der ersten Priesterinnen des Vatikans, die eigens für diese PR-Operation abgestellt worden war.

Und kein schwarzer Rock. Die Priesterin, die mit einem lockeren und bequemen temperaturausgleichenden Hemd und Hose bekleidet war, hätte als beliebige Berufstätige durchgehen können: Als Buchhalterin vielleicht oder als Weltraum-Wissenschaftlerin, wie Frank Paulis sie zu Dutzenden rekrutiert hatte oder sogar als Rechtsanwältin wie Xenia selbst. Es war nur das ›Hundehalsband‹, ein schmales weißes Band um den Hals, das von einer anderen Berufung kündete.

Im Schatten des breitkrempigen Sonnenhuts lächelte die Priesterin Xenia an. »Sie müssen Ms. Makarova sein.«

»Nennen Sie mich Xenia. Und Sie …?«

»Dorothy Chaum.« Das Lächeln wurde etwas wehmütig. »Ich bin zum Glück weder Vater noch Mutter. Sie müssen mich Dorothy nennen.«

»Es ist mir ein Vergnügen, Sie hier willkommen zu heißen, Ms. – Dorothy.«

Dorothy schlug nach den Drohnen, die wie Fliegen um ihren Kopf schwirrten. »Sie sind eine gute Lügnerin. Ich werde versuchen, Ihnen möglichst wenig Umstände zu machen.« Dann schaute sie mit einem fragenden und neugierigen Blick an Xenia vorbei aufs Raketengelände.

Vielleicht wird es doch nicht so schlimm, sagte Xenia sich.

■

Xenia hatte nämlich prinzipielle Einwände gegen den Besuch gehabt und es ihrem Boss auch gesagt. »Um Gottes willen, Frank. Hier werden Trägerraketen entwickelt. An diesem Ort trägt man einen Helm, keinen Heiligenschein.«

Frank Paulis hatte gerade etwas in die Softscreen getippt. Er war fünfundvierzig Jahre alt, untersetzt und agil. Trotz des klimatisierten Büros schwitzte er stark. »Genauso wie es in dieser Mail hier steht. Dieser Pinguin ist im Auftrag des Papstes hier, um Informationen über die Mission zu gewinnen …«

»Und sie zu segnen. Frank, die *Bruno* ist eine Mission zu den Asteroiden. Wir machen uns auf die Suche nach Aliens, um Gottes willen. Dass ein Pfaffe eine Weihrauchschale schwenkt und unser Schiff mit Weihwasser bespritzt ist – lächerlich. Mittelalterlich.«

Frank hatte einen Ausdruck in den Augen gehabt, den sie richtig zu deuten gelernt hatte. *Du musst realistisch sein, Xenia. Sieh die Dinge so, wie sie sind.* »Der Vatikan ist einer unsrer Hauptsponsoren. Sie haben ein Recht, hier zu sein.«

»Die Kirche benutzt uns doch nur als Werkzeug für ihre Neupositionierung«, hatte sie verdrossen eingewandt. Das stimmte; die Kirche war im neuen Jahrtausend hauptsächlich mit Schadensbegrenzung beschäftigt, nachdem sie nach der Jahrhundertwende von vielen Krisen geschüttelt worden war: Sexuelle Skandale, finanzielle Unregelmäßigkeiten, ein neues Bewusstsein für die Schrecken der Kirchengeschichte – deren unrühmlichste Beispiele die Kreuzzüge und die Inquisition waren. »Ganz zu schweigen von der Weigerung der Kirche«, sagte Xenia verbittert, »den Frauen das Recht auf sexuelle Selbstbestimmung zuzugestehen und das Problem des Bevölkerungswachstums anzusprechen. Diese Position wurde erst 2013 aufgegeben und ist ein historisches Unrecht, das nur mit …«

»Das ist ja alles richtig«, sagte Frank sanft. »Aber wer ist in deinen Augen denn zynisch? Wir oder sie? Schau, ich mache mir nichts aus der Kirche. Ich mache mir nur etwas aus Geld, und *davon* ist immer noch verdammt viel da. Und wie jeder andere Firmensponsor hat auch die Kirche Anspruch auf ein Stück vom PR-Kuchen.«

»Manchmal glaube ich, du würdest sogar Geld vom Teufel annehmen, wenn dein Big Dumb Booster dadurch etwas näher an die Startrampe heranrücken würde.«

»Weil wir eine Horde dieser apokalyptischen Kultanhänger hier haben – die glauben, dass die Gaijin Dämonen sind, die gesandt wurden, um uns zu bestrafen oder was auch immer –, schätze ich, dass ich schon Geld von diesem Gesellen nehme. Auf jeden Fall wird ein Gleichgewicht sichtbar.« Frank legte den Arm um sie – er musste ihn dazu hochnehmen – und geleitete sie aus dem Büro. »Xenia, dieser Hexendoktor wird nicht lang bei uns sein. Und glaube mir, einen Priester zu unterhalten wird dir viel leichter fallen als die verwöhnten Schnösel, mit denen wir es sonst zu tun haben.«

»*Ich* … Frank, wenn du wüsstest, wie sehr die Andeutung mir stinkt, dass meine Zeit nicht wertvoll sei …«

»Nimm sie zu dem Vortrag mit. Dadurch gewinnst du schon ein paar Stunden.«

»Was für ein Vortrag?«

Er runzelte die Stirn. »Ich dachte, du wüsstest Bescheid. Reid Malenfant spricht über die Philosophie außerirdischen Lebens.«

Sie musste den Namen aus einem Winkel der Erinnerung hervorkramen. »Der alte Sack aus den Talkshows?«

»Reid Malenfant, der Ex-Astronaut. Reid Malenfant, der Mitentdecker außerirdischen Lebens vor fünf Jahren. Reid Malenfant, Ikone der Neuzeit, der unseren Klempnern hier den Horizont erweitern wird.« Er grinste. »Mach nicht so ein Gesicht, Xenia. Vielleicht wird es ganz interessant.«

»Kommst du denn?«

»Natürlich.« Und er hatte sachte die Tür geschlossen.

■

Xenia und Dorothy wurden mit einem Automatikfahrzeug in Baikonur herumgefahren – die übliche Besichtigungstour.

Baikonur, das geheime Raumfahrtzentrum der Sowjetunion war fast schon zur Ruine heruntergekommen, als Frank Paulis es übernommen und wieder in Betrieb gesetzt hatte. Im Herzen einer kalten, baumlosen Steppe gelegen und nur durch einen maroden Schienenstrang mit der russischen Grenze verbunden, glich es einem vernachlässigten Militärstützpunkt, der mit Hangars, Startrampen und Brennstofftanks durchsetzt war. Trotz der mehrjährigen Präsenz von Bootstrap stapelte sich noch immer rostiger Schrott an der Peripherie der Basis – bei dem es sich zum Teil noch um die Überreste russischer Mondraketen handeln sollte, die ihr Ziel nie erreicht hatten.

Dorothys Aufmerksamkeit wurde jedoch von Xenias Bericht über die Geschichte, die Errungenschaften und die Mission von Bootstrap abgelenkt, und zwar durch die Leute, die Frank Paulis als die Sportfans bezeichnete: Vertreter der einen oder anderen Meinung über die Gaijin, die von diesem Ort anscheinend unwiderstehlich angezogen wurden.

Die Sportfans lebten am Rand des Startkomplexes in festen Zeltlagern, die durch robuste Maschendrahtzäune eingegrenzt wurden. Sie verbrachten die Zeit damit, zu singen, sich zu kostümieren, Flugblätter zu verteilen und waren überhaupt virtuose Aktionskünstler in Sachen Protest. Bootstrap-Sicherheitsleute und Drohnenroboter hielten ein wachsames Auge auf sie. Sie finanzierten sich wahrscheinlich durch Ersparnisse oder Sponsoren oder wen auch immer, dem sie ihre Erfahrung und das Wissen aus den Datennetzen verkauften. Darüber hinaus waren sie eine ebenso ergiebige wie leichte Verdienstquelle für die ortsansässigen Kasachen – weshalb sie hier überhaupt geduldet wurden.

Xenia versuchte Dorothy von der Beschäftigung mit diesen Leuten abzubringen, doch Dorothy fand das interessant. Also umrundeten sie in langsamer Fahrt die Zäune, wobei Dorothy zum Fenster hinausschaute und Xenia ihre Ungeduld zügeln musste.

Die öffentliche Reaktion auf die Gaijin – wie sie sich in den fünf Jahren seit der Entdeckung durch Nemoto und Malenfant entwickelt hatte –, war auseinander gedriftet. Es gab nun zwei große Schulen. Psychologen und Soziologen hatten die Begriffe ›Millenialisten‹ und ›Katastrophisten‹ geprägt, wie Xenia wusste.

Die Millenialisten, die sich an Denkern wie Carl Sagan – nicht zu reden von Gene Roddenberry – orientierten, glaubten nicht, dass eine sternenumspannende Kultur einer primitiven Spezies wie der Menschheit feindselig begegnen würde. Deshalb mussten die Gaijin unterwegs sein, um uns Wissen zu vermitteln, auf eine höhere Stufe zu liften oder uns vor uns selbst zu retten. Die intellektuelleren Millenialisten hatten immerhin mit hilfreichem, wenn auch nur bedingt brauchbarem Material aufgewartet: Sorgfältige Studien der Parallelen zu interkulturellem Kontakt in der Vergangenheit der Erde, die von den verhängnisvollen Folgen westlicher Kolonisierung bis zu den positiven Einflüssen reichten, die die Aneignung von Wissen der Kulturen Arabiens und der alten Griechen für das Europa des Mittelalters gehabt hatten.

Manche Millenialisten waren aber direkter. Diverse große, komplexe Strukturen waren in die Erde gegraben, eingebrannt oder auf die Erdoberfläche gemalt worden – Darstellungen des Friedenssymbols, von Yin und Yang, des christlichen Kreuzes, einer menschlichen Hand. Riesige Graffiti, die, wie Dorothy wusste, auch die Wüsten der Erde zierten und sogar – freilich illegal – die antarktische Eiskappe. Die Künstler hofften sehnsüchtig, mit ihren Werken die Aufmerksamkeit der unbekannten Wesen zu erlangen, die sich draußen im Gürtel einrichteten.

Andere waren weniger subtil. Sie sah einen Kreis von Leuten, die mit ausgebreiteten Armen und zum Wüstenhimmel gewandten Gesichtern beteten. Sie wusste, dass es ähnliche Versammlungen, sogar Dauersitzungen an vielen heiligen Stätten der großen Weltreligionen und an anderen mystischen Orten gegeben hatte: In Jerusalem, Mekka, vor den Pyramiden und in den europäischen Steinkreisen. *Nimm mich! Nimm mich!*

Die Katastrophisten indes glaubten, dass die Aliens eine schreckliche Gefahr darstellten.

Die Angst und der Zorn richteten sich natürlich gegen die Aliens selbst, und es lagen schon Pläne für Militärangriffe gegen die mutmaßlichen Asteroidenbasen in den Schubladen – die in manchen Fällen mit dem Verweis auf die offenkundige Bösartigkeit der meisten Aliens begründet wurde, die ihnen im Zusammenhang mit UFO-Entführungsfällen nachgesagt wurde. Es gab sogar eine eindrucksvolle Präsentation eines großen Luft- und Raumfahrtkartells mit Animationen und Toneffekten auf Softscreen-Plakaten, die über den Maschendrahtzaun von Bootstrap drapiert waren. Die Lobbyisten des militärisch-industriellen Komplexes versuchten immer, eine unheilvolle Lage herbeizureden, um sie in lukrative Verträge umzumünzen, und sie hätten allzu gern einen Auftrag für den Bau riesiger Schlachtschiffe für den Asteroidengürtel erhalten.

Aber die Wut der Katastrophisten war so groß, dass sie sich auch noch gegen andere Ziele richtete, zumal ihr Groll auch noch von Verschwörungstheoretikern geschürt wurde. Es gab immer noch Leute, die behaupteten, dass die US-Regierung seit dem Roswell-Zwischenfall 1947 mit den Aliens paktierte – »Ich wünschte, ich wäre dabei gewesen«, hatte Frank einmal enerviert gesagt; »das würde vieles leichter machen« –, und der Protest richtete sich gegen Regierungsstellen auf allen Ebenen, die Vereinten Nationen, wissenschaftliche Gremien und überhaupt gegen jeden, der der Verwicklung in die große Verschwörung verdächtigt wurde. Die spektakulärste Attacke war in diesem Zusammenhang der Granatwerferangriff gewesen, durch den die marode Saturn V-Mondrakete zerstört wurde, die nie ins All geflogen war und jahrzehntelang als Denkmal vorm Johnson Space Center der NASA gelegen hatte.

Die Bootstrap-Wachen waren auf der Hut.

»Interessant«, murmelte Dorothy. »Besorgniserregend.«

»Orte wie dieser sind immer ein Sammelbecken«, sagte Xenia sanft. »Die übergroße Mehrheit der Weltbevölkerung steht der ganzen Sache aber gleichgültig gegenüber. Als die Neuigkeit von den Gaijin verkündet wurde, war das natürlich eine Sensation und hat die Medien beherrscht – für ein paar Tage, vielleicht eine Woche. Ich hatte damals schon mit Frank gearbeitet. Wir waren beide fasziniert und hielten die Nachricht für die bedeutendste unseres Lebens. Und angesichts der Geschäftsmöglichkeiten, die sich dadurch vielleicht ergaben, war Frank ganz aus dem Häuschen.«

Dorothy lächelte. »Das hört sich nach dem Frank Paulis an, von dem ich gelesen habe.«

»Aber dann kamen keine weiteren Neuigkeiten mehr …«

Nach ein paar Wochen waren die Gaijin von den Titelseiten verdrängt worden. Die Politik verlief wieder in den üblichen Bahnen, und die Gelder, die man an jenem Morgen nach Nemotos und Malenfants Entdeckung im ersten Überschwang für weitere Untersuchungen, Robotsonden, bemannte Missionen und so weiter zugesagt hatte, waren bald wieder gestrichen worden.

»Die Nachricht war einfach zu … abstrakt«, murmelte Dorothy. »Unmenschlich. Sie hat alles verändert. Plötzlich drehte das Universum sich um uns; plötzlich wussten wir, dass wir nicht allein waren. Die Einstellung, die wir gegenüber uns selbst, dem Universum und unsrem Platz darin hatten, musste revidiert werden.

Und doch hat sich *nichts* geändert. Die Gaijin tun nämlich nichts anderes, als auf den Asteroiden herumzukriechen. Sie haben auf kein Signal reagiert, das wir ihnen gesendet hatten, ob von Regierungen, Kirchen oder Funkamateuren.«

Frank war sogar an der Konzeption mancher Botschaften beteiligt gewesen; die frühen Botschaften waren mit einer universalsprachlichen Methode erstellt worden, die in die sechziger Jahre des zwanzigsten

Jahrhunderts zurückreichte und als Lincos bezeichnet wurde: Mit vielen Redundanzen und Symbolen, um die Muster der Botschaft deutlich zu machen. Ein einfaches kommunikatives Konzept, das von grundlegenden mathematischen Konzepten sich über Physik und Chemie bis hin zu Astronomie steigerte … Eine schöne und faszinierende Arbeit, die den Gaijin aber nicht die geringste Reaktion entlockt hatte.

»Und in der Zwischenzeit«, sagte Dorothy, »waren die Menschen mit ihren alltäglichen Verrichtungen und Händeln beschäftigt. Wie mein Vater immer zu sagen pflegte, auch am nächsten Morgen stieg man jeweils nur mit einem Bein in die Hose.

Wissen Sie«, sagte sie nachdenklich, »generell befürworte ich diese Aktivitäten. Die Sportfans, meine ich. Das ist nämlich die einzige Möglichkeit, solche Veränderungen in unser Weltbild zu integrieren und persönlich zu verarbeiten: reden, reden und noch mal reden. Immerhin fühlen die Leute sich davon so betroffen, dass sie eine Meinung artikulieren. Schauen Sie sich das an.« Ein Softscreen-Poster zeigte ein Download aus dem Internet. Es handelte sich um eine Direktübertragung der Anomalien im Gürtel durch ein starkes Teleskop, vielleicht im Orbit oder auf dem Mond: Ein dunkler körniger Hintergrund, ein Strang blinkender, verwaschener roter Sterne. »Eine außerirdische Industrie live aus dem Weltall. Die populärste Internetseite, hat man mir gesagt. Die Leute tapezieren sich mit den Bildern die Schlafzimmer. Sie scheinen es tröstlich zu finden.«

Xenia schnaubte. »Sicher. Und wissen Sie auch, wer den größten Nutzen aus diesen Bildern zieht? Die Astrologen. Nun können Sie sich Ihr Horoskop anhand der Lichter der Gaijin-Fabriken erstellen lassen. Mein Gott … Verzeihung. Aber das sagt doch schon alles.«

Dorothy lachte verständnisvoll.

Sie entfernten sich vom Lager der Sportfans und näherten sich der Startrampe: Dem eigentlichen Punkt des Interesses, auf dem Bootstraps erstes interplanetares Raumschiff stand, Frank Paulis' ganzer Stolz.

Xenia sah die Konturen des rostroten Außentanks und die schlanken Säulen der Festbrennstoffraketen. Die Stufe wurde von einer röhrenförmigen weißen Abdeckung gekrönt, die in der Sonne glänzte. Irgendwo unter dieser Verkleidung befand sich die *Giordano Bruno,* ein komplexes robotisches Raumfahrzeug, das eines Tages zu den Asteroiden fliegen und die Gaijin aufstöbern würde, die sich dort herumtrieben – falls Frank in der Lage war, das Testprogramm zum Abschluss zu bringen und falls Xenia in der Lage war, das Unternehmen durchs Dickicht der gesetzlichen Bestimmungen zu führen, das ihnen noch den Weg versperrte.

Während Xenia das Schiff betrachtete, betrachtete Dorothy sie.

»Frank Paulis wäre ohne Sie aufgeschmissen, nicht wahr? Ich weiß, dass Sie die formelle Leiterin der Rechtsabteilung von Bootstrap sind …«

»Ich stehe auf Franks Telefonliste an erster Stelle. Er weiß meine Arbeit zu schätzen.«

»Und Sie sind glücklich in Ihrer Rolle.«

»Wir verfolgen beide dieselben Ziele, müssen Sie wissen.«

»Hmm. Ihr Schiff hat eine gewisse Ähnlichkeit mit dem alten Space Shuttle.«

»Das ist auch beabsichtigt«, sagte Xenia und hielt einen kurzen Vortrag. »Wir bei Bootstrap bezeichnen das Schiff als Big Dumb Booster. Es besteht zum großen Teil aus alten Space Shuttle-Komponenten. Sie werden die Vorzüge gegenüber der ursprünglichen Shuttle-Konstruktion sofort erkennen: Durch die Inline-Triebwerke bekommen wir eine viel robustere Stufe …«

»Ich bin genauso wenig ein Ingenieur wie Sie einer sind, Xenia«, sagte Dorothy mit gutmütigem Spott.

Xenia konnte sich ein Grinsen nicht verkneifen. »Verzeihung. Es ist schwer, vom Drehbuch abzuweichen, wenn man das schon so oft getan hat … Dies ist ein Raumschiff für den Flug zu den Planeten. Oder den Asteroiden.«

Dorothy lächelte. »Sie haben ein Raumschiff für Amerika gebaut.«

»Es ist ein Skandal«, ereiferte Xenia sich, »dass Amerika, die erste Nation, die einen Menschen zu einem anderen Himmelskörper gebracht hat, seine Fähigkeiten bis zu dem Punkt hat verkümmern lassen, dass es keine Kapazitäten für einen Schwerlast-Weltraumstart mehr hat.«

»Aber die Chinesen sind im Erdorbit, und die Japaner sind auf dem Mond. Es gibt sogar Gerüchte, wonach die Chinesen einen eigenen Flug zu den Asteroiden vorbereiten.«

Xenia schaute mit schmalen Augen zum ausgewaschenen staubigen Himmel empor. »Dorothy, es ist fünf Jahre her, seit die Gaijin im Sonnensystem erschienen sind. Ein Kontakt ist aber nicht hergestellt worden. Noch nicht. Wie Sie schon sagten, haben sie noch auf keins unsrer Signale reagiert. Sie bauen nur wie die Verrückten. Wenn es uns gelingt, eine Sonde dorthin zu schicken, werden wir vielleicht richtigen Kontakt herstellen – die Art von Kontakt, die wir uns immer erträumt haben.«

»Und Sie glauben, Amerika sollte zuerst dort sein.«

»Wer sonst, wenn nicht wir? Die Chinesen etwa?«

Eine Sirene ertönte: Ein Triebwerkstest stand bevor. Der SmartDrive des Fahrzeugs schaltete sich ein und brachte sie aus der Gefahrenzone.

■

»… Wir hatten immer geglaubt, dass außerirdisches Leben unwahrscheinlich sei – dass Leben vielleicht sogar auf die Erde beschränkt sei«, sagte Malenfant. »Fred Hoyle hat einmal gesagt, die Vorstellung, organische Moleküle in einer Ursuppe zu mischen und durch reinen Zufall ein DNA-Molekül zu erhalten, sei so realistisch wie die Annahme, ein durch eine Flugzeugfabrik fegender Wirbelwind sei imstande, aus Einzelteilen ein Flugzeug zu montieren.« Gelächter. »Doch nun müssen wir uns von dieser Vorstellung verabschieden. Wir glauben nun, dass die Komplexität, die Leben definiert und ihm zugrunde liegt, irgendwie in den Gesetzen der Physik ›fest verdrahtet‹ ist. Leben sprießt.

Stellen Sie sich einen Topf mit kochendem Wasser vor. Wenn in der Flüssigkeit die Konvektion einsetzt, sieht man, wie ein gleichmäßiges Muster aus Zellen entsteht, das einer Wabe ähnelt – kurz bevor der Siedepunkt erreicht wird und die Bewegung chaotisch wird. Es sind nur Wassermoleküle im Topf, nichts anderes. Niemand sagt diesen Molekülen, dass sie sich zu diesen erstaunlichen Mustern organisieren sollen. Dennoch tun sie es.

Dies ist nur ein Beispiel, wie Ordnung und Komplexität aus einem ursprünglich uniformen und unstrukturierten Zustand entstehen. Und vielleicht ist Leben nur das Endprodukt einer langen Reihe selbst organisierender Schritte, das …«

Malenfant hielt den Vortrag in Bootstraps klimatisierten PR-Auditorium: Der einzige Bereich, in den Frank außer dem Engineering selbst Geld zu investieren bereit war. Xenia und Dorothy verspäteten sich etwas. Zu Xenias Überraschung war das Auditorium fast voll besetzt, und sie mussten sich auf zwei Sitze in den hinteren Rängen quetschen.

Das Podest war leer außer einem Pult und einem

drei Meter großen Kunststoffmodell des Big Dumb Booster – und natürlich Malenfant.

Für Xenia war Malenfant – ein geschmeidiger, aber durch Wind und Wetter gegerbter Sechzigjähriger, dessen Kahlkopf im Scheinwerferlicht glänzte – kein attraktiver Anblick. Auch als er sprach, wirkte er seltsam deplatziert und schaute blinzelnd ins Publikum, als ob er nicht wüsste, was er hier überhaupt sollte.

Aber das Publikum, hauptsächlich junge Ingenieure, war hingerissen. Sie erkannte Frank in der ersten Reihe, der als dunkle, massige Gestalt vor dem ehemaligen Astronauten saß und genauso verzückt war wie der Rest. Der alte Raumfahrer hatte seine Zauberkraft wohl noch nicht verloren, sagte sie sich; hier herrschte eine atavistische Atmosphäre, als ob die Zuhörer die Nähe des Zauberers suchten, des Weisen, der an dieser ersten wundersamen Entdeckung beteiligt war – als ob sie durch bloße Nähe ein wenig von diesem wundervollen Licht einzufangen vermöchten.

»Schon vor der Ankunft der Gaijin«, fuhr Malenfant fort, »waren wir davon überzeugt, dass Leben überall verbreitet sein muss. Wir glauben, dass die Natur einheitlich ist und dass die Gesetze und Prozesse, die hier gelten und walten, überall Gültigkeit haben. Und nun orientieren wir uns am kopernikanischen Prinzip: Wir glauben nicht, dass wir einen besonderen Platz in Raum und Zeit einnehmen. Wenn es also hier auf der Erde Leben gibt, muss es überall welches geben – in der einen oder anderen Form.

Deshalb ist die Tatsache, dass lebende Wesen von den Sternen im Asteroidengürtel erschienen sind (das heißt, *falls* sie leben), auch keine große Überraschung. Die Überraschung ist vielmehr, dass sie *eben erst* auftauchen, hier und jetzt. Wenn sie existieren, wieso sind sie nicht schon früher gekommen?

Es hat sich in der wissenschaftlichen Praxis bewährt,

bei der Begegnung mit dem Unbekannten einen Zustand des *Gleichgewichts* anzunehmen: Einen stabilen Zustand, nicht etwa einen Zustand der Veränderung. Weil Veränderung etwas Ungewöhnliches und Besonderes ist.

Vielleicht sehen Sie das Problem bereits. Für uns bedeutet das Erscheinen der Gaijin die Ankunft – die erste Ankunft, die wir als solche erkennen – außerirdischer Kolonisten im Sonnensystem. Deshalb befinden wir uns nicht in einer Zeit des Gleichgewichts, sondern in einer Zeit des *Übergangs,* möglicherweise der grundlegendsten Veränderung aller Zeiten. Es ist so unwahrscheinlich, dass es nicht wahr ist.

Anders ausgedrückt, das ist die Frage, die von all diesen Science Fiction-Filmen über die Invasion Außerirdischer, mit denen ich aufgewachsen bin, ausgeklammert wurde.« Leicht verwundertes Gelächter von den jüngeren Männern. Was ist denn ein *›Film‹?* »Wieso kommen diese glubschäugigen Kerle ausgerechnet jetzt, wo wir nur Panzer und Atomwaffen zu ihrer Abwehr haben?«

Malenfant ließ den Blick übers Publikum schweifen. Die Augen waren tief eingesunken, und er sah müde und erschöpft aus. »Ich erzähle Ihnen das, weil Sie diejenigen sind, die die Herausforderung angenommen haben, wo Regierungen und andere Institutionen schmählich versagt haben, dorthin zu fliegen und herauszufinden, was dort vorgeht. Die Gaijin geben uns Rätsel auf – von denen einige vielleicht gelöst werden, sobald wir sie in Augenschein nehmen. Aber ihre schiere Präsenz wirft noch tiefergehende Fragen auf, Fragen, die die Natur des Universums selbst betreffen und unseren Platz in ihm. Und im Moment sind Sie die einzigen, deren Taten uns einer Beantwortung dieser Fragen näher bringen.

Sie haben meine volle Unterstützung. Machen Sie Ihre Sache gut. Alles Gute. Danke.«

Er bekam – zunächst höflichen – Beifall.

Xenia vermutete, dass die Veranstaltung inszeniert war. Sie stellte sich vor, wie dieser Mann vor dreißig Jahren die Mitarbeiter von Fabriken motiviert hatte, in denen Space Shuttle-Komponenten produziert wurden. *Leistet gute Arbeit!*

Zu ihrem Erstaunen schwoll der Applaus jedoch an und wurde geradezu stürmisch. Und zu ihrem noch größeren Erstaunen wurde sie sich bewusst, dass sie auch klatschte.

■

Xenia und Dorothy mussten sich förmlich zu Frank Paulis und Malenfant durchkämpfen, so umlagert war der Astronaut von einer Gruppe enthusiastischer junger Ingenieure.

Dorothy studierte Xenias Gesichtsausdruck. »Sie haben es nicht so mit der Heldenverehrung, nicht wahr, Xenia?«

»Halten Sie mich etwa für zynisch?«

»Nein.«

Xenia verzog das Gesicht. »Aber es – frustriert mich. Wir erleben einen Erstkontakt; ein einmaliges Vorkommnis in der Menschheitsgeschichte, was auch immer die Zukunft bringen mag. Wenigstens versucht Bootstrap etwas zu tun. Doch außer unsren Bemühungen sehe ich überall nur Irrationalität. Das und Interessenpolitik. Verschiedene Gruppen versuchen diese Entdeckung für ihre Zwecke zu nutzen.«

»Auch die Kirche?«

»Stimmt's etwa nicht?«

»Wir alle müssen sehen, wo wir bleiben, Xenia. Auf jeden Fall setzt die Kirche mit der Anteilnahme an Ihrem Projekt ein deutliches Zeichen, dass wir einen Ausweg aus der Glaubenskrise suchen, in den die Gaijin uns gestürzt haben.«

»Welche Krise denn?«

»Der Vatikan befasste sich in den neunziger Jahren zum ersten Mal in der Neuzeit mit den Weiterungen außerirdischen Lebens für die Christenheit. Aber diese Diskussion findet schon viel länger statt. Wir scheinen geglaubt zu haben, dass es Leben im Weltall gab, lang bevor wir wussten, was das *Weltall* überhaupt ist ... Diese Eingebung scheint ein Ausdruck unsrer tiefen Verwurzelung im Universum zu sein; wenn der Kosmos uns erschaffen hat, vermochte er sicher auch andere Intelligenzen zu erschaffen. Wussten Sie eigentlich, dass der Heilige Augustinus schon im sechsten Jahrhundert über Außerirdische spekuliert hat?«

»Tatsächlich?«

»Augustinus kam zu dem Schluss, dass sie nicht existieren können. Sonst hätten sie nämlich der Erlösung bedurft – eines eigenen Christus. Damit wäre aber die Einzigartigkeit Christi infrage gestellt worden, was unmöglich ist. Mit solchen theologischen Problemen schlagen wir uns bis heute herum ... Sie dürfen ruhig lachen, wenn Ihnen danach zumute ist.«

Xenia schüttelte den Kopf. »Die Vorstellung, dass wir ins All fliegen und die Gaijin zu bekehren versuchen, mutet schon seltsam an.«

»Aber wir wissen nicht, *weshalb* sie hier sind«, gab Dorothy zu bedenken. »Wäre die Suche nach der Wahrheit denn kein triftiger Grund?«

»Und nun sind Sie gekommen, um den BDB zu segnen«, sagte Xenia.

»Nicht ganz. Vielleicht haben Sie das schon getan, indem Sie ihn nach Giordano Bruno benannt haben. Ich unterstelle, dass Sie wissen, wer er war.«

»Natürlich.« Der erste Denker, der so etwas wie die moderne Vorstellung von einer Pluralität der Welten ausgedrückt hatte – Planeten, die Sonnen umkreisen und zum großen Teil von Wesen bevölkert sind, die mehr oder weniger Menschen gleichen. Frühere Denker auf anderen Welten hatten sich parallele Versionen von Dantes *Inferno*-Westentaschen-Universum vorgestellt, das um eine stationäre Erde zentriert war. »Man muss sich andere Welten erst einmal vorstellen, ehe man eine Reise dorthin plant.«

»Es gab aber schon jemanden vor Bruno«, sagte Dorothy. »Einen Kardinal, den wir als Nikolaus von Kues kennen und der im fünfzehnten Jahrhundert lebte …«

Xenia empfand Dorothys belehrenden Ton als unangebracht und wurde ungeduldig. »Wer auch immer seine Vorgänger waren, Bruno wurde von der Kirche wegen Häresie umgebracht.«

»Er wurde 1600 wegen eines mystischen Angriffs auf die Kirche auf dem Scheiterhaufen verbrannt«, sagte Dorothy, »nicht wegen seiner Reden über Außerirdische. Nicht einmal weil er Kopernikus verteidigt hatte.«

»Und das macht es etwa besser?«

Dorothy musterte sie stumm.

Schließlich löste die Gruppe der ›Techno-Jünger‹ sich auf.

»… Sie können sich gar nicht vorstellen, wie sehr ich Sie bewundere, Oberst Malenfant«, sagte Frank gerade. »Ich bin zwanzig Jahre jünger als Sie. Aber ich habe Sie mir in jeder Hinsicht zum Vorbild genommen.«

Malenfant beäugte ihn skeptisch. »Dann müsste ich schon in der Hölle schmoren.«

»Nein, das ist mein Ernst. Sie haben eine Firma namens Bootstrap gegründet. Sie hatten Pläne für die Ausbeutung der Asteroiden.«

»Es hat aber nicht funktioniert. Ich war ein lausiger Geschäftsmann. Und als ich meine Frau verlor …«

»Sicher, aber Sie hatten die richtige Idee. Wenn das nicht gewesen wäre …«

Malenfant schaute sehnsüchtig aufs BDB-Modell. »Wenn das nicht gewesen wäre, wenn das Universum eine andere Gestalt hätte – ja, dann *hätte* ich vielleicht all das getan. Und wer weiß, was ich gefunden hätte?«

Das Schweigen zog sich in die Länge. Xenia fiel auf, dass Dorothy die Stirn runzelte, als sie Malenfants umwölkte und betrübte Miene betrachtete.

kapitel 3

DEBATTEN

Es vergingen über vier Jahre, bis Malenfant Frank J. Paulis wiedersah.

Im Jahr 2029 wurde Malenfant ins Smithsonian in Washington eingeladen, um als Gast dem Jahrestreffen der Amerikanischen Gesellschaft zur Förderung der Wissenschaften beizuwohnen – oder zumindest einem Teilbereich der Wissenschaft, die vom SETI-Institut unterstützt wurde, einer privat finanzierten Gruppe mit Sitz in Colorado. Sie widmete sich dem Studium der Gaijin, der Suche nach außerirdischer Intelligenz und anderen schönen Dingen.

Trotz des Themas der Konferenz war Malenfant nur zögernd der Einladung gefolgt.

Er mied seit einiger Zeit Auftritte in der Öffentlichkeit. Während Paulis' Robotsonde sich zielstrebig von der Erde entfernte, schlug die unwillkommene Bekanntheit, die er vor neun Jahren erlangt hatte, wieder durch. Er bezeichnete es als das Buzz Aldrin-Syndrom: *Aber Sie sind doch dort gewesen …* Wenn die Leute ihn anschauten, hatte er das Gefühl, dass sie ein Symbol sahen und kein menschliches Wesen; sie sahen jemanden, der nicht mehr fähig war, jemals wieder selbständige Arbeit zu leisten. Es war eine Betrachtungsweise, die ihn peinlich berührte und lähmte und bei der er sich uralt fühlte. Und nicht nur das, Malenfant war zur Zielscheibe unwillkommener Aufmerksamkeit extremer Gruppen von beiden Enden des Spektrums geworden, sowohl den Xenophoben als auch den Xenophilen.

Er war von Maura Della eingeladen worden, einer früheren Kongressabgeordneten, die er während der ›Nachbeben‹ jener Entdeckung kennen gelernt hatte.

Maura Della war etwa im gleichen Alter wie Malenfant, klein, adrett und rege. Sie hatte dem Wissenschaftlichen Beirat des Präsidenten angehört, als die Neuigkeit von den Gaijin bekannt wurde, als Malenfant und Nemoto vor den Präsidenten zitiert wurden, vor den Verteidigungsminister, die Handelskammer und diverse präsidiale Arbeitsgruppen, während die Regierung versuchte, eine offizielle Linie bezüglich der Gaijin zu finden. Anders als die Funktionäre, denen Malenfant damals begegnet war, hatte Maura Della sich im Umgang mit Malenfant als ebenso kritisch wie geradeheraus erwiesen, und er hatte ihr Verantwortungsbewusstsein in Bezug auf SETI und andere Probleme zu respektieren gelernt. Er freute sich auf ein Wiedersehen mit ihr.

Und er hoffte, dass sie noch immer nah genug an den Schalthebeln der Macht saß, um ihm aus erster Hand einen Einblick in *neue* Entwicklungen zu gewähren.

In dieser Hinsicht wurde er nicht enttäuscht, wie sich herausstellte.

■

Zunächst war die Konferenz nicht sehr aufschlussreich. Es wurde lediglich zusammengefasst, was man neun lange Jahre nach der Entdeckung über die Gaijin wusste. In Ermangelung neuer Fakten wurde die Veranstaltung hauptsächlich mit Präsentationen bestritten, die sich mit den Auswirkungen der Existenz der Gaijin auf philosophische Grundsätze befassten.

Den ersten Vortrag, den er sich mit Maura Della anhörte, handelte von der ebenso kurzen wie ergebnislosen Geschichte von SETI, der Suche nach extraterrestrischen Intelligenzen.

Seit den fünfziger Jahren hatte man auf die entsprechenden Frequenzen eingestellte Radioteleskope auf nahe Sterne wie Tau Ceti und Epsilon Eridani ausgerichtet, wo die Existenz von Leben für möglich gehalten wurde. Schließlich hatte die NASA die Federführung bei der Suche übernommen und die Suchmethoden verfeinert und automatisiert, bis es möglich war, Tausende wahrscheinlicher Funkfrequenzen mit sehr hoher Geschwindigkeit zu überprüfen.

Jahrzehnte geduldiger Suche hatten nichts erbracht außer ein paar flüchtigen, unverständlichen und bruchstückhaften Mustern.

Während Malenfant dem Strom der Details und Akronyme der zahlreichen Projekte lauschte – Ozma, Cyclops, Phoenix –, entwickelte er geradezu Mitgefühl für diese Zuhörer, die sehnlichst darauf hofften, ein Flüstern von den Sternen zu erhaschen, und sei es noch so leise. Ihre Bemühungen hatten natürlich von vornherein in die falsche Richtung gewiesen und waren vergebliche Liebesmüh. *Gleichgewicht,* sagte er sich: Entweder ist der Himmel stumm, weil er leer ist oder aber die Aliens sind überall. Es war sinnlos, nach einem Flüstern zu lauschen; wenn wir nicht allein wären, müsste der Himmel bildlich gesprochen lodern wie eine Fackel.

Die nächste Sprecherin beeindruckte Malenfant schon eher. Sie hieß Carole Lerner und war Geologin am Caltech – nicht älter als dreißig, dürr und wortgewandt. Sie versuchte, mit einer neuen Lösung für das Rätsel der Ankunft der Gaijin aufzuwarten. Vielleicht hatte es nur deshalb nicht schon früher irgendwelche Anzeichen von den Gaijin gegeben, sagte Lerner, weil sie sich erst kürzlich entwickelt hatten – und zwar nicht zwischen den Sternen, sondern wo man sie gefunden hatte, nämlich im Asteroidengürtel selbst.

Seit einigen Jahrzehnten wurde auch die Ansicht vertreten, dass Leben in Kometen Fuß zu fassen vermochte – vielleicht in Taschen aus flüssigem Wasser, das mit den organischen Verbindungen versetzt war, die im Kometeninnern vorkamen –, und man glaubte auch, dass manche Asteroiden ausgebrannte Kometen seien oder zumindest eine mit Kometen vergleichbare Zusammensetzung hätten. Dass ausgerechnet in dem Moment, wo wir einen ähnlichen Zustand erreichten, eine raumfahrende fremde Rasse zwischen den Asteroiden auftauchte, ließ sich vielleicht damit erklären, dass zeitliche Maßstäbe zur Deckung kamen. Vielleicht dauerte es einfach so lang, ein paar Milliarden Jahre, bis Leben aus der Ursuppe zu den Sternen kroch – unabhängig vom Ort seiner Entstehung.

Das war eine nette Hypothese, sagte Malenfant sich, aber er glaubte, dass die Kongruenz der zeitlichen Maßstäbe doch zu schön war, um wahr zu sein. Trotzdem war das der erste Beitrag zu der Konferenz, der die grundsätzlichen Aspekte thematisierte, die Leute wie Nemoto umtrieben. Er warf einen Blick auf die Softscreen und fragte biografische Details der Referentin ab.

Lerners Fachgebiet war die vulkanische Geschichte des Planeten Venus. Malenfant wunderte sich nicht, als er sah, dass sie Probleme hatte, Finanzmittel für die Weiterführung ihrer Arbeit aufzubringen. Ein Nebeneffekt der Ankunft der Gaijin war das erlahmende Interesse an den Wissenschaften gewesen. Man schien allgemein der Auffassung zu sein, dass die Gaijin den Menschen irgendwann die Antworten auf alle Fragen präsentieren würden. Wieso sollte man dann noch Zeit – und, wichtiger noch, Geld – in die Forschung investieren? Natürlich hätte kein echter Wissenschaftler sich mit dieser Passivität begnügt; und er hatte den Eindruck, dass diese Carole Lerner von genau diesem Forschergeist beseelt war.

Der nächste Vortrag, den ein vierschrötiger Akademiker vom SETI-Institut hielt, trug seinen eigenen Namen im Titel: ›Der Nemoto-Malenfant-Kontakt – Ein Beispiel, wie man es nicht machen sollte.‹

Maura Della lehnte sich zurück und hörte mit dem Ausdruck großer Freude zu.

Die Präsentation basierte auf einem amtlichen Protokoll, das auf einen Kontakt mit Außerirdischen anzuwenden war. Das Protokoll war ursprünglich in den neunziger Jahren von der NASA formuliert und von den UN und nationalen Regierungen weiterentwickelt worden, nachdem die US-Regierung die Finanzierung von SETI eingestellt hatte und die NASA-Projekte von privaten Einrichtungen übernommen worden waren.

Malenfant – als eine von zwei Personen, die in der ganzen Menschheitsgeschichte in die Situation geraten waren, die das Protokoll beschrieb – hatte sich nie die Mühe gemacht, es zu lesen. Er wunderte sich auch nicht, dass es top-down, offiziös und fast närrisch in der optimistischen Annahme war, dass dieses Thema von zentraler Stelle kontrolliert werden könne:

> ›Nach der Schlussfolgerung, dass die Entdeckung ein glaubwürdiger Beweis für außerirdische Intelligenzen zu sein scheint und nachdem dritte Parteien über diese Erklärung in Kenntnis gesetzt wurden, werden die Entdecker die Beobachter auf der ganzen Welt durch das Zentralbüro für Astronomische Telegramme der Internationalen Astronomischen Vereinigung informieren, und sie werden den Generalsekretär der Vereinten Nationen in Übereinstimmung mit Artikel XI des Grundlagenvertrags über die Aktivitäten der Staaten bezüglich der Ausbeutung und

Nutzbarmachung des Weltraums, einschließlich des Mondes und anderer Himmelskörper informieren. Wegen des bekundeten Interesses an und der Expertise hinsichtlich der Frage der Existenz extraterrestrischer Intelligenzen werden die Entdecker gleichzeitig die folgenden internationalen Einrichtungen über die Entdeckung informieren und ihnen alle relevanten Daten und aufgezeichneten beweiserheblichen Informationen liefern: Den Internationalen Telekommunikations-Verband, das Komitee für Weltraumforschung, den Internationalen Rat Wissenschaftlicher Verbände, den Internationalen Astronautischen Verband, die Internationale Akademie der Astronautik, das Internationale Institut für Weltraumrecht, die Kommission 51 der Internationalen Astronomischen Vereinigung und die Kommission J der Internationalen Radiowissenschaftlichen Vereinigung …‹

Malenfant und Nemoto waren jedoch flugs in die Talkshows gegangen.

Maura patschte auf Malenfants Handgelenk. »Schlimm, schlimm. Die ganzen Kommissionen, die Sie übergangen haben. Sie haben sich dort viele Feinde geschaffen.«

»Immerhin durfte ich in Lincolns Schlafzimmer im Weißen Haus nächtigen«, sagte er. »Wissen Sie, dieser Typ hört sich gerade so an, als ob es ihm lieber gewesen wäre, wenn wir die Entdeckung gar nicht gemacht hätten, anstatt es ›falsch‹ zu machen.«

»Die menschliche Natur, Malenfant. Sie haben ihm sein Spielzeug weggenommen.«

Nun eröffnete der Sprecher die Diskussion.

Die Diskussion mündete alsbald in die Frage, wie die Situation von hier aus gehandhabt werden solle. Vielfach wurde die Forderung erhoben, dass Verhaltenswissenschaftler sich mit Möglichkeiten befassten, die öffentliche Reaktion einzuschätzen und zu steuern.

Es sollte erforscht werden, welche Vorstellungen von Außerirdischen in der Bevölkerung kursierten; Analogien zu den Reaktionen auf Missionen wie Apollo zum Mond und Viking zum Mars sollten erörtert werden, und es wurde vorgeschlagen, dass SETI-Mitarbeiter mithilfe von Medien wie Internetauftritten, Spielen und Musik die Themen SETI und Aliens ›verantwortungsvoll‹ präsentierten.

Maura verzog das Gesicht. »Begreifen diese Leute denn nicht, dass die Katze schon aus dem Sack ist? Es ist nicht mehr möglich, den Zugang der Öffentlichkeit zu Informationen zu kontrollieren – und die Reaktionen darauf schon gar nicht. Meiner Meinung nach sollte man es auch gar nicht erst versuchen.«

Schließlich trat der Sprecher von der Bühne ab, und Malenfants Laune besserte sich wieder. Als Ingenieur wusste er nämlich, dass ein Eimer voller philosophischer Prinzipien weniger wert war als ein Körnchen harter Tatsachen. Deshalb glich der nächste Vortrag, der von Frank Paulis gehalten wurde, einer frischen Brise. Schließlich war es Paulis mit seinem Geld und seiner Initiative, der wirklich etwas bewegte.

Paulis' Bilder seines Raumschiffs, der *Bruno,* zeigten eine glitzernde Libelle mit Solarzellenflügeln, einem Antennen-Gespinst und auf langen Auslegern montierten Sensoren. Das Raumfahrzeug wurde von einem Schwarm Microsats umrundet, die im Flug Wartungsarbeiten und Reparaturen durchführten.

Der Start war unspektakulär gewesen, und die ersten Jahre des langen Flugs waren nur durch die üblichen Hardwarepannen und Beinahe-Nervenzusammenbrüche des Bodenpersonals aufgelockert worden. Malenfant fand es erstaunlich, dass die Raumfahrttechnik in den siebzig Jahren seit dem Sputnik kaum Fortschritte gemacht zu haben schien; die Konstruktion der *Bruno* hätte wahrscheinlich nicht einmal

Wernher von Braun Rätsel aufgegeben, wenn man die paar Quantenchips auf Saphirbasis außer Acht ließ. Allerdings war der Raumflug immer schon ein konservatives Geschäft gewesen; wenn man nur einen Schuss hatte, wollte man ein funktionsfähiges Schiff und keinen Versuchsträger für neue Gimmicks und Ideen.

Auf jeden Fall hatte die *Bruno* die von Menschen verursachten Krisen überstanden. Das Schiff war noch immer ein Jahr vom Rendezvous mit dem Punkt entfernt, der die mutmaßliche Großbaustelle – oder Kolonie oder Nest – der Gaijin war. Der Asteroidengürtel war ein breites Band aus Schutt; die Sonde war bereits ein paar dieser staubigen Wanderer begegnet, die man bisher noch nie aus der Nähe gesehen hatte. Das Beste kam aber noch, versprach Paulis, während er die Dias mit den kohlschwarzen namenlosen Felsen zeigte. Denn in der Dunkelheit warteten die Gaijin.

■

Nachdem er sich den ganzen Vormittag hatte berieseln lassen, kehrte Malenfant ins Hotel zurück.

Er reiste mit leichtem Gepäck dieser Tage: Nur ein Kulturbeutel, zwei selbstreinigende Anzüge und Garnituren Unterwäsche und eine Softscreen, die ihn mit dem Rest der Spezies verband – das war alles, was er brauchte. Und einen Talisman, einen uralten Stein von der Rückseite des Mondes, aus dem jemand einen fein ziselierten Fuchs-Gott geschaffen hatte. Malenfant war zum Minimalisten geworden. Er war auch der Ansicht, dass die Zeit auf dem japanischen Mond ihn ohne Zweifel positiv verändert hatte.

Er verbrachte eine halbe Stunde damit, stark gefilterte und interpretierte Nachrichten auf der Softscreen zu verfolgen. Er musste wissen, was in der Welt vorging, aber er war schon zu alt, um Geduld für die lästigen Kommentare aufzubringen.

In einer Ecke der Softscreen blinkte ein Licht: Eine eingehende Nachricht.

Es war Nemoto. Seit Jahren nahm sie zum erstenmal wieder Kontakt mit Malenfant auf.

»Nemoto! Wo sind Sie?«

Die Antwort traf mit ein paar Sekunden Verzögerung ein, und ein paar Lachfalten erschienen in ihrem Gesicht. Die kurze Verzögerung war ein Indiz dafür, dass sie sich auf dem Mond befand. Aber vielleicht war es auch nur ein Bluff …

»Sie sollten mich wirklich besser kennen, als dass Sie mir so eine Frage stellen müssten, Malenfant.«

»Ja. Verzeihung.«

Sie war noch immer unter vierzig, aber sie alterte früh, sagte er sich. Das Haar war dicht und schwarz wie eh und je, aber das ovale Gesicht hatte seine Schönheit verloren: Es war kantig geworden, die Wangenknochen traten hervor, und die dunklen Augen lagen tief in den Höhlen. Ihre Stimme drang wie das Zirpen eines Insekts aus den Lautsprechern der Softscreen. »Wie finden Sie die Konferenz?«

»Nicht besonders.« Er teilte mit ihr die Abneigung gegen philosophisches Gesülze.

»Aber es hätte schlimmer sein können. Hier habe ich noch ein wenig Philosophie für Sie. ›Ich glaube, so wird die Welt enden – mit einem Kichern all der Schlauköpfe, die das für einen Scherz halten.‹ Kierkegaard.«

»Er hat recht.« Wer auch immer er war.

»Philosophie vermag uns manchmal zu leiten, Malenfant.«

»Zum Beispiel?«

»Zum Beispiel die Idee des Gleichgewichts …«

Es war, als ob sie ein Gespräch wiederaufgenommen

hätten, das sie mit Unterbrechungen die letzten neun Jahre geführt hatten; ein langsames Herantasten ans *koan*.

Nach der Berühmtheit, die sie durch die Meldung der Präsenz der Aliens im Gürtel erlangt hatten, hatte Nemoto sich rar gemacht. Sie hatte alle Einladungen zu öffentlichen Auftritten abgelehnt, hatte ihre Arbeitsstelle gekündigt, Forschungsaufträge von einem Dutzend der renommiertesten Universitäten und Unternehmen der Welt abgelehnt und war regelrecht untergetaucht. Malenfant war in dieser Zeit mit abnehmender Begeisterung durch die Weltgeschichte gegondelt und hatte die schlechten Kritiken beziehungsweise die Lobpreisungen der Leute über sich ergehen lassen, die sich in seinem Ruhm sonnten. Sie war ein Armstrong gewesen, sagte er sich manchmal, und er ein Aldrin.

Aber sie führte ihre Forschungen fort – obwohl er nicht wusste, welches Ziel sie verfolgte und woher sie das Geld dafür nahm.

Sie mochte die Gaijin nicht. Das stand jedenfalls fest.

»Wir hatten uns nur zwei mögliche Gleichgewichtszustände vorgestellt«, sagte sie leise. »Wir haben diesen Augenblick, den Augenblick des Erstkontakts als Übergang zwischen zwei Gleichgewichtszuständen definiert, der jedoch so kurz war, dass wir ihn nicht bewusst erlebt haben. Aber was, wenn das nicht stimmt? Was, wenn *dies* der wirkliche Zustand des Gleichgewichts ist?«

Malenfant runzelte die Stirn. »Ich verstehe nicht. Der Kontakt ändert doch alles. Wie soll man eine *Veränderung* als Gleichgewicht beschreiben?«

»Wenn es mehr als einmal passiert. Immer und immer wieder. In diesem Fall ist es kein Zufall, dass ich hier und jetzt lebe, um Zeuge dieses Ereignisses zu werden. Es ist kein Zufall, dass wir just in diesem Moment eine Kultur haben, die imstande ist, die Signale aufzufangen und sogar eine Art Kontakt herzustellen. *Weil es nicht einmalig ist.*«

»Wollen Sie damit sagen, das sei schon einmal passiert? Dass fremde Wesen hier gewesen sind? Wohin sind sie dann gegangen?«

»Mir fällt keine Antwort ein, die mir nicht Angst machen würde, Malenfant.«

Er musterte sie. Ihre Augen waren fast unsichtbar, und das Gesicht eine ausdruckslose Maske. Der Hintergrund war dunkel und anonym, zweifellos über die Manipulation durch Bildbearbeitungs-Routinen erhaben.

Er suchte nach Worten. *Du verbringst zu viel Zeit allein. Du musst mehr unter die Leute gehen.* Aber er vermochte sich kaum als Freund dieser merkwürdigen, besessenen Frau zu bezeichnen. »Sie verbringen viel Zeit damit, über diese Dinge nachzudenken, nicht wahr?«

Sie schien pikiert. »Das ist das Schicksal der Spezies.«

Er seufzte. »Aus welchem Grund haben Sie mich angerufen, Nemoto?«

»Um Sie zu warnen«, sagte sie. »Es stimmt nicht ganz, dass wir darauf warten, dass Frank Paulis und seine Sonde uns neue Daten liefern. Es gibt zwei Punkte, die von Interesse sind. Einmal eine neue Interpretation. Es ist mir gelungen, Muster aus der Infrarot-Signatur der Gaijin im Gürtel zu erschließen. Ich glaube, ich habe ihr Muster der Ausbreitung gefunden.«

Ihr Gesicht verschwand und wich einem virtuellen Display des Typs, den sie ihm in der Abgeschiedenheit des Mondes gezeigt hatte. Es war ein Ring aus glitzernden roten Tropfen, der sich langsam drehte: Der Asteroidengürtel mit den dunklen Kirkwood-Lücken.

Und da war auch die Lücke mit der Eins-zu-Drei-Resonanz mit Jupiter, mit der Kette der geheimnisvollen hellen Rubine.

»Schauen Sie, Malenfant …«

Malenfant beugte sich dicht über den Bildschirm und betrachtete die kleinen Lichtperlen. Die Bilder wurden von kleinen Vektorpfeilen flankiert, die Geschwindigkeit und Beschleunigung markierten. Er sah, dass die Rubine sich nicht in simplen Kreisen um die Sonne bewegten; sie schienen sich vielmehr im Gürtel aufzufächern, wobei manche sich sogar rückwärts bewegten, in Gegenrichtung des restlichen Gürtels.

Die Bewegung war faszinierend.

»Stellen Sie sich die Pfeile rückwärts gerichtet vor«, sagte Nemoto.

»Aha«, sagte Malenfant. »Ja. Sie würden konvergieren.«

Nemoto ließ eine Routine laufen, um auf der Grundlage der Geschwindigkeitsvektoren der Gaijin-Standorte rückwärts zu extrapolieren. »Das ist Pi mal Daumen«, gestand sie ein. »Ich musste viele Spekulationen anstellen, wie die Bahnen der Objekte im Schwerefeld der Sonne von einfachen Orbits abgewichen waren. Aber es hat nicht lang gedauert, bis ich eine Antwort gefunden habe.«

Die projizierten Pfade führten bogenförmig aus dem Asteroidengürtel hinaus – sie entfernten sich von der Sonne und führten weiter in den Leerraum hinein, bevor sie zusammenliefen.

Malenfant tippte auf den Bildschirm. »Sie haben ihn gefunden. Den Hauptstrahler. Wo diese Sonden oder Fabriken oder was zum Teufel sie sind herkommen.«

»Er ist eins komma vier mal zehn hoch vierzehn Meter von der Sonne entfernt. Das ist …«

»Etwa tausend astronomische Einheiten weit draußen.« Die tausendfache Entfernung der Erde von der

Sonne. »Irgendwo in der Richtung von Virgo … Aber wieso dort?«

»Ich weiß nicht. Ich brauche noch mehr Daten und muss weitere Untersuchungen durchführen.«

»Und der zweite Punkt?«

Sie beäugte ihn. »Sie treffen sich mit Maura Della. Fragen Sie sie nach Rigil Kent.«

Rigil Kent. Auch bekannt als Alpha Centauri, das der Sonne nächste Sternensystem, vier Lichtjahre entfernt.

»Nemoto …«

Aber die Softscreen hatte sich schon wieder mit dem Chaos der Online-Nachrichtenkanäle gefüllt; Nemoto hatte sich in die Dunkelheit zurückgezogen.

■

Er wurde von der ehemaligen Kongressabgeordneten Maura Della zum Mittagessen eingeladen.

Nach dem Essen spazierten sie durch die Konferenzhalle und warfen einen Blick auf die Plakate und Nebenveranstaltungen. Malenfant fühlte sich unbehaglich in der Öffentlichkeit, wie auf dem Präsentierteller.

»Ich würde mir keine allzu großen Sorgen machen«, sagte Maura. »Jedenfalls nicht hier; Sie müssen sich aber vor den Leuten hüten, die zu Hause bleiben und die Zielfernrohre ihrer Flinten putzen.«

»Das ist nicht witzig, Maura.«

»Wahrscheinlich nicht. Verzeihung.«

Sie hatte während des Essens kaum ein Wort gesprochen, und nun vermochte er sich nicht mehr zurückzuhalten. *»Rigil Kent«,* sagte er.

Sie blieb stehen. »Sie haben mir die Überraschung verdorben«, sagte sie mit leiser Stimme. »Ich hätte aber wissen müssen, dass Sie dahinterkommen.«

»Was ist los, Maura?«

Anstatt ihm zu antworten, führte sie ihn zu einer kleinen Kaffeebar mit überzogenen Preisen. Auf einer kleinen Softscreen zeigte sie ihm Bilder des großen Radioteleskops in Arecibo, verschiedener Mikrowellen-Satelliten und der Aktivitäten im Hauptgebäude am JPL: Konsolenreihen, junge aufgeregte Ingenieure auf Bürostühlen mit Rollen, Daten, die über die vor ihnen stehenden Bildschirme wanderten.

»Malenfant, wir haben ein Signal aufgefangen. Von Alpha Centauri.«

»Was ... wie ...«

Sie legte ihm den Finger auf die Lippen.

Wie sich herausstellte, gab es noch etwas mehr zu erzählen – obwohl diese Neuigkeit Mauras eigentliches Motiv gewesen war, ihn zum Essen einzuladen. Maura hatte die Neuigkeit von ihren Kontaktleuten in der Regierung. Das Signal war schwach und von einem orbitalen Mikrowellen-Satelliten aufgefangen worden. Aber es hatte keine Ähnlichkeit mit den ordentlich strukturierten Lincos-Signalen, die die Menschen zum Asteroidengürtel gesendet hatten. Es war stark komprimiert, ein Fetzen eines scheinbar substanzlosen Rauschens, das nur flüchtige Ansätze einer Struktur aufwies – genauso wie die Erde aus einer Entfernung von vier Lichtjahren vielleicht sich angehört hätte.

»Oder es ist ein Funktionssignal«, sagte Malenfant heiser. »Es ist sicher nicht billig, Signale zwischen den Sternen auszutauschen. Man würde versuchen, Redundanzen – sich wiederholende Strukturen – möglichst zu vermeiden. Wenn man nicht weiß, wie man es entschlüsselt, muss ein solches Signal wie Rauschen anmuten ...« Wie dem auch sei, die Weiterungen waren klar. Dieses Signal war nicht für Menschen bestimmt.

Doch wer auch immer dort war bei Alpha Centauri, hatte eben erst angefangen zu senden – das heißt erst vor vier Jahren, wenn man die Zeit berücksichtigte, die die Signale bis zur Erde brauchten.

Die Existenz und die Natur des Signals wurden noch immer verifiziert. »*Diesmal* befolgen wir die Protokolle, Malenfant.«

»Sind das die Gaijin? Oder jemand anders?«

»Wir wissen es nicht.«

»Halten Sie mich auf dem Laufenden.«

»O ja«, sagte sie. »Aber behalten Sie es für sich.«

■

Malenfant verbrachte die restliche Nacht im Hotelzimmer, ohne dass er zur Ruhe gekommen wäre. Er ging im Zimmer auf und ab, bis Nemoto wieder anrief.

Es ärgerte ihn, dass Nemoto über Centauri Bescheid gewusst und ihm nichts gesagt hatte. Aber er ließ sich nichts anmerken.

»Wenigstens widerlegt diese Entdeckung die Theorie, dass die Gaijin Bewohner unsres Sonnensystems seien«, sagte er. »Wenn sie von Centauri kommen …«

»Natürlich kommen sie nicht von Centauri«, sagte Nemoto. »Wieso sollten sie plötzlich so eifrig funken, wenn das der Fall wäre? Nein, Malenfant. Sie sind nur im Centauri-System angekommen. Genauso wie sie *hier* nur angekommen sind. Anscheinend haben wir es mit der Vorhut einer Kolonisations-Welle zu tun, Malenfant, deren Ausgangspunkt weit von unsrem System entfernt ist.«

»Aber …«

Nemoto fuchtelte mit ihrer zarten Hand vor dem Gesicht herum. »Aber das ist unwichtig, Malenfant. Nichts von alledem ist wichtig. Nicht einmal die Aktivitäten in den Asteroiden.«

»Was ist dann wichtig?«

»Ich habe die Natur des Hauptstrahlers der Gaijin im Sonnensystem bestimmt.«

»Die Natur? Sie sagten, er sei tausend AE weit draußen. Was hat dort draußen überhaupt eine Natur?«

»Ein Sonnenfokus«, sagte Nemoto.

»Ein was?«

»So weit draußen findet man die Brennpunkte des Schwerefelds der Sonne. Abbildungen ferner Sterne, die durch Gravitationslinsen vergrößert werden. Und der Stern, der im Hauptstrahler der Gaijin fokussiert ist, ist …«

»Alpha Centauri?« Ihm sträubten sich die Nackenhaare.

»Sehen Sie, Malenfant?«, sagte sie. »Und wenn man noch so viele Sonden zum Gürtel schickt, wird man keine Antwort auf die eigentlichen Fragen erhalten.«

»Nein.« Malenfant schüttelte den Kopf, und die Gedanken jagten sich. »Wir müssen jemanden dorthin schicken. Über tausend AE zum Sonnenbrennpunkt … Aber das ist unmöglich.«

»Trotzdem ist das die Herausforderung, Malenfant. *Dort* – im Sonnenbrennpunkt – sind die Antworten zu finden. *Dorthin* müssen wir gehen.«

kapitel 4

ELLIS ISLAND

Maura flog um einen Asteroiden herum.

Der Asteroid – den die Flug-Controller am JPL aus einer Laune heraus auf den Namen Ellis Island getauft hatten – war drei Kilometer breit und zwölf lang. Der dunkle und staubige Verbund-Himmelskörper sah aus wie zwei aneinander pappende Kartoffeln. Maura sah Ausrüstungsgegenstände der *Bruno* über sich: Filigrane Klauen, Greifer und Leinen, die durchs All bis zu der Stelle sich spannten, wo die raketengetriebenen Felshaken sich schon in die weiche, bröckelige Oberfläche des Asteroiden gebohrt hatten.

Sie drehte den Kopf, was mit einer gewissen Anstrengung verbunden war. Die Perspektive veränderte sich. Der Asteroid wanderte nach links aus, und das Bild, das durch die von der *Bruno* empfangenen Daten stark vergrößert und extrapoliert wurde, verschwamm leicht, als die Prozessoren versuchten, die Änderung der Blickrichtung nachzuvollziehen.

Sie hing in einer Dunkelheit, die nur durch stecknadelkopfgroße Lichtpunkte durchbrochen wurde. Sie war überall von Sternen umgeben: Über, unter und hinter ihr. Obwohl sie sich inmitten des Asteroidengürtels befand, gab es außer Ellis keinen einzigen Himmelskörper, der groß genug war, um als Scheibe abgebildet zu werden. Selbst die Sonne war zu einem gelben Punkt geschrumpft, der lange Schatten warf, und sie wusste, dass dieser einsame Felsen nur mit ein paar

Prozent der Wärme und des Lichts bedacht wurde, die die Sonne für die Erde übrig hatte.

Der Asteroidengürtel hatte sich als erstaunlich leerer, kalter und weiträumiger Ort erwiesen. Und doch hatten die Gaijin sich gerade diesen Ort ausgesucht.

»Miss Della, genießen Sie die Show?«, flüsterte Xenia Makarov Della, dem Bootstraps VIP-Gast an diesem Tag, ins Ohr.

Sie unterdrückte ein Seufzen. »Ja, meine Liebe. Natürlich genieße ich es. Sehr beeindruckend.«

Und so war es auch. In der Zeit als Mitglied des wissenschaftlichen Beirats des Präsidenten hatte sie viel Zeit mit waghalsigen Raumflügen wie diesem verbracht, ob bemannt oder unbemannt. Sie musste zugeben, dass die Fähigkeit, die Erfahrung stellvertretend zu teilen – in der Lage zu sein, mit dem VR-Stirnband in den eigenen vier Wänden zu sitzen und zugleich mit der Sonde den Asteroiden anzufliegen – eine enorme Verbesserung gegenüber dem früheren Angebot war: Diese engen Besucherzellen hinter der Missionskontrolle im Johnson Space Center, dem lauten Saal im JPL.

Und doch fühlte sie sich rastlos hier in der Dunkelheit und Kälte. Am liebsten hätte sie die VR-Verbindung zur *Bruno* gekappt, aus dem nur einen Meter entfernten Fenster des Apartments geschaut und das Sonnenlicht eingesogen, in das das Hafenviertel von Baltimore getaucht war.

»Es ist nur, dass Weltraumoperationen so verdammt langsam ablaufen«, sagte sie zu Xenia.

»Aber wir müssen es langsam angehen lassen«, sagte Xenia. »Die Landung auf einem Asteroiden gleicht eher dem Andocken an ein anderes Raumschiff als einer Landung im eigentlichen Sinn; die Gravitation ist hier so schwach, dass das Haupt-Problem darin besteht, nicht abzuprallen und wieder in den Weltraum abzudriften.

Wir kommen am Nordpol des Asteroiden runter. Der Haupt-Standort der Gaijin scheint sich am andern Rotationspol, dem Südpol zu befinden. Wir beabsichtigen, außer Sichtweite der Gaijin zu landen – unter der Voraussetzung, dass sie uns nicht schon geortet haben – und uns über die Oberfläche an die Aliens heranzupirschen. So sind wir vielleicht imstande, bis zu einem gewissen Grad die Kontrolle über die Situation zu behalten …«

»Das ist ein schrecklich dunkler und staubiger Ort, nicht wahr?«

»Das liegt daran, weil es ein C-Typ-Asteroid ist, Miss Della. Eis, flüchtige Stoffe und organische Verbindungen: Genau die Art von Fels, die wir uns auch ausgesucht hätten, um ihn zwecks Lebenserhaltung und Brennstoffgewinnung auszubeuten.«

Ja, sagte Maura sich mit einem Anflug von Zorn. Das ist unser Gürtel, *unser* Asteroid. Unser Schatz – ein Vermächtnis des Ursprungs des Sonnensystems für unsre Zukunft. Und nun machen diese Gaijin sich hier breit – Fremde, die uns unser Geburtsrecht streitig machen.

Sie war über sich selbst erstaunt und wunderte sich, dass sie in der Kategorie von Gebietsansprüchen dachte. Es ist schließlich nicht so, dass sie in der Antarktis gelandet wären, sagte sie sich. Noch gehören die Asteroiden uns nicht; wir haben keinen Anspruch darauf und sollten uns nicht bedroht fühlen, weil die Gaijin sie mit Beschlag belegen.

Und doch fühle ich mich bedroht.

Das vor einem Jahr aufgefangene Signal von Alpha Centauri war das erste, aber nicht mehr das einzige. Inzwischen hatte man aus allen möglichen Regionen des Himmels solche Signale aufgefangen: Von Barnards Stern, Wolf 359, Sirius, Luyten 726-8 – die nächsten Nachbarn der Sonne, die ersten Ziele, die man in hundert Studien zur interstellaren Kolonisierung anvisiert hatte, die Heimat von Zivilisationen, von denen die Autoren unzähliger Science Fiction-Romane geträumt hatten.

Einer nach dem andern meldeten die Sterne sich.

Die Verteilung wies Muster auf. Bisher hatte man nur von Sternen im Umkreis von etwa neun Lichtjahren Radiosignale empfangen. Aber die Signale waren uneinheitlich. Sie waren nicht vom gleichen Typ und hatten nicht einmal die gleiche Frequenz. Diese Diskrepanzen waren genauso verwirrend wie die Signale selbst. Die Gaijin, die neuen Bewohner des Sonnensystems, hielten sich derweil bedeckt: Sie schienen keine elektromagnetische Strahlung zu erzeugen außer dem Infrarot der überschüssigen Wärme.

Es war, als ob eine Welle der Kolonisierung in diesen Teil der Galaxis, diesen Ausläufer eines zerklüfteten Spiralarms geschwappt sei und diverse Kreaturen – oder Maschinen – sich eingruben, bauten, vielleicht sich vermehrten, vielleicht auch starben. Niemand wusste, wie die Kolonisten hierher gelangt waren. Man wusste nicht einmal, weshalb sie gerade *jetzt* gekommen waren.

Doch eins schien für Maura bereits festzustehen: Dass diese mutmaßliche galaktische Gemeinschaft genauso unvollkommen und verschieden war wie die menschlichen Gemeinschaften auf der Erde, wenn nicht noch mehr. In gewisser Weise war das sogar gesund, sagte sie sich. Wenn Gemeinschaften, die durch Lichtjahre getrennt waren, sich als identisch erwiesen hätten, wäre das eine bedrückende Vorstellung gewesen. Andererseits war es viel schwieriger, sich einen Reim auf diese Verschiedenheit zu machen.

Und Maura fand das bedauerlich.

Sie war immer mit Arbeit eingedeckt und vermochte sich vor solchen Einladungen kaum zu retten. Sie wusste, dass sie als Angehörige des geheimen Bunds von Politikern und anderen Akteuren, die den Geruch des Alls immer in der Nase hatten, von Unternehmen wie Bootstrap als Meinungsbildner geschätzt wurde, vielleicht sogar als Vehikel zu den Schalthebeln der Macht. Aber sie war offiziell pensioniert. Vielleicht sollte sie sich zurücklehnen, sich nicht den Kopf zerbrechen und einfach die Sonne genießen.

Aber das war nicht ihre Natur. Zumal Reid Malenfant noch älter war als sie und sie wusste, dass er beabsichtigte, sich noch intensiver mit dem Mysterium dieser Gaijin zu beschäftigen, weitere Sonden loszuschicken und weitere Missionen zu starten. Wenn *er* noch aktiv war, dann sollte sie es vielleicht auch sein.

Aber in diesem komplizierten Universum war sie zu verdammt alt. Und je komplizierter es wurde, desto wahrscheinlicher wurde es, dass sie es nicht mehr erleben würde, wie dieses Rätsel – das wahrscheinlich größte Mysterium, vor dem die Menschheit je gestanden hatte – gelöst wurde.

Nun drangen technische Fachbegriffe an Mauras anderes Ohr. »Zielanflug mit zwei Metern pro Sekunde, Entfernung weniger als ein Kilometer, ein Meter pro Sekunde Abdrift. Hydrazin-Triebwerke arbeiten: +X, -X, +Y, -Y, +Z, -Z. Zähle abwärts zur Triebwerkszündung, um Anflug- und Abdriftgeschwindigkeit einen Kilometer über der Oberfläche auf Null zu reduzieren. Dann werden wir mit dem Autopiloten landen …«

Mit einer Willensanstrengung blendete Maura die Stimmen aus.

Der Asteroid wurde zu einer staubigen Wand, die langsam und lautlos auf sie zukam; die Leinen verdrillten sich vor ihr und behielten die Wicklungen in der Schwerelosigkeit bei. Sie machte Oberflächenmerkmale aus, die vom Sonnenlicht konturiert wurden: Krater, Böschungen, Höhenzüge, Täler und Marmorierungen an

Stellen, wo es den Anschein hatte, dass die Asteroiden-Oberfläche gestaucht oder gedehnt worden war. Ein paar Krater waren sichtlich neu, relativ neu zumindest und hatten eine schöne Schüsselform mit scharfen Rändern. Andere waren viel älter, kaum mehr als runde Narben, die von jüngeren Becken überlagert wurden und wahrscheinlich durch einen Milliarden Jahre anhaltenden Mikrometeoriten-Regen erodiert waren.

Es gab auch Farben in Ellis Islands runzliger Landschaft – Spektralfarben, die dem vorherrschenden Grau-Schwarz entsprangen. Die scharfrandigen Krater und Höhenzüge schimmerten bläulich, während die älteren, tiefergelegenen Gebiete eher einen Rotstich hatten. Vielleicht handelte es sich dabei um einen Erosionseffekt des Weltraums, sagte sie sich; vielleicht hatte die Sonneneinstrahlung im Lauf der Zeit diese zarten Farbschattierungen erschaffen.

Sie seufzte. Es war ein unerwartet schöner Anblick – was auch für andere Teile des Universums galt, die sie virtuell bereist hatte. Bei Gott, ich liebe das alles, sagte sie sich. Wie kann ich mich da aufs Altenteil zurückziehen? Wenn ich das täte, würde ich *das hier* versäumen.

Und nun erreichte die *Bruno* in einer aufwallenden Staubwolke ihr Ziel.

Die Techniker jubelten blechern.

■

Ein Jahr vor der Ankunft der *Bruno* – nach der AAAS-Konferenz – war Malenfant zum erstenmal nach zwei Jahrzehnten ins Johnson Space Center zurückgekehrt.

Das Areal schien sich nicht verändert zu haben: Dieselben quaderförmigen schwarzen und weißen Gebäude mit den großen Nummern an der Wand, die über ein paar Quadratkilometer Prärie an der südwestlichen Peripherie von Houston verstreut waren und durch einen Maschendrahtzaun von der NASA Road One abgegrenzt wurden. (Aber sie hieß nicht mehr NASA Road.) In den Nebenstraßen fanden sich noch immer heruntergekommene Sexshops, Fast Food-Schuppen und Einkaufsläden.

Die Kirschbäume standen auch noch, und das grüne Gras schien noch immer zu glühen.

Er war aber nicht zu einer Besichtigungstour hier. Er war mit Sally Brind verabredet, die eine NASA-Abteilung leitete, welche für die Erforschung des Sonnensystems zuständig war. Er ging zu Gebäude 31.

Die Klimaanlage lief auf Hochtouren und kühlte das Gebäude auf eine Temperatur herunter, die im Vergleich zur feuchten texanischen Hitze geradezu arktisch kalt anmutete. Malenfant genoss die Abkühlung und wurde an die alten Zeiten erinnert.

■

Reid Malenfant hatte sich vor Sally Brind aufgebaut und stützte sich auf ihren Schreibtisch. Er war etwa doppelt so alt wie Brind, und er war eine Legende aus der Vergangenheit. Und auf sie wirkte er total einschüchternd.

»Wir müssen raus zum Sonnenbrennpunkt«, sagte er anstelle einer Begrüßung.

»Hallo, guten Morgen, freut mich, Ihre Bekanntschaft zu machen, danke, dass Sie mir Ihre Zeit widmen«, sagte sie trocken.

Er wich ein Stück zurück und richtete sich auf. »Es tut mir Leid«, sagte er.

»Schon gut. In Ihrem Alter hat man keine Zeit zu verlieren.«

»Nein, ich bin nur ein ungehobelter Klotz. Immer schon gewesen. Darf ich mich setzen?«

»Erzählen Sie mir vom Sonnenbrennpunkt«, sagte sie.

Er nahm einen Stapel Folien vom anderen Stuhl – aus dem Pinsel eines begnadeten Künstlers stammende Impressionen einer geplanten, wegen fehlender Finanzierung jedoch niemals durchgeführten unbemannten Mission zum Jupitermond Io. »Ich spreche von einer Mission zum Sonnenbrennpunkt von Alpha Centauri – dem nächsten Sternensystem.«

»Ich weiß über Alpha Centauri Bescheid.«

»Ja … Das Schwerefeld der Sonne wirkt wie eine sphärische Linse, die die Intensität des Lichts eines fernen Sterns verstärkt. Im Brennpunkt, draußen am Rand des Systems wird eine Verstärkung mit einem Faktor von ein paar Hundert Millionen erzielt. An der richtigen Stelle wäre es möglich, über interstellare Distanzen zu kommunizieren, wobei eine Ausrüstung genügen würde, die man für die Verständigung zwischen Planeten braucht. Die Gaijin benutzen den Centauri-Sonnenbrennpunkt vielleicht als Kommunikationsknotenpunkt. Die Wissenschaftler bezeichnen das als einen Sattelpunkt. Und jeder Stern hat einen eigenen Sattelpunkt. Alle haben in etwa den gleichen Radius, weil …«

»In Ordnung. Und wieso sollen wir zum Brennpunkt von Alpha Centauri fliegen?«

»Weil Alpha die erste Quelle extrasolarer Signale war. Und weil die Gaijin dort sind. Wir haben Hinweise darauf, dass die Gaijin das System am Alpha-Sonnenbrennpunkt betreten haben. Von dort haben sie eine Flotte von Bau- oder Schürf-Raumfahrzeugen in den Asteroidengürtel geschickt. Sally, wir haben Infrarot-Signaturen, die eine zehnjährige Aktivität im Asteroidengürtel belegen.«

»Es ist schon eine unbemannte Sonde zum Asteroidengürtel unterwegs. Vielleicht sollten wir ihre Ergebnisse abwarten.«

»Eine private Initiative«, echauffierte Malenfant sich. »Ist jedenfalls völlig irrelevant. Der Sonnenbrennpunkt – dort spielt die Musik.«

»Aber Sie haben keine unmittelbaren Beweise für besondere Vorkommnisse am Sonnenbrennpunkt, oder?«

»Nein. Nur das, was wir aus den Daten aus dem Asteroiden-Gürtel gefolgert haben.«

»Es gibt aber keine Signatur eines großen interstellaren Mutterschiffs dort draußen am Rand. Es müsste jedoch eins geben, wenn Sie recht hätten.«

»Alle Antworten habe ich auch nicht parat. Deshalb müssen wir gerade dorthin gehen und nachsehen. Und die verdammten Gaijin auf uns aufmerksam machen.«

»Ich wüsste aber nicht, wie ich Ihnen dabei helfen könnte.«

»Das ist doch die NASA-Abteilung für die Erforschung des Sonnensystems. Richtig? Und nun werden Sie diesem Auftrag mal gerecht.«

»Die NASA existiert nicht mehr«, sagte sie. »Jedenfalls nicht mehr in der Gestalt, in der Sie sie kannten, als Sie noch Raumfähren flogen. Das JSC befindet sich heute in der Zuständigkeit des Landwirtschaftsministeriums ...«

»Kommen Sie mir nicht so, Mädchen.«

Sie seufzte. »Ich bitte um Entschuldigung. Aber ich glaube, Sie müssen das realistisch sehen, Sir. Wir leben nicht mehr in den Sechzigern. Ich bin im Grunde nur ein Kurator der grauen Literatur.«

»Grau?«

»Studien und Vorlagen, die niemals in die Praxis umgesetzt wurden. Der Kram ist schlecht archiviert; ein Großteil ist noch nicht digitalisiert, ja nicht einmal auf Mikrofilm aufgenommen ... Dieses Gebäude ist schon siebzig Jahre alt. Ich würde wetten, dass es dichtgemacht würde, wäre da nicht das Mondgestein.«

Das stimmte; in diesem Gebäude lagen fünfzig Prozent der alten Apollo-Proben noch immer in den versiegelten Proben-Behältern und harrten nach sechzig Jahren noch immer der Analyse. Wo nun Japaner auf dem Mond lebten, glaubte Brind, dass die Boxen bis in alle Ewigkeit hier gelagert würden, und sei es nur zu dem Zweck, als Proben des Mondes zu dienen, wie er sich im ›jungfräulichen‹ Zustand vorm Eintreffen der Menschen dargestellt hatte. Ein ironisches Schicksal für diese Milliarden Dollar teuren Gesteinsbrocken.

»Das weiß ich auch«, sagte er. »Aber ich habe für die NASA gearbeitet. An wen sollte ich mich sonst wenden? Sehen Sie – ich möchte, dass Sie herausfinden, wie es zu bewerkstelligen wäre. *Wie können wir einen Menschen zum Sonnenbrennpunkt schicken?* Alles andere wird sich ergeben, wenn wir erst mal einen praktikablen Plan haben. Ich kümmere mich um die Technik und die Finanzierung.«

Sie wölbte eine Augenbraue. »Wirklich?«

»Sicher. Und die Wissenschaft wird sich auch freuen. Wir haben nämlich noch keinen Menschen über den Mondorbit hinaus geschickt. Wir werden unterwegs Sonden über Jupiter und Pluto absetzen. Wir werden die finanzielle Unterstützung der Europäer und Japaner bekommen. Und die US-Regierung wird sicher auch einen Beitrag leisten.«

Das scheint geradezu ein Kinderspiel zu sein, wenn man Sie so reden hört, Oberst Malenfant ... »Wieso sollten diese Organisationen Sie unterstützen? Wenn wir in den letzten zwanzig Jahren einen Menschen in den Orbit geschickt haben, dann nur als Passagier der NASDA oder ESA.«

»Sonst«, sagte Malenfant, »werden wir die Japaner das allein machen lassen müssen.«

»Stimmt.«

»Außerdem werden die Medien sich dafür interessieren. Das wird ein Knüller.«

»Das ist richtig«, sagte sie. »Es wäre eine spektakuläre Aktion. Wie Apollo. Aber Sie sehen, wohin uns das gebracht hat.«

»Zum Mond«, sagte er nachdrücklich, »und zwar vierzig Jahre vor den Japanern.«

Sie wählte die nächsten Worte sorgfältig. »Oberst Malenfant, Sie müssen sich bewusst sein, dass es schwierig für mich sein wird, Sie zu unterstützen.«

Er musterte sie. »Ich weiß, dass man mich für einen Besessenen hält. Zwanzig Jahre nach der Einstellung der Shuttle-Flüge versuche ich noch immer die Enttäuschung über meine gescheiterte Karriere zu kompensieren. Ich will diese Gaijin-Hypothese beweisen, weil ich von ihnen besessen bin und weil ich will, dass Amerika in den Weltraum zurückkehrt. Ich habe eine Agenda. Stimmt's?«

»Ich … ja. Ich glaube schon. Es tut mir Leid.«

»Das braucht es nicht, zum Teufel. Es stimmt schon. Mein politischer Instinkt war nie besonders ausgeprägt. Nicht einmal im Astronautenbüro. Ich bin nie in die Cliquen reingekommen: Die Mondspaziergänger, die Sportfans, die Kommandeure, die Typen, die in Mollys Pub rumgehängt sind. Ich hatte mich einfach nicht genug dafür *interessiert.* Selbst die Russen misstrauten mir, weil sie mich nicht für teamfähig hielten.« Er schlug mit der ledrigen Hand auf den Tisch. »Aber die Gaijin sind *hier.* Sally, ich warte seit zehn Jahren darauf, dass unsre Regierung, irgendeine Regierung etwas wegen der Infrarot-Beweise vom Mond unternimmt. Frank Paulis – ein Privatmann – hat als Einziger reagiert, mit dieser einen verdammten Sonde. Ich habe nun beschlossen, auch etwas zu tun, bevor ich in die Grube fahre.«

»Wie weit ist der Sonnenbrennpunkt entfernt?«

»Tausend astronomische Einheiten.« Das Tausendfache der Entfernung zwischen Erde und Sonne.

Sie stieß einen Pfiff aus. »Sie sind verrückt.«

»Sicher.« Er grinste und zeigte ebenmäßige restaurierte Zähne. »Nun sagen Sie mir, wie es zu machen ist. Betrachten Sie es meinetwegen als eine Übung. Als Gedankenexperiment.«

»Haben Sie auch schon einen Astronauten ausgeguckt?«, fragte sie trocken.

Sein Grinsen wurde noch breiter. »Mich.«

■

Ein dunkler, zerklüfteter Boden, ein Horizont, der stark gekrümmt war und zum Greifen nah schien, ein Himmel voller Sterne, der von einem einzelnen hellen Funken dominiert wurde ...

Maura spürte einen Ruck, als die Sonde sich anschickte, über den unebenen Asteroidenboden zu wandern. Sie sah Felshaken und Leinen aus ihrem Blickfeld verschwinden; die Leinen spannten sich und erschlafften im Wechsel und zogen den Roboter in diese und jene Richtung. Die Perspektive änderte sich ständig, und eine Verstärkerroutine in den virtuellen Generatoren stimulierte ihr Gehirn und gab ihr das Gefühl, neben dem Roboter über diese Steinwüste zu hoppeln. Mit einem sub-vokalisierten Befehl an die Software schaltete sie diesen Effekt ab; auf manche Spezialeffekte konnte sie auch verzichten.

»Wir bewegen uns mit allergrößter Vorsicht«, flüsterte Xenia den VIP-Zuhörern ins Ohr. »Die Oberflächengravitation ist noch geringer, als man es bei einem Körper dieser Größe erwarten würde. Bedenken Sie, dass dieser ›Hantel-Asteroid‹ ein Kontakt-Doppelhimmelskörper ist, ein Verbundkörper. Stellen Sie sich zwei Bälle vor, die sich berühren und sich um diesen Berührungspunkt drehen. Wir sind quasi eine Fliege, die über die gegenüberliegende Seite eines dieser Bälle krabbelt. Die Hantel dreht sich ziemlich schnell, und hier am Pol wird die Schwerkraft durch die Zentrifugalkraft fast aufgehoben. Aber wir haben all diese Situationen im Modell durchgespielt; *Bruno* weiß, was er tut. Halten Sie sich nur gut fest und genießen Sie die Fahrt.«

Und nun schob sich etwas über den nahen Horizont. Es war wie ein Mondaufgang – nur dass dieser Mond klein, dunkel und zerklüftet war, ein Zwilling der Welt, über die sie kroch. Es war die andere Kugel der Hantel.

»Wir untersuchen bei der Fortbewegung zugleich den Boden«, sagte Xenia. »Weil wir nicht wissen, wonach wir suchen müssen, führen wir eine Breitband-Spürausrüstung mit. Wenn die Gaijin zum Beispiel hergekommen sind, um Leichtmetalle wie Aluminium, Magnesium oder Titan zu extrahieren, würden sie höchstwahrscheinlich mit Prozessen wie Magma-Elektrolyse oder Pyrolyse arbeiten. Die gleichen Prozesse wären für die Sauerstoffproduktion geeignet. Im Fall der Magma-Elektrolyse wäre die Haupt-Schlackenkomponente Ferrosilizium. Bei einem Pyrolyse-Prozess würden wir erwarten, Spuren von reinem Eisen und Silizium zu finden, auch in leicht oxidierter Form …«

Wir kriechen über einen Schlackehaufen, sagte Maura sich und versuchen herauszufinden, was hier produziert wurde. Aber sind wir nicht zu anthropomorph? Würde ein Neandertaler folgern, dass *wir* unintelligent sein müssen, weil er zwischen unseren Kernreaktoren keine Splitter von Feuerstein-Werkzeugen findet?

Aber was sollten wir sonst tun? Wie sollen wir etwas finden, wenn wir nicht wissen, worum es sich handelt?

Der zweite Teil des Asteroiden war inzwischen über den Horizont ›gestiegen‹. Er hing als schwarze pockennarbige Gesteinskugel über dem Land, wie auf einem Gemälde von Magritte. Sie erkannte sogar ein breites

Band aus Geröll und zerbröseltem Gestein an der Stelle, wo die beiden fliegenden Berge sich berührten.

Der Asteroiden-Zwilling war so nah, dass Maura jede Falte in der Oberfläche zu erkennen glaubte, jeden Krater, sogar die Staubkörner. Bemerkenswert, sagte sie sich.

Der Fortbewegungsmodus der Sonde hatte sich geändert, wie sie nun erkannte; die Felshaken bremsten durch leichte Querbewegungen eine beschleunigte Bewegung zum Schwerpunkt des Systems, der Kontaktzone ab. Die Gravitation musste in dem Maß abnehmen, wie der Zug des Gesteins unter ihr durch die gleiche Masse des Gesteins über ihr ausgeglichen wurde, sodass die Resultierende der Kraftvektoren der Horizontalen zustrebte und die Sonde einfach über die Oberfläche gezogen wurde.

Nun war der Zwilling so nah, dass er in diesem virtuellen Diorama über ihrem Kopf hing. Die zerklüftete, gekrümmte gegenüber liegende Landschaft bildete nun ein steinernes Dach, das die Sonne ausblendete. Deshalb war es dunkel, und die Lücke zwischen den Welten, die das Sternenlicht durchließ, wurde auch immer schmaler.

Lampen gingen an der Sonde an und leuchteten den Raum zwischen dem Boden und dem steinernen Dach aus. Sie war versucht, die Hand auszustrecken und diese umgekehrten Krater zu berühren, als ob ein Spielzeugmond über ihrem Kopf hinge, ein Souvenir aus einem aristotelischen Westentaschen-Universum.

»… Ich glaube, wir haben etwas«, sagte Xenia leise.

Maura schaute nach unten. Das Blickfeld trübte sich, als die Interpolationsroutinen sich umstellten.

Da lag etwas vor ihr auf dem Boden. Es sah aus wie eine Art Rettungsdecke aus Aluminium- oder Silberfolie, die auf dem dunklen Regolith lag. Bis auf einen ein oder zwei Meter breiten Rand schien sie im lockeren Boden vergraben zu sein. Die eingerissenen Kanten glitzerten im schräg einfallenden Sonnenlicht.

Es war ganz offensichtlich künstlich.

■

Brind hatte Malenfant ein paar Monate später im Kennedy Space Center besucht.

Malenfant fand das KSC deprimierend; die meisten Starttürme waren abgebaut worden oder dienten als rostige Museumsstücke. Aber das Besucherzentrum war noch immer geöffnet. Die Shuttle-Ausstellung – Geräte, Fotos und virtuelle Darstellungen – war in einer kleinen geodätischen Kuppel untergebracht, die bereits vom Alter ausgebleicht war.

Und neben der Kuppel stand die *Columbia,* ein echter Orbiter, der als Erster ins All geflogen war. Eine Handvoll Leute hatten sich vor der Sonne Floridas in den Schatten der Tragfläche geflüchtet, und andere standen an einer Rampe an, um an Bord zu gehen. Die Haupttriebwerke der *Columbia* waren durch Kunststoffmodelle ersetzt worden, und das Fahrgestell war in Beton gegossen. Die *Columbia* war für immer auf der Erde gefangen, sagte er sich.

Er fand Brind vor dem Astronauten-Denkmal. Dabei handelte es sich um einen großen Stein aus poliertem Granit, in den die Namen toter Astronauten geätzt waren. Er drehte sich so, dass er immer der Sonne zugewandt war und die Namen vor dem Hintergrund des Himmels hell leuchteten.

»Wenigstens scheint die Sonne« sagte er. »Das verdammte Ding bewegt sich nicht, wenn es bewölkt ist.«

»Nein.« Die Granitwand, die vor ihnen aufragte, war noch fast leer. Nach der Einstellung des Raumfahrtprogramms war noch viel Platz für weitere Namen.

Sally Brind war eine kleine, dünne Frau mit einer intensiven Ausstrahlung und kurzem, früh ergrauten Haar; sie war nicht älter als vierzig. Sie trug eine Sonnenbrille mit kleinen runden Gläsern, wie sie um die Jahrhundertwende in Mode gewesen waren. Sie machte einen fröhlichen und agilen Eindruck. Interessiert, sagte er sich, und motiviert.

Er lächelte sie an. »Haben Sie irgendwelche Antworten für mich?«

Sie reichte ihm eine Mappe, die er sofort durchblätterte.

»Das hat viel Spaß gemacht, Malenfant.«

»Dachte ich mir. Da hatten Sie wenigstens eine richtige Aufgabe.«

»Zum erstenmal seit allzu langer Zeit. Zuerst zogen wir einen kontinuierlichen Fusionsantrieb in Betracht. Spezifischer Impuls von Millionen Sekunden. Aber wir sind nicht in der Lage, eine Kernfusion lang genug aufrechtzuerhalten. Nicht einmal die Japaner haben das bisher geschafft.«

»In Ordnung. Was dann?«

»Vielleicht Photonenantrieb. Die Lichtgeschwindigkeit – die äußerste Grenzgeschwindigkeit, nicht wahr? Aber das Gewicht des Kraftwerks und die Energie, die man für einen ausreichenden Schub aufwenden müsste, sind unverhältnismäßig hoch. Dann dachten wir an ein Bussard-Staustrahltriebwerk. Aber das übersteigt unsere Möglichkeiten. Man bräuchte einen elektromagnetischen Ansaugstutzen mit einem Durchmesser von ein paar hundert Kilometern …«

»Machen Sie's kurz, Sally«, sagte er sanft.

Sie legte eine Kunstpause ein wie ein Kind, das einen Zaubertrick vorführt. Dann sagte sie: »Nuklearpuls-Antrieb. Wir glauben, das ist die Antwort, Malenfant. Eine Abfolge von Mikro-Explosionen – wahrscheinlich eine Fusion von Deuterium und Helium-3 –, die hinter einer Druckplatte ausgelöst werden.«

Er nickte. »Davon habe ich schon gehört. Projekt Orion in den Sechzigern. Wie wenn man einen Feuerwerkskörper unter eine Blechdose legt.«

Sie beschirmte die Augen vor der grellen Sonne. »Das Konzept wurde seinerzeit auch erprobt. Die Luftwaffe hat 1959 und 1960 sogar ein paar Testflüge mit konventionellem Sprengstoff durchgeführt. Und es hätte den großen Vorteil, dass wir es schnell zusammenbauen könnten.«

»Dann packen wir's an.«

»Wir müssen natürlich an Helium-3 herankommen.«

»Das bekommen wir von der NASDA. Ich habe da ein paar Kontakte … Vielleicht sollten wir die Montage im Mondorbit in Betracht ziehen. Wie wollt ihr mich überhaupt am Leben erhalten?«

Sie lächelte. »Die ISS ist noch immer dort oben. Es wird uns wohl gelingen, ein Modul für Sie auszuschlachten. Haben Sie sich schon einen Namen für Ihr Schiff ausgesucht?«

»Die *Commodore Perry*«, sagte er prompt.

»Äh … Wer?«

»*Perry* ist 1853 mit einer amerikanischen Flotte vor Japan aufgekreuzt und hat die Japaner gezwungen, sich für den weltweiten Handel zu öffnen. Der Name passt doch, wenn man die Natur meiner Mission bedenkt, meinen Sie nicht?«

»Es ist Ihr Schiff.« Sie ließ den Blick schweifen. »Aber was machen Sie hier überhaupt?«

Er wies mit einem Nicken in Richtung der Shuttle-Ausstellung. »Man hat dort meine alte EMU ausgestellt. Ich will versuchen, sie zurückzubekommen.«

»EMU?«

»Meine Externe Mobilitäts-Einheit. Mein alter Druckanzug.« Er klopfte sich auf den flachen Bauch. »Ich glaube, ich passe noch immer hinein. Mit diesen modernen japanischen Konstruktionen mit eingebautem

Aquarium kann ich mich nicht anfreunden. Und ich brauche eine manövrierfähige Einheit …«

Sie schaute ihn seltsam an, als ob sie immer noch nicht glaubte, dass er es ernst meinte.

■

»Das ist nicht von uns«, flüsterte Xenia. »Hat nichts mit der *Bruno* zu tun.«

Plötzlich stockte Maura der Atem. Das ist es, sagte sie sich. Diese unscheinbare Decke: Das erste unzweifelhaft außerirdische Artefakt hier in unserem Sonnensystem. Wer hatte die Decke dorthin gelegt? Welchem Zweck diente sie? Wieso war sie so nachlässig vergraben?

Die Sonde fuhr einen mit Sensoren und einer Greifklaue bestückten Roboterarm aus. Sie wünschte sich, dass das ihre Hand sei und sie dieses glänzende unbekannte Material auch berühren könne.

Aber die Kralle wurde von Wissenschaft angetrieben, nicht von Neugier; sie bewegte sich über die Decke hinweg, grub eine flache Vertiefung in den darüber liegenden Regolith und nahm eine Probe von dem Material.

Binnen weniger Minuten lagen die Analyseergebnisse der Sonde vor, und sie hörte, wie in Bootstraps Hinterzimmern eifrig spekuliert wurde.

»Es handelt sich um ilmenithaltiges Siebfeines. Mit einem Vierzig-Prozent-Anteil im Vergleich zu den zwanzig Prozent in normalem Regolith.« – »Und das Agglutinat ist zerstampft worden.« – »Als ob es angereichert worden wäre. Genauso hätten wir es auch gemacht.« – »Aber nicht *so*. So energieintensiv …«

Sie kannte ein paar der Fachbegriffe. Ilmenit war ein Mineral – eine Verbindung aus Eisen, Titan und Sauerstoff, die im Regolith luftloser Himmelskörper wie dem Mond und den Asteroiden vorkam. Ihre Bedeutung lag darin, dass sie eine wichtige Ressource für flüchtige Stoffe war: Licht und exotische Verbindungen, die der Sonnenwind über Milliarden Jahre dort abgelagert hatte, der dünne endlose Teilchenstrom von der Sonne. Konzentration, Extraktion und Verarbeitung von Ilmenit waren jedoch schwierig; die Schürftechnik, über die die Japaner zur Zeit verfügten, war energieintensiv und bestand aus einer schweren und unzuverlässigen Ausrüstung.

»Ich wusste es doch!«, rief jemand. »Es ist kein Helium-3 in der verarbeiteten Substanz! Kein bisschen!« – »Sie meinen, nichts im Messbereich der Sensoren.« – »Sicher, aber ...« – »Sie meinen, sie wollen Helium-3 aus den Asteroiden gewinnen? Ist das *alles?*«

Maura war irgendwie enttäuscht. Wenn die Gaijin es auf Helium-3 abgesehen hatten, hieß das etwa, dass sie Fusions-Prozesse benutzten, die denen glichen, die den Menschen bereits bekannt waren – und ihnen vielleicht nicht einmal überlegen waren? Und wenn das so ist, dann können sie auch nicht so intelligent sein – oder?

In ihren Ohren wurde munter weiterspekuliert.

»... Ich meine, so blöd können diese Typen doch gar nicht sein. Helium-3 ist im Regolith von Asteroiden *selten,* weil sie so weit vom Lieferanten, der Sonne entfernt sind. Der Mond ist da *viel* ergiebiger. Wenn sie ein paar astronomische Einheiten weiter fliegen würden ...« – »Sie könnten von den Japanern alles kaufen, was sie brauchen.«

Gelächter.

»Aber vielleicht können sie überhaupt nicht näherkommen. Vielleicht brauchen sie die Kälte und Dunkelheit. Ich habe keine Ahnung.« – »Vielleicht haben sie Angst vor *uns.* Habt ihr daran schon mal gedacht?«

»So blöd sind die aber nicht. Seht ihr hier Steinbrecher und Hochöfen? Das würden *wir* jedenfalls einsetzen müssen, um einen effizienten Extraktionsprozess zu erzielen. Denkt mal über die Decke nach, Leute. Das *muss* Nanotechnik sein.«

Sie verstand auch die Bedeutung dieser Aussage: Hier walteten keine brachialen Kräfte, keine Maschinenungetüme zum Mahlen und Brechen und Backen, wie die Menschen sie entwickelt hatten, sondern nur eine einfache und subtile Umwandlung des Regolith auf der molekularen oder sogar atomaren Ebene.

»Diese Decke muss sich Korn für Korn in den Asteroiden graben, ihn mit Ilmenit anreichern und ihm das Helium-3 entziehen. Unglaublich.« – »He, Sie haben recht. Vielleicht breitet sie sich bei der Fortbewegung aus. Der eingerissene Rand …« – »Sie frisst sich vielleicht durch den ganzen verdammten Asteroiden.« – »Oder wickelt das Ding ein wie eine Weihnachtsgans …« – »Wir müssen eine Probe nehmen.« – »*Bruno* weiß das …«

Nanotechnik: Also doch etwas, wo die Menschen nicht mitzuhalten vermochten. Etwas *anderes*. Sie schauderte.

Doch nun erschien etwas Neues am Rand ihres Blickfelds – etwas wuchtete sich über den Horizont. Es glitzerte hell vorm dunklen Himmel. Und es war groß.

Es war, als ob eine zweite Sonne über Ellis Island aufgegangen wäre. Aber das war keine Sonne.

Das entfernte Stimmengewirr verstummte.

Es war vielleicht einen Kilometer lang und aus Silber gefertigt. Es bestand aus einem großen Hauptabschnitt, einem glattwandigen Zylinder, der ein Bündel silbriger Kabel nachschleppte. Unidentifizierbare silberne Dodekaeder mit einer Größe von vielleicht zwei oder drei Meter hingen an den Tentakeln. Maura sah, dass es Hunderte waren. Tausende. Insektengleich, wie Käfer. Ein Schiff. Plötzlich erinnerte sie sich wieder, weshalb sie überhaupt hier waren: Nicht um Regolith-

Proben zu untersuchen, auch nicht, um an schönen nanotechnischen Spielzeugen herumzufummeln. Sie waren hier, um Kontakt aufzunehmen.

Und nun war der Moment gekommen. Sie stellte sich vor, wie die Perspektive der Geschichte sich veränderte und unzählige Gelehrte in den Hallen einer unbekannten Zukunft diesen für das Schicksal der Menschen entscheidenden Moment verfolgten.

Sie wurde sich bewusst, dass sie die Luft anhielt.

Das Schiff war riesig. Es füllte ihr Blickfeld aus und teilte den Himmel. Es touchierte die Asteroidenoberfläche, und Plasma sprühte.

Sie hörte wieder die Stimmen der Bootstrap-Leute. »Mein Gott, ist das schön.« »Es sieht aus wie eine Blume.« – »Es muss ein Bussard-Staustrahltriebwerk sein. Das ist ein elektromagnetischer Ansaugstutzen …« – »Es ist so schön – ein Blumenschiff …« – »Ja. Trotzdem kann man in so einem Schrottkahn nicht zwischen den Sternen reisen!«

Nun lösten diese glänzenden Käfer sich von den Leinen. Sie steuerten durchs All auf die *Bruno* zu. Waren diese Dodekaeder einzelne Gaijin? In welcher Absicht kamen sie?

Silberne Seile senkten sich nun wie ein Netz durch ihr Blickfeld und wickelten die *Bruno* ein, bis sie außer den silbernen Strängen fast nichts mehr sah. Die Stränge schienen sich zu spannen. Begleitet von den insektenhaften Alarmrufen in Bootstraps Missionskontrolle, wurde die Sonde rückwärts gezogen und verlor den Kontakt zum Asteroiden. Seile und Felshaken flogen in einer glitzernden Staubwolke davon.

Das Gaijin-Schiff verschwand wieder aus dem Blickfeld. Die von Staubschwaden und silbernen Seilen verschleierten Sterne und die diamantene Sonne drehten sich über ihr.

Mauras Herz schlug schnell, als ob sie selbst in Gefahr sei. Sie wünschte sich, dass die *Bruno* diese Fesseln abstreifte, den besitzergreifenden Gaijin entkam und zur Erde zurückkehrte. Andererseits wusste sie, dass die *Bruno* gerade eingefangen und zerlegt werden sollte; sie enthielt nämlich kulturelle Artefakte, technische Proben und Kommunikationselemente auf der Basis einfacher Grafiken und Primzahlencodes. *Hallo. Wir sind eure neuen Nachbarn. Kommt doch auf einen Drink rüber, damit wir uns kennen lernen …*

Nur dass das sich nicht wie eine freundliche Umarmung anfühlte, wie ein Kontakt unter Gleichen. Es mutete wie eine Gefangennahme an. Maura zwang sich, still zu sitzen und sich nicht gegen silberne Fesseln zu sträuben, die Hunderte Millionen Kilometer entfernt angelegt wurden.

kapitel 5

SATTELPUNKT

Die *Commodore Perry* wurde in der Mondumlaufbahn montiert.

Die Brennstoffkügelchen wurden von Nishizaki Heavy Industries auf dem Mond produziert und von einer Schlepper-Flotte in die Umlaufbahn bugsiert. Große Bauteile wie die Druckplatte und der Rahmen für den Brennstofftank wurden auf der Erde bei Boeing gefertigt. Die Bauteile wurden dann von europäischen und japanischen Trägerraketen, der Ariane 12S und H-VIII ins All geschossen.

Nach Jahrzehnten im Orbit machte das Modul der alten Internationalen Raumstation einen heruntergekommenen und verwahrlosten Eindruck. Beim Eintreffen der Bergungsmannschaft waren die Luft stickig und die Wände mit Schimmelpilzen überzogen gewesen, und umfangreiche Renovierungsarbeiten waren notwendig gewesen, um das Habitat überhaupt wieder bewohnbar zu machen.

An den Komponenten der *Perry* prangten die Logos diverser Sponsoren. Das juckte Malenfant aber nicht, weil er wusste, dass die Farbe nach ein paar Monaten eh wieder verblichen sein würde. Aber er sorgte dafür, dass das Sternenbanner weithin sichtbar war.

■

Malenfant rüstete sich für den Flug.

In ihrem engen Büro am JSC versuchte Brind ihn ein letztes Mal davon abzubringen. Sie hatte irgendwie das Gefühl, dass das ihre Pflicht sei.

»Malenfant, das ist doch lächerlich. Wir wissen inzwischen viel mehr über die Gaijin. Uns liegen die Ergebnisse vor, die die Sonde gewonnen hat …«

»Die *Bruno.*«

»Ja. Die schönen Bilder vom Blumenschiff. Faszinierend.«

»Aber das ist auch schon wieder zwei Jahre her«, sagte Malenfant mürrisch. »Zwei Jahre! Und die Gaijin reagieren immer noch nicht auf unsre Signale. Und ein zweiter Anlauf ist auch nicht drin. Die Regierung hat Paulis' Operation nach dem ersten Start einen Riegel vorgeschoben. Nationale Sicherheit, internationale Abkommen …«

Sie zuckte die Achseln.

»Genau«, blaffte er. »Sie zucken nur die Achseln. Die Leute haben das Interesse an der Sache verloren. Sie haben mittlerweile die Aufmerksamkeitsspanne von Eintagsfliegen. Nur weil die Gaijin nicht in fliegenden Untertassen das innere System gestürmt haben …«

»Finden Sie nicht, dass das positiv zu werten ist? Die Gaijin schaden uns nicht. Wir haben den Schock verkraftet, dass wir nicht allein sind. Also was soll's? Wir können uns immer noch mit ihnen befassen, wenn wir soweit sind. Wenn *sie* soweit sind.«

»Nein. Die Kolonisierung des Sonnensystems wird mindestens Jahrhunderte dauern. Die Gaijin spielen ein langes Spiel. Und wir müssen in dieses Spiel einsteigen, bevor es zu spät ist. Ehe wir für immer draußen sind.«

»Was glauben Sie, sind ihre eigentlichen Ziele?«

»Weiß nicht. Vielleicht wollen sie die Gesteinsplaneten ausschlachten. Vielleicht wollen sie auch die

Sonne auseinander nehmen. Was würden Sie denn tun?«

Sie blieb ihm die Antwort schuldig und schauderte.

■

Die *Perry* bewegte sich auf einem elliptischen Zwei-Stunden-Orbit um den Mond. Auf der Mondoberfläche glitzerten die Lichter der japanischen Kolonien und Helium-3-Minen.

Das fertigmontierte Schiff hatte eine Länge von fünfzig Metern. An der Basis befand sich eine massive, verstärkte Druckplatte, die auf einem Dämpfungsmechanismus aus Federn und Aluminium-Quetschposts montiert war. Große supraleitende Röhren wickelten sich um die Trägerrakete.

Nun wurden Helium-3- und Deuterium-Kügelchen hinter der Druckplatte ausgestoßen und bildeten ein punktgroßes Ziel. Eine Bank von Kohlendioxid-Lasern feuerte Strahlen ab, die sich im Ziel trafen.

Es entstand ein Fusionspuls mit einer Dauer von zweihundertfünfzig Nanosekunden. Und dann noch einer, und wieder einer.

Die Energie von dreihundert Mikro-Explosionen pro Sekunde brandete gegen die Druckplatte an. Langsam und gemächlich setzte das Schiff sich in Bewegung.

Von der Erde aus betrachtet loderte der Mond in Fusions-Feuer.

■

Die Beschleunigung des Schiffs war gering, betrug nur einen Bruchteil der Erdbeschleunigung. Aber so würde der Schub für eine lange Zeit anhalten – über Jahre –, und wenn die *Perry* erst einmal aus der Mondumlaufbahn ausgeschert war, würde die Geschwindigkeit stetig zunehmen.

Im Innern des Schiffs richtete Reid Malenfant sich für die Routinen eines Langzeit-Raumflugs ein.

Das Wohnmodul war ein ›Schuhkarton‹ und gerade groß genug, dass er aufrecht darin zu stehen vermochte. Er flutete es mit Licht aus Metallhalid-Lampen, intensivem weißem Licht wie Sonnenlicht, um Depressionen vorzubeugen. Die Wände bestanden aus Regalen mit Ersatzteilen für einen schnellen Austausch defekter Komponenten. Drähte, Kabel und Röhren verliefen in den Ecken des Wohnmoduls und an den Wänden entlang. Eine robotische Spinne namens Charlotte wanderte an den Kabelsträngen entlang und saugte den Staub aus der Luft. Trotz aller Bemühungen um Ordnung sah es im Habitat bald aus wie in einer Rumpelkammer. Ausrüstungsgegenstände waren überall deponiert und mit Klettverschlüssen an Boden, Wänden und Decke befestigt. Wenn er eine Wand touchierte, löste er jedes Mal eine Explosion aus Ausrüstungsgegenständen wie Stiften, Softscreens, Disketten, Konservendosen und anderem Krimskrams aus.

Die Ausrüstung war zum großen Teil russischer Bauart – die Recyclingsysteme zum Beispiel. Es gab Generatoren mit der Bezeichnung Elektron, die Sauerstoff aus Wasser gewannen, das wiederum aus seinem Urin destilliert wurde. Trinkwasser wurde aus der Luftfeuchte gewonnen. Ein Reinigungssystem namens Vozduch entzog der Luft Kohlendioxid. Er verfügte außerdem über ein Reservesystem zur Sauerstofferzeugung, das auf dem Einsatz von ›Kerzen‹ beruhte – großen Zylindern, die Lithium-Perchlorat enthielten und bei Erwärmung Sauerstoff abgaben. Darüber hinaus gab es Sauerstoffmasken, die nach demselben Prinzip funktionierten. Und so weiter.

Die Ausstattung war ziemlich einfach und rustikal, doch im Gegensatz zu den moderneren Systemen, die amerikanische Ingenieure für die Raumstation entwickelt hatten, hatte sie sich in jahrzehntelanger Weltraumpraxis bewährt und war zudem wartungsfreundlich. Trotzdem hatte Malenfant jeweils zwei der wichtigsten Teile sowie einen großen Werkzeugkasten mitgenommen.

Malenfants erste tägliche Aufgabe bestand darin, die Wände des Wohnmoduls mit Desinfektionstüchern abzuwischen. Die Schwerelosigkeit war ein guter Nährboden für Mikroorganismen – sie tummelten sich in Wassertropfen, die in der Luft schwebten. Es war eine öde und langwierige Arbeit.

Wenn er mit dem Putzen fertig war, stand Sport auf dem Stundenplan. Malenfant trampelte auf einer Tretmühle herum, die in der Mitte des Wohnmoduls am Boden verschraubt war. Nach einer Stunde geriet Malenfant schon ins Schwitzen, aber er musste täglich zwei Stunden hart trainieren.

Es war ein endloser Trott. *Löcher in den Himmel starren,* hatten die alten Astronauten dazu gesagt, die zähen Kosmonauten in der Saljut und Mir. *Sterne gucken und in Dosen pissen.* Zum Teufel damit! Im Gegensatz zu diesen Typen hatte er wenigstens ein Ziel vor Augen.

Für die Kommunikation mit den Controllern auf der Erde und dem Mond verfügte er über einen optischen Laser mit zehn Watt Leistung, der einen Datendurchsatz von zwanzig Kilobits pro Sekunde ermöglichte. Er verfolgte die Nachrichten, die er mit der großen, halbtransparenten Hauptantenne auffing.

Im Lauf der Monate war das Interesse an seiner Mission erlahmt. Er hatte aber auch nichts anderes erwartet. Niemand verfolgte seine Mission außer ein paar Gaijin-Besessene – einschließlich Nemoto, wie er hoffte. Sie hatte nämlich ihre ebenso ominösen wie gewaltigen Ressourcen angezapft und ihm die Finanzierung dieser einmaligen Mission ermöglicht – obwohl sie ihr Interesse nie gezeigt hatte.

Manchmal wurden aber nicht einmal seine Routinemeldungen beantwortet.

Er machte sich nichts draus. Schließlich vermochten sie ihn nicht zurückzurufen, selbst wenn sie Lust dazu gehabt hätten.

Die einzige Ablenkung, die er beim Malträtieren der Tretmühle hatte, war der Blick aus einem kleinen runden Beobachtungsfenster, das in die Druckhülle eingelassen war. Von dieser Möglichkeit machte er Gebrauch. Für Malenfants bloßes Auge war die *Perry* allein im All. Erde und Mond waren zu sternengleichen Lichtpunkten geschrumpft. Nur die immer kleiner werdende Sonne zeichnete sich noch als Scheibe ab.

Das Gefühl der Isolation war außerordentlich – geradezu ein Hochgefühl.

Er hatte eine Schlafgelegenheit mit dem russischen Namen *kajutka*. Dabei handelte es sich um einen mit Gurten an der Wand befestigten Schlafsack. Vor dem Schlafengehen teilte er die *kajutka* mit einem Vorhang ab, um sich die Illusion von Privatsphäre und Sicherheit zu schaffen. Er bewahrte hier seine persönlichen Gegenstände auf, vor allem ein kleines animiertes Bild von Emma, ein paar Sekunden ihres Lachens auf einem privaten NASA-Strand in der Nähe von Cape Canaveral.

Beim Aufwachen stieg ihm dann immer ein Geruch nach Schweiß in die Nase, oder nach Frostschutzmittel, wenn die Kühlrohre leckten oder auch nur ein muffiger Geruch – wie in einer Bibliothek oder einem Weinkeller.

■

Brind hatte es auf eine andere Art versucht. »Sie sind doch schon zweiundsiebzig Jahre alt, Malenfant.«

»Ja, aber zweiundsiebzig ist heutzutage doch kein Alter mehr. Außerdem bin ich verdammt gut in Form für einen Zweiundsiebzigjährigen.«

»Es ist aber ziemlich alt für einen längeren Raumflug.«

»Möglich. Aber ich habe meine Lebensweise seit Jahrzehnten an Anti-Ageing-Praktiken ausgerichtet. Ich esse nur fett- und kalorienarme Nahrung. Ich werde mit einem Protein namens Co-Enzym Q10 behandelt, das die Alterung auf der Zellebene verlangsamt. Und ich nehme noch andere Enzyme ein, um die Funktion des Nervensystems zu unterstützen. Einen Großteil der Knochen und Gelenke habe ich bereits durch Biokomposit-Verstärker ersetzen lassen. Vor der Mission werde ich mich einer Bypass-Operation unterziehen. Ich nehme Medikamente ein, die der Ablagerung von Amyloid-Fibrillen vorbeugen – Eiweißstoffe, die möglicherweise Alzheimer verursachen …«

»Mein Gott, Malenfant. Sie sind fast schon ein Cyborg, nicht wahr? Sie sind fest entschlossen.«

»Schauen Sie, die Schwerelosigkeit ist eine wohltuende Umgebung für einen alten Mann.«

»Bis Sie wieder in die Erdenschwere zurückkehren.«

»Nun, vielleicht will ich das gar nicht.«

■

Nach zweihundertundsechzig Tagen, auf halber Strecke, setzte der Fusionsantrieb aus. Die kaum spürbare Beschleunigung brach ab, und Malenfant verlor das Gefühl für Oben und Unten – dafür wurde ihm übel. Ein neuer Anfall des Weltraum-Anpassungssyndroms, der ihn für vier Stunden außer Gefecht setzte.

Inzwischen zündete die *Perry* die Distickstofftetroxid- und Hydrazin-Rückstoßdüsen und drehte sich um hundertachtzig Grad um die Querachse. Damit wurde die lange Verzögerung zum Sonnenbrennpunkt eingeleitet.

Die *Perry* hatte nun die Höchstgeschwindigkeit von ungefähr siebentausend Kilometern pro Sekunde erreicht, was zwei Prozent der Lichtgeschwindigkeit entsprach. Bei solchen Geschwindigkeiten traten die großen supraleitenden Schleifen in Aktion und errichteten einen Plasmaschirm vor dem Schiff, der es vor dem dünnen interstellaren Wasserstoff schützte, den es durchflog. Dieses Wendemanöver war der gefährlichste Teil des Flugs, denn es bedurfte einiger Geschicklichkeit, das Plasmafeld immer in Flugrichtung zu positionieren.

Die *Perry* war mit Abstand das schnellste von Menschenhand erschaffene Schiff – also war er logischerweise auch der schnellste Mensch, sagte Malenfant sich. Nicht dass es zu Hause irgendjemanden interessierte.

Das gefiel ihm. Es klärte die Verhältnisse.

Hinter den Fenstern, zwischen Malenfant und den Sternen war nur noch Schwärze. Er war nun fünfhundert astronomische Einheiten von der Sonne entfernt und hatte die letzten Planeten weit hinter sich gelassen; selbst Pluto hatte nur einen Bahnradius von etwa vierzig astronomischen Einheiten. Seine einzigen Begleiter dort draußen waren rätselhaften Eismonde des Kuiper-Gürtels. Die Gesteins- und Eisbrocken verharrten seit der Geburt der Sonne in jungfräulichem Zustand, und jeder von ihnen war weiter voneinander entfernt als die Planeten des inneren Sonnensystems. Noch weiter draußen lag die Oort-Wolke, die schemenhafte Kometen-Sphäre aus den Tiefen des Alls; die Innengrenze der Oort-Wolke war mit dreißigtausend astronomischen Einheiten sogar außerhalb der Reichweite dieser Langzeit-Mission.

Als das Wendemanöver abgeschlossen war, richtete

er die großen Teleskope und Instrumententräger in Flugrichtung auf den Sonnenbrennpunkt aus.

■

»Sie müssen doch wieder zurückkommen wollen. Sie haben doch sicher Familie.«

»Nein.«

»Und …«

»Schauen Sie, Sally, seit der Entdeckung der Gaijin haben wir nichts anderes getan als geredet – zwölf Jahre lang. Jemand muss etwas tun. Und wer wäre dafür besser geeignet als ich? Deshalb werde ich bis zu den Grenzen des Systems gehen, wo es bestimmt zu einer Begegnung mit den Gaijin kommt.« Er grinste. »Ich glaube, wenn ich sie erst einmal erreicht habe, werde ich alle anderen Hürden auch noch nehmen.«

»Viel Glück, Malenfant«, sagte sie mit einem Schauder. Sie hatte das Gefühl, dass sie ihn nie mehr wiedersehen würde.

■

Die *Perry* gelangte zu einem relativen Stillstand. Aus einer Entfernung von tausend AE war die Sonne ein überheller Stern im Sternbild Cetus, und das innere System mit den Planeten, Menschen, Gaijin und dem ganzen Drumherum war nur noch ein Lichtklecks.

Der im Wohnmodul eingezwängte Malenfant verbrachte eine Woche mit der Untersuchung der Umgebung. Er wusste, dass er sich annähernd im richtigen Raumsektor befand, eine gewisse Fehlertoleranz vorbehalten. Falls sich hier draußen aber ein großes interstellares Mutterschiff aufhielt, würde er es wohl kaum übersehen.

Aber da war nichts.

Er machte sich auf die Suche nach dem Sonnenbrennpunkt von Alpha Centauri, wobei er die *Perry* mit den Steuertriebwerken und gelegentlichen Fusionsimpulsen bewegte.

Die Krümmung der Gravitationslinse war erstaunlich stark. Alpha Centauris Brennpunkt hatte nur einen Durchmesser von ein paar Kilometern im Vergleich zu den hundert *Milliarden* Kilometern, die Malenfant zurückgelegt hatte, um zu diesem Punkt zu gelangen.

Er nahm sich Zeit, um Brennstoff zu sparen.

Endlich wurde er fündig. Im optischen Teleskop erschien ein Bild von Alpha Centauri A, der größten Komponente des multiplen Alpha-Systems. Das Bild des Sterns wurde zu einem Kreis verzerrt, einem schwachen orangefarbenen Lichtring.

Er zeichnete so viele Daten auf wie möglich und sendete sie blitzschnell über die Laserverbindung zur Erde. Dort würden leistungsstarke Computer das Bild entzerren und es in eine Abbildung des Alpha Centauri-Sternensystems umwandeln. Vielleicht würden sie sogar noch die Planeten abbilden, die die beiden Hauptsterne umliefen.

Allein diese Daten müssten die Mission gegenüber den Sponsoren rechtfertigen, sagte er sich.

Aber er fand noch immer keine Anzeichen für Aktivitäten der Gaijin.

Eine neue Besorgnis beschlich ihn. Zum erstenmal zog er ernsthaft die Möglichkeit in Betracht, dass er sich geirrt hatte. Was, wenn es hier überhaupt nichts gab? Dann hätte er sein Leben vergeudet und seine Reputation verspielt.

Und dann fingen die supergekühlten Infrarotsensoren eine starke neue Signatur auf.

■

Das Objekt zog in einer Entfernung von einer Million Kilometern an ihm vorbei.

Die Teleskope lieferten nur schemenhafte Bilder. Es war zum Verrücktwerden. Das Ding taumelte und brach das Licht der fernen Sonne; immerhin ermöglichten die Reflektionen es dem Bordcomputer, die Form des Gebildes zu bestimmen.

Das Raumfahrzeug durchmaß etwa fünfzig Meter und hatte die Form einer Spinne. Aus einer zwölfflächigen Zentraleinheit wuchsen gelenkige Arme, acht oder zehn an der Zahl, die sich mit dem Hauptkörper bewegten.

Er vermochte weder die Funktion noch die Beschaffenheit oder die Antriebsart zu ermitteln, ehe das Ding außer Sichtweite war. Aber er hätte wetten mögen, dass es zum Asteroidengürtel unterwegs war.

Immerhin war er imstande, die Herkunft der Drohne zu bestimmen. Es war ein Punkt in der Brennebene der Sonne, der nicht weiter von der *Perry* entfernt war als der Mond von der Erde.

Malenfant schwenkte die Teleskope in alle Richtungen, sah aber nichts.

Trotzdem fühlte er sich bestätigt. Kontakt, verdammt. Ich hatte doch recht. Ich weiß zwar nicht wie oder was, aber es muss etwas dort draußen sein.

Er aktivierte das Fusionstriebwerk. Es würde zwanzig Stunden dauern, dorthin zu gelangen.

■

Es war nur ein Reif, aus einer Art Metall vielleicht, der der Sonne zugewandt war. Er durchmaß etwa dreißig Meter und war himmelblau. Die Farbe irritierte ihn hier draußen im Leerraum. Das Ding war stumm, sendete auf keiner Frequenz und war im Licht der Punktquellen-Sonne kaum zu sehen.

Es gab kein großes Mutterschiff, das Asteroiden-Drohnen ausstieß. Nur dieses geheimnisvolle Artefakt.

Er meldete all das an Sally Brind in Houston. Die Antwort würde auf sich warten lassen; er war sechs Lichttage von zu Hause entfernt.

Nach einiger Zeit beschloss er, nicht so lang zu warten.

■

Die *Perry* trieb neben dem Gaijin-Reif und wurde durch sporadische Zündungen der Steuertriebwerke stabilisiert.

Malenfant schloss sich in der engen Luftschleuse der *Perry* ein. Er würde zwei Stunden hier drin verbringen müssen, bis dem Körper der Stickstoff entzogen war. Die veraltete EVA-Mobilitätseinheit der Shuttle-Klasse würde Sauerstoff mit nur einem Viertel des Drucks auf Meereshöhe enthalten, um die Flexibilität des Geräts zu ermöglichen.

Malenfant zog sich die Thermo-Unterwäsche an und dann den Kühlungs- und Belüftungsanzug, ein Geflecht aus Kühlwasser-Leitungen. Dann legte er die Urinsammel-Vorrichtung an, die wie ein übergroßes Kondom aussah.

Er griff zur so genannten Unterkörper-Einheit; das war die untere Hälfte der EMU, eine Hose mit angeschweißten Schuhen, in die er sich nun zwängte. Dann stöpselte er einen Schlauch ins Kondom ein; ein Beutel mit einem Fassungsvermögen von einem halben Liter war in den unteren Anzugsteil eingenäht. Die Einheit war schwer, und das mehrschichtige Material war unangenehm steif. Vielleicht bin ich nach vierzig Jahren doch nicht mehr so ganz in Form.

Nun kam der HUT, die Oberkörper-Schale an die Reihe. Der HUT hing an der Wand der Luftschleuse wie die obere Hälfte einer Ritterrüstung. Er duckte sich darunter, streckte die Arme nach oben und zwängte sich hinein. Im HUT roch es nach Kunststoff und Metall. Er führte die Metallringe um die Taille zusammen und ließ sie einrasten. Dann zog er sich die Astronautenhaube über. Zum Schluss stülpte er sich den Helm mit dem Visier über den Kopf und arretierte ihn im Halsring.

Das vertraute Ritual des Anzugsanlegens war tröstlich. Als ob er die Lage unter Kontrolle hätte.

Er betrachtete sich im Spiegel. Die EMU glänzte weiß, und am Ärmel prangte noch immer das Sternenbanner. Der Name der letzten Mission, STS-194, war auch noch auf den Anzug gestickt. Siehst ziemlich gut aus für einen alten Bastard, Malenfant.

Bevor er den Druckausgleich vornahm, steckte er noch Emmas Bild in eine Innentasche.

Er öffnete das Außenschott der Luftschleuse.

■

Für zwanzig Monate war er auf ein paar Quadratmetern in einer kleinen Kammer eingesperrt gewesen, und nun erstreckte seine Welt sich plötzlich bis in die Unendlichkeit.

Er vermied es, sich umzuschauen, und aufs Gaijin-Artefakt wollte er schon gar keinen Blick werfen. Noch nicht.

Entschlossen drehte er sich zur *Perry* um. Die pulvergraue Meteoriten-Matte über der Hülle war verblichen und vergilbt, und das Material selbst hatte auch gelitten; doch im trüben Sonnenlicht sah es aus, als ob das ganze Raumschiff in Gold getaucht würde.

Die MMU, die Bemannte Manövrier-Einheit, war unter der Meteoriten-Matte in einem Stauraum in der Wand der *Perry* untergebracht. Er holte die MMU heraus und setzte sich hinein, als ob er auf einem Stuhl mit Armlehnen Platz nähme. Klinken sicherten den Druckanzug. Er fuhr die Steuersysteme hoch und überprüfte die stickstoffgefüllten Brennstofftanks im Rückentornister. Dann brachte er die beiden Handregler in Flugposition und löste die Sicherungsklinken der Betriebs-Station.

Er probierte die Manövriereinheit aus. Mit dem linken Regler flog er vorwärts, und mit dem rechten vermochte er sich zu drehen, zu neigen und zu rollen. Jedes Mal, wenn ein Steuertriebwerk feuerte, ertönte ein leiser Signalton im Kopfhörer.

Er bewegte sich in kurzen geraden Linien um die *Perry* herum. Nach all den Jahren im Museum des KSC funktionierten nicht mehr alle Rückstoßdüsen der Manövriereinheit. Aber es schienen noch genug Triebwerke zu arbeiten, um den Flug zu kontrollieren. Und der automatische Kreiselstabilisator war auch aktiviert.

Es war wie die Arbeit außerhalb einer Raumfähre, wenn er sich auf die allernächste Umgebung konzentrierte. Aber die Lichtverhältnisse stimmten nicht. Er vermisste die tröstliche Gegenwart der Erde; im niedrigen Erdorbit war die Tagseite des Planeten ein überwältigender Anblick, hell wie ein tropischer Himmel. Hier gab es nur die Sonne, eine ferne Punktquelle, die lange, scharfe Schatten warf. Und um sich herum sah er die Sterne, die unendliche Weite des Alls.

Plötzlich stieg zum erstenmal auf der ganzen verdammten Mission Panik in ihm auf. Er spürte einen Adrenalinstoß, bei dem er sich flatterig wie ein Vogel fühlte und das arme alte Herz heftig pochte.

Es wird Zeit, Malenfant.

Entschlossen betätigte er den rechten Handregler und wandte sich dem Gaijin-Artefakt zu.

Das Artefakt war ein schlichter geheimnisvoller Kreis, der die Sterne einrahmte. Er sah nichts, was er nicht auch durch die Kameras der *Perry* gesehen hätte; es war nur ein Ring aus einem leuchtenden blauen Material, dessen polierte Ränder im trüben Licht der Sonne kaum sichtbar waren.

Aber das Innere war pechschwarz und reflektierte kein einziges Photon, das von der Helmlampe abgestrahlt wurde.

Er schaute auf die Scheibe aus Dunkelheit. Wozu bist du gut? Wieso bist du hier?

Er bekam natürlich keine Antwort.

Alles der Reihe nach. Widmen wir uns zunächst einmal der Wissenschaft.

Malenfant betätigte die Steuertriebwerke und driftete auf den Reif zu. Er war xenonblau und schien von innen heraus zu glühen. Der Reif war gerade so breit wie seine Handfläche, und er sah weder Fugen noch eine Körnung des Materials.

Er streckte die behandschuhte Hand aus und versuchte den Reif mit der ummantelten Affenklaue zu berühren. Etwas Unsichtbares lenkte die Hand seitlich ab.

Egal, wie sehr er es versuchte und wie viel Gas er mit den Steuertriebwerken gab, er gelangte mit dem Handschuh nicht näher als einen Millimeter ans Material heran. Und immer dieses unangenehme Gefühl, seitlich wegzuglitschen.

Dann führte er mit der Hand Wischbewegungen vorm Reif aus. Er kräuselte sich – unsichtbar, aber spürbar.

Er driftete zur Mitte des Reifs zurück. Die stumme dunkle Fläche erschien ihm wie eine Herausforderung. Im Licht der fernen, stecknadelkopfgroßen Sonne warf er einen Schatten auf die Struktur. Wo das Licht auf die dunkle Fläche des Reifs fiel, wurde es jedoch nicht zurückgeworfen: Kein Widerschein, kein Lichtreflex.

Malenfant kramte mit steifen behandschuhten Fingern in einer Ärmeltasche und nahm die Hand hoch, um zu sehen, was er da gefunden hatte. Es war sein Schweizer Armeemesser. Er warf das Messer in den Reif.

Das Messer flog in einer geraden Linie davon.

Als es die schwarze Fläche erreichte, verschwamm es, und Malenfant hatte den Eindruck, dass es sich rötlich verfärbte – als ob es von einem erlöschenden Licht angestrahlt würde.

Das Messer verschwand.

Unbeholfen umrundete er mit feuernden Steuertriebwerken das Artefakt. Die MMU war dafür ausgelegt, ihn in einer geraden Linie fortzubewegen und nicht in einer engen Kurve; entsprechend lang dauerte das Manöver auch.

Auf der anderen Seite des Artefakts war vom Messer nichts zu sehen.

Also ein Tor. Ein Tor hier am Rand des Sonnensystems. Wie passend, sagte er sich. Welche Ironie.

Es wird Zeit für einen Sprung ins kalte Wasser, Malenfant. Mit feuernden Rückstoßdüsen glitt er vorwärts.

Das Tor wurde immer größer, bis es Malenfants Blickfeld ganz ausfüllte. Er würde das Tor irgendwo in der Mitte passieren – falls er überhaupt so weit kam.

Er schaute zur *Perry* zurück. Die große filigrane Antenne war zur Erde ausgerichtet und fing das Licht der Sonne wie ein Spinnennetz ein. Er sah die Instrumententräger, die wie Rückspiegel von der vergilbten Textilhülle des Wohnmoduls abstanden. Auf den Trägern waren Linsen gruppiert, die ihn mit schwarzen Augen anblickten.

Nur ein Druck auf den Regler, und er könnte abbrechen und umkehren.

Er erreichte das Zentrum der Scheibe und wurde in ein gleißendes blaues Licht getaucht. Er beugte sich in der starren HUT-Schale vor und schaute nach oben.

Das Artefakt war zum Leben erwacht. Das xenonblaue Licht entsprang der Substanz des Kreises selbst. Er sah Flecken im Licht. Also kohärent. Und als er am Anzug hinabschaute, sah er, dass das weiße Gewebe vom gitternetzartigen Strahlengang Dutzender blauer Lichtpunkte überlagert wurde.

Laser. Wurde er etwa gescannt?

»Das ändert alles«, sagte er.

Das blaue Licht wurde intensiver, bis es ihn blendete. Er spürte einen kurzen Schmerz …

kapitel 6

ÜBERTRAGUNG

»Wir glauben, dass die Blumen-Schiffe der Gaijin eine Variante der alten Bussard-Staustrahl-Konstruktion sind«, sagte Sally Brind. Sie hatte eine Softscreen an einer von der Zeit geglätteten Wand in Nemotos Mondhöhle befestigt. Nun wurden alte Konstruktionsentwürfe auf der Softscreen abgebildet: Risszeichnungen eines filigranen futuristischen Raumschiffs, die mit Beschriftungen und Pfeilen versehen waren. Maura schielte, um sie zu erkennen. »Dieses Konzept geht bis in die sechziger Jahre des zwanzigsten Jahrhunderts zurück …«

Nemotos Unterkunft auf der Rückseite des japanischen Mondes hatte sich als eine primitive, ausrangierte Suboberflächen-Baracke in der Art des Observatoriums erwiesen, in dem sie damals die Gaijin-Aktivitäten im Gürtel entdeckt hatte. Hier schien Nemoto fast zwei Jahrzehnte gehaust zu haben. Maura sagte sich, dass *sie* es hier nur für zwei Stunden aushalten würde.

Maura war auch sofort aufgefallen, dass es nicht einmal eine Sitzgelegenheit gab außer Nemotos flacher Pritsche. Unter diesen Umständen hatten Sally und Maura darauf verzichtet, sich zu setzen. Zum Glück war das Stehen auf dem nackten Gesteinsboden durch die schwache Mondgravitation einigermaßen erträglich, auch für Maura mit ihrer zarten Konstitution. Es gab immerhin ein paar Zugeständnisse an eine menschliche Umgebung – eine alte, verschlissene *ta-*

tami und einen *tokonoma*-Alkoven mit einem *jinja*, einem kleinen Shinto-Schrein. Jedoch nahm selbst in Nemotos ›Wohnzimmer‹ wissenschaftliche Ausrüstung den größten Teil der Boden- und Wandflächen ein: unidentifizierbare weiße Kästen, bei denen es sich vielleicht um Stromquellen, Sensoren oder Proben-Behälter handelte, über den Boden sich schlängelnde Kabel und ein paar kleine altmodische Softscreens.

Während Sally redete, widmete die spindeldürre Nemoto, deren Augen tief in den Höhlen lagen, sich ihren Projekten. Sie ging mit Trippelschritten umher und überprüfte penibel die Ausrüstung – oder goss in einem bizarren Kontrast hierzu die Pflänzchen, die in Blumentöpfen an der Wand hingen und vom hellen Licht der Halid-Lampen bestrahlt wurden.

Der träge Wasserstrom aus Nemotos Gießkanne in Form dicker Tropfen, die oszillierten, während sie sich auf die grünen Blättchen hinabsenkten, hatte etwas seltsam Beruhigendes.

Sally fuhr derweil mit der Analyse der mutmaßlichen Gaijin-Technik fort. »Der Staustrahlantrieb ist seit jeher für interstellare Reisen favorisiert worden. Die gewaltigen Entfernungen selbst zwischen den nächsten Sternen würden einen enormen Brennstoffvorrat erfordern. Bei einem Staustrahl-Triebwerk müsste man aber gar keinen Brennstoff mitführen.

Der Weltraum ist nicht leer, müssen Sie wissen. Zwischen den Sternen gibt es dünne Gaswolken, die hauptsächlich aus Wasserstoff bestehen. Bussard, der Urheber des Konzepts, regte an, dieses Gas anzusaugen, zu verdichten und damit eine Fusionsreaktion zu starten – genauso wie Wasserstoff im Herzen der Sonne zu Helium verbrannt wird.

Das Problem ist nur, diese Gaswolken sind so dünn, dass man einen riesigen Ansaugstutzen bräuchte. Also schlug Bussard vor, mithilfe von Magnetfeldern Gas in einem Volumen von Milliarden Kubikkilometern anzusaugen.«

Sie zeigte ein anderes Bild: Ein imaginäres Raumschiff, das eine verblüffende Ähnlichkeit mit einem Meeresbewohner hatte. Maura verglich es mit einem Tintenfisch – ein zylindrischer Körper mit riesigen magnetischen Tentakeln, deren Spitzen Funken sprühten.

»Das interstellare Gas müsste zunächst elektrisch geladen werden, damit das Magnetfeld es überhaupt ablenken kann. Also würde man es, wie Sie hier sehen, mit Laserstrahlen beschießen und es zu einem Plasma erhitzen, das so heiß ist wie die Sonnenoberfläche. Es ist zwar ein exotisches und schwieriges Konzept, aber immer noch einfacher, als Unmengen Brennstoff mitzuschleppen.«

»Nur dass es nicht funktionieren wird«, murmelte Nemoto, die mit ihren Geräten zugange war.

»Richtig ...«

Maura war bereits in ähnliche Exposees und Extrapolationen eingeweiht, die vom Verteidigungsministerium und der US Air & Space Force ausgearbeitet worden waren. Sie sagte sich, dass all diese Faktoren ein zusammenhängendes Bild ergaben – vor allem wenn man berücksichtigte, dass Sallys Vortrag auf spärlichen Informationen von diversen weltraumbegeisterten Interessengruppen und NASA-Mitarbeitern in unterschiedlichen Abteilungen des Landwirtschaftsministeriums beruhte.

Das Problem von Bussards Entwurf bestand jedoch darin, dass nur ein Prozent des angesaugten Gases überhaupt als Brennstoff nutzbar war. Der Rest würde sich vorm Raumschiff stauen und den magnetischen Ansaugstutzen verstopfen. Also würde Bussards schönes Schiff so viel Energie allein in die Überwindung dieser Hürde stecken müssen, dass es niemals die für interstellare Raumflüge erforderliche Geschwindigkeit erreichen würde.

Sally präsentierte verschiedene Weiterentwicklungen des ursprünglichen Konzepts, die dieses grundsätzliche Handicap zu vermeiden versuchten. Der vielversprechendste Ansatz wurde als RAIR bezeichnet, was für Interstellare Rakete mit Staustrahlantrieb stand. In diesem Beispiel wurde die Zufuhr interstellaren Wasserstoffs erheblich verringert und diente nur als Ergänzung eines Wasserstoffvorrats, den das Schiff mitführte. Es wurde unterstellt, dass der RAIR-Entwurf die doppelte oder dreifache Leistung des Bussard-Systems hatte und etwa zehn bis zwanzig Prozent der Lichtgeschwindigkeit erreichte.

»Und soweit es aus den Daten der *Bruno* hervorgeht«, sagte Sally, »handelte es sich bei diesem Gaijin-Blumenschiff um eine RAIR-Konstruktion: Sie sah zwar exotisch aus, gab uns aber keine großen Rätsel auf. Die *Bruno* ist eigentlich nur durch eine Art Abgasstrahl geflogen, ehe sie zu senden aufhörte.« Ein netter Euphemismus für *gefangen und zerlegt,* sagte Maura sich. »Die Abgase waren typisch für die Produkte einer Deuterium-Helium-3-Fusionsreaktion der Art, wie wir sie auf der Erde seit ein paar Jahrzehnten beherrschen.«

Sally hielt inne. Die kleine adrette Frau wirkte ernst und besorgt. »Es gibt trotzdem offene Fragen. *Wir* hätten jetzt schon ein Dutzend Verbesserungsvorschläge für die Gaijin-Konstruktion – zwar würden die im Moment unsre technischen Möglichkeiten übersteigen, nicht aber unsere physikalischen Kenntnisse. Die Deuterium-Helium-Fusionsreaktion ist zum Beispiel geradezu primitiv und hat einen denkbar geringen Wirkungsgrad. Es gibt weitaus produktivere Optionen, wie Reaktionen mit Boron oder Lithium. Ich hatte immer geglaubt, dass, wenn einmal Außerirdische auftauchten, sie über eine Technologie gebieten würden, die wir uns in unsren kühnsten Träumen nicht vorgestellt hätten. Die Blumen-Schiffe sind ja recht nett, aber sie sind nicht das, womit *wir* zu den Sternen fliegen würden …«

»Schon gar nicht in dieser Region des Alls«, sagte Nemoto gleichmütig.

»Wie meinen Sie das?«, fragte Maura.

Nemoto lächelte verhalten, wobei die Wangenknochen durch die papierne Haut schimmerten. »Wo wir nun Teil einer interstellaren Gemeinschaft sind, ob es uns gefällt oder nicht, zahlt sich das Verständnis der Geografie unsres neuen Terrains aus. Das interstellare Medium, die Gase, die ein Staustrahltriebwerk antreiben würden, sind uneinheitlich. Die Sonne dringt zum Beispiel nicht bis in jeden Winkel des Orion-Spiralarms. Wir bewegen uns durch das so genannte ICM – das Zwischenwolken-Medium. Keine idealen Einsatzbedingungen für ein Staustrahltriebwerk. Nur dass die Blumenschiffe gar keine interstellaren Raumschiffe sind.« Sie beäugte Maura. »Sie wirken überrascht. Liegt das aber nicht auf der Hand? Diese Schiffe würden mit ihrer Reisegeschwindigkeit, die nur einen geringen Bruchteil der Lichtgeschwindigkeit ausmacht, schon viele Jahrzehnte brauchen, bloß um Alpha Centauri zu erreichen.«

»Aber die Zeitdilatation«, sagte Maura. »Der verlangsamte Zeitablauf bei relativistischen Geschwindigkeiten …«

Nemoto schüttelte den Kopf. »Zehn Prozent der Lichtgeschwindigkeit sind viel zu langsam, als dass solche Effekte signifikant greifen würden. Die Blumen-Schiffe sind interplanetare Kreuzer, die für Reisen deutlich unterhalb der Lichtgeschwindigkeit ausgelegt sind, und zwar im relativ dichten Medium in der Nähe eines Sterns. Die Gaijin sind interplanetare Reisende und nur durch Zufall interstellare Pioniere geworden.«

»Und wie sind sie dann hierher gekommen?«, fragte Maura.

Nemoto lächelte. »Auf die gleiche Art, wie Malenfant das System verlassen hat.«

»Spucken Sie's aus.«

»Teleportation.«

■

Maura hatte Sally Brind hierher mitgenommen, weil sie in dem vollen Jahr, das seit Malenfants Verschwinden bereits vergangen war, frustriert und sogar besorgt geworden war: Ein Jahr, in dem sich nichts getan hatte.

Am Verhalten der Gaijin hatte sich offensichtlich nichts geändert. Die ganze Sache war längst aus dem Gedächtnis des Großteils der Öffentlichkeit und der Kommentatoren gelöscht worden, die Malenfants bemerkenswerte Reise nur als ein weiteres Kapitel einer langen und öden Saga abgetan hatten, die sich bereits über Jahrzehnte hinzog. Die Philosophen indes debattierten noch immer über die Bedeutung der Gaijin für die menschliche Existenz und redeten sich die Köpfe heiß. Das Militär erging sich wie immer in Sandkastenspielen und entwarf verschiedene bizarre Szenarien, die überwiegend darauf hinausliefen, dass die Gaijin die Erde und den Mond angriffen und riesige Blumen-Schiffe Brocken aus Asteroiden-Gestein auf die wehrlosen Welten schleuderten.

Die nationalen Regierungen und andere zuständige Behörden saßen die Sache derweil aus.

Es gab noch immer zu wenig Fakten, und es wurden schneller Fragen gestellt, als man sie zu beantworten vermochte. Die menschliche Vorstellung dieser fremden Eindringlinge wurde noch immer eher durch alte Klischees bedient als durch harte wissenschaftliche

Fakten. Maura nahm betrübt zur Kenntnis, dass sich kein einheitliches Bild ergab, was wiederum eine vernünftige Herangehensweise an das Gaijin-Problem unmöglich machte.

Weshalb sie dieses Treffen auch anberaumt hatte. Nemoto hatte die Gaijin schließlich entdeckt – die Weiterungen dieser Entdeckung waren ihr sofort bewusst geworden –, und dann hatte sie sich die einzige Person, Reid Malenfant, ausgesucht, die im Rückblick fähig war, diese Entdeckung der Welt zu präsentieren und darüber hinaus eigene Initiative zu entwickeln.

Wenn jemand Maura zu helfen vermochte, sich im Dschungel der zukünftigen Möglichkeiten zu orientieren, dann war es sicher Nemoto.

Aber gleich Teleportation?

■

Maura schloss die Augen. Dann muss ich es mir also so vorstellen, dass diese Gaijin sich wie E-Mails von einem Stern zum andern selbst verschicken. Sie unterdrückte ein blödes Gackern.

Nemoto war derweil mit ihren Gerätschaften und Pflanzen zugange.

»Damit wir wissen, wovon wir sprechen«, sagte Sally Brind langsam. »Sie glauben, der Reif, den Malenfant gefunden hat, war eine Art Teleportations-Relais. Wieso hat man dieses – Tor – dann nicht im Asteroidengürtel stationiert? Wieso hat man es dort draußen am Rand des Systems deponiert, mit dem ganzen Aufwand und den Unannehmlichkeiten, die es verursacht …?«

Nemoto blieb ihr die Antwort schuldig. Sie sagte sich wohl, dass die junge Frau doch selbst darauf kommen solle.

Sally schnippte mit dem Finger. »Bei der Teleportation von einem andern Stern muss ein Strom komplexer Information über konventionelle Nachrichtenkanäle – das heißt, Licht- oder Funkwellen – zum Ziel, dem Sonnensystem geschickt werden. Und der Ort, an dem man diese Signale mit größter Präzision empfängt, ist der Sonnenbrennpunkt des Sterns, wo das Signal hundertmillionenfach verstärkt wird … Aber Malenfant kann das unmöglich gewusst haben. Es ist völlig ausgeschlossen, dass er das Prinzip der Teleportation erkannt hat.«

»Aber er hat eine gute Intuition«, sagte Nemoto lächelnd. »Er hat ein Tor identifiziert und ist hindurchgegangen. Sein Ziel war schließlich die Kontaktaufnahme.«

»Ich war bisher der Ansicht, dass Teleportation unmöglich sei«, sagte Maura. »Weil nämlich Ort und Geschwindigkeit aller Teilchen des Artefakts abgebildet werden müssen, das man übertragen will. Und das verstößt gegen das Unschärfe-Prinzip.« Das besagte, dass es wegen der Quantenunschärfe unmöglich sei, Ort und Geschwindigkeit eines Teilchens exakt abzubilden. Und wenn man keine solche Abbildung zu erstellen vermochte, wie sollte man dann ein so komplexes Objekt wie einen Menschen codieren, übertragen und rekonstruieren?

»Wenn man es so primitiv anstellen würde, dann hätten Sie recht«, sagte Nemoto. »In einem Quantenuniversum würde ein solcher klassischer Prozess nicht funktionieren. Selbst im Prinzip ist uns nur diese eine Möglichkeit der Teleportation bekannt. Es ist möglich, einen unbekannten Quantenzustand in rein klassische Information und rein nicht-klassische Information zu überführen und diesen Vorgang später wieder umzukehren …«

»Nemoto, bitte«, sagte Maura angespannt.

»*Das hier* ist eine Teleportations-Maschine«, sagte

Nemoto und wies mit einer ausladenden Geste auf den verstreuten Schrott. »Leider vermag ich jeweils nur ein Photon, ein Lichtkorn zu teleportieren. Im Moment jedenfalls.«

»Sally, verstehen Sie irgendetwas davon?«

»Ich glaube schon«, sagte Sally. »Schauen Sie, die Quantenmechanik kennt eine Fernbeziehung zwischen Teilchen. Wenn zwei Objekte einmal miteinander in Kontakt getreten sind, werden sie nie mehr getrennt. Diese rätselhaften Bande werden als EPR-Korrelation bezeichnet.«

»EPR?«

»Das steht für Einstein-Podolsky-Rosen, die Physiker, die dieses Konzept entwickelt haben.«

»Ich transportiere nicht das Photon«, sagte Nemoto. »Ich transportiere eine *Beschreibung* des Photons. Die Quanten-Beschreibung.« Sie tippte auf zwei Kästen. »Sender und Empfänger. Dort sind EPR-korrelierte Zustände gespeichert – das heißt, sie sind sich einmal begegnet und unauflöslich verbunden, wie Sally sagt.

Ich sorge dafür, dass das Photon … hmm … mit Hilfs-Teilchen im Empfänger in Wechselwirkung tritt. Dabei wird das Photon absorbiert und seine Beschreibung gelöscht. Die Information, die ich aus der Wechselwirkung gewinne, vermag ich jedoch zum Empfänger zu übertragen. Dort rekonstruiere ich mit der anderen Hälfte des verschränkten Paars den ursprünglichen Quantenzustand.«

»Der Empfänger muss also mit dem Sender verschränkt sein«, rekapitulierte Sally. »Die Erbauer müssen das Empfänger-Tor – den Reif, den Malenfant gefunden hat – mit konventionellen Mitteln, einem unterlichtschnellen Raumfahrzeug wie einem Blumen-Schiff dorthin gebracht haben. Das Tor wird dann mit einem anderen Objekt im Sonnensystem, einem Transmitter EPR-korreliert. Der Transmitter nimmt bei sich selbst und dem unbekannten Quantensystem des Objekts, das teleportiert werden soll, eine Messung vor. Dann sendet der Transmitter dem Empfangs-Tor das klassische Ergebnis der Messung. Mit diesem Wissen wird der Empfänger in die Lage versetzt, den Zustand des EPR-Zwillings in eine exakte Kopie des unbekannten Quantenzustands im Transmitter umzuwandeln …«

»Damit hat man zwei Photonen«, sagte Maura langsam zu Nemoto. »Das Original und die rekonstruierte Version.«

»Nein«, sagte Nemoto, deren Geduld strapaziert wurde. »Ich habe es doch schon erklärt. Das Original-Photon wird bei der Preisgabe seiner Information zerstört.«

»Maura, Quanteninformationen sind nicht mit klassischen Informationen zu vergleichen, wie Sie sie kennen«, sagte Sally. »Es ist möglich, Quanteninformationen umzuwandeln, aber nicht zu duplizieren.« Sie musterte Maura und suchte nach einem Ausdruck des Verständnisses. »Doch selbst wenn wir das Prinzip verstanden haben, stehen wir erst am Anfang. Denken Sie darüber nach. Nemoto ist gerade einmal imstande, ein einziges Photon zu teleportieren; und das Gaijin-Tor vermag Objekte mit der Masse eines Menschen zu befördern. Malenfants Körper enthielt …«

»Ungefähr zehn hoch achtundzwanzig Atome«, sagte Nemoto. »Das ist eine Zahl mit achtundzwanzig Nullen. Also braucht man auch die gleiche Anzahl von Kilobytes, um die Daten zu speichern. Wenn nicht noch mehr.«

»Ja«, sagte Sally. »Im Vergleich dazu, Maura, belaufen alle jemals geschriebenen Bücher sich wahrscheinlich auf eine schlappe Billion Kilobytes. Die Datenkompression, die hier zum Tragen kommt, muss unglaublich sein. Wenn wir diese Technologie in die Hände bekämen, würden die Computer- und Telekommunikations-Industrie revolutioniert werden.«

»Aber das ist noch nicht alles«, sagte Nemoto. »Malenfants Körper wurde effektiv zerstört. Das würde die Gewinnung und Speicherung eines Energieäquivalents von tausend Megatonnen-Bomben erfordern ...«

Sein Körper wurde zerstört. Nemoto sagte das so beiläufig.

»Also«, sagte Sally, »wird das Signal mit Malenfants Code gerade durch eine Sender-Empfänger-Leitung geschickt ...«

»Oder Leitungen«, sagte Nemoto.

»Leitungen?«

»Glauben Sie etwa, dass eine solche Technik nur auf eine Route beschränkt wäre?«

Sally runzelte die Stirn. »Sie sprechen von einem ganzen Netzwerk von Toren.«

»Die vielleicht in den Gravitations-Brennpunkten jedes Sternensystems stationiert sind. Richtig.«

Und nun fiel es Maura wie Schuppen von den Augen: Ein Teleportations-Netzwerk, das den Abgrund zwischen den Sternen überspannte, riesige Daten-Autobahnen, auf denen man zu reisen vermochte – und zwar ohne jeden Zeitverlust. »Mein Gott«, murmelte sie. »Die Straßen des Imperiums.«

»Und zu diesem Zweck«, sagte Sally im Versuch, Nemotos Gedankengänge nachzuvollziehen, »haben die Gaijin die Tore errichtet. Stimmt's?«

»O nein«, sagte Nemoto sanft. »Dazu sind die Gaijin zu – *primitiv.* Sie waren auf ihr System beschränkt, so wie wir auf unsres beschränkt sind. Als sie mit ihren Staustrahl-Schiffen die Peripherie des Systems erkundeten, sind sie über ein Tor gestolpert – oder vielleicht wurden sie auch von anderen herangeführt, wie die Gaijin es wiederum mit uns gemacht haben.«

»Wenn nicht die Gaijin, wer dann?«, fragte Maura.

»Im Moment gibt es darauf keine Antwort.« Nemoto ließ den Blick über die klobige Apparatur schweifen, als ob sie die darin verborgenen Möglichkeiten sondieren wollte.

Sally Brind stand auf und bewegte sich langsam durch das enge Apartment, wobei sie in der schwachen Mondgravitation eine nie gekannte Leichtigkeit des Seins verspürte. »Es dauert Jahre, bis ein Signal – auch ein Teleporter-Signal – von einem Stern zum andern reist. Daraus folgt zwangsläufig, dass niemand dort draußen bislang eine Überlicht-Technologie entwickelt hat. Keinen Warp-Antrieb und keine Wurmlöcher. Ziemlich primitiv, nicht?«

»In solch einer Galaxis«, sagte Nemoto, »dauert es im günstigsten Fall Jahrzehnte, bis Prozesse – ob kulturelle Kontakte oder kriegerische Auseinandersetzungen – sich entwickeln. Falls Malenfant zu einem Stern unterwegs ist, wird es Jahre dauern, bis sein Signal dort eintrifft, und noch einmal so lang, bis wir endlich erfahren, was aus ihm geworden ist.«

»Und was sollen wir in der Zwischenzeit tun?«, fragte Maura trocken.

Nemoto lächelte, wobei die Wangenknochen scharf hervortraten. »Gar nichts. Nur abwarten. Und möglichst lang leben.«

■

In den ereignislosen Jahren, die darauf folgten, dachte Maura Della oft an Malenfant.

Wo *war* Malenfant?

Selbst wenn Nemoto recht hatte, sein Körper zerstört war und die detaillierten Informationen über den Inhalt und die Abläufe seines Körpers und Gehirns zu den Sternen rasten – *wo war seine Seele?* Ritt sie auch auf dem mutmaßlichen Laserstrahl der Gaijin? Oder hatte sie sich schon aufgelöst?

Und wäre das Ding, das aus diesem Signal rekonstruiert würde, wirklich Malenfant oder nur eine gelungene Kopie?

Dennoch wurde diese obskure Physik von einem menschlichen Triumph gekrönt. Malenfant hatte dieses geheimnisvolle Tor gefunden. Und war hindurchgegangen. Sie erinnerte sich daran, dass sie mit Abscheu verfolgt hatte, mit welcher Selbstverständlichkeit die Gaijin sich die Ressourcen des Sonnensystems im Asteroidengürtel angeeignet und mit welcher Leichtigkeit sie sich der *Bruno* bemächtigt hatten. Nun hatte Malenfant sich durch das Transportsystem, dass die Gaijin selbst benutzt hatten, zum Nest der Gaijin geschossen, und Maura verspürte einen Anflug großer Genugtuung.

He, Gaijin. Sie haben Post …

Aber das alles betraf Maura nicht mehr.

Sie hatte alles darangesetzt, mit Nemotos Erkenntnissen und anderen Stimuli einen Bewusstseinswandel der Menschen herbeizuführen und Politik zu gestalten. Doch nun war die Zeit gekommen, dass sie sich aus dem aktiven Dienst zurückzog. Sie ging in ihre alte Heimat zurück, in eine Kleinstadt namens Blue Lake im Norden Iowas – ihrem alten Staat, dem Herzen des Mittleren Westens.

Ihr Einfluss war dahin. Zu verdammt alt.

Ich habe keine Jahrzehnte mehr. Ich habe nicht mehr die Kraft, wie Nemoto am Leben zu bleiben und zu warten, während die Dinge im Universum ihren Lauf nehmen. Für mich ist die Geschichte hier zu Ende. Du musst nun allein zurechtkommen, Malenfant.

Viel Glück!

kapitel 7

EMPFANG

Das blaue Licht verblasste.

Er wurde sich bewusst, dass er den Atem angehalten hatte. Er stieß die Luft langsam aus, was ihm Schmerzen in der Brust verursachte. Krampfhaft umklammerte er die Handregler der MMU und krümmte die Hände in den steifen Handschuhen.

Das blaue Artefakt, das über ihm aufragte, war wieder zur Ruhe gekommen. Er sah keinen Unterschied zum vorherigen Zustand; das Sonnenlicht wurde von der polierten Oberfläche reflektiert und warf einen doppelten Schatten …

Einen doppelten?

Er schaute zur Sonne auf und klappte das goldene Visier herunter.

Die Sonne wirkte etwas heller und leuchtete in einem kräftigen Gelbweiß. Und es waren nun zwei Stecknadelköpfe, zwei Juwelen auf einer samtenen Unterlage. Das Licht war so hell, dass es ihm in die Augen stach, und als er den Blick abwandte, tanzten winzige Doppelpunkte auf der Netzhaut, wie Sterne in einer roten Dunstwolke.

Es war natürlich nicht die Sonne. Es war ein Doppelstern-System. Um die Zwillingssterne zog sich eine dunstige diskusförmige Scheibe: Eine Wolke aus Planetenmaterial, Asteroiden und Kometen – ein komplexes inneres System, das vom Licht eines doppelten Sterns erhellt wurde. Selbst aus dieser Entfernung sah er, dass dieser Lichtklecks ein Ort war, an dem geschäftiges Treiben herrschte.

Er betätigte den Regler und drehte sich. Hinter dem Tor war nichts – die *Perry* war verschwunden.

Nein. Nicht verschwunden. Nur ein paar Lichtjahre entfernt geparkt.

Er hatte keine Ahnung, wie das Artefakt dieses Wunder bewirkt hatte. Es war ihm aber auch egal. Es war ein Tor – und es hatte funktioniert und ihn zu den Sternen gebracht.

Ja, aber wohin, zum Teufel, Malenfant?

Er ließ den Blick über den Himmel schweifen und sah einen Sternenteppich, der die vertrauten Sternbilder überlagerte.

Nach einiger Zeit fand er den Orion-Gürtel und den Rest dieser eindrucksvollen Konstellation. Der Schütze wirkte unverändert, soweit er sah. Orions Sterne waren über einen Raum mit einer Seitenlänge von tausend Lichtjahren verteilt, wobei der nächste dieser Sterne – Beteigeuze oder vielleicht Bellatrix, er erinnerte sich nicht mehr – mindestens fünfhundert Lichtjahre von der Sonne entfernt war.

Daraus zog er seine Schlüsse. Bei der Bewegung über interstellare Entfernungen verschob die Perspektive sich derart, dass die Sternbilder verzerrt wurden und das Licht der über den Himmel verteilten Sterne ineinander floss wie die Lichter eines Hafens, dem man sich näherte. Er konnte also keinen allzu weiten Sprung gemacht haben, jedenfalls nicht im Maßstab der Entfernungen zu Orions riesigen Sonnen: Ein paar Lichtjahre, nicht mehr.

Und nachdem er sich dessen vergewissert hatte, wusste er auch, wo er war. Es gab nur ein System wie dieses – mit zwei eng verbundenen Sternen vom Sol-Typ – in der unmittelbaren Nachbarschaft der Sonne. Er war hier im System Alpha Centauri, das nicht mehr als plus minus vier Lichtjahre von Sol entfernt war. Genauso, wie er es erwartet hatte.

Alpha Centauri: Der Traum von Jahrhunderten, der nächste Hafen nach Pluto – ein Name, der in hundert Raumschiffs-Studien widergehallt hatte, in tausend Träumen. Und hier war er nun, bei Gott. Er grinste triumphierend.

Dann schwenkte er mit Stößen der Steuertriebwerke herum und suchte den Himmel ab, bis er eine andere Konstellation fand; ein deutliches, unverkennbares W, das von fünf hellen Sternen gebildet wurde. Es war Kassiopeia, die er schon von den astronomischen Beobachtungen der Kindheit kannte. Doch nun wurde dieses Muster um einen Stern zur Linken erweitert, der die Konstellation in ein Zickzack-Muster verwandelte. Und über die Identität des neuen Sterns war er sich auch im Klaren.

Malenfant, der am Rand von Alpha Centauri in der endlosen Weite des Alls hing, schaute auf die Sonne.

Die Sonne ist ein Stern – auch nur ein Stern. Giordano Bruno hatte recht, sagte er sich.

Aber wenn das Licht vier Jahre brauchte, um hierher zu gelangen, dann hatte er mindestens genauso lang gebraucht, wie auch immer das Portal arbeitete. Auf einmal bin ich vier Jahre in der Zukunft. Und selbst wenn ich nun den Rückweg antreten würde – unter der Voraussetzung, dass das überhaupt möglich ist –, würde es noch einmal vier Jahre dauern, bis ich wieder die Wärme der Sonne spüre.

Höchst sonderbar, sagte er sich und fror plötzlich.

Bewegung, direkt vor ihm. Er drehte sich herum.

Es war ein Spinnenroboter, wie eine verkleinerte Kopie des Exemplars, das er auf der anderen Seite des Portals gesehen hatte. Er sah ein Wölkchen, das aus einer Rückstoßdüse zu stammen schien, einen Kristallschauer, der im Licht des fernen Doppelsterns funkelte.

Primitive Technik, sagte er sich, die automatische Kurskorrekturen vornimmt. Das Ding steuerte mit steifen Bewegungen der Gliedmaßen das Tor an.

Dann schien es ihn zu orten.

Es verharrte in einem neuen Kristallschauer in größerer Entfernung, vielleicht einem Kilometer. Aber im Weltraum sind Entfernungen schwer zu schätzen, zumal er keine genaue Vorstellung von der Größe des Roboters hatte.

Diese gelenkigen Glieder bewegten sich noch immer. Sie hatten eine komplexe, sich ständig verändernde Gestalt – offensichtlich funktional und für eine Vielzahl von Aufgaben in der Schwerelosigkeit geeignet. Ihm fiel aber auf, dass die um einen zwölfflächigen Körper zentrierten Gliedmaßen das »W« des Sternbilds der Kassiopeia abbildeten. Er hatte keine Ahnung, was das Ding vorhatte. Vielleicht beobachtete es ihn. Zumal er das Gerät auch kaum sah; er erkannte nur die Konturen im Licht von Alpha Centauri.

Malenfant überlegte.

Ein Empfangskomitee hatte er nicht erwartet. Das Tor war nur ein Relais, ein Portal für unbemannte robotische Arbeitsdrohnen. Die Gaijin selbst machten es sich vielleicht in der Wärme des komplexen inneren Systems gemütlich.

Die Ressourcen der Lebenserhaltung reichten noch für etwa fünf Stunden, sagte er sich. Wenn er nun zurückging – falls es sich um ein Zwei-Wege-Portal handelte –, würde er es vielleicht sogar bis zur *Perry* schaffen.

Oder aber er blieb hier.

Das wäre aber eine tolle Botschaft für einen Erstkontakt, wenn die Bewohner des Centauri-Systems nachschauten, was hier los war und nichts außer seiner ausgetrockneten Leiche fanden.

Immerhin hast du es weit gebracht, Malenfant. Und

wenn du bleibst, ob tot oder lebendig, werden sie auf jeden Fall wissen, dass es uns gibt.

Er grinste. Was auch immer geschah, er hatte sein Ziel erreicht. Keine schlechte Leistung für einen so alten Bastard.

Er betätigte den linken Handregler, und mit einem sanften Ruck transportierte die MMU ihn in Richtung der Drohne.

Er ließ sich Zeit. Er hatte schließlich fünf Stunden, um zur Drohne zu gelangen. Außerdem brauchte er noch Brennstoff zum Manövrieren, wenn er sie erreicht hatte – falls er dann noch bei Bewusstsein war, um die Manöver durchzuführen.

Aber die Drohne zappelte weiter mit den komplexen Gliedern und verrichtete ihre unbegreiflichen Aufgaben. Sie traf keinerlei Anstalten, ihm entgegenzukommen.

Und dann merkte er, dass die Ressourcen viel schneller zur Neige gingen, als er vermutet hatte.

Als er die Drohne erreicht hatte, hörte er den leisen Dauerton des Sauerstoff-Alarms im Helm. Er blieb noch lang genug bei Bewusstsein, um eine behandschuhte Hand auszustrecken und der Drohne über die metallische Hülle zu streichen.

■

Als er wieder zu sich kam, hatte er das Gefühl, aus einem tiefen und traumlosen Schlaf zu erwachen.

Das Erste, dessen er sich bewusst wurde, war, dass ein Arm auf dem Gesicht lag. Es war natürlich sein eigener. Er musste sich aus den lockeren Schlaufen am Schlafsack befreit haben.

Nur dass die Hand in einem schweren Raumanzug-Handschuh steckte – so pflegte er nicht schlafen zu gehen.

Und der Schlafsack war Lichtjahre entfernt.

Schlagartig wurde er hellwach. Er driftete in goldenem Licht. Er drehte sich langsam.

Er steckte noch immer in der EMU – aber, o Gott, der Helm war verschwunden, die Unversehrtheit des Anzugs bestand nicht mehr. Für ein paar Sekunden fummelte er hektisch und mit hämmerndem Herzen am Anzug herum.

Er zwang sich zur Ruhe. Du atmest noch immer, Malenfant. Wo auch immer du bist, es gibt hier Luft. Wenn man dich vergiften wollte, wäre das längst passiert.

Er atmete aus und wieder tief ein – wobei er den Mund fest geschlossen hielt und die Luft durch die Nase filterte. Die Luft war klar und hatte annähernd Raumtemperatur. Er roch nichts außer einer leicht säuerlichen Duftnote, die aber wahrscheinlich von ihm selbst stammte. Schließlich hatte er in einem engen Anzug gesteckt, den er sehr lang nicht mehr getragen hatte.

Er wurde in goldenes Licht getaucht, hinter dem er die Sterne ausmachte. Sie waren leicht getrübt, als ob er sie durch einen Rauchschleier sähe. Und dort war der gleißend helle Doppelstern von Alpha Centauri. Er hatte sich also nicht allzu weit vom Ausgangspunkt entfernt.

Wurde er von Wänden umgeben? Er sah weder Kanten noch Fugen oder Ecken. Er streckte die Füße und behandschuhten Finger aus. Die Fingerspitzen trafen auf eine weiche Membran. Plötzlich tauchte wie aus dem Nichts eine Wand auf, nur Zentimeter von seinem Gesicht entfernt: Eine glatte Fläche, die mit etwas überzogen war, das sich wie daumendicke Kabel anfühlte und die zugleich wie Sprossen aus der Wand ragten. Die Kabel waren etwas schwer zu packen, aber dann gelang es ihm, die Finger um sie zu schließen.

Solcherart verankert fühlte er sich gleich viel wohler.

Die Wand war weich, weder warm noch kalt und schien völlig glatt zu sein. Sie krümmte sich stark um ihn. Vielleicht befand er sich in einer aufgepumpten Blase; den Durchmesser schätzte er auf höchstens ein paar Meter. Aber sie war nicht fest aufgeblasen. Wenn er gegen die Wand drückte, kräuselte sie sich in großen trägen Wellen, in Pulsen aus goldenem Licht, die die Sterne im Takt der Schwingung ausblendeten.

Er piekste mit dem Fingernagel in die Membran. Sie fühlte sich an wie eine Art Kunststoff. Er hatte auch keinen Grund zu der Annahme, dass es sich um einen exotischen Werkstoff handelte, denn die Gaijin waren definitiv keine technischen Überwesen. Er hätte ohne weiteres eine Probe von diesem Zeug abzukratzen und es mit einem tragbaren Labor zu analysieren vermocht. Falls er ein solches Labor zur Verfügung gehabt hätte.

Etwas prallte gegen sein Bein. »Scheiße«, sagte er, hielt sich an den integrierten Sprossen fest und drehte sich um, bis er mit dem Rücken an der Wand stand.

Es war der Helm der Shuttle-EMU.

Er hob ihn auf und wendete ihn mit den behandschuhten Händen. Der Helm hatte einen Metallring, mit dem er im Hals des Anzugs arretiert wurde – das heißt, er hatte einen gehabt. Der Verschluss war wie mit einem Laserschneider abgetrennt worden.

Die Gaijin – beziehungsweise ihre Robotdrohnen hier am Rand des Alpha-Systems – hatten ihn in einer Hülle aus Gasen gefunden: Luft, die in etwa dem entsprach, was sie aus dem Äquivalent von Spektralanalysen über die Zusammensetzung der Erdatmosphäre gewusst haben mussten. Also hatten sie solche Gase in diese Umgebung geleitet, den Anzug geöffnet und dann wahrscheinlich das Beste gehofft.

Er streifte die Handschuhe ab. Den leichten Kopfhörer hatte er noch immer auf. Er nahm ihn ab und legte ihn in den Helm. Von der Manövriereinheit keine Spur.

... Und nun setzte eine Art Nachschock ein. Er lehnte sich gegen die sich kräuselnde Wand, durch die das goldene Licht von Centauri fiel – vier Lichtjahre von der Heimat entfernt. Die Roboter waren intelligent gewesen, wie er sich schaudernd bewusst wurde. Schließlich hatten sie, womöglich auch die Gaijin, eine nichtmenschliche Anatomie. Was, wenn sie sich davon hätten überzeugen wollen, ob sein Kopf abnehmbar war? Er fühlte sich alt, zerbrechlich und unendlich einsam – noch einsamer als in den langen Monaten des Flugs der *Perry* zum Sattelpunkt.

Was nun?

Alles der Reihe nach. Du brauchst eine Bio-Pause, Malenfant.

Er zwang sich, ins Kondom zu urinieren, das er noch immer trug. Er spürte, wie der warme Urin sich im Beutel sammelte, der in den Anzug eingenäht war. Urin, der auf wundersame Art und Weise über vier Lichtjahre transportiert worden war. Er sollte ihn vielleicht abfüllen; falls er jemals wieder nach Hause zurückkehrte, könnte er ihn vielleicht als Andenken an die erste Reise eines Menschen zu den Sternen verkaufen.

Er sah Bewegung, eine Leuchterscheinung hinter der Wand der Blase. Ein riesiges leuchtendes Objekt zog lautlos an ihm vorbei.

Er drehte sich, wobei er sich an den Sprossen festhielt und schaute hinaus. Er drückte das Gesicht an die Wand der Blase, wie er früher als Kind aus dem Fenster geschaut und auf Schnee gehofft hatte.

Die Leuchterscheinung war ein Blumen-Schiff.

■

Das Gaijin-Schiff flog durch die Dunkelheit dem warmen Glühen im Herzen des Centauri-Systems entgegen. Die Stränge und Fasern, mit denen der Rand des elektromagnetischen Ansaugstutzens besetzt war, waren halb eingerollt und wedelten gravitätisch, während das Schiff sich langsam um die Längsachse drehte. Vielleicht führte es eine komplexe Kurskorrektur durch. Zwölfflächige Gebilde, die durch die große Entfernung zu Spielzeugen schrumpften, huschten an den Flanken entlang. Sie schienen einen Auftrag zu haben, einen Zweck zu verfolgen. Fast hatte es den Anschein, dass sie das Schiff im Flug umbauten – was sie vielleicht auch taten. Malenfant stellte sich eine flexible Geometrie vor, ein Schiff, das seine Form den konträren Anforderungen der Kälte hier am Rand des Doppelstern-Systems und der Wärme im Innern anzupassen vermochte.

Trotz des fremdartigen Aussehens versetzte es ihm einen Stich ins Herz, als das Blumen-Schiff langsam verschwand. Lass mich nicht hier im All treibend zurück.

Doch dann sah er, dass er gar nicht im All trieb. Es waren Seile an der Hülle der Blase befestigt, Seile, die zu einem lockeren Netz zusammenliefen, als ob diese Luftblase in einem Spinnennetz gefangen wäre. Das leicht gewellte Seil zog sich durch den Raum – nicht etwa zum Blumen-Schiff –, sondern zu etwas, das hinter der Krümmung der Blase verborgen war.

Er stieß sich ab und segelte durchs Innere der Blase, um einen Blick durch die andere Seite zu werfen.

Im trüben Licht der Alpha-Sonnen machte er Konturen aus: Einer Kugel, die einen Durchmesser von ein paar Kilometern haben musste. Er sah ein Glitzern, wahrscheinlich von Eis in Kratern und auf Erhebungen.

Aus einer Tasche des Raumanzugs holte er eine gefaltete Softscreen, entfaltete sie und klebte sie an die Wand der Blase. Dieser Bildschirm war als Restlichtverstärker und Fernglas konzipiert. Bald setzten die Verstärker-Routinen ein und verwandelten die Softscreen in ein Fenster, durch das er schaute. Er neigte den Kopf, um das Blickfeld zu verändern.

Bei dem Objekt schien es sich um eine Kugel aus Eis zu handeln. Möglicherweise war es ein Asteroid, aber dann hätte er sich weit von dieser Doppelsonne entfernt. Mit größerer Wahrscheinlichkeit handelte es sich um das Alpha-Äquivalent eines Kuiper-Objekts, um einen Eismond – oder vielleicht befand er sich sogar in der Oort-Wolke dieses Systems, und das hier war der Kopf eines langperiodischen Kometen.

Und nun machte er auch Bewegung auf der eisigen Oberfläche aus: Kontinuierlich und komplex, wie ein Kräuseln. Mit einem Tipp auf die Softscreen befahl er ihr, das Bild noch etwas zu vergrößern und zu verbessern.

Er sah Schwärme von Drohnenrobotern, die mit den komplexen Gliedmaßen wie Küchenschaben anmuteten. Die Drohnen bewegten sich in einem endlosen Verkehrsstrom hin und her. Hier und da bildeten sich Inseln der Ruhe im Fluss, Störstellen, die Knoten und Strudel bildeten. Und an manchen Stellen sah er das Schimmern silberner Decken, vielleicht wie die Nano-Decken, die Frank Paulis' Sonde auf diesem Asteroiden im heimatlichen Gürtel gefunden hatte. Vielleicht entstanden hier neue Blumen-Schiffe. Oder vielleicht handelte es sich auch um von Neumann-Maschinen, sagte er sich, Replikatoren, deren Hauptaufgabe darin bestand, Kopien von sich zu machen und erst dann aufzuhören, wenn sie diese einsame Kugel aus Eis und Gestein bis zum letzten Gramm in nützliche Maschinen umgewandelt hatten.

Welche Ausblicke auch immer die Softscreen ihm

eröffnete, er sah nur stetige, zielgerichtete Bewegung – vielleicht Millionen Drohnen, die in ihrer Gesamtheit ein funkelndes robotisches Meer bildeten. Der Eindruck eines kollektiven Organismus drängte sich ihm auf, der in blindem Gehorsam und bienenfleißig ein höheres gemeinschaftliches Ziel anstrebte. Diese Roboter hatten mehr mit Insekten wie Ameisen oder Termiten gemeinsam als mit Menschen, sagte er sich.

... Vielleicht hätte ich damit auch rechnen müssen, sagte er sich. Menschen waren wettbewerbsorientiert. Aber es gab keinen Grund zur Annahme, dass das für alle Lebewesen galt. Vielleicht kam eine auf Wettbewerb gegründete Gemeinschaft irgendwann an den Punkt, wo sie instabil wurde und sich selbst zerstörte. Wettrüsten war eine Möglichkeit, diesen Punkt zu erreichen. Vielleicht war man auf lange Sicht nur durch Kooperation überlebensfähig. In diesem Fall werden wir, je weiter wir kommen, zwangsläufig mehr *davon* finden, sagte er sich. Termitenkolonien. Und vielleicht niemanden mehr wie uns.

Verdammt, sagte er sich. Ich bin vielleicht das einzige echte Individuum in diesem ganzen Sternensystem. Was für eine grauenhafte und erschreckende Vorstellung.

Falls die Roboter wirklich Replikatoren waren, gehörten sie aber nicht zu den Meistern ihres Fachs.

Sie schienen alle der Bauart des Typs zu entsprechen, auf den er zuerst gestoßen war: Mit einem plumpen zwölfflächigen Körper und unterschiedlich konfigurierbaren Gliedmaßen, was auf eine Spezialisierung schließen ließ. Aber er stellte Abweichungen zwischen diesen fleißigen Drohnen fest. Die Unterschiede waren freilich nicht groß: Ein paar zusätzliche Glieder hier, eine leichte Asymmetrie dort. Jedes Zwölfeck wich leicht vom geometrischen Ideal ab – aber sie waren da.

Vielleicht war die authentische von Neumann-Vision – identische Replikatoren, die sich selbst vermehrten – nur mit Nanotechnik zu verwirklichen, mit Werkstoffen und Fertigungstechniken auf der atomaren Ebene. Er stellte sich vor, wie eine Flotte dieser unvollkommenen Roboter auf die Galaxis losgelassen wurde, den Befehl erhielt, von Stern zu Stern zu reisen und sich zu vermehren – und mit jeder Generation mehr Fehler einbaute.

Eine solche Vielzahl von ›Mutationen‹, wie er sie hier sah, wurde jedoch sicher erst nach sehr vielen Generationen erreicht.

Aber was, wenn *das hier* die Gaijin sind?, fragte er sich.

Er hatte geglaubt, dass hinter diesen ›bloßen‹ Maschinen etwas Größeres stehen müsse, etwas Intelligenteres, etwas Komplexeres. Fehlende Vorstellungskraft, Malenfant. Anthropomorph. Konzentrier dich auf das, was du siehst und nicht darauf, was du in deiner Vorstellung erwartest.

Er wurde der Beobachtung des unbegreiflichen Schwärmens der Roboter müde und richtete die Verstärker-Softscreen auf Alpha Centauri.

Jeder der Zwillingssterne hatte eine frappierende Ähnlichkeit mit der Sonne – hätte man den helleren Stern, Alpha A, jedoch an die Stelle der Sonne gesetzt, würde sein Begleiter, Alpha B, sich noch innerhalb des Sonnensystems befinden: Näher als der Planet Neptun.

Planeten gab es hier auch. Die Interpolations-Programme der Softscreen skizzierten Umlaufbahnen – einen, zwei, drei enge Orbits um den hellen Alpha A – kleiner Gesteinswelten, vielleicht Zwillinge von Erde, Venus oder Mars. Nach ein paar Minuten waren ähnliche Orbits auch um den Begleiter B gelegt worden.

Alpha Centauri war nicht nur ein Doppelstern, es war ein Doppelstern-System. Hätte man die Erde hierher versetzt, dann wäre die zweite Sonne ein strahlender Stern gewesen. Man hätte doppelte Sonnenauf- und -untergänge erlebt, bizarre Naturschauspiele, wobei der eine Stern den anderen verfinstert hätte. Es wäre ein ebenso heller wie komplexer Himmel gewesen. Und ein paar Lichtstunden entfernt hätte es ein komplettes zweites Planetensystem gegeben: So nah, dass die Menschen schon seit den siebziger Jahren des zwanzigsten Jahrhunderts interstellare Raumflüge durchzuführen vermocht hätten. Er verspürte einen irrealen Schmerz wegen verlorener Möglichkeiten und eine nostalgische Anwandlung wegen einer Realität, die niemals eingetreten war.

Das Doppelsystem enthielt nur einen Gasriesen – und der war noch klein im Vergleich zum mächtigen Jupiter und selbst zu Saturn. Er schien sich auf einer bizarren metastabilen Umlaufbahn zu bewegen, die ihn auf jahrzehntelangen schleifenförmigen Trajektorien zwischen den beiden Sternen hin und her schickte. Während die Sterne einander in ihren elliptischen Orbits umliefen, würde dieser Planet in ein paar Millionen Jahren mit hoher Wahrscheinlichkeit in die Dunkelheit hinauskatapultiert werden, aus der er vielleicht auch gekommen war.

Es gab nur ein paar Riesen, doch dafür war der Himmel von Alpha mit kleinen Planeten, Asteroiden und Kometenkernen förmlich gespickt. Im Gegensatz zu den ordentlichen Bahnen des Sonnensystems erstreckten diese Asteroidenwolken sich durch den Raum zwischen den Sternen bis in die Raumsektoren dahinter. Die Programme der Softscreen bildeten Dichtelinien innerhalb der funkelnden Asteroidenwolken ab, und Malenfant erkannte Knoten, Bänder, Schleifen und sogar etwas, das wie Speichen aussah, die aus den Zentralsystemen der beiden Sterne ragten: Dichtewolken, die die ausschweifenden Pfade von Asteroiden-Schwärmen darstellten, die wiederum durch die ge-

gensätzliche Anziehung der Sterne und ihrer Planeten bestimmt wurden. Von einer Erde, die um Alpha A oder B kreiste, würde eine Linie durch den Himmel führen, die die Ebene der Ekliptik markierte: das gleißende verheißungsvolle Funkeln unzähliger Asteroiden, das Versprechen märchenhafter Reichtümer.

Das Muster schien klar. Der wechselseitige Einfluss von A und B hatte die Entstehung großer Planeten verhindert. Die flüchtigen Stoffe, aus denen die Gasriesen des Sonnensystems hervorgegangen waren, hatten hier nicht zusammengefunden. Malenfant, der die Hälfte seines Lebens für die Ausbeutung der Weltraumressourcen plädiert hatte, juckte es in den Fingern, als er die riesigen fliegenden Schatzkammern sah. Hier wäre es ein Kinderspiel, sagte er sich missmutig.

Aber das hier war kein Ort für die Menschheit und würde vielleicht nie einer sein. Die Software steckte derweil den ganzen Rand des Systems mit blauen Fähnchen ab. Es handelte sich dabei um die Punkte des Gravitationslinsen-Brennpunkts, die Sattelpunkte, die hier viel zahlreicher waren als im simplen unipolaren Schwerefeld der Sonne. Und er machte Bewegung auf diesen staubigen Lichtbahnen aus: Viele gelbe Funken, alles Blumen-Schiffe der Gaijin.

Im Vergleich hierzu ist das Sonnensystem ein Armenhaus, sagte er sich. Hier spielt in diesem Raumsektor die Musik: Alpha Centauri mit den vielen Sattelpunkten gleicht einem Hauptbahnhof, und am Himmel hängen lauter fliegende Minen. Er verspürte fast einen Minderwertigkeitskomplex wie ein Hinterwäldler, der in die große Stadt kam.

Eine schemenhafte Bewegung zog sich durch das vergrößerte Sehfeld.

Er lehnte sich zurück und versuchte das Objekt mit bloßem Auge zu erkennen.

Es war ein Roboter, der mithilfe seiner Rückstoßdüsen einen erratischen Kurs beschrieb. Das aus den Düsen ausströmende Gas kristallisierte und glitzerte im Licht von Alpha. Dann kam er zum Stillstand und verharrte mit ausgestreckten Gliedmaßen nicht weiter als zehn Meter von der Blase.

Malenfant stieß sich zum Teil der Wand ab, die dem Robot am nächsten gelegen war, drückte das Gesicht an die Membran und schaute hinaus.

Die Haltung des Roboters suggerierte Wachsamkeit. Jedoch entsprang dieser Eindruck wahrscheinlich wieder seiner menschlichen Perspektive.

Der kompakte zwölfflächige Körper musste einen Durchmesser von ein paar Metern haben. Die schimmernde Oberfläche hatte eine komplexe Struktur, und die silbrige Hülle wurde von Öffnungen durchbrochen, aus denen unidentifizierbare Maschinen lugten. Der Roboter hatte verschiedene Anhängsel. Ein ganzer Wald aus ein paar Zentimeter langen ›Borsten‹ wuchs aus jeder Oberfläche des Kerns, als sei der Roboter von einem Pelz überzogen. Zwei der Gliedmaßen waren jedoch wesentlich länger – zehn Meter vielleicht – und mit Gelenken versehen wie die robotischen Arme des alten Space Shuttle. Sie liefen in einem Knoten aus Gerätschaften aus. Dann sah er, dass die Arme auf ganzer Länge mit kleinen Rückstoßdüsen besetzt waren. Das ganze Ding erinnerte ihn an eine alte Raumsonde – Voyager oder Pioneer. Mit dem kompakten Gehäuse und den filigranen Auslegern sah das Raumschiff aus wie eine Libelle.

Der Roboter zeigte deutliche Anzeichen der Alterung und Verschleißspuren: Die Hülle des zwölfflächigen Kerns war eingedellt, ein antennenartiger Auswuchs war wie von einem Mikrometeoritenregen löchrig und verschrammt, und ein Arm schien gebrochen und geschient worden zu sein. Das ist eine alte

Maschine, sagte er sich, und sie ist wahrscheinlich schon sehr lange unterwegs. Er fragte sich, wie viele Sonnen bereits ihre Glut auf die dünne Hülle geschleudert und wie viele Kometenschweif-Staubwolken diese filigranen Strukturen schon abgeschmirgelt hatten.

Die beiden Arme waren wie im Gebet nach oben gerichtet und verliehen dem Roboter die Form eines W – wie der erste Roboter, den er gesehen hatte.

Ob das dieselbe Maschine ist, der ich nach dem Durchgang durch den Reif begegnet bin? Oder sehe ich es wieder aus dem menschlichen Blickwinkel und suche nach Individualität, wo gar keine ist? Es würde schließlich niemand auf die Idee kommen, dieses Ding mit einem Lebewesen zu verwechseln – oder? Das Gebilde wirkte an sich nicht bedrohlich, doch die fehlende Symmetrie – ein Arm war gut zwei Meter länger als der andere – verursachte ihm auf einer tiefen Ebene großes Unbehagen.

»Kassiopeia. So nenne ich dich«, sagte er in einem Anflug von Sentimentalität.

Weiblich, Malenfant? Aber das Ding hatte wirklich eine zarte und grazile Anmutung. Also Kassiopeia. Er hob die Hand und winkte.

Er hätte fast schon damit gerechnet, dass die komplexen Roboterarme zurückwinkten, aber sie bewegten sich nicht.

... Dafür geschah etwas anderes. Ein Objekt, das eine frappierende Ähnlichkeit mit einem Teleobjektiv hatte, schob sich aus einer Öffnung in der Vorderseite von Kassiopeias zwölfflächigem Körper und richtete sich auf ihn.

Er fragte sich, ob Kassiopeia das System gemäß ihrem spontanen Bedürfnis in einer Art Nano-Fabrik im Innern hergestellt hatte. Wahrscheinlich war die Technik aber einfacher und aus Teilen montiert worden, die der Roboter in einem Lager mitführte. Vielleicht war

Kassiopeia wie ein Schweizer Messer, sagte er sich: Nicht unendlich flexibel, aber mit einem Werkzeugsatz bestückt, der für viele Zwecke geeignet war.

Und dann kam die nächste Überraschung – diesmal durch ein Geräusch in der Blase.

Ein Kreischen drang aus dem Kopfhörer, den er in den Helm gelegt hatte.

Er schnappte sich den Helm, holte den Kopfhörer heraus und hielt sich den Lautsprecher ans Ohr. Das Kreischen war so laut, dass es im Ohr schmerzte, und obwohl er Spuren einer Struktur aus dem Signal herauszuhören glaubte, hatte es keine Ähnlichkeit mit menschlicher Sprache.

Er warf einen Blick auf den Roboter Kassiopeia, der noch immer geduldig neben der Blase verharrte.

Sie versucht zu kommunizieren, sagte er sich. Nachdem die Funk- und anderen Signale, die wir an ihre Kollegen im Asteroidengürtel gesendet hatten, jahrelang ignoriert wurden, hält sie mich wohl für so interessant, um mit mir zu sprechen.

Er grinste. Ziel erreicht, Malenfant. Es ist dir endlich gelungen, sie auf uns aufmerksam zu machen.

… Ja, nur dass er im Moment nichts davon hatte. Das Signal, das er empfing, war vielleicht ein Füllhorn interstellarer Weisheit. Aber er vermochte es nicht zu entschlüsseln; nicht ohne Supercomputer.

Sie haben noch immer keine richtige Vorstellung davon, womit sie es hier zu tun haben und wie beschränkt ich bin, sagte er sich. Ich kann vielleicht von Glück sagen, dass sie mich nicht mit Laserstrahlen bestrichen haben.

Wenn wir reden, dann nur auf Englisch. Vielleicht gelingt es ihnen, sich die Sprache zu erschließen; schließlich haben wir sie lang genug mit Wörterbüchern und Lexika bombardiert. Und sie werden so langsam sprechen müssen, dass ich sie auch verstehe.

Er kramte in einer Beintasche des Anzugs und brachte einen Notizblock und einen Druckbleistift zum Vorschein.

Eine weitere Kontaktaufnahme: Die ersten Worte, die zwischen einem Menschen und einem Außerirdischen gewechselt wurden. Worte, an die man sich vielleicht noch erinnern würde, lang nachdem Shakespeare in Vergessenheit geraten war – falls sie der Nachwelt überhaupt überliefert wurden.

Was sollte er tun? Ein Gedicht aufsagen? Gebietsansprüche geltend machen? Eine Begrüßungsrede halten?

Schließlich grunzte er, befeuchtete mit der Zunge die Bleistiftspitze und schrieb ein Wort in Blockbuchstaben. Dann drückte er den Notizblock gegen die durchsichtige Membran.

DANKE.

Mit ihrem teleskopischen Auge linste Kassiopeia für eine Weile auf den Zettel.

Dann fuhr Kassiopeia ein neues Pseudopodium aus ihrem kantigen Leib aus. Es hielt eine kleine Metallscheibe in der Größe und Form des Notizblocks.

Auf dem Stück Metall stand eine Nachricht. Der Text bestand aus deutlichen, schnörkellosen Schriftzeichen.

KOMMUNIKATIONS-FEHLFUNKTION. REPARATUREN ANGEFORDERT. REPARATUREN DURCHGEFÜHRT. ENTSCHEIDUNG BEEINTRÄCHTIGT.

Er runzelte die Stirn und versuchte sich einen Reim auf diesen Text zu machen. *Wir verstehen nicht. Wieso dankst du uns? Du wärst sonst gestorben. Wir hatten keine andere Wahl, als dir zu helfen.*

Er überlegte sich eine Antwort und schrieb: DAS SOLLTE GUTEN WILLEN ZWISCHEN UNSREN SPEZIES ZEIGEN. War nicht das richtige Wort, dieses *Spezies,* aber ihm fiel nichts besseres ein. VIELLEICHT WERDEN WIR UNS IN

ZUKUNFT BESSER VERSTEHEN. VIELLEICHT WERDEN WIR IN FRIEDEN LEBEN.

Die Antwort: ENTSCHEIDUNG BEEINTRÄCHTIGT ABER NICHT EINWERTIG. INFORMATIONEN BEZÜGLICH DES ZIELS BENÖTIGT: REPLIKATION; RESSOURCENVERTEILUNG; VERBOT VON AKTIVITÄTEN; EXOTISCH. WAS.

Wir hätten dich nicht am Leben erhalten müssen, Arschloch. Wir wussten nicht, was, zum Teufel, du hier wolltest, und wir mussten es herausfinden. Vielleicht wolltest du viele kleine Malenfants aus Centauri-Asteroiden machen. Vielleicht wolltest du uns unsre Ressourcen für einen anderen Zweck wegnehmen. Vielleicht wolltest du uns daran hindern, das zu tun, was wir tun. Oder vielleicht noch etwas anderes, das wir uns nicht einmal vorzustellen vermögen. Was machst du also hier?

Wäge deine Worte mit Bedacht, Malenfant. Von den meisten dieser Optionen dürften die Gaijin nicht sehr begeistert sein; du darfst bei ihnen nicht den Eindruck erwecken, du wärst auch so ein gefräßiger von Neumann-Roboter-Terminator, oder sie werden erst diesen Luftsack aufschlitzen und dann dir den Bauch.

ICH BIN AUS REINER NEUGIER HIER.

Eine Pause. KOMMUNIKATIONS-FEHLYSFUNKTION.

Was??

WOHER KOMMT IHR?, schrieb er. WER HAT EUCH ERSCHAFFEN? SIND SIE IN DER NÄHE?

Eine erneute, längere Pause. EIN PAAR TAUSEND ITERATIONEN SEIT DER INITIALISIERUNG. *Wir sind Tausende Generationen von denen entfernt, die die Migration begannen.*

Dann sind das *doch* die Gaijin, sagte er sich. Sie wissen nicht mehr, wer sie erschaffen hat. Sie haben es vergessen. Oder vielleicht hat sie auch *niemand* erschaffen. Du glaubst doch auch, dass *du* dich entwickelt hast, Malenfant; wieso also nicht auch sie?

WELCHEN ZWECK VERFOLGT IHR HIER, schrieb er.

REPLIKATION. KONSTRUKTION. SUCHE.

Also waren sie von woanders hierher gekommen ... und aus diesem letzten Wort schöpfte er die Hoffnung, dass er es hier nicht nur mit einer sturen Maschine zu tun hatte, die bloße mechanische Ziele verfolgte.

SUCHEN, schrieb er. SUCHEN WONACH?

Bei der Antwort fröstelte er. SUCHOBJEKT: OPTION DER VERMEIDUNG EINES KOMMENDEN STERILISATIONS-EREIGNISSES. EXISTENZ EINER OPTIONS-ABFRAGE.

Mein Gott, sagte er sich. Wir hatten immer geglaubt, dass die Aliens unsre Lehrmeister wären, wenn sie zu uns kämen. Falsch. Diese Kameraden wollen Antworten von *uns.*

Antworten darauf, wovor auch immer sie fliehen. Das ›Sterilisations-Ereignis‹.

Für eine Weile betrachtete er Kassiopeias ramponierte komplexe Hülle. WIR MÜSSEN REDEN, schrieb er dann gestochen scharf. ABER ICH BRAUCHE NAHRUNG.

OPTION: RÜCKKEHR VOR EXPIRATION. *Wir können dich nach Hause zurückbringen, ehe du stirbst.*

WAS NOCH?

OPTION: ERZEUGUNG VON NAHRUNG. ITERATIVER PROZESS, ERFOLG WAHRSCHEINLICH.

Sehr beruhigend, sagte er sich.

NACHTRAG: FORTFAHREN.

FORTFAHREN, schrieb er. DU MEINST, ICH KANN WEITERMACHEN?

OPTION: URSPRUNGSKNOTEN. OPTION: ANDERE KNOTEN. *Wir können dich nach Hause bringen. Oder wir können dich weiterbringen. An andere Orte. Noch ferner als dieser.*

Auch noch tiefer in die Zeit. Mein Gott.

Er ließ sich das für sechzig Sekunden durch den Kopf gehen.

ICH WILL WEITERGEHEN, sagte er. GEBT MIR NAHRUNG. BITTE, fügte er noch hinzu.

■

Maura Della starb acht Jahre, nachdem Malenfant im Gaijin-Portal verschwunden war und ein paar Monate, bevor ein Signal mit Lichtgeschwindigkeit die Hin- und Rückreise nach Alpha Centauri beendet hätte.

Als diese Monate jedoch verstrichen waren – als die neuen Signale mit Nachrichten von Alpha Centauri eintrafen –, entfalteten die großen Blumen-Schiffe im Asteroidengürtel schließlich die elektromagnetischen Schwingen, und tausend von ihnen flogen das überfüllte Innere des Sonnensystems und die Erde an.

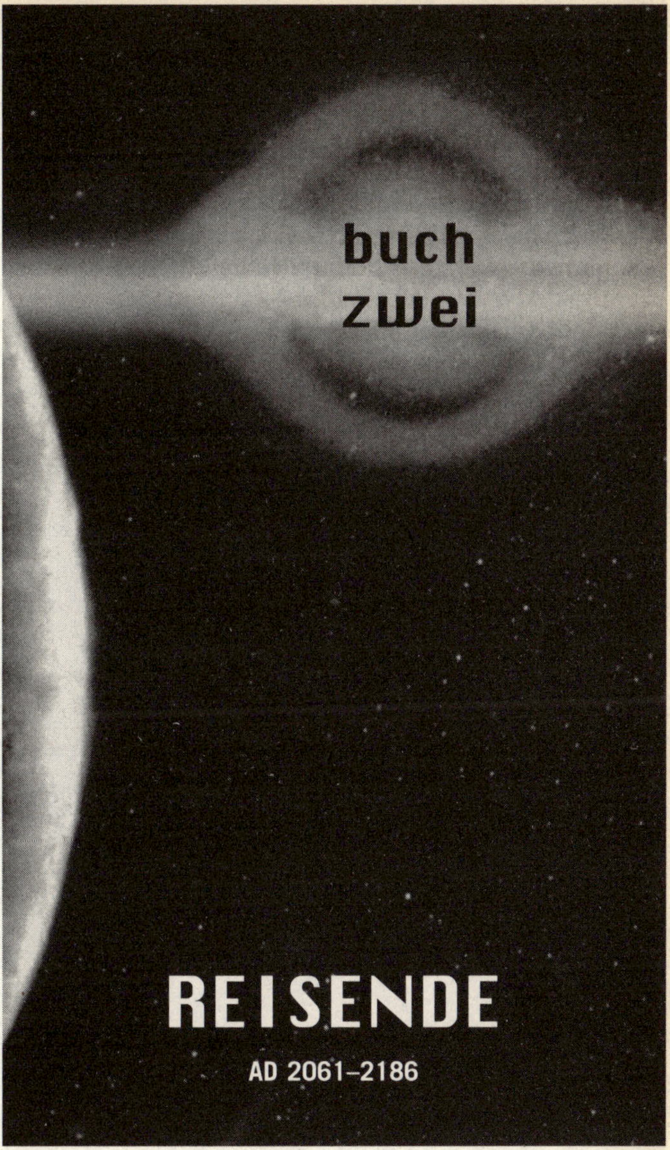
buch
zwei
REISENDE
AD 2061–2186

Er sagte sich: All das – das Neutronenstern-Segel, die fleißige Gemeinschaft – ist ein Triumph des Lebens über die blinde kosmische Grausamkeit. Wir nehmen sie nicht mehr hin.

Als er jedoch an Kassiopeia dachte, wallte Zorn in ihm auf. Wieso?

Es war erst ein paar Minuten her, seit sie ihn auf dieser simulierten grasbewachsenen Ebene empfangen hatte ... oder nicht?

Woher willst du das denn *wissen,* Malenfant? Woher willst du wissen, ob du nicht für zehntausend Jahre in irgendeinem Datenspeicher eingefroren warst?

Und ... woher willst du wissen, ob du nicht schon einmal auf diese Art aufgetaucht bist?

Woher *sollte* er es wissen? Wenn seine Identität zusammengefügt und wieder zerlegt wurde, welche Spuren würde das in der Erinnerung hinterlassen? Welche Erinnerungen hatte er überhaupt? Was, wenn er jedes Mal einfach gelöscht und neugestartet wurde wie ein zurückgesetzter Computer? Woher sollte er es *wissen?*

Aber darauf kam es überhaupt nicht an. Ich habe es so gewollt, sagte er sich. Ich wollte hier sein. Ich habe alles daran gesetzt, hier zu sein. Wegen des Wissens, das wir im Lauf der Jahre erlangt haben. Dass die Gaijin von einer großen Besucherwelle gefolgt werden würden. Und dass die Gaijin *nicht einmal die ersten* waren – wie Nemoto von Anfang an gesagt hatte. Und nichts von dem, was wir über diese früheren Besucher erfahren haben und was aus ihnen geworden ist, spendete uns Trost.

Während die Menschen sich langsam zwischen den Sternen ausbreiteten, lernten sie das Universum zu fürchten und die Kreaturen, die in ihm lebten.

Lebten und starben.

kapitel 8

BOTSCHAFTER

Madeleine Meacher gelang es mit knapper Not, lebendig aus N'Djamena zu entkommen.

Truppen aus Nigeria und Kamerun erreichten die Startbahn genau in dem Moment, als die Düsen am Fahrgestell des Sängers zündeten. Sie hörte das Knattern automatischer Waffen und sah Fahrzeuge über die Startbahn vorstoßen. Irgendwo hinter ihr ertönte ein leises Scheppern; es hörte sich so an, als ob der Sänger von einer Kugel getroffen worden wäre.

Dann schwang das Raumflugzug, einer springenden Gazelle gleich, sich von der Startbahn empor und drückte sie in den Sitz. Der Sänger richtete sich auf dem Fahrgestell auf, und die mächtigen, mit flüssigem Wasserstoff beschickten RB545-Triebwerke sprangen an. Das Flugzeug stieg fast senkrecht. Die Schüsse verhallten.

Die Maschine verschwand in einer Wolke, durchstieß sie in einer Sekunde und tauchte in hellen Sonnenschein ein.

Sie schaute nach unten: Einzelheiten waren keine mehr zu erkennen. Das Land hatte sich in eine wüstenbraune Kuppel verwandelt, die mit den grauen Klecksen der städtischen Ballungsräume übersät war. Jagdflugzeuge – wahrscheinlich nigerianische oder auch israelische – erschienen als kleine silberne Lichtpunkte am Himmel und durchschnitten ihn mit ihren Kondensstreifen. Sie würden Madeleine unter normalen Umständen nicht gefährlich werden.

Sie zündete die Nachbrenner und bekam einen heftigen Stoß ins Kreuz. Die Jäger fielen zurück.

Die Farbe des Himmels wechselte zu einem tiefen Purpur. Die Turbulenzen ebbten ab, als sie die Schallmauer durchbrach. Bei dreißigtausend Metern und noch immer im Steigflug schob sie die Schubregler der RB545-Triebwerke bis zum Anschlag vor. Sie beschleunigte mit Mach 1 pro Minute; auf diesem suborbitalen Hopser nach dem Senegal würde sie Mach 15 erreichen, ehe sie sich wieder zur Erde hinabsenkte.

Sie war schon so hoch, dass sie die Sterne sah. Bald würden die Raketenmotoren feuern und das Flugzeug in ein Raumschiff verwandeln.

Näher würde sie dem Weltraum nie kommen.

Zum erstenmal, seit sie mit ihrer Fracht in Form leichter Artilleriegeschosse im Tschad gelandet war, vermochte sie sich zu entspannen. Der Sänger schien durch den Streifschuss nicht beschädigt worden zu sein.

Der Sänger war eine zuverlässige deutsche Konstruktion und wurde bei Messerschmitt-Bölkow-Blohm gebaut. Er war für den Einsatz in Kriegsgebieten konzipiert. Aber Madeleine nicht – in der Sicherheit des Hightech-Kokons fiel die Anspannung der letzten Minuten von ihr ab, und der aufgestaute Stress brach sich Bahn.

Während sie noch zitterte, loggte der Sänger sich ins Internet ein und schickte ihre Nachricht ab. Das Leben ging weiter.

Dann fand sie eine Mitteilung von Sally Brind.

Brind sagte Madeleine nicht, wen sie darstellte oder was sie wollte. Madeleine sollte sich mit ihr im Kennedy Space Center treffen. Kurz und bündig – ihr Erscheinen wurde einfach vorausgesetzt.

Über die Jahre hatte Madeleine viele solcher ›Einladungen‹ erhalten. Sie stammten entweder von potentiellen lukrativen Auftraggebern oder von Polizisten und Finanzbeamten. Auf jeden Fall war es ratsam, der Aufforderung Folge zu leisten.

Sie bestätigte die Nachricht und beauftragte ihre Daten-Späher, Recherchen über Brind anzustellen.

Dann betätigte sie einen Schalter, und das RB545 setzte mit einem Schlag aus. Als die Beschleunigung abbrach, wurde sie nach vorn in die Gurte gerissen. Sie befand sich nun im freien Fall wie ein Stein. Wie sie in fast völliger Stille den Scheitelpunkt der Flugbahn durchlief, verlor sie jedes Gefühl für Geschwindigkeit und Bewegung.

Und im höchsten Punkt sah sie ein entferntes Leuchten, das ebenso komplex wie beschaulich wirkte: Es war ein Blumen-Schiff der Gaijin, das gemächlich die Erde umkreiste.

■

Nach der Rückkehr in die Staaten flog Madeleine nach Orlando und fuhr anschließend auf der US 3 über Merritt Island zum KSC. Früher hatte es hier ein Sicherheitstor gegeben; heute war hier nur noch ein verrosteter Zaun, der von einer neuen Straße aus Smart-Beton durchschnitten wurde.

Sie parkte vorm Raumschiffs-Montagegebäude. Es war noch früh am Morgen. Der Platz war verlassen. Sand wurde über den leeren Parkplatz geweht und zu kleinen Dünen angehäuft.

Sie ging zur alten hölzernen Pressetribüne hinüber, die wie eine Tribüne in einem Sportstadion aussah. Sie setzte sich und schaute gen Osten. Die Sonne hatte schon Kraft und stach ihr in die Augen; das Licht spannte ihr Gesicht wie ein Trommelfell. Zur Rechten waren die Raketen-Startrampen, die sich in südlicher Richtung erstreckten. Im Dunst wirkten sie zweidimensional und farblos. Die meisten waren außer Betrieb, teils demontiert und dienten als Museumsstücke. Es lag eine starke Aura des Niedergangs und Verfalls über dem Ort.

Es hatte sich herausgestellt, dass Sally Brind für Bootstrap arbeitete, des Rumpfs der Firma, die vor drei Jahrzehnten ein Raumschiff zur Gaijin-Basis im Asteroiden-Gürtel entsandt hatte.

Madeleine war nicht sonderlich an den Gaijin interessiert. Sie war ein paar Jahre nach ihrer Ankunft im Sonnensystem geboren worden; sie waren nur ein Teil ihres Lebens, und nicht einmal ein sehr aufregender Teil. Aber sie wusste, dass die Gaijin vier Jahrzehnte nach ihrer Entdeckung – und ganze neunzehn Jahre, nachdem sie vom Gürtel zur Erde gekommen waren – so etwas wie ein Handelssystem mit der Menschheit etabliert hatten. Wobei der Auslöser für ihr Erscheinen anscheinend Reid Malenfants Reise gewesen war.

Die Menschheit verdankte ihnen ein paar technische Neuerungen: Robotik, Vakuum-Industrien und ein paar Nano-Technik-Tricks wie die Asteroidenbergbau-Decken. Das hatte genügt, um ein Dutzend Branchen zu revolutionieren und hundert Leuten zu einem Vermögen zu verhelfen. Außerdem hatten die Gaijin menschliche Wissenschaftler zu Forschungs-Missionen auf andere Planeten geflogen: Mars, Merkur, sogar die Jupitermonde. (Komischerweise aber nicht zur Venus, trotz wiederholter Bitten.) Und dank der Gaijin bezog die Erde inzwischen einen signifikanten Anteil ihrer Ressourcen aus dem All: Rohstoffe von den Asteroiden, einschließlich Edelmetalle und sogar Energie, die von großen Kollektoren am Himmel als Mikrowellen abgestrahlt wurde.

Die Menschen – beziehungsweise die Regierungen und Firmen, die mit den Gaijin zusammenarbeiteten –

›bezahlten‹ für all das mit Ressourcen, die auf der Erde reichlich vorhanden, sonst aber knapp waren: Insbesondere Schwermetalle und ein paar komplexe organische Stoffe. Die Gaijin hatten auch eine Landeerlaubnis auf der Erde sowie das Angebot kultureller Kontakte erhalten. Die Gaijin hatten sich seltsamerweise für ein paar menschliche Ideen interessiert, und Scharen von Schriftstellern, Philosophen, Theologen und sogar ein paar geschmähte Science Fiction-Autoren waren geladen worden, um sich mit den außerirdischen ›Botschaftern‹ auszutauschen.

Die Regierungsbehörden und die Unternehmen, die davon profitierten, schienen das ganze Arrangement als vorteilhaft zu betrachten. Nachdem die großen Dreckschleuder-Industrien – Stromerzeugung und Bergbau – von der Erde verbannt worden waren, standen die Chancen gut, dass die Wiederherstellung des ökologischen Gleichgewichts Priorität bekam.

Das stieß nicht überall auf Zustimmung. Die Schließung der Bergwerke und das Abschalten der Kraftwerke löste eine Welle von Wirtschafts- und Umweltflüchtlingen aus. Und es gab auch viele Flüchtlinge im eigentlichen Wortsinn – zum Beispiel die armen Seelen, die heimatlos wurden, weil man in weiten Teilen des Äquatorgebiets Mikrowellen-Empfangsstationen einrichtete.

Die Umwälzungen durch die Gaijin hatten, wie vorherzusehen war, Armut verursacht, sogar Hungersnöte und Kriege.

Und letzteren verdankte Madeleine ihren Lebensunterhalt. Aber jeder musste zusehen, wo er blieb.

»… Dies ist ein geschichsträchtiger Ort. Interessant, nicht wahr?«, fragte eine Stimme hinter ihr.

Eine Frau saß in der Tribünenreihe hinter Madeleine. Ihre knochigen Handgelenke lugten aus einem umweltsensiblen Biokomposit-Anzug. Sie musste um die

Sechzig gewesen sein. Ein Mann war in ihrer Begleitung: Mindestens genauso alt, dunkel, kleinwüchsig und vierschrötig.

»Sie sind Brind.«

»Und Sie sind Madeleine Meacher. Freut mich. Das ist Frank Paulis. Er ist der Chef von Bootstrap.«

»Ich erinnere mich an den Namen.«

Er grinste mit kaltem Blick.

»Was soll ich hier, Brind?«

Statt zu antworten wies Brind nach Osten auf die Baumreihe jenseits des Banana River. »Ich habe früher für die NASA gearbeitet. Als es noch eine NASA gab. Dort drüben war der Standort zweier großer Startkomplexe: 39-B zur Linken, 39-A zur Rechten. 39-A war die alte Apollo-Startrampe, die später für die Raumfähre umgerüstet wurde.« Im grellen Sonnenlicht wirkte ihr Gesicht glatter und jünger. »Die Rampen gibt es nicht mehr; sie sind verschrottet worden. Aber die Basis von 39-A existiert noch, falls Sie sie sich anschauen möchten. Das Personal hat vorm letzten Start ein Schild angebracht. *Go, Discovery!* Ist natürlich schon ziemlich verblichen.«

»Was *wollen* Sie?«

»Wissen Sie, was ein Gammastrahler ist?«

Madeleine runzelte die Stirn. »Jedenfalls keine Waffe, von der ich schon gehört hätte.«

»Es ist auch keine Waffe, Meacher. Es ist ein *Stern.*«

Madeleine war für einen kurzen Moment elektrisiert.

»Schauen Sie, Meacher, wir hätten Ihnen einen Vorschlag zu machen.«

»Und wie kommen Sie darauf, dass ich interessiert wäre?«

»Ich weiß eine Menge über Sie«, sagte Brind mit heiserer Stimme, in der eine massive Drohung mitschwang.

»Woher?«

»Von den Steuerbehörden, wenn Sie's unbedingt wissen wollen. Sie haben Ihre ...« – sie machte eine wegwerfende Handbewegung – »*Unternehmungen* in den vergangenen Jahren in über einem Dutzend Ländern betrieben. Aber Sie haben nur auf knapp zehn Prozent der nachgewiesenen Einkünfte Steuern entrichtet.«

»Ich habe nie ein Gesetz gebrochen.«

Brind musterte Madeleine, als sei sie die personifizierte Naivität. »Das Gesetz ist eine Waffe der Regierung und kein Schutz für Ihresgleichen. Das ist Ihnen doch sicher klar.«

Madeleine versuchte sich ein Bild von Brind zu machen. Der Biokomposit-Anzug wirkte eher zweckmäßig als hochwertig. Brind war eine Lohnsklavin, keine Unternehmerin. »Sie sind von der Regierung«, mutmaßte sie.

Brinds Gesicht verhärtete sich. »Als ich jung war, nannten wir das, was Sie tun, Waffenschmuggel. Obwohl ich nicht glaube, dass Sie sich für eine Schmugglerin halten.«

Diese Bemerkung brachte Madeleine aus dem Konzept. »Nein«, sagte sie. »Ich bin Pilot. Ich wollte immer nur fliegen; einen besseren Job hätte ich nicht finden können. In einem anderen Universum wäre ich ...«

»Astronaut«, sagte Frank Paulis.

Das närrische, archaische Wort drang an Madeleines Ohr. Ausgerechnet *hier.*

»Sehen Sie, wir wissen über Sie Bescheid«, sagte Sally Brind fast bedauernd. »Voll und ganz.«

»Es gibt doch gar keine Astronauten mehr.«

»Das stimmt nicht, Meacher«, sagte Paulis. »Kommen Sie mit uns. Wir wollen Ihnen zeigen, was wir vorhaben.«

■

Brind und Paulis gingen mit ihr zum Startkomplex 41, der Rampe für die alten USASF-Titan am nördlichen Ende der Abschussrampen für die Interkontinentalraketen. Hier hatten Brinds Leute eine alte Proton-Trägerrakete aus Sowjetzeiten wieder flottgemacht.

Der Booster war ein schlanker schwarzer Zylinder mit einer Höhe von dreiundfünfzig Metern. Sechs Raketen, die nach unten trichterförmig ausliefen, waren am Umfang der ersten Stufe montiert, und Madeleine sah die kleineren Stufen darüber. Eine Passagierkapsel und ein Wohnmodul würden auf die Spitze gesetzt und mit einem Metallkegel abgedeckt werden.

»Unsre Kapsel ist nicht viel moderner als eine Apollo«, sagte Brind. »Aber sie muss Sie auch nur in den Orbit bringen und für ein paar Stunden am Leben erhalten, bis die Gaijin kommen und Sie auflesen.«

»Mich?«

»Möchten Sie einmal Ihr Wohnmodul sehen? Es wird gerade in der alten Halle für die Orbiter-Umrüstung fertiggemacht …«

»Kommen Sie zur Sache«, sagte Madeleine. »Wohin wollen Sie mich schicken? Und was genau ist ein Gammastrahler?«

»Eine Art Neutronenstern. Ein sehr interessanter Typ. Die Gaijin entsenden ein Schiff dorthin. Sie haben uns – das heißt die UN – eingeladen, einen Beauftragten mitzuschicken. Einen Beobachter. Es ist das erstemal, dass sie das Angebot gemacht haben, einen Beobachter auf einen interstellaren Raumflug mitzunehmen. Wir wollen diese Offerte auf jeden Fall annehmen. Wir dürfen sogar eine wissenschaftliche Plattform mitschicken, in deren Gebrauch wir Sie unterweisen werden. Wir können sogar ein eigenes Sattelpunkt-Tor im Neutronenstern-System einrichten. Das alles ist Teil eines umfassenden wirtschaftlichen und kulturellen Abkommens, das …«

»Dann repräsentieren Sie also die UN?«

»Nicht ganz.«

»Wir brauchen jemanden mit der Qualifikation und der Erfahrung, eine solche Reise durchzuführen. Sie sind unter vierzig und haben damit das richtige Alter. Sie haben keine Familienangehörigen, von denen wir wüssten.« Er seufzte. »Vor hundert Jahren hätten wir John Glenn geschickt. Heute sind Leute wie Sie die geeignetsten Kandidaten. Sie werden auch gut bezahlt.« Er nickte Madeleine zu. »Glauben Sie mir, sehr gut bezahlt.«

Madeleine ließ sich das durch den Kopf gehen und suchte nach dem Haken an der Sache. »Diese Proton ist sechzig Jahre alt, die Konstruktion noch älter. Ihr Budget ist nicht allzu üppig, was?«

Paulis zuckte die Achseln. »Meine Taschen sind nicht mehr so tief, wie sie einmal waren.«

»Was spielt denn das Budget für eine Rolle«, sagte Brind pikiert. »Um Gottes willen, Meacher, haben Sie denn gar keine Visionen? Ich biete Ihnen hier die Chance, *zu den Sternen zu reisen*. Mein Gott – wenn ich Ihre Qualifikation hätte, würde ich sofort zuschlagen.«

»Zumal Sie auch nicht die Erste sind«, sagte Paulis. »Reid Malenfant ...«

»... ist verschollen. Außerdem wäre ich gar kein richtiger Astronaut«, sagte Madeleine säuerlich. »Stimmt's? Als lebende Fracht in einem Blumenschiff der Gaijin mitzufliegen zählt nicht.«

»Viele Leute teilen Ihre Ansicht«, sagte Paulis. »Deshalb hatten wir auch solche Mühe, die Finanzierung hinzubekommen. Niemand interessiert sich unter diesen Umständen noch für menschliche Raumfahrt. Die meisten Leute lehnen sich zurück und warten darauf, dass die Gaijin weitere interstellare Gimmicks am Fallschirm abwerfen ...«

»Wieso schicken Sie nicht gleich einen automatisierten Instrumententräger hoch? Wieso überhaupt einen Menschen ins All schicken?«

»Nein.« Brind schüttelte energisch den Kopf. »Wir wollen auf jeden Fall einen menschlichen Operator.«

»Wieso?«

»Weil wir wollen, dass ein Mensch mitfliegt. Ein Mensch wie Sie, bei Gott. Wir halten es für wichtig, auf Augenhöhe mit ihnen zu verkehren.«

Madeleine lachte. »Auf Augenhöhe? Wir schleppen uns in den Orbit und treffen uns mit einem riesigen außerirdischen Raumschiff, das imstande ist, die Grenzen des Sonnensystems zu erreichen?«

»Symbolismus, Meacher«, sagte Paulis düster. »Symbole sind alles.«

»Woher wollen Sie überhaupt wissen, dass die Gaijin auf Symbole ansprechen?«

»Vielleicht tun sie das nicht. Aber *Menschen* tun es. Und es sind die Menschen, für die ich mich interessiere. Offen gesagt, Meacher, sind wir auf unsren Vorteil bedacht. Nicht jeder glaubt, dass wir uns in die völlige Abhängigkeit von den Gaijin begeben sollten. Sie werden dort draußen freie Hand haben. Wir brauchen jemanden mit – Verstand. Es ergeben sich vielleicht – Möglichkeiten.«

»Welche Möglichkeiten?«

»Die Menschen vom Joch der Gaijin zu befreien«, sagte Paulis. Zum erstenmal schwang ein Anflug von Zorn und Leidenschaft in seiner Stimme mit.

Es dämmerte Madeleine.

Es gab verschiedene ominöse Gruppen, die mit den Abkommen, die die Regierungen und Unternehmen mit den Gaijin getroffen hatten, nicht einverstanden waren. Dies war keine Handels-Beziehung zwischen Gleichen. Zumal die Gaijin ihre eigenen unerklärten Ziele verfolgen mussten. Was war mit dem Zeug, das sie zurückhielten? Was würde geschehen, wenn die menschliche Wirtschaft irgendwann völlig abhängig von den milden Gaben war, die vom Himmel regneten? Angenommen, die Gaijin drehten plötzlich den Hahn zu – oder noch schlimmer, sie kämen auf die Idee, es Felsbrocken regnen zu lassen?

Die allgemeine Situation gewann derweil von Jahr zu Jahr an Dynamik. Immer mehr benachbarte Sterne in einem Umkreis von bis zu dreißig Lichtjahren strahlten plötzlich Funk- und andere Signale ab. Es war offensichtlich, dass entlang des Orion-Cygnus-Spiralarms eine gewaltige Migrationswelle auf die Menschheit zuschwappte. Vermutlich breiteten diese Kolonisten sich über die Sattelpunkt-Tore aus und stießen auf leere Zielsysteme – oder unterentwickelte wie das Sonnensystem. Und kaum dass sie angekommen waren, fingen sie auch schon an zu bauen und zu senden.

Die Menschen hatten nicht die geringste Ahnung von dieser ›Landnahme‹ in Sirius, Epsilon Eridani, Procyon, Tau Ceti und Altair. Vielleicht konnten die Menschen von Glück sagen, dass es die Gaijin waren, die sie zuerst gefunden hatten und als Erste in den Lauf der Menschheitsgeschichte eingriffen. Vielleicht aber auch nicht. Wie dem auch sei, angesichts der flüchtigen und schnell sich ändernden Zukunft erschien es – manchen Leuten – unklug, sich nur auf den guten Willen der ersten Ankömmlinge zu verlassen. Offensichtlich versuchten diese Gruppen nun, heimlich etwas zu unternehmen.

Doch Madeleine war in erster Linie um ihr Wohlergehen besorgt.

»Wie weit ist es bis zu diesem Gammastrahler?«

»Achtzehn Lichtjahre.«

Madeleine kannte die relativistischen Auswirkungen. Wenn sie zurückkehrte, würde sie in einer sechsunddreißig Jahre entfernten Zukunft stranden. »Ich mache es nicht.«

»Entweder das oder der Golf«, sagte Brind gleichmütig.

Der Golf. *Scheiße.* Nach einem zwanzigjährigen Krieg um die letzten Ölreserven des Golfs sah die Golfregion aus wie die Oberfläche von Io: Glasierte Atombombenkrater mit Ölquellen, die noch jahrzehntelang brennen würden. Selbst mit einem Biocom-Anzug würde ihre Lebenserwartung sich dort auf ein paar Monate reduzieren.

Sie drehte sich um und schaute zur Sonne über Florida auf. Es sah so aus, dass sie keine Wahl hatte.

Doch irgendwie war sie sogar *froh* darüber. Etwas regte sich in ihr beim Gedanken an diese unglaubliche Reise.

Zumal eine Kreuzfahrt mit den Gaijin durch die Galaxis vielleicht doch sicherer war, als mit dem Sänger Waffen in Krisengebiete zu schmuggeln.

Paul schien ihre Unentschlossenheit zu spüren. »Das alles kommt natürlich ziemlich plötzlich für Sie«, sagte er. »Wir werden Sie mit unsren Leuten bekannt machen. Und ...«

»Und Sie sagen mir, was dabei für mich rausspringt.«

»Genau.« Er grinste. Er hatte ein sehr ebenmäßiges Gebiss.

■

Sie wurde nach Kefallonia geflogen, der ionischen Insel, die man den Gaijin als Basis auf dem Planeten Erde zur Verfügung gestellt hatte. Aus der Luft wirkte die Insel, als sei sie auf die blaue Oberfläche des Meers gemalt worden: Ein Klecks blau-grauen Lands, das wie eine fraktale Grafik von großen und kleinen Buchten zerklüftet wurde. Vor der Küste machte sie Kriegsschiffe in Form grauer Metalltupfer aus; das Gros wurde von einem amerikanischen Kampfverband gestellt.

Auf der Insel selbst stand die Sonne hoch am Himmel. In der flirrenden Hitze ging kein Lüftchen, und die Bergrücken waren bis hinunter zum gezeitenlosen Meer mit Felsbrocken übersät.

Man nahm an, dass hier seit sechstausend Jahren Menschen gelebt hatten. Nun lebte niemand mehr hier – zumindest die Einheimischen nicht. Nachdem die UN das Abkommen mit den Gaijin getroffen hatten, wurden die Bewohner von Kefallonia von der griechischen Regierung evakuiert; die meisten aufs griechische Festland, andere ins Ausland. Diejenigen, die nach Amerika kamen, machten sogleich von sich reden. Sie betrachteten sich als Flüchtlinge, denen man durch diese Alien-Invasion ihr Land geraubt und ihre Kultur zerstört hatte. Womit sie auch recht hatten, sagte Madeleine sich.

Aber die Bewohner von Kefallonia waren nicht die einzigen Enteigneten dieser Erde, und ihr Anliegen, obwohl für eine Zeitungsmeldung gut, geriet bald in Vergessenheit.

Auf dem kleinen Flugplatz wurde sie erstmals aus der Nähe eines Stücks der Gaijin-Technik ansichtig: Eines Zubringer-Raumschiffs, eines gedrungenen Kegels aus einer glänzenden metallischen Substanz. Er wirkte eigentlich zu zerbrechlich, um der Belastung des Atmosphäreneintritts zu widerstehen. Und doch war das Raumfahrzeug hier, stand direkt neben den Düsenflugzeugen und antiquierten Helikoptern, mit denen man von Insel zu Insel gehüpft war.

Vom Flugplatz wurde sie zur zentralen UN-Einrichtung in der Nähe der alten Hauptstadt Argostoli gebracht. Die Anlage bestand lediglich aus ein paar hastig errichteten Gebäuden und Bunkern, die durch Stege und Tunnels verbunden waren. Das Zentralgebäude, in dem man die Gaijin untergebracht hatte, war ein schmuckloser Aluminiumkasten.

Um die Gaijin-Herberge gruppierten sich Kapellen, Tempel und Moscheen, Botschaften verschiedener Regierungen und Körperschaften, ein Wissenschaftspark sowie Niederlassungen der größten Unternehmen der Welt. Sie vermutete, dass all diese Gruppen hier präsent waren, um sich ein Stück vom Kuchen abzuschneiden.

Der Vertreter der US-Regierung nannte sich Planetenschutz-Beauftragter, wie man ihr sagte. Die Planetenschutz-Behörde war in den neunziger Jahren des zwanzigsten Jahrhunderts geschaffen worden, um Quarantänemaßnahmen hinsichtlich des Umgangs mit Marsgestein zu koordinieren, das auf die Erde gelangt war und dergleichen mehr. Mit der Ankunft der Gaijin hatte diese Operetten-Behörde an Bedeutung gewonnen.

Auf dem ganzen Komplex gab es eine starke militärische Präsenz. Man hatte sich förmlich eingegraben. Rund um die Uhr patrouillierten Streifen und gepanzerte Fahrzeuge. Es waren ständig Helikopter im Einsatz, die die Luft mit ihrem Rattern erfüllten, und Staffeln von Jagdflugzeugen fegten in Wellen durch den blauen Himmel.

Bis zu einem gewissen Ausmaß war diese Schau militärischer Stärke, als ob Menschen die Gaijin mit ihrer Militärtechnik hier festzuhalten vermocht hätten, eine Botschaft an die Weltöffentlichkeit. Schaut her: Wir verhandeln mit diesen Typen auf der Basis der Gleichberechtigung. Wir haben die Lage unter Kontrolle. Wir haben nicht kapituliert … Madeleine hatte sogar gehört, dass hochrangige Militärs die Gaijin als ›Pappkameraden‹ und ›Zinnsoldaten‹ bezeichneten und um die Genehmigung baten, ihre Kriegsspiele bezüglich hypothetischer Angriffe der Gaijin fortzusetzen. Aber sie kannte den Krieg selbst gut genug, um zu wissen, dass die Menschen in einem militärischen Konflikt mit den Gaijin auf jeden Fall den Kürzeren ziehen würden. Allein schon mit der anachronistisch anmutenden Strategie, die Metropolen der Welt mit Gesteinsbrocken aus dem All zu bewerfen, würden sie wohl den Sieg erringen. Die nüchtern denkenden Militärs mussten also gewusst haben, dass die Menschheit keine andere Wahl hatte, als sich zu arrangieren.

In der Nähe der Gaijin-Unterkunft war ein dunkler Fleck auf dem Beton: Er stammte anscheinend von einem beinahe geglückten Angriff auf die Gaijin, einem Zwischenfall, der nie an die breite Öffentlichkeit gedrungen war. Zum Glück hatten die Gaijin nicht in menschlicher Manier auf diesen Vorfall reagiert und Vergeltung geübt. Das machte Madeleine bewusst, dass das Militär hier in zwei Kategorien dachte: Die Menschheit vor den außerirdischen Besuchern zu schützen und umgekehrt.

Sie stand auf dem sonnendurchglühten Beton und schaute zum Himmel empor. Selbst in der Helligkeit des mediterranen Tags sah sie die geisterhaften Konturen von Blumen-Schiffen mit den riesigen Schlünden, die am Himmel über der Erde ihre Bahn zogen. Bei diesem Anblick erschien die Vorstellung, dass Menschen die Gaijin einzudämmen, sie in einen Dialog zu verwickeln und die Situation zu kontrollieren vermochten, lachhaft.

■

Sie mussten sich mit Overalls, Überschuhen und Mützen aus Papier ausstaffieren und wurden durch eine Luftschleuse geführt. Man sagte Madeleine, dass die Gaijin-Herberge die Sauberkeitsstandards eines Operationssaals erfüllte.

Das Innere dieses quaderförmigen Gebäudes mutete ebenso sakral wie minimalistisch an: Es war still, das

Licht war gedämpft, und Leute in Uniform schlichen in einer andächtigen Atmosphäre herum.

Die Kirchenanalogie passte, sagte Madeleine sich. Weil die Gaijin nämlich um einen Besuch des Papstes gebeten hatten.

»Und anderer Religionsführer natürlich auch«, sagte Dorothy Chaum, als sie Madeleine die Hand schüttelte. »Seltsam, nicht? Wir hatten uns immer vorgestellt, dass die Aliens schnurstracks zu den Wissenschaftlern vom Schlag eines Carl Sagan gehen und versuchen würden, uns von der Religion und anderen Krankheiten unsres primitiven Geists zu ›heilen‹. Aber das ist ganz und gar nicht der Fall. Sie scheinen mehr Fragen als Antworten zu haben …«

Chaum war Amerikanerin und katholische Priesterin, die gleich nach der Entdeckung der Gaijin vom Vatikan den Auftrag bekommen hatte, sich mit diesem Fall zu befassen. Sie war eine korpulente, intelligent wirkende Frau mit graumeliertem Haar und schien um die fünfzig zu sein. Madeleine war baff, als sie erfuhr, dass sie schon über hundert war. Offensichtlich war der Vatikan imstande, seinen Leuten die besten lebensverlängernden Behandlungen zu ermöglichen.

Sie gingen zu großen, durch Vorhänge abgeteilten Buchten. Der Vorhang war eine milchige Wand, die sich von der Decke des Gebäudes zum Boden und von einer Wand zur andern zog.

Und dort – hinter dem Vorhang, in Licht getaucht – war ein Gaijin.

Eine Maschine, kein Lebewesen: Das war ihr erster Eindruck. Sie erkannte den berühmten Dodekaeder-Kern. Er war an den Kanten verstärkt – vermutlich, um der irdischen Schwerkraft zu widerstehen – und lag auf einer Art Lafette. Eine Anzahl von Instrumenten, Kameras und Sensoren ragten aus der Hülle des Zwölfflächners, und die Hülle selbst war mit feinen stachligen Drähten überzogen. Drei große Roboterarme mit jeweils zwei oder drei Gelenken wuchsen aus dem Torso. Zwei Arme ruhten auf dem Boden, doch der dritte wedelte in der Luft herum, wobei filigrane Greifer am Stumpf des Arms sich bewegten.

Sie suchte vergeblich nach Symmetrien.

Es lag in der Natur der Menschen, Lebewesen mit Symmetrie – zumindest mit links und rechts – in Verbindung zu bringen. Das lag an der Schwerkraft. Lebewesen waren symmetrisch, leblose Dinge nicht – ein uraltes menschliches Vorurteil, das aus der Zeit stammte, als es eine überlebensnotwendige Fähigkeit war, einen lauernden Räuber vor einem verwirrenden Hintergrund auszumachen. Durch die Bewegungen hatte dieser Gaijin die Anmutung eines Lebewesens, aber er war kantig und wirkte fast plump – und kein bisschen symmetrisch. Es passte einfach nicht.

Menschliche Forscher standen am Vorhang und drückten sich die Nasen platt. Eine große Bank aus Kameras und anderem Gerät zeichnete jede Bewegung des Gaijin auf. Sie wusste, dass Bilder vom Gaijin per Standleitung rund um die Uhr ins Internet eingespeist wurden. In manchen Bars wurden Tag und Nacht auf großen Wand-Softscreens nichts anderes als Gaijin-Bilder gezeigt.

Der Gaijin las ein Buch und blätterte die Seiten mit mechanischer Präzision um. Meine Güte, sagte Madeleine sich unbehaglich.

»Die Gaijin sind Maschinen aus den Tiefen des Alls«, sagte Brind. »Meinetwegen auch Lebensformen. Jedenfalls sind sie robust; sie vermögen in unsrer Atmosphäre und Schwerkraft zu überleben. Es gibt drei von ihnen in diesem Gebäude: Die drei einzigen auf dem Planeten. Aber wir wissen natürlich nicht, wie viele in der Umlaufbahn sind oder noch weiter draußen …«

»Wir glauben, an Maschinen gewöhnt zu sein«, sagte

Dorothy Chaum zu ihr. »Aber es ist trotzdem unheimlich, nicht wahr?«

»Falls es eine Maschine ist«, sagte Madeleine, »dann wurde sie nicht von Menschen gefertigt. Unheimlich. Ja, Sie haben recht.« Sie erschauerte, als dieser primitive mechanische Arm klapperte. Sie hatte ihr Leben mit Maschinen verbracht, doch vor diesem Gaijin hatte sie eine kreatürliche Angst.

»Wir sprechen Latein mit ihnen, wissen Sie«, murmelte Dorothy Chaum. Sie grinste und wirkte durch die Grübchen, die sie dadurch bekam, gleich viel jünger. »Das ist die logischste natürliche Sprache, die wir kennen; die Gaijin haben Schwierigkeiten mit den unregelmäßigen Strukturen und Idiomen moderner Sprachen wie Englisch. Wir haben auch Übersetzungsprogramme, aber die brauche ich nicht. Ich wusste immer, dass das fleißige Pauken im Seminar sich einmal auszahlen würde.«

»Und worüber unterhalten Sie sich?«

»Über viele Dinge«, sagte Brind. »Sie stellen mehr Fragen, als dass sie Antworten geben. Am meisten erfahren wir durch die Auswertung von Versprechern.«

»Ich bezweifle, dass die Gaijin sich verplappern«, sagte Chaum. »Auf jeden Fall haben sie eine ganz andere Sprache als wir. Sie ist monoton, trocken, sachlich, hochgradig strukturiert und nicht erlernbar. Es scheint weder Rhythmus noch Poesie zu geben – keinerlei Anzeichen einer *Handlung*. Einfach nur eine Liste mit Fakten und Fragen und trockener Logik. Wie der Quelltext eines Computerprogramms.«

»Dafür sind sie auch Maschinen«, knurrte Paulis. »Sie haben kein Bewusstsein wie wir.«

Chaum lächelte. »Ich wünschte, ich wäre mir da so sicher. Die Gaijin sind auf jeden Fall intelligent. Aber haben sie auch Bewusstsein? Es gibt auch hier auf der Erde Beispiele für Intelligenz ohne Bewusstsein: Soziale Insekten wie Ameisenkolonien und Termiten. Und man könnte auch umgekehrt argumentieren, dass es Bewusstsein ohne große Intelligenz gibt, zum Beispiel bei Mäusen. Aber ist *höhere* Intelligenz ohne ein irgendwie geartetes Bewusstsein möglich?«

»Mein Gott«, sagte Paulis enerviert. »Sie überlassen diesen klapprigen Zinnsoldaten eine ganze Insel, die sie nun schon seit fünf Jahren bewohnen, und Sie sind nicht einmal imstande, eine solche Frage zu beantworten?«

Chaum starrte ihn an. »Wenn ich sicher wäre, dass *Sie* ein Bewusstsein haben und wenn ich wüsste, was Bewusstsein eigentlich bedeutet, würde ich Ihnen beipflichten.«

»Bewusst hin oder her, sie sind anders als wir«, sagte Brind. »Die Gaijin sind zum Beispiel fähig, ihr Gehirn abzuschalten.«

Das verblüffte Madeleine.

»Das stimmt«, sagte Chaum. »Soweit wir wissen, sind sie im Ruhezustand deaktiviert. Madeleine, wenn Sie einen Schalter an der Schläfe hätten, würden Sie ihn betätigen – selbst wenn Sie wüssten, dass Sie sich wieder einschalten könnten?«

Madeleine zögerte. »Ich glaube nicht.«

»Und wieso nicht?«

»Weil ich nicht wüsste, ob ich nach dem anschließenden Hochfahren noch ich selbst bin.«

Chaum seufzte. »Für die Gaijin scheint das aber kein Problem zu sein. Sie wundern sich sogar über unser großes Gehirn. Madeleine, das Gehirn ist ständig aktiv. Es macht nie Pause, nicht einmal im Schlaf. Es hat den Energiebedarf einer Glühlampe, was stark an den Ressourcen des Körpers zehrt. Deshalb sind wir seit den Tagen des *Homo erectus* auch Fleischfresser.«

»Ohne das Gehirn wären wir aber nicht wir selbst«, wandte Madeleine ein.

»Sicher«, sagte Chaum. »Aber *wir* zu sein scheint für die Gaijin ein Luxus zu sein.«

»Ms. Chaum, was wollen *Sie* von ihnen?«

Frank Paulis lachte laut. »Sie will wissen, ob es einen Gaijin-Jesus gab. Stimmt's?«

Chaum lächelte nur. »Die Gaijin scheinen von unseren Religionen fasziniert zu sein.«

»Und haben *sie* denn eine Religion?«, fragte Madeleine gespannt.

»Das wissen wir nicht. Sie geben nicht viel von sich preis.«

»Das ist auch kein Wunder«, sagte Paulis griesgrämig.

»Sie sind sehr analytisch«, sagte Chaum. »Sie scheinen unsre Denkweise für pathologisch zu halten. Wir verbreiten Ideen – richtige und falsche, nützliche und schädliche – wie eine Geisteskrankheit.«

Brind nickte. »Das ist das alte Konzept des Mems.«

»Ja«, sagte Chaum. »Eine überaus zynische Sichtweise der menschlichen Kultur.«

»Und haben Ihre guten katholischen Meme die Rassenschranke zu den Gaijin bereits überwunden?«, fragte Paulis trocken.

»Nicht dass ich wüsste«, sagte Dorothy Chaum. »Sie denken sehr strukturiert. Sie erweitern ihr Wissen Stück für Stück und testen jedes neue Element – wozu unsere Wissenschaftler ebenfalls ausgebildet werden. Vielleicht ist ihr Bewusstsein auch organisiert, sodass sie in der Lage sind, unsre Meme zu integrieren. Vielleicht haben sie auch ihre eigenen Meme, die so stark sind, dass sie unsere schwachen Vorstellungen von Eindringlingen abwehren. Ehrlich gesagt bin ich mir nicht sicher, was die Gaijin mit unsren Antworten auf die großen Fragen des Lebens anfangen. Sie scheint lediglich zu interessieren, ob wir überhaupt Antworten *haben*. Ich glaube nicht, dass sie …«

»Sie scheinen enttäuscht von dem, was Sie herausgefunden haben«, sagte Madeleine.

»Vielleicht bin ich das«, sagte Chaum langsam. »Als Kind hatte ich immer von einer Begegnung mit den Außerirdischen geträumt: Ich war gespannt auf die wissenschaftlichen und philosophischen Einsichten, die sie mir vermitteln würden. Nun, diese Gaijin scheinen eine Lebensform zu sein, die mindestens ein paar Millionen Jahre älter ist als wir. In kultureller und wissenschaftlicher Hinsicht haben sie uns aber kaum etwas voraus.«

Madeleine wurde diese ernste, nachdenkliche Frau immer sympathischer. »Vielleicht werden wir die wirklich intelligenten Lebensformen dort draußen zwischen den Sternen finden. Vielleicht sind sie schon unterwegs.«

Chaum lächelte. »Ich beneide Sie um die Möglichkeit, sie mit eigenen Augen zu sehen. Doch selbst wenn wir solche wunderbaren Wesen fänden, wäre das Ergebnis vielleicht niederschmetternd für uns.«

»Wieso denn das?«

»Gott wirkt durch uns und unseren Fortschritt«, sagte sie. »Zumindest ist das Bestandteil des christlichen Glaubens. Aber was, wenn unsere spirituelle Entwicklung der der Aliens weit hinterherhinkt? Vielleicht erstrahlt Er woanders in einem Glanz, vor dem wir erblassen.«

»Und auf uns käme es dann gar nicht mehr an.«

»Jedenfalls nicht für Gott. Und für uns selbst vielleicht auch nicht mehr.«

Sie wandten sich von den enttäuschenden Aliens ab und traten hinaus in die Sonne Kefallonias.

Später nahm Frank Paulis Madeleine auf die Seite.

»Genug von dem Scheiß«, sagte er. »Reden wir über das Geschäft. Sie machen einen Zeitsprung von sechsunddreißig Jahren. Wenn Sie schlau sind, machen Sie sich das zunutze.«

»Und wie?«

»Zins und Zinseszins«, sagte er.

Madeleine lachte. Nach ihrer Begegnung der ›dritten Art‹ fand sie Paulis' finanzielle Kalkulationen lächerlich. »Das ist nicht Ihr Ernst.«

»Sicher. Denken Sie mal nach. Investieren Sie möglichst viel von Ihrem Honorar. Schließlich brauchen Sie das Geld nicht, solang Sie weg sind. Bei vorsichtig kalkulierten fünf Prozent verfünffacht Ihre Einlage sich in sechsunddreißig Jahren. Und wenn Sie zehn Prozent rausholen, erzielen Sie gar das *Einunddreißigfache.*«

»Wirklich?«

»Klar. Das ist freie Marktwirtschaft. Sie kommen subjektiv ein paar Monate älter zurück und stellen fest, dass Ihr Geld sich rasant vermehrt hat. Und denken Sie noch einen Schritt weiter: Angenommen, Sie unternehmen eine zweite Reise von der gleichen Zeitdauer. Sie könnten den Auszahlungsbetrag auf einen Faktor Tausend verdreißigfachen. Sie könnten, sagen wir, zwischen hier und Sirius hin- und herpendeln, mit jedem Flug reicher werden und Jahrhunderte lang leben.«

»Ja. Wenn zu Hause alles beim alten bleibt. Wenn die Bank nicht pleite geht, die Gesetze nicht geändert werden, die Währung nicht an Wert verliert, keine Kriege, Revolutionen oder Epidemien ausbrechen oder die Menschheit nicht von robotischen Aliens unter Kuratel gestellt wird.«

Er grinste. »Das sind nur Spekulationen. Die Verlängerung der Lebenserwartung durch Relativität eröffnet völlig neue Möglichkeiten des Geldverdienens. *Sie wären die Erste, Meacher.* Denken Sie darüber nach.«

Sie musterte ihn. »Sie wollen wirklich, dass ich diese Reise mitmache, nicht wahr?«

Sein Gesicht verhärtete sich. »Ja, zum Teufel, ich

will, dass Sie diese Reise unternehmen. Oder jemand anders, wenn Sie sich ins Hemd machen. Wir müssen eine eigene Strategie entwickeln, einen Weg, uns mit den Gaijin und diesen anderen eisenfressenden Cyborgs, interplanetaren Riesenkäfern und dem anderen Kroppzeug zu arrangieren, das vom galaktischen Kern zu uns unterwegs ist.«

»Ist das auch die Wahrheit, Paulis?«

»Ach, Sie glauben mir nicht?«

»Vielleicht sind Sie nur *enttäuscht*«, versuchte sie ihn aus der Reserve zu locken. »Viele Leute waren enttäuscht, weil die Gaijin sich nicht als himmlische Vaterfiguren erwiesen. Sie beschenkten uns nicht sofort mit Technologie, Wissen und Regeln, auf dass wir alle in Frieden, Liebe und Eintracht zusammenlebten. Die Gaijin sind einfach nur *da.* Ist es das, was Ihnen zu schaffen macht, Paulis? Dieser infantile Wunsch, sich der Eigenverantwortung zu entledigen …«

Er beäugte sie. »Sie labern vielleicht eine Scheiße, Meacher. Kommen Sie. Ich muss Ihnen noch den Star dieser Horrorshow zeigen.« Er führte sie wieder ins Gebäude, und sie gingen zu einer anderen Ecke, einem anderen Gaijin-›Separee‹. »Diesen Kameraden nennen wir Gypsy Rose Lee«, sagte er.

Hinter dem Vorhang war ein anderer Gaijin. Aber er war in Stücken. Der zwölfflächige Zentralkörper war bis auf ein paar Lücken in der Hülle unversehrt, aber die gelenkigen Arme lagen halb zerlegt auf dem Boden. Der einzige Arm, der noch montiert war, zupfte emsig stachlige Auswüchse von der Hülle des Dodekaeders. Linsen unterschiedlicher Größe waren auf dem Boden verstreut. Sie sahen aus wie ausgestochene Augen.

Menschliche Forscher in weißen Schutzanzügen krochen über den Boden und inspizierten die fremdartigen Bauteile.

»Mein Gott«, sagte Madeleine. »Er demontiert sich selbst.«

»Angewandter Kulturaustausch«, sagte Paulis säuerlich. »Wir haben ihnen eine menschliche Leiche zum Fleddern gegeben – es hatte sich aber um einen Spender gehandelt. Im Gegenzug haben wir das hier bekommen. Ein Gaïjin ist ein kompliziertes Gebilde; so geht das jetzt schon ein halbes Jahr.«

Zwei Forscher – ernsthafte junge Frauen – hörten Paulis und drehten sich in seine Richtung.

»Aber wir lernen auch viel«, sagte eine der Forscherinnen. »Die grundlegende Frage, die wir uns stellen müssen, lautet: *Sind die Gaijin lebendig?* Angesichts ihrer Komplexität würde man das bejahen; nur dass sie keinen Vererbungsmechanismus zu haben scheinen, der unsres Dafürhaltens die Voraussetzung für die Definition eines Lebewesens ist …«

»Jedenfalls haben wir das zuerst geglaubt. Aber wo wir nun sehen, wie dieses Ding zusammengesetzt ist, sind wir zu der Ansicht gelangt …«

»Dass die Gaijon vielleicht von Neumann-Maschinen sind, perfekte Replikatoren …«

»Aber es verhält sich wohl so, dass *perfekte* Replikation im Prinzip unmöglich ist. Unschärfe und Chaos …«

»Es wird in jeder Generation eine Drift geben. Wie genetische Drift. Und wo Unterschiede auftreten, erfolgen auch Selektion und damit Evolution …«

»Aber wir wissen immer noch nicht, welche *Einheiten* der Replikation hier existieren. Sie funktionieren vielleicht auf einer Ebene unterhalb des individuellen Gaijin …«

»Vielleicht die Subkomponenten, aus denen sie bestehen. Möglicherweise sind die Gaijin eine Art Träger für die Replikation ihrer Komponenten, wie man auch sagen könnte, dass die Menschen ein Träger sind, auf dessen Grundlage die Gene sich reproduzieren …«

Maschinen, die sich vermehrten und entwickelten? Madeleine schauderte.

»Begreifen Sie es nun?«, fragte Paulis. »Wir haben es hier mit Fremdartigkeit in Reinkultur zu tun. Diese Kameraden sprechen mit ihren synthetisierten Stimmen Latein, aber sie sind *nicht* wie wir. Sie kommen von einem Ort, den wir uns nicht einmal vorzustellen vermögen, und genauso wenig wissen wir, wonach sie hier auf der Erde suchen. Und deshalb müssen wir einen Weg finden, mit ihnen klarzukommen. Fliegen Sie los! Schauen Sie sich gründlich um!«

Der Gaijin riss ein kleines Stück eines aluminiumartigen weichen Metalls aus der Hülle; es löste sich mit einem leise schmatzenden Geräusch und enthüllte juwelenartige Innereien. Vielleicht würde er so lang weitermachen, bis nur noch diese zuckende robotische Hand übrig war, sagte Madeleine sich, und dann würde die Hand sich auch noch zerlegen, einen Finger nach dem andern, bis nichts mehr übrig war, das sich zu bewegen vermochte.

kapitel 9

FUSIONSSOMMER

Brind setzte die Verträge auf. Madeleine regelte derweil ihre Angelegenheiten; die Vorbereitung auf einen Zeitsprung von mindestens sechsunddreißig Jahren hatte etwas Endgültiges. Sie verabschiedete sich von ihrer in Tränen aufgelösten Mutter, kündigte den Mietvertrag für die Wohnung und verkaufte ihr Auto. Dann ließ sie sich das Gehalt ausbezahlen und investierte es mit Paulis' Hilfe möglichst renditeträchtig.

Sie beschloss, ihrer kleinen Kapsel einen Rufnamen zu geben: Friendship-7.

Und ehe sie sich versah, bevor sie auch nur annähernd bereit war für diesen kleinen relativistischen Tod, war der Tag des Starts gekommen.

■

Die Schutzhülle der Friendship-7 riss auf. Das blaue Licht der Erde durchflutete die Kabine. Madeleine sah Eisbrocken, die von der Wand des Boosters abgeplatzt waren und wie Schneeflocken um das Raumschiff stoben. Und sie sah die Oberfläche der Erde, die wie ein glühender Teppich unter ihr ausgebreitet war und strahlte wie ein tropischer Himmel. Der Flug mit der antiken Proton war ein Höllenritt gewesen, doch nun war sie endlich im Orbit, und sie verspürte geradezu ein Hochgefühl. Zum Teufel mit den Gaijin, zum Teufel mit Brind und Paulis. Was auch immer von nun an geschah, diese Erinnerung würden sie ihr nicht nehmen können.

Sie führte eine Erdumkreisung durch. Über dem Äquator ragten Wolkenberge auf. Die Kontinente auf der Nachtseite wurden von den Lichterketten der Küstenstädte konturiert.

Sogar aus dem Orbit sah sie die großen Ökoreparatur-Initiativen. Die Wiederaufforstungs-Projekte manifestierten sich als Bereiche satten Grüns auf den Kontinenten der nördlichen Hemisphäre. Die südlichen Kontinente wurden als braune Wüsten mit städtischen Ballungsräumen an den Küsten abgebildet. Graue Schlieren in den küstennahen Gewässern kündeten von den katastrophal fehlgeschlagenen Versuchen, Kohlendioxid in die Tiefsee zu pumpen. Über der Antarktis stachen rubinrote Laserstrahlen in den Himmel und versuchten das Ozon in der Troposphäre zu neutralisieren. Der Golf war eine Notzone, die in petrochemischem Smog erstickte. Und so weiter.

Von hier aus sah sie die unangenehme Wahrheit: Dass der Weltraum der Erde, verdammt noch mal, nicht gut tat. Obwohl dies eine Zeit der Weltraumkolonien und des Handels mit interstellaren Reisenden war, waren die Anstrengungen der Menschheit hauptsächlich darauf gerichtet, notdürftig eine begrenzte, zerrüttete Ökologie zu reparieren, sofern sie sich nicht mit den Problemen einer geschlossenen Wirtschaft verzettelten: Kämpfe um schwindende Ressourcen in den Weltmeeren und an den Rändern der sich ausbreitenden Wüsten.

Sie fragte sich unbehaglich, was sie wohl vorfinden würde, wenn sie in sechsunddreißig Jahren nach Hause zurückkehrte.

Madeleine würde in einem alten Shuttle-Raumlabor leben, das man aus dem Lager des KSC geholt und wieder aufgemöbelt hatte. Die kleine wiederverwendbare Raumstation war siebzig Jahre alt und schon zweimal in den Orbit geflogen. Vorne war der kleine Wohnbereich, und hinten waren Instrumente auf zwei Trägern montiert, die sie auf den Neutronenstern ausrichten würde: Coronagraphen, Spektroheliographen und spektrographische Teleskope.

Brind hatte ihr einen leistungsfähigen Computer gegeben, mit dem sie imstande war, bis zu einem gewissen Grad mit den Gaijin-Gastgebern zu kommunizieren. Es war ein Bioprozessor in einer kubischen Hülle. Er war ein High Tech-Produkt, der einzige Entwicklungsbereich, in den sie hohe Summen von Paulis' Geld investiert hatte. Und es war menschliche Technik, nicht etwa ein Gaijin-Produkt. Madeleine war fasziniert. Sie verbrachte viel Zeit damit, sich mit den Merkmalen des Biopros vertraut zu machen. Er basierte auf Ampiphilen, langen Molekülen mit wässrigen Köpfen und öligen Enden, die in Schichten mit der Bezeichnung Langmuir-Blodgett-Film schwammen. Die aktiven Moleküle vernetzten sich durch schwache Wechselwirkungen – Wasserstoffbrücken, van der Waals-Kräfte und hydrophobe Erkennung – zu einer dreidimensionalen Struktur und bildeten supramolekulare Gitter aus Millionen Molekülen.

Die Beschäftigung mit dem Biopro war auf jeden Fall besser als darüber zu sinnieren, in welcher Lage sie sich befand und wohin sie unterwegs war.

Allerdings war sie nicht sehr begeistert, als sie nach dem ersten Booten feststellte, dass die Design-Metapher der menschlichen Schnittstelle eine zweidimensionale virtuelle Darstellung von Frank Paulis' wettergegerbtem Gesicht war.

»Paulis, Sie egoistischer Bastard.«

»Ich wollte doch nur, dass Sie sich wie zu Hause fühlen.« Das Bild flimmerte leicht, und das Gesicht war ›grobporig‹ – offensichtlich digital erzeugt. Es stellte sich heraus, dass der Projektion von Frank Paulis ein komplexes interaktives und heuristisches Programm zugrunde lag. Sie war imstande, auf Madeleines Äußerungen zu reagieren, zu lernen und in gewisser Weise zu wachsen.

Sie würde eine Art Begleiter sein.

»Stehen Sie in Kontakt mit den Gaijin?«

Er zögerte. »Ja. In gewisser Weise. Ich werde Sie auf dem Laufenden halten. In der Zwischenzeit sollten Sie sich am besten in die Materie einarbeiten.«

Er lud eine Art Checkliste herunter, die aus einem uralten Fernschreiber ratterte.

»Sie machen wohl Witze.«

»Sie müssen sich gründlich mit der Ausrüstung vertraut machen«, sagte der virtuelle Paulis.

»Toll. Und soll ich mich auch mit Neutronensternen und Gammastrahlern befassen, was auch immer das sind?«

»Nicht unbedingt. Ich möchte Ihre instinktiven Reaktionen sehen. Wenn Sie mit zu viel Wissen belastet sind, verengt das Ihre Wahrnehmung. Bedenken Sie, dass Sie im Auftrag der Menschheit beobachten. *Wir werden vielleicht keine zweite Chance bekommen.* Nun gut. Vielleicht sollten wir mit dem Aufbau des Spektroheliographen anfangen …«

Als sie wieder über die funkelnde Ostküste von Nordamerika hinwegflog, wurde sie vom Gaijin-Schiff erwartet.

Im Erdorbit wirkten die Blumen-Schiffe der Gaijin nicht so spektakulär. Sie waren einen Kilometer lange, silberne Schiffe mit der annähernden Form eines Kalmars: Mit einem großen Hauptabschnitt als ›Kopf‹, der ein Bündel Tentakel nachzog.

Zwölfflächige silberne, unidentifizierbare Gebilde hingen an den Kabeln und drängten sich um Madeleines Raumkapsel. Das Schiff wurde von den silbrigen Seilen eingewickelt, bis ihr Blickfeld von einem Geflecht aus glänzenden Strängen überlagert wurde und sie ein Teil der Struktur des Gaijin-Schiffs geworden war. Sie verspürte eine klaustrophobische Beklemmung, als sie mit dem fremden Raumschiff verflochten wurde. Wie hatte Malenfant das nur ausgehalten?

Dann entfaltete das Blumen-Schiff die Schwingen. Sie formten sich zu einem elektromagnetischen Schlund mit einer Breite von tausend Kilometern. Ein Funkenregen stob auf, als die Unterkante des Ansaugstutzens den Rand der Erdatmosphäre touchierte.

Madeleine atmete stoßweise. Das ist real, sagte sie sich. Diese verrückten Aliens werden das wirklich tun. Und ich stecke mittendrin.

Sie kämpfte gegen Panik an.

Nach ein paar immer weiteren Schleifen um den Planeten verließ Madeleine den Erdorbit und flog einem unbekannten Ziel entgegen.

■

Das von interplanetarem Wasserstoff angetriebene Blumen-Schiff benötigte hundertachtundneunzig Tage, um den achthundert AE von der Sonne entfernten Sattelpunkt des Gammastrahlers zu erreichen.

Sattelpunkt-Tore zerstören systembedingt die Objekte, die sie transportieren.

Achtzehn Jahre wanderte ein Signal durchs All zu einem Empfänger-Tor, das im System des Gammastrahl-Neutronensterns stationiert war. Achtzehn Jahre lang existierte Madeleine nicht. Sie war im Grunde tot (aber nicht amtlich).

Und so flog Madeleine Meacher durch den interstellaren Raum.

■

Sie hatte nicht das Gefühl, aufzuwachen – *ist es schon vorbei?* –, sondern sie war einfach nur da und hörte das übliche Surren und Klicken der Systeme des Weltraumlabors, als ob sie in einer Küche stehen würde.

Alles war wie immer. Und doch …

»Meacher.« Das war die Stimme des virtuellen Paulis. »Alles in Ordnung?«

Nein. Sie fühlte sich hervorragend: Wie neu geboren. Sie erinnerte sich an jede Einzelheit, den stechenden Schmerz, das Gefühl, wieder zusammengesetzt zu werden, das *Funkeln.* War es möglich, dass sie die Transition mit halbem Bewusstsein erlebt hatte?

Mein Gott, sagte sie sich. Das kann zur Sucht werden.

Ein neues komplexes Licht wanderte über den Handrücken. Plötzlich erinnerte sie sich wieder, wo sie war und ging zum Teleskop.

Vom trübe glühenden, leeren Rand des Sonnensystems war sie direkt in einen überfüllten Raumabschnitt katapultiert worden. Sie flog über die Oberfläche eines Sterns hinweg.

Die Photosphäre kaum zehntausend Kilometer unter ihr war eine endlos weite, flache Landschaft. Sie war mit Körnern übersät, von denen ein jedes so groß war, dass es die Erde verschluckt hätte. Und die Chromosphäre – die tausend Kilometer dicke Atmosphäre – hüllte wie ein Dunstschleier alles ein. Polarisationsfilter im Teleskop schwächten das Licht zu einem orangefarbenen Glühen ab. Vor ihren Augen explodierte ein Korn und verteilte seine Substanz über die Oberfläche des Sterns; benachbarte Körner wurden verdrängt, und es entstand eine glühende unstrukturierte Narbe auf der Photosphäre – eine Narbe, die durch die Eruption weiterer Körner langsam verheilte.

Eine Instrumentengondel an der Hülle des Blumen-Schiffs bildete ein graziles Pseudopodium aus. Gaijin-

Instrumente schauten auf die Umbra eines Sternenflecks unter ihr. »Das ist ein Weißer Zwerg der F-Klasse, Meacher«, sagte Paulis. »Ein naher Verwandter der Sonne, der ›große Bruder‹ des Doppelsterns in diesem System.«

Ich hätte diese Reise vielleicht doch nicht machen sollen, sagte sie sich und wurde von einer unerklärlichen Angst gepackt. Brind hätte sich jemand anders suchen sollen. Ich hätte auch ablehnen können. Ich wäre gestorben, ohne auch nur eine Ahnung davon zu haben, dass so etwas möglich ist.

... Und nun habe ich mir nichts, dir nichts achtzehn Jahre verloren. Fast die Hälfte meines Lebens. Einfach so. Sie versuchte sich vorzustellen, was in diesem Moment auf der Erde geschah. Ohne Erfolg.

Der virtuelle Paulis wurde von eigenen Gedanken umgetrieben. »Erstaunlich«, sagte er.

»Was?«

»Meacher«, sagte Paulis mit einem sehnsüchtigen Unterton, »wir wollten diesen Punkt vor Ihrem Abflug nicht allzu sehr betonen, aber Sie sind der erste Mensch, der eine Sattelpunkt-Teleportation absolviert hat – nach Malenfant, aber der ist verschollen. Wir wissen nicht, was mit ihm passiert ist.«

»Vielleicht wäre ich als Fleischklops hier angekommen. Alle Lichter an, aber niemand zu Hause.«

»Das war eine Möglichkeit. Theoretisch.«

»Die Gaijin wechseln alle naslang hin und her.«

»Ja schon, aber vielleicht haben sie auch keine Seele wie wir.«

»*Seele*, Frank?«, fragte sie argwöhnisch. »Sie stecken doch nicht allein in dieser Kiste, nicht wahr? Seit wann erörtert Frank Paulis theologische Fragestellungen?«

»Ich bin ein Verbund.« Er grinste. »Aber ich – das heißt, Paulis – hat den Kampf um den ersten Platz gewonnen.«

»*Das* hört sich allerdings nach Frank an.«

»Seit Tausenden von Jahren stellen wir uns die Frage nach der Existenz einer Seele. Entspringt das Bewusstsein dem Körper, oder hat die Seele eine eigenständige Existenz, die irgendwie mit dem leiblichen Körper verbunden ist? Betrachten Sie das als Gedankenexperiment. Wenn ich ein exaktes Duplikat von Ihnen erstellen würde, bis hinunter zum letzten Elementarteilchen und Quantenzustand, aber ein paar Meter verschoben – wäre diese Kopie *Sie?* Hätte sie ein Bewusstsein?«

»Im Grunde haben wir doch genau das getan. Stimmt's? Es waren aber nicht nur ein paar Meter, sondern …«

»Achtzehn Lichtjahre. Ja ich weiß. Trotzdem sind Sie – ich meine das innere Sie – unbeschadet daraus hervorgegangen, soweit ich das zu sagen vermag. Der Teleportations-Mechanismus ist eine rein physikalische Vorrichtung. Sie hat die Mechanik Ihres Körpers transportiert – und Ihre Seele scheint das auch unversehrt überstanden zu haben. All das scheint zu belegen, dass wir im Grunde genommen auch nur Maschinen sind – nicht mehr als die Summe unsrer Teile. Viele religiöse Glaubenssätze werden durch diese einfache Tatsache infrage gestellt.«

Sie horchte in sich hinein. »Ich bin noch immer Madeleine. Ich habe noch immer ein Bewusstsein.« Aber das würde ich sowieso glauben, sagte sie sich dann. Vielleicht bilde ich mir auch nur ein, dass ich ein Bewusstsein habe.

Der blütenförmige Schlund zapfte prallvolle Taschen mit ionisiertem Gas an, und das Schiff stob nur so dahin; das Universum bekam eine Art philosophischen Überbau.

»Ich verstehe aber nicht, weshalb der Sattelpunkt nicht an der Peripherie war wie im Sonnensystem.«

»Meacher, die gravitationale Karte dieses Doppelstern-Systems ist viel komplexer als die der Sonne. In der Nähe der Punkte des gravitationalen Gleichgewichts des Systems gibt es jeweils einen Sonnenbrennpunkt. Wir sind aus L_4 herausgekommen, dem stabilen Lagrange-Punkt, der dem Neutronenstern im Orbit voraneilt, und dorthin müssen wir auch zurückkehren.«

»Es muss aber noch weitere Brennpunkte geben, und zwar am Rande des Systems. Andere Sattelpunkte, deren Benutzung viel sicherer wäre.«

»Logo.« Der virtuelle Frank grinste. »Sie müssen jedoch bedenken, dass die Gaijin keine Menschen sind. Sie scheinen ihrer Technik blind zu vertrauen, ihrer Abschirmung sowie der Zuverlässigkeit und Kontrolle der Staustrahltriebwerke. Wir müssen davon ausgehen, dass die Gaijin wissen, was sie tun …«

Madeleine wandte sich den Konsolen zu. Auf den Monitoren sah sie, dass Daten empfangen wurden, und zwar in Form von Wasserstoff-Alpha-Emissionen, ultravioletten Spektrallinien, Ultraviolett- und Röntgenbildern, einer Spektrogtaphie der aktiven Regionen, Zodiakallichtern und Spektroheliographen. Sie besann sich auf die theoretische und praktische Ausbildung und machte sich an die Routineaufgaben, und bei der Arbeit verflogen bald die düsteren Gedanken.

»Meacher. Schauen Sie nach vorn.«

Sie griff zum Periskop und schaute auf den näherkommenden Horizont – über dem es dämmerte. Eine Dämmerung auf einem Stern?

Eine feurige Lohe schoss über den Horizont auf sie zu. Sie senkte sich in einem großen Bogen zur Oberfläche des Sterns hinab, wobei die zertrümmerten Atome vom Magnetfeld des Sterns eingefangen wurden – und ein paar Sekunden später kam schon die nächste Welle, und dann wieder eine in tödlich regelmäßigen Intervallen. Und der Gluthauch des Plasmas wurde immer heißer.

»Mein Gott, Frank.«

»Der Aufgang eines Neutronensterns«, sagte Paulis sanft. »Schauen Sie hin. Schauen Sie zu und lernen Sie. Und *merken* Sie es sich, für uns alle.«

Der Neutronenstern erschien nun über dem Horizont und erhob sich hochmütig über die Oberfläche seines Begleiters. Sie waren nur durch eine Lücke voneinander getrennt, die ein Drittel der Entfernung zwischen Erde und Mond ausmachte. Der Primärstern schwoll wie eine Springflut an, als der Neutronenstern an ihm vorüberzog und eine flammende Gassäule herausriss, deren Durchmesser an der engsten Stelle nur ein paar hundert Meter betrug. Große Brocken glühenden Materials lösten sich und wirbelten spiralförmig auf einen zentralen Punkt zu, einem winzigen Objekt von einer so unerträglichen Helligkeit, dass das Periskop automatisch einen Filter vorschaltete.

Und dann erfolgte die Explosion.

Schwärze.

Madeleine zuckte zusammen. »Was, zum Teufel …«

Das intelligente Teleskop hatte abgeblendet. Langsam wich die Dunkelheit einer Trümmerwolke, in der der Neutronenstern beschaulich seine Bahn zog.

»*Das* ist ein Gammastrahler«, sagte Paulis trocken.

Die Materiehülle um den Neutronenstern baute sich schon wieder auf.

Blitz.

Das Periskop dunkelte wieder ab.

»Sie werden sich daran gewöhnen«, sagte Paulis. »Es tritt pünktlich alle vierzehn Sekunden auf. Dieser Gammastrahlen-Blitz ist so hell, dass man ihn sogar auf der Erde sieht.«

Sie schaute auf die Instrumente. Die Rohdaten, die in einem steten Strom hereinkamen, sagten ihr nichts.

»Paulis, ich bin keine Expertin. Sagen Sie mir, was hier läuft. Die Materie des Primärsterns ...«

Blitz.

»... verschmilzt, wenn sie auf den Neutronenstern trifft, richtig?«

»Ja. Der Wasserstoff des Primärsterns fusioniert beim Kontakt mit der Oberfläche des Neutronensterns zu Helium. In wenigen Sekunden überzieht das Helium die Kruste mit einer Art von Atmosphäre, die ein paar Meter dick ist. Aber es ist nur eine Übergangs-Atmosphäre, die schlagartig zu Kohlenstoff, Sauerstoff und anderen komplexen Molekülen fusioniert...«

Blitz.

»... und dabei den restlichen Wasserstoff abstößt.«

Der Neutronenstern raste mit seiner Beute aus Sternen-Materie aufs Blumen-Schiff zu und ...

Blitz.

... rülpste seine Fusionsgase heraus. Die Gaijin zogen die Blüten des Blumen-Schiffs noch weiter zusammen, bis die Öffnung des Ansaugstutzens sich zu einem engen Kreis schloss.

Ein Kreis, der sich auf den Neutronenstern richtete.

»Was tun sie da?«

»Sie brauchen keine Angst zu haben, Meacher.«

Das Blumen-Schiff hielt auf den Primärstern zu, wobei rote Vakuolen wie Fischschwärme unter Madeleine dahinstoben. Sie flog *unter* dem Neutronenstern an der feurigen Wunde vorbei, die er dem Primärstern schlug.

Ihr Körper beschloss, dass es Zeit für einen neuen Anfall des Weltraumanpassungs-Syndroms war.

■

Die sanitäre Einrichtung stammte auch noch aus der Shuttle-Ära und war recht umständlich zu bedienen.

Als sie fertig war, ging sie zur Bordapotheke und schluckte eine Pille.

»Meacher, dass Sie das mitnimmt, ist klar. Sie bescheren uns aus erster Hand einen Blick auf einen Neutronenstern. Ich bin stolz auf Sie.«

»Frank, ich bin schon seit zwanzig Jahren Pilot und seit fünfzehn Berufspilot. Ich bin bis an die Grenze des Weltraums vorgestoßen. Aber einen *solchen* Flug habe ich noch nie erlebt.«

»Natürlich nicht. Kein Mensch hat bisher so etwas erlebt.«

»Niemand außer Reid Malenfant.«

»Ja. Außer ihm.«

Sie horchte in sich hinein und stellte fest, dass sie trotz der Übelkeit fasziniert war.

Vielleicht war es ganz egal, was sie nach ihrer Rückkehr zu Hause vorfinden würde. Vielleicht würde sie sich dafür entscheiden, weiterzumachen wie Reid Malenfant. Sich immer wieder diesem wohligen blauen Schmerz aussetzen. Und zu Orten wie diesem reisen …

»Hören Sie, Meacher. Sie müssen sich auf die nächste Begegnung mit dem Gammastrahler vorbereiten. Die Umlaufzeit des Neutronensterns um das Muttergestirn beträgt nur elf Minuten.« Sein Bild schien sich aufzulösen.

»Frank, ich glaube, dass ich Sie verliere.«

»Nein. Ich schichte nur Prozessorkapazitäten um … Mir ist am Vorbeiflug des Neutronensterns etwas aufgefallen. Ich brauche einen Input von Ihnen.«

»Was für einen Input?«

»Interpretation. Schauen Sie sich das an.«

Er erzeugte ein Röntgenbild des Neutronensterns, wählte einen Abschnitt der Oberfläche aus und vergrößerte sie. Pixel-Bänder zogen durchs Bild, verstärkten und vergrößerten sich.

»Wissen Sie denn, was ein Neutronenstern ist, Meacher? Ein Neutronenstern ist das Endprodukt einer Supernova, des heftigen endgültigen Zusammenbruchs eines massiven Sterns am Ende seiner Lebensdauer. Dieser hier ist so schwer wie die Sonne, durchmisst aber nur zwanzig Kilometer. Die Materie im Innern ist degeneriert, die Elektronenhüllen der Atome sind durch den Druck zerquetscht worden. Obwohl die Schwerkraft an der Oberfläche ein paar Milliarden Ge beträgt, vermag normale Materie – die durch Atombindung zusammengehalten wird – hier zu existieren. Die Oberfläche ist starr wie eine Metallschale.«

Sie nahm das Bild näher in Augenschein. »Sieht so aus, als ob es Muster auf der Oberfläche des Neutronensterns gäbe.« Sie erkannte schemenhafte Sechsecke.

»Genau«, sagte Paulis. »Und nun schauen Sie sich das an.«

Er wechselte zu anderen Wellenlängen, worauf die Objekte sogar auf optischen Frequenzen abgebildet wurden: Muster aus präzisen Sechsecken mit einem Durchmesser von etwa einem Meter. In einer Serie von Aufnahmen, die in chronologischer Reihenfolge wiedergegeben wurden, sah sie, dass die Muster sich sogar ausdehnten und symmetrisch über die kristalline Oberfläche des Neutronensterns ausbreiteten.

Sie vermehrten sich wie ein Virus oder wuchsen wie eine Bakterienkolonie, sagte sie sich in einer – freilich unwissenschaftlichen – Analogie.

Leben, sagte sie sich und staunte.

»Die Gaijin scheinen nicht überrascht zu sein«, sagte der virtuelle Frank.

»Nicht?«

»Leben entwickelt sich überall, wo es die Möglichkeit dazu hat. So sagen sie … Der Metabolismus dieser Sternenwesen beruht auf Atombindungen. Genauso wie bei uns – bei *Ihnen.* Ihre Wachstumspfade folgen den Flusslinien vom Magnetfeld des Neutronensterns, das

enorm stark ist. Offensichtlich fördern und stimulieren die komplexen schweren Atome, die durch den Fusionsprozess entstanden sind, ihre Entwicklung. Doch letztlich …«

»Ich kann es mir vorstellen.«

Auf den Softscreens zerfielen die Sechsecke und verwoben sich zu Mustern verwirrender Komplexität, die sich laufend veränderten. Die Bilder wurden umso unschärfer, je dichter die rudimentäre Übergangs-Atmosphäre des Sterns wurde.

»Stellen Sie sich das mal vor, Meacher«, sagte Paulis. Sein Bild war körnig, und Schwärme großer Pixel wanderten wie Insekten über sein Gesicht. Der Biopro stellte fast die gesamte Rechenleistung für die Interpretation der Daten des Neutronensterns ab. »Die Luft, in der sie sich bewegen, wird ihnen zum Verhängnis; sie wird zu dicht und explodiert – und vertilgt die Wesen vom Antlitz ihrer Welt.«

»Nicht ganz«, sagte Madeleine. »Sie überleben irgendwie bis zum nächsten Zyklus.«

»Ja. Ich glaube, das Äquivalent von Sporen muss auf oder unter der Oberfläche des Sterns deponiert werden. Um diesen Weltenbrand alle vierzehn Sekunden zu überstehen, müssen sie aber ziemlich rudimentär sein – wahrscheinlich nicht höher entwickelt als Flechten. Ich frage mich, wozu diese zähen kleinen Geschöpfe sich vielleicht entwickeln würden, wenn der Fusionszyklus auf ihrer Welt zum Erliegen käme …«

Sie sah das Aufbäumen der zum Untergang verurteilten Neutronenstern-Flechten und den hypnotischen Rhythmus der Katastrophe auf einer Welt, die eine Todesfalle für ihre Bewohner war.

Sie fragte sich, ob das wirklich sein musste.

»Meacher …«, sagte Paulis.

»Klappe, Frank.«

Vielleicht würde sie sich auf dieser Mission doch

nicht nur in die Rolle eines passiven Beobachters schicken müssen. Aber sie bezweifelte, dass John Glenn den Plan, den sie nun ausheckte, gut geheißen hätte.

■

Die Gaijin informierten Paulis über die indirekten Kanäle, die sie auch immer nutzten, dass sie den Aufenthalt im Orbit noch um zwei Tage verlängern wollten.

Madeleine rief Paulis. »Wir müssen eine Entscheidung treffen.«

»Eine Entscheidung?«

»Über den Standort des UN-kontrollierten Teleportations-Tors.«

»Ja. Die Empfehlung lautet anscheinend, das Tor bei L_5 zu positionieren, dem stabilen letzten Lagrange-Punkt.«

»Nein. Hören Sie zu, Frank. Dieses System muss einen Sattelpunkt auf der Linie zwischen dem Neutronenstern und dem Muttergestirn haben – irgendwo in der Mitte dieser Wasserstoffsäule, die aus dem Primärstern gerissen wird.«

»Natürlich.« Er schaute sie argwöhnisch an. »Dort besteht ein gravitationales Gleichgewicht, der Lagrange-Punkt L_1.«

»Dort will ich das Tor haben.«

Er machte einen nachdenklichen Eindruck – das heißt, sein Gesicht war ausdruckslos, und sie stellte sich vor, wie Prozessorleistung zum Datenkanal umgeleitet wurde, der ihn mit den Gaijin verband. »L_1 ist aber instabil. Es wäre ein Problem, die Position des Tors zu halten. Außerdem wäre ein Fluss heißen Wasserstoffs durchs Tor in den Transmitter im Sonnensystem die Folge. Wir könnten das Tor dann nicht für den Zwei-Wege-Betrieb nutzen.«

»Frank, darauf kommt es nicht an, um Gottes willen. Wir sind eh nicht imstande, die Sattelpunkte des Sonnensystems zu erreichen, wenn die Gaijin uns nicht dorthin bringen. Hören Sie zu – Sie haben mich auf diese Mission geschickt, um uns Vorteile zu verschaffen. Ich glaube, ich habe eine Möglichkeit gefunden, um das zu erreichen. Vertrauen Sie mir.«

Er musterte sie. »Okay. Die Gaijin verlangen eine nähere Begründung«, sagte er dann.

»In Ordnung. Wir werden den Wasserstoff-Fluss vom Primär-Stern zu seinem Begleiter, dem Neutronenstern unterbrechen. Welche Auswirkungen wird das auf den Neutronenstern haben?«

»Ohne den steten Strom fusionierenden Wasserstoffs zur Oberfläche kommt der Zyklus aus Wachstum und Explosion der Heliumschicht zum Erliegen.«

»*Aber die Flechten-Lebensform wird überleben.* Nicht wahr? Wenn sie nicht alle vierzehn Sekunden durch die Fusions-Explosion ausgelöscht wird.«

Er dachte darüber nach. »Sie könnten recht haben, Meacher. Und ohne diesen periodischen Vernichtungs-Puls entwickeln sie sich vielleicht. Mein Gott. Was für eine Leistung. Als ob wir eine neue Rasse aus der Taufe gehoben hätten. Aber was hätten die Gaijin davon?«

»Sie haben doch selbst gesagt, sie seien gekommen, weil sie Antworten von uns haben wollen«, sagte sie aufgeregt. »Vielleicht werden sie hier welche finden. Eine neue Rasse, ein neues Bewusstsein.«

Etwas bewegte sich am Fenster. Sie drückte die Nase ans kühle Glas und schaute hinaus. Die Gaijin schwärmten wie Metallkäfer mit eckigen Bewegungen der Gliedmaßen über die Hülle des Blumen-Schiffs aus. Sie sah, dass sie *verschmolzen* und sich in ein aufgewühltes, wogendes metallisches Meer verwandelten.

»Die Gaijin scheinen ... von dieser Idee angetan zu sein«, sagte Paulis zurückhaltend.

Sie wartete, während er die Daten an die Gaijin übertrug.

»Sie sind einverstanden, Meacher. Ich hoffe, Sie wissen, was Sie tun«, sagte er.

»Ich auch, Frank. Ich auch.«

Die Gaijin öffneten die Blüten des Blumen-Schiffs, und Madeleine flog wieder um die Säule aus Sternenmaterie herum.

■

Der UN-Sattelpunkt war kaum eingerichtet und betriebsbereit, als er schon erstaunliche Resultate zeitigte.

Das Tor war an der schmalsten Stelle der Säule aus heißem Wasserstoff positioniert worden, die aus dem Primärstern gerissen wurde. Das im Dauerbetrieb arbeitende Tor loderte in einem gespenstischem Blau. Mindestens fünfzig Prozent des Wasserstoffs des Primärsterns verschwanden laut Paulis' Aussage im Schlund des Teleportations-Tors. Es sah so aus, als ob die Wasserstoff-Säule von einem kosmischen Gärtner ordentlich gestutzt worden wäre und oben flach abschloss.

»Gut«, sagte Madeleine. »Es hat funktioniert ... Wir bewegen uns wieder.« Sie schaute durchs Periskop.

Das Schiff näherte sich dem Neutronenstern. Die rötliche Oberfläche des Sterns funkelte, als überschüssige Materie in seine Gravitationsquelle stürzte. Und wieder strömten die sechseckigen Muster über die Oberfläche des Sterns – doch dann schienen die Flechten nach etwa zehn Sekunden plötzlich anzuhalten, als ob sie die Vernichtung erwarteten.

Als das Fusionsfeuer dann doch nicht aufloderte, schienen die Kreaturen geradezu erleichtert und erschlossen sich neue Teile ihrer Welt.

Erst wurde ihr Wachstum noch von einem Vierzehn-Sekunden-Zyklus bestimmt, der aber bald in der überschwänglichen Komplexität ihrer Existenz unterging. Die Flechten breiteten sich entlang der magnetischen Flusslinien aus und formten ihre Sternen-Welt schnell um; weite Teile der Oberfläche wechselten ihre Farbe und Struktur.

Es war ein unglaublicher Anblick.

Sie war erregt. Die Daten, die sie zurückschickte, würden die Wissenschaftler jahrzehntelang beschäftigen. Vielleicht fühlen die Eierköpfe sich auch so, wenn sie eine Entdeckung gemacht haben, sagte sie sich.

Oder wenn ein Gott die Hand im Spiel hatte.

... Dann hörte das Wachstum plötzlich auf.

An den Rändern fing es an; die Flechten-Kolonien zogen sich in ihr Kernland zurück. Und dann änderte die Farbe der Muster sich in einem breiten Spektrum, verblasste, und die nächste sechseckige Struktur wurde chaotisch.

Die Bedeutung war offensichtlich. Der Tod suchte den Stern heim.

»Frank. Was ist dort los?«

»Damit habe ich gerechnet«, sagte die Schnittstellen-Metapher.

»Haben Sie?«

»Ein paar Projektionen haben das mit unterschiedlicher Wahrscheinlichkeit vorhergesagt. Meacher, die Flechten sind ohne den Fusionszyklus nicht lebensfähig. Unsre Intervention aus dem Orbit war zu viel des Guten. Anthropozentrisch eben. Vielleicht sind die Bedürfnisse der kleinen Geschöpfe dort unten doch nicht so gering, wie wir glaubten. Was, wenn der Fusionszyklus auf eine uns unbekannte Art und Weise für ihr Wachstum und Leben *notwendig* ist?«

Der Fusionszyklus hatte Schichten komplexer Moleküle an die Oberfläche befördert. Vielleicht war der kristalline Boden darauf angewiesen, dass er von diesem Fusionssommer regelmäßig gereinigt und gedüngt wurde. Wie das Artensterben auf der Erde eine verstärkte Biodiversifizierung in den Gemeinschaften bewirkt hatte, die von den Überlebenden abstammten.

Und Madeleine hatte das alles zerstört. Ein Schuldgefühl drohte sie zu überwältigen.

»Nehmen Sie es nicht zu schwer, Madeleine«, sagte Paulis.

»Verdammt«, sagte sie. »Ich bin ein Pfuscher.«

»Ihre Beweggründe waren ehrenhaft. Es war einen Versuch wert.« Er schenkte ihr ein virtuelles Lächeln. »*Ich* verstehe, weshalb Sie es getan haben. Auch wenn der echte Frank es vielleicht nicht verstehen würde … Ich glaube, dass wir auf dem Rückflug sind, Meacher. In ein paar Minuten werden wir am Lagrange-Punkt sein. Bereiten Sie sich darauf vor.«

»Danke.« Gott sei Dank. Schaff mich hier raus.

Ein paar Minuten und achtzehn Jahre in die Zukunft …

»Und wissen Sie«, sagte Paulis, »die eigentlichen Fragen haben wir vielleicht gar nicht gestellt.« *Das* klang nun nicht wie Frank Paulis, eher wie einer seiner philosophisch angehauchten Kameraden. Hörte sich irgendwie nach Dorothy Chaum an. »Die Gaijin hätten Sie – den ersten menschlichen Passagier nach Malenfant – überall hinbringen können. Wieso *hierher?* Wieso haben sie beschlossen, Ihnen das zu zeigen? Nichts von dem, was die Gaijin tun, ist ohne Bedeutung. Sie verfolgen vielschichtige Zwecke.«

Sie dachte an diese grässliche Selbstverstümmelung in Kefallonia und schauderte.

»Vielleicht sind wir hier, weil *dies die Wahrheit ist*«, sagte der Paulis-Verbund. »Die Wahrheit über das Universum.«

»*Das hier?* Dieser elende Kreislauf der Katastrophe,

der hilflose Lebensformen immer wieder in den Dreck tritt?«

»Auf einer symbolischen Ebene besitzt diese Wahrheit vielleicht für uns alle Gültigkeit.«

»Ich verstehe nicht, Frank.«

»Vielleicht ist das auch besser so.«

Die Wahrheit? Nein, sagte sie sich. Vielleicht für diese armen Kreaturen, hier auf dieser bizarren Sternen-Ruine. Aber nicht für uns; nicht für die Menschen, auch nicht fürs Sonnensystem. Selbst wenn das die grausame Logik des Kosmos sein sollte, müssen wir uns ihr dann unterwerfen? Vielleicht sollten wir nach einem Weg suchen, etwas daran zu ändern.

Vielleicht wüsste Reid Malenfant inzwischen die Antwort auf solche Fragen – wo auch immer er war, falls er noch am Leben war. Sie fragte sich, ob man ihn jemals finden würde.

… Aber das alles zählte im Moment nicht, denn das blaue Licht hüllte sie ein wie ein Fusionssommer.

kapitel 10

REISEN

Und fern der Heimat war Malenfant mutterseelenallein in einem Himmel voller Gaijin, die einen Planeten umkreisten, der die Erde hätte sein können, einen Stern umkreisten, der die Sonne hätte sein können.

Er nutzte die teleskopischen Funktionen der Softscreen und schaute für lange Stunden auf den Planeten hinab. Ja, es hätte die Erde sein können: Etwas größer, etwas wärmer zwar, aber doch vertraut mit dem Puzzle grau-brauner Kontinente, blauer Meere, weißer Wolken und sogar Eiskappen, die in hellem Glanz leuchteten. Waren diese grünen strukturierten Flächen wirklich Wald? Wuchs auf diesen Äquatorebenen eine Art Gras? Und waren diese wandernden Schatten große Herden von Pflanzenfressern, dem Büffel oder dem Rentier dieses exotischen Orts?

Seine intensive Suche nach intelligentem Leben war jedoch vergeblich: Keine städtischen Geometrien, keine künstlichen Lichter, nicht einmal Rauchfäden oder das Flackern von Lagerfeuern.

Das war keine originalgetreue Kopie der Erde. Natürlich nicht – wie auch? Er wusste, dass es hier keinen der ihm bekannten Kontinente gab; diese fremdartigen Landmassen waren aus einem langen tektonischen Reigen entstanden. Die Meere bestanden aber aus Wasser – jedenfalls überwiegend –, und bei der Luft handelte es sich um ein Stickstoff-Sauerstoff-Gemisch, das etwas dichter als das irdische war.

Sauerstoff war instabil; sich selbst überlassen würde er sich bald mit dem Gestein des Planeten verbinden. Also musste irgendetwas Sauerstoff in die Atmosphäre eintragen: Freier Sauerstoff war ein untrügliches Zeichen für Leben – Leben, das sich nicht allzu sehr von seiner Zustandsform unterscheiden konnte.

Aber die Atmosphäre wirkte dichter und dunstiger als die der Erde; das Blau der Meere und das Grau des Lands hatten einen Grünstich. Und wenn er durch die Atmosphäre schräg auf den Planeten schaute, erkannte er gelb-grüne Schlieren, eine ungesunde Farbe. Das Grün war ein Anzeichen für Chlor.

Er versuchte seinem Gaijin-Begleiter Kassiopeia zu erklären, weshalb er noch auf diese neue Welt starrte, lang nachdem er die analytischen Möglichkeiten der ›Sichtprüfung‹ erschöpft hatte. »Sieh dort.« Er wies auf die bezeichnete Stelle und stellte sich vor, wie Interpolations-Software die Zeigerichtung seines Fingers mit der Blickrichtung der Augen abglich.

DAS IST EINE HALBINSEL.

»Richtig …« Der Ausläufer eines Kontinents, der von einem blauen äquatorialen Meer umspült wurde und dessen Ränder von blau-weißen Linien nachgezogen wurden, bei denen es sich um das Äquivalent von Korallenriffen handeln musste. »Es erinnert mich an Florida. Das eine Region von Amerika ist …«

ICH KENNE FLORIDA. DIESE HALBINSEL IST NICHT FLORIDA. In den (subjektiven) Monaten, die sie nun schon zusammen waren, hatte Kassiopeias Sprachbeherrschung sich sehr verbessert, und sie sprach nun mit einer synthetisierten menschlichen Stimme zu ihm, die über den Kopfhörer der alten Shuttle-EMU übertragen wurde.

»Aber sie ist *wie* Florida. Jedenfalls ist die Ähnlichkeit so groß, dass ich …«

WAS?

Er seufzte.

Er hatte vierzig Jahre gebraucht, um von Alpha Centauri hierher zu gelangen – einschließlich des halben Jahrs subjektiver Zeit, in der er zwischen verschiedenen inneren Systemen und Sattelpunkt-Toren gekreuzt war. Ein System nach dem andern, eine Welt nach der andern. Ein halbes Jahr, in dessen Verlauf er darauf hingearbeitet hatte, die Gaijin zu verstehen und dass sie ihn verstanden.

Sie schienen großen Wert darauf zu legen zu erfahren, wie er das Universum sah und was ihn antrieb. Was ihn betraf, so wusste er, dass Verständnis der Schlüssel war, wenn die Menschen sich je mit diesen Fremden aus dem All arrangieren wollten.

Aber es war schwierig.

Kassiopeia hätte die Ähnlichkeit dieser Halbinsel mit Florida *niemals* erkannt. Selbst wenn eine Abbildungsroutine sie darauf gestoßen hätte, sie hätte das wohl nur als einen konvergenten geologischen Prozess interpretiert. Die Gaijin suchten natürlich nach Mustern – es vermochte wohl keine Wissenschaft ohne Elemente der Mustererkennung, Korrelation und Trendanalyse auszukommen –, doch im Gegensatz zu den Menschen interpretierten sie nichts in diese Muster hinein.

Zweifellos war das ein Ergebnis abweichender evolutionärer Ursprünge. Die Gaijin hatten sich in der Leere und Stille des tiefen Raums entwickelt, wo man die Muße hatte, in aller Ruhe nachzudenken. Die Menschen hingegen hatten in schnell veränderlichen Umgebungen sich entwickelt, wo es wichtig war, einen Blick in den Schatten eines Baums zu werfen und eine komplexe visuelle Umgebung aus Tupfen und Streifen zu erkennen, um das Raubtier *schnell* auszumachen.

In letzter Konsequenz bedeutete das jedoch, dass er Kassiopeia einfach nicht zu vermitteln vermochte, weshalb es ihn so erfreute, eine Entsprechung von Florida an der Küste eines namenlosen Kontinents zu finden, auf einem Planeten Lichtjahre von der Erde entfernt.

Kassiopeia wartete noch immer auf eine Antwort.

»Ist auch egal« sagte er. Er schaltete die Membran auf lichtundurchlässig und legte sich schlafen.

■

Gespräche mit Aliens:

Es half ihm auch nicht, dass er keinen blassen Schimmer hatte, mit wem oder was er überhaupt redete.

Er hatte keine Ahnung, wie komplex ein individueller Gaijin war. War Kassiopeia das Äquivalent eines Autos, eines Bakteriums, eines Menschen oder doch etwas mehr?

Zumal die Frage an sich schon vielleicht sinnlos war. Nur weil er mit einer diskreten Entität kommunizierte, die *er* Kassiopeia nannte, musste das noch nicht bedeuten, dass die Entsprechung einer Person hinter dieser Projektion stand. Vielleicht sprach er auch nur mit einer Extremität, einer Hand oder einer Zahl eines höheren Organismus – mit einem Überwesen oder einem lockeren Bewusstseins-Kollektiv.

Trotzdem hatte er Ansatzpunkte gefunden. Sein erster Kontaktpunkt war Navigation gewesen.

Sowohl er als auch Kassiopeia waren finite, diskrete Wesen, eingebettet in ein übergeordnetes Universum. Und dieses Universum war in eindeutige Kategorien unterteilt – Weltall, Sterne, Welten, du, ich. Es war kein Problem gewesen, sich auf eine Nomenklatur für Sol, die Erde und die nahen Sterne zu einigen – auch wenn das bei den Gaijin nicht üblich war. Sie betrachteten einen Stern als einen Punkt in einer dynamischen vierdimensionalen Landkarte, der nicht etwa durch einen *Namen* definiert wurde, sondern durch seine Position relativ zu einem lokalen Koordinatenursprung. Also definierten sie Sol in etwa so: Gehe-nach-Alpha-Centauri-und-biege-nach-links-ab-und-gehe-vier-Lichtjahre-weiter … wobei Alpha Centauri, das lokale Operationszentrum der Gaijin, seinerseits durch eine Position relativ zu einem anderen, weiter entfernten Koordinatenursprung definiert wurde – und rekursiv weiter, bis man den eigentlichen Ursprung erreichte: Den Ausgangspunkt, die Heimatwelt der Gaijin.

Und dieses rekursive Netz aus Richtungen und Bezeichnungen unterlag natürlich einer ständigen Veränderung in dem Maß, wie die Sterne am Himmel ihre Bahn zogen und die Position zueinander änderten.

Es war eine logische Denkstruktur und für eine Spezies geeignet, die sich entwickelt hatte, um zwischen den Sternen zu navigieren – ganz im Gegensatz zur Angewohnheit der erdgebundenen Menschen, Muster in den wahllos verstreuten Lichtern am Himmel zu suchen, als Sternbilder bezeichnete Muster, die sich perspektivisch veränderten, wenn man sich mehr als ein paar Lichtjahre von der Erde entfernte. Aber es war ein System, das die Kapazitäten des menschlichen Gehirns weit überstieg.

Andere Kontaktpunkte: *Du. Ich. Eins. Zwei.* In diesem Universum schien es unmöglich, ohne Zahlen auszukommen. Malenfants mathematische Kenntnisse reichten (halbwegs) bis zur Differentialrechnung, dem grundlegenden Rüstzeug, mit dem die Mathematiker die Wirklichkeit abbildeten. Es hatte den Anschein, dass Kassiopeias Weltsicht auf einem ähnlichen Konzept beruhte. Natürlich waren Kassiopeias mathematische Modelle viel ausgefeilter als die irgendeines Menschen. Der Schlüssel zu diesen Modellen bestand darin, die richtigen Abstraktionen aus einem komplexen Hintergrund auszuwählen: Nah genug an der Realität, um sinnvolle Antworten zu geben, die aber wiederum nicht so detailliert sein durften, dass sie die Berechnungen entwerteten. Für die Gaijin waren die Grenzen der Abstraktion und Simplifizierung *viel* weiter gezogen als für die Menschen und die Modelle dementsprechend komplexer.

Und es gab noch fundamentalere Unterschiede. Kassiopeia schien die *Lösung* der Gleichungen viel besser zu gelingen als Malenfant oder sonst einem Menschen. Er schaffte es, ihr die Gleichungen der Strömungslehre zu verdeutlichen, eines seiner Studienfächer an der Universität, und sie schien sie qualitativ zu verstehen: Sie vermochte sofort zu *sehen,* wie diese Gleichungen, die im Grunde nur die Wechselwirkung zwischen Abschnitten strömenden Wassers beschrieben, Phänomene wie Turbulenzen und Fließverhalten implizierten. Zusammenhänge, die zu erkennen die Menschen – mittels komplizierter mathematischer und Rechenwerkzeuge – Jahre gebraucht hatten.

Vermochte Kassiopeia bei der Betrachtung der Relativitäts-Gleichungen ein impliziertes Universum mit Sternen und Planeten und Schwarzen Löchern zu *sehen?* Vermochte sie bei der Betrachtung der Gleichungen der Quantenmechanik die komplexe Chemie des Lebens zu *sehen?*

Diese Intelligenz musste natürlich auch einen qualitativen Sprung beim Verstehen bewirkt haben. Die Denkstrukturen eines Schimpansen waren einfacher als Malenfants. Genauso gab es Bereiche, die Malenfant im Verhältnis zu Kassiopeia versperrt waren.

Kassiopeia hatte Zeit darauf verwandt, ihm ein Phänomen nahe zu bringen, das nur knapp über seinem Horizont lag – in etwa so wie die Chaos-Theorie einem Ingenieur in der Mitte des zwanzigsten Jahrhunderts vorgekommen wäre. Es hatte mit der Entstehung von Komplexität zu tun. Die Gaijin schienen fähig zu *sehen,* wie Komplexität, sogar Leben auf natürlichem Weg aus den einfachsten Ursprüngen sich entwickelte: Nicht die fundamentalen Gesetze der Physik, sondern etwas noch Tieferes – soweit er es zu sehen vermochte, die grundlegende mathematische Logik, die allen Dingen zugrunde lag. Die menschlichen Wissenschaftler waren diesem Phänomen schon auf der Spur. Seine eigene DNA enthielt in den paar Milliarden Basen schon genügend Informationen, um ein Gehirn mit drei *Billiarden* Verknüpfungen zu erschaffen …

Aber für die Gaijin ging dieses Prinzip noch weiter. Es war, als ob man anhand einer Tabelle mit Primzahlen Atome und Sterne und Menschen abzuleiten vermochte, als *notwendige* Konsequenz der Existenz der Primzahlen. Und weil Primzahlen natürlich allgegenwärtig waren, folgte daraus, dass Leben und Völker, Menschen und Gaijin überall möglich waren.

Leben spross überall, wie Unkraut in den Ritzen von Asphalt. Das war eine unglaubliche Vorstellung, bei der man geradezu eine Gänsehaut bekam.

»Zeig mir deine Heimat«, hatte er eines Tages gesagt.

Kassiopeias menschliche Entsprechung für ihr fernes Zuhause war Null-Null-Null-Null, der Koordinatenursprung des weiten Himmels.

ICH BIN DER NACHFOLGER EINER REPLIKANTENKETTE, DIE SICH DORT ENTWICKELT HAT. *Ich bin der Nachkomme von Emigranten?* Nicht ganz, wie aus ihren weiteren Ausführungen folgte: ICH HABE AUFZEICHNUNGEN VON NULL-NULL-NULL-NULL. Erinnerungen? Waren im Bewusstsein jeden Gaijins Kopien der Erinnerungen desjenigen verankert, der ihn geboren – oder gebaut – hatte? Waren es dann *seine* Erinnerungen oder eine bloße Kopie? ES IST MÖGLICH, NACH NULL-NULL-NULL-NULL ZU TRANSLATIEREN. ABER DAS HAT KEINEN ZWECK.

»Ich würde es aber gern sehen.«

ES GIBT AUFZEICHNUNGEN, DIE …

»Deine Aufzeichnungen zeigen mir deine Welt durch deine Augen. Wenn wir uns jemals verstehen wollen, muss ich sie mit eigenen Augen sehen.«

Es trat eine langes Schweigen ein.

ZULETZT.

»Was?«

ES GIBT VIELE ORTE ZU SEHEN. VIELE WELTEN. VOR NULL-NULL-NULL-NULL.

»Ich verstehe. Eines Tages ...«

EINES TAGES.

Aber nicht heute, sagte Malenfant sich, als er die Augen aufschlug und ins Licht einer fremden Sonne blickte. Nicht heute. Heute sind wir beide fern der Heimat.

■

Kassiopeia stattete ihn mit einem Anzug aus, einem weit geschnittenen Overall, der sich wie hochwertige Kunstfaser anfühlte. Er hatte keinen Reißverschluss, sondern wurde geschlossen, indem Malenfant mit dem Daumen über die offenen Säume strich. Dann setzte er sich einen kapuzenartigen Helm auf den Kopf. Er hatte eine transparente Sichtscheibe und einen milchigen Filter in der Nähe der Mundpartie.

Der aus nur einer Gewebeschicht bestehende Anzug hatte keine integrierte Sauerstoffversorgung. Das Ding entsprach nicht Malenfants Vorstellung vom Schutz, den er auf einer fremden Welt brauchte. Kassiopeia versicherte ihm aber, das würde genügen. Zumal die einzige Alternative im ramponierten Shuttle EMU-Anzug bestand, der in der Ecke des Landungsboots lag. Sein einziger Besitz, der schon längst nicht mehr funktionsfähig war.

»Öffne die Tür. Bitte.«

Die Tür des Landungsboots glitt zur Seite. Die Welt dahinter war grün und schwarz.

Der Boden des Landungsboots war fast auf einer Ebene mit dem Boden draußen, und er setzte einen Fuß vor den andern und überprüfte den Anzug. Die Schwerkraft war etwas höher als auf der Erde, und der Luftdruck etwas höher als auf dem Meeresspiegelniveau der Erde.

Erste Eindrücke:

Er stand in einem lichten Wald, wie eine Parklandschaft. Es gab Objekte, bei denen es sich unverkennbar um Bäume handelte und die in etwa die Größe irdischer Bäume hatten. Über ihm zog eine Sonne an einem Himmel ihre Bahn, an dem Federwolken standen.

Er schloss die Augen. Er hörte das leise Rauschen des Windes im Gras und ein entferntes Pfeifen, das sich wie Vogelgesang anhörte. Und als er einatmete, füllte die Lunge sich mit kühler, frischer Luft.

Es hätte die Erde sein können.

Als er jedoch die Augen wieder öffnete, sah er einen unheimlichen gelb-grünen Himmel. Als ob er mit Industriesmog geschwängert wäre. Die Vegetation war ein sehr dunkles Grün, beinahe schwarz.

Und er roch Chlor.

Der Filter hielt die Schwefelverbindungen, die die Atmosphäre verschmutzten, bis auf einen kleinen Rest zurück – einschließlich Phosgen, eines Giftgases, das die Menschen früher gegeneinander eingesetzt hatten. Ohne den Anzug würde er in dieser trügerischen Idylle bald umkommen.

Chlor: *Das* war hier der große Unterschied. Der größte Teil des irdischen Chlors war in Form eines stabilen Chlor-Ions in den Weltmeeren gebunden. Diese Welt schien sich anfangs wie die Erde entwickelt zu haben. Bis die Entwicklung aus irgendeinem Grund in andere Bahnen gelenkt und das ganze Chlor in die Luft eingetragen worden war.

Er ging durch Gras, das unter den Füßen leise knisterte.

Dann kam er in ein enges Tal mit einem rauschenden Bach. In der Nähe war ein Hain. Das Bett des Bachs bestand aus Lehm. Steine gab es weit und breit nicht. Das Wasser war farblos und klar. Er kniete sich steif hin und tauchte die Finger ins Wasser. Es war kalt, und er spürte den Druck gegen die behandschuhten Hände.

ACHTUNG. LÖSUNG AUS CHLORWASSERSTOFF. UNTERCHLORIGE SÄURE.

Er riss die Hand zurück. Wie ein Schwimmbad, sagte er sich: Chlor plus Wasser ergab eine saure, bleichende Lösung. Das Gestein musste hier förmlich im Zeitraffer verwittern; kein Wunder, dass es nur Lehmboden gab.

Er richtete sich auf und nahm einen Baum in Augenschein. Er berührte Äste, Blätter, den Stamm, sogar die Blüten. Für die behandschuhten Finger fühlte das Laub sich glitschig und seifig an.

Aus einem Loch im Baum, ungefähr in Augenhöhe, lugte ein kleines Gesicht: Etwa in der Form und Größe einer Maus, aber mit einem zentralen Mund, um den drei Augen gruppiert waren, die die Ecken eines gleichseitigen Dreiecks bildeten. Der Mund öffnete sich und entblößte flache Kauleisten. Die kleine Kreatur zischte und stieß eine grünliche Gaswolke aus. Dann verschwand sie in der Höhle.

Der Stamm fühlte sich nicht wie Holz an. Malenfant hob die Hand und brach einen Zweig ab, wozu es aber einer gewissen Anstrengung bedurfte. Er hatte ein elastisches, faserartiges Inneres. Die Blätter und der Baumstamm bestanden aus einer Art Naturkunststoff – vielleicht eine Art PVC, Polyvinylchlorid. Wenn er die Blüte zu riechen vermocht hätte, dann wäre ihm sicher ein Gestank wie von Giftmüll in die Nase gestiegen.

Es war die Karikatur eines Baums, ein Gebilde aus Plastik und Industrieabfall. Und doch wurde es überzeugend vom Wind zerzaust, und das grün-schwarze Gras war mit Sonnenlicht gesprenkelt.

Kassiopeias Stimme drang an sein Ohr. Sie hielt ihm aus dem Orbit einen Vortrag über Biochemie. DIE LEBENDIGEN DINGE HIER SIND AUS ZELLEN AUFGEBAUT – ANALOG ZU LEBENDIGEN DINGEN AUF DER ERDE, ZU DIR. DER MENSCHLICHE ,METABOLISMUS VERTRÄGT DAS CHLOR NICHT. ABER DIE LEBENSFORMEN HIER HABEN EINEN SCHUTZ AUF DER ZELLULÄREN EBENE ENTWICKELT ...

Er unterbrach den Vortrag. »Es gibt hier Bäume«, sagte er. »Gras. Blumen. Tiere.« *Du siehst Biochemie. Ich sehe eine Blume.*

Es trat ein langes Schweigen ein.

Das war die Gaijin-Betrachtungsweise der Realität: Von den Gleichungen der Quantenmechanik zum Getriebe einer Welt. Aber das entsprach nicht Malenfants Mentalität. Die Menschen schienen eher als die Gaijin imstande zu sein, größere Zusammenhänge zu erfassen und Simplizität von Komplexität zu unterscheiden. Dieses Objekt vor Malenfant war kein Baum, weil Bäume nur auf der Erde wuchsen. Aber es half Malenfant, in diesen Kategorien zu denken, Muster zu suchen und sie in bekannte Begrifflichkeiten zu überführen.

Die Gaijin lernten allmählich, seine Denkweise zu imitieren.

JA, kam die Antwort. ES GIBT BÄUME.

»Kassiopeia. Wieso hast du mich auf diese chlorverseuchte Müllkippe gebracht?«

UM MEHR DATEN ZU SAMMELN, MALENFANT.

Malenfant schaute grimmig gen Himmel.

Die Gaijin schienen ihn aus Zwecküberlegungen erziehen zu wollen. Sie hatten ihm Welten gezeigt, die sehr verschieden waren, aber auch eins gemeinsam hatten: Sie trugen Leben. Und auf die eine oder andere Art waren sie alle beschädigt.

Er gelangte allmählich zu der Ansicht, dass die Gaijin das Universum als ein mächtiges Computerprogramm betrachteten, einen Algorithmus zur Erzeugung von Leben und vermutlich auch Intelligenz, wo immer und wann immer das möglich war.

Das Problem war nur, dass das Programm Fehler hatte.

Er grunzte. »In Ordnung. Wo? Wie?«

GEHE EINEN KILOMETER IN RICHTUNG DER SONNE.

Er murmelte einen Fluch. Dann sog er kühles Wasser aus einem Röhrchen in der Kapuze, um den Schwimmbad-Geschmack des Chlors loszuwerden und setzte sich in Bewegung.

Und lang bevor er den Kilometer bewältigt hatte, stieß er auf Leute.

■

Es war eine große Gruppe, hundert oder mehr, die sich um etwas versammelt hatten, das wie ein Loch im Boden aussah. Sie bewegten sich in einer Art Tanz, einer Art Quadrille, die von einem leisen Murmeln unterlegt wurde, das wie das Raunen des Winds klang.

Die meisten Tänzer schienen ungefähr seine Größe zu haben. Ein paar waren größer, aber die meisten waren viel kleiner – Kinder? Oder die Alten, vom Alter gebeugt?

Es waren natürlich keine Menschen. Aber Leute.

Er ließ den Blick schweifen und suchte nach einer Deckung. Kassiopeia beruhigte ihn.

ES BESTEHT EINE PERZEPTORISCHE FEHLFUNKTION, MALENFANT. *Sie können dich nicht sehen.*

»Wieso nicht? … Ach so. Captain Cook.«

KOMMUNIKATIVE FEHLFUNKTION.

Es wurde die Geschichte überliefert – wahrscheinlich apokryph –, dass die Bewohner einer der Inseln, die Cook besuchte, nicht imstande gewesen wären, seine großen Schiffe zu *sehen*. Sie waren nie zuvor solch großer schwimmender Artefakte ansichtig geworden. Erst als Cooks Besatzung in Beibooten anlandete, begriffen die Eingeborenen den Vorgang.

Also war Malenfant einfach nur ein zu fremdartiges Element in der Welt der Tänzer, als dass sie ihn wahrgenommen hätten.

»… Ist egal. Menschen unterliegen diesen Beschränkungen auch.«

Mutig ging er weiter und nahm die Szene in Augenschein.

Einer der Tänzer fiel ihm auf. Sie (das legte er spontan fest) stand aufrecht. Sie hatte einen klar definierten Rumpf und Kopf sowie obere und untere Gliedmaßen. Allerdings in dreifacher Ausfertigung – drei Arme und drei Beine –, wobei sie die gelenkigen Glieder auf eine Art und Weise schwenkte und krümmte, die er als enervierend empfand. Sie ging auch nicht in dem Sinn, dass sie das Gewicht von einem Fuß auf den anderen verlagert hätte. Vielmehr wirbelte sie wie eine Ballerina herum, wobei die Füße kaum den Boden berührten. Es war schwer, diesen schnellen Bewegungen zu folgen – als ob man die Gangart eines Pferds herauszufinden versuchte. Nachdem er jedoch für eine Weile zugeschaut hatte, erschien diese Art der Fortbewegung ihm leicht und natürlich.

Der an der Oberseite des Rumpfs positionierte Kopf saß dort, wo seiner auch war. Er sah drei Augen, etwas, das ein Mund zu sein schien und andere Körperöffnungen, bei denen es sich vielleicht um Ohren und Nase handelte. Sie schien nackt außer einem Gurt, der wie eine Schärpe um eine der drei Schultern geschlungen war. Er sah dort Werkzeuge baumeln: Einen Brocken aus quarzartigem Gestein, der vielleicht einen

Faustkeil darstellte und etwas, das wie ein Bogen aus dem Naturkunststoff-Holz aussah. Steinzeittechnologie, sagte er sich.

... Natürlich Steinzeit. Die meisten Metalle würden hier korrodieren. Gold wäre zwar beständig, aber man versuche mal, *daraus* eine brauchbare Axt zu fertigen. Selbst Feuer wäre problematisch; das Chlor würde die Entzündung hemmen. Dadurch wurde auch die Keramikherstellung zunichte gemacht.

Wegen eines biochemischen Störfalls waren diese Leute für immer in der Steinzeit gefangen. Und wegen der starken Erosion des Gesteins hatten sie nicht einmal *davon* viel.

Vielleicht hatten diese Leute eine hohe Kultur, eine mündliche Überlieferung, Tanz. Das war aber auch alles, was sie jemals haben würden. Er betrachtete das herumwirbelnde Frau-Wesen mit einer Mischung aus Bewunderung und Mitleid.

WELCHEN ZWECK HABEN DIE MUSTERLOSEN GERÄUSCHE, DIE SIE MACHEN?

»Musterlos ...« Malenfant lächelte. »Perzeptorische Inkongruenz, Kassiopeia. Transformiere deine Daten. Schau dir den Frequenzinhalt und das Verhältnis zwischen den Tönen an ... Wir haben das aber schon besprochen.« Die Gaijin analysierten den Schall nämlich digital, nicht mit analogen mikrofonartigen Systemen wie dem menschlichen Ohr. Deshalb waren die Muster, die sie als angenehm – beziehungsweise wertvoll – empfanden, komplexe numerische Konstrukte und keine Harmonien, die menschlichen Ohren schmeichelten.

Ein langes Schweigen. ES IST EINE FORM VON MUSIK.

»Ja. Sie singen, Kassiopeia. Sie singen.«

Nun näherte der Tanz sich dem Höhepunkt, und die Stimmen schwollen zu einem Heulen an. Einer der Tänzer löste sich aus der Gruppe und wirbelte auf die Grube zu, um die sie alle herumtanzten.

Dann ließ er sich mit einer schnellen, fließenden Bewegung auf den Bauch fallen und rutschte in die Grube.

Die Tänzer machten weiter, für eine halbe Minute, eine Minute, zwei, drei, vier. Malenfant schaute nur zu.

Schließlich tauchte die Gestalt wieder aus dem Loch auf. Malenfant sah die drei Arme über den Rand der Grube ragen. Sie schien Probleme zu haben. Ein paar Tänzer eilten zum Loch, um ihren Partner herauszuholen.

Er lag auf dem Rücken und zitterte, offensichtlich schwer angeschlagen. Aber er hielt etwas ins Licht. Es war lang, dunkelbraun, porös und stark verwittert. Es war ein Knochen – größer als ein menschlicher Knochen, halb so lang wie Malenfant und mit einem seltsamen Knubbel an einem Ende –, aber unverkennbar ein Knochen.

»Kassiopeia – was hat er?«

CHLORVERGIFTUNG. CHLOR IST EIN SCHWERES GAS. ES SINKT NACH UNTEN.

»Wie in dieses Loch.«

JA.

»Als er runterging, um diesen Knochen zu holen ...«

Hatte der Tänzer sich eine Vergiftung zugezogen. Er war zwar widerstandsfähig gegenüber Chlor, vermochte es aber nicht zu atmen.

Das Opfer gab den Knochen an jemand anders weiter. Malenfant sah, dass die Stelle, wo die lange, flossenartige Hand den Knochen umfasst hatte, angefressen war. Und als der andere Tänzer ihn ergriff, zischte und qualmte der Knochen. Kohlenstoff, der an der Luft verbrannte.

Genau das würde *meinen* Knochen auch passieren; langsam, aber unweigerlich. Dieser Knochen kann keiner Kreatur gehört haben, die heute auf diesem chlorgeschwängerten Planeten lebt.

SIE HAT IHR LEBEN GEOPFERT.

»Wieso? Zu welchem Zweck?«

Kassiopeia schien zu zögern. WIR HATTEN GEHOFFT, DU KÖNNTEST UNS DAS SAGEN.

Er wandte sich von den wirbelnden, singenden Tänzern ab und marschierte zum Landungsboot zurück.

■

Er war erschöpft und niedergeschlagen.

»Das war doch nicht immer eine Chlorhölle. Nicht wahr, Kassiopeia?«

NEIN, erwiderte sie.

Diese Knochengrube war der Schlüssel. Das und die karge Biosphäre.

Einst hatte diese Welt große Ähnlichkeit mit der Erde gehabt, und das Chlor war im Meer gebunden. Dann war es – ausgesät worden. Dazu hatte es nur einer einzigen Kultur chlorfixierender Mikroben bedurft. Die Biester wurden in einer milden Atmosphäre über einem Meer mit viel Chlor ausgesetzt, das nur darauf wartete, freigesetzt zu werden. Und so begann es.

Es war vor *langer* Zeit geschehen, vor hundert Millionen Jahren oder so. Zeit genug für die Lebensformen, sich anzupassen. Manche hatten einen Schutz gegen die zunehmende Chlorbelastung entwickelt. Anderen war es gelungen, Chlor in die Körperzellen einzulagern und als Beute ungenießbar zu werden. Ein paar setzten Chlorgas sogar zur Verteidigung ein, wie die Baummaus, die ihm ins Gesicht gerülpst hatte. Und so weiter. Solcherart war eine chlorresistente Biosphäre entstanden.

Aber die Knochengrube enthielt Relikte des ursprünglichen Lebens, das vom Chlor ausgelöscht worden war. Die Relikte mussten für Millionen Jahre unter einer Schicht aus Kalkstein gelegen haben, bis der Kalkstein sich in einem batteriesäureartigen Regen einfach aufgelöst und die Knochen freigegeben hatte.

Die Gaijin glaubten, dass die Chlorfixierer vorsätzlich auf dem Planeten ausgebracht worden waren.

WIR KENNEN VIELE ARTEN, EINE WELT ZU ZERSTÖREN, MALENFANT. DIES IST EINE ZIEMLICH SUBTILE.

Subtil und unauffällig; die Chlorfixierer *hätten* sich auch natürlich entwickeln können, und nach einer so langen Zeit wäre das Gegenteil schwer zu beweisen gewesen. Allerdings kannten die Gaijin diesen *modus operandi* bereits.

Dieser Gedanke erschütterte ihn stärker, als er es für möglich gehalten hätte. Das war keine natürliche Welt; sie glich einem strangulierten Kadaver.

WIR WISSEN, WIE MAN EINE WELT ZERSTÖRT, sagte Kassiopeia. WIR WISSEN SOGAR WESHALB.

»Kampf um Ressourcen?«

ABER WIR WISSEN NICHT, WESHALB DIESER TÄNZER DEN TOD GESUCHT HAT.

»Das war ein Ritual, Kassiopeia, soweit ich das beurteilen kann. Vielleicht ein religiöses.« Wahrscheinlich kannten die Tänzer weder die Geschichte ihrer Welt noch die Bedeutung der uralten Fossilien. Vielleicht hielten sie sie für die Gebeine von Riesen, die ihre Welt erschaffen hatten.

Aber das war etwas, das die Gaijin überhaupt nicht verstanden.

MALENFANT, WAS BEWEGT EIN EMPFINDUNGSFÄHIGES WESEN DAZU, DIE MÖGLICHKEIT EINER BILLIARDE JAHRE DES BEWUSSTSEINS FÜR EINE IDEE ZU OPFERN?

»Verdammt, das weiß ich auch nicht.«

ABER DU HAST DOCH DAS GLEICHE GETAN, ALS DU DURCH DAS TOR GEGANGEN BIST. DU KONNTEST NICHT WISSEN, WAS AUF DER ANDEREN SEITE LAG. DU MUSST DEN TOD EINKALKULIERT HABEN.

»Was wird das, Anthropologie die 101. Lektion? Ist das so wichtig für euch?«

Die Antwort verblüffte ihn.

MALENFANT, DAS IST VIELLEICHT DIE WICHTIGSTE FRAGE VON ALLEN.

Der Planet wurde zu einer Scheibe und schrumpfte zu einem wasserblauen Punkt, der ihn schmerzlich an die Heimat erinnerte.

Aber er war der Schauplatz eines monströsen Verbrechens, eines Biozids in einem schier unfasslichen Maßstab, das vor einer halben Ewigkeit verübt worden war.

»Das ist schon seltsam«, murmelte er. »Weder auf der Erde noch im ganzen Sonnensystem gibt es etwas Vergleichbares.«

Der Gaijin antwortete nicht darauf, und Malenfant fühlte ein tiefes Unbehagen.

Aber das Sonnensystem war jungfräulich. Das sah man doch auf den ersten Blick.

Oder?

kapitel 11

ANOMALIEN

Carole Lerner schwebte aus der Luftschleuse.

Sie war durch Karabinerhaken an einer Führungsleine gesichert, an der sie sich entlang hangelte. Die Leine verband ihr Schiff mit einem kleinen Mond. Die zwischen Raumschiff und Mond gespannte Leine wirkte wie ein dünner Faden, der jeden Moment zu reißen drohte. Der mechanische und der natürliche Himmelskörper trieben im freien Fall im leeren dreidimensionalen Raum.

Jedoch wurde dieser Raum von einer riesigen leuchtenden Kugel dominiert, denn Carole Lerner befand sich im Orbit um die Venus.

Bevor Carole hierher gekommen war und als erster Mensch die Venus, den Zwillingsplaneten der Erde besuchte, hatte niemand gewusst, dass die Venus überhaupt einen Mond hatte. Ihre Mutter hatte ihr ganzes Leben dem Studium der Venus gewidmet und den Mond nie gefunden; wahrscheinlich hatte sie sich nicht einmal träumen lassen, dass es ihn gab.

Ohne ein Gefühl der Bewegung umkreiste sie mit dem Schiff den Planeten und tauchte in den Schatten ein, sodass die Venus sich zu einer scharf konturierten Sichel verengte. In der Nähe des Terminators, des verschwommenen Streifens, der den Tag von der Nacht trennte, sah sie schemenhafte Gebilde: sich abwechselnde Bänder aus Hell und Dunkel in Gestalt dunstiger Bögen. Und in der Nähe des Äquators schien es gelbe Punkte zu geben, die etwas dunkler waren als der Hintergrund. Aber diese Einzelheiten waren keine Bodenmerkmale. Die Schlieren und Wirbel waren Ausprägungen der seltsamen, komplexen Strukturen der dichten Wolkendecke der Venus – vielleicht spielten die Augen ihr aber auch nur einen Streich, während sie diese dicke Luftschicht zu durchdringen versuchte.

Nun erreichte sie den Scheitelpunkt der schleifenförmigen Flugbahn und tauchte tief in den Schatten des Planeten ein; die Sichel wurde immer schmaler, bis sie schließlich auf einen leuchtenden Strich in der Dunkelheit reduziert wurde. Als die Sonne die Wolkendecke bestrich, ging plötzlich die Sonne unter, und die sanft gewölbten Schichten in den Wolken trübten sich von Weiß zu einem gelblichen Orange ein. Und dann legte sich ein schwacher, gespenstischer Ring aus Licht um den ganzen Planeten: Sonnenlicht, das in der dichten Luft gebrochen wurde.

Nachdem die Augen sich an die Dunkelheit angepasst hatten, sah sie, wie der Reihe nach die Sterne aufgingen und diesen Ring aus Dunkelheit einfassten. Ein gelb-orange glühender Stern wanderte jedoch wie ein Ausreißer über den Äquator der schwarzen Scheibe. Das war ein Gaijin-Schiff aus der kleinen Flotte, die ihr den ganzen Weg vom Mond bis hierher gefolgt war.

»Die Wolkendecke der Venus«, flüsterte Nemoto, deren Stimme durch die schlechte Funkverbindung wie das Rascheln von trockenem Herbstlaub klang. »Ich beneide Sie, Carole.«

Carole grunzte. »Ein weiterer Schritt für die Menschheit im All.« Sie wartete die langen Minuten, während ihre in Laserlicht codierten Worte das innere Sonnensystem zum Erdmond durchliefen.

»Sie sind despektierlich«, antwortete Nemoto schließlich. »Ihre Aussage wird der Bedeutung der Sache nicht gerecht. Wissen Sie, ich bin in der Nähe eines

Schienenstrangs aufgewachsen, einer Verkehrs-Hauptschlagader. Nachts habe ich immer die Signale der Güterzüge gehört. Meine Eltern hatten in der Stadt gelebt und ein ereignisloses Leben in festgefügten Bahnen geführt. Aber die Züge haben mich jede Nacht daran erinnert, dass es Fahrzeuge gab, die mich in die weite Welt hinauszutragen vermochten.

Die Gaijin machen mir Angst. Aber wenn ich ihre großen Schiffe am Nachthimmel ihre Bahnen ziehen sehe, werde ich wieder vom Geist der Wanderlust gepackt, die ich als Kind genossen oder erlitten habe – wie man's nimmt. Ich beneide Sie um Ihr Abenteuer, mein Kind …«

Unglaublich, sagte Carole sich. Da bin ich nun hundert Millionen Kilometer gereist, ohne ein Wort von dieser alten Schachtel zu hören, und ausgerechnet jetzt will sie einen Seelenstriptease vor mir machen.

Sie drehte sich im All um und schaute zum Schiff zurück, das aus einem Sammelsurium von Teilen zusammengestoppelt war: Ein Zylinder, bauchige Tanks, ein Konus, eine große regenschirmartige Abdeckung und ein steinerner Schild waren an einem aus Mondaluminium gefertigten Gitterrohrrahmen montiert. Der massive Schild bestand aus grauem Mondgestein, das aber stark versengt und zum Teil abgeschmolzen war. Er hatte sie beim Erreichen der Venus geschützt, als das Schiff im Sturzflug in die obere Atmosphäre eintauchte und die hohe interplanetare Reisegeschwindigkeit aufgezehrt und in Reibungshitze umgewandelt wurde. Der große zentrale Zylinder war das Wohnmodul, der überfüllte Kasten, in dem sie den langen Flug hierher abgeritten hatte. Das Habitat hatte eine Raketentriebwerks-Einheit im Schlepptau, um deren klaffende versengte Düse sich glänzende Röhren rankten, dazu große Wasserstoff- und Sauerstofftanks mit elastischen Wänden. Mit diesem Brennstoff würde sie aus dem Venusorbit ausscheren und den Rückflug zum Erdmond antreten. Ein großer hauchdünner Schirm spannte sich an langen Streben über die Komponenten. Der Schirm, der mit juwelenartig funkelnden Solarzellen besetzt war, diente zugleich als Sonnenschirm, Sonnenkollektor und Hochleistungsantenne.

An der Seite des Wohnmoduls hing das Landungsboot, ein kompakter silbriger Kegel mit einem massiven Hitzeschild. Das Landungsfahrzeug hatte die Größe und Form einer alten Apollo-Kommandokapsel. Das kleine Fluggerät würde sie durch die Wolken der Venus auf die darunter verborgene Oberfläche bringen, sie für ein paar Tage am Leben erhalten und dann – nachdem es aus der Venusatmosphäre Brennstoff extrahiert hatte – wieder in den Orbit bringen.

Das Raumfahrzeug wirkte improvisiert und primitiv und im Vergleich zu den eleganten Schiffen der Gaijin unverkennbar menschlich. Nach der langen Reise verspürte Carole jedoch eine irrationale Zuneigung zu diesem Schiff. Schließlich war die Reise für beide nicht einfach gewesen. Die dicken Meteoritenschutz-Matten, mit denen die Hülle verkleidet war, waren vergilbt und mit winzigen Einschlagnarben übersät. Die Farbe war vom Sonnenlicht verblichen und hatte durch die Feuerstöße der Rückstoßdüsen Blasen geworfen. Der große Schirm hatte sich nicht richtig geöffnet – eine Strebe war beim Öffnen gebrochen –, sodass das Schiff komplizierte Manöver hatte ausführen müssen, um sich in seinem Schatten zu halten.

Zuneigung, ja. Carole hatte aber darauf verzichtet, das Schiff zu taufen, ehe sie vom Mond gestartet war. Sie hatte das für eine Sentimentalität gehalten, eine Angewohnheit aus einer Vergangenheit, zu der sie keinen Bezug hatte. Nun bedauerte sie es.

»… Kein Wunder, dass wir den Mond übersehen haben«, sagte Nemoto. »Er ist klein und leicht und bewegt sich auf einer Umlaufbahn, die noch weiter und elliptischer als Ihre ist, Carole. Außerdem bewegt er sich in Gegenrichtung. Und die Bindung ist nur schwach; energetisch fehlt nicht viel, und er löst sich von der Venus …«

Sie richtete den Blick auf den kleinen Mond. Er war eine annähernde Kugel mit einem Durchmesser von nur hundert Metern. Die dunkle, staubige Oberfläche war mit Kratern übersät.

Carole wusste, dass sie nicht die Kontrolle über diese Mission hatte – nicht einmal nominell. Allerdings war sie diejenige, die hier war und die Venus umkreiste. »Sind Sie sicher, dass das nötig ist, Nemoto? Ich bin wegen der Venus hergekommen, nicht *deswegen.*«

Aber Nemoto hatte die Frage natürlich nicht gehört.

»… Vielleicht ein eingefangener Asteroid? Das würde den Orbit erklären. Andererseits ist die Form zu regelmäßig. Und die Kraterbildung ist auch begrenzt. Wie alt? Weniger als eine Milliarde Jahre, mehr als fünfhundert Millionen. Und es gibt eine Anomalie bezüglich der Dichte. Deshalb … äh … Aber was heißt *nötig?* Sie haben sogar jetzt noch eine üppige Brennstoffreserve, mehr als genug, um Sie nach Hause zu bringen. Und wir sind nicht nur aus rein wissenschaftlichen Gründen hier, sondern um Anomalien zu untersuchen. Schauen Sie sich dieses Ding an, Carole. Dieses Objekt ist zu klein und zu symmetrisch, um natürlichen Ursprungs zu sein. Und wegen der niedrigen Dichte muss es hohl sein.

Carole, das ist ein Artefakt. Und es umkreist die Venus schon seit ein paar hundert Millionen Jahren. *Das* ist die Bedeutung.«

■

Sie streckte die Hände zum herannahenden Mond aus.

Es gab keine spürbare Schwerkraft. Sie hatte nicht das Gefühl, auf die Oberfläche einer Welt zu springen, sondern auf eine dunkle staubige Wand zuzutreiben.

Als sie mit den Handschuhen auftraf, verdichtete eine dünne Staubschicht sich unter den Fingerspitzen. Der sanfte Druck genügte, um sie abzubremsen, und dann stieß sie auf eine harte Gesteinsschicht.

Staubkörner hüllten die Hände in eine glitzernde Wolke. Zum Teil blieb der Staub an den Handschuhen und beschmutzte das saubere silberne Gewebe, zum Teil driftete er davon, ohne dass die Schwerkraft dieses merkwürdigen Monds ihn zurückgehalten hätte.

Es war ein seltsam bewegender Moment. Ich bin hundert Millionen Kilometer weit gereist, sagte sie sich. Durch den weiten, leeren Raum. Und nun bin ich angekommen. Ich *berühre* diesen Trümmerbrocken. Vielleicht fühlen alle Reisenden sich so, sagte sie sich.

Zeit, an die Arbeit zu gehen, Carole.

Sie nahm einen Felshaken, den sie im Schiff aus Bolzen improvisiert hatte, vom Gürtel. Mit einem Geologenhammer, der eigentlich für den Einsatz auf der Venus vorgesehen war, trieb sie den Haken in den Boden. Dann befestigte sie eine Leine am Felshaken.

»Es sieht aus wie Mondstaub«, meldete sie der entfernten Nemoto. Sie nahm eine Bodenprobe und unterzog sie in einem tragbaren Labor einer schnellen Analyse. Dann hielt sie das Labor über das blanke Gestein und verdampfte mit dem Laserstrahl ein kleines Stück, um anhand des Farbspektrums des Gesteinsnebels seine Zusammensetzung zu bestimmen.

Dann steckte sie von ihrem Standort aus eine Linie ab und arbeitete sich über die Mulden und Erhebungen dieser zerklüfteten, stark gekrümmten Miniaturlandschaft auf den Pol des kleinen Mondes zu. Dort hatte Nemoto angeblich eine Senke entdeckt, einen

Krater, der zu tief für seine Breite war: Es handelte sich um eine Anomalie hier auf diesem anomalen Mond.

Nemoto reagierte auf die ersten Beobachtungen und Bilder und flüsterte ihr wie ein Insekt ins Ohr: »Mond-Regolith, ja. Und das Gestein hat große Ähnlichkeit mit dem Material der Hochregionen des Mondes: Hauptsächlich Plakioglas, ein Kalzium-Aluminium-Silikat. Carole, es scheint sich um eine Blase aus mondartigem Gestein zu handeln – vielleicht ein Stück eines größeren Himmelskörpers, etwa eines richtigen Venusmondes –, die vermutlich herausgerissen, geschmolzen, geformt und auf eine Umlaufbahn gebracht wurde … aber wieso? Und weshalb eine so weite, schleifenförmige Umlaufbahn …?«

Sie redete weiter, spekulierte, theoretisierte. Carole hörte ihr nicht mehr zu. Schließlich würde sie es in ein paar Minuten *wissen*.

Sie hatte die Senke erreicht. Es war ein vielleicht zwei Meter durchmessender Krater – doch anders als die meisten Krater hier, die durch Einschläge ausgestanzt worden waren und regelmäßigen flachen Schüsseln glichen, war dieser hier viel tiefer als breit: Vier, fünf Meter vielleicht.

Fast zylindrisch.

Mit hämmerndem Herzen stieg sie in diese schwarze Grube ab und wurde von einer kreatürlichen Angst gepackt.

Mit schnellen Bewegungen platzierte sie ein Funkrelais am Rand der Grube. Dann deckte sie das Loch mit einer dünnen durchsichtigen gasdichten Plastikplane ab. Dadurch sperrte sie sich natürlich selbst in diesem Erdloch ein. Obwohl das unlogisch war, vergewisserte sie sich, dass sie die Plastikplane mit der Faust zu durchstoßen vermochte, bevor sie sie fixierte.

Sie sah eine Bewegung am Himmel. Sie keuchte und stolperte und wirbelte eine Staubwolke auf.

Ein Blumen-Schiff stand über ihr; die elektromagnetischen Blüten waren eingerollt, und juwelenartige Gaijin flogen an den Schiffswänden entlang.

»Gesellschaft wäre mir schon recht«, grummelte sie. »Aber ihr zählt nicht.«

Sie wandte sich ab und ließ sich auf den Boden der Grube hinabsinken.

Sie kam mit den Füßen voran auf. Der Boden der Grube war eine feste Gesteinsschicht. Aber der Staub war hier dicker; vermutlich sammelte er sich in der Grube. Sie schaute nach oben und sah einen Sternenkreis vor schwarzem Hintergrund. Das Bild wurde durch den Kunststoff geringfügig verzerrt.

Nichts geschah. Wenn sie erwartet hatte, dass diese ›Tür‹ einen Kontakt öffnete, wurde sie enttäuscht.

Aber Nemoto wunderte sich nicht. »Dieses Artefakt – falls es überhaupt eins ist – ist vielleicht älter als die ersten Säugetiere, Carole. Es ist nicht zu erwarten, dass eine komplexe Ausrüstung nach so langer Zeit noch funktioniert, oder? Aber es muss einen Backup-Mechanismus geben. Und ich wette, *der* funktioniert noch.«

Also ließ Carole sich auf Hände und Füße hinab, wobei sie darauf achtete, sich nicht vom Boden abzustoßen und scharrte im Dreck. Die behandschuhten Hände waren bald schmutzig.

Sie fand eine Nische.

Sie war vielleicht einen halben Meter breit. In der Mitte war eine Stange. Die Stange war ein Stück vom Boden entfernt und an einem Ende in einer Art Scharnier gelagert.

Wieder hämmerte das Herz, und sie spürte ein Pulsieren in der Stirn. Bisher hatte sie nichts gefunden, das Nemotos Behauptung, der Mond sei ein Artefakt, eindeutig *bewiesen* hätte. Aber es gab sicher keinen vorstellbaren natürlichen Prozess, bei dem ein Mond einen Hebel mitsamt Drehgelenk auszuprägen vermochte.

Sie umklammerte den Hebel mit beiden Händen und zog.

Nichts geschah. Der Hebel ließ sich nicht bewegen, als ob er mit dem Mondgestein verschweißt wäre – was nach dieser langen Zeit vielleicht auch der Fall war.

Sie schlug einen Felshaken in die ›Tür‹, stützte sich daran ab und drückte. Nichts. Sie verdrehte den Hebel im Urzeigersinn, ohne Erfolg.

Dann verdrehte sie ihn gegen den Uhrzeigersinn. Sie hörte das Klicken unterirdischen schweren Geräts – vielleicht Bolzen, die sich lösten. Der Boden fiel unter ihr weg.

Sie ließ den Hebel los und trieb in einer Staubwolke über einem finsteren Loch. Eine Art glitzernder Dampf umwaberte sie.

Nachdem sie sich vom festen Sitz der Felshaken überzeugt hatte, glitt sie an den Felswänden vorbei durch die offene Tür.

■

Nemotos Anwerbetaktik war simpel gewesen. »Der Flug wird Sie reich machen«, hatte sie versprochen.

Carole war skeptisch gewesen. Schließlich würde sie nur zur Venus fliegen, ein Katzensprung im Vergleich zu den lichtjahrelangen Reisen einer Handvoll Raumfahrer, die Reid Malenfant durch die großen Sattelpunkt-Tore gefolgt waren – auch wenn zwanzig Jahre nach der Abreise von Madeleine Meacher, die den Anfang gemacht hatte, noch keiner von ihnen zurückgekehrt war.

Trotzdem sollte Nemoto recht behalten. Dass Nemoto das unerklärte Embargo der Gaijin gegen die Venus subtil unterlief, war offensichtlich auf Resonanz gestoßen. Carole hatte eine Bekanntheit erlangt hatte, durch die lukrative Möglichkeiten sich ihr erschlossen, die sie auch konsequent nutzte.

Aber es war letztlich doch nicht das Geld, weshalb Carole drei Jahre ihres Lebens diesem Bravourstück opferte.

»Denken Sie an Ihre Mutter«, hatte Nemoto geflüstert und das maskenhafte Gesicht zu einem Lächeln verzogen. »Sie wissen, dass ich ihr einmal auf einem Seminar in Washington begegnet bin. Reid Malenfant selbst hatte uns einander vorgestellt. Sie war von der Venus fasziniert. Sie hätte es geliebt, eine fremde Welt zu besuchen.«

Schuld war die Triebfeder.

Dennoch hatte Nemoto recht. Ihre Mutter hatte sich geradezu in die Venus verliebt, in diese komplexe, missratene Schwester der Erde. Sie erzählte ihrer Tochter immer phantastische Gutenachtgeschichten darüber, wie es wäre, diese mächtigen sauren Wolken zu durchstoßen und in einen Ozean aus Luft getaucht auf der Venus zu stehen.

Allerdings hatten die Studien ihrer Mutter auf spärlichen Daten beruht, die von ein paar automatisierten Sonden übermittelt worden waren, die menschliche Regierungen vor der Jahrhundertwende und vor dem Erscheinen der Gaijin zur Venus geschickt hatten. Mit der Ankunft der Gaijin waren diese Aktivitäten natürlich eingestellt worden.

Nun flogen die Menschen in Blumen-Schiffen der Gaijin zum Mars, Merkur und sogar zu den Jupitermonden. Wo die Gaijin ihnen Zugang gewährten, schwoll das Wissen der Menschen durch eine Datenflut explosionsartig an. Aber die Gaijin waren ganz offensichtlich die Herren des Verfahrens, was in der wissenschaftlichen Gemeinschaft große Frustration erzeugte. Die Wissenschaftler wollten *alles* sehen und nicht nur das, was die Gaijin ihnen zu zeigen geruhten.

Und auf manche Dinge hielten die Gaijin den Daumen drauf. Vor allem auf die Venus. Die Gaijin hatten bisher keinen einzigen Menschen zu einem Flug zur Venus eingeladen, obwohl aus Beobachtungen der Blumenschiff-Aktivitäten deutlich hervorging, dass die Venus ein wichtiger Beobachtungsposten für die Gaijin war.

Nicht dass viele Leute sich um solche Dinge geschert hätten. Sein ganzes Leben mit diffiziler wissenschaftlicher Kleinarbeit zu verbringen, wo man doch auf den viel größeren Wissensfundus der Gaijin zuzugreifen vermochte, war eine triste Aussicht. Carole war nicht in die Fußstapfen ihrer Mutter getreten. Sie hatte sich stattdessen der Theologie verschrieben, einer akademischen Disziplin, die zu neuer Blüte gelangt war. Und ihre Mutter war mit enttäuschten Hoffnungen gestorben und hatte Carole mit der Bürde einer diffusen Schuld zurückgelassen.

Carole hatte vielmehr den Eindruck, dass diese Themen – der Niedergang der Wissenschaften, die obskuren Aktivitäten und Ambitionen der Gaijin – die Sorge eines vergangenen Jahrhunderts und früherer Generationen waren. Man schrieb das Jahr 2081: Sechzig Jahre, nachdem Nemoto die Gaijin entdeckt hatte. Carole war praktisch mit den Gaijin aufgewachsen und betrachtete ihre Anwesenheit als eine Selbstverständlichkeit. Also hatte sie die Schuldgefühle ihrer Mutter gegenüber abgelegt, wie auch andere Kinder sich von ihren Müttern abnabeln.

Bis Nemoto ihr über den Weg gelaufen war.

Nemoto: Selbst ein skurriles historisches Relikt, von kaum begreifbaren Obsessionen angetrieben, das sich auf dem Mond verschanzt hatte und den gebrechlichen Körper mit immer raffinierteren Anti-Alterungs-Techniken funktionsfähig hielt. Nemoto wetterte ständig gegen die Gleichgültigkeit, mit der Regierungen und andere Körperschaften die Gaijin betrachteten. »Wir haben kein Geschichtsbewusstsein mehr«, pflegte sie zu sagen. »Wir haben den Schock nach der Entdeckung der Gaijin überwunden. Wir sehen keine Anzeichen einer langfristigen Entwicklung. Vielleicht glauben die Gaijin, dass wir wegen unsrer kurzen Lebensspanne keine größeren Zusammenhänge erkennen. Aber diejenigen unter uns, die sich noch an die Zeit vor den Gaijin erinnern, wissen, dass das *nicht stimmt* ...«

Und Nemoto machte sich Sorgen wegen der Venus.

Wenn etwas über die Gaijin bekannt war, dann das, dass ihr bevorzugtes Operationsgebiet sich draußen in der Dunkelheit befand, zwischen den Asteroiden, den weiten Umlaufbahnen der Riesenplaneten oder in der Kälte der Kometenwolken am Rand des Sonnensystems. Das Sonnensystem innerhalb des Erdorbits, das mit Staub und Asteroiden-Irrläufern angefüllt war und von der Wärme und dem Licht einer allzu nahen Sonne erfüllt wurde, schien ihnen nicht zu behagen – ein Ort mit einer so tiefen Gravitationsquelle, dass ein Schiff selbst für die einfachsten Manöver enorme Energiebeträge aufbringen musste.

Weshalb wurden die Gaijin also von der Venus angezogen?

Nemoto hatte mehrere trübe Quellen angezapft, um die Finanzierung einer Reihe von Projekten zu ermöglichen, die alle mehr oder weniger gegen die Gaijin gerichtet waren – einschließlich dieses Projekts.

Und so kam es, dass der erste menschliche Astronaut zur Venus unter Nemotos Kontrolle war: Nicht etwa als Anhängsel eines Blumen-Schiffs, sondern in einem primitiven, von Menschen zusammengedengelten Raumschiff, das in Caroles Augen kaum fortschrittlicher war als eine Apollo-Kapsel. Das Schiff war von einem großen elektromagnetischen Katapult auf dem Mond ins All geschossen worden.

Carole sagte sich, dass die Gaijin imstande gewesen wären, sie zu stoppen. Obwohl sie ihr die ganze Strecke bis hierher gefolgt waren, hatten sie keine Anstalten gemacht, sich ihr in den Weg zu stellen. Vielleicht kam das aber noch.

Oder vielleicht waren Carole und ihr zerbrechliches Schiff den Gaijin auch schnurzegal.

■

Sie wurde von Schwärze umgeben; das einzige Licht stammte von den Leuchtdioden im Helm und an der Brustschaltfläche. Über sich sah sie ein Sternenfeld, das von der offenen Tür eingerahmt wurde.

Nemoto spekulierte mit Zeitverzögerung über die Dämpfe, die sich unter der transparenten Plane sammelten. »Reichlich Schwefelsäure«, sagte sie. »Andere Verbindungen … Lehmpartikel … etwas freier Sauerstoff! Wie seltsam …«

Am Gürtel hatte Carole ein paar kleine Taschenlampen hängen, die sie nun einschaltete. Elliptische Lichtkleckse beschienen die Wände der Kammer, die sich um sie herum wölbten. Sie erkannte eine ungleichmäßige, glatt texturierte Oberfläche, eine Art Struktur, die das Innere durchzog.

Sie machte Meldung an Nemoto. »Der Mond ist ausgehöhlt. Die Kammer ist annähernd kugelförmig, aber die Wände sind nicht glatt. Diese eine Kammer muss fast das ganze Volumen des Mondes ausfüllen. Die Wände sind sicher nicht dicker als ein paar Meter …« Sie leuchtete die Mitte der Kaverne aus. Dort befand sich eine dunkle Masse von der ungefähren Größe eines Autos. Sie wurde von ein paar Stangen fixiert, die wie die Speichen eines Rads radial zur Wand der

Kammer verliefen und im Äquator des Mondes verankert waren. Die Speichen sahen so aus, als ob sie auch aus Gestein bestünden. Vielleicht hatte man sie einfach stehen lassen, als der Mond ausgehöhlt worden war.

Sie gab eine Beschreibung, ohne Mutmaßungen über den Zweck der Strukturen anzustellen. Dann flog sie mithilfe der Steuerdüsen zur Wand.

Die Wand schien behauen zu sein. Sie sah Mulden, Täler, kleine Berge und Höhenzüge in der Größenordnung von ein paar Metern. Es war, als ob sie über eine Miniaturlandschaft in einem Themenpark geflogen wäre.

»... Die zentrale Struktur ist offensichtlich eine Energiequelle«, sagte Nemoto. »Es gibt hier Deuterium. Vielleicht Fusion. Eine Miniatursonne im Mittelpunkt dieser Hohlwelt. Und gemäß der Topographie der Innenwand scheinen die Mulden und Täler des Monds ausgeformt worden zu sein, um eine Flüssigkeit aufzunehmen. Wasser? Eine Miniatursonne, Modell-Flüsse und Meere – oder zumindest Seen. Vielleicht wurde der Mond in Rotation versetzt, um eine künstliche Schwerkraft zu erzeugen ... Das ist eine Blasenwelt, Carole, die konzipiert wurde, um unabhängig vom äußeren Universum eine Lebensform zu unterstützen.«

»Aber das ergibt doch keinen Sinn«, widersprach Carole. »Wir umkreisen die Venus. Und auf der anderen Seite dieser Wand ist eine riesige Sonne, die Energie bis zum Abwinken erzeugt. Wieso sollte jemand sich dann in dieser – Höhle verkriechen?«

Aber Nemoto redete zeitverzögert weiter und ging nicht auf diese Frage ein.

Carole hielt ungefähr einen Meter vor der Wand an. Dann aktivierte sie das tragbare Labor und bestrich die Wand mit dem Laserstrahl.

Sie strich über die Wand. Die Textur glich nicht der des Mondgesteins und Regoliths auf der Oberfläche des Mondes. Vielmehr schien das Material aus einer kristallinen Substanz zu bestehen, die schimmerte und funkelte – vielleicht Quarz. Hier und dort sah sie Lehm am kristallinen Substrat haften. Obwohl der ›Lehm‹ im Vakuum getrocknet war, sah sie bunte Schlieren komplexer Verbindungen, die sich mit dem Grundstoff vermischt hatten. Das erinnerte sie an den Schlamm einer vulkanischen Quelle.

Die ersten Ergebnisse der Laboranalyse erschienen auf dem Monitor. Richtig, Quarz und Korund – Aluminiumoxid. Und überall, vor allem in diesen Lehmresten, fand sie Spuren von Schwefelsäure.

Nemoto wusste sofort Bescheid.

»… Schwefelsäure. Natürlich. Das ist der Schlüssel. Was, wenn diese künstlichen Seen und Flüsse mit Säure gefüllt waren? Eine saure Biosphäre ist nicht so unwahrscheinlich, wie es sich anhört. Schwefelsäure bleibt über eine dreimal so große Temperaturspanne wie Wasser flüssig. Natürlich lösen die Säuren die meisten organischen Verbindungen auf – haben Sie schon mal einen Zuckerwürfel in Säure geworfen? Aber Alkane – einfache geradkettige Kohlenwasserstoffe – überstehen das. Oder vielleicht handelt es sich hierbei auch um eine Biochemie auf der Basis von Silikonen, lange Ketten-Moleküle, die aus Silizium-Sauerstoff-Paaren bestehen … Nur ein paar Mineralien vermögen einer sauren Umgebung zu widerstehen: Quarz, Korund, ein paar Sulfate. Diese Wände sind verwittert. Ihre Mutter hätte die richtigen Schlüsse daraus gezogen … Die Venus ist ein regelrechtes Säurebad, müssen Sie wissen. Die Wolken bestehen aus Säuretropfen. Das ist ein richtiges Paradies, wenn man Säure *braucht* …«

Carole schaute auf die leeren Becken und versuchte sich Geschöpfe vorzustellen, in deren Adern Säure floss. Aber diese Spielzeugwelt war ein paar hundert Millionen Jahre alt, hatte Nemoto gesagt. Falls von den

Ureinwohnern noch jemand lebte, mussten sie sich im Lauf der Zeit radikal verändert haben und sich so von den Erbauern dieses kleinen Mondes unterscheiden, wie ich mich von meinen Vorfahren aus dem Mesozoikum unterscheide.

Und wenn wir sie entdeckten – wenn wir uns berührten –, würden wir uns gegenseitig vernichten.

»… Diese Blasenwelt sollte sicher nicht für alle Zeiten um die Venus kreisen. Wir dürfen annehmen, dass hier nur die Baustelle ist und die Venus der ›Steinbruch‹. Die Blase hat fast schon die Fluchtgeschwindigkeit erreicht; nur noch ein kleiner Energieschub, und sie löst sich von der Venus – vielleicht sogar aus dem Gravitationsfeld der Sonne. Sie verstehen?«

»Ich glaube schon.«

»Dieser Irrläufer könnte die nächsten Sterne vielleicht schon in ein paar hundert Jahren erreichen, wobei seine Bewohner sich mit der Miniatursonne vor der interstellaren Kälte schützen …«

Sie waren in einem fernen säurehaltigen Meer geboren und als Wanderer ins Sonnensystem gekommen. Vielleicht waren sie in einem uralten Mond gekommen, einer einzelnen Spore, die als Vorhut einer größeren Wanderungsbewegung hier gelandet war. Sie hatten Rohstoffe im Venusorbit gefunden – vielleicht einen Mond oder eingefangene Asteroiden –, die sie zerlegt und verbraucht hatten. Sie hatten noch mehr Blasenwelten erschaffen und mit Meeren aus Schwefelsäure geflutet, die sie aus den Wolken der Venus gewonnen hatten und sie anschließend losgeschickt – Tausende, gar Millionen Mond-Schiffe, die nächste Welle der Kolonisierung, um die stetige Verbreitung ihrer Art fortzusetzen.

»Das ist eine gute Methode«, sagte Nemoto. »Effizient und zuverlässig. Mit geringem technischem Aufwand die Sterne erobern …«

»Ob das die Gaijin waren?«, fragte Carole.

»… aber welch glückliche Fügung«, sagte Nemoto, »dass diese Schwefelfresser im Sonnensystem eintreffen und *genau* das vorfinden, was sie brauchen: Einen Planeten wie die Venus, dessen Wolken ihnen saure Meere lieferten und direkt daneben einen kleinen Mond als Rohstoffquelle. O nein, Carole, das waren keine Gaijin. Was auch immer das Geheimnis dieser Schwefelsäuren-Biologie ist, es entspricht nicht der Natur der Gaijin. Zumal das alles viel *älter* ist als die Gaijin.«

Nicht die Gaijin, sagte Carole sich mit einem Schauder. Eine frühere Einwanderungswelle, ein paar hundert Millionen Jahre in der Vergangenheit. Die Gaijin waren nicht die ersten.

»Wir wissen nicht, weshalb sie auf halbem Weg stehen geblieben sind«, sagte Nemoto leise. »Kriege. Katastrophen. Wer weiß? Vielleicht finden wir die Antwort auf der Venus. Und vielleicht sind die Gaijin hier, um auch diese Antwort zu suchen.«

Die Generation meiner Mutter wuchs in dem Glauben auf, das Sonnensystem sei urzeitlich – nicht schon durch irgendwelche Intelligenzen verändert, als wir aus den Meeren krochen. Und obwohl wir uns gerade erst auf die Suche begeben haben, sind wir auf das hier gestoßen: Das Relikt eines gigantischen Kolonisierungs- und Emigrationsprojekts, das bereits in die Wege geleitet worden war, lang bevor die Menschen auf der Erde erschienen.

»Sie haben mit diesem Fund gerechnet«, sagte sie langsam. »Nicht wahr, Nemoto?«

»Natürlich«, sagte Nemoto. »Es war logisch unvermeidbar, dass wir irgendwo im Sonnensystem etwas Derartiges finden würden – nicht im Detail, aber in den Grundzügen. Die Verletzung. Und die Geheimniskrämerei der Gaijin haben mich zu dieser Suche veranlasst.«

»Noch etwas«, flüsterte Nemoto. »Mit Ihren Daten ist mir eine genauere Schätzung des Alters des Artefakts gelungen. Es ist achthundert Millionen Jahre alt.« Nemoto lachte leise. »Ja. Natürlich ist es das.«

Carole runzelte die Stirn. »Ich verstehe nicht. Was hat das zu bedeuten?«

»Ihre Mutter hätte es gewusst«, sagte Nemoto.

kapitel 12

SCHWESTERPLANET

Carole fiel aus einer Höhe von vierhundert Kilometern der Venus entgegen. Das Landungsboot hatte keine Fenster; die extrem widrigen Bedingungen, unter denen es operieren musste, ließen das nämlich nicht zu. Aber die Innenwände waren mit Softscreens überzogen, um Carole die Welt hinter der schützenden Wabenkern-Metallhülle zu zeigen. So glich die Kapsel einem zerbrechlichen transparenten Käfig, und das Universum wurde zweigeteilt: Oben die Sterne, unten der glühende Planet.

Der Abstieg wäre eine Rüttelpartie mit langen Gleitwegen, bei der die orbitale Energie aufgezehrt wurde. Die Wahrnehmung war so sanft, und das Panorama so überwältigend, dass es fast wie bei einer virtuellen Simulation auf der Erde war. Nur dass das kein Spiel, keine Simulation war; sie war wirklich hier, allein in dieser Nussschale von Kapsel, wie ein Stein, der ins gewaltige Wolkenmeer der Venus geworfen wurde – hundert Millionen Kilometer von einer helfenden Hand entfernt.

Und sie fiel immer weiter. Die Wolkenschichten unter ihr waren noch so unstrukturiert wie zuvor, doch nun flachten sie wie in einer geometrischen Vorführung zu einer perfekten Ebene ab. Wenn sie nach oben blickte, sah sie eine Schleppe aus hellem Plasma, die das Landungsboot beim Eindringen in die obersten Luftschichten nachzog. Vor dem geistigen Auge sah sie sich selbst aus dem Weltraum, wie ein künstlicher feuriger Meteorit vorm glatten Antlitz der Venus.

Je tiefer sie kam, desto dicker wurde die Luft. Der Luftwiderstand erhöhte sich, und das Schiff wurde immer stärker durchgeschüttelt. Und nun wurde es auch laut. Die gequälte Luft kreischte, als Moleküle durch die Hitze des Abstiegs gespalten wurden, und Blitze aus leuchtendem Plasma zuckten wie eine Lichtorgel über die virtuellen Fenster. Die Temperatur der dünnen Luft stieg auf irdische Werte, zwanzig bis dreißig Grad.

Aber die Luft war nicht irdisch. Um sie herum kondensierte bereits Schwefelsäure zu kleinen Tröpfchen; eine Säure, die durch das Einwirken von Sonnenlicht auf Schwefelverbindungen und Spuren von Sauerstoff entstand, die aus der Wolkendecke emporstiegen.

Bei siebzig Kilometern tauchte sie in die ersten Wolken ein.

Die Sterne wurden ausgeblendet, und dichter gelber Dunst hüllte sie ein. Bald trübte sich sogar die Sonne deutlich ein und verschwamm, wie sie durch hohe Winterwolken auf der Erde erschien. Die Masse des Luftmeers der Venus lag noch unter ihr. Aber sie war schon in der zwanzig Kilometer dicken Haupt-Wolkenschicht, der milchigen Decke, die bis zum Zeitalter der Raumsonden die Venusoberfläche vor dem Blick der Menschen verborgen hatte.

Die Stöße wurden immer heftiger. Die Kapsel durchstieß zielstrebig die dünne, widerstrebende Luft, und bald flauten die hohen Superstürme ab.

Der Hauptfallschirm öffnete sich; sie wurde heftig in den Sitz gedrückt, und der Abstieg verlangsamte sich weiter. Klappernd lösten kleine automatisierte Sonden sich von der Hülle des Raumschiffs und machten sich auf die Suche.

Die Sichtverhältnisse waren besser, als sie erwartet

hatte: Die Sicht betrug einen, vielleicht sogar zwei Kilometer. Und sie machte eine Schichtung in den Wolken aus, Dunstschichten, die sie durchstieß.

Nun prasselte etwas gegen die Hülle: Sanft, beinahe wie Hagelschlossen, dass das Geräusch vom pfeifenden Wind fast übertönt wurde. Sie sah Teilchen gegen die Hülle prallen: Lange Kristalle wie Quarz-Splitter. Waren das Kristalle aus fester Schwefelsäure? War das überhaupt möglich?

Der Hagel ebbte bald wieder ab. Und in einer Höhe von immer noch fünfzig Kilometern fiel sie aus der Wolkendecke in klare Luft.

Ihr Blick fiel auf große orangefarbene Fallschirme. Die Kapsel pendelte träge an den Fallschirmen. Die Wolken über ihr waren dick und massiv mit komplexen Kumulus-Strukturen, die sich wie Kronleuchter ausbeulten. Sie erinnerten fast an die Wolken auf der Erde. Die Sonne war unsichtbar, und ihr Licht hatte einen kräftigen Gelbstich, der am verschwommenen Horizont sich zu einem Orange verdunkelte, als ob sie in die Nacht fiele. Aber sie sah noch immer kein Land unter sich, nur einen dichten glühenden Dunst.

Mit knallenden Sprengbolzen wurden die Fallschirme gekappt und trieben wie Quallen davon. Sie tauchte in den sich verdickenden Dunst ein. Die Luft war hier unten so dicht, dass sie eher das Gefühl hatte, in ein Meer einzutauchen. Die Venus war kein Einsatzgebiet für Fallschirme.

Das Licht wurde trüber und färbte sich zusehends rot.

Lampen leuchteten auf, als die Schutzsysteme der Kapsel aktiviert wurden. Die Außentemperatur stieg sprunghaft an und hatte den Siedepunkt von Wasser bereits überschritten – obwohl sie noch immer doppelt so hoch war wie die Obergrenze der Wolken auf der Erde. Die Wände des Landungsboots hatten einen Wabenkern und vermochten einem Außendruck von hundert Atmosphären zu widerstehen. Außerdem enthielt das Schiff Wärmesenken, Chemikalien wie Hydrate von Lithiumnitrat, die beim Verdampfen einen Großteil der anbrandenden Wärmeenergie zu absorbieren vermochten. Die eigentliche Wärmesenke war jedoch ein Kühlungslaser; alle paar Minuten feuerte er horizontal und erzeugte Temperaturen, die noch viel höher waren als die Lufttemperatur der Venus.

Ich treibe in einem Säuremeer, sagte sie sich, in einem mobilen Kühlschrank. Das ganze technische Brimborium erschien ihr absurd. Sie vermochte sich nicht vorzustellen, dass die Gaijin das genauso machten.

Und doch war es irgendwie wundervoll.

Nun prasselte schon wieder etwas aufs Schiff. Wieder ein Hagel? Nein, Regen – dicke Tropfen klatschten gegen die virtuellen Wände, rannen an ihnen hinab und verdunsteten schnell. Das war wohl echter saurer Regen, sagte sie sich, Tropfen aus Schwefelsäure, die Kilometer über ihr entstanden waren. Der Regen wurde immer heftiger und wuchs sich zu einem Wolkenbruch aus. Die Tropfen liefen ineinander und trübten ihr Blickfeld. Für einen Moment bekam sie Angst, während sie durch diesen stürmischen Himmel trieb.

Doch ebenso schnell, wie er begonnen hatte, hörte der Regen auch wieder auf. Es war nun so heiß, dass der Regen verdunstete. Noch etwas tiefer würde die enorme Hitze die Säuremoleküle selbst zerstören und in einen Nebel aus Schwefeloxiden und Wasser verwandeln.

Plötzlich lichtete der Nebel sich unter ihr. Als ob sie auf den Grund eines orangefarbenen Meers schaute, machte sie Strukturen aus: Große Formen, Schatten, etwas, das wie ein Flusstal aussah.

Land.

■

An einem Ballon hängend trieb sie über einen Kontinent.

»Das ist Aphrodite«, murmelte Nemoto auf dem fernen Mond. »Mit der Größe von Afrika und der Form eines Skorpions – schauen Sie auf die Karte, Carole. Sehen Sie die Klauen im Westen und den Stachelschwanz im Osten? Nur dass dieser Skorpion eine Länge von vierzehntausend Kilometern hat und sich fast um den halben Äquator zieht …«

Carole schwebte mit ihrem gekühlten Ballon-Landungsboot in großer Höhe aus Westen ein, an den Klauen des Skorpions vorbei. Sie sah ein riesiges Plateau, das einen Durchmesser von fast dreitausend Kilometern hatte und die Ebene, zu der es schroff abfiel, drei Kilometer überragte. Die Oberfläche des Plateaus war stark zerklüftet. Sie erkannte Grate, Mulden und Kuppen, eine verblüffende Vielfalt von Merkmalen, die alle in einer Landschaft vereinigt waren.

»Das Land sieht so aus, als ob es aufgeplatzt und dann wieder zusammengesetzt worden wäre«, sagte sie. »Wie ein Parkettboden.«

»Ja«, flüsterte Nemoto nach einer Weile. »Dies ist die älteste Landschaft der Venus. Sie bildet die Geschichte einer gewaltigen Hitzeentwicklung, eines Kataklysmus ab. Wir werden noch viele Beispiele für geologische Gewaltausbrüche sehen.«

Wohin auch immer sie schaute, glühte die Welt in einem trüben Rot – sowohl das Land als auch der windstille Himmel. Der Himmel über ihr glich einem bedeckten Erdhimmel und leuchtete in einem glutroten Licht wie ein Sonnenuntergang – er war heller, als sie erwartet hatte, ähnelte aber mehr dem Mars als der Erde, sagte sie sich. Von der Sonne selbst war nichts zu sehen außer einem trüben Schein tief am Horizont. Der ›Tag‹ dauerte hier über hundert Erdentage und ergab sich aus dem Umlauf der Venus um die Sonne und ihrer langsamen Rotation – ein ›Tag‹ war hier länger als ein Jahr.

Jenseits des großen Plateaus überquerte sie eine Hochland-Region, die von breiten Tälern durchschnitten wurde – ein spektakuläres, grandioses Bild, das durch die kilometerdicke Wolkenschicht über diesem Höllenplaneten fremden Blicken für immer verborgen bleiben würde. Der östliche Ausläufer von Aphrodite war eine breite, längliche Erhebung offensichtlich vulkanischen Ursprungs mit Spalten, Kuppen, Lavaströmen und großen Schildvulkanen. Das spektakulärste Merkmal war jedoch eine mächtige vulkanische Formation namens Maat Mons: Der größte Vulkan auf der Venus mit einem Basisdurchmesser von dreihundert und einer Höhe von acht Kilometern. Er hatte die doppelte Höhe des Mauna Loa, des größten Vulkans der Erde, wobei die Höhe unter der Meeresoberfläche mitgerechnet war.

Dies war eine Welt des Vulkanismus. Die weiten Ebenen waren mit Basalt überzogen – erstarrte Lavaseen wie die Maria auf dem Mond – und mit kleinen schildförmigen Vulkanen übersät, die aus Lavaströmen aufgeschichtet worden waren. Aber es gab auch Schildvulkane in der Art der hawaiischen Vulkane – zum Beispiel Maat Mons –, die sich fünf bis sechs Kilometer über die Ebenen erhoben und von dicken Lavaströmen überzogen waren.

Während sie sich in östlicher Richtung von Aphrodite entfernte und über eine glatte Basalt-Tiefebene hinwegflog, lernte Carole Merkmale zu unterscheiden, zu denen es auf der Erde keine Entsprechungen gab: Steilwandige Erhebungen mit glatter Oberfläche, die durch Lava entstanden waren, die aus Spalten in der Kruste gequollen war. Außerdem gab es Vulkane, deren Flanken durch große Erdrutsche ausgemeißelt worden waren und die Grate hinterlassen hatten, die wie

Insektenbeine aussahen. Dann gab es Vulkane mit Lavaströmen, die sich wie Blüten in die umliegenden Ebenen geschoben hatten.

Und am spektakulärsten waren die Koronas: Unirdische Ringe aus Graten und Brüchen. Manche durchmaßen Tausende von Kilometern und hätten die ganze Landmasse der Vereinigten Staaten einzugrenzen vermocht. Vielleicht waren sie aus aufsteigender Magma entstanden, die die Kruste hochgedrückt und sich dann ausgebreitet hatte, worauf die Mitte wie ein misslungener Kuchen eingesackt war. Auf Carole wirkten die angeschwollenen, verzerrten und zerbrochenen Krustenringe wie eine riesige Gussform, die aus dem tiefsten Innern der Venus an die Oberfläche gebrochen war.

Es gab hier sogar Flüsse.

Das Ballonschiff trieb über kilometerbreite und Tausende von Kilometern lange Täler, die wie das Amazonassystem mit seinem Überschwemmungsgebiet, dem Delta, den Flussbiegungen und Sandbänken anmuteten. Und das auf einer Welt, wo seit Milliarden Jahren kein Wasser geflossen war – falls das überhaupt jemals der Fall gewesen war. Eins der längsten Täler namens Baltis Vallis war länger als der Nil und damit das längste Flusstal im Sonnensystem. Vielleicht waren die Flüsse durch eine exotische Lavasorte entstanden – zum Beispiel ein salziges kohlenstoffreiches Gestein wie Karbonatit, das in der noch heißeren Vergangenheit der Venus flüssig gewesen war.

An einem Ballon hängend würde Carol für eine Woche über diese öde Welt schweben, während sie selbst und die Sensoren des Landungsboots die fremdartige Landschaft absuchten. Und dann würde sie vielleicht landen.

Ein Gefühl der Verzauberung ergriff von ihr Besitz. Auf der Venus gab es weder Wasser noch Leben; und doch sah sie, dass der Planet ein Garten war, ein Garten des Vulkanismus und der Gesteinsskulpturen. Meine Mutter hätte all das verstanden, sagte Carole sich mit einem Anflug der alten, latenten Schuld. Aber meine Mutter ist nicht hier. *Ich* bin hier.

Nemoto forderte sie nüchtern auf, nach Mustern Ausschau zu halten. »Sie sind kein Tourist. Blicken Sie hinter die Kulissen, Carole. Was sehen Sie?«

Was Carole sah, waren Spalten und Krater.

Spalten: Der Boden war mit Graten und Spalten überzogen, von denen manche sich über ein paar hundert Kilometer erstreckten. Als ob der ganze Planet eine Frucht sei, deren Schale in der Sonne aufgeplatzt war.

Und *Krater:* Sie waren überall, Hunderte an der Zahl, die gleichmäßig über die Oberfläche des ganzen Planeten verteilt waren.

»... Gewalt sehen Sie«, sagte Nemoto. »Globale Gewalt. Diese Risse im Tiefland sind genauso wie die Spalten in den Terrassen des Hochlands ein Beweis dafür, dass die gesamte Lithosphäre, die äußere Kruste des Planeten, gestreckt und gestaucht wurde – *und zwar zur selben Zeit.* Wodurch könnte so etwas bewirkt werden?

Und was die Krater betrifft, so gibt es hier kaum Erosion durch Wind, Carole. Am Boden dieses riesigen Meers aus Luft ist es fast windstill, sodass die Krater noch so unberührt sind wie zum Zeitpunkt ihrer Entstehung. Es gibt nur wenige kleine Krater, weil die dicke Luft die kleinen Eindringlinge herausfiltert und zerstört, ehe sie den Boden erreichen. Allerdings gibt es auch nur wenige *große* Krater, von denen noch dazu keiner mit den riesigen Kratern auf dem Mond zu vergleichen ist. Diese großen Mondkrater datieren aus der Frühzeit des Sonnensystems, als der Himmel noch voll großer planetarer Irrläufer war. Und daraus können wir nun den Schluss ziehen ...«

»… dass diese Krater alle jung sind«, sagte Carole.

»… dass kein Krater viel älter als achthundert Millionen Jahre ist«, sagte Nemoto, die Caroles Antwort noch gar nicht gehört haben konnte. »Überhaupt scheint gar kein Oberflächenmerkmal dieses Planeten älter zu sein. Achthundert Millionen Jahre: Das mag Ihnen wie ein gewaltiger Zeitraum erscheinen, aber die Planeten sind *fünfmal* so alt. Carole, vor achthundert Millionen Jahren ist etwas mit der Venus passiert – etwas hat die gesamte Oberfläche entstellt, alle älteren Merkmale ausradiert und ein vier Milliarden Jahre altes geologisches Vermächtnis ausgelöscht. Wir werden nie erfahren, was verloren ging, welche Kontinente und Meere brutal zerstört wurden …«

Achthundert Millionen Jahre, sagte Carole sich. *Das gleiche Alter wie die Mond-Artefakte.* Das war der Bezug, den Nemoto herstellte. Sie bekam eine Gänsehaut.

Was war vor achthundert Millionen Jahren mit der Venus geschehen?

Sie tauchte in die lange Nacht des Planeten ein. Aber das erlöste sie auch nicht von der brütenden Hitze, weil die große Luftmasse die Wärme so effektiv verteilte. Um Mitternacht war es gerade einmal ein paar Grad kälter als mittags.

Sie erfuhr, dass Nemotos automatisierte Sonden Leben auf der Venus gefunden hatten, diesem sonnendurchglühten stillen Planeten.

Das heißt, Spuren von Leben.

Wie die hitzeliebenden Mikroben in den unterseeischen Quellen der Erde waren das Kreaturen gewesen, die einst in einem warmen salzigen Ozean geschwommen waren. Carole erfuhr auch, dass menschliche Wissenschaftler schon lange damit gerechnet hatten, hier Leben zu finden: Organismen, die durch die katastrophale Erwärmung des Planeten umgekommen sein mussten und ihr Entwicklungspotential verloren hatten. Es war nichts mehr übrig außer mikroskopischen Fossilien im ältesten Gestein …

Der Himmel verdunkelte sich, wobei er kaleidoskopartig die Palette der Rottöne durchlief. Nachdem die Augen sich an die Dunkelheit gewöhnt hatten, sah sie immer noch Licht – jedoch kein Sternenlicht, denn das vermochte die dicke Wolkendecke nicht zu durchdringen. *Der Boden selbst* leuchtete: Sie erkannte Spalten, Grate und Vulkankrater, die sich aus der Dunkelheit schälten.

Auf der Venus war das Gestein selbst nachts noch so heiß, dass es glühte.

Aber diese trübe Beleuchtung wirkte nicht etwa unheimlich. Sie glaubte vielmehr über einem Märchenland dahinzuschweben, einem Land an der Schwelle zur Unwirklichkeit. Die Umkehr der Perspektive – Dunkelheit oben, Licht unten – mutete überaus seltsam an.

Als sie den Terminator erreichte, fand eine langsame und unmerkliche Veränderung statt, an deren Ende der Boden noch immer glühte und der Himmel wieder leuchtete. Die Welt war wieder im Lot.

Nemoto wies sie an, sich auf die Landung vorzubereiten, wobei sie ihre Aufregung nicht zu verbergen vermochte. Sie dirigierte Carole zu den Bergen. Mit den automatisierten Sonden hatte Nemoto etwas gefunden, das ein würdiges Ziel für den einzigen Landeversuch darstellte.

Ishtar Terra war ein Kontinent von der Größe Australiens, der hoch über die Ebene aufragte. Carole schwebte von Westen über ein Plateau namens Lakshmi Planum ein: Ein riesiges Lavafeld von der doppelten Größe Tibets. Begrenzt wurde das Planum von schroffen Bergketten – lange gekrümmte Grate mit tiefen Einschnitten. Das Terrain erinnerte sie an die Appalachen aus der Vogelperspektive. Und der südliche

Rand wurde durch eine große klippenartige Erscheinung markiert: Mit einer Höhe von drei Kilometern und einem Gefälle von mehr als zwanzig Grad. Die Flanken waren von Erdrutschen vernarbt.

Im Osten stieg das Gelände bis zu der gewaltigen Bergkette an, die Maxwell Montes genannt wurde. Sie trieb in südlicher Richtung über einen der Gipfel hinweg. Er war mehr als elf Kilometer hoch, fast das Anderthalbfache des Mount Everest. Seine Flanke wurde von einem riesigen Einschlagkrater gezeichnet. Sie ging in den Sinkflug und peilte die südwestliche Ecke des Massivs an.

Die Landung war weich und problemlos.

Der erste Mensch auf der Venus. Mama, du müsstest mich jetzt mal sehen.

Carole machte einen Schritt nach vorn und bahnte sich einen Weg zwischen lockeren Gesteinsplatten. Sie hörte keine Windgeräusche. Als sie mit den metallisierten Stiefeln aber auf einen Stein trat, verursachte sie ein durchdringendes Geräusch; der Schall schien in dieser dichten Luft weit zu tragen.

Die Welt war rot.

Der Himmel dräute über ihr, eine riesige Kuppel aus einem trüben, bedrohlichen Rot. Die Luft war dick – sie setzte ihren Bewegungen Widerstand entgegen, als ob sie sich unter Wasser fortbewegte –, doch sie war klar und still. Das Gestein bestand aus roten Platten. Sie schienen von einer Art Reif überzogen zu sein; hier und da glitzerten sie matt. War das denn die Möglichkeit?

Sie ging weiter und versuchte den Boden in der Manier eines Geologen zu beschreiben.

»Die Ebene hat viele kleine Merkmale: Mulden, kleine Grate, Risse. Sie ist mit ein bis zwei Meter großen Steinplatten übersät. Sie gleicht einer ebenen Steinwüste auf der Erde.« Sie kniete sich hin, um einen Gesteinsbrocken näher zu untersuchen. Servomotoren halfen ihr, im schweren Anzug diese Position einzunehmen. »Ich sehe Schichten in diesem Stein. Er sieht aus wie terrestrisches Vulkangestein, vielleicht ein Gabbro, aber er scheint im Lauf der Zeit aus multiplen Lavaströmen entstanden zu sein. Der Stein ist mit dunklen Punkten übersät. Es scheint sich um Erosionsspuren zu handeln. Sie sind mit Partikeln gefüllt. Da ist etwas wie ein Reifüberzug, ein sehr feiner Schimmer, Kristallanhäufungen.« Sie hatte ein Labor dabei, das sie auf die Oberfläche eines Gesteinsbrockens drückte. Dann nahm sie eine Probe dieser seltsamen Reifschicht.

Vorsichtig streckte sie die Hand aus, die im gelenkigen Wolframhandschuh wie eine Klaue aussah, und berührte den Stein. Die Reifschicht löste sich ab. Sie war hauchdünn. Es handelte sich natürlich nicht um Wassereis-Frost. Was dann?

Ein handtellergroßes Stück des Steins scherte entlang einer Ebene ab und zerbröselte zu Staub und Bruchstücken, die langsam zu Boden sanken.

Sie richtete sich auf. Versuchsweise hob sie den Fuß und trat auf einen Stein. Er zerbröckelte wie eine Meringe und brach entlang von Rissen, die tief in der Struktur des Steins wurzelten.

Hier lag chemische Verwitterung vor. Es gab kein Wasser, das das Gestein fortgespült hätte, keinen Regen, der es ausgewaschen hätte, keinen Frost, der es gesprengt hätte, keine Winde, die es mit Sand abgeschmirgelt hätten. Diese aggressive, korrosive Atmosphäre drang in die feinsten Poren des Gesteins ein und zermürbte es von innen. Auf der ganzen Venus musste das Gestein verrotten, sagte sie sich, und auf einen Anstoß warten, durch den es zerbröselte und zerfiel.

Sie schaute sich um.

Sie stand auf einem Plateau der Maxwell Montes. Im Süden, nicht weiter als einen Kilometer entfernt, stürzte ein Kliff in die Tiefebene ab. Im Norden – jenseits des kompakten Landungsboots mit den starken Beinen – sah sie die Konturen der mächtigen Berge, tiefrote Kegel, die sich gegen den etwas helleren Himmel abhoben.

Sie war etwa fünf Kilometer über Normalnull gelandet (einen Meeresspiegel gab es auf der Venus nicht, mangels Meeren). Hier auf den Höhen von Ishtar Terra war es etwa vierzig Grad kälter als in den weiten vulkanischen Ebenen – obwohl bei über vierhundert Grad die Ausrüstung dadurch kaum entlastet wurde –, aber der Luftdruck betrug nur ein Drittel des Höchstwerts in den Tiefebenen. Noch tiefer vermochte sie jedoch nicht ins Luftmeer der Venus einzutauchen.

Ihr Anzug war ein massiges Gebilde aus Wolfram und ähnelte eher einem Tiefseetaucheranzug als einem Raumanzug. Am Rücken und an der Brust hingen Behälter mit Sauerstoff und Wärmetauscher, die sie für ein paar Stunden am Leben erhalten würden. Doch wie beim Schiff waren die Schlüsselelemente der Kältetechnik Laser, die in regelmäßigen Abständen die überschüssige Wärme ins Venusgestein abführten. Der Anzug war eine technische Meisterleistung, aber unbequem; in der Schwerkraft der Venus, die neunzig Prozent der irdischen betrug, wog der Anzug schwer und drückte am Körper.

Sie legte den Kopf in den Nacken und schaute gen Himmel.

Sie vermochte die Sonne nicht zu sehen; das trübe rote Licht kam von überall her, wurde stark gestreut und hatte scheinbar keine Quelle. Aber der Himmel wies dennoch Merkmale auf. Sie vermochte durch die unteren Luftschichten und den Dunst bis zu den mächtigen Wolkenschichten in fünfzig Kilometern Höhe zu schauen. Es waren Löcher in den Wolken, helle Flecken, die den Himmel in einen riesigen Flickenteppich aus Licht verwandelten. Und die Flecken bewegten sich. Der Himmel war voll großer wandernder Formen aus Licht und Dunkelheit, die langsam entstanden und sich wieder auflösten wie Elemente eines Alptraums. Es war ein majestätischer, lautloser Fluss, ein Zeichen starker stratosphärischer Turbulenzen, die sich weit entfernt von der windstillen Zone abspielten, in der sie stand.

Wundersam und wunderschön. Und sie war der erste Mensch, der das alles sah.

»… Ich habe Ihren Frost analysiert«, sagte Nemoto sachlich. »Es handelt sich um Tellur. Fast reines Metall. Auf der Venus verdunstet Tellur in niedrigeren Höhen. Also ist es hier ausgefällt worden, wie Wasser auf unsren Bergen als Schnee ausgefällt wird.«

Schnee aus Metall, sagte Carole sich. Sehr bemerkenswert.

»Tellur ist aber selten«, sagte Nemoto verschmitzt. »Es macht ein Milliardstel Prozent unsres Oberflächengesteins aus, und wir haben keinen Grund zu der Annahme, dass das Gestein auf der Venus deutlich davon abweicht. Tellur ist für eine technisierte Gesellschaft aber ein wertvolles Gut. Wir verwenden es für die Veredelung von Edelstahl, für die Elektrolyse, in der Elektronik und als Katalysator in der Erdölraffinerie. Wie ist es möglich, dass Tellur, dieses exotische Hightech-Material, in solchen Mengen auf der Venus vorkommt …?«

Die Ureinwohner, diese längst ausgerotteten Bakterien haben es jedenfalls nicht hier deponiert, sagte Carole sich. Besucher. Diejenigen, die lang vor uns und den Gaijin hierher gekommen sind. Vielleicht waren sie die Säure-Atmer, die die Monde gebaut hatten. Vielleicht sind sie hier abgestürzt, und das Tellur war ein Bestandteil des Schiffs: Alles, was nach achthundert Millionen Jahren noch von ihnen übrig ist, ein dünner metallischer Überzug auf den Bergen der Venus.

Plötzlich blitzte es hoch am Himmel. Nach einer Weile hörte sie etwas, das wie Donner klang. Heftige elektrische Stürme tobten in diesen hohen Wolken. Aber es gab natürlich keinen Regen.

Sie schaute gebannt auf die Wolken.

■

Sie marschierte weiter in südwestlicher Richtung und ließ das Landungsboot hinter sich. Bald näherte sie sich der Kante des Plateaus. Sie sah nicht das unterhalb gelegene Land; die Wand fiel offenbar steil ab.

»… Ich will Ihnen sagen, was ich glaube«, flüsterte Nemoto. »Die Venus ist tatsächlich als Zwilling der Erde entstanden. Ich glaube, die Venus drehte sich so schnell wie die Erde oder der Mars und brauchte nicht mehr als ein paar Erdentage, um sich um die eigene Achse zu drehen; weshalb hätte die Venus sich darin auch unterscheiden sollen? Ich glaube, dass die Venus auch einen Mond hatte wie die Erde. Und ich glaube, dass sie Meere aus flüssigem Wasser hatte. Es gibt keinen Grund, weshalb die Venus bei ihrer Entstehung weniger Wasser gehabt haben sollte als die Erde. Es gab vermutlich Meere und Gezeiten …«

Ehe sie es sich versah, erreichte sie die Abbruchkante.

Eine Klippe, die hier und da Spuren von Erdrutschen aufwies, fiel unter ihr weg. Dieser große Grat erstreckte sich kilometerweit in beide Richtungen, bis zum Horizont und darüber hinaus. Und die Steilwand schien kein Ende nehmen zu wollen – als ob sie über den Rand eines Kontinentalschelfs in eine Tiefsee blickte –, bis sie tief unten mit einem Plateau verschmolz und noch weiter unten mit der planetenumspannenden vulkanischen Ebene.

Das war der Rand der Maxwell-Bergregion. Diese Wand fiel auf einer Länge von nur acht Kilometern sechs Kilometer tief ab, was einem durchschnittlichen Gefälle von fünfunddreißig Grad entsprach. Nirgendwo auf der Erde gab es etwas Vergleichbares.

Sie musste sechs Kilometer auf die Höhe des Lakshmi Planum absteigen, um Nemotos Rätsel zu studieren. Eine Oberflächen-Reise von dieser Länge und diesem Schwierigkeitsgrad hatten sie nicht in Betracht gezogen; sie hatte kein Oberflächen-Fahrzeug mitgenommen, und das Landungsboot hatte weder den Brennstoff noch die Möglichkeiten, um sie noch tiefer in dieses Luftmeer zu tragen. Also musste sie zu Fuß gehen.

Nemoto hatte gesagt, dass sie es der menschlichen Rasse schuldig sei, dieses Risiko auf sich zu nehmen und die Mission zu erfüllen. Carole glaubte, dass sie das nur ihrer Mutter schuldig war, die sicher nicht gezögert hätte.

»Die Venus ist der Sonne natürlich näher, sodass selbst eine Venus mit Meeren kein identischer Zwilling der Erde war. Die Luft bestand hauptsächlich aus Kohlendioxid. Die Meere waren heiß – vielleicht bis zu zweihundert Grad heiß –, und die Atmosphäre war feucht und mit Wolken geschwängert. Dank des Wassers gab es jedoch eine Plattentektonik, und ein Großteil des Kohlendioxids war im Karbonatgestein gebunden, das in regelmäßigen Abständen in den Mantel gezogen wurde, wie auf der Erde.

Die Venus war ein Treibhaus mit blühendem Leben …«

Carol stieß auf Geröllhalden. Hier würde sie aufpassen müssen, aber sie war eine erfahrene Kletterin. Sie war schon in den Rocky Mountains gewandert, wo es ähnliche Orte gab – selbst auf der Erde gab es Stellen, an denen chemische Verwitterung stattfand. Aber das Gefälle würde den Anzug bis an die Leistungsgrenze beanspruchen. Außerdem war sie hier ganz auf sich gestellt. Also versuchte sie einen Sturz zu vermeiden.

Nach ein paar Kilometern legte sie eine Verschnaufpause ein und schaute den kilometerlangen steilen Abhang aufs Planum hinab.

Sie glaubte etwas Neues zu erkennen, das sich aus dem Dunst schälte: Eine lange dunkle, schnurgerade Linie, die hier und da in Felsspalten verschwand, nur um kurz darauf wieder aufzutauchen. Als ob jemand mit einem Lineal eine tiefe Furche in diese heißen Felsen gezogen hätte.

Da war etwas neben der Linie, kompakt und dunkel wie ein Käfer. Sie hatte den Eindruck, dass es sich entlang der Linie bewegte. Aber vielleicht entsprang das auch nur ihrer Einbildung.

Sie setzte den Abstieg fort.

»… Und dann kamen die Besucher in ihren interstellaren fliegenden Monden«, hatte Nemoto gesagt. »Und sie scherten sich weder um die Venus noch um ihre Lebensformen. Sie wollten nur den Mond stehlen, um ihre steinigen Sporen zu verbreiten. Also stoppten sie die Rotation der Venus.«

Am Fuß der Klippe pausierte sie für ein paar Minuten, bis der Herzschlag sich wieder beruhigt hatte und trank einen Schluck Wasser.

Die schwarze Linie war ein Kabel. Es war vielleicht zwei Meter dick, glatt und schwarz und verlief, von Pylonen aus unbehauenen Felsbrocken gehalten, einen Meter über dem Boden.

»Wie bremst man einen Planeten ab?«, flüsterte Nemoto. »Es gäbe da mehrere Möglichkeiten. Man könnte ihn zum Beispiel mit Asteroiden bombardieren. Ich glaube aber, dass die Venus in eine riesige Dyson-Maschine verwandelt wurde. Carole, ich habe solche Kabel auf dem ganzen Planeten gefunden. Sie ziehen sich von Ost nach West. Natürlich sind sie nur noch in Bruchstücken vorhanden – schließlich sind sie achthundert Millionen Jahre alt –, aber sie existieren noch immer in Abschnitten von ein paar hundert Kilometern. Ich möchte wetten, dass die Oberfläche der Venus einst in ein Netz aus Kabeln gehüllt war, das an den Breitengraden ausgerichtet war. Wie die Gitternetzlinien auf einem Globus …«

Sie drückte die Laborbox gegen das Kabel. Sie strich sogar neugierig mit der Hand darüber, spürte aber nichts durch die Schichten des Anzugs.

Sie ging am Kabel entlang. Ein paar Pylonen fehlten, andere waren stark erodiert. Es war erstaunlich, dass diese Konstruktion überhaupt so lang Bestand gehabt hatte, sagte sie sich; sie hatte der korrosiven Luft der Venus gut widerstanden.

»Elektrische Ströme wurden durch die Kabel geschickt«, flüsterte Nemoto. »Die zirkulierenden Ströme erzeugten ein starkes Magnetfeld. Das Feld diente dann dazu, den Planeten mit seinem Mond zu koppeln – vielleicht wurde der Mond absichtlich in seine Roche-Grenze gezogen und durch die Gezeiten zerbrochen.

Sie haben also die Rotationsenergie des Planeten benutzt, um seinen Mond zu zerstören.

Dann haben sie aus den Trümmern ihre Habitate erschaffen, diese Gesteinsblasen. Die Monde wurden aus dem System katapultiert, wobei die Venus bei jedem Start einen Teil ihres Spins verlor. Ich frage mich, wie lang das gedauert hat – Tausende, Millionen Jahre? Und während sie an der Arbeit waren, haben sie darauf gewartet, dass die Venus zu Tode geröstet wurde.

Das Klima der Venus wurde durch die verlangsamte Rotation destabilisiert, müssen Sie wissen«, sagte Nemoto. »Es wurde immer heißer. Es musste immer weniger geregnet und eine schreckliche Dürre eingesetzt haben, bis es schließlich gar nicht mehr regnete ... und zum Schluss sind noch die Meere verdampft.

Nachdem die Meere verdunstet waren – das Leben musste schon vorher untergegangen sein –, driftete das Wasser in der Luft an die Oberseite der Atmosphäre. Dort wurde es vom Sonnenlicht gespalten. Der Wasserstoff entwich ins All, und der Sauerstoff und das restliche Wasser verbanden sich in den Wolken zu Schwefelsäure.

Sehen Sie, genau das war es, was die Erbauer der Monde wollten. *Die Säure.* Sie haben der ruinierten Atmosphäre die Säure entzogen, vielleicht mit Schiffen wie unsre Profac-Crawler.

Wir können von Glück sagen, dass sie sich nicht die Erde ausgesucht hatten. Vielleicht war unser Mond zu groß oder zu weit entfernt; vielleicht war auch die Entfernung von der Sonne zu groß ...«

Aber sie haben die Arbeit nicht beendet, sagte Carole sich. Welche große Katastrophe hat ihnen vor achthundert Millionen Jahren Einhalt geboten? Stammten ein paar der großen Einschlagkrater auf der Venus von Trümmern dieses verschwundenen Monds, die unkontrolliert vom Himmel gefallen waren – oder waren es sogar die Narben eines vernichtenden Kriegs? ... Für die Venus sollte es noch schlimmer kommen, sagte Nemoto. Nach dem Verlust des ganzen Wassers kam die Plattentektonik zum Erliegen. Die wandernden Kontinente fraßen sich fest wie ein Motor mit Ölverlust. Die Hitze im Innern des Planeten wurde nicht mehr abgeführt und staute sich – bis sie explosiv freigesetzt wurde. »Vulkane brachen auf breiter Front aus. Es entstanden gewaltige Lavaströme und neue mächtige Vulkane. Ein großer Teil der Oberfläche platzte auf, zerbrach und schmolz – und das im Gestein eingeschlossene Kohlendioxid strömte in die Atmosphäre und verdichtete sie noch mehr …«

Etwas bewegte sich direkt über ihrem Kopf.

Es war das käferartige Gebilde, das sie von der Klippe aus beobachtet hatte. Und es arbeitete sich am Kabel entlang, bohrte es mit komplexen, unidentifizierbaren Werkzeugen an und stach tief hinein.

Es war ein grau-schwarzes Objekt von der Größe eines Kleinwagens. Es war so hoch wie sie und hatte eine glatte Oberfläche, über die Lichtreflexe des komplexen Venushimmels tanzten. Und die Grundform war ein zwölfflächiger Kern.

»Hallo«, sagte sie. »Ihr habt euch seit achthundert Millionen Jahren nicht mehr blicken lassen.«

»Gaijin-Technologie«, flüsterte Nemoto, als sie das Bild sah. »Das Gerät ist als Ausputzer hier. Carole, dieses uralte Kabel ist ein Supraleiter, der bei Venus-Temperaturen arbeitet. Bemerkenswert. Nicht einmal die Gaijin haben etwas Vergleichbares. Und was haben sie damit vor?«, zischte sie. »Welchen von *unsren* Planeten sie wie ein Weihnachtsgeschenk einwickeln wollen?«

Ein leiser Alarm ertönte in Caroles Helm. Sie musste bald umdrehen, wenn sie den langen Aufstieg zum Landungsboot noch schaffen wollte.

Von hier aus sah sie die Tiefebenen, den eigentlichen Boden der Venus. Das weite Basaltmeer, das den Planeten bedeckte, lag aber immer noch Kilometer unter ihr. Sie wäre am liebsten weitergegangen, in die Ebene hinabgestiegen und hätte sie erkundet. Aber sie wusste, dass sie das nicht tun durfte. Meine Mission ist beendet, sagte sie sich. Genau in diesem Moment; ich bin so weit gegangen wie möglich und muss nun umkehren.

Sie wunderte sich über das starke Gefühl der Enttäuschung. Nach diesem Erlebnis würde sie sich auf der Erde beengt fühlen, trotz des Reichtums, den sie durch ihre Berühmtheit anhäufen würde. Sie schaute zu den dichten pulsierenden Wolken in fünfzig Kilometern Höhe hinauf. Egal, wie weit ich in Zukunft auch reisen werde, sagte sie sich, daran werde ich mich immer erinnern: Die Venus, auf die ich als erster Mensch den Fuß gesetzt habe.

Daran und an das unfassbare Verbrechen, dessen Zeuge ich hier geworden bin.

»… Wenn das einmal geschehen ist, dann muss es immer wieder geschehen sein«, flüsterte Nemoto. »Eine Welle von Kolonisten erreicht ein Sonnensystem wie das unsere. Sie nehmen sich, was sie wollen, beuten die Ressourcen aus und zerstören den Rest. Und dann ziehen sie weiter … falls sie nicht irgendwie gestoppt werden. Und wenn die Planeten sich wieder erholt haben, kommen die nächsten, und das ganze Spiel geht von vorne los. Immer wieder.

Ich behaupte, dass wir so etwas überall finden werden. Wir können nicht davon ausgehen, dass *überhaupt* noch etwas im Sonnensystem sich im Naturzustand befindet. Wir wissen noch nicht, wonach wir suchen müssen, zumal die Narben tief in der Vergangenheit begraben sind. Aber hier ist es eindeutig, das Zeichen ihrer verschwenderischen Sorglosigkeit …«

Carole ging vorsichtig hinter dem maschinellen Gaijin-Käfer her und sammelte Bruchstücke des Supraleiters auf.

kapitel 13

DIE STRASSEN DES IMPERIUMS

Andere Sonnen, eine Schar Welten: Malenfant trieb zwischen den Sternen, zwischen Blitzen aus blauem Teleportations-Licht.

Es war eine seltsame Vorstellung, dass wegen der langen Sattelpunkt-Verbindungen – die in manchen Fällen Hunderte von Lichtjahren umspannten und deren Transitzeiten sich nach Jahrhunderten bemaßen – jederzeit ganze Populationen im Transit waren und in Sattelpunkt-Übertragungen gespeichert wurden: Ganze Populationen, die als erstarrte Datenmuster bar jeder Regung zwischen den Sternen existierten.

Und er lernte immer mehr über das Wesen des Sattelpunkt-Systems selbst.

Ein interstellares Teleportations-Transportsystem war auch wirtschaftlich sinnvoll – natürlich, sonst wäre es gar nicht erst eingerichtet worden. Sattelpunkt-Signale hatten eine minimale Leistung. Sie schienen so exakt gerichtet zu sein wie Laserstrahlen, und waren vor dem Hintergrundrauschen gerade noch zu identifizieren. Sie arbeiteten auf Frequenzen, die nicht vom Rauschen der Photonen-Quantisierung überlagert wurden. Und die Tore waren an gravitationalen Brennpunkten positioniert, um deren milliardenfachen Verstärker-Effekt auszunutzen. Das Einsparpotential war gewaltig. Er schätzte, dass die Kosten für diese Art des Informationstransfers höchstens ein Milliardstel der Kosten eines vergleichbaren physikalischen Transports mit Raumschiffen ausmachten.

Dieses interstellare Transportsystem war für Wesen wie die Gaijin ausgelegt, die sich in der Kälte und Dunkelheit am Rand von Sternensystemen wohl fühlten, bei niedrigen Temperaturen und mit geringem Energiebedarf arbeiteten und praktisch kein Rauschen verursachten.

Aber die Physik des Systems erlegte den Nutzern eine Reihe von Beschränkungen auf.

Jeder Empfänger musste mit einem Sender quantenverschränkt sein. Die Erbauer mussten folgendermaßen vorgegangen sein: Sie hatten Empfangs-Tore mit konventionellen Mitteln, mit unterlichtschnellen Schiffen wie Blumen-Schiffen zu den Sternen transportiert. Aber es war ein System mit einer begrenzten Lebensdauer. Jedes Tor hatte nur einen bestimmten ›Vorrat‹ an Verknüpfungszuständen, der mit jeder beendeten Teleportation schrumpfte – weshalb eine Verbindung nur eine begrenzte Nutzungsdauer hatte.

Vielleicht existierten die Erbauer noch. Möglicherweise hatten sie sich auch die Motivation bewahrt, die sie zur Errichtung der Tore veranlasst hatte, sodass sie die Tore instandhielten. Wenn nicht, musste das System in dem Maß fragmentiert werden, wie erschöpfte Verbindungen den Betrieb einstellten. Vielleicht waren die ältesten Tore bereits ausgefallen.

Vielleicht waren die Naben, die ältesten Teile des Systems unzugänglich für Menschen und Gaijin, und die Erbauer waren isoliert und ihre Identität für immer unbekannt.

Er fragte sich, ob es darauf überhaupt ankam. Es hing wohl eher davon ab, sagte er sich, wie intelligent die Erbauer gewesen waren, in welchem Maß sie mit den Abläufen in diesem grausamen Universum vertraut waren. Er bekam allmählich den Eindruck, dass die Gaijin auch nicht viel mehr wussten als die Menschheit: Dass auch sie sich einen Weg durch diese Galaxis aus Ruinen und Schlachtfeldern suchten und zu ergründen versuchten, *weshalb* das alles geschah.

■

Weil er hauptsächlich auf die Habitate angewiesen war, die die Gaijin bereitstellten, war Malenfant praktisch ein Gefangener. Nach einiger Zeit – nach Jahren – erkannte er, dass er sich in eingefahrenen Bahnen bewegte, sonderlich wurde und sich an den kleinen Ritualen festhielt, die den Tagesablauf bestimmten.

Er entwickelte eine geradezu innige Beziehung zu seinem Anzug, der Shuttle-EMU, die sein einziger Besitz war. Er verbrachte Stunden damit, ihn zu reparieren, instand zu halten und zu reinigen. Und er war auch sehr darauf bedacht, dass das animierte Foto von Emma genau in der Tasche des Raumanzugs aufbewahrt wurde, wo es seit Jahren gesteckt hatte. Er kannte bereits jedes Korn der Fotografie, kannte den Bewegungsablauf und den Ton auswendig. Und er vermochte die Vorstellung nicht zu ertragen, dass das Bild verblasste und zu einem weißen Stück Papier verblich; das wäre so, als ob seine eigene Existenz ausgelöscht würde.

Nach einiger Zeit hatte er das Gefühl, dass er krank wurde. Er spürte, dass er schwächer wurde. Wenn er sich in die Wange kniff – oder sich sogar schnitt –, schmerzte es nicht so, wie es eigentlich sollte.

Allerdings beunruhigte ihn das nicht, eingesponnen wie er war in den Kokon des Habitats.

Er fand auch heraus, dass die Gaijin nicht von solchen Problemen geplagt wurden.

Ihre mentale Disposition war eine ganz andere. *Sein* Bewusstsein beruhte auf quantenmechanischen Prozessen, die im Gehirn abliefen. Aus diesem Grund musste sein Gehirn – und der Körper, das Trägersystem des Gehirns – transportiert werden und litt deshalb unter jeder Sattelpunkt-Transition.

Kassiopeias ›Bewusstsein‹ glich eher einem Computerprogramm. Es bestand ausschließlich aus klassischen Informationen, Daten, die man nach Belieben kopieren und speichern konnte, Daten, die für eine Übertragung durch die Sattelpunkte nicht gelöscht werden mussten. Wenn sie ›durch‹ ein Tor ging, wurde Kassiopeias Programm einfach angehalten. Deshalb zehrte sie auch weniger vom Vorrat der verknüpften Zustände der Sattelpunkt-Verbindungen.

Er war freilich nicht Philosoph genug, um ihr deshalb ein Bewusstsein und eine Seele abzusprechen.

Es gab noch weitere Unterschiede.

Periodisch sah er die Gaijin zu Tausenden wie Heuschrecken über die Hülle eines Blumen-Schiffs ausschwärmen. Sie vereinigten sich zu wogenden funkelnden Flächen, als ob sie miteinander verschmölzen, und dann lösten die Gaijin sich wieder voneinander, als ob sie aus einem gelösten Stoff tropften.

Der Zweck dieser ›parlamentarischen Versammlungen‹ schien dem Informationsaustausch zu dienen, vielleicht auch der Entscheidungsfindung. Wenn das stimmte, dann war es ein effizientes System. Die Gaijin mussten nicht miteinander sprechen, wie Menschen es taten und versuchen, die Aussagen der anderen mühsam zu interpretieren. Sie brauchten nicht zu argumentieren und zu überzeugen; die gemeinsamen Daten und Interpretationen des Verschmelzungszustands waren entweder gültig und nützlich, oder sie waren es nicht.

Aber woher sollte man wissen, ob *dieser* Gaijin, der aus dem Verbund sich löste, *dasselbe* Individuum war wie das, das sich dem Verbund angeschlossen hatte? Hatte es überhaupt einen Sinn, diese Frage zu stellen?

Für die Gaijin waren Bewusstsein und sogar Identität fließend und formbar. Für sie war Identität etwas, das kopiert, gelöscht, geteilt und verschmolzen wurde; er hatte den Eindruck, dass es nicht darauf ankam, ob das *Selbst* verloren ging, solang nur Kontinuität bewahrt wurde – damit jeder Gaijin in seiner jetzigen Zustandsform die gemeinsamen Erinnerungen auf einem komplexen Pfad bis zu dem fernen Ort zurückzuverfolgen vermochte, der den Ersten von ihnen hervorgebracht hatte.

Und genauso vermochten sie wohl eine grenzenlose Zukunft der Wahrnehmung, wenn nicht der Identität vorwegzunehmen, sagte er sich. Eine kalte mechanische Unsterblichkeit.

Er interessierte sich immer weniger für das Kaleidoskop der Welten, das die Gaijin ihm zeigten. Obwohl er überall, wohin er auch schaute, Leben sah. Leben und Krieg und Tod. Er versuchte zu begreifen, was die Gaijin ihm sagen wollten – was sie von ihm verlangten.

kapitel 14

TRÄUME VON ALTVORDEREN FISCHEN

Madeleine Meacher flog von Florida nach Kourou.

Die Tür des Flugzeugs öffnete sich, und ein Schwall heißer feuchter Luft schlug über ihr zusammen. Sie war hier in Ost-Guayana, einem kleinen Land an der Nordostküste Südamerikas. Madeleine sah tropische Vegetation, so weit das Auge reichte: Ein äquatorialer Regenwald mit mächtigen, dicht gedrängt stehenden Bäumen und schimmernden Insektenschwärmen über Mangrovensümpfen.

Sie fühlte sich jetzt schon bedrängt durch dieses pralle Leben und die schwüle Luft. Sie verspürte sogar einen Anflug von Panik bei der Vorstellung, dass diese große, üppige Biosphäre sich selbst überlassen war. *Niemand am Steuer.* Madeleine sagte sich, dass sie wohl schon zu viel Zeit in einem Raumschiff verbracht hatte.

Eine Art Lkw – meine Güte, es schien sich um ein Fahrzeug mit *Benzinmotor* zu handeln – hatte eine Gangway ans Flugzeug gezogen. Madeleine sah, dass sie sich selbst hinunterbemühen musste. Man schrieb das Jahr 2131, und Madeleine hatte sich durch die Sattelpunkte ganze siebenundzwanzig Lichtjahre von Sol entfernt. Und nun spazierte sie siebzig Jahre nach ihrer Zeit die Gangway eines Flugzeugs hinunter, als sei es *1931.*

Kein guter Auftakt für meine Karriere, sagte Madeleine sich düster.

Ein Mann wartete unten an der Gangway. Er schien um die Dreißig zu sein und war einen Kopf kleiner als Madeleine. Er hatte schwarzes Haar und ein rundes Gesicht. Die Haut war braun und lederartig. Bekleidet war er mit einem luftigen weißen Gewand, einer Art Toga.

Es juckte sie in den Fingern, dieses Gesicht zu berühren und die Haut zu spüren.

»Madeleine Meacher?«

»Ja.«

Er reichte ihr die Hand. »Ben Roach. Ich bin Mitarbeiter des Triton-Projekts. Willkommen auf dem Raumhafen von Südamerika.« Er hatte einen komplexen – multinationalen – Akzent, aber mit einer australischen Grundfärbung.

Sie ergriff die Hand. Sie war größer als ihre, warm und trocken. Ihr fiel auf, dass die Handfläche blassrosa war.

Sie gingen zu einer schäbigen Abfertigungshalle. Die Vegetation um das Gebäude bestand aus struppigem gelblichem Gras und Palmen. Es war ein deutlicher Kontrast zur grünen Decke, die sie aus der Luft gesehen hatte.

»Was ist mit dem Dschungel hier passiert?«

Er grinste. »Zu viele Raketenstarts.« Er schaute nach unten und ergriff wieder ihre Hand. »Oh. Sie haben sich verletzt.«

Sie hatte eine Schnittwunde am Zeigefinger, die sie sich wahrscheinlich an dieser alten Gangway zugezogen hatte. Madeleine betrachtete den verletzten Finger von allen Seiten, als würde sie eine Fleischbeschau durchführen. »Es ist meine eigene Schuld; im Flugzeug war es so heiß, dass ich die Biocomp-Handschuhe ausgezogen habe.« Die Handschuhe wie auch der übrige Körperanzug, den Madeleine trug, bestanden aus einem semi-empfindungsfähigen Geflecht aus Sensoren, die sie vor Gefahrensituationen warnten.

»Das ist die Diskontinuität«, sagte Ben neugierig.

»Ja. Zu viel Teleportation ist ungesund.« Und während sie noch am Finger herumspielte, öffnete die Wunde sich wieder, nachdem sie sich bereits geschlossen hatte.

Ben starrte neugierig auf das hervorquellende Blut.

■

Madeleines Auftraggeber hatte ein Büro im Technikzentrum des Raumhafens bezogen. Dort waren ein heruntergekommenes Missions-Kontrollzentrum untergebracht, ein Pressebüro, ein Empfangsbereich und ein verstaubtes geschlossenes Raumfahrt-Museum mit Blechmodellen uralter Satelliten.

Das Büro war kühl, hell und luftig. Sehr wohnlich. Der Boden war mit Reisstrohmatten ausgelegt, an den Wänden hingen Gemälde, und Blumen gab es auch. Es war ein typisch japanisches Ambiente, obwohl Madeleine sah, dass es sich bei den ›Gemälden‹ um konfigurierbare Softscreen-Grafiken handelte.

Vom Büro aus fiel der Blick auf ein Modell der Ariane 5 in Originalgröße, das vor dem Eingang zum Technikzentrum stand. Die auf der mobilen Startrampe positionierte Ariane ähnelte ein wenig den alten amerikanischen Raumfähren. Sie bestand aus einem großen, mit Flüssigbrennstoff betriebenen Haupt-Booster (EPC genannt, was für *Etage Principal Cryotechnique* stand), der von zwei kleineren Festbrennstoff-Boostern flankiert wurde. Die Startrampe selbst war viel eleganter als die Shuttle-Rampen der Apollo-Ära; es handelte sich um einen schlanken gewölbten Turm aus Beton und Stahl, der wie eine moderne Skulptur anmutete und vom Booster überragt wurde. Dieses Modell musste schon hundertfünfzig Jahre alt sein, vermutete Madeleine; der Lack war abgeblättert, und die alten

ESA-Markierungen waren stark verblichen. Moose und Flechten wucherten an der Rakete; die Vegetation ergriff vom Booster Besitz und degradierte ihn zu einem Relikt wie die Ruinen eines Maya-Tempels.

Madeleines Auftraggeber saß vor einem kleinen *butsudan,* einer Buddha-Statue im Schneidersitz auf dem Boden. Es handelte sich um eine Japanerin, eine kleine runzlige Frau mit einem eingefallenen Gesicht, das von tiefen Furchen durchzogen wurde. Die paar grauen Büschel, die vom Haar noch übrig waren, klebten an einer leberfleckigen Kopfhaut. Sie war 1990 geboren. Damit war sie hundertvierzig Jahre alt und näherte sich der Rekordmarke. Niemand wusste, wie sie das schaffte.

Es war natürlich Nemoto.

Nemoto berührte eine geschnitzte Statue. »Ein Buddha«, sagte sie, »aus geschmolzenem Regolith aus dem Mare Ingenii. Früher wäre das ein exotisches Artefakt gewesen.« Sie erhob sich mühsam und ging zu einer Kaffeekanne. »Möchten Sie welchen? Ich habe auch grünen Tee da.«

»Nein. Ich verbrenne mir immer so schnell den Mund.«

»Das ist natürlich eine Einbuße.«

»Allerdings.« Dass sie keinen heißen schwarzen Kaffee mehr trinken durfte, war das Diskontinuitäten-Handicap, das Madeleine am schmerzlichsten spürte.

Sie musterte Nemoto, diese Sagengestalt aus der tiefen Vergangenheit. Allerdings verspürte sie nicht das erwartete Gefühl der Ehrfurcht oder Neugier, nur Benommenheit und Ungeduld. »Wann soll ich mit der Arbeit anfangen?«

Nemoto lächelte verhalten. »Gleich zur Sache, Meacher? Sobald Sie bereit sind. Der erste Start findet in einem Monat statt.«

Madeleine war damit beauftragt worden, zweihundert junge Astronauten auf den Raumflug vorzubereiten.

»Keine Astronauten«, korrigierte Nemoto sie. »Emigranten.«

»Auswanderer nach Triton.«

»Ja. Zweihundert Aborigines aus dem Outback, die auf einem Neptunmond eine Nation gründen wollen. Eine inspirierende Vorstellung, finden Sie nicht?«

Oder eine absurde, sagte sich Madeleine.

»Ihre Aufgabe besteht darin, sie an die Mikrogravitation zu gewöhnen. Wir haben hier eine Hydrotrainings-Anlage und dergleichen errichtet. Sorgen Sie nur dafür, dass sie sich nicht übergeben oder ausflippen, ehe wir sie zum Transporter übersetzen. Ich habe Ben Roach beauftragt, Sie in den ersten Tagen zu unterstützen. Er ist zwar ein Klugscheißer, aber er hat auch seine Vorzüge.«

Madeleine versuchte sich darauf zu konzentrieren, was Nemoto sagte, auf die Einzelheiten ihres bizarren Plans. Triton? Wieso, um Gottes willen? In dieser fremden Umgebung und mit den Nachwirkungen der Diskontinuität fiel ihr die Konzentration schwer.

Nemoto musterte Madeleine prüfend. »Sie sind – desorientiert. Wir beide sind Spiegelbilder, Relikte des einundzwanzigsten Jahrhunderts, die in einer unvorhergesehenen Zukunft gestrandet sind. Der einzige Unterschied besteht darin, wie wir hierher gekommen sind. Sie durch relativistische Hüpfer und Sprünge über Lichtjahre und Jahrzehnte – die leichte Route.« Sie grinste. »Und ich bin den beschwerlichen Weg gegangen.« Madeleine sah, dass ihre Zähne schwarz waren.

»Aber wir beide sind durch diese Erfahrung beschädigt, jeder auf seine Art«, sagte sie.

Nemoto zuckte die Achseln. »Mir ist dafür die ganze Macht zugefallen.«

»Zumindest Macht über mich.«

»Meacher, ich brauche noch eine Besatzung für den Transport.«

»Sie bieten mir einen Flug zum Triton an?«

»Falls Sie interessiert sind. Die Diskontinuität wird keine große Beeinträchtigung darstellen, wenn …«

»Vergessen Sie's.«

Madeleine stand auf. Das linke Bein knickte ein, und sie wäre gestürzt, wenn sie sich nicht am Tisch festgehalten hätte. Es hatte den Anschein, als ob sie die ältere Frau wäre. Sie wurde sich bewusst, dass sie auf dem Bein gesessen und die Blutzufuhr unterbrochen hatte. Das hatte sie vorher natürlich nicht bemerkt, zumal diese Beeinträchtigung so geringfügig war, dass der Biocomp-Anzug sie überhaupt nicht registrierte.

Nemoto beobachtete sie berechnend und ohne Sympathie. »Die Triton-Kolonie ist von größter Wichtigkeit«, sagte sie. »Von strategischer Bedeutung.«

Das war die Nemoto, wie Madeleine sie kannte. »Sie arbeiten noch immer für die Zukunft der Spezies, Nemoto.«

»Ja, wenn Sie es wissen wollen.«

Madeleines Zuversicht sank. Mit Nemoto vernünftig zu reden würde schwierig werden. Das war ein generelles Problem bei Leuten mit einer Mission.

Aber sie würde nur von Nemoto einen Job bekommen.

■

Nach Reid Malenfant – obwohl sein Schicksal selbst nach dieser langen Zeit noch ungeklärt war –, war Madeleine der erste Mensch gewesen, der das Sonnensystem verlassen hatte. Ihre Erfahrungen im Licht fremder Sterne waren erstaunlich gewesen.

Bei der ersten Rückkehr ins Sonnensystem hatte man ihr einen triumphalen Empfang bereitet – obwohl sie damals schon eine historische Verschiebung festgestellt hatte, als ob die Welt in einen Schleier der Fremdartigkeit gehüllt worden wäre. Und sie war durch den – für sie – plötzlichen Tod ihrer Mutter, der armen Sally Brind und anderer Bekannter geschockt worden.

Immerhin hatte Frank Paulis Plan für den strategischen Vermögensaufbau beim ersten Mal hingehauen. Und sie hatte eine gewisse Berühmtheit erlangt. Sie war die erste Sternen-Reisende – nach Malenfant –, und das hatte ihr Anerkennung eingetragen.

Aber sie hatte ohne Bedauern die nächste Reise angetreten, war ins blaue Licht der Sattelpunkte geflohen und hatte die verwirrende menschliche Welt gegen die kalten Mysterien der Sterne eingetauscht.

Die darauffolgende Heimkehr war schon weniger erfreulich gewesen.

Je mehr Zeit auf der Erde verging, desto mehr schwanden nämlich der Reiz des Neuen und das Interesse an den Sternen-Reisenden – und es war kaum noch jemand bereit, die Interessen dieser historischen Kuriositäten zu vertreten. Und nach der letzten Rückkehr musste Madeleine feststellen, dass durch eine Abwertung des UN-Dollars, der neuen globalen Währung, ihre Ersparnisse stark zusammengeschmolzen waren. Und dann hatten die Banken beschlossen, die anschwellenden Konten der Sternen-Reisenden zu sperren. Dieser Schritt war im Einvernehmen aller zwischenstaatlichen Behörden bis hinauf und einschließlich der UN erfolgt.

Und nach der Diagnose des Diskontinuitäten-Syndroms war keine Versicherung mehr bereit, ihr oder sonst jemandem Versicherungsschutz zu gewähren, der durch die Sattelpunkt-Tore gegangen war.

Aus diesem Grund brauchte Madeleine Geld.

Nemoto gehörte keiner Organisation an, und Madeleine war nicht imstande, ihre Rolle zu definieren.

Aber die Quelle ihrer Macht war deutlich genug: Sie war am Leben geblieben.

Dank lebensverlängernder Behandlungen waren Nemoto und ein paar andere Privilegierte so alt geworden, dass sie einen neuen Machtfaktor darstellten, dessen Einfluss aus Kontakten, Beziehungsgeflechten sowie alten Verpflichtungen aus erwiesenen Gefälligkeiten resultierte. Nemoto war eine Gerontokratin, die sich die alten Kommunisten zum Vorbild nahm, die noch immer in China herrschten.

Madeleine wäre nicht überrascht gewesen, wenn es sich herausgestellt hätte, dass Nemoto selbst oder die anderen Gerontokraten hinter dieser Schweinerei steckten. Durch die Sperrung der Konten der Sternen-Reisenden hatte Nemoto ein Druckmittel gegen Madeleine und diejenigen, die in ihre Fußstapfen traten, in die Hand bekommen. Außerdem waren durch diese Strategie die möglichen Ambitionen der Sternen-Reisenden durchkreuzt worden, durch *ihre* Langlebigkeit in der Heimat eine Machtfülle anzuhäufen.

Sie fragte sich, ob die Gerontokraten – erzkonservativ, eigennützig, geheimniskrämerisch und besessen wie sie waren – auch für ein größeres Übel verantwortlich waren, das in ihren Augen diese in die Zukunft geschleuderte Welt befallen hatte. Es waren wohl Veränderungen erfolgt – neue Moden, technische Gebrauchsgegenstände und Begrifflichkeiten –, aber kein erkennbarer Fortschritt. Weder in der Wissenschaft noch in der Kunst sah sie tiefgreifende Innovationen. Die Nationen der Welt hatten sich zwar fortentwickelt, aber die verschiedenen supranationalen Strukturen waren seit Jahrzehnten unverändert: Die politischen Institutionen, die die Macht ausübten, waren erstarrt.

Und die Welt trug noch immer die Altlasten einer schnell sich verändernden Ökologie und Ressourcenverknappungen ab, und Auseinandersetzungen zwischen den Völkern mündeten immer wieder in regionale Kriege.

Niemand löste diese alten Probleme. Noch schlimmer, sie hatte den Eindruck, dass man es nicht einmal mehr versuchte. So gab es zum Beispiel keine verlässlichen Statistiken über demographische oder soziale Entwicklungen mehr. Es war, als ob die Geschichte mit der Ankunft der Gaijin an ihr Ende gekommen wäre.

… Aber das war *egal.* Sie hätte daran auch nichts zu ändern vermocht. Reisen war das Einzige, worauf es ankam. Der Rest war Geschichte, auch für Madeleine.

■

Ben führte sie zu ihrem Apartment. Er musste ihr zeigen, wie man die Tür öffnete. Im Jahr 2131 wurden die Türschlösser mit einem Fußmechanismus betätigt.

Der Raumhafen in Ost-Guayana, der in den achtziger Jahren des zwanzigsten Jahrhunderts von den Europäern angelegt worden war, erstreckte sich ungefähr zwanzig Kilometer an der Atlantikküste von Sinnamary nach Kourou, einem alten Fischerdorf. Es gab Kontrollgebäude, Booster-Montagehallen, Prüfstände für Feststoff-Booster und Startkomplexe, die alle mit verwirrenden französischen Akronymen markiert waren – BAF, BIL, BEAP – und durch Straßen und Schienen miteinander verbunden waren, die aus dem Fenster wie Schneisen im Dschungel anmuteten.

Ariane war für die damalige Zeit, vor hundertfünfzig Jahren, eine gute Technik gewesen. Sie war aber schon durch Nachfolgegenerationen von Raumfahrzeugen ersetzt worden, noch bevor die Gaijin mit ihren umweltfreundlichen und ultramodernen Landungsbooten den Großteil des Flugbetriebs von der Erde in den Orbit abwickelten. Als die Franzosen Ost-Guayana aber in die Unabhängigkeit entließen, beschloss die neue Regierung, Kourou wieder in Betrieb zu nehmen.

Und so hatte Ost-Guayana, eine der kleinsten und ärmsten Nationen der Erde, plötzlich ein Weltraumprogramm.

Die Ariane war also weitergeflogen, während die Welt sich weiter drehte, Nationen, Konzerne und Verbände kamen und gingen, und neue Konstellationen hatten sich herauskristallisiert, deren bloße Namen Madeleine schon seltsam anmuteten. Doch die Ariane blieb: Eine veraltete, umweltverschmutzende und unzuverlässige Trägerrakete, die von Auftraggebern benutzt wurde, die kein Geld für bessere Systeme hatten.

Wie Nemoto.

Vielleicht war es kein Wunder, sagte sich Madeleine, dass Nemoto, auch so ein Relikt aus den Anfängen des Weltraum-Zeitalters, sich hier niedergelassen hatte.

Die Unterkünfte waren in einer alten Produktionsstätte für Festbrennstoff eingerichtet worden, einem Gebäude, das noch älter war als Madeleine. Die Gebäudeansammlung wurde noch immer UPG genannt, was für *Usine de Propergol de Guyane* stand. Es handelte sich dabei um ein Ensemble aus kubischen weißen Bauten, die wie ein mediterranes Dorf auf einem Hügel zusammengewürfelt waren. Die Einrichtung war nicht luxuriös, aber komfortabel genug. Ungefähr vierhundert Menschen lebten hier: Die australischen Auswanderer sowie ständiges technisches und Verwaltungspersonal, das die automatisierten Anlagen überwachte. Früher hatten zwanzigtausend Menschen in Kourou gelebt, ein Fünftel der Bevölkerung des ganzen Landes. Das Gefühl der Leere, des Alters und Verfalls war überwältigend.

Sie schlief ein paar Stunden. Dann unternahm sie einen Streifzug durch das Apartment.

Es war frappierend, welch rasantem Wandel die alltäglichen Gebrauchsgegenstände unterlagen. Die Toilette zum Beispiel war nur ein Loch im Boden, und es dauerte einige Zeit, bis sie die Spülung gefunden hatte. Die Dusche war genauso schlimm; sie musste extra Ben rufen, damit der ihr erklärte, dass man für die Regulierung der Wassertemperatur den Finger in ein kleines Becken halten musste, in dem dann die Körpertemperatur ausgelesen wurde.

Und so weiter. Der ganze Kram, mit dem die anderen aufgewachsen waren. Überall, wohin sie ging, kam sie sich wie in einem fremden Land vor; sogar in ihrer Heimatstadt. Sie ärgerte sich darüber, dass die Leute ihre Bitten um elementarste Informationen nicht ernst nahmen. Und mit jedem Einstein'schen Zeitsprung, den sie machte, wurde es schlimmer.

Ein paar Minuten nach dem Duschen brach ihr schon wieder der Schweiß aus.

Sie hatte natürlich keine Beschwerden. Die Diskontinuität verursachte ein Gefühl der Taubheit, wo sie eigentlich Schmerzen oder Unwohlsein hätte spüren müssen. Als ob sie in Trance gewesen wäre. Sie rubbelte sich wieder trocken und versuchte sich nicht zu kratzen.

Vielleicht war das auch zu erwarten gewesen. Noch bevor die Sattelpunkt-Teleportationen in der Praxis demonstriert worden waren, hatten manche Leute bezweifelt, dass es auch nur im Prinzip möglich sei, das menschliche Bewusstsein herunterzuladen, zu speichern und zu übertragen. Die Datenspeicherung im Gehirn war kein mechanischer Vorgang. Das menschliche Bewusstsein war ein dynamischer Prozess, und kein statischer ›Schnappschuss‹ vermochte diese Abläufe abzubilden, und sei es mit einer noch so raffinierten Technik. So wurde jedenfalls argumentiert.

Der Umstand, dass die ersten Reisenden, einschließlich Madeleine, Sattelpunkt-Transitionen überlebt hatten, schien diesen pessimistischen Standpunkt zu widerlegen. Langfristig schienen diese Bedenken jedoch begründet.

Sie wusste, dass über Therapien für Diskontinuitäten-Patienten nachgedacht wurde. Madeleine machte sich jedoch keine Illusionen: Es wurde kein Geld in solche Forschungen gesteckt. Es gab eh nur ein paar Sternen-Reisende, für die kein Schwein sich interessierte. Deshalb musste Madeleine diesen lästigen Biocomp-Anzug tragen, der sie vor zu langem Sitzen, Verbrennungen und Erfrierungen warnte und sie nachts aufweckte, damit sie sich nicht wund lag.

Vielleicht hatten die Gaijin mit ähnlichen Problemen zu kämpfen. Niemand wusste es.

Sie stand nackt am offenen Fenster, um sich abzukühlen. Es war Abend. Ihr Blick schweifte kilometerweit über bewaldete Hügel, wo es vor Leben nur so wimmelte. Es wehte eine Brise, die stark genug war, um abgefallene Blätter über den Balkon zu wehen. Aber der Wind schien ihr nur noch mehr feuchte Luft ins Gesicht zu schaufeln.

Das Blätterdach, das die Hügel um die Startrampen herum bedeckte, wirkte krank: Die Blätter waren gelblich verfärbt und klein, die Bäume dünn und mickrig im Vergleich zu den entfernteren Exemplaren.

Sie zog sich ein weites Kleid an und ging einen Kilometer zu dem Gebäude, in dem Ben wohnte.

■

Sie sah Aborigines: Ihre ›Auszubildenden‹, Männer, Frauen und Kinder gingen in kleinen Gruppen umher und hingen ihren eigenen Gedanken nach. Sie nahmen keine Notiz von ihr. Die Aborigines hatten geschmeidige Körper, obwohl ein paar Frauen übergewichtig waren; viele waren barfuß, und alle trugen sie weite Gewänder wie Ben. Die Kleidung war jedoch schmutzig und verschlissen. Sie hatten runde Gesichter, mit einem helleren Braun, als sie erwartet hatte, platte Nasen und ausgeprägte Stirnwülste. Viele trugen Atemfilter und Sonnenbrillen und hatten Krebsnarben auf der Haut.

Sie muteten Madeleine fremdartig an, aber auch nicht mehr als die meisten Menschen des Jahres 2131.

Ben begrüßte sie und servierte ihr ein Mahl: Kuskus mit Safranreis, Sojabohnen und einem leichten Wein aus örtlichem Anbau.

Er erzählte ihr von seiner Frau. Sie hieß Lena; sie war erst zwanzig und damit zehn Jahre jünger als Ben. Sie war im Orbit und arbeitete an den großen Auswandererschiffen, die Nemoto montierte. Ben hatte sie seit Monaten nicht mehr gesehen.

Madeleine fühlte sich wohl in Bens Gesellschaft. Er war sogar darauf bedacht, sich klar und deutlich auszudrücken. Die Sprachverschiebung schien erstaunlich schnell voranzuschreiten; nicht einmal ein Jahrhundert nach ihrer Zeit fiel es ihr manchmal schwer, die Aussprache eines ihr bekannten Worts zu verstehen. Außerdem musste sie damit rechnen, dass die Bedeutung sich inzwischen verändert hatte. Ben sorgte aber für eine reibungslose Verständigung.

»Es ist schon seltsam, hier auf Aborigines zu treffen«, sagte Madeleine. »So fern der Heimat.«

»So seltsam ist das gar nicht. Ost-Guayana ist schließlich auch ein koloniales Überbleibsel. Die Franzosen sind dem Beispiel der Briten in Australien gefolgt und haben Ost-Guayana mit Sträflingen bevölkert.« Er grinste und entblößte ein ebenmäßiges weißes Gebiss, das in krassem Kontrast zu Nemotos Zahnruinen stand, an die Madeleine sich erinnerte. »Wie dem auch sei, wir sind nun imstande, mit den Raketen die Fluchtgeschwindigkeit zu erreichen.« Mit den Händen imitierte er einen Raketenstart. »Wusch.«

»Ben – wieso gerade Triton? Ich weiß wohl, dass Nemoto ihre eigenen Ziele verfolgt. Aber bei Ihnen …«

»Nemoto war die Einzige, die uns ein Angebot gemacht hat. Wir haben kein anderes Ziel. Aber vielleicht wären wir ihr sowieso gefolgt. Nemoto ist an den Rand gedrängt worden, und ihre Ideen werden lächerlich gemacht – am eifrigsten von den Freunden der Gaijin. Aber sie hat recht. Wir hatten bisher geglaubt, dass wir in einem jungfräulichen Universum allein seien. Und plötzlich finden wir uns in einem gefährlichen überfüllten Universum voller Ruinen wieder. Die Entdeckungen auf der Venus wurden von Furcht und Zorn begleitet. Sie hätte eine Zwillingswelt der Erde sein können – oder aber die Erde hätte das Opfer sein können. Mit der Zeit flaute die Empörung zwar ab – aber wir haben es nicht vergessen; wir, ein Volk, das schon einmal alles verloren hat.«

Noch mehr Blätter wurden aus einem sich verdunkelnden, von Raketenabgasen geschädigten Himmel herangeweht.

Ben sagte ihr, dass er aus Zentralaustralien stammte und zum Stamm der Yolgnu gehörte. »Als ich ein Junge war, lebte meine Familie am Ufer eines Flusses, nach alter Väter Sitte. Dann kamen die Behörden, die weißen Männer, und brachten uns an einen Ort namens Framlingham. Der bestand nur aus einer Reihe von Holz- und Wellblechhütten. Als ich acht Jahre alt war, brachten andere weiße Männer mich in ein Waisenhaus. Die Männer waren vom Aboriginal-Protection Board. Als sie mich für zivilisiert genug hielten, schickten sich mich zu Pflegeeltern nach Melbourne. Eine weiße Familie namens Nash. Sie war reich und gut zu mir. Sehen Sie, es war die Politik der Regierung, das Problem der Aborigines ein für allemal zu lösen, indem sie mich zu einem Weißen machten.«

Das machte sie fassungslos und betroffen. »Sie müssen sie doch hassen«, sagte sie.

Er lächelte. »Das war auch nicht das erste Mal. Sie hatten immer schon Angst gehabt; zuerst vor den Japanern, dann vor den Indonesiern und Chinesen, die aus dem Norden kamen und ein Auge auf Australiens weites Land und die Bodenschätze warfen. Und nun haben sie vielleicht Angst, dass die Gaijin kommen und ihnen ihr Land wegnehmen wollen. Und jedes Mal benutzen sie uns, um ihre Angst zu kompensieren. Ich hasse sie nicht. Ich verstehe sie sogar.«

Zu ihrem Erstaunen hatte er einen Doktor in Astrophysik. Aber es hatte ihn wieder nach Framlingham gezogen, wie auch andere seiner Generation. Allmählich hatten sie einen Traum von einem neuen Leben verwirklicht. Fast alle Leute, die nach Triton auswanderten, kamen von Framlingham, sagte er. »Wir haben es kaum übers Herz gebracht, das alte Land zu verlassen. Aber wir werden ein neues Land finden und unsre eigene Welt erschaffen.«

Ben servierte ihr *Sambuca*, einen italienischen Schnaps: Der schien zur Zeit ein Modegetränk zu sein. *Sambuca* war ein klarer Schnaps mit Anisgeschmack. Ben warf Kaffeebohnen in ihr Glas und flambierte den Schnaps im erlöschenden Tageslicht. Der Alkohol brannte mit blauer Flamme, im Glas über der Flüssigkeit, und die Kaffeebohnen zischten und knackten. Durch die Flammen wurde das Öl aus den Bohnen gelöst und verlieh dem Alkohol ein Kaffeearoma.

Er erstickte die Flammen und nippte vorsichtig an ihrem Glas, um die Temperatur zu prüfen, damit Madeleine sich nicht den Mund verbrannte. Die heiße Flüssigkeit war so hochprozentig, dass sie die Grenzen der Diskontinuität verschob.

Sie setzten sich unter den Nachthimmel, und bald kamen die Sterne hervor.

Ben zeigte ihr die Sternbilder und unterwies sie in der Geographie des Himmels, indem er sie auf andere Merkmale des Firmaments aufmerksam machte.

Da war der Himmelsäquator, eine unsichtbare Linie, bei der es sich um eine Projektion des Erdäquators auf den Himmel handelte. An ihrem Standort verlief der Äquator natürlich direkt über ihren Köpfen. Lichter bewegten sich lautlos entlang dieser Linie, wie Feuerkäfer im Formationsflug. Das waren orbitale Strukturen: Fabriken, Wohnanlagen, sogar Hotels. Viele gehörten den Chinesen, sagte Ben; chinesische Firmen hatten nämlich enge Geschäftsbeziehungen mit den Gaijin geknüpft. Dann kam er auf eine andere unsichtbare Linie zu sprechen, die als Ekliptik bezeichnet wurde. Die Ekliptik war der Äquator des Sonnensystems, die Ebene, in der die Planeten kreisten. Sie unterschied sich natürlich vom Erdäquator, weil die Erdachse um dreiundzwanzig Grad geneigt war.

... Das heißt, die Ekliptik *war* einmal unsichtbar gewesen. Madeleine sah, dass sie nun von einem Kreis neuer Sterne mittlerer Helligkeit nachgezeichnet wurde, von denen manche weiß, andere wiederum gelb und orangefarben leuchteten. Es glich einer Straßenbeleuchtung.

Diese Lichter waren Städte, wie Madeleine erfuhr: Die neuen Gaijin-Gemeinschaften, die aus riesigen ausgehöhlten Gesteinsbrocken aus dem Asteroidengürtel stammten und von Fusionslicht erhellt wurden. Kein Mensch war bisher näher als eine astronomische Einheit an diese neuen Lampen im All herangekommen.

Es war ein schaurig-schöner und erstaunlicher Anblick dazu. Die Menschen dieser Zeit waren damit aufgewachsen. Der Himmel ist voller Städte und riesiger fremdartiger Ruinen. Mit neuartigen Telefonen und Toiletten vermochte sie noch klarzukommen. Damit, dass sogar das *Sonnensystem* während ihrer Abwesenheit sich verändert hatte, hätte sie aber nicht gerechnet.

Ihr war heiß, und sie fühlte sich benommen.

Sie spielte mit dem Gedanken, Ben anzumachen. Sie verspürte das Bedürfnis nach Zärtlichkeit.

Er schien darauf anzusprechen.

»Was ist mit Lena?«

Er lächelte. »Sie ist nicht bei mir. Ich bin nicht bei ihr. Wir sind alle nur Menschen. Zwischen uns ist das Band des *gurrutu,* der Nähe, das uns für immer vereint.«

Sie fasste das als Zustimmung auf. Sie streckte im Dunklen die Hand nach ihm aus, und er griff nach ihr.

■

Sie liebten sich in der Hitze des Äquators, wobei ihre Körper von einer Schweißschicht förmlich geschmiert wurden. Bens Körper war eine Skulptur aus festen Muskeln, und seine Hände waren kräftig und warm. Sie fühlte sich entrückt, als ob ihr Körper ein Ausrüstungsgegenstand sei, den sie kontrollieren und beobachten musste.

Ben spürte das und hielt sie zärtlich. Er war von ihrer Haut fasziniert, sagte er. Die Haut einer Frau, die vom Licht vieler Sterne gebräunt war.

Sie spürte seine Berührung nicht. In ihren Träumen sprang Madeleine durch Ringe aus mattblauem Metall und hatte Visionen von geometrischen Gebilden. Dreiecke, Dodekaeder, Ikosaeder. Als Madeleine schrie, hielt Ben sie fest.

Irgendwann sah sie, dass Ben im Schlaf die Kaffeekanne mit der immer noch heißen Flüssigkeit umzukippen und sich zu verbrühen drohte. Sie packte den Ausguss, bekam einen kleinen Schwall Kaffee ab und schob die Kanne weg. Sie spürte nichts.

Beim Aufwachen stellten sie fest, dass sie sich die Hand ziemlich übel verbrannt hatte.

Ben versorgte sie. »Fehlendes Schmerzempfinden ist offenbar ein zweischneidiges Schwert«, sagte er.

Sie hatte das schon einmal gehört und konnte es nicht mehr hören. »Schmerz ist ein evolutionäres Relikt«, sagte sie. »Sicher, er dient als Frühwarnsystem. Aber dafür gibt es doch Ersatz, stimmt's? Scharfe Kanten meiden. Die Menschen mit Software-Implantaten wie meinem Biocomp ausstatten, um sie zu warnen und zu schützen.«

Ben betrachtete sie. »Weißt du, was die zentrale *formatio reticularis* ist?«, fragte er.

»Wieso sagst du es mir nicht?«

»Es ist ein kleiner Bereich des Gehirns. Und wenn man diesen Bereich stimuliert, wird – im Gehirn eines normalen Menschen – das Schmerzempfinden unterdrückt. Das ist der Sitz des Diskontinuitäten-Schadens. Ich spreche von *qualia,* den inneren Wahrnehmungen, Aspekten des Bewusstseins. Dein Schmerz existiert objektiv noch, was die Reaktionen des Körpers betrifft; was fehlt, ist die entsprechende *qualia,* dein Schmerzempfinden. Man sorge dafür, dass Unbehagen verschwindet, und dann verschwinden auch die Emotionen, die mit Schmerz verknüpft sind. Angst. Kummer. Verstimmung.«

»Dann ist mein Innenleben also beeinträchtigt.«

»Ja. Das Bewusstsein ist noch nicht vollständig erforscht, genauso wenig wie die Verbindung zwischen Körper und Geist. Vielleicht werden durch die Sattelpunkt-Transitionen auch noch andere *qualia* in Mitleidenschaft gezogen.«

Aber meine Träume handeln von fremdartigen Artefakten, sagte Madeleine sich. Vielleicht werden meine *qualia* nicht zerstört. Vielleicht werden sie – ausgetauscht. Diese Idee war ihr bisher noch gar nicht gekommen. Aber sie verdrängte sie wieder.

»Woher weißt du so viel darüber?«

»Ich habe selbst Ambitionen, zu den Sternen zu reisen. Ich möchte ein Schwarzes Loch sehen, ehe ich mir auf Triton eine Farm aufbaue. Es würde mich brennend interessieren, was mit mir geschieht ... Madeleine«, sagte er langsam, »ich sollte dir etwas sagen, auch wenn Nemoto es verboten hat.«

»Was?«

»Die Chinesen haben es bei ihren Geschäften mit den Gaijin entdeckt. Manche halten es sogar für ein Geschenk der Gaijin. Nemoto will unbedingt verhindern, dass es publik wird. Aber ich ...«

»Sag schon, verdammt.«

»Es gibt ein Heilmittel für die Diskontinuität.«

Sie war elektrisiert.

»Weißt du«, sagte er, »das Erstaunliche ist, dass die *formatio reticularis* ihren Sitz im ältesten Teil des Gehirns hat. Wir haben sie mit unsren ältesten Vorfahren gemeinsam. Madeleine, du hast dich durch die Reise zu den Sternen verändert. Manche glauben, dass wir dort draußen jenseits der Sattelpunkte eine neue menschliche Rasse heranzüchten. Aber vielleicht schwimmen wir auch nur durch die Träume altvorderer Fische.«

Er lächelte und hielt sie wieder fest.

■

Sie stürmte in Nemotos Büro.

Nemoto war beschäftigt; der Start einer Ariane stand unmittelbar bevor. Sie warf einen Blick auf den Verband um Madeleines Hand. »Sie sollten besser aufpassen.«

»Es gibt eine Möglichkeit, die Diskontinuität umzukehren, nicht wahr?«

»Oh.« Nemoto stand auf und schaute aus dem Fenster aufs Modell der Ariane. Sie verschränkte die Hände hinter dem Rücken und versteifte sich. »Dieser kleine Klugscheißer. Setzen Sie sich, Madeleine.«

»Stimmt's etwa nicht?«

»Ich sagte hinsetzen.«

Madeleine gehorchte. Sie hatte Mühe, auf Nemotos Bürostuhl eine bequeme Position zu finden.

»Ja, es gibt eine Möglichkeit«, sagte Nemoto. »Wenn man vor dem Durchgang durch ein Tor richtig eingestellt wird, ist es möglich, die Translation für die Umkehrung des Diskontinuitäten-Schadens zu nutzen.«

»Wieso machen Sie dann ein Geheimnis daraus?«, fragte Madeleine. »Schicken Sie mich zu einem Sattelpunkt«, sagte sie dann.

Nemoto schaute Madeleine mit ihrem maskenhaften Gesicht an. »Sind Sie sicher, dass Sie *das* zurückhaben wollen? Den Schmerz, die Pein des Menschseins …«

»Ja.«

Nemoto drehte sich um und setzte sich. Sie legte die Hände auf den Tisch, wobei die Finger wie verschachtelte Zweige aussahen. »Sie müssen die Situation begreifen, in der wir sind«, sagte sie. »Die meisten von uns schlafen. Aber ein paar von uns glauben, dass wir uns im Krieg befinden.« Sie meinte natürlich die Gaijin und ihre großen Gürtel-Städte, ihre weiträumigen Vorstöße ins innere Sonnensystem – und die anderen Migranten, die ihnen folgten. Zwar waren sie noch Jahrzehnte oder Jahrhunderte entfernt, aber sie waren auf dem Weg und veränderten die Gestalt des Spiralarms. »Sie müssen das sehen – Sie, wenn Sie von Ihren Reisen zu den Sternen zurückkehren. Aber alle anderen sind so beschäftigt, zu beschäftigt mit kurzfristigen Dingen, dass sie nicht die langfristige Entwicklung sehen. Außer uns, Madeleine; außer uns, die wir in der Zeit gestrandet sind.«

Bei Madeleine fiel der Groschen. »Aha. Deshalb halten Sie das Heilmittel geheim.«

»Sehen Sie, weshalb wir das tun müssen, Meacher? Wir müssen uns jede Option offen halten. Wir brauchen vielleicht Soldaten – Krieger –, die keinen Schmerz kennen …«

»Und die kein Bewusstsein haben.«

»Vielleicht. Falls das überhaupt erforderlich ist.«

Madeleine war angewidert. Die Diskontinuität war nämlich nicht weniger als die Umstrukturierung des Bewusstseins durch die Sattelpunkt-Transitionen. Typisch menschlich, diese erstaunliche Erfahrung in eine Waffe umzuschmieden. Geradezu ungeheuerlich.

Sie lehnte sich zurück. »Schicken Sie mich durch einen Sattelpunkt.«

»Oder?«

»Oder ich gehe an die Öffentlichkeit und verkünde, dass Sie ein Heilmittel für die Diskontinuität zurückhalten.«

Nemoto ließ sich das durch den Kopf gehen. »Das ist ein zu ernstes Thema, um einen Kuhhandel mit Ihresgleichen zu machen. Aber ich schlage Ihnen einen Kompromiss vor«, sagte sie.

»Einen Kompromiss?«

»Ich werde Sie zu einem Sattelpunkt schicken. Und danach fliegen Sie mit den Aborigines zum Triton. Wir müssen dafür sorgen, dass diese Kolonie ein Erfolg wird.«

Madeleine schüttelte den Kopf. »Ich werde Jahrzehnte für eine Rundreise durch ein Tor brauchen.«

Nemoto lächelte verhalten. »Das spielt keine Rolle. Es wird Jahre dauern, bis die Yolgnu Neptun erreichen und noch länger, um eine lebensfähige Kolonie zu etablieren. Und wir planen hier in großen Zeiträumen. Eines Tages werden die Gaijin die direkte Konfrontation mit uns suchen. Ein paar von uns fragen sich, wieso das nicht längst schon passiert ist. Wir müssen darauf vorbereitet sein.«

»Und Triton ist Teil dieses Plans?«

Nemoto antwortete nicht.

Natürlich war es das, sagte Madeleine sich. Alles ist Teil von Nemotos großem Plan. Alles und jeder: Mein Bedürfnis nach Geld und Heilung, das Bedürfnis von Bens Leuten nach einer Zuflucht – alles nur Hebel, die Nemoto betätigt.

»Wohin?«, fragte Nemoto.

»Wohin was?«

»Wohin soll Ihre Erholungsreise gehen?«

»Das ist mir egal. Spielt keine Rolle.«

»Ich wüsste da etwas«, sagte Nemoto. »Es gibt noch eine andere außerirdische Spezies hier im Erde-Mond-System. Wussten Sie das? Sie werden die Chaera genannt. *Ihr* Sternensystem ist exotisch. Es umfasst unter anderem ein kleines Schwarzes Loch, das … nun gut.« Sie beäugte Madeleine. »Ihr Freund Ben ist doch ein Spezialist für Schwarze Löcher, oder? Vielleicht möchte er Sie begleiten. Wie amüsant.«

Amüsant. Auch so ein kleiner relativistischer Tod.

Sie hörten ein Dröhnen und drehten sich zum Fenster um. Madeleine sah, wie ein paar Kilometer entfernt, hinter den Mangrovensümpfen, die spitze Nase des Boosters sich über die Bäume erhob, gefolgt vom Triebwerksfeuer. Das Licht der Feststoff-Booster schien über die Baumwipfel zu schwappen und die Sümpfe in Brand zu setzen, während die Ariane sich um ihre Achse drehte.

»Da«, sagte Nemoto. »Wegen Ihnen habe ich nun den Start verpasst.«

kapitel 15

KOLONISTEN

Sechs Monate:

Nachdem Nemoto ihr das Datum der Sattelpunkt-Mission genannt hatte, vermochte sie an nichts anderes mehr zu denken. Der Rest ihres Lebens – die Arbeit in Kourou und sonst wo, die Rechtsstreitigkeiten mit dem Ziel, wenigstens einen Teil des Gelds zurückzubekommen, das auf ihren Konten gesperrt war und sogar die langsam sich anbahnende Beziehung mit Ben –, all das verblasste zu einem Hintergrundglühen im Vergleich zu der leuchtenden Aussicht, am genannten, langsam näherrückenden Datum wieder durch ein Sattelpunkt-Tor zu gehen.

Sie hatte sich mit anderen Sternenreisenden getroffen, die von Spritztouren mit den Gaijin zurückgekehrt waren. Alle waren entschlossen, weiterzumachen. Vor ihrem geistigen Auge erschien eine Wolke menschlicher Reisender, die immer tiefer in den unbekannten Kosmos vorstieß und deren Bindungen an eine verschwommene, in schnellem Vorlauf in die Zukunft eilende Erde immer brüchiger wurden.

Es war nicht nur die Diskontinuität. Sie *gehörte* nicht hierher. Sie vermochte nicht einmal die Toilettenspülung zu bedienen.

Sie sehnte sich nach dem Aufbruch.

■

Das Landungsboot japanischer Bauart landete auf dem Mond. Die Raketen wirbelten eine Staubwolke auf, die sich schnell wieder setzte. Es gab verschiedene Artefakte hier auf der Oberfläche des Monds, und Nemoto, die Spinne im Netz dieser Operation, erwartete sie schon. Sie war mit einem anonymen schwarzen Raumanzug bekleidet.

Ben und Madeleine legten ihre Anzüge an, wobei sie große Sorgfalt walten ließen. Madeleine vergewisserte sich, dass Ben hinter ihr ging; sie war schließlich die erfahrene Astronautin.

Sie stieg über eine kurze Leiter zur Oberfläche hinab, wobei sie sich in der niedrigen Schwerkraft von Sprosse zu Sprosse fallen ließ. Von der letzten Sprosse trat sie auf Regolith, der wie Schnee unter ihrem Gewicht knirschte.

Sie entfernte sich vom Landungsboot und ließ die Pastell-Farben des Monds auf sich wirken: Das bunteste Objekt hier war das aluminiumverkleidete Landungsboot von Nishizaki Heavy Industries, das aus der Ferne wie ein kleines, zartes Insekt aussah, das in einem kräftigen Schwarz, Silber, Orange und Gelb leuchtete. Das Meer der Ruhe befand sich in der Nähe des Mondäquators, sodass die Erde direkt über ihrem Kopf stand. Es war schwierig, im Druckanzug den Kopf in den Nacken zu legen, um sie zu sehen. Wenn Ben auf Triton lebt, sagte sie sich, wird die Sonne eine helle Punktquelle sein. Und die Erde wird nur noch ein fahlblauer Lichtpunkt sein, der aber auch nur dann zu sehen ist, wenn die Sonne ausgeblendet wird. Eine merkwürdige Vorstellung.

Nemoto zeigte Ben die verschiedenen Artefakte, die sie hier zusammengetragen hatte. Madeleine sah eine Anzahl großer Metallkästen und Kabel, die sich als Hochleistungs-Röntgenlaser erwiesen. »Eine kleine Atombombe dient als Zünder. Bei der Detonation der

Bombe wird ein Schwall Gammastrahlen emittiert. Sie breiten sich entlang von Metallstäben aus. Das erzeugt einen starken Strahl. Die Kraft der Bombe wird quasi gebündelt …«

Wie sich herausstellte, handelte es sich bei den Geräten um Experimentalwaffen aus dem späten zwanzigsten Jahrhundert – Satellitenwaffen, die für den Abschuss von ballistischen Interkontinentalraketen vorgesehen waren.

»Und was haben die Gaijin uns für diesen Schrott bezahlt?«, fragte Madeleine.

»Das geht Sie nichts an.«

Das Habitat, das sie am Leben erhalten würde, war auch so ein Meisterstück der Improvisation und Kosteneinsparung, sagte Madeleine sich. Wie die Friendship-7, an die sie sich wehmütig erinnerte. Es basierte auf zwei Modulen – dem so genannten FGB russischer Bauart und der Ausrüstungskapsel aus amerikanischer Fertigung –, die aus der Internationalen Raumstation der NASA stammten. Die Ausrüstungskapsel war mit einem astrophysikalischen Instrumententräger nachgerüstet worden.

Madeleine ergriff Bens Hand. »Wir sollten unser schönes Schiff taufen«, sagte sie.

»Dreamtime Ancestor«, sagte Ben nach kurzer Überlegung.

»Begrüßen wir die Chaera«, sagte Nemoto.

Das letzte Artefakt, das auf dem Regolith stand, war ein Tank, ein gläserner Kubus. Er enthielt eine durchscheinende, etwa einen Meter durchmessende Scheibe, die gemächlich in einer blauen Flüssigkeit trieb.

Es war ein Alien: Ein Chaera, ein Bewohner des Systems mit dem Schwarzen Loch, das der Bestimmungsort dieser Mission war. Der Chaera war nach den Gaijin die zweite Variante von Außerirdischen gewesen, die ins Sonnensystem eindrangen.

Natürlich außer den toten Aliens der Vergangenheit.

Ben machte einen Schritt nach vorn und berührte mit der behandschuhten Hand die gläserne Wand des Tanks. Der Chaera kräuselte sich und mutete dabei wie ein Rochen an. Sie fragte sich, ob er versuchte, mit Ben zu kommunizieren.

Der Chaera hatte Augen, wie er sah: Vier an der Zahl, die in gleichmäßigen Abständen am Rand des rochenartigen Körpers angeordnet waren und sich abwechselnd öffneten. Menschlich wirkende Augen, die sie anschauten, Augen eines Geschöpfs von einem anderen Stern. Sie schauderte.

Durch einen Haarriss im Tank des Chaera entwich blubbernde Flüssigkeit und verdampfte im Vakuum.

»Sie müssen bedenken, dass diese Mission von den anderen sich unterscheidet«, sagte Nemoto. »Sie werden nämlich ein besiedeltes System besuchen. Die Chaera verfügen anscheinend über Technologie, aber sie haben keine Raumfahrt entwickelt. Die Gaijin hatten Kontakt mit ihnen aufgenommen und eine Handelsbeziehung initiiert. Die Chaera verlangten nach bestimmten Artefakten, die wir bereitzustellen vermochten.« Sie schnaubte. »Interessant. Die Gaijin scheinen von *uns* zu lernen, wie man Handelsbeziehungen aufrechterhält. Vorher haben sie sich vielleicht einfach genommen, was sie wollten oder die Eigentümer gleich getötet.«

»*Getötet?*«, sagte Ben. »Ihre Sichtweise der Gaijin ist ausgesprochen negativ.«

»Was erhalten die Gaijin im Gegenzug von den Chaera?«, fragte Madeleine.

»Wir wissen es nicht. Die Chaera verbringen die ganze Zeit in Andacht für ihren Gott. Und ihre Ansprüche scheinen gering zu sein. Sie werden ihnen dabei helfen, zu Gott zu sprechen.«

»Mit einem Röntgenlaser?«, fragte Ben trocken.

»Konzentrieren Sie sich nur auf die Wissenschaft«, sagte Nemoto. Sie klang müde. »Machen Sie sich über Schwarze Löcher und die Gaijin kundig. Das ist Ihr Auftrag. Um den Rest brauchen Sie sich nicht zu kümmern.«

Der wie schmelzendes Glas anmutende Chaera schimmerte im Licht der Erde.

■

Ben Roach schien zu spüren, dass sie wie auf glühenden Kohlen saß.

Er bot ihr an, sie nach Australien mitzunehmen und ihr die Orte zu zeigen, an denen er aufgewachsen war. »Du solltest dich wieder erden. Wie weit auch immer du reist, du bestehst noch immer aus irdischen Atomen, Gestein und Wasser.«

»Philosophie der Aborigines?«, fragte sie etwas abfällig.

»Wenn du so willst. Die Erde gab dir Leben, gab dir Nahrung, Sprache und Verstand und wird dich auch wieder in ihren Schoß aufnehmen, wenn du stirbst. Es wird berichtet, dass Menschen schon draußen zwischen den Sternen gestorben seien. *Ihre* Atome werden nicht zur Erde zurückkehren. Und im Gegenzug sind Gaijin auf der Erde.«

»Es ist aber noch kein Gaijin hier gestorben.« Das war richtig; die drei Gesandten, die sie auf Kefallonia gesehen hatte, waren noch immer da und auch nach Jahrzehnten noch voll funktionsfähig. »Vielleicht sind sie unsterblich.«

»Falls sie doch sterblich sind, werden ihre Atome, die nicht von der Erde sind, vom Gestein der Erde aufgenommen.«

»Vielleicht wäre das auch nur gerecht«, sagte sie. »Wir sollten unsre Philosophie erweitern. Das Universum ist die Mutter der Erde; das Universum bringt uns hervor und nimmt uns wieder auf, wenn wir sterben. Alle die wir da sind, Menschen, Gaijin und so weiter.«

»Ja. Außerdem gibt es etwas zu lernen.«

»Willst du mich etwa erziehen, Ben? Was gibt es denn in Australien zu sehen?«

»Wirst du mitkommen?«

Auf die Art würde sie wenigstens die Zeit totschlagen. »Ja«, sagte sie.

■

Aus der Luft war Australien flach und rostrot. Der Kontinent war mit Sanddünen und glitzernden Salzebenen übersät, den Hinterlassenschaften einstiger Meere. Das Land war erodiert, ausgedörrt und uralt; sie erfuhr, dass selbst die Sanddünen dreißigtausend Jahre alt waren. Die menschliche Besiedlung schien sich auf den Küstenstreifen und ein paar verstreute Ortschaften im Landesinnern zu beschränken.

Sie flogen nach Alice Springs im trockenen Herzen des Inselkontinents.

Beim Landeanflug auf den Flughafen sah sie eine moderne Einrichtung: Eine riesige weiße Kugel und andere Anlagen. Zwischen den Strukturen erkannte sie die charakteristischen glänzenden Kegelstümpfe von Gaijin-Landungsbooten. Ein neuer silbriger Zaun spannte sich im Umkreis von Kilometern um die zentrale Anlage.

Das Ausmaß der Gaijin-Präsenz in Australien erstaunte sie. Die Zeiten, als die Bewegungsfreiheit der Gaijin auf einen schwer bewachten Militärstützpunkt auf einer griechischen Insel beschränkt war, schienen lang vorbei zu sein.

Ben verzog das Gesicht. »Das ist eine alte amerikanische Weltraum-Überwachungsstation namens Pine

Gap, die damals bei den Anwohnern auf starke Ablehnung gestoßen war. Angeblich wusste nicht einmal der Premierminister von Australien, was dort vorging. Und die örtlichen Aborigines waren wegen des Landraubs erzürnt.«

»Doch nun sind die Amerikaner abgezogen«, sagte sie trocken. »Wir betreiben keine Weltraumüberwachung mehr, weil wir kein Raumfahrtprogramm mehr haben, das solche Maßnahmen erfordert.«

»Nein«, murmelte er. »Also haben sie Pine Gap den Gaijin überlassen.«

»Wann war das?«

Er zuckte die Achseln. »Vor vierzig Jahren, glaube ich.« Vor seiner Zeit.

Madeleine wusste, dass es auf dem ganzen Planeten das Gleiche war. Überall, wo die Gaijin auf der Erde landeten, breiteten sie sich aus: Langsam, unmerklich fast, aber die Strategie der Landnahme war klar ersichtlich. Und jedes Jahr stieg die Zahl der menschlichen Flüchtlinge an, die aus ihrer Heimat vertrieben wurden.

Nur wenige Leute erhoben dagegen Protest, weil nur wenige die Entwicklung sahen. Nemoto hat recht, sagte sie sich. Die Gaijin beuten unser kurzes Leben aus. Nemoto hat ganz recht, dass sie zu überleben und ihr Leben zu verlängern versucht, um zu *sehen*, was mit uns geschieht.

Ben überraschte sie. Wo er nun hier war und das alles sah, verlor er die Contenance; er wurde gereizt und zornig. »Die Gaijin trampeln noch mehr auf unsren Gefühlen herum als die Europäer. Aber wir waren lang vor den Gaijin und Europäern hier. Sie waren alle Gaijin, Fremde für uns. Ein paar von uns fliehen von hier. Aber vielleicht werden sie eines Tages alle verschwunden sein, all die Fremden, und wir werden die Kleider ablegen und wieder in die Wüste hinausziehen. Was meinst du …?«

Das Flugzeug landete unsanft und wirbelte eine Wolke aus rotem Staub auf.

■

Alice Springs – Ben nannte es *die Alice* – erwies sich als eine öde Stadt mit einer dürren Vegetation, die aus einem schachbrettartigen Netz sonnendurchglühter Straßen bestand. Die Hauptstraße war die Todd Street, ein Asphaltstreifen, der noch aus den Tagen der Pferdefuhrwerke stammte. Heute sah die Straße mit den Bars und Souvenirläden jedoch aus wie in einer x-beliebigen amerikanischen Kleinstadt.

Madeleine ließ den Blick über die Schaufenster schweifen. Es gab typisch australische Andenken – Plüschkängurus, animierte T-Shirts, Bücher und Datendisks –, doch um die Nähe zum Pine Gap-Reservat auszunutzen, gab es auch eine Reihe von Gaijin-Souvenirs: Modelle von Landungsbooten, Blumen-Schiffen und animierten spinnenartigen Spielzeug-Gaijin, die hinter den Schaufenstern herumkrabbelten. Es schienen sich aber nur wenige Touristen hier aufzuhalten; die Tourismusbranche, deren Niedergang schon vor Madeleines erstem Sattelpunkt-Abenteuer begonnen hatte, war nun völlig eingebrochen.

Sie quartierten sich in einem anonymen Hotel in der Nähe der Todd Street ein. Vor dem Haus stand ein knorriger alter Eukalyptusbaum, der den Asphalt durchstoßen hatte. Der Baum hatte kleine, wächsern glänzende Blätter, und die Rinde schälte sich in großen aschgrauen Streifen vom Stamm. »Ein heiliges Denkmal«, sagte Ben leise. »Es ist der Träumenden Raupe gewidmet.« Sie wusste nicht, was das bedeutete. Die SmartDrive-Fahrzeuge umfuhren einfach den sturen Stamm; in den Zeiten, als die Leute noch Auto gefahren waren, musste er aber ein Verkehrshindernis gewesen sein.

Ein paar Kinder gingen vorbei – sie waren dünn, hatten eine tiefschwarze Haut und waren dick mit Sonnenschutzcreme eingeschmiert. Sie sahen Ben und Madeleine zu, wie die den Baum betrachteten. Ben schienen ihre Blicke Unbehagen zu verursachen.

Es liegt daran, dass er auch ein Fremder ist, sagte sie sich. Er ist zu lang fortgewesen, wie ich auch. An diesem Ort ist er nicht mehr zu Hause, jedenfalls nicht so ganz. Sie fand das bedauerlich und tröstlich zugleich. Es gab immer jemanden, der noch schlechter dran war als man selbst.

Sie übernachteten hier.

Der Mond schien hell durchs Fenster. Insekten schwirrten um die Lampen des Hotels und wurden zischend versengt, wenn sie ihnen zu nahe kamen. Es war noch immer so warm, dass man kaum Schlaf fand. Sie sehnte sich nach dem übersichtlichen, kontrollierbaren Innern eines Raumschiffs.

Am nächsten Morgen bereiteten sie sich auf einen Streifzug durchs Land vor – in den Busch gehen, wie Ben es nannte. Ben trug Stiefel, ein weites Trikot, einen gelben Tropenhelm und enge grüne Shorts, die er ›stubbies‹ nannte. Meacher war mit einem Poncho bekleidet, einem breitkrempigen reflektierenden Hut und hatte Gesicht und Hände mit Sonnenschutz förmlich imprägniert. Sie würde es nämlich nicht spüren, wenn sie einen Sonnenbrand bekam.

Sie hatten ein Fahrzeug gemietet, ein robustes Vehikel mit Allradantrieb und Ballonreifen. Die Karre war schon eine Rostlaube. Madeleine fiel auf, dass Ben einen ungewohnt gutturalen Tonfall hatte, wenn er mit den Einheimischen sprach. Ben verstaute Lebensmittel – die er als *tucker* bezeichnete – und viel Wasser im Fahrzeug. Wesentlich mehr, als sie für nötig gehalten hätte. Das Wasser befand sich in großen gekühlten, klarwandigen Behältern, die Eskis – nach Eskimo – genannt wurden. Man vermochte das Auto erst dann zu starten, wenn die Sensoren meldeten, dass genug Wasser an Bord war.

Die Straße war eine schnurgerade schwarze Piste – wahrscheinlich intelligenter Beton, sagte sie sich, der sich selbst ausbesserte und eine Lebensdauer von ein paar hundert Jahren hatte, ohne dass man die Straße hätte instandhalten müssen. Sie waren als Einzige unterwegs.

Das Erste, was sie sah, waren Zäune, Windmühlen und Kühe, sogar ein paar Kamele.

Sie kamen an einer Aborigines-Siedlung vorbei, die von einem Maschendrahtzaun eingegrenzt wurde. Der Ort bestand aus Hütten mit Blechdächern und ein paar Gebäuden im Ortskern, die wie braune fensterlose Kästen wirkten – ein Krankenhaus oder eine Kirche vielleicht. Überall schienen sich Kinder zu tummeln. Müll wurde über den Boden geweht, auf dem Glasscherben glitzerten.

Sie hielten nicht an, und Ben warf nur einen flüchtigen Blick auf die Siedlung. Der Dreck schockierte Madeleine.

Bald verließen sie das menschliche Siedlungsgebiet und fuhren durch eine rote Landschaft ohne Bäume. Nichts regte sich außer den fahlen Schatten hoher Wolken. Das Land war zu trocken, um als Acker- oder auch nur als Weideland genutzt zu werden.

»Ein raues Land«, sagte sie unnötigerweise.

»Darauf kannst du wetten«, sagte Ben, dessen Augen hinter einer verspiegelten Brille verborgen waren. »Und es wird noch rauer. Menschenleer. Für *uns* hat es aber gereicht. Wir haben das Land kaum berührt, glaube ich.«

Er hatte recht. Nach ein paar zehntausend Jahren ›Versuch und Irrtum‹ und mühsam erworbenen Wissens hatten die Aborigines in diesem öden und trockenen Land zu überleben gelernt. Aber es war ein ständiger Überlebenskampf gewesen, in dem es keinen Platz gab für feste soziale Gefüge, weder für Propheten noch für Häuptlinge und privilegierte Klassen. Ihre Träume waren Träume von der Wanderung gewesen. Und vor der Ankunft der Europäer hatten die Schwachen, Kranken und Alten ein schlimmes Los gehabt.

In einem Land von der Größe der Vereinigten Staaten hatten nur dreihunderttausend Menschen gelebt. Aber die Aborigines hatten auch unter widrigsten Bedingungen überlebt.

Als das Gelände anstieg, stoppte Ben das Fahrzeug und stieg aus. Madeleine tauchte in heißen Staub, grelles Licht und Stille ein.

Sie marschierte über ein Plateau aus Sandhügeln und zerbröseltem, verwittertem orange-rotem Gestein, das von tiefen trockenen Rinnen durchzogen wurde. Wie auf dem Mars, sagte sie sich. Aber hier wuchs Gras, gelbe und stachlige Büschel; es gab sogar Bäume und Büsche wie niedrige Mulgas mit stachligen Blättern. Ein paar Büsche waren kürzlich verbrannt, und grüne Knospen sprossen aus den geschwärzten Stümpfen. In ihren Augen wirkten die weit verstreuten Bäume und Grasinseln wie eine Parklandschaft, nur dass dieses Land von Dürre und Feuer geformt worden war und nicht von westlichen Landschaftsgärtnern.

Ben schien den Spaziergang richtig zu genießen. Er drückte die Beine durch und hakte die Daumen in die Rucksackgurte. »Australien ist ein Ort für Läufer«, sagte er. »Dafür sind wir Menschen geschaffen. Schau dir mal bewusst deinen Körper an. Jedes Detail, von den langen Beinen bis zum senkrechten Rückgrat ist für lange Wanderungen durch unwegsames Gelände, Wüsten und Buschland geschaffen. Australien ist das Land, für das wir uns entwickelt haben.«

»Dann haben wir uns also zu Flüchtlingen entwickelt«, sagte Madeleine verdrießlich.

»Wenn du so willst. Und in Anbetracht der Horden, die entlang des Spiralarms unterwegs sind, ist das vielleicht sogar ein Vorteil. Was meinst du?«

Gehen, sagte er, sei die Grundlage der Traumzeit, der Schöpfungsgeschichte der Aborigines.

»Im Anfang war der Lehm. Und die Vorfahren formten sich aus dem Lehm – Tausende von ihnen, einer für jede totemische Spezies …« Jeder totemische Vorfahr bereiste das Land und hinterließ neben seinen Fußspuren eine Spur aus Worten und Musik. Und diese Spuren dienten als Mittel der Verständigung selbst zwischen den entferntesten Stämmen.«

Madeleine hatte schon davon gehört. »Die Lied-Linien.«

»Wir bezeichnen sie als ›Die Fußspuren der Ahnen‹. Und der Kanon aus Wissen und Gesetzen wird *Tjukurpa* genannt … Aber es stimmt. Das ganze Land gleicht einem Musikstück. Es gibt kaum einen Felsen oder einen Bach, der nicht besungen wurde. Mein ›Clan‹ ist nicht mein Stamm, aber das Volk meines Traums, ob auf dieser Seite des Kontinents oder der anderen; mein ›Land‹ ist keine eingegrenzte Parzelle, sondern ein Handelsweg, ein Mittel der Verständigung.

Die Haupt-Liedlinien scheinen im Norden oder Nordwesten Australiens zu entspringen, vielleicht an der Torres Strait und winden sich südwärts durch den Kontinent. Vielleicht bilden sie die Routen der ersten Australier überhaupt ab, die über die schmale eiszeitliche Meerenge aus Asien kamen. Dadurch würden die Bruchstücke der Linien sich viel weiter zurückerstrecken, über hunderttausend Jahre durch Asien bis nach Afrika.

»Von Afrika nach Triton«, sagte sie.

»Ja. Wo das Land noch unbesungen ist.«

Sie stiegen noch höher durch Inseln des struppigen gelb-weißen Grases, das den Namen Spinifex trug. Sie streckte die Hand nach einem Büschel aus und berührte es, ohne etwas zu spüren. Ben riss ihre Hand zurück. Sie sah Stacheln in der Hand stecken.

Er zog die Stacheln heraus. »Alles hier hat Stacheln. Alles versucht zu überleben und seine Wasservorräte zu schützen. Vergiss das nicht … Schau.«

Ein Rascheln ertönte. Ein Känguruweibchen mit einer Schar Jungen hatte die Deckung einiger Büsche verlassen.

Die Kängurus sahen aus wie riesige Mäuse, mit Gesichtern wie Nagetiere und dickem Fell. Sie waren plump, aber stark. Die weißen Fußsohlen kontrastierten mit dem roten Staub. Als das große Weibchen sich bewegte, tat es das in einer Art und Weise, wie Madeleine es noch nie gesehen hatte. Es nutzte den Schwanz und die Arme als Steuerung und stieß sich mit den kräftigen Beinen ab. Da war ein Jungtier im Beutel – nein, Ben sagte, es sei ein *joey* –, das neugierig den Kopf herausstreckte und am Spinifex knabberte, während die Mutter sich fortbewegte.

Aus der Nähe muteten die Tiere Madeleine extrem fremdartig an: Exemplare eines anderen biologischen Entwurfs, als ob es sie auf eine andere Welt verschlagen hätte. Die Chaera sind auch nicht viel exotischer, sagte sie sich.

Irgendetwas schreckte die Kängurus auf. Sie hüpften in weiten Sätzen davon.

Madeleine grinste. »Mein erstes Känguru.«

»Du verstehst nicht«, sagte Ben mit belegter Stimme. »Ich glaube, das war ein *Procoptodon*. Ein Riesenkänguru. Sie werden bis zu drei Meter hoch …«

Madeleine kannte sich mit Kängurus nicht aus. »Und das ist ungewöhnlich?«

»Madeleine, das *Procoptodon* ist seit zehntausend Jahren ausgestorben. *Deshalb* ist es ungewöhnlich.«

Sie entfernten sich immer weiter vom Fahrzeug und tranken Wasser aus Feldflaschen.

»Das sind die Gaijin«, sagte er. »Natürlich sind das die Gaijin. Sie rekonstruieren die hiesige Megafauna, die längst ausgestorben ist. Es ist auch schon eine *wanabe* gesichtet worden, eine einen Meter durchmessende und sieben Meter lange Schlange und ein flügelloser Vogel namens *genyornis* mit der doppelten Masse eines Emus. Die Gaijin scheinen die genetische Struktur existierender Spezies zu manipulieren und diese archaischen Lebensformen zu reproduzieren.«

Sie gelangten zu einer Stelle aus nacktem Gestein, die mit Knochen übersät war. Die Knochen waren zerbrochen, wahllos verstreut und anscheinend abgenagt worden. Ein paar Stücke waren aber so groß, dass sie sie zu identifizieren vermochte – war das hier eine Augenhöhle, das dort ein Stück eines Kiefers?

»Wir glauben, dass sie eine unzureichende Analyse durchführen«, sagte Ben. »Die DNA zerfällt mit der Zeit. Aber man vermag die Evolution zu rekonstruieren, wenn man Zugang zu den evolutionären Produkten hat. Man geht zurück und sucht das gemeinsame Gen, von dem alle Produkte abstammen; man sucht dabei nach der kleinsten Anzahl der Verzweigungspunkte, aus denen die gegenwärtige Familie sich entwickelt haben könnte. Wenn man die Struktur hat, vermag man das alte Gen zu rekonstruieren, indem man synthetisierte Sequenzen in moderne Gene integriert. Verstehst du?« Er verstummte atemlos. »Und noch eine Überlegung. Außer den kurzen Intervallen in der Eiszeit, wo es durch Brücken mit Asien verbunden war, ist Australien seit hundert Millionen Jahren eine Insel. Die größte genetische Abweichung zwischen modernen Menschen besteht zwischen den australischen Ureinwohnern und dem Rest der Weltbevölkerung.«

»Wenn man also mit dem Gedanken spielt, das menschliche Genom auseinander zu nehmen ...«

»... wäre das hier der beste Ort.«

Sie erinnerte sich an die Gaijin, die sie vor Jahrzehnten auf Kefallonia bei der Selbstverstümmelung beobachtet hatte. »Vielleicht zerlegen sie uns. Demontieren die Biosphäre, um ihre Funktionsweise zu ergründen.«

»Vielleicht. Weißt du, die Menschen glaubten immer, dass bei der Ankunft Außerirdischer ein Füllhorn des Wissens über uns ausgeschüttet würde. Stattdessen scheinen sie jede Menge Fragen zu haben. Und nachdem *unsere* Antworten sie nicht zufriedengestellt haben, suchen sie selbst nach Antworten ... Es wäre natürlich hilfreich, wenn sie uns sagten, wonach sie suchen. Aber wir haben schon eine Vermutung.«

»Wirklich?«

Sie gingen langsam weiter, um ihre Kräfte zu schonen.

Er musterte sie. »Für jemanden, der so weit gereist ist, scheinst du manchmal ziemlich wenig zu verstehen. Ich will dir noch eine Theorie unterbreiten. Siehst du in dieser Wüste irgendwo Kakteen?«

Nein, sah sie nicht. Und wo sie nun darüber nachdachte, gab es hier überhaupt keine der Wüstenpflanzen, die sie aus den USA kannte.

Ben sagte ihr, dass Australiens lange Geschichte der Grund dafür war. Einst war Australien Teil eines riesigen Super-Kontinents namens Gondwanaland gewesen. Als Australien von dieser Landmasse abbrach und wegdriftete, nahm es eine Fracht Regenwaldpflanzen und Tiere mit. Sie hatten sich an die zunehmende Dürre angepasst und zu diesen Lebensformen entwickelt, die sie hier sah.

Er fuhr mit den Fingern durch den roten Staub. »Die Kontinente sind Flöße aus Granit, die auf Magmaströmen im Erdmantel driften. Wir glauben, dass die Kontinente unter dem Einfluss von Änderungen dieser Strömungen sich in alle Richtungen bewegen, sich miteinander verbinden und wieder auseinander brechen.«

»Verstehe.«

»Aber wir wissen nicht, *was* diese Änderungen der Magma-Ströme verursacht. Bisher glaubten wir an eine Dynamik im Erdinnern.«

»Und nun …«

»Nun sind wir nicht mehr so sicher.« Er lächelte. »Stell dir einen großen Krieg vor. Ein Bombardement aus dem Weltraum. Stell dir einen großen Einschlag vor, einen Asteroiden oder Kometen, der ins Meer einschlägt. Er würde das Wasser wie eine Pfütze durchdringen und den Meeresboden aufreißen.« Er schürzte die Lippen. »Vergleich es mit Schaum auf einer Wasseroberfläche. Und dann wirf ein paar Steine hinein. Stell dir vor, wie die Inseln aus Schaum aufreißen, verquirlt werden und sich wieder vereinigen. So würde sich das abspielen. Wenn es geschehen wäre, hätte es das Schicksal des Lebens auf der ganzen Erde bestimmt. Die Einschlagstrukturen wären nur schwer zu entdecken, weil der Meeresboden sich unter die Kontinente geschoben hat und geschmolzen ist. Nach zweihundert Millionen Jahren sieht man das dem Meeresboden nicht mehr an. Aber es gibt Techniken …«

Ein apokalyptischer Krieg. Felsbrocken wurden vom Himmel geschleudert und hämmerten auf die Erde. Vor ein paar hundert Millionen Jahren. Das heiße staubige Land schien sich um sie zu drehen.

Es klang wie eine bizarre Verschwörungstheorie. Es war eine Sache, die Entwicklung der Venus den Aktivitäten Außerirdischer zuzuschreiben. Aber das … War es wirklich möglich, dass alles, was sie heute gesehen hatte – die Tiere, das alte Land – von Intelligenzen in einem sinnlosen Krieg geformt worden war?

»Hast du mich deshalb nach Australien mitgenommen? Um mir das zu sagen?«

Er grinste. »Auf der Erde ist es wie im Himmel, Madeleine. Es scheint uns leicht zu fallen, die Umgestaltung ferner Gesteinswelten durch Wellen von Invasoren zu erklären – sogar bei der Venus, unsrer Zwillingswelt. *Aber wieso sollte gerade die Erde davon ausgenommen sein?*«

»Und deshalb folgst du Nemoto?«

»Wenn die Gaijin das wüssten – dass wir in einem Universum voll brutaler Gewalt leben –, sollte man dann nicht meinen, dass sie es uns zumindest sagen …?« Ben fand etwas, das wie ein Stück von einem Schenkelknochen aussah. »Ich bin kein Experte«, sagte er. »Aber ich glaube, es war ein *diptrodon*. Ein wombatartiges Geschöpf von der Größe eines Rhinozerosses.«

»Auch ein Gaijin-Experiment?«

»Ja.« Er schien sich wieder aufzuregen, wobei er das aber in sich hineinfraß. »Wer weiß schon, wie es gestorben ist. An Hunger vielleicht oder an Durst, oder auch nur an einem ganz banalen Sonnenbrand. Das sind archaische Lebensformen, die in eine fremde Ökologie verschlagen wurden.«

»Und deshalb sterben sie?«

»Und deshalb sterben sie.«

Sie gingen weiter und fanden noch mehr Knochen von Tieren, Opfern misslungener Experimente, die seit vielen tausend Jahren hätten tot sein müssen und deren Knochen in der heißen Sonne bleichten.

■

Das Sattelpunkt-Tor war ein schlichter Reif aus einem mattblauen Material, der vielleicht dreißig Meter durchmaß und der Sonne zugewandt war. Für Madeleine war er der Inbegriff klassischer Schönheit. Elegant und perfekt.

Je näher das Blumen-Schiff kam, desto mehr fürchtete Madeleine sich. Ben erzählte ihr Traumzeit-Geschichten, und sie klammerte sich an ihn. »Sag mir …«

Das Schiff bremste nicht ab. In letzter Minute entfaltete das Blumen-Schiff die elektromagnetischen Blüten, und die silbrigen Stränge wickelten sich um die Flanken des Schiffs und verwandelten es in einen Speer, der die Scheibe aus Dunkelheit durchstieß.

Madeleines Gesicht wurde in blaues Licht getaucht. Das Licht wurde immer heller, bis es sie blendete.

Jeder Durchgang wird von einem unerträglichen, quälenden Schmerz begleitet, der aber nur für einen Moment anhält.

… Diesmal schien der Schmerz für Madeleine aber nicht enden zu wollen.

Ben hielt sie fest, während das kalte Licht verschiedener Sonnen über das Blumen-Schiff hereinbrach. Sie weinte.

kapitel 16

DER IKOSAEDER-GOTT

Der Sattelpunkt des Heimatsystems der Chaera lag innerhalb der Akkretionsscheibe des Schwarzen Lochs selbst. Ben und Madeleine schauten aus dem Fenster, während rauchiges Licht über die verschrammten Metall- und Kunststoffoberflächen des Habitats waberte.

Die Akkretionsscheibe wirbelte unter dem Blumenschiff wie Schaum auf der Oberfläche eines riesigen Butterfasses. Das Schwarze Loch war für seine Art massiv, wie Madeleine erfuhr, und hatte nur einen Durchmesser von ein paar Metern. Materie von der Akkretionsscheibe wurde in einem steten Strom ins Loch gerissen, und Gammastrahlen stoben in den Raum.

Das Blumen-Schiff durchstieß die Akkretionsscheibe. Der Anblick war faszinierend.

Die Scheibe verkürzte sich perspektivisch. Sie tauchten in einen Millionen Kilometer langen Schatten ein.

Ein rotes Band zog sich neben dem Blumen-Schiff nach oben. Madeleine erhaschte einen Blick auf ein Detail, ein Meer aus körnigem Geröll. Die Scheibe kollabierte zu einem körnigen Band zwischen den Sternen; erbsengroße Kügelchen prasselten gegen die Hülle der *Ancestor.* Dann erhob das Schiff sich über die Ebene der Scheibe.

Ein heller Stern leuchtete unter der Decke aus Geröll. Es handelte sich um einen stabilen G2-Stern wie die Sonne, der ungefähr fünf astronomische Einheiten entfernt war – was in etwa der Distanz zwischen Jupiter und Sol entsprach. Das Schwarze Loch umkreiste diesen Stern als geschrumpfter, Strahlen speiender Planet.

Bald sammelten die auf der wissenschaftlichen Plattform der *Ancestor* montierten Sensoren Daten über die Wasserstoff-Alpha-Emission, ermittelten ultraviolette Linienspektren, erstellten ultraviolette und Gammastrahlen-Bilder sowie Spektrografien der aktiven Regionen. Ben übernahm die Regie, und sie widmeten sich den Routineaufgaben der Beobachtung des Lochs und der Scheibe, wobei die Ausbildung und Praxis der beiden sich vorteilhaft auswirkte.

■

Nemoto hatte einen Hochleistungs-Bioprozessor an den Tank der Chaera angeschlossen: Ein kleines kubisches Gerät, das die Menschen in die Lage versetzen würde, bis zu einem gewissen Grad mit den Chaera und ihren Gaijin-Gastgebern zu kommunizieren. Beim Hochfahren erschien auf einem kleinen Monitor die Design-Metapher der menschlichen Schnittstelle des Biopros. Eine grobkörnige, schlecht synchronisierte zweidimensionale virtuelle Darstellung von Nemotos ledrigem Gesicht.

»Die Eitelkeit von Größenwahnsinnigen«, murmelte Madeleine. »Das ist ein Muster.«

Ben verstand nicht. Die virtuelle Nemoto grinste.

Ben und Madeleine schwebten vor einem Sichtfenster des Chaera-Tanks.

Wenn Madeleine diese Kreatur in einem Tiefsee-Aquarium zu Gesicht bekommen hätte, wäre sie ihr nicht allzu fremdartig erschienen – und dabei war sie noch nicht einmal Biologin. Es waren diese erstaunlichen Augen, die beinahe menschlich anmuteten.

Die Augen waren natürlich ein frappierendes Beispiel für konvergente Evolution. Auf der Erde verliehen Augen dem Besitzer einen solchen evolutionären Vorteil, dass sie sich vielleicht vierzigmal unabhängig voneinander entwickelt hatten – wogegen Flügel anscheinend nur ein paar Mal neu erfunden worden waren, und das Rad überhaupt nicht. Trotz Abweichungen im Detail – hier waren die Augen von Fischen, Insekten und Menschen sehr verschieden – beruhten alle Augen auf einem gemeinsamen Entwurf, denn sie waren für denselben Zweck entwickelt worden und unterlagen auch den Gesetzen der Physik.

Es war also zu erwarten, dass Aliens auch Augen hatten.

Die Chaera kommunizierten durch Bewegung, wobei die sich kräuselnden Körper niederfrequente Schallwellen in der Flüssigkeit aussandten, in der sie schwammen. Die Oberfläche der Chaera wurde ständig von Lasern abgetastet, die alle Bewegungen registrierten und eine Übersetzung ermöglichten.

Die Verständigung mit fremden Spezies fiel nach den ersten Erfahrungen mit den Gaijin immer leichter. Eine Art Meta-Sprache hatte sich herausgebildet, eine Schnittstelle, die als Übertragungspuffer zwischen Alien-›Sprachen‹ und den menschlichen Sprachen diente. Diese Meta-Sprache beruhte auf Konzepten – Raum, Zeit, Zahl –, die jeder intelligenten Spezies geläufig sein mussten, die im dreidimensionalen Raum eingebettet waren und physikalischen Gesetzen unterlagen. Ergänzt wurde sie durch verbale, mathematische und grafische Elemente; nach Madeleines laienhaftem Verständnis mutete sie an wie eine Verschmelzung aus Latein und Lincos.

Madeleine verspürte eine seltsame Verbundenheit mit dem merkwürdigen rotierenden Geschöpf, einem Geschöpf, das auch von der Erde hätte stammen können und das viel sympathischer war als die Gaijin.

Und wenn wir *euch* schon so schnell gefunden haben, dann wird das, was wir dort draußen noch finden, vielleicht doch nicht so fremdartig sein.

»Was sagt es?«, fragte Ben.

Die virtuelle Nemoto dolmetschte. »Die Chaera sah, wie die Scheibe sich entfaltete. ›Welch ein Schauspiel. Generationen werden mich darum beneiden …‹«

Madeleine erfuhr, dass kleine Schwarze Löcher in der Regel die Masse von Jupiter hatten. Zu klein, um das Endprodukt eines Sternenkollapses zu sein, waren sie eine Millionstel Sekunde nach dem Urknall entstanden und im Feuerball bei der Geburt des Universums gebacken worden.

Die Natur kleiner Schwarzer Löcher schien also bekannt. Es war nur merkwürdig, ein solches Loch auf einer präzisen kreisrunden Umlaufbahn um diesen sonnenähnlichen Stern zu sehen.

»Und die eigentliche Überraschung«, sagte die virtuelle Nemoto, »war, dass die Gaijin Leben in der Akkretionsscheibe eines Schwarzen Lochs entdeckt haben. Die Chaera. Dieses Schwarze Loch scheint der Gott der Chaera zu sein.«

»Sie verehren ein Schwarzes Loch?«, fragte Madeleine.

»Offensichtlich«, sagte Nemoto ungeduldig. »Falls das Übersetzungsprogramm funktioniert. Und falls es überhaupt möglich ist, Konzepte wie ›Gott‹ und ›verehren‹ über Spezies hinweg zu transportieren.«

Ben murmelte etwas vor sich hin. Madeleine schaute ihm über die Schulter.

Im hellen Zentrum der Akkretionsscheibe umgab etwas das Schwarze Loch, hüllte es ein.

Es war eine netzartige Struktur, die an der Grenze des Schwarzschild-Radius ansetzte und sich kilometerweit erstreckte. Die Struktur war ein gleichmäßiger Festkörper mit zwanzig dreieckigen Flächen.

»Das ist ein Ikosaeder«, sagte Ben. »Mein Gott, es ist so offensichtlich künstlich. Der größtmögliche platonische Festkörper. Die Krönung der dritten Dimension.«

Madeleine vermochte weder einen Rahmen im Innern des Ikosaeders zu erkennen noch eine Verstärkung der Kanten; es war eine Struktur aus einem fast durchsichtigen Film, wobei jedes Dreieck ein paar hundert Meter lang war. Die Facetten funkelten im Widerschein des glühenden Ansaugstutzens des Blumen-Schiffs.

»Es muss mächtig stark sein, um die Struktur gegen die Schwerkraft des Lochs aufrechtzuerhalten«, sagte Ben. »Es scheint den Materiefluss von der Akkretionsscheibe in den Ereignishorizont zu steuern …«

Das war geradezu eine Festbeleuchtung für ein Schwarzes Loch. Madeleine, die fast schon das Prädikat ›Veteran der interstellaren Raumfahrt‹ verdient hatte, war perplex.

Die Chaera im Tank flippte förmlich aus.

»Zeit, den Fahrpreis zu zahlen«, sagte Nemoto. »Sind wir bereit, zu Gott zu sprechen?«

Madeleine wandte sich an Ben. »*Davon* haben wir nichts gewusst. Vielleicht sollten wir uns die ganze Sache noch mal überlegen.«

Er zuckte die Achseln. »Nemoto hat recht. Das ist nicht unsre Mission.« Er startete die Operationen, die sie geübt hatten.

Widerwillig bediente Madeleine eine Konsole und fuhr den ersten der alten Röntgenlaser aus; auf den Monitoren sah man, dass er sich entfaltete wie eine mickrige Blume.

Der selbst gerichtete Laser stach ins Herz des Systems und raste aufs Loch zu.

»Drei, zwei, eins«, murmelte Ben.

Ein weißer Lichtblitz zuckte durch den Raum und drang durch die Fenster der Versorgungskapsel.

Verschiedene Instrumente registrierten einen Schwall von Partikeln und elektromagnetischer Strahlung. Die Atombomben-Energiequelle des Lasers hatte funktioniert. Die Abschirmung der *Ancestor* schien auszureichen.

Der Gammastrahl bestrich das Antlitz ›Gottes‹. Die Netz-Struktur regte sich wie eine schlafende Schlange.

Die Chaera erzitterte.

Ben betrachtete die Falschfarbendarstellungen. »Madeleine. Schau mal.«

Die Gesichtszüge ›Gottes‹ entgleisten, und das Ikosaeder-Netzwerk faltete sich um einen bestimmten Punkt; es sah aus wie ›Krähenfüße‹ unter einem Auge.

»Ich habe eine grobe Übersetzung von der Chaera«, sagte Nemoto. »›Sie hat uns erhört.‹«

»Sie?«, fragte Madeleine.

»Gott natürlich. ›Wenn ich erfolgreich war … Dann werde ich der Auserwählte meiner Rasse sein. Ruhm – Reichtum – ein Partner meiner Wahl …‹«

Madeleine lachte sarkastisch. »Und natürlich religiöse Erfüllung.«

Ben registrierte einen Schwall von energiereichen Gamma-Teilchen, der aus dem Loch drang – und der Kern im Zentrum des zerknitterten Netzes explodierte. Eine Säule aus Strahlung durchstieß die Akkretionsscheibe wie eine Faust.

Die Chaera schlackerte im Tank.

»›Der Ruf Gottes‹«, sagte Nemoto. Sie spähte aus dem Biopro-Tank und hatte das verschrumpelte virtuelle Gesicht skeptisch verzogen.

Der Strahl verschwand und hinterließ eine Spur aus wirbelndem Schutt.

■

Das Blumen-Schiff ging in eine weite angetriebene Bahn, auf der es sich vom Schwarzen Loch entfernen und dem Primärstern und dem inneren System sich nähern würde. Madeleine und Ben sahen das Schwarze Loch und das rätselhafte Artefakt auf Spielzeuggröße schrumpfen.

Die Chaera bewohnten die größeren Bruchstücke der Akkretionsscheibe.

In den gespeicherten Abbildungen der *Ancestor* waren die Chaera überall. Entweder wirbelten sie wie Frisbees über die Oberfläche der kleinen Welten, flogen durch den Akkretions-Schutt zu einem benachbarten Fragment oder ›sonnten‹ sich wie Eidechsen, wobei sie den Bauch dem Schwarzen Loch zugewandt hatten.

Der Strahl ›Gottes‹ hatte eine Spur aus glühendem Schutt in die Akkretionsscheibe gefräst, als ob man einem Körper ein Brandeisen aufgedrückt hätte. Die Furche endete in einer Ansammlung größerer Bruchstücke.

Im optischen Sichtgerät drifteten quallenartige Körper wie Rußflocken.

»Damit ich das auch richtig verstehe«, sagte Madeleine. »Die Chaera haben sich entwickelt, um die Gammastrahlung aus dem Schwarzen Loch – von ›Gott‹ – zu absorbieren. Ist das so richtig?«

»Entwickelt oder angepasst. So hat's den Anschein«, sagte Nemoto trocken. »›Gott leitet uns in allen Dingen.‹«

»Dann versuchen die Chaera also, ›Gott‹ anzurufen«, sagte Ben. »Ein paar von ihnen beten. Andere bauen große Artefakte, die Ihren Glanz widerspiegeln. Wie Sonnenanbeter, die für die Morgendämmerung beten. Im Grunde versuchen sie aber nur, Gammastrahlen-Ausbrüche zu stimulieren. Die Gaijin müssen ihnen lediglich einen effektiveren Kommunikationsmechanismus verkaufen.«

»Einen besseren Rosenkranz«, murmelte Madeleine.

»Aber woran sind die Gaijin hier interessiert? Am Artefakt des Schwarzen Lochs?«

»Möglich«, sagte Nemoto. »Vielleicht auch an der Religion der Chaera. Die Gaijin scheinen geradezu besessen von solch unlogischen Glaubenssystemen.«

»Aber«, sagte Madeleine, »diese Röntgenlaser pumpen so viel Energie ins Artefakt, dass es das Fassungsvermögen der Chaera um ein paar Größenordnungen übersteigt. Vielleicht wissen die Chaera überhaupt nicht, womit sie es hier zu tun haben.

»›Gottes heiliger Ruf zerschmettert Welten‹«, dolmetschte Nemoto.

■

Der Hauptstern hatte große Ähnlichkeit mit der Sonne. Die von Zweifeln über die Mission gequälte Madeleine legte die Hand aufs Fenster, um die Wärme zu spüren. Sie lechzte nach einer kleinen körperlichen Freude.

Es gab hier nur einen Planeten. Er war etwas größer als die Erde und bewegte sich auf einer perfekten Kreisbahn durch die bewohnbare Zone des Sterns, den Bereich, in dem ein erdähnlicher Planet zu existieren vermochte.

Aber sie sah schon aus der Ferne, dass das keine Erde war. Es herrschte Stille auf allen Frequenzen. Und der Planet leuchtete fast so hell wie sein Stern; er musste eine Wolkendecke wie die Venus haben.

Nach einer Schlafpause klammerten Ben und Madeleine sich aneinander und trieben vor dem, was einem ›Panoramafenster‹ am nächsten kam. Madeleine ließ den Blick schweifen und suchte nach bekannten Sternbildern, obwohl sie so fern der Heimat waren. Sie fragte sich, ob es ihr gelingen würde, Sol ausfindig zu machen.

»Irgendetwas stimmt nicht«, flüsterte Ben.

»Irgendetwas stimmt immer nicht.«

»Ich meine es ernst.« Er zog mit dem Finger eine Linie durch den schwarzen Himmel. »Was siehst du?«

Die Sonne stand im Moment hinter dem FGB-Modul, und sie schaute hinaus ins Streulicht. Da waren dieser helle Planet und die trübe rote Geröllscheibe, die das Schwarze Loch der Chaera umspannte. Von hier aus war es nur als eine Licht-Punktquelle zu sehen.

»Es liegt ein *Glühen* um den Stern«, sagte Ben, »das noch den Orbit des Einzelplaneten erfasst. Siehst du?« Madeleine erkannte einen diffusen Schein, wolkig und mit ausgefransten Rändern. »Das ist an sich schon merkwürdig«, sagte Ben. »Aber ...«

Dann fiel bei ihr der Groschen. »Aha. Kein Zodiakallicht.«

Das Zodiakallicht im Sonnensystem war ein schwaches Glühen in der Ebene der Ekliptik. Manchmal war es auch von der Erde aus zu sehen. Es handelte sich um Sonnenlicht, das vom Staub gestreut wurde, der die Sonne in der Ebene der Planeten umkreiste. Der meiste Staub war in oder in der Nähe des Asteroidengürtels durch Asteroidenkollisionen entstanden. Und im Sonnensystem dieser Tage wurde das Zodiakallicht natürlich vom Glühen der Gaijin-Kolonien verstärkt.

»Wenn es also kein Zodiakallicht ist ...«

»Es gibt hier keine Asteroiden«, sagte Ben.

»Nemoto. Was ist mit den Asteroiden passiert?«

»Ich glaube, das wisst ihr schon«, zischte die virtuelle Nemoto.

Ben nickte. »Sie wurden verarbeitet. Wahrscheinlich schon vor langer Zeit. Dieser Ort ist *alt*, Madeleine.«

Mit funkelnden elektromagnetischen Blüten fraß das Blumen-Schiff sich durch die prall gefüllte Gastasche im Herzen des Systems, und die Schatten, die von der nahen und in hellem Glanz erstrahlenden Sonne geworfen wurden, wanderten wie Uhrzeiger über die komplexe Oberfläche des Schiffs. Diese diffuse Gaswolke war bereits so dicht, dass sie die fernen Sterne ausblendete.

Daten gingen lautlos im FGB-Modul ein.

»Es gleicht einem Fragment einer GMC – einer molekularen Riesenwolke. Überwiegend Wasserstoff, ein geringer Anteil Staub. Sie ist vergleichsweise dick. Hunderttausend Moleküle pro Kubikzentimeter … Die Sonne wurde aus einer solchen Wolke geboren, Madeleine.«

»Aber die Hitze der Sonne hat die Überreste *unserer* Wolke aufgelöst … nicht wahr? Wieso ist das nicht auch hier passiert?«

»Oder vielleicht müsste die Frage so lauten«, sagte die virtuelle Nemoto säuerlich: *»Wie kommt's, dass die Gaswolke den Stern wieder eingehüllt hat?«*

Sie flogen an der Rückseite der Sonne vorbei. Trotz der aufwendigen Abschirmung schien das Licht in jede Ritze des FGB-Moduls zu kriechen. Madeleine war erleichtert, als sie endlich wieder auf Gegenkurs gingen und der Kühle des äußeren Systems und diesem mysteriösen Einzelplaneten zustrebten.

Sie brauchten einen Tag, um zu ihm zu gelangen. Sie erreichten ihn mit der Sonne im Rücken, sodass er sich als eine fast volle Scheibe abzeichnete. Die geschlossene, von Pol zu Pol sich erstreckende Wolkendecke leuchtete schäfchenweiß. Sie blendete den Betrachter fast und zeigte keinerlei Merkmale. Und sie wurde von perlig glühendem interstellarem Wasserstoff umhüllt, der wie eine gewaltige deformierte zweite Atmosphäre anmutete.

Die Blüten des Blumen-Schiffs öffneten sich weit, die Laser feuerten heftig und bremsten das Schiff sanft ab, bis es in einer Umlaufbahn war.

Sie sahen nichts von der Oberfläche. Doch die Instrumente enthüllten eine Welt, die tatsächlich wie die Venus war: Eine viele Kilometer dicke Atmosphäre aus Kohlendioxid über einem trockenen Boden.

Es gab dort natürlich auch kein Leben.

Die Chaera drehte sich zufrieden im Tank.

Ben war irritiert. »Es gibt keine Erklärung, weshalb eine Venus in dieser Entfernung von der Sonne entstehen sollte. Diese Welt müsste wohltemperiert sein. Eine Erde.«

»Aber bedenken Sie«, zischte Nemoto, »dass diese Welt etwas hat, das die Erde nicht hat.«

»Die Gaswolke«, sagte Madeleine.

Ben nickte. »Der interstellare Wasserstoff. Madeleine, wir sind hier so weit von der Sonne entfernt und das Gas ist so dicht, dass der Wasserstoff neutral ist – und nicht vom Sonnenlicht ionisiert wird.«

»Und deshalb ...«

»Und deshalb hat der Planet keinen Schutz gegen das Gas; kein Magnetfeld, das ihn abhalten könnte. Der Wasserstoff regnet vom Himmel in die oberen Luftschichten.«

»Dort vermischt er sich mit dem vorhandenen Sauerstoff«, sagte Nemoto. »Wasserstoff plus Sauerstoff ergibt ...«

»Wasser«, sagte Madeleine.

»Und zwar reichlich«, sagte Ben zu ihr. »Es muss für eine Million Jahre wie aus Kübeln geregnet haben. Die Atmosphäre verlor den Sauerstoff und wurde stattdessen mit Wasserdampf gesättigt. Ein Treibhauseffekt setzte ein ...«

»Und das alles wegen ein paar Gasschwaden?«

»Diese Gasschwaden waren ein Planeten-Killer«, flüsterte Nemoto.

»Aber wieso sollte jemand einen Planeten zerstören?«

»Das liegt in der Logik des Wachstums«, sagte Nemoto. »Diese Zone hat die Merkmale eines *alten* Systems, Meacher. Sie befindet sich im Hinterland einer Kolonisationswelle; ihre nutzbaren Ressourcen wurden gefördert und ausgebeutet …«

»Was glauben Sie, wie lang das schon her ist?«

»Ich weiß nicht. Einige Millionen Jahre bestimmt.«

Nemoto grunzte. »Hören Sie mir zu. Die Wachstumsrate der menschlichen Population auf der Erde betrug im historischen Durchschnitt zwei Prozent pro Jahr. Das hört sich nicht nach sehr viel an, nicht? Aber stellen Sie den ›Zinseszins‹ in Rechnung. Bei dieser Zuwachsrate verdoppelt die Population sich alle fünfunddreißig Jahre, was einer Verzehnfachung in einem Jahrhundert entspricht. Natürlich ist *unser* Wachstum nach dem zwanzigsten Jahrhundert eingebrochen; uns gingen nämlich die Ressourcen aus.«

»Aha«, sagte Ben. »Was, wenn wir weiter gewachsen wären?«

»Wie viele Menschen würde die Erde verkraften?«, flüsterte Nemoto. »Zehn, zwanzig Milliarden? Meacher, das innere Sonnensystem bis hinaus zum Mars enthält Wasser für maximal fünfzig Milliarden Menschen. Es hätte vielleicht ein Jahrhundert gedauert, um diese Zahl zu erreichen. Natürlich gibt es in den Asteroiden und im äußeren System viel mehr Wasser als in den Weltmeeren – vielleicht so viel, um zehn *Trillionen* Menschen zu versorgen.«

»Eine gewaltige Zahl.«

»Aber nicht unendlich – und nur sechs Zehnerpotenzen von zehn Milliarden entfernt.«

»Sechs bis sieben Jahrhunderte«, sagte Ben.

»Und was dann?«, flüsterte Nemoto. »Angenommen, wir starten eine Kolonisation wie die Gaijin. Die Erde wird auf einmal der Mittelpunkt einer expandierenden Sphäre der Kolonisation, deren Volumen jährlich um zwei Prozent wachsen muss, um mit dem Bevölkerungswachstum Schritt zu halten. Und das bedeutet wiederum, dass die Vorhut, die kolonisierende Welle wegen des Drucks der Nachrückenden immer schneller werden muss. Sie muss immer mehr Welten und Sterne in Besitz nehmen und zu den nächsten weitereilen …«

Ben übte sich im Kopfrechnen. »Diese Vorhut müsste sich in ein paar Jahrhunderten mit Lichtgeschwindigkeit bewegen.«

»Stellen Sie sich vor«, sagte Nemoto düster, »was es bedeuten würde, eine Welt im Sog einer solchen Welle zu besiedeln. Es wäre der Inbegriff der Ausbeutung, die Welten und Sterne wie ein Lauffeuer verwüsten und Tod und Verderben bringen würde. Wenn die Ressourcen im Lichtgeschwindigkeits-Käfig schließlich erschöpft sind, kommt unvermeidlich der Crash. Erinnern Sie sich an die Venus. Erinnern Sie sich an Polynesien.«

»Polynesien …?«

»Die beste Analogie, die es in der Menschheitsgeschichte zu interstellarer Kolonisation gibt«, sagte Ben. »Die Polynesier breiteten sich für mehr als tausend Jahre über die pazifischen Inseln aus, insgesamt über dreitausend Kilometer. Ums Jahr 1000 hatte die Kolonisations-Wellenfront sich schließlich totgelaufen, denn jedes Fleckchen Erde war besiedelt. Sie hatten sich gegenseitig blockiert; alle umliegenden Inseln waren bevölkert, und sie hatten keinerlei Ausweichmöglichkeiten mehr.

Auf den Osterinseln zerstörten sie in ein paar Generationen das Ökosystem. Sie holzten die Wälder ab, sodass der Mutterboden weggeschwemmt wurde. Am Ende hatten sie nicht einmal mehr genug Holz, um Kanus zu bauen. Dann führten sie Krieg um das, was noch übrig war. Und kurz bevor die Europäer erschienen, hatten die Polynesier sich selbst ausgelöscht.«

»Denken Sie darüber nach, Meacher«, sagte Nemoto. »Über den Lichtgeschwindigkeits-Käfig. Stellen Sie sich dieses System komplett bevölkert vor. Es befand sich weit hinter der Kolonisierungs-Wellenfront und war von Systemen umgeben, die genauso dicht bevölkert – und genauso schwer bewaffnet – waren. Und ihnen gingen die Ressourcen aus. Es gab sicher mehr Weltraumbewohner als Planetenbewohner, aber sie hatten die Asteroiden und Kometen schon ausgebeutet. Also suchten die Weltraumbewohner sich einen Planeten aus. Die Bewohner wurden erstickt, ertränkt, gebraten.«

»Ich glaube es nicht«, sagte Madeleine. »Eine intelligente Gesellschaft würde diese Gefahren doch lange zuvor erkennen, ehe sie sich zu Tode vermehrt.«

»Die Polynesier haben es jedenfalls nicht erkannt«, sagte Ben trocken.

Die Blüten des Blumen-Schiffs öffneten sich erneut, und sie zogen sich von dem gefledderten und geschundenen Planeten in die Stille und Dunkelheit des äußeren Systems zurück.

■

Es war wieder an der Zeit, zum Ikosaeder-Gott zu sprechen. Der zweite Röntgenlaser wurde in Stellung gebracht.

Ben hatte die Aufzeichnungen der letzten Aktion studiert und wusste, dass die Konfiguration des Ikosaeder-Artefakts die Richtung des resultierenden Strahls bestimmte. Madeleine sah, wie der Kern in den Brennpunkt wanderte. Der Killer-Strahl würde sich wieder durch die Akkretionsscheibe bohren – und diesmal mitten in die größte Welt der Chaera.

Millionen Chaera würden sterben. Madeleine *sah* förmlich, wie sie sich in der Akkretionsscheibe tummelten und ihren Verrichtungen nachgingen.

Ihr Chaera-Passagier trieb im Tank wie eine zerfließende Uhr von Dali.

»Nemoto, wir dürfen den zweiten Schuss nicht abgeben«, sagte Madeleine.

»Aber sie kennen die Konsequenzen«, sagte die virtuelle Nemoto ungerührt. »Die Chaera haben das Artefakt in der Vergangenheit schon mehrmals mit Spiegeln und Rauchzeichen in Wallung versetzt. Jedes Mal sind ein paar von ihnen umgekommen. Aber sie brauchen die Gammastrahlen-Nahrung … Meacher«, sagte sie, »funken Sie hier nicht dazwischen, wie Sie es beim Gammastrahler getan haben. Wenn Sie das nicht sein lassen, werden die Gaijin die Menschen vielleicht von zukünftigen Missionen ausschließen. Und wir werden nichts mehr über Systeme wie *dieses* erfahren. Wir werden keine Informationen mehr bekommen und keine Planungsgrundlage mehr haben … Außerdem ist der Laser schon ausgerichtet. Es ist nicht mehr aufzuhalten.«

»Die Chaera wollen es so, Madeleine«, sagte Ben sanft. »Das ist ihre Kultur. Sie sind bereit, für das zu sterben, was sie als Vollkommenheit betrachten.«

Nemoto zitierte die Chaera. »Sie weiß, dass wir hier debattieren. ›Wo es Prophezeiungen gibt, werden sie enden. Wo es Sprache gibt, wird sie verstummen; wo es Wissen gibt, geht es verloren. Denn wir wissen einen Teil, und wir prophezeien einen Teil, doch wenn die Vollkommenheit naht, weicht das Unvollkommene.‹«

»Wer ist dieser Philosoph?«, fragte Madeleine sarkastisch. »Ein großer Denker der Chaera aus der Vergangenheit?«

Ben lächelte. »Sie hat den Heiligen Paulus zitiert.«

Nemoto schaute genauso verdutzt wie Madeleine.

»Aber es bleiben trotzdem Fragen offen«, sagte Ben. »Es ist unwahrscheinlich, dass die Chaera dieses Artefakt gebaut haben. Dafür wirken sie einfach zu primitiv. Schließlich wird hier die Gravitationsquelle eines Schwarzen Lochs manipuliert. Vielleicht haben ihre Vorfahren dieses Ding erbaut. Oder eine frühere Welle von Kolonisten, die durch dieses System gekommen sind.«

»Ihr Denken ist zu oberflächlich«, flüsterte die virtuelle Nemoto. »Das Augengewebe der Chaera enthält Salzwasser. Sie müssen sich also auf einer Welt mit Meeren entwickelt haben. *Hier* sind sie nicht entstanden.«

»Wieso sind sie dann hier?«, fragte Madeleine unwirsch.

»Weil sie keine andere Möglichkeit hatten«, sagte Nemoto. »Sie sind hierher geflohen – und haben sich vielleicht sogar selbst modifiziert. Sie scharten sich um ein Artefakt, das von einer früheren Kolonisierungswelle hinterlassen worden war. Sie wussten, dass niemand sie in eine solch gefährliche und instabile Gegend wie diese verfolgen würde.«

»Sie sind also Flüchtlinge.«

»Ja. Wie wir in der Zukunft vielleicht auch welche sein werden.«

»Wovor sind sie geflohen?«

»Vor den Ressourcen-Kriegen«, sagte Nemoto. »Vor dem Wasserstoff-Ersticken ihrer Welt. Wie die Polynesier.«

Das Kern-Artefakt erzitterte.

Nemoto redete unablässig weiter. »Dieses unser Universum ist ein Ort mit Grenzen und grausamen Gleichungen. Die Galaxis muss voll von solchen Lichtgeschwindigkeits-Käfigen sein, die höchstens ein paar hundert Lichtjahre groß sind und eine Falle für die exponentiell wachsenden Populationen darstellen. Und nachdem die ausgeschlachteten Welten dann brach gelegt wurden und sich in den langsamen Prozessen der Geologie und Biologie regeneriert haben, geht das ganze mörderische Spiel wieder von vorne los … Das ist unsre Zukunft, Meacher. Unsre Zukunft und Vergangenheit. Es ist immerhin ein gewisser Gleichgewichtszustand: Der Kontakt, die ruinöse Ausbeutung, der Crash, der multiple Untergang – immer und immer wieder. Und nun sind wir an der Reihe. Die Gaijin fressen sich bereits durch unsren Asteroiden-Gürtel. Erkennen Sie nun, wogegen ich kämpfe …?«

Madeleine erinnerte sich an den Gammastrahler und den alle vierzehn Sekunden wiederkehrenden Tod der Sternen-Flechten. Sie erinnerte sich an die Venus und Australien, die Spuren vorzeitlicher Kriege sogar im Sonnensystem – die Relikte einer früheren, längst ausgebrannten Kolonisationsblase.

Musste das denn sein?

Etwas in ihr lehnte sich dagegen auf. Zum Teufel mit den Theorien! Die Chaera waren real, und Millionen von ihnen waren vom Tod bedroht.

Und dann kam ihr die Erkenntnis, dass sie doch etwas zu tun vermochte.

»Verdammt … Ben. Hilf mir. Geh runter ins FGB-Modul. Schaff alles dort raus, was wir noch brauchen werden.«

Ben ließ sich das für eine Weile durch den Kopf gehen und nickte dann. »Ich vertraue auf deine Instinkte, Madeleine.«

»Gut«, sagte sie. »Nun muss ich ein paar Berechnungen anstellen.« Sie eilte zu den Instrumentenkonsolen.

■

Ben trug ihr Forschungsmaterial zusammen: Die biologischen und medizinischen Proben, die sie von ihren Körpern genommen hatten, Datenträger, Filmpatronen, Notebooks und Resultate der astrophysikalischen Experimente, die sie in der Nähe des Schwarzen Lochs durchgeführt hatten. Es gab hier nur wenige persönliche Ausrüstungsgegenstände, weil die Schlafkabinen sich in der Versorgungskapsel befanden.

Madeleine warf einen letzten Blick durchs Fenster des FGB-Moduls ins rauchige Licht der Akkretionsscheibe. Das Blumen-Schiff flog in geringem Anstand an der Flanke ›Gottes‹ vorbei; die Netzstruktur flatterte um den pulsierenden Kern.

Die Chaera tobte im Tank.

Ben zog die schwere Luke zwischen den Modulen zu – sie war nicht mehr geschlossen worden, seit das Blumen-Schiff sie von der Oberfläche des Erdmonds fortgerissen hatte – und verriegelte sie. Madeleine ließ in aller Eile ein Computer-Programm ablaufen. »Erinnerst du dich an den Drill für ein Leck in der Druckhülle?«, rief sie.

»Natürlich. Aber …«

»Drei, zwei, eins.«

Sprengbolzen knatterten, und ein Ruck ging durchs Schiff.

»Ich habe soeben das FGB abgestoßen«, sagte sie. »Die explosive Dekompression müsste es in die richtige Richtung schießen. Hoffe ich zumindest. Ich hatte keine Zeit, die Zahlen zu überprüfen und das Ziel zu verifizieren …«

Der sich öffnende Kern schleuderte Blitze aus Strahlung.

»Was haben Sie getan, Meacher?«, keifte Nemoto.

Sie erhaschte einen letzten Blick aufs FGB-Modul, dessen ramponierte, geflickte Hülle als Silhouette an der riesigen Wange ›Gottes‹ klebte. Irgendwie war das ein großartiger Anblick, sagte sie sich; ein uriges menschliches Artefakt aus dem zwanzigsten Jahrhundert umkreiste ein Schwarzes Loch vierundfünfzig Lichtjahre von der Erde entfernt.

Und dann öffnete der Kern sich.

Der Gammastrahlen-Puls erwischte das FGB-Modul am Heck. Metalltröpfchen spritzten durchs All … Aber die robuste russische Konstruktion hielt lang genug stand, um die Welten der Chaera abzuschirmen.

Genauso, wie Madeleine es beabsichtigt hatte.

Der Kern schloss sich, und das Netz straffte sich wieder. Der langsam erkaltende Stumpf des FBG-Moduls verschwand hinter der Krümmung des Lochs. Madeleine sagte ihm stumm adieu.

»Auf dem Rückweg wird es eng«, sagte Ben trocken.

■

Das anonyme, ewige Sattelpunkt-Tor hing vor ihnen. Es war von den Exemplaren im Sonnensystem nicht zu unterscheiden und war auch nur im Widerschein der Akkretionsscheibe zu erkennen.

»Du hast eine Welt gerettet, Madeleine«, sagte Ben.

»Aber niemand hat Sie darum gebeten«, sagte die virtuelle Nemoto mit blecherner Stimme. »Sie sind ein sentimentaler Pfuscher. Sind Sie immer schon gewesen. Die Chaera beklagen sich noch immer. ›Wieso habt ihr Gott vor uns verborgen …?‹«

Ben zuckte die Achseln. »Gott ist noch immer da. Ich glaube, Madeleine hat nicht mehr getan, als den Chaera etwas mehr Zeit zu verschaffen. So können sie sich fragen, welchen Grad der Vollkommenheit sie wirklich anstreben wollen.«

»Meacher, Sie sind eine solche Närrin«, sagte Nemoto.

Vielleicht war sie das. Aber sie wusste, dass sie das,

was sie erfuhr – das ebenso dunkle wie triviale Geheimnis des Universums – niemals vergessen würde. Und sie fragte sich, was sie wohl vorfinden würde, wenn sie diesmal nach Hause zurückkehrte.

Das blaue Glühen der Transition schlug über ihnen zusammen und sie verspürten einen stechenden, willkommenen Schmerz.

kapitel 17

LEKTIONEN

Eine endlose Abfolge von Welten.

Er sah Welten, die der Erde ähnelten, aber mit Meeren aus Ammoniak, Schwefelsäure und Kohlenwasserstoff, Atmosphären aus Neon, Stickstoff und Kohlenmonoxid. Alle trugen natürlich Leben, auf die eine oder andere Art.

Solch relativ erdähnliche Planeten waren allerdings die Ausnahme.

Er sah einen Riesenplaneten, der in einem engen Orbit einen Stern mit dem Namen 70 Virgin umlief. Diese Welt war eine wolkige Kugel mit der sechsfachen Masse des Jupiter. Die Gaijin glaubten, dass Leben in diesen Wolken existierte, riesige ätherische Wale, die sich von organischen Substanzen ernährten, die durch die Strahlung des Zentralsterns in der Atmosphäre gebildet wurden. Aber auch hier hatten schon vor langer Zeit Besucher vorbeigeschaut. An einem Pol des Planeten befand sich etwas, das wie eine riesige Minenanlage aussah, vielleicht um organische Verbindungen oder andere wertvolle flüchtige Stoffe wie Helium-3 zu gewinnen. Die Anlage war verlassen und anscheinend bei Kämpfen beschädigt worden.

In der Nähe eines Sterns namens Ypsilon Andromeda, neunundvierzig Lichtjahre von der Erde entfernt, stieß er auf einen Planeten mit der Masse des Jupiter, der den Stern dichter umlief als Merkur die Sonne. Die Sonnenglut hatte die Wolkenschichten aufgelöst und eine große Gesteinskugel mit Schluchten enthüllt, die so groß waren, dass der Erdmond darin verschwunden wäre. Malenfant sah Kreaturen in diesen dunklen Schatten herumkrabbeln, die aussahen wie riesige Käfer. Panzer schützten sie vor der Sonnenhitze, und sie hatten Beine wie Baumstämme, um der erdrückenden Schwerkraft zu widerstehen. Vielleicht ernährten sie sich von flüchtigen Stoffen, die im ewigen Schatten gefangen waren oder aus dem Innern des Planeten an die Oberfläche drangen. Hier schienen die Kämpfe überm Hochland stattgefunden zu haben; Malenfant sah eine Ebene, die mit Trümmern von Raumschiffen übersät war.

Unweit vom Stern Procyon gab es eine Nomadenwelt, eine Welt ohne Sonne, die durch irgendeinen gravitationalen Effekt ihrem Muttergestirn entrissen worden war. Es handelte sich um eine schwarze Kugel, die allein durch den finsteren Raum trieb. Aber es war ein großer Planet mit einer wasserstoffreichen Atmosphäre; er wärmte sich selbst mit der schwindenden Wärme der radioaktiven Elemente im Kern, mit Vulkanen, Erdbeben und tektonischen Verschiebungen. Unter seinem dunklen Himmel gab es Meere aus flüssigem Wasser – und in den Tiefen tummelte sich Leben und ernährte sich von Mineralien des unterseeischen heißen Gesteins. Vergleichbar mit den Tiefseetieren, die sich um die Geothermalquellen der Weltmeere scharten. Hier war das Leben jedoch zum Untergang verurteilt, denn der Kern der Welt verlor die Wärme ihrer Entstehung und kühlte unweigerlich aus.

Doch nicht einmal dieser Planet war von der brutalen Ausbeutung durch die Kolonisten verschont worden; Malenfant sah Spuren riesiger Abbau-Furchen auf dem Meeresboden. Große Maschinen waren zurückgelassen worden, die man vielleicht absichtlich unbrauchbar gemacht hatte.

Überall hatte sich Leben entwickelt, wie er wusste. Aber jede Welt, jedes System war von Wellen der Kolonisierung überrollt worden, gefolgt vom totalen Zusammenbruch oder verheerenden Kriegen – und nicht nur einmal, sondern immer wieder. Der ganze Himmel war angefüllt mit technischen Artefakten und Ruinen.

Und die schlechten Nachrichten rissen nicht ab. Das Universum an sich war ein potentiell tödlicher Ort. Er wurde durch eine hundert Lichtjahre durchmessende Region geführt, wo die Welten alle tot und Land und Meer mit den Überresten verschiedener eigenständiger Lebensformen übersät waren.

Es hatte hier eine Explosion eines Gammastrahlers stattgefunden, sagten die Gaijin ihm: Der Zusammenstoß von zwei Neutronensternen hatte einen Schauer energiereicher elektromagnetischer Strahlung und schwerer Teilchen verursacht, der alle Welten im Umkreis von ein paar Lichtjahren entvölkert hatte. Es war ein ganz zufälliges kosmisches Ereignis gewesen. Ein kleiner Teil des Lebens hatte die Katastrophe überdauert – auf der Erde hätten die Tiefseebewohner, Bakterien und ein paar Insekten vielleicht die tödlichen Schauer überlebt. Die höher entwickelten Lebensformen hatten es nicht geschafft, und schon gar keine, die sich der Empfindungsfähigkeit schon näherten. Nach diesem Ereignis, dessen Auswirkungen binnen Wochen oder Monaten eingetreten waren, würde es hundert Millionen Jahre geduldiger Evolution bedürfen, um das Loch im Gewebe des Lebens zu stopfen, das an diesem Ort aufgerissen war.

Aber wie alles seinen Preis hatte, so hatte auch alles sein Gutes, wie er merkte. Der intensive Energiepuls des nahen Gammastrahlen-Ausbruchs vermochte die Entstehung junger Sternensysteme zu begünstigen; urzeitlicher Staub verschmolz zu dichten eisenhaltigen Tröpfchen, die sich schnell in der Mittelebene einer

Staubwolke aneinander lagerten und Kondensationskerne bildeten, die das Entstehen von Planeten beschleunigten. Sternsysteme wie das Sonnensystem waren möglicherweise nur durch einen solchen Gammastrahlen-Schwall entstanden. Tod und Geburt, das war der Zyklus des Universums.

Vielleicht. Aber diese kalte Logik war kein Trost für Malenfant.

Die Gaijin schienen entschlossen, ihm möglichst viel von diesem sternenumspannenden Friedhof zu zeigen, um ihm seine Bedeutung klarzumachen. Nach einiger Zeit wurde es schier unerträglich, und die Grausamkeit der Lektion überwältigte ihn fast: Dass, wenn das Universum einem nicht den Garaus machte, andere empfindungsfähige Wesen das tun würden.

Manchmal blitzte ein rebellischer Geist in ihm auf. Muss das sein? Gibt es denn keinen anderen Weg?

Aber er war schon sehr schwach, sehr einsam, sehr alt.

Er kauerte sich in seiner Hülle zusammen und schloss die Augen, während die Jahre des Universums und seines Lebens im Schein des blauen Sattelpunkt-Lichts verstrichen.

Es gibt nur ein bestimmtes Maß an Unheil und Zerstörung, das ein Mensch zu ertragen vermag.

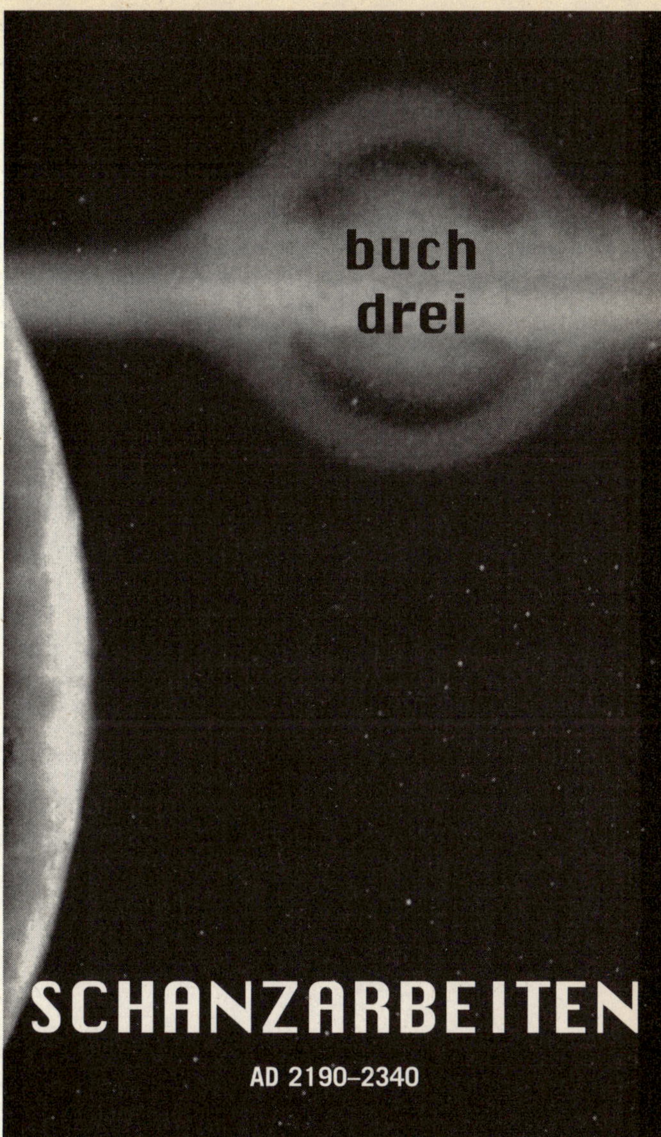
buch
drei
SCHANZARBEITEN
AD 2190–2340

Die Gaijin hatten eine mathematisch angehauchte Philosophie. Sie mutete Malenfant verdächtig wie eine Religion an.

Die Gaijin glaubten nämlich, das Universum sei von Geschöpfen wie ihnen grundsätzlich zu erschließen – was die Menschen, was Malenfant auch glaubten. Das heißt, sie hielten es für möglich, dass eine Wesenheit existierte, die das gesamte Universum hinreichend zu verstehen vermochte.

Ihre Idee war, dass es eine Vielfalt von Universen gab, von der dieses Universum nur eins war. Dann existierte diese Gottheit womöglich nicht in diesem Universum.

Er – Sie – Es – war der finale Gott, nach dem die Gaijin suchten.

Bis der Gott der Vielfalt sich aber zeigt, sagte Malenfant sich, gibt es nur uns. Und es gibt Arbeit. Wir müssen die Fehler in diesem Universum beheben, in dem wir alle festsitzen. Deshalb werfen wir ein Netz um einen Stern.

Deshalb mein Opfer.

Aber die Menschen hatten sich von Anfang an gewehrt. Wir verstanden so gut wie nichts, und nichts, was wir allein taten, machte einen Unterschied. Und die ganze Zeit wurden wir von historischen Kräften mitgerissen, die wir kaum zu verstehen, geschweige denn zu kontrollieren vermochten – wie es im Grunde immer schon gewesen war. Wir wussten nicht einmal, wer die Kerle überhaupt waren. Aber, bei Gott, wir versuchten es.

Welchen Preis auch immer wir zahlen mussten.

kapitel 18

MONDREGEN

Es waren nur noch Minuten, bis der Komet den Mond traf.

»Ihr müsst die Zukunft besiegen – oder sie wird euch besiegen! Glaubt mir, denn ich bin dort gewesen. Schauen Sie sich um, Kumpel. Ihr habt hundertfünfzig Jahre hier oben gehaust, in euren Treibhäusern und Erdlöchern. Eine tolle Leistung. *Aber der Mond bietet euch keine Lebensgrundlage …*«

Xenia Makarova hatte einen Fensterplatz und schaute aus dem dicken runden Bullauge. Unter dem Rumpf der Raumfähre sah sie das Landefeld, mit Mikrowellen glasierten Mondboden am Rand der grünen Kuppeln des Kopernikus-Dreiecks. Und dahinter erstreckte sich jungfräulicher Mondboden in grauen Schattierungen, der von einem Milliarden Jahre anhaltenden Mikrometeoritenregen geprägt war.

Und der heute in Kometenlicht getaucht wurde.

Xenia wusste, dass dieser Tag des Jahres 2190 für Frank J. Paulis der bedeutendste Tag in der Geschichte des bewohnten Monds war, und für seine Karriere sowieso. Und da saß er nun mit einem Stapel Softscreens auf dem Schoss und redete auf den verwirrten Mond-Japaner auf dem Sitz neben ihm ein, derweil die Pilotin dieser engen, staubigen Evakuierungs-Fähre den Countdown-Check durchging.

Xenia kannte Franks Erzählungen bereits. Sie kannte sie schon seit fünfzehn Jahren oder seit hundertfünfzig, je nach dem, wie man Albert Einstein interpretierte.

»... Wissen Sie, welches Mineral am häufigsten auf dem Mond vorkommt? Feldspat. Und wissen Sie auch, was man daraus machen kann? Reinigungspulver. Super Geschäftsidee. Auf dem Mond muss man den Sauerstoff aus dem Gestein herausbrennen. Klar, es ist auch für andere Dinge gut, Raketenbrennstoff und Glas. Aber es gibt dort weder Wasser noch Stickstoff oder Kohlenstoff ...«

»Es gibt Spurenelemente im Gestein«, sagte der Japaner vom Typ Geschäftsmann.

»Ja, Spurenelemente, mit denen das Gestein von der Sonne angereichert wurde und die von Nishizaki Heavy Industries an die Gaijin verhökert werden, wodurch der Mond nur noch mehr ausblutet ...«

Ein Kind weinte. Die Raumfähre war nur ein zylindrischer Lastkahn, den man für diese vorläufige Evakuierung hastig umgerüstet hatte. Die Menschen, Flüchtlinge in letzter Minute, waren wie in einer Sardinenbüchse zusammengepfercht. Männer, Frauen und großgewachsene, schlaksige Kinder saßen still und ernst in den campingstuhlartigen Sitzreihen – wie Hühner in einer Legebatterie.

Und alle waren Mond-Japaner – außer Frank und Xenia, die nämlich Amerikaner waren; während Frank und Xenia einen hundertfünfzig Relativjahre langen Flug zu den Sternen unternommen hatten – und während die Vereinigten Staaten zerfallen waren –, hatten die Mond-Japaner still und leise den Mond kolonisiert.

»Ihr braucht flüchtige Stoffe« sagte Frank. »Das ist der Schlüssel zur Zukunft. Doch wo auf der Erde nun das Chaos regiert, bekommt ihr keine Lieferungen mehr. Ihr wälzt nur den selben alten Scheiß um.« Er lachte. »Buchstäblich. Ich geb' euch noch hundert Jahre, höchstens. *Guckt euch bloß um.* Ihr habt schon

Rationierungen und strenge Geburtenkontrolle eingeführt.«

»Es führt kein Weg daran vorbei, dass …«

»Wie *viel* braucht ihr? Ich sag's Ihnen. Genug, um den Mond zukunftssicher zu machen.«

»Und Sie glauben, dass die Kometen uns mit den benötigten flüchtigen Stoffen versorgen könnten?«

»Glauben? Das ist gerade Sinn und Zweck des Prometheus-Projekts. Der zufällige Einschlag, der allein schon eine Billiarde Tonnen Wasser bereitstellt, ist ein Glücksfall. Er bestätigt nur die Richtigkeit meiner Aussage, Kumpel. Und wenn wir erst mal damit anfangen, die Kometen systematisch auszubeuten, diese dicken, fetten Brocken draußen in der Oort-Wolke …«

»Aha.« Der Mond-Japaner lächelte. »Und derjenige, der die flüchtigen Stoffe dieser Kometen kontrolliert …«

»Derjenige könnte den ganzen Mond kaufen.« Frank zündete sich eine Zigarre an, eine Angewohnheit aus dem zwanzigsten Jahrhundert, auf die er lang hatte verzichten müssen. »Aber das ist nur ein Nebeneffekt …«

Xenia wusste jedoch, dass Frank log, was die Kometen und ihre Rolle für die Zukunft des Monds betraf. Das Prometheus-Projekt war bereits tot, ehe dieser Komet noch auf dem Mond aufschlug.

■

Vor einem Monat hatte Frank sie in sein Büro bestellt.

Er hatte die Füße auf den Schreibtisch gelegt. Er las auf einer Softscreen eine ausführliche akademische Abhandlung über flüchtige Stoffe in den Tiefen der Erde. Sie hatte mit ihm über die anstehenden Arbeiten sprechen wollen, aber er war definitiv nicht daran interessiert. Genauso wenig trieb er Prometheus voran, sein Hauptprojekt.

Er war ohne Umschweife zur Sache gekommen. »Der Komet ist Geschichte, Kleines.«

Zuerst hatte sie nicht verstanden. »Ich dachte, er sollte uns mit flüchtigen Stoffen versorgen. Ich dachte, wir wollten damit demonstrieren, dass Prometheus eine profitable Investition sei.«

»Schon richtig. Aber es läuft nicht wie geplant.« Frank tippte auf die Tischplatte, woraufhin Zahlen und Grafiken aufleuchteten. »Schau dir die Analyse an. Wir werden zwar flüchtige Stoffe gewinnen, aber die Masse des Kerns wird zum größten Teil wieder ins All geschleudert werden. Kometen sind spektakuläre Feuerwerkskörper, als Frachttransporter aber unbrauchbar. Wie auch immer man die verdammten Dinger runterbringt, der größte Teil des Materials geht verloren. Ich glaube inzwischen, dass man *tausend* Einschläge bräuchte, um den Mond zukunftssicher zu machen und ihm eine stabile Atmosphäre zu verleihen, die so dicht ist, dass sie für einen längeren Zeitraum Bestand hat, ehe sie sich wieder auflöst. Und an tausend Kometen kommen wir nicht ran, wo diese verdammten Gaijin sich überall breit machen.« Für einen Moment schaute er nachdenklich. »Noch etwas. Wusstest du, dass der Mond dadurch *doch* eine Atmosphäre bekommt? Wenn es auch tausend Jahre dauern wird …«

»Irunda.«

»Nein, es stimmt. Sie ist zwar dünn, aber es ist eine Atmosphäre aus Kometendunst. Wird mit jedem Kometenaufprall dichter. Kohlendioxid, Wasser und so 'n Zeug. Was sagt man dazu.« Er schüttelte den Kopf. »Aber wir haben leider nichts davon.«

»Frank, wieso ist bisher denn niemand daraufgekommen? Wie kommt's, dass niemand deine Projektionen anzweifelt?«

»Das ist durchaus schon vorgekommen.« Er grinste. »Du weißt doch, dass ich allergisch reagiere, wenn mir jemand erzählt, etwas sei unmöglich. Ich hoffte Zeit zu schinden, um eine Lösung zu finden.«

Xenia wusste, dass die Sache unterm Strich ein Desaster war. Das Prometheus-Projekt war schon bis zu einem Entwurf für Methanraketen gediehen, die fähig gewesen wären, Oort-Kometen aus den weiten langsamen Orbits zu reißen und zum Mond zu transportieren. Das Projekt hatte Frank jahrelang voll beansprucht und ein Vermögen verschlungen. Er brauchte Investoren und hatte gehofft, dass dieser überraschende Kometeneinschlag die Richtigkeit seines Konzepts beweisen und Investoren anlocken würde.

Und nun hatte es den Anschein, dass alles umsonst gewesen war.

»Frank, es tut mir Leid.«

Er schien verwirrt. »Hä? Wieso denn?«

»Wenn Kometen die einzige Quelle für flüchtige Stoffe sind ...«

»Bis gestern war ich noch dieser Ansicht. Aber schau dir das an.« Er tippte auf die Softscreen. Er war aufgeregt, geradezu enthusiastisch und redete hektisch; die Gedanken jagten sich offensichtlich. »Es gibt hier eine Frau, die glaubt, dass alle benötigten flüchtigen Stoffe im Überfluss vorhanden seien – *genau hier auf dem Mond*. Ist das denn zu fassen?«

»Das ist unmöglich. Es weiß doch jeder, dass der Mond knochentrocken ist.«

Er lächelte. »Das ist es, was jeder glaubt. Ich möchte, dass du diese Frau für mich findest. Die Autorin dieses Dokuments.«

»Frank ...«

»Und mach dich über die Förderung schlau.«

»Die Förderung?«

»Je tiefer, desto besser.« Sein Grinsen wurde breiter.

»Wie würde dir wohl eine Reise zum Mittelpunkt des Monds gefallen, Baby?«

Und so erfuhr sie von Franks aktuellem Projekt, seinem neuen Steckenpferd, der neusten Methode, die Zukunft zu reparieren.

■

Zehn Sekunden. Fünf. Drei, zwei, eins.

Für einen Sekundenbruchteil Stille. Dann ertönten das Knattern von Sprengbolzen und ein gedämpfter Knall.

Xenia stieg auf wie in einem überfüllten Aufzug und wurde vielleicht mit einem vollen Ge in den Sitz gedrückt. Beim Blick aus dem Fenster sah sie, dass Staub strahlenförmig über die glasierte Startrampe geblasen wurde und sich an Tankwagen und Rohrleitungen ablagerte.

Dann vollführte die Raumfähre einen abrupten Schwenk um neunzig Grad. Sie hörte Leute nach Luft schnappen und Kinder lachen. Es ging wieder ein Ruck durch die Raumfähre, als die Steuertriebwerke feuerten. Diese Mondfähre war klein, leicht und primitiv. Wie die alten Apollo-Mondlandefähren hatte sie ein einzelnes starres Raketentriebwerk, das für den Aufstieg zuständig war und vier Steuertriebwerke an jeder Ecke, die die Fähre steuerten und die Flugbahn kontrollierten. Zielen, drehen, ›spritzen‹ – als ob sie eine Comicfigur wäre, die auf dem Wasserstrahl eines wildgewordenen Schlauchs ritt.

In einer Höhe von dreihundert Metern drehte die Raumfähre sich erneut, und Xenia wurde nach vorn gerissen und schaute auf die Mondoberfläche hinab, über die sie dahinflogen. Sie stiegen aus der Mondnacht empor: Das Land war dunkel, hier und da von den Lichtern menschlicher Einrichtungen erhellt, die wie gefangene Sterne auf dunklem Gestein anmuteten. Sie hatte das Gefühl zu fallen, als ob das Aufstiegstriebwerk sie geradewegs ins massive Gestein rammen wollte. Dann ging schlagartig die Sonne auf.

Es war anders als die langsame Morgendämmerung auf der Erde; das Sonnenrund schob sich über den steinigen Horizont des Mondes und überstrahlte die Sterne am schwarzen Himmel. Licht schwappte über die sich entfaltende Landschaft, Finger aus Licht, mit tintig-schwarzen Schatten durchsetzt, griffen Hunderte von Kilometern weit aus. Die tieferen Krater waren noch immer Bassins aus Dunkelheit. Der Mond war keinesfalls eine Schönheit – dazu war er zu ramponiert –, aber er hatte eine Anmutung der Wildheit.

Überall erkannte sie die Handschrift von Menschen: Die unverkennbaren Spuren von Zugmaschinen, die sich über den Regolith schlängelten und vereinzelte signalorangefarbene Zelte, die die Position von Notfall-Vorratslagern markierten – alles überlagert von den glänzenden silbernen Strängen von Massetreiber-Schienen.

Die Raumfähre stieg höher. Die Mond-Japaner beklatschten den reibungslosen Start.

Nun ging die Erde auf. Sie war noch immer so blau und schön wie damals, als sie und Frank zu den Sternen aufgebrochen waren. Aber sie hatte sich natürlich verändert. Sogar von hier aus sah sie die Blumen-Schiffe der Gaijin, die den Planeten umkreisten; die riesigen Ansaugstutzen der außerirdischen Raumfahrzeuge zeichneten sich als winzige Scheiben ab. Sie verspürte einen Anflug von Ressentiment gegen diese mächtigen stummen Besucher, die ungerührt zugesehen hatten, wie die Menschheit sich zerfleischte.

Und als die Raumfähre sich neigte und in den Zwei-Stunden-Orbit um den Mond ging, sah Xenia etwas, das, wie sie wusste, noch nie ein Mensch erblickt hatte:

Das Erscheinen eines Kometen über dem Mond.

Die Koma, eine diffuse Masse aus Gas und feinen Partikeln, war eine Kugel so groß wie die Erde und so nah, dass sie den halben Himmel ausfüllte wie eine Wand aus diffusem Pastell-Licht. Große Brocken in der Koma warfen in ihrem Widerschein Schatten durch das rauchige Gas. Gerade Linien, Tausende von Kilometern lang, die nach ihr ausgriffen. Der Komet kam aus der Sonne und raste mit siebzigtausend Kilometern pro Stunde auf den Mond zu. Sie hielt Ausschau nach dem Nukleus, einer Milliarde Tonnen schweren Kugel aus Eis und Gestein. Aber sie war noch zu klein und zu weit weg, obwohl der Einschlag schon in wenigen Minuten erfolgen würde. Und der Schweif war von hier aus nicht zu sehen; er befand sich hinter ihr und eilte dem Kometen voraus. Er erstreckte sich weit über den Mond hinaus, auf halbe Entfernung zum Mars.

Plötzlich brandete ein Lichtschwall gegen die Raumfähre an. Das kleine Schiff war in die Koma eingedrungen. Xenia kam sich vor wie in einem diffusen glühenden Nebel.

»*Velikij boch.*«

Frank beugte sich über sie, um etwas zu sehen. Er war siebzig Jahre alt – physiologisch – und hatte eine Blumenkohl-Nase. Er war ein kleiner, untersetzter Mann mit dicken Beinen und Bodybuilder-Muskeln, die für die irdische Schwerkraft geschaffen waren. Im Vergleich zu den großen, schlanken Mond-Japanern wirkte er immer wie ein rastloser Menschenaffe.

»*Eta prikrasna*«, murmelte Xenia.

»Schön. Genau. Was sagt man dazu: Wir sind die letzten, die vom Mond wegkommen.«

»O nein«, sagte sie. »Es gibt noch ein paar alte Spinner, die sich nicht wegbewegen, komme was da wolle.«

»Nicht einmal bei einem Kometen?«

»Takomi. Er ist zum Beispiel noch dort«, sagte sie.

»Wer?«

»Er ist berüchtigt dafür.«

»Ich lese keine Witzblätter«, sagte Frank schroff.

»Takomi ist der Einsiedler in den Ruinen von Edo, auf der Rückseite. Offensichtlich lebt er von dem, was das Land hergibt. Er reagiert nicht einmal auf Funksprüche.«

Frank runzelte die Stirn. »Das ist der abgefuckte Mond. Wie will er da von dem leben, was das Land hergibt? Indem er Sauerstoff aus dem Gestein saugt, oder was?«

Die Lichtverhältnisse änderten sich. Die in der Raumfähre versammelten Leute keuchten leise.

Der Komet hatte den Mond getroffen.

Eine Kuppel aus blendendem weißem Licht stieg wie eine neue Sonne von der Oberfläche des Monds auf: In Plasma verwandeltes Kometenmaterial, das mit zertrümmertem Gestein vermengt war. Xenia glaubte eine Welle *durch* die steinige Hülle des Monds laufen zu sehen, ein träges Kräuseln im pulverisierten Gestein, das allmählich abebbte.

Nun sah sie, wie ein verschwommenes Licht sich über die staubige graue Mondoberfläche ausbreitete. Es schien sich in den tieferen Maria und Kratern zu sammeln und zeichnete die Konturen des Lands nach wie Frühtau auf der Erde. Es war Luft: Gase des zertrümmerten Kometen, die sich als flüchtige Atmosphäre auf dem Mond niederschlugen.

Und als der geisterhafte Lufthauch über einen tiefen schattigen Krater hinwegwehte, sah sie ein Licht auflodern.

Es war nur ein Streiflicht, das sie aus dem Augenwinkel wahrnahm. Sie reckte den Hals, um mehr zu sehen. Vielleicht hatten Rauch oder Gas auf dem Kraterboden in einer höheren Konzentration sich angesammelt und verdichtet; vielleicht war es auch ein Blitz, eine Art Kondensstreifen, der sich durch die vergängliche Kometenatmosphäre zog.

Es musste sich um eine Nebenwirkung des Einschlags handeln.

Die Leute applaudierten wieder angesichts der Schönheit des Naturschauspiels und vor Erleichterung, weil sie überlebt hatten. Frank hatte kein Auge dafür.

Nach der Landung erfuhren sie, dass der Kern des Kometen direkt in der Kuppel des Fracastorius-Kraters eingeschlagen hatte.

■

Fracastorius am Rand des Nektar-Meers war eine der größeren Siedlungen außerhalb des primären Kopernikus-Landsberg-Kepler-Dreiecks. Die Mond-Japaner trauerten. Der Verlust von Menschenleben wog gering, aber der wirtschaftliche und soziale Schaden war groß – vielleicht irreparabel in diesen schwierigen Zeiten, wo die Mondsiedler sich an die hiesigen Verhältnisse anzupassen versuchten und die jahrhundertealte Nabelschnur zu den reichhaltigen Ressourcen der Erde kappen wollten.

Frank Paulis schien völlig ungerührt. Er machte sich wieder an die Arbeit, ehe die Raumfähre noch gelandet war. Und von Xenia erwartete er das gleiche.

Xenia und Frank hatten ein Jahr ihres Lebens in einem Blumen-Schiff der Gaijin verbracht. Sie waren die Risiken mehrerer Teleportationen durch Sattelpunkt-Tore eingegangen und in einer unbekannten Zukunft relativistisch gestrandet. Auf dem Rückweg vom Sattelpunkt-Radius hatten Frank und Xenia besorgt festgestellt, dass aus dem inneren System keine Antwort auf ihre Funksprüche kam. Schließlich fingen sie ein paar kurze Nachrichten auf.

Es waren ausgesprochen schlechte Nachrichten.

Die Erde befand sich im Bürgerkrieg. Es tobten Kämpfe in der Äquatorialregion, in der Sahara, Brasilien und im Fernen Osten. Frank und Xenia lauschten verwirrt Berichten, die mit Namen garniert waren, von denen sie nie gehört hatten – von Feldzügen und Schlachten, von Generälen und Präsidenten, selbst Kaisern. Auch die Nationen schienen sich verändert zu haben. Manche waren zerfallen, andere hatten sich neu gebildet. Es war auch schwer, überhaupt den Anlass für diese Auseinandersetzungen zu erkennen – außer dem übergeordneten Grund, den schwindenden Ressourcen eines dem Untergang geweihten Planeten.

Eins stand fest. Ihr ganzes Geld war weg, hatte sich in elektronischen Dunst aufgelöst. Sie waren verarmt auf dem Mond gelandet, im übertragenen Sinn nackt.

Es hatte sie auf einen dicht besiedelten Mond verschlagen, der im Besitz fremder Leute war. Aber sie wussten nicht, wohin sie sonst hätten gehen sollen. Und nicht einmal auf dem Mond interessierte sich jemand für Sternenreisende und ihre Geschichten.

Frank indes hatte sich betrogen gefühlt. Die Reise zu den Sternen war für ihn ein großer Fehler gewesen. Er hatte nach geschäftlichen Möglichkeiten gesucht und dem schleichenden Zusammenbruch der Weltwirtschaft und der sozialen Strukturen entfliehen wollen, der schon lang vor Kriegsausbruch eingesetzt hatte, lang bevor die Menschen in Massen starben.

Nicht dass er kein Kapital daraus geschlagen hätte.

Der Mond des späten zwanzigsten Jahrhunderts hatte viel mit der Erde des frühen einundzwanzigsten Jahrhunderts gemeinsam, wie sich herausstellte. Nachdem die Verbindungen mit der Heimatwelt gekappt waren, bildete sich auf dem Mond eine stagnierende geschlossene Wirtschaft heraus. Für Frank war das aber nichts Neues, zumal er wusste, dass ökonomische

Wahrheiten unter solchen Umständen immer triumphierten. Zum Beispiel hatte Frank schnell viel Geld mit der Umrüstung einer alten Technik gemacht, die Mond-Schwefel und Sauerstoff als Energiequelle nutzte. Wegen der zunehmenden Materialknappheit waren industrielle Prozesse, die früher als unwirtschaftlich galten, plötzlich rentabel geworden.

Innerhalb von fünf Jahren zählte Frank J. Paulis zu den hundert reichsten Personen auf dem Mond und hatte Xenia gleich mitgenommen.

Aber das war nicht genug. Es war Frank nicht möglich, das traditionelle dichte Geflecht der Geschäftsbeziehungen der Mond-Japaner aufzureißen. Außerdem hatte Xenia den Eindruck, dass er sich hier oben auf dem Mond beengt fühlte.

Und deshalb war dieser Komet auch so wichtig für Frank gewesen. Er würde alles aufmischen, sagte er. Die Gleichung ändern.

Das war entweder bewundernswert oder schizophren, sagte sie sich.

Nach all den Jahren – in denen sie seine Begleiterin, Geliebte, Angestellte, Amateur-Therapeutin gewesen war – verstand Xenia Frank immer noch nicht; das gab sie freimütig zu. Er war ein Kapitalist reinsten Wassers, keine Frage. Aber er konzentrierte sich mit seinem ganzen Ehrgeiz auf die größten Projekte. Die Zukunft der Welt! Das Schicksal der Menschheit! Xenia fragte sich ständig, ob Frank ein Visionär war, der den Kapitalismus als Werkzeug zum Erreichen seiner Ziele benutzte – oder ob er doch nur ein Kapitalist war, der Gier und Ehrgeiz sublimierte.

Im Sog seiner Energie und Ambitionen fiel es ihr jedoch schwer, sich auf solche Fragen zu konzentrieren.

■

Frank J. Paulis, der in wasserblaues Licht getaucht seine Show abzog, war ein Bündel terrestrischer Energie und Aggression, das auf dem kleinen, zerbrechlichen Mond fehl am Platz schien. »Ihr müsst die Zukunft besiegen – oder sie wird euch besiegen! Davon war ich schon überzeugt, bevor ich zu den Sternen flog, und nun bin ich erst recht überzeugt davon. Ich bin hier, um Ihnen zu sagen, wie …«

Für die Präsentation seines neuen Projekts hatte Frank mit fieberhaftem Enthusiasmus das Große Auditorium im Herzen von Landsberg gemietet. Die Kraterkuppel wölbte sich als blaue Decke über Xenia: Eine dicke Doppelschicht aus Quasiglas, die mit Wasser gefüllt war und durch ein synthetisches Spinnennetz stabilisiert wurde. Das Wasser schirmte die Bewohner Landsbergs vor der Strahlung ab und streute das ungefilterte Sonnenlicht. Während des langen Mondtags hier in Landsberg strahlte der Himmel königsblau und war voller Fische – Goldfische und Karpfen. Nach fünf Jahren hatte Xenia sich immer noch nicht daran gewöhnt.

Frank stand vor einer großen dreidimensionalen Grafik: Ein Schnittmodell des Mondes, das öde, geologisch uninteressante Schichten enthüllte. Neben ihm saß Mariko Kashiwazaki, die junge Akademikerin, deren wissenschaftliche Arbeit Frank überhaupt erst den Schubs in diese neue Richtung gegeben hatte. Die schlanke Person wirkte unsicher im teuren Kostüm, das Frank ihr gekauft hatte.

Xenia saß an der Rückwand des Auditoriums und ließ den Blick über die Anwesenden schweifen: Politiker und Geschäftsleute. Sie wirkten unbeteiligt. Immerhin waren sie hier und hörten zu; und das war auch schon alles, was Frank im Moment interessierte.

»Hier auf dem Mond brauchen wir flüchtige Stoffe«, sagte Frank. »Nicht nur zum Überleben, auch zum Expandieren. Um ein Wirtschaftswachstum zu erzielen: Wasser, Wasserstoff, Helium, Kohlendioxid, Stickstoff. Vielleicht auch Nitrate und Phosphate, um den Biozyklus anzureichern.

Aber auf dem Mond fehlen alle Bestandteile des Lebens. Ein Wassermolekül überdauert dort draußen auf der Oberfläche ein paar Stunden, ehe es vom Sonnenlicht gespalten und zerstört wird. Die Mondatmosphäre ist so dünn, dass Wassermoleküle sogar in den *Orbit* gelangen. Dort sind sie aber zu nichts nutze.«

Das stimmte. All das war schon von dem Moment an bekannt gewesen, als der erste Apollo-Astronaut den ersten Brocken unansehnlichen Mondgesteins aufgehoben und gemerkt hatte, dass er knochentrocken war – eigentlich noch trockener.

Eine Zeit lang hatte man die Hoffnung gehegt, dass tiefe, schattige Krater in der Nähe der Mondpole als Reservoirs für Wassereis dienten, das sich durch Kometeneinschläge dort abgelagert hatte. Zur großen Enttäuschung dieser Träumer hatte man dort allenfalls Spuren von Wassereis gefunden. Zumal bei solchen Einschlägen ohnehin kaum flüchtige Stoffe abgelagert wurden, wie der Fracastorius-Einschlag gezeigt hatte. Und selbst wenn es solche Eisvorkommen gegeben hätte, dann hätten sie sich nicht lang gehalten; die Mondachse war nämlich instabil, sodass der Mond über einen Zeitraum von ein paar hundert Millionen Jahren ›flatterte‹ – eine lange Zeit zwar, aber doch so kurz, dass kein Krater für immer im Schatten blieb.

Trocken oder nicht, nutzlos war das Mondgestein dennoch nicht. Der Gewichtsanteil von Sauerstoff betrug vierzig Prozent. Und es gab noch andere nützliche Elemente: Silizium für die Herstellung von Glas, Glasfasern und Polymeren; Aluminium, Magnesium und Titan für Maschinenteile, Kabel, Beschichtungen; Chrom und Magnesium für Metalllegierungen.

Grundsätzlich hatte Frank aber recht. Selbst wenn eine Mine auf der Erde das hochwertigste Monderz gefördert hätte, wäre es als Schlacke entsorgt worden.

Und aus diesem Grund hatte Frank das Prometheus-Projekt initiiert, einen Plan für die Einfuhr von flüchtigen Stoffen *und* die Erhöhung der Rotationsgeschwindigkeit des Monds durch das Bombardement mit Kometen oder Asteroiden. Aber es hatte nicht funktioniert.

»Was sollen wir also als Nächstes tun?« Er betrachtete sein Publikum. Er hatte es wie immer im Griff, sogar diese skeptischen, leicht verwirrten Mond-Japaner. »Glauben Sie mir, wir müssen etwas finden. Der Mond, *euer* Mond, stirbt. Wir sind nicht hierher gekommen, damit unsre Kinder in engen Kästen leben müssen. Wir sind gekommen, um wie Menschen in Freiheit und Würde zu leben.« Er riss die Arme hoch und sog die wiederaufbereitete Luft ein. »Ich will Ihnen meinen Traum erzählen. Eines Tages, bevor ich sterbe, will ich die verdammten Türen aufstoßen und aus der Kuppel spazieren. Und ich will die Luft des Mondes atmen. Die Luft, mit der wir ihn versehen haben.« Er ging auf und ab wie ein Prediger – oder ein Propagandist. »Ich will einen Mond sehen, der nach dem Bild der Erde geformt wurde. Ich will einen Mond sehen, der von atembarer Luft umhüllt wird, auf dem es so viel Wasser gibt, dass die tiefen Maria die Bezeichnung ›Meer‹ auch wirklich verdienen, wo Pflanzen und Bäume im Freien wachsen und wo in jedem Krater ein kreisrunder See schimmert … Es ist ein Traum. Vielleicht werde ich seine Verwirklichung nicht mehr erleben. Aber ich weiß, dass das der einzige Weg für uns ist. Nur eine stabile *Welt* mit tiefen biologischen Reservoirs an Wasser, Kohlenstoff und Luft wird groß genug sein, um freies menschliches Leben auf dem Mond möglich zu machen, für die nächsten Jahrhunderte und Jahrtausende. Verdammt, wir sind auf lange Sicht hier, Leute, und wir müssen lernen, in diesen Kategorien zu denken. Weil uns nämlich niemand helfen wird – weder die Erde noch die Gaijin. Ihnen ist es egal, ob wir leben oder sterben. Wir stecken in diesem Schützengraben fest, in der Mitte des Schlachtfelds, und wir sind auf uns allein gestellt.

Um aus dem Mond einen Zwilling der Erde zu machen, brauchen wir aber flüchtige Stoffe, hauptsächlich Wasser. Auf dem Mond gibt es keine flüchtigen Stoffe, also müssen wir sie einführen. Richtig?«

Nun beugte er sich einschüchternd vor; ein primitiver, aber effektiver Trick, sagte Xenia sich.

»*Falsch.* Ich bin heute hier, um Ihnen ein neues Paradigma zu präsentieren. Ich bin hier, um Ihnen zu sagen, dass der Mond selbst reich – fast unvorstellbar reich – an flüchtigen Stoffen ist. Genug, um uns und unsere Familien für Tausende von Jahren am Leben zu erhalten. Und nebenbei werden wir dabei reich wie Krösus ...«

Das war die Klimax, der Knüller, mit dem Frank die Leute vom Hocker reißen wollte. Aber das Publikum war alles andere als hingerissen, wie Xenia sah. Drei Jahrhunderte und ein Wechsel des Planeten hatten die Japaner kaum verändert, und die kulturellen Schranken waren auch noch nicht gefallen; sie beargwöhnten den bräsigen Fremden, der sich vor ihnen aufgebaut hatte und in die Struktur aus Beziehungsgeflechten und der choreographierten Etikette einzubrechen versuchte, die ihr Leben bestimmten.

Frank trat zurück. »Sagen Sie's ihnen, Mariko.«

Die schlanke Mond-Japanerin erhob sich sichtlich nervös und verneigte sich tief vorm Publikum.

Erde-Mond und die anderen Planeten, erläuterte Mariko anhand von übersichtlichen Softscreen-Grafiken, waren vor fast fünf Milliarden Jahren aus einer wirbelnden Staub- und Gaswolke entstanden. Diese urzeitliche Wolke war reich an flüchtigen Stoffen: Zum Beispiel bestand sie zu drei Prozent aus Wasser. Das ergab sich aus der Zusammensetzung der Asteroiden, bei denen es sich um übrig gebliebene Fragmente der Wolke handelte.

Aber es gab eine Anomalie. Alles Wasser auf der Erde, in den Meeren, der Atmosphäre und den Eiskappen, machte weniger als ein *Zehntel* dieses Anteils aus. Nur 0,3 Prozent. Wo war das restliche Wasser geblieben?

Gemäß der herrschenden Lehrmeinung war es durch die enorme Hitze bei der Entstehung der Erde verdampft. Aber Mariko glaubte, dass ein großer Teil davon noch vorhanden war, dass Wasser und andere flüchtige Stoffe tief unter der Erde eingeschlossen waren: Vielleicht vierhundert Kilometer tief im Erdmantel. Freilich würde das Wasser nicht in Gestalt riesiger unterirdischer Meere vorliegen, sondern als Tröpfchen, von denen manche nur aus einem Molekül bestanden und in Kristallgittern von Mineralien eingeschlossen waren, die als Wadsleyit und Hydroglimmer bezeichnet wurden. Diese besonderen Formen vermochten Wasser in ihre Struktur zu integrieren, wobei der hohe Druck der Neigung des Wassers entgegenwirkte, bei hohen Temperaturen zu verdampfen.

Schätzungen zufolge war *fünfmal* so viel Wasser im Innern der Erde enthalten wie in den Meeren, der Atmosphäre und den Eiskappen zusammen.

Und was für die Erde galt, traf vielleicht auch auf den Mond zu.

Laut Mariko bestand der Mond überwiegend aus Material wie der Erdmantel. Und zwar aus dem Grund, weil der Mond früher vermutlich zur Erde gehört hatte und bei einer gigantischen urzeitlichen Kollision von der Erde abgesplittert war. Der Mond war kleiner als die Erde, kühler und fester, sodass der Kern des Mondes den Schichten des Erdmantels in einer Tiefe von ein paar hundert Kilometern entsprach. Und just in dieser Tiefe stieß man auf der Erde auf diese wasserhaltigen Mineralien …

Frank beobachtete sein Publikum wie ein Falke.

Das Modell der Mondkugel leuchtete plötzlich auf. Die geologischen Zwiebelschalen-Schichten wichen einem blauen Meer, das völlig irreal an den Kern des Monds schwappte. Xenia lächelte. Das war typisch Frank: Unwissenschaftlich, aber sehr effektvoll.

»Hören Sie zu«, sagte er. »Was, wenn Mariko recht hat? Was, wenn auch nur *ein Promille* der Mondmasse aus Wasser besteht? Das entspräche immerhin fünf Prozent des Oberflächenwassers der Erde. In der Tat ein verborgenes Meer.

Und das ist noch nicht alles. Wo es Wasser gibt, sind auch noch andere flüchtige Stoffe: Kohlendioxid, Ammoniak, Methan, sogar Kohlenwasserstoffe. Alles was wir tun müssen, ist runtergehen und es raufholen.

Und es gehört *uns.* Wir beherrschen nicht den Himmel; angesichts der Präsenz der Gaijin werden die Menschen ihn vielleicht nie beherrschen. Aber uns Mondbewohnern gehört der Boden unter unseren Füßen.

Leute, ich nenne diese neue Unternehmung *Roughneck.* Wenn Sie den Grund wissen wollen, schauen Sie im Wörterbuch nach. Ich lade Sie ein, in mich zu investieren. Natürlich ist es ein Risiko. Wenn es aber funktioniert, überwinden wir damit den Ressourcen-Engpass, mit dem wir hier auf dem Mond konfrontiert werden. *Und* Sie werden dabei so reich werden, wie Sie es sich in den kühnsten Träumen nicht vorgestellt hätten.« Er grinste. »Verdammt, es gibt ein Meer dort unten, Leute! Und es wird Zeit für einen Tauchgang!«

Frank legte eine Kunstpause ein, um seine Ausführungen aufs Publikum wirken zu lassen.

■

Nach der Veranstaltung unternahm Xenia einen Spaziergang.

Die Mondoberfläche unter der Kuppel war zu einem Park umgestaltet worden. Das Gras, das den Boden bedeckte, spross direkt aus dem nackten Regolith. Es gab sogar einen Hain mit dreißig Meter hohen Palmen und verstreute Kirschbäume. Leute lebten in den massiven Trägertürmen der Kuppel, um die sich Galerien aus Mondbeton spannten. Die unteren Ebenen beherbergten Fabriken, Werkstätten, Schulen, Geschäfte und andere öffentliche Einrichtungen.

Hoch über sich erkannte Xenia eine Schar Schulkinder in schwarz-weißen Uniformen, die mit Leonardo-Schwingen wie ein aufgeregter Hühnerhaufen umherflatterten. Es war ein schöner Anblick. Allerdings wurde sie auch daran erinnert, dass es hier keine Vögel gab – und wenn, dann nur in Druckkäfigen. Vögel ermüdeten zu schnell in der dünnen Luft; auf dem Mond vermochte kein Vogel zu fliegen, auch wenn die niedrige Schwerkraft etwas anderes suggerierte.

Wasser floss in Bächen, Springbrunnen und Becken und befeuchtete die Luft.

Sie ging an Landsbergs berühmtem Wasserskulptur-Park vorbei. Wasser quoll träge in großen schimmernden Sphären aus der Krone eines großen Springbrunnens, die durch die Oberflächenspannung zusammengehalten wurden. Die Sphären wurden von flinken, wie nach Bonbons haschenden mechanischen Fingern aufgefangen, zu Strängen gezogen und zu streiflichtartigen ästhetischen Skulpturen geformt, von denen keine der anderen glich. Sie fand das bezaubernd, eine

Kunstform der »minimalistischen Gravitation«, die auf der Erde unmöglich gewesen wäre. Dieses Ensemble hatte sie schon gleich nach der Ankunft in den Bann geschlagen. Dann lief eine Schar acht- bis zehnjähriger Kinder mit giraffenartigen Mond-Beinen wie Jesus *über* die Wasseroberfläche des Parkteichs. Sie liefen so schnell, dass sie nicht im Wasser versanken.

Wasser war hier überall; der Ort mutete nicht trocken an, wie eine Oase in einer sonnendurchglühten Wüste. Über ihr drehten sich unablässig große Lüfter, die der Luft jeden Tropfen Feuchtigkeit entzogen, reinigten, speicherten und wiederverwendeten. Sie war von einer leisen Geräuschkulisse umgeben: Dem Klappern und Surren von Lüftern und Pumpen, dem Blubbern von Aeratoren. Und als die Kinder verschwunden waren, sah sie kleine glänzende Roboter durch die Luft schwirren und verstreute Wassertropfen wie Schmetterlinge einfangen, damit kein Tropfen von dem kostbaren Nass vergeudet wurde.

Landsberg war eine große Maschine, die ständig in Betrieb gehalten und instandgehalten werden musste. Landsberg war keine dauerhafte Lösung. Die verschiedenen Recyclingprozesse waren höchst effizient – bis hinunter auf die Ebene des Molekülzählens –, aber es traten immer Verluste auf. Das waren die Gesetze der Thermodynamik. Und es bestand keine Möglichkeit, diese Verluste auszugleichen.

Man hatte nicht das *Gefühl* einer sterbenden Welt. Stattdessen fühlte sie sich auf dieser kleinen, gemächlichen Welt fast schon heimisch. Aber der menschliche Mond näherte sich langsam, aber sicher dem Ende. Ein paar kleinere Habitate hatte man bereits aufgegeben; kleine Ökosphären waren einfach zu teuer. Und es gab Rationierung. Die Geburtenrate war seit einer Generation rückläufig, und die Menschheit drängte sich in immer weniger Mondblasen zusammen.

Und sie hatten keine Ausweichmöglichkeit.

Xenia war intuitiv von der Richtigkeit von Franks Vision überzeugt, trotz seiner fragwürdigen Methoden. Wenigstens unternahm er etwas: Suchte nach einer Möglichkeit, wie die Menschen in diesem System, das sie hervorgebracht hatte, zu überleben vermochten. Irgendjemand musste etwas tun. Von den Aliens, den allmächtigen Gaijin war anscheinend keine Hilfe zu erwarten; sie hockten in ihren Schiffen und schauten zu, wie das Schicksal der Menschen sich erfüllte und die Erde den Bach runterging.

Wenn die Menschen sich nicht am eigenen Schopf aus dem Sumpf zogen, würden sie bald ganz darin versinken.

■

Auf jeden Fall überzeugte Frank genügend Leute, in sein Projekt zu investieren, und wohlgemut machte er sich an die Arbeit.

Die Geldbeschaffung erwies sich jedoch als der einfachere Teil.

Auf dem Mond hatte es nie richtigen Bergbau gegeben. Die entsprechenden Aktivitäten hatten sich auf Regolith-Tagebau beschränkt, den Abbau der zertrümmerten und ausgetrockneten äußeren Schicht des Mondes, die von Meteoriten pulverisiert worden war und deshalb nicht mehr zerstoßen und zermahlen werden musste. Und niemand – außer ein paar Wissenschaftlern – hatte bisher versucht, tiefer als ein paar Dutzend Meter zu graben.

Also mussten Frank und Xenia bei Null anfangen und nicht nur einen industriellen Prozess neu erfinden, sondern auch die Rolle, die die Menschen dabei spielten. Sie würden einen Petrophysiker und einen Bergbauingenieur brauchen, um die Orte zu bestimmen, an denen die mutmaßlichen Reservoirs mit flüchtigen

Stoffen sich mit größter Wahrscheinlichkeit befanden; sie brauchten Lagerstätten-Ingenieure, Bohr-Ingenieure und Produktions-Ingenieure für die Knochenarbeit am Bohrloch; und sie brauchten Bauingenieure für die Oberflächen-Operationen und Logistiker. Und so weiter. Sie mussten Anforderungsprofile erstellen, Personal einstellen und nach besten Kräften schulen.

Und die Ausrüstung musste auch neu erfunden werden. Weil es keine Luft zur Wärmeabfuhr gab, musste die Ausrüstung mit großen Kühlrippen versehen werden. Sogar die Veredelung – die Anreicherung von unklassiertem Material zu qualitativ hochwertigem Erz – war schwierig, weil man die herkömmlichen Methoden wie Schaumschwimmaufbereitung und nassmechanische Aufbereitung hier nicht anwenden konnte. Es musste mit Methoden auf der Grundlage elektrostatischer Kräfte experimentiert werden. Wasser gab es natürlich auch nicht – ein Paradoxon, denn die meisten Fördertechniken, die auf der Erde über Jahrhunderte entwickelt worden waren, beruhten primär auf dem Einsatz von Wasser für Kühlung, Schmierung, die Bewegung und Trennung von Materialien und die Lösung und das Ausfällen von Metallen. Es war ein Teufelskreis.

Es traten weitere Probleme auf, als man schwere Ausrüstung im Vakuum des Mondes erproben wollte.

Die Reibung war extrem. In einer Atmosphäre wurde jede Oberfläche mit einer dünnen Schicht aus Wasserdampf und Oxiden überzogen, die Reibung verringerte. Nicht so hier. Das Vakuum verursachte sogar Schweißungen, gleitende Teile fraßen sich im Nu fest. Und nicht nur das, der allgegenwärtige Staub – die messerscharfen Reste vorzeitlichen zertrümmerten Gesteins – klebte überall und wirkte wie Schmirgel. Das Material verschliss im Zeitraffertempo auf der Oberfläche des Mondes.

Aber sie gaben nicht auf und lösten die Probleme. Sie fanden alte Beschreibungen, wie man in der Vergangenheit vorgegangen war, als die Mond-Japaner die Kuppelstädte errichtet hatten. Sie gingen zur Modularbauweise über, wobei ein Arbeiter im Raumanzug die Teile leicht auszuwechseln vermochte. Die Verschleißteile wurden mit ›Schonern‹ aus flexiblem Kunststoff ummantelt, um den Staub abzuweisen. Nach langem Herumexperimentieren entschied man sich für die Verwendung eines Schmiermittels und überzog die Tragflächen mit einer harten, dichten und sehr glatten Substanz, die Mondjapaner-Ingenieure als Quasiglas bezeichneten.

Die Arbeit nahm sie bald voll in Anspruch, und Xenia engagierte sich auch.

Die Mond-Japaner hatten sich nach Generationen an ihre Kuppeln gewöhnt. Einen Mond ohne Dächer vermochten sie sich überhaupt nicht vorzustellen. Nachdem das Projekt einmal gestartet war, legten sie sich aber ins Zeug und entwickelten eine beachtliche Kreativität bei der Lösung der Probleme. Und Xenia hatte den Eindruck, dass erstaunlich wenig Zeit vom Start bis zu dem Tag verstrichen war, an dem Frank ihr sagte, dass er den Ort für die Bohrung ausgewählt hätte.

»Der größte und tiefste Einschlagkrater im abgefuckten Sonnensystem«, sagte er stolz. »Neun Kilometer unterhalb der Datumsgrenze und ganze dreizehn Kilometer unterhalb des Ringwalls. Teufel, auf dem Grund dieses Kraters wären wir schon auf halber Strecke zum Kern. Und das Beste daran ist, wir haben Zugriff darauf. Es hat sich niemand mehr dort rumgetrieben, seit das letzte Eis aus der Kältefalle gekratzt wurde …«

Er meinte den Südpol des Monds.

■

In einen Spinnennetz-Druckanzug gehüllt verließ Xenia das Fahrzeug.

Der Pol des Mondes war ein Ort der Schatten. Die Spitze der fahlen Erdsichel stach über den Horizont. Xenia, die auf dem Grund des Kraters namens Amundsen stand, sah sogar die Sonne, die als Lichtbahn durch eine Lücke im Ringwall brach und lange tiefe Schatten auf den farblosen zerklüfteten Boden warf. Sie wusste, dass, wenn sie für einen Monat hier blieb, dieser Sonnen-Suchscheinwerfer durch die gemächliche Rotation des Monds den ganzen Horizont bestreichen würde. Aber das Licht war schon trüb wie ein endloser Sonnenauf- oder -untergang.

Und in der Mitte von Amundsen lag Franks Bohrstelle im Widerschein des Sonnenlichts. Der Komplex war hässlich und wimmelte von Leuten.

Xenia hatte noch nie einen Mondspaziergang unternommen, kein einziges Mal. Die wenigsten Leute taten das. Der Import von Wolfram war zum Erliegen gekommen, und das Metall war zu wertvoll, um es zu Freizeitanzügen zu verarbeiten. Außerdem war die Wasser- und Luftverschwendung beim An- und Ausziehen von Druckanzügen nicht zu vertreten. Und so weiter. Auf dem Mond des Jahres 2190 hielten die Menschen sich in ihren Kuppeln auf, fuhren in luftdichten Fahrzeugen oder krochen durch Tunnels, während der authentische Mond hinter den Fenstern so unzugänglich war wie vor Apollo.

Diese Vorstellung – die engen Grenzen, die ihnen gezogen waren – verursachte Xenia sogar noch größeres Unbehagen als der Kollaps der Erde und bestärkte sie in ihrem Entschluss, bei Frank zu bleiben; auch wenn sie Zweifel hinsichtlich seiner Ziele und Methoden hegte.

Und da kam Frank auch schon in seinem Raumanzug. An der ›Spiderman‹-Montur aus mondjapanischer

Fertigung prangte ein Sternenbanner. »Ich habe mich schon gefragt, wo du steckst«, sagte er.

»Es gab noch viel Papierkram und Genehmigungen auf den letzten Drücker ...«

»Das Beste hast du vielleicht verpasst.« Er war gereizt, nervös und rastlos; die Augen hinter dem goldgetönten Visier schweiften über die trostlose Landschaft. »Komm und schau dir den Bohrturm an!«

Zusammen hopsten sie an Franks Sicherheitspersonal vorbei auf die Mitte der Anlage zu.

New Dallas, Franks Boomtown, war eine Ansammlung von Gebäuden, die im Stil von Lehmhütten aus Mondbeton-Blöcken gemauert waren. Es war hier ziemlich hell; das Sonnenlicht wurde von Heliostaten in den Krater gelenkt, große Spiegel, die auf dem Ringwall und auf großen Ständern montiert waren. Die Heliostaten wirkten wie riesige Flutlichter, die der Ansiedlung die Anmutung eines Sportstadions verliehen. Die Energie wurde auch überwiegend von der Sonne bezogen, und zwar durch Sonnenkollektoren, mit denen Frank den Ringwall verkleidet hatte.

Sie sah Werkstätten, Lagerhäuser, Mannschaftsunterkünfte, Gemeinschaftshäuser. Es gab einen Fuhrpark mit Gleitern, Zugmaschinen und schwerem Gerät, die um Brennstofftanks gruppiert waren. Die bewohnten Gebäude waren zum Schutz vor der Strahlung mit ein paar Metern Regolith überhäuft worden. Und dort war Franks ›Mondwärme‹-Kraftwerk – betriebsbereit. Zwischen den quaderförmigen Gebäuden schlängelten sich dicke Kabel.

Der Boden war im Umkreis von ein paar Kilometern von Fußabdrücken und Fahrzeugspuren gezeichnet. Es war kaum zu glauben, dass vor zwei Monaten noch nichts davon existiert hatte und dass die einzigen Anzeichen menschlicher Präsenz die verlassenen Tagebaufelder in den Kältefallen gewesen waren.

Und im Zentrum erhob der Bohrturm für Tiefbohrungen sich so hoch über den Boden, dass er das schräg einfallende Sonnenlicht reflektierte – so hoch, dass das Bohrrohr aus drei oder gar vier Röhren zusammengesteckt werden musste. Die Stangen bestanden aus einer Magnesiumlegierung und stapelten sich in der Nähe in einer Gesamtlänge von ein paar Kilometern – wobei die aus Monderz gefertigten Stangen noch die billigsten Teile der ganzen Operation waren. Baracken und Werkstätten drängten sich um den Bohrturm, dazu große Aluminiumtanks und Generatoren. Gesteinshügel, die von Testbohrungen stammten, zogen sich wie Pyramiden um den Turm.

Sie erreichten die Bohrplattform. In der Mitte befand sich die runde Platte, durch die das Gestänge geschoben wurde und die den Bohrer durch Rotation in den Boden treiben würde. Es gab Gießereien, um Kabel und Rohre zu fertigen und Trommeln, um die Kabel aufzuwickeln: Stromkabel, Lichtwellenleiter-Röhren, Hohlstangen für Luft, Wasser und Probengewinnung.

Der Bohrturm ragte groß und stumm wie der Startturm einer Saturn V empor. Sterne schienen durch die Streben hindurch. Und am Ende des ersten Rohrs sah sie den Bohrkopf mit Zähnen aus Wolfram und Diamant, die im Licht der Heliostaten funkelten.

Frank hielt ihr einen technischen Vortrag, der sie aber nicht interessierte. »Weißt du, ein Bohrgestänge kann nicht länger als ein paar Kilometer sein. Deshalb müssen wir eine Schrämmaschine einsetzen …«

»Frank, *eta očen krasiva.* Es ist großartig. In Landsberg hätte ich das gar nicht für möglich gehalten.«

»Es ist absolut möglich«, sagte Frank angespannt. »Solang es funktioniert.« Er schaute auf die Uhr, eine Softscreen-Anzeige, die mit dem Anzug vernäht war. »Gleich ist es soweit.«

Sie gingen in den öffentlichen Bereich.

Roughneck war das größte öffentliche Ereignis, das der Mond seit einer Generation gesehen hatte. Es mussten hundert Menschen anwesend sein. Männer, Frauen und Kinder liefen in ihren bunten Raumanzügen und Strahlungsumhängen umher oder fuhren in Rovern durch die Gegend – die reichsten Japaner, die sich einen solchen Luxus noch zu leisten vermochten. Überall schwebten Kameras. Sie sah Virtuelle Beobachter, Erwachsene und Kinder in Softscreen-Anzügen, deren sämtliche Eindrücke an die anderen Mondbewohner übermittelt wurden.

Frank hatte sogar einen kleinen Themenpark eingerichtet. Es gab Spielzeug-Bohrtürme, die man erklimmen konnte und eine steile Achterbahn mit altmodischen Lorenschienen – steil deshalb, weil man auf dem Mond hoch hinaus musste, um eine ansehnliche Beschleunigung zu erzielen. Die eigentliche Attraktion war aber Franks Fischteich, ein kleiner Krater, den er mit Keramik ausgekleidet und mit Wasser gefüllt hatte. Der Teich überfror natürlich und verdunstete stetig, aber Wasser war ein guter Wärmespeicher, sodass es lang dauern würde, bis der Teich eingefroren war. Frank hatte Fische ausgesetzt, die sich im Wasser tummelten: Goldfische und prächtige koi-Karpfen. Die irdischen Geschöpfe wurden nur durch ein paar Meter Wasser vom feindlichen Mondklima geschützt – ein beredtes Symbol seines Ehrgeizes.

Diese breite Öffentlichkeit machte Xenia Angst. »Hältst du es wirklich für eine gute Idee, dass so viele Leute hier zugange sind?«

»Die Wachen werden diese grauen Arschlöcher schon draußen halten.«

Die *Grauen* waren eine Interessengruppe, die gegen Frank agitierte: Sie sagten, es sei falsch, Löcher ins Herz des Monds zu bohren und den *uchujin,* den kosmischen Staub aufzuwirbeln. Sie machten zwar viel

Lärm, vermochten aber – soweit Xenia das sah – nichts auszurichten.

»Das ist es nicht«, sagte sie. »Es ist dieser Rummel. Ich komme mir vor wie in Disneyland.«

Er grunzte. »Xenia, von Disneyland ist nur noch ein Krater übrig, der im Dunklen glüht. Begreifst du das denn nicht? Diese PR-Aktion ist *wichtig*. Wir können von Glück sagen, wenn wir ein paar Kilometer pro Tag schaffen. Wir werden fünfzig Tage brauchen, nur um die Kruste zu durchbohren. Wir werden ein Vermögen dort unten versenken, ehe wir auch nur einen roten Heller Gewinn machen. Wir müssen die Investoren langfristig an uns binden. Sie müssen hier sein, Xenia. Sie müssen es *mit eigenen Augen sehen*.«

»Und wenn etwas schief geht …?«

»Dann ist der Käs' eh gegessen. Was haben wir also zu verlieren?«

Alles, sagte sie sich, wenn jemand getötet wurde, wenn zum Beispiel eins von diesen drolligen Mondjapaner-Kindern vom Spielzeug-Bohrturm fiel. Aber sie wusste, dass Frank diese Möglichkeit in Betracht gezogen und bestimmt entsprechende Sicherheitsvorkehrungen getroffen hatte.

Sie bewunderte diese Umsicht und fürchtete sie zugleich.

Frank stellte sich auf die Absätze, kippte nach hinten und schaute zum Himmel hinauf. »Schau mal einer an«, sagte er. »Sieht so aus, als ob wir Publikum hätten.«

Ein funkelndes Gaijin-Blumenschiff zog hoch über ihnen seine Bahn. Mit den gespreizten Schwingen sah es aus wie eine Motte.

»Das gehört uns«, murmelte Frank mit grimmigem Blick. »Hört ihr mich, ihr Arschlöcher? *Uns.* Schert euch zum Teufel!«

Ein Warnsignal ertönte über die offenen Schleifen in

ihren Kopfhörern, und die Mond-Japaner stellten sich lautlos in einer Reihe auf, um die Show zu erleben. Xenia sah, wie der Bohrer sich auf den Regolith hinabsenkte und die Bohrstange lautlos durch den Turm glitt wie ein Muskel, der unter der Haut arbeitete.

Der Bohrer grub sich in den Mond.

Eine Staubwolke wirbelte ums Loch auf. Uralte Regolith-Schichten, die seit einer Milliarde Jahren unberührt dagelegen hatten, wurden nun respektlos ins All gewirbelt. Im Scheitelpunkt der parabolischen Fontäne funkelten glasige Fragmente im Sonnenlicht. Es gab aber keine Luft, die den Schutt getragen hätte, und so rieselte er sofort wieder herab.

In Sekunden hatte der Staub den Bohrturm bedeckt, den hellen Anstrich mit einem Grauschleier überzogen und regnete wie Vulkanasche auf die Zuschauer herab.

Sie sah, dass die Leute um sie herum in Wallung gerieten und applaudierten. Vielleicht hatte Frank doch recht gehabt, sie hierher einzuladen und das mythische Potential dieser großen Herausforderung richtig eingeschätzt.

Frank verfolgte die Bohrung mit größter Konzentration. »Zwanzig oder dreißig Meter«, sagte er.

»Was?«

»Die Dicke des Regoliths an dieser Stelle. Der Staub. Dann kommt der Megaregolith, Gestein, das durch die Einschläge erst zerstampft und zertrümmert und dann aufgewirbelt und vermischt wurde. Diese Schicht ist wahrscheinlich zwanzig, dreißig Kilometer dick. Leicht zu durchstoßen. Weiter unten wird der Druck so hoch, dass sämtliche Risse im Gestein geschlossen werden. Wir müssten diesen Anorthosit-Untergrund nach einem Tag erreichen und dann …«

Sie fasste ihn am Arm. Sogar durch die Schichten des Anzugs fühlte sie die Spannung in den Muskeln. »He. Nur mit der Ruhe.«

»Ich bin immerhin der werdende Vater, richtig?«

»Ja.«

Steif und frustriert stapfte er mit kleinen Schritten umher. »Es gibt nichts, was wir hier noch tun könnten. Komm. Steigen wir aus diesen Klamotten und gießen uns einen hinter die Binde.«

»In Ordnung.«

Xenia hörte, wie der Staub auf den Helm prasselte. Die Kinder – Zeugen dieses Wunders – rannten umher und hielten die Hände im grauen Mondregen auf.

kapitel 19

TRÄUME VON STEINEN UND STILLE

Ihre Welt war einfach: Das Land unten, das Dunkel oben, das Licht, das dem Dunkel entströmte. Land, Licht, Dunkel. Das und sie selbst.

Allein, außer dem Spender.

Für sie kamen alle Dinge vom Spender. Das Leben an sich.

Die ersten Erinnerungen handelten vom Spender, an der Schnittstelle zwischen dem ausgetrockneten Land und dem heißen Dunkel. Er nährte sie, tränkte das Land mit einer warmen, feuchten Substanz, und sie aß gierig. Sie spürte, wie ihre Wurzeln sich in die trockenen Tiefen des Lands gruben und die Nahrung suchten, die dort verborgen lag. Und sie nahm den dünnen Mutterboden in sich auf, belebte ihn mit heißem Licht, machte ihn zu einem Teil von sich selbst.

Sie kannte die Zukunft. Sie wusste, was aus ihr und ihren Kindern werden würde.

Sie würden in der langen heiß-kalten Dürre ausharren und auf den kurzen Regen warten. Dann würden sie knospen und diese kleine tote Welt in ihrer glorreichen Blüte mit Leben erfüllen. Und sie würde die lange Stille überleben und die Verschmelzung erleben, das Wunder, das am Ende der Zeit sich entfaltete, sie und ihre Kinder.

... Aber sie war die Erste, und der Spender gebar sie. Keiner von ihnen hätte ohne den Spender bestanden.

Sie wünschte sich die Fähigkeit, ihm ihre Liebe kundzutun. Sie wusste, dass das unmöglich war.

Aber sie spürte, dass er es sowieso wusste.

■

Die völlig überarbeitete Xenia wurde von der Erinnerung an den Kometeneinschlag umgetrieben. Im Moment des wuchtigen Aufpralls hatte sie nämlich einen Kondensstreifen gesehen: Als ob jemand eine Rakete auf der Mondoberfläche gestartet hätte.

Aber wer und wieso?

Sie hatte aber keine Zeit, sich weiter mit dieser Frage zu beschäftigen, denn das *Roughneck*-Projekt ging zügig voran. Trotzdem gelang es ihr schließlich, sich für ein paar Tage von Frank mit der Begründung loszueisen, dass sie erschöpft sei. Sie beschloss, die Zeit zu nutzen, um das Rätsel zu lösen. Nachdem sie viele Nächte im *Roughneck*-Projektbüro übernachtet hatte, ging sie zum erstenmal wieder nach Hause.

Sie nahm ein ausgiebiges heißes Bad, um den Mondstaub aus allen Poren zu spülen. In der kleinen Badewanne schwappte das Wasser wie Quecksilber. Wasserdampf schlug sich an der Decke nieder und hing bald wie wässrige Kronleuchter in großen Tropfen herab. Als sie aus der Wanne stieg, blieb das Wasser wie eine zweite Haut an ihr haften; sie musste es förmlich abkratzen und vorsichtig in die Wanne zurückbefördern. Dann nahm sie einen kleinen Staubsauger und saugte alle schwebenden Tröpfchen ein, die sie fand. Jeder Tropfen wurde dem Abflusssystem zugeführt, wo er gereinigt und wieder in Landsbergs große Kuppel-Reservoirs eingespeist wurde.

Ihr Apartment war eine gläserne Zelle in den großen Katakomben, aus denen Landsberg bestand. Die Wohnung war früher als *genkan*, als Flur, genutzt worden –

in besseren, weniger beengten Zeiten, lang bevor sie von den Sternen zurückgekehrt war. Die Unterkunft war so klein, dass sie als Wohn- und Schlafzimmer zugleich diente. Der Boden war mit Reisstrohmatten ausgelegt, und für Frank Paulis lag eigens ein *zabuton*-Kissen bereit. Japanische Miniaturen verliehen dem Raum eine Atmosphäre der Stille und ließen ihn größer erscheinen, als er in Wirklichkeit war.

Sie hatte sich bereitwillig dem Stil der Bewohner dieses Ortes angepasst – im Gegensatz zu Frank, der *sein* Apartment in einen Schrein mit amerikanischen Souvenirs verwandelt hatte. Sie fand es erstaunlich, dass die Japaner sich so gut an die Lebensbedingungen auf dem Mond angepasst hatten. Es war, als ob Jahrtausende auf ihren kleinen, übervölkerten Inseln sie für diese Erfahrung gerüstet hätten, diese Enge auf dem Mond.

Sie machte sich einen Kaffee – Muckefuck natürlich und nicht so heiß, wie sie es gern gehabt hätte. Dann konfigurierte sie die Wände in ihrem Lieblingsmotiv – ein Laubwald mit leuchtend grünem Moos – und schlurfte nackt zum Computer. Sie setzte sich auf eine *tatami*-Matte, die in der geringen Schwerkraft geradezu komfortabel war und schlürfte das Getränk.

Wie erwartet gab es keine indexierten Aufzeichnungen von diesem Raketenstart. Allerdings gab es eine umfassende Datenbank über den Zustand des Mondes zum Zeitpunkt des Einschlags; die Mond-Japaner hatten jeden Sensor, über den sie verfügten, auf den Mond gerichtet und die Ereignisse an diesem denkwürdigen Morgen registriert.

Und nachdem sie ein paar Minuten gesucht hatte, wurde sie in den Spektrometer-Daten eines tieffliegenden Satelliten fündig. Da war der hellrote Kondensstreifen, der sich bogenförmig durch die Kometentrümmer zog. Den Spektrometer-Ergebnissen entnahm sie, dass sie die Verbrennungsrückstände von Aluminium in Sauerstoff betrachtete.

Dann hatte sie also richtig gesehen.

Sie erweiterte die Suche.

Und sie erfuhr, dass Aluminium durchaus ein geeigneter Raketenbrennstoff war. Es hatte einen spezifischen Impuls von fast dreihundert Sekunden. Das war zwar nicht so gut wie der beste chemische Brennstoff – das war Wasserstoff, der mit vierhundert verbrannte –, aber ausreichend. Zumal man Aluminium und Sauerstoff sogar aus dem Mondboden zu gewinnen vermochte.

Es gab noch mehr Hinweise, dass an jenem Tag Aluminium-Sauerstoff-Raketen vom Mond gestartet waren. Sie waren von mehreren automatisierten Sensoren registriert worden. Von vielen Ausgangspunkten schlängelten Kondensstreifen sich über den Mond. Es waren insgesamt ein Dutzend, vielleicht noch mehr, wenn man die Gebiete des Monds berücksichtigte, für die keine genaueren Daten vorlagen.

Und wie sich herausstellte, hatten diese Raketenstarts alle stattgefunden, als die Kometengase den Mond erreichten.

Sie rief einen virtuellen Globus des Mondes auf und markierte die Startzonen. Sie waren über den ganzen Mond verteilt: Hochland und Maria, Rückseite und Vorderseite gleichermaßen. Kein erkennbares Muster.

Dann verlängerte sie die Kondensstreifen, sodass sie sich weiter um den Mond wanden.

Sämtliche Spuren liefen in einem Punkt an der Rückseite zusammen. Edo. Der Ort, wo Takomi, der Einsiedler lebte.

■

Es war der erste Regen überhaupt.

Plötzlich gab es Luft auf dieser toten Welt. Anfangs war

nur ein schwacher Hauch zu spüren, ein milder Kometen-Regen, der ihre breiten Blätter benetzte, wo sie im Schatten lagen. Sie sog ihn gierig ein, bevor er im wiederkehrenden Licht zu verdunsten drohte und lagerte jedes Molekül in ihre Struktur ein, ohne auch nur eins zu vergeuden.

Mit wachsender Zuversicht fing sie den Regen auf und das Licht und fuhr fort mit der langsamen, geduldigen Arbeit, ihre Samen reifen zu lassen, und die feurige Substanz, die aus dem ewigen Staub gewonnen wurde.

Und dann war es plötzlich soweit.

In einer orgiastischen Zuckung platzten die Samen aus ihrer Struktur heraus. Sie wurde von einer großen Freude überwältigt und erschlaffte erschöpft.

Der Spender war noch immer hier bei ihr, genoss den Regen mit ihr, sah sie erblühen. Sie war froh darüber.

Und dann kam auch schon ein heftiger Wind auf, und die Luftmoleküle strichen über ihre beschädigten Oberflächen, während der Komet seine Substanz wieder einsammelte und vom Land wegsprang. Er hatte seine Arbeit getan und sich wieder ganzgemacht. Der Lärm dieser großen Flucht ins Dunkel über ihr brandete wie ein lauter Schrei gegen sie an.

Kurz darauf war auch der Spender verschwunden.

Aber darauf kam es nicht an. Bald vernahm sie nämlich das erste zaghafte Kratzen ihrer Kinder, das wie ein Flüstern durch das tote, harte Gestein an sie herangetragen wurde – sie gruben sich durch das Land und suchten Nahrung. Für sie gab es keinen Spender, niemanden, der ihnen half; sie waren nun auf sich gestellt. Aber das war nicht weiter schlimm, denn sie wusste, dass ihre Kinder stark waren, autark und einfallsreich.

Ein paar würden natürlich sterben. Aber die meisten würden überleben, sich eingraben und auf den nächsten Kometenregen warten.

Sie ruhte wieder in sich selbst und hing ihren Gedanken nach, die sich in geologischen Zeiträumen entwickelten.

Wartete auf den Regen, darauf, dass mehr Kometen aus dem Staub entstanden und in den Himmel sprangen.

■

Xenia flog allein in einem automatisierten Gleiter zum Meer der Sehnsucht auf der Rückseite. Der Flug war samtweich und die Landung unmerklich.

Sie streifte den Spinnennetz-Anzug über, überprüfte ihn und betrat die kleine flexible Luftschleuse des Gleiters. Sie wartete auf das Zischen der entweichenden Luft, öffnete mit klopfendem Herzen die Luke und trat auf die Oberfläche des Mondes.

Eine kleine Staubwolke aus uraltem pulverisiertem Gestein wirbelte auf. Der Himmel war schwarz – außer einem zarten weißen Schleier, den sie im Sonnenlicht glühen sah. Das waren Eiskristalle, die in der dünnen Rest-Atmosphäre des Kometenaufpralls schwebten. Zirruswolken auf dem Mond: Geister eines toten Kometen. Die Oberfläche des Mare glich einem richtigen Meer mit ineinander fließenden, sanft gewellten Kurven.

Und dort standen zwei große, schlanke Kegel nebeneinander – geometrisch perfekte Körper. Sie warfen lange Schatten im schräg einfallenden Sonnenlicht. Xenia vermochte nicht zu sagen, wie weit sie entfernt oder wie groß sie waren, weil diese Landschaft keine optischen Vergleichsmaßstäbe hatte. Sie standen nur als krasse Anomalien im Gelände.

Sie schauderte und lief los.

Sie erreichte eine Stelle, wo der Regolith *geharkt* war. Sie hielt inne und blieb auf unbehandeltem Boden stehen.

Die ›Harke‹ hatte eine Reihe paralleler Furchen mit einer Tiefe von vielleicht sechs bis acht Zentimetern und in einem Abstand von ein paar Zentimetern gezogen. Als ob jemand den Boden gekämmt hätte. Beim

Blick nach links und rechts setzte dieses Muster mit den scharfen Linien und der perfekten Geometrie sich ins Unendliche fort. Und wenn sie nach vorn schaute, erstreckten die Linien sich bis zum Horizont, ohne in ihrer Präzision beeinträchtigt zu werden.

Diese beiden Kegel sahen aus wie Termitenbauten. Im fast indirekten Sonnenlicht wirkten sie beinahe ästhetisch. Sie sah, dass die Furchen im Boden sich um die Kegel herumzogen wie ein Strom, der sich um geometrische Inseln teilt.

»Danke, dass Sie den Garten respektieren.«

Sie zuckte beim plötzlichen Klang der Stimme zusammen und drehte sich um.

Eine Person stand dort – Mann oder Frau? Sie entschied sich für einen Mann. Er war kleiner und schlanker als sie und mit einem schäbigen, oft geflickten Anzug bekleidet.

Er verneigte sich. »*Sumimasen.* Ich wollte Sie nicht erschrecken.«

»Takomi?«

»Und Sie sind Xenia Makarova.«

»Woher wissen Sie das denn?«

Ein leichtes Achselzucken. »Ich lebe zwar allein, bin aber nicht isoliert. Nur Sie haben Informationen über die Mond-Blumen gesucht und gesammelt.«

»*Welche* Blumen?«

Er kam auf sie zu. »Das ist mein Garten«, sagte er.

»Ein Zen-Garten.«

»Sie haben verstanden. Gut. Dies ist ein *kare sansui,* ein wasserloser Flussgarten.«

»Sind Sie ein Mönch?«

»Ich bin ein Gärtner.«

Sie ließ sich das durch den Kopf gehen. »Der Mond war doch schon ein großer Zen-Garten, ehe die Menschen hierher kamen – ein Garten aus Gestein und Erdreich.«

»Sie sind weise.«

»Ist das der Grund, weshalb Sie hierher gekommen sind? Weshalb Sie allein hier leben?«

»Vielleicht. Ich ziehe die Stille und Einsamkeit des Mondes der Hektik der menschlichen Welt vor. Sie sind Russin.«

»Meine Vorfahren waren Russen.«

»Dann sind Sie hier auch allein. Ein paar von Ihren Leuten leben auf dem Mars.«

»Das hat man mir gesagt. Sie reagieren aber nicht auf meine Signale.«

»Nein«, sagte er. »Sie sprechen mit überhaupt niemandem. Nach dem Ansturm der Gaijin sind wir Menschen in verstreute Stämme zerfallen.«

Ansturm. Diese Wort hatte einen archaischen Klang, mehr als sie erwartet hätte. Flüchtig wurde sie an jemand anders erinnert, an einen anderen zurückgezogenen Japaner.

Sie deutete auf die Furchen. »Ich weiß, dass die Grate Flüsse symbolisieren. Sind das Berge? Steigen sie aus den Wolken oder dem Meer? Oder versinken sie?«

»Spielt das eine Rolle? Die Kosmologen sagen uns, dass es viele Zeitströme gebe. Vielleicht fallen und steigen sie zugleich. Sie sind weit gereist, um mich zu sehen. Ich werde Ihnen zu essen und zu trinken geben.«

Er drehte sich um und ging über den Mond. Nach einem Moment folgte sie ihm.

■

Die aufgelassene Mondbasis namens Edo war eine Ansammlung aus Betongebäuden – Wohnmodulen, Kraftwerken, Lagerhäusern, Produktionsstätten –, die halb in der kraterübersäten Ebene vergraben waren. Überall gab es Roboter, aber sie standen reglos da. Offensichtlich waren die Batterien leer.

Eine einzige Lampe brannte wieder in der Mitte des alten Komplexes. Takomi lebte im Zentrum von Edo, in dem, was laut seiner Aussage einmal ein Park gewesen war, den man in einer künstlichen Höhle angelegt hatte. Bizarrerweise gab es sogar einen uralten McDonald's. Das Inventar war ausgeräumt, und die roten und gelben Plastiklettern waren gesplittert und verblichen. Ein einsamer Kirschbaum wuchs hier. Er hatte leuchtend grüne Blätter und war der einzige Farbtupfer im tristen Grau des glasierten Regolith.

Dies war der Hauptstützpunkt, den die japanische Regierung im einundzwanzigsten Jahrhundert errichtet hatte. Nishizaki Industries hatte sich jedoch in Landsberg niedergelassen und im Krater Tagebau betrieben. Das ausgehöhlte Landsberg war nun die Hauptstadt des Monds, und das enge und primitive Edo hatte man aufgegeben.

Sie zog den Anzug aus. Sie hatte Mondstaub eingeschleppt. Er haftete an den Händen und sah wie Bleistiftabrieb aus. Sie wusste, dass das wie Graphit schimmernde Zeug nur schwer zu entfernen war.

Er brachte ihr grünen Tee und Reis.

Ohne den Anzug war Takomi ein kleiner, runzliger Mann; er sah aus wie sechzig, obwohl der optische Eindruck beim aktuellen Stand der Lebensverlängerungs-Technik nur noch bedingte Aussagekraft hatte. Er hatte ein rundes zerfurchtes Gesicht, und die Augen waren von ledrigen Falten umrandet. Er sprach pfeifend, als ob er Asthma hätte.

»Sie hegen den Baum«, sagte sie.

Er lächelte. »Einen Freund braucht doch jeder. Es ist schade, dass Sie die Kirschblüte verpasst haben. Ich feiere hier immer *ichi-buzaki.* Wir Japaner haben nämlich ein Faible für Kirschen; sie repräsentieren den alten Glauben der Samurai, dass die Blüte das Leben symbolisiert. Schön, aber verletzlich und allzu kurz.«

»Ich verstehe nicht, wie Sie hier leben können.«

»Der Mond ist eine ganzheitliche Welt«, sagte er sanft. »Er vermag einen Menschen am Leben zu erhalten.«

Takomi sagte ihr, dass er den Mondboden als Strahlenschutz verwendete. Er buk ihn in primitiven Mikrowellenöfen und stellte Keramik und Glas her. Durch Magma-Elektrolyse gewann er Sauerstoff aus dem Mondboden: Er schmolz den Boden mit fokussiertem Sonnenlicht und schickte einen elektrischen Strom hindurch, um das O Zwei freizusetzen. Die Magma-Anlage, die er aus Jahrzehnte alten Bauteilen improvisiert hatte, arbeitete langsam und energieintensiv, doch dafür hatte der Elektrolyseprozess einen hohen Wirkungsgrad. Takomi sagte, an Sonnenlicht hätte er keinen Mangel, aber je weniger Erdreich er schleppen müsste, umso besser.

Er bediente ein Gerät, das er als *Grauen* bezeichnete: Ein automatisiertes Fahrzeug, das schon hundert Jahre alt und so mit Staub verkrustet war, dass es die gleiche Farbe hatte wie der Mond. Der vom Sonnenlicht angetriebene *Graue* pflügte geduldig über die Mondoberfläche. Er saugte Geröll an und stieß Glasscheiben und Solarzellen aus, täglich ein paar Quadratmeter. Im Lauf der Zeit hatte der *Graue* eine Solar-Anlage mit einer Fläche von ein paar Quadratkilometern angelegt und erzeugte elektrischen Strom mit einer Leistung im Megawattbereich.

»Das ist erstaunlich, Takomi.«

Er lachte meckernd. »Wenn man bescheidene Ansprüche hat, ist der Mond großzügig.«

»Trotzdem fehlen Ihnen die Bausteine des Lebens. Das ist das alte Lied auf dem Mond. Kohlenstoff, Stickstoff, Wasserstoff …«

Er lächelte sie an. »Ich muss gestehen, dass ich mogle. Der Beton dieser Geisterstadt ist voll Wasser.«

»Sie zapfen *Beton* an?«

»Ist billiger, als Wassersteuer zu zahlen.«

»Aber wie viele Menschen könnte der Mond auf diese Art am Leben erhalten?«

»Äh. Nicht viele. Aber wie viele Menschen braucht der Mond eigentlich? Ich habe mich sozusagen eingegraben.«

Diese Wortwahl mutete sie auch seltsam an. Dieser Eremit war ihr überhaupt ein Rätsel.

Sie befragte ihn über die Kondensstreifen, die sie gesehen hatte und wieso sie gerade an diesem Ort zusammenliefen. Er wich den Fragen aus und wechselte das Thema.

»Ich betreibe Forschung, müssen Sie wissen. In gewisser Weise. Nicht weit von hier gibt es eine Forschungsstation, die von Nishizaki Heavy Industries eingerichtet wurde. Jetzt ist sie natürlich verlassen. Sie ist – war – eine Infrarot-Beobachtungsstation. Eine japanische Forscherin namens Nemoto entdeckte dort erstmals Anzeichen von Aktivitäten der Gaijin im Sonnensystem und schrieb so Geschichte.«

Sie interessierte sich nicht für Takomis Hobby in einem alten Observatorium. Beim Unterton in seiner Stimme horchte sie aber auf.

»Dann benutzen Sie die Ausrüstung also«, versuchte sie ihn aus der Reserve zu locken.

»Ich habe die Annäherung des Kometen beobachtet. Von hier aus waren Merkmale zu erkennen, die für die Stationen auf der Vorderseite nicht ersichtlich waren. Die Geometrie des Annäherungs-Orbits zum Beispiel. Und noch etwas.«

»Was?«

»Ich habe Anzeichen von Methanverbrennung gesehen«, sagte er. »Dicht am Kometenkern.«

»Methan?«

»Ein Strahl aus Verbrennungsrückständen.«

Eine Rakete. Sie erkannte die Weiterungen sofort. Jemand hatte eine Methanrakete in den Kometenkern geschossen, die die Chemikalien des Kometen verbrannt und seinen Kurs geändert hatte.

Vom Mond weg? Oder – auf ihn zu?

Und in beiden Fällen – wer hatte das getan?

»Wieso erzählen Sie mir das?«

Aber er antworte ihr nicht, und ein schrecklicher Verdacht stieg in ihr auf.

■

Takomi bereitete ihr in einem ehemaligen Schulhaus ein Lager in Form einer dünnen Matratze. Kinderzeichnungen hingen hinter Glas an den Wänden. Die Bilder zeigten Blumen, Steine und Menschen, die alle in einem schwarzen Himmel schwebten.

Mitten in der Nacht rief Frank sie an. Er war aufgeregt.

»Es läuft besser, als wir erwartet haben. Der Bohrer geht durchs Gestein wie durch Butter. Die Bilder sind toll. War eine spitzenmäßige Idee von mir, die Magnesiumlegierungs-Röhren durch transparente Röhren zu ersetzen, damit man das Gestein sieht. Wir haben die besten Geologen auf dem Mond auf diese beschissene Quelle angesetzt, Xenia. Seismische Untersuchungen, Geochemie, Geophysik und so weiter. Je eher wir auf ein Erzflöz stoßen, damit die Sache sich auch rechnet, desto besser …«

Der *Roughneck*-Bohrer hatte die unteren Krustenschichten durchstoßen und war in den Mantel eingedrungen. *Der Mantel des Monds:* Sechzig Kilometer tief und der fremdartigste Ort, zu dem Menschen jemals vorgedrungen waren.

Es stellte sich heraus, dass der Mond für Tiefbohrungen *viel* besser geeignet war als die Erde, weil in dem alten Himmelskörper tektonische Ruhe herrschte. Die Temperatur stieg pro Kilometer Tiefe etwa um zehn Grad an, verglichen mit dem Vierfachen auf der Erde. Mit den Druckverhältnissen verhielt es sich ähnlich; selbst jetzt wirkten nur ein paar tausend Atmosphären auf Franks Ausrüstung, weniger als man im Labor erprobt hatte. Eigenartigerweise blieb die Dichte des Monds fast durchgängig konstant.

Xenia wusste allerdings, dass das Projekt gerade erst aus den Startlöchern gekommen war.

Wenn Frank das Wasser und die anderen flüchtigen Stoffe finden wollte, nach denen er suchte, wenn er die Temperatur- und Druckverhältnisse erreichen wollte, unter denen die wasserbindenden Mineralien sich herauskristallisierten, müsste er in enorme Tiefen vorstoßen – wahrscheinlich unter den festen Mantel bis in eine Tiefe von tausend Kilometern, nur ein paar hundert Kilometer vom Mittelpunkt des Monds entfernt.

Sie stellte ihm technische Fragen, zum Beispiel, wie sie die extremen Drücke und Temperaturen bewältigen wollten, mit denen sie bald konfrontiert sein würden. Sie wusste, dass er in den oberen Regolithschichten, die durch Kometen-Einschläge zerbröselt waren, vergleichsweise primitive mechanische Bohrtechniken wie Schlagbohrer und Drehbohrer angewandt hatte. Beim massiven, harten und feinkörnigen Gestein des Mantels musste er aber mit moderneren Techniken arbeiten – Lasern, Lichtbögen, magnetischer Induktion. Bis an die Grenzen des Möglichen gehen.

Aber er ging auf solche Fragen nicht ein.

»Xenia, das spielt keine Rolle. Du kennst mich doch. Mein technisches Verständnis reicht gerade einmal dafür, einen Schraubenzieher zu begreifen. Und das gleiche gilt für unsere Investoren. Ich *muss* es auch nicht wissen. Ich muss nur die geeigneten Leute finden, sie mit einer Herausforderung konfrontieren, der sie nicht widerstehen können und ihnen die Richtung vorgeben.«

»Und sie mit 'nem Taschengeld abspeisen.«

Er grinste. »Das ist gerade das Schöne bei diesen idealistischen Typen. Mein Gott, wir hätten den Jungs sogar noch Geld dafür abnehmen können, nur dass sie hier arbeiten dürfen. Nein, der technische Kram ist kinderleicht. Das eigentliche Problem liegt woanders. Wir müssen das Projekt nicht nur den reichen Finanziers und den großen Unternehmen schmackhaft machen. Xenia, das ist das größte Mondabenteuer seit der ersten Mondlandung. Die Gruppe, die bei der ersten Bohrung dabei war, war erst der Anfang. Ich will, dass jeder sich daran beteiligt und dass jeder dafür zahlt. Wo wir nun im Mantel sind, können wir die Fernsehrechte vermarkten …«

»Frank, die Leute haben heute keine Fernseher mehr.«

»Was auch immer. Ich will die Kinder ansprechen, all diese kleinen Kinder, die so unbeschwert zwischen den Bäumen umherflattern und die sonst nichts zu tun haben. Ich will Spiele. Lehrmaterial. Clubs, wo man für ein paar l-yen einen Button und eine Art Aktienzertifikat bekommt. Ich will kleine Bohrtürme in Cornflakes-Packungen.«

»Cornflakes-Packungen gibt's auch nicht mehr.«

Er warf ihr einen Blick zu. »Arbeite hier mit mir zusammen, Xenia. Und ich will, dass ihre Eltern auch zahlen. Touren bis zur Quelle, zumindest bis zu den oberen Abschnitten. Xenia, zum erstenmal bekommen die Leute auf dem verdammten Mond eine Perspektive für die Zukunft. Eine Grenze unter ihren Füßen. Sie müssen es *wollen.* Einschließlich der Kinder.« Er nickte. »Vor allem die Kinder.«

»Aber die *Grauen* …«

»Zum Teufel mit den *Grauen!* Alles, was sie haben, sind Steine. Wir haben die Jugend.«

Und so verkündete er mit insektenartig summender Stimme seine kühnen Pläne auf der uralten, stillen Rückseite des Mondes.

■

Am nächsten Tag begleitete Takomi sie zu ihrem Fahrzeug am Rand des Zen-Gartens.

Sie war für vierundzwanzig Stunden dort gewesen. Die Sonne stand dichter überm Horizont, und die Schatten waren länger geworden und ließen das Land düsterer und lebensfeindlicher erscheinen. Wolken aus Kometeneis glitzerten hoch am Himmel.

»Ich habe etwas für Sie«, sagte Takomi und gab ihr etwas, das wie eine Glasscheibe aussah. Es war oval und vielleicht einen halben Meter lang. Die Kanten waren stumpf, als ob sie geschmolzen wären, und die Oberfläche war mit Borsten überzogen. Sie hielt es für eine Art geologischer Formation, ein Relikt eines Einschlags. Ein nettes Souvenir; würde sich vielleicht in Franks Büro gut machen.

»Ich habe aber nichts für Sie«, sagte sie.

»Sie haben Ihren *okurimono* schon geleistet.«

»Wirklich?«

Er lachte meckernd. »Ihre Fäkalien. Sind sicher in den Speichertanks verwahrt. Auf dem Mond ist Scheiße wertvoller als Gold …«

Er verneigte sich, drehte sich um und ging am Rand des Gesteinsgartens zurück.

Sie blieb allein zurück und betrachtete das Oval aus Mondglas, das sie in den Händen hielt. Es hatte doch mehr Ähnlichkeit mit einer Blüte, sagte sie sich.

■

Zurück in Landsberg übergab sie das blütenartige Objekt an Mariko Kashiwazaki, die einzige Wissenschaftlerin, die sie hier kannte. Mariko war alles andere als begeistert; als Franks Chef-Wissenschaftlerin wurde sie schon von *Roughnecks* Dynamik auf Trab gehalten. Aber sie versprach, das seltsame Fragment an einen qualifizierteren Kollegen weiterzuleiten. Xenia war damit einverstanden; aber nur unter der Bedingung, dass sie es nur an einen Mitarbeiter von Franks Unternehmen weitergab.

Inzwischen rekonstruierte Xenia heimlich und außerhalb ihres Apartments Takomis Arbeit bezüglich des Kometen. Sie suchte nach Hinweisen auf die anomale Signatur der Methan-Verbrennung im Nukleus. Sie waren von vielen Sensoren zwar aufgefangen, aber nicht erkannt worden.

Takomi hatte recht.

Irgendjemand hatte offensichtlich eine Rakete im Kern des Kometen platziert und ihn aus der Bahn gerissen. Es war genauso offensichtlich, dass die Zündung hauptsächlich auf der anderen Seite der Sonne ablief, wo sie unentdeckt blieb. Sie vermutete, dass die Zündung gerade so lang gedauert hatte, um den Kometen abzulenken und den Einschlag auf dem Mond zu verursachen. Ohne diese Manipulation wäre der Komet sicher am Mond vorbeigeflogen, spektakulär, aber harmlos.

Dann überprüfte sie die miteinander verflochtenen Konten von Franks Unternehmen. Sie stieß auf Geschäftsvorfälle, wo man Gelder abgezweigt und Finanzmittel nicht ausgewiesen hatte. Ein erstaunlich großer Betrag, der sorgfältig verschleiert worden war.

Seit Edo hatte sie einen Verdacht gehegt, der nun bestätigt wurde. Sie verspürte nur Enttäuschung angesichts der schäbigen Wahrheit.

Sie glaubte nicht, dass Takomi mit der Manipulation des Kometen an die Öffentlichkeit gehen würde. Er war der Welt der Menschen einfach zu entrückt, um das in Betracht zu ziehen. Allerdings wurde Fracastorius nun eine solche Aufmerksamkeit zuteil, dass Takomi nicht der Einzige bleiben würde, dem die Spur der Kometenantriebs-Rakete auffiel und der die Beweiskette herstellen würde.

Die Wahrheit würde ans Licht kommen.

Ohne eine Entscheidung zu treffen, wie sie sich in dieser Sache nun verhalten solle, ging sie wieder an die Arbeit mit Frank.

■

Der Druck auf Xenia, auf sie beide, war mörderisch.

Nach einem harten Zwanzigstunden-Tag schlief sie mit Frank. Sie glaubte, das würde die Spannung lindern – für sie beide. Das tat es auch, für einen orgiastischen Moment. Als sie sich dann voneinander lösten, brach jedoch alles wieder über sie herein.

Frank lag auf dem Rücken, die Augen an die Decke geheftet und mit mahlendem Kiefer.

Später rief Mariko Kashiwazaki Xenia an. Xenia nahm den Anruf in ihrem *tokonoma* entgegen, damit Frank nichts mitbekam.

Mariko hatte vorläufige Resultate über das Glasobjekt von Edo. »Das Objekt besteht fast ausschließlich aus Material der Mondoberfläche.«

»Fast?«

»Dort finden sich auch komplexe organische Verbindungen. Wir wissen nicht, woher sie stammen oder wofür sie gut sind. Es gibt auch Wasser in Zellen, die im Glas eingeschlossen sind. Die Struktur selbst verhält sich wie eine Reihe von Linsen, die das Sonnenlicht bündeln. An der Unterseite scheinen sich Ventile zu befinden, die Regolith-Partikel ansaugen. Die Körner werden im intensiven gebündelten Sonnenlicht geschmolzen und verdampft. Es handelt sich um einen Pyrolyse-Prozess, der mit …«

»Was geschieht mit dem verdampften Material?«

»Es gibt mehrere Fallen, die von jeder lichtfokussierenden Zelle wegführen. Die Fallen werden bei unterschiedlichen Temperaturen durch Spicula – die feinen Nadeln, die aus der Oberseite ragen – betrieben. Außerdem glauben wir, dass sie tagsüber das Sonnenlicht reflektieren und in der langen Mondnacht umgekehrt als Isolator fungieren. In den Fallen werden bei verschiedenen Temperaturen diverse Metalle abgeschieden. Die Struktur scheint hauptsächlich für die Aluminium-Gewinnung ausgelegt zu sein. Weiter hinten gibt es auch noch eine Sauerstofffalle.«

Aluminium und Sauerstoff. *Raketenbrennstoff,* der vom Sonnenlicht aus dem Mondgestein geschmolzen und in der Glasstruktur gesammelt wurde.

Mariko rief Informationen auf einer Softscreen ab. »Die organischen Verbindungen in dieser Struktur erfüllen viele Aufgaben. Hier scheint eine komplexe Chemiefabrik am Werk zu sein. Zum Beispiel läuft eine Art Photosynthese ab. Es gibt Anzeichen für eine Art Wurzelsystem, das die organischen Verbindungen vielleicht überhaupt erst erzeugt ... Aber es gibt keine uns bekannte Quelle. Das hier ist der *Mond.*« Sie wirkte verwirrt. »Sie müssen bedenken, dass ich Geologin bin. Meine Kontaktperson arbeitet mit Biochemikern und Biologen zusammen, und sie sind schier aus dem Häuschen.«

Biologen? »Ich will alles wissen.«

»Xenia, im Prinzip handelt es sich hierbei um eine Dampfphasen-Reduktionsmaschine mit einer überaus eleganten Funktionsweise auf der Grundlage organischer Chemie. Es muss ein Artefakt sein. Und trotzdem sieht es aus ...«

»Was?«

»Als ob es aus dem Mondboden *gewachsen* sei. Es gibt aber noch viel mehr Rätsel«, sagte Mariko. »Zum

Beispiel das Vorhandensein eines neuronalen Netzwerks.«

»Wollen Sie damit sagen, dieses Ding hätte eine Art Nervensystem?«

Mariko zuckte die Achseln. »Selbst wenn es eine einfache Mondfabrik *ist,* wozu bräuchte es dann ein Nervensystem? Vielleicht sogar ein rudimentäres Bewusstsein?« Sie schaute Xenia an. »Was ist das für ein Ding?«

»Das kann ich Ihnen nicht sagen.«

»Es wird viel darüber spekuliert, welche Form Leben auf dem Mond annehmen würde. Es wäre möglich, dass es durch einen Meteoriteneinschlags-Transfer von der Erde hierher verpflanzt wird. Aber das Fehlen flüchtiger Stoffe scheint ein unüberwindliches Hindernis zu sein. Woher bekommt es das organische Material? Holt die Wurzelstruktur es aus den Tiefen des Monds? Wenn ja, werden Sie erkennen, dass dies die Bestätigung meiner Hypothese über die flüchtigen Stoffe in …«

Xenia fiel ihr ins Wort. »Mariko. Kein Wort davon dringt nach draußen. Die Nachricht von dieser – Entdeckung bleibt geheim. Fürs Erste. Sagen Sie das auch Ihren Kollegen.«

Mariko wirkte schockiert, was Xenia auch erwartet hatte. »Sie wollen das *unterdrücken?*«

Xenia stutzte. Sie hatte sich noch nie als eine Person gesehen, die irgendetwas *unterdrückte.* Aber sie wusste, was auch alle anderen Sternenfahrer wussten, dass das Universum nämlich voller Leben war: Dass Leben überall spross, wo es ihm möglich war – auch wenn es normalerweise kaum Aussicht hatte, zu gedeihen. War es wirklich so unvorstellbar, dass eine so stabile, alte Welt wie der Mond eine eigene Lebensform hervorgebracht hatte?

Leben war trivial, verglichen mit den Anforderungen des Projekts.

»Wir betreiben hier keine Wissenschaft, Mariko. Ich will nicht, dass *Roughneck* durch irgendetwas beeinträchtigt wird.«

Mariko wollte erneut protestieren.

»Lesen Sie sich Ihren Arbeitsvertrag durch«, herrschte Xenia sie an. »Sie müssen tun, was ich sage.« Und sie brach die Verbindung ab.

Sie ging wieder ins Bett. Frank schien zu schlafen.

Sie musste eine Entscheidung treffen. Nicht wegen der Manipulation des Kometen; damit würden andere sich befassen. Es ging um sie und Frank.

Er faszinierte sie. Er war ein Mann ihrer Zeit mit einer Robustheit und Vitalität, die sie bei den japanischstämmigen Kolonisten des Monds nicht fand. Er war das Einzige, was sie mit der Heimat verband. Der einzige Mensch auf dem Mond, der nicht japanisch mit ihr sprach.

Das war alles, was sie für ihn empfand, soweit sie es zu sagen vermochte.

Aber sie musste auch ihren moralischen Ansprüchen genügen.

Während sie neben ihm lag, traf sie ihre Entscheidung. Sie würde ihn nicht verraten. Solang er sie brauchte, würde sie zu ihm stehen.

Aber sie würde ihn nicht retten.

■

Das Leben war lang, langsam, unveränderlich.

Selbst ihre Gedanken waren langsam.

In den zeitlosen Intervallen zwischen den Kometen wuchs sie unter der Oberfläche, mit einer Geduld wie die Steine selbst. Ganz langsam gelangte sie wieder zu Kräften: Sie legte Lichtfallen aus und leitete den langen Prozess ein, Feuer für die nächste Saat zu sammeln, bildete Blätter aus, um den Kometenregen aufzufangen, der wieder kommen würde.

Sie sprach zu ihren Kindern, deren leises Kratzen durch das stumme kalte Gestein zu ihr drang. Es war wichtig, dass sie lernten: Zu wachsen, über den Kometenregen, über den Spender am Anfang aller Dinge, über die Verschmelzung am Ende.

Diese Gespräche dauerten eine Million Jahre.

Die Regenfälle waren spektakulär, aber selten. Wenn sie aber kamen, ein oder zweimal in einer Milliarde Jahre, beschleunigte ihr Puls sich und der Metabolismus explodierte, während sie die dünne vergängliche Luft einsog und das Feuer aus dem Gestein zog, das sie brauchte.

Und mit jedem Regen gebar sie von neuem, und die Samen schossen aus ihrem Körper und verteilten sich über das Land.

Nach jenem ersten Mal war sie aber nie mehr allein. Sie spürte durchs Gestein das freudige Pulsieren ihrer Kinder, während sie ihren eigenen Samen in der sich verdichtenden Kometenluft verstreuten.

Bald gab es so viele von ihnen, dass sie gebärend das ganze Land zum Leben zu erwecken schienen und das steinerne Herz im Takt ihrer Freudenschreie widerzuhallen schien.

Und in der fernen Zukunft erwartete sie die Verschmelzung.

Während die Kometen einer nach dem andern wieder in den Himmel sprangen, klammerte sie sich mit ihrem erschöpften Körper an diesem Gedanken fest und wiegte ihn.

■

Nach achtzig Tagen hielt Frank das ›Ein-paar-Kilometer-pro-Tag‹-Tempo immer noch durch. Aber die Schwierigkeiten waren trotzdem größer geworden.

Das war schließlich der *Mantel.* Gesteinsexplosionen traten auf. Das Gestein glich gespannten Drahtseilen und stand unter einem so hohen Druck, dass es explodierte, wenn es freigesetzt wurde. Es war eine neue Situation, die neue Techniken erforderte.

Die Kosten explodierten ebenfalls. Frank geriet unter immer stärkeren Druck, die Operation abzubrechen.

Viele Investoren waren bereits steinreich geworden durch die ergiebigen Erzflöze, die man in der unteren Kruste und im oberen Mantel entdeckt hatte. Es war auch schon die Rede davon, andernorts auf dem Mond Bohrungen niederzubringen, um nach weiteren Flözen zu suchen. Frank hatte den Beweis erbracht. Wieso weitermachen, wenn *Roughneck* jetzt schon ein kommerzieller Erfolg war?

Metalle waren aber nicht Franks Ziel, und er war schon zu weit vorgestoßen, um noch aufzuhören.

… Und dann gab es das erste Todesopfer hundert Kilometer unter der Oberfläche des Mondes.

Sie fand Frank im Büro in New Dallas. Er ging dort auf und ab, ein auf dem Mond eingesperrter Erdling, dessen Muskeln ihn vom Glasboden abstießen.

»Omeletts und Eier«, sagte er. »Omeletts und Eier.«

»Das ist ein Klischee, Frank.«

»Das waren wahrscheinlich die verdammten *Grauen.*«

»Es gibt aber keine Hinweise auf Sabotage.«

Er stapfte umher. »Schau, wir sind im *Mantel des Monds* …«

»Du brauchst dich vor mir nicht zu rechtfertigen«, sagte sie, aber er hörte nicht zu.

»Der Mantel«, sagte er. »Wenn du wüsstest, wie ich den hasse. Tausend Kilometer wertloser Scheiß.«

»Der Unfall ist beim Wechsel zum Subterrene passiert, nicht wahr?«

Er fuhr sich übers fettige Haar. »Wenn du ein Staatsanwalt wärst und das hier ein Gericht, würde ich sagen, du hättest mich überführt. Jawohl, der Unfall passierte, als wir zum Subterrene wechselten.«

Sie waren schon zu tief für die einfache Legierungshülle und das gekühlte Mondglas, das Frank in den oberen Schichten verwendet hatte. Um den Mantel zu durchstoßen, würden sie einen Subterrene einsetzen. Hierbei handelte es sich um eine Weiterentwicklung der alten Tiefbohrungstechnik, eine Sonde, die das Gestein schmolz und ein eigenes Futterrohr hinter sich herzog, eine Röhre aus hartem Quasiglas mit hohem Schmelzpunkt.

Frank hielt einen hektischen Vortrag über Quasiglas. »Das ist das Zeug, das die Mond-Japaner für Raketendüsen verwenden. Hat einen sehr hohen Schmelzpunkt. Es basiert auf Diamant, ist aber ein Quasikristall, wie die Laborfritzen sagen – eine Mischform aus Kristall und Glas. Härter als gewöhnlicher Kristall, weil es keine glatten Flächen gibt, über die Risse und Defekte sich ausbreiten könnten. Und es ist ein guter Wärmeisolator. Außerdem wird das Loch gegen Bruch- und Scherbelastung gesichert. Durch Gesteinsbolzen, die durch die Ummantelung in den Fels getrieben werden. Wir tun wirklich alles, um die Unversehrtheit der Struktur zu gewährleisten …«

Das war, wie sie sich bewusst wurde, ein erster Entwurf der Aussage, die er vor dem Untersuchungsausschuss würde machen müssen.

Als der erste Subterrene in Betrieb genommen wurde, zog er eine Ummantelung mit einem hundert Meter langen unentdeckten Riss nach. Es hatte eine Implosion gegeben. Sie hatten den Subterrene selbst verloren, einen Kilometer Bohrstrecke und ein Menschenleben, das eines Vorarbeiters.

»Wir haben schon wieder angefangen«, sagte Frank. »In ein paar Tagen haben wir das wieder aufgeholt.«

»Frank, es geht hier nicht nur um den Zeitverlust«, sagte sie. »Die Sache hat eine größere Dimension. Öffentliche Wahrnehmung. Komm schon; du weißt doch, wie wichtig das ist. Wenn wir hier einen Fehler machen, drehen sie uns den Hahn ab.«

Frank schien das nicht recht einsehen zu wollen. Für etwa eine halbe Minute schwieg er.

Dann erfolgte ein Stimmungsumschwung, und er ging wieder auf und ab. »Weißt du, wir können das Blatt durchaus zu unsren Gunsten wenden.«

»Wie meinst du das?«

»Wir müssen den Mann, den wir verloren haben – wie hieß er gleich noch mal? –, zum Helden stilisieren.« Er schnippte mit den Fingern. »Hatte er Familie? Eine zehnjährige Tochter wäre perfekt, aber wir müssen nehmen, was wir kriegen. Wir müssen seine Kinder dazu bringen, dass sie Kirschblüten ins Loch streuen. Du weißt Bescheid. Auf die Botschaft kommt es an. *Die Kinder wollen, dass die Bohrung abgeschlossen wird, im Andenken an den tapferen Helden.*«

»Frank, der tote Ingenieur war eine Sie.«

»Dann müssen wir das anders aufziehen. Wir müssen die *Grauen* dazu bringen, unsere heldenhafte Maschinenführerin als Kriminelle zu bezeichnen.«

»Frank …«

Er schaute sie an. »Du glaubst, das sei unmoralisch. Quatsch. Es wäre unmoralisch, aufzuhören; sonst wird *jeder* auf diesem Mond langfristig sterben, glaub mir. Was glaubst du wohl, weshalb ich dich gebeten habe, die Kinderclubs zu gründen?«

»*Dafür?*«

»Ja, zum Teufel. Ein paar dieser feigen Investoren wollten schon aussteigen. Nun werden wir mit den Kindern so viel Druck auf sie ausüben, dass ein Rückzieher ausgeschlossen ist. Wenn diese Maschinistin ein Kind in einem dieser Clubs hatte, wäre das perfekt.« Er hielt inne und zeigte mit einem Wurstfinger auf ihr Gesicht. »Das ist der Flaschenhals. Jedes Projekt muss da durch. Ich muss wissen, ob ich mich auf dich verlassen kann, Xenia.«

Sie erwiderte seinen Blick für ein paar Sekunden und seufzte dann. »Das weißt du doch.«

Er entspannte sich und nahm die Hände herunter. »Ja. Ich weiß.« Aber da schien etwas in seiner Stimme mitzuschwingen, das seine Worte Lügen strafte. Eine Unsicherheit, die zuvor nicht da gewesen war. »Omeletts und Eier«, murmelte er. »Was auch immer.« Er klatschte in die Hände. »Also. Was kommt als Nächstes?«

■

Diesmal flog Xenia nicht direkt nach Edo. Stattdessen programmierte sie den Gleiter darauf, ein paar Mal langsam über der aufgelassenen Basis zu kreisen.

Nachdem sie für eine Stunde nach dem Glitzern von Glas Ausschau gehalten hatte, wurde sie fündig. Das Sonnenlicht wurde von einer großen Glasfläche im Zentrum eines alten, erodierten Kraters reflektiert. Sie landete einen Kilometer entfernt, um die Blumenstrukturen nicht zu beschädigen. Sie legte eilig den Anzug an, stieg aus dem Gleiter und ging zu Fuß los.

Sie kam in dieser uralten zerklüfteten Landschaft schnell voran, wo sie nur der sanften Schwerkraft des Mondes unterworfen war. Bald wurde das Land vor ihr hell und schimmerte wie ein Schwimmbecken. Sie verlangsamte das Tempo und näherte sich vorsichtig.

Die Blume war größer, als sie erwartet hatte. Sie musste einen viertel, sogar einen drittel Hektar bedeckt haben. Zarte, mit dornenartigen Stacheln gespickte Glasblätter lagen auf dem Regolith, dem sie entsprungen waren. Es gab noch eine andere Struktur mit kleinen, kompakten Zylindern, die in alle Richtungen gen Himmel wiesen.

Kleine Kanonenrohre. Startrampen für aluminiumverbrennende Saatgut-Raketen vielleicht.

»... Ich muss Sie schon wieder erschrecken.«

Sie drehte sich um. Es war natürlich Takomi: Er trug den zerschlissenen, geflickten Anzug und hatte die Hände hinterm Rücken verschränkt. Er schaute auf die Blume.

»Leben auf dem Mond«, sagte sie.

»Der Lebenszyklus ist einfach, wissen Sie. Es wächst in den Perioden der vorübergehenden Kometen-Atmosphären – wie in diesem Fall – und schläft zwischen diesen Ereignissen. Während des langen Mond-Tages öffnet die Blume sich dem Sonnenlicht. Jedes Blatt ist ein Sonnenkollektor. Die Blume fokussiert das Licht auf den Regolith und bricht den Boden auf. Dann entzieht sie ihm die Bestandteile, die sie für die Erschaffung ihrer eigenen Struktur, der Samen und des Raketenbrennstoffs braucht, der sie über die Oberfläche befördert.

Während der Nacht fungieren die Blätter als Kältefallen. Sie absorbieren den Kometenfrost, der auf sie fällt, Wasser, Methan und Kohlendioxid und lagern es ebenfalls in die Substanz der Blume ein.«

»Und die Wurzeln?«

»Die Wurzeln sind kilometerlang. Sie zapfen tiefe Quellen mit Nährstoffen, Wasser und organischen Substanzen an. Tief im Mondinnern.«

Frank hatte also recht mit der Existenz der flüchtigen Stoffe – das hatte sie aber auch so gewusst.

»Ich nehme an, dass Sie Frank Paulis verachten.«

»Wieso sollte ich?«, fragte er milde.

»Weil er diesen Pflanzen die Lebensgrundlage entziehen will. Er will die Nährstoffe aus dem Herzen des Mondes reißen. Sind Sie ein *Grauer,* Takomi?«

Er zuckte die Achseln. »Wir haben verschiedene Ansichten. Ihre Vorfahren hatten ein Wort dafür. *Mečta.*«

»Traum.« Es war das erste russische Wort, das sie seit vielen Monaten hörte.

»Diesen Namen wollten Ihre Ingenieure der ersten Sonde geben, die sie zum Mond schickten. *Mečta.* Aber die Leute, die über solche Dinge entschieden, ließen das nicht zu. Nun, ich lebe einen Traum hier auf dem Mond, einen Traum aus Steinen und Stille, hier mit meiner Mondblume. So sollten Sie mich sehen.«

Er lächelte und ging davon.

■

Das Land war nun voller Leben: Ihre Kinder, ihre Nachkommen, die Luft und Licht einsogen. Ihre Lieder hallten stark und machtvoll im Kern des Lands wider.

Aber es würde nicht für immer sein, denn es war Zeit für die Verschmelzung.

Es begann mit einer plötzlichen Explosion von Regenfällen, zu viele, als dass man sie zu zählen vermocht hätte. Und die Kometen sprangen einer nach dem andern aus dem Boden.

Dann wurde das Land selbst aktiv. Große Gesteinsschichten erwärmten sich, verflüssigten sich und tauchten ins Innere des Landes ab.

Viele starben natürlich. Diejenigen, welche übrig blieben, vermehrten sich fleißig. Es war eine glorreiche Zeit, eine Zeit des Werdens und Vergehens.

Der Wandel beschleunigte sich. Sie klammerte sich an die dünne Kruste, die die Welt umhüllte. Sie spürte, wie große Massen tief unter ihr sich hoben und senkten. Das Land wurde heiß und löste sich in ein tiefes Meer aus flüssigem Gestein auf.

Und dann zerbrach das Land selbst, und große Stücke wurden in den Himmel geschleudert.

Noch mehr starben.

Aber sie hatte keine Angst. Es war glorreich! – als ob das

Land selbst Kometen gebäre, als ob das Land wie sie war und seine Kinder weit verstreute.

Das Ende kam schnell, schneller als sie erwartet hatte, in einer Explosion aus Hitze und Licht, die aus dem Herzen des Lands selbst brach. Die letzte dünne Kruste zerbrach, und plötzlich gab es kein Land mehr, nichts, wo sie Wurzeln zu schlagen vermochte.

Es war die Verschmelzung, das Ende aller Dinge, und es war glorreich.

kapitel 20

DER TUNNEL IM MOND

Frank und Xenia standen mit ihren Spinnennetz-Raumanzügen bekleidet auf einer schmalen Aluminiumbrücke. Sie waren unter dem Südpol-Bohrturm, der über dem Tunnel aufragte, den Frank ins Herz des Mondes gebohrt hatte.

Der Bereich um den Bohrturm hatte längst die beschauliche Themenpark-Anmutung verloren. Überall stapelten sich Aushub und Erz, das aus dem immer tieferen Loch im Boden gefördert wurde. Auf dem Gelände herrschte ein reger Verkehr von LHDs, automatisierten Muldenkippern. Diese Fahrzeuge wurden von riesigen Heckflossen geziert, die die überschüssige Wärme abführten – im Vakuum gab es nämlich keine Wärmeleitung und -konvektion –, und die beweglichen Teile befanden sich zwei Meter und mehr über dem Boden, wo die Wolken des aggressiven Mond-Staubs sie nicht erreichten. Xenia sah, dass die LHDs eigens für die Anforderungen auf dem Mond konzipiert waren.

Der Schacht unter Xenia war ein Zylinder aus funkelndem Mondglas. Der auf den Mittelpunkt des Mondes gerichtete Tunnel erstreckte sich in die Unendlichkeit. Lampen waren alle paar Meter in die Wände integriert, sodass der Schacht hell ausgeleuchtet wurde. Mit den vielfachen Lichtreflexen an den gläsernen Wänden sah er aus wie eine Passage in einem Einkaufszentrum. Kühl- und andere Leitungen schlängelten sich durch den vertikalen Tunnel. Er hatte eine perfekte Symmetrie, und ihr Blick wurde weder durch Dunst noch durch Staub getrübt.

Ihr wurde schwindlig. Sie trat zurück auf die feste Oberfläche des Mondes.

Frank rieb sich die Hände. »Es ist wundervoll. Wie in den alten Tagen. Ingenieure überwinden Hindernisse und schaffen Neues.« Er wirkte irgendwie nervös und vermied es, ihr in die Augen zu schauen.

»Und dank dieser ausgeklügelten Problemlösung sind wir durch den Mantel gedrungen.«

»Ja, zum Teufel, wir sind durch. Du hast den Anschluss an das Projekt verloren, Schätzchen.« Er nahm ihre Hände. Auch wenn er im anonymen Anzug steckte und sein Gesicht verborgen war, war er noch immer unverkennbar Frank J. Paulis. »Und nun wird es Zeit für uns.« Ohne zu zögern – er zögerte nie – trat er an die Kante der filigranen Metallbrücke.

Sie folgte ihm. Ein Sicherheitsgurt an einem Flaschenzug hielt sie zurück.

»Wirst du mich begleiten?«, fragt er.

Sie holte Luft. »Ich habe dich immer begleitet.«

»Dann komm!«

Hand in Hand sprangen sie von der Brücke.

■

Gemächlich wie eine Schneeflocke sank Xenia unter dem Zug der Gravitation dem Herzen des Mondes entgegen. Der lockere Gurt zog sanft an den Schultern und zwischen den Beinen und bremste den Fall. Sie wurde von zwei Seilen aus Spinnenseide geführt, die straff im Tunnel gespannt waren; durchs Gewebe des Anzugs hörte sie das Wimmern der Rollen am Seil.

Sie hatte nichts unter den Füßen außer einem Tunnel

aus Licht, der sich perspektivisch verengte. Xenia hörte ihren Herzschlag. Frank lachte.

Die Tiefenangaben an der Wand liefen an ihr vorbei und markierten die Beschleunigung. Aber sie hing hier im Vakuum, als ob sie im Orbit gewesen wäre; sie hatte kein Gefühl für die Geschwindigkeit, und ihr wurde auch nicht schwindlig angesichts der Tiefe unter ihr.

Sie wurden immer schneller. Nach ein paar Sekunden schon schienen sie die feinen Regolith-Schichten durchstoßen zu haben, die pulverisierte Außenhaut des Monds und fielen durch den Megaregolith. Große Gesteinsbrocken drängten sich wie die Kadaver vergrabener Tiere hinter den transparenten Tunnelwänden.

Das Material hinter den Wänden wurde glatt und grau. Das war das Urgestein des Monds, Anorthosit, dem nicht einmal die wuchtigen Einschläge der großen Kometen und Asteroiden etwas anzuhaben vermocht hatten. Sie wusste, dass es, anders als auf der Erde, hier keine Fossilien gab, keine Überreste von Leben in diesen tiefen Schichten – nur glatte Übergänge zwischen Mineralien, die durchs langsame Wirken der Geologie entstanden waren. An manchen Stellen zweigten Nebenstollen vom Haupttunnel ab. Sie führten zu Abbauorten, Flözen aus magnesiumhaltigem Gestein, das aus dem Innern des Monds gefördert und von Franks Geschäftspartnern abgebaut wurde. Sie nahm die Arbeitsvorgänge schemenhaft wahr; sie huschten an ihr vorbei, während sie fiel, und waren wie Traumbilder verschwunden.

Trotz der ständig steigenden Temperatur im Tunnel und der Beschleunigung verspürte sie ein Gefühl der Kälte, des Alters und der Ruhe.

Sie fielen durch einen überraschend scharfen Übergang in ein neues Reich, wo das Gestein hinter den

Wänden in einem inneren Licht glühte. Es war grau-rot wie erkaltende Lava auf der Erde.

»Der Mantel des Monds«, flüsterte Frank und ergriff ihre Hände. »Basalt. Hier oben ist es nicht so schlimm. Weiter unten wird das Gestein aber so weich, dass man das Gefühl hat, in Gummi zu bohren. Tausend Kilometer Knetmasse. Das ist eine richtige Scheiße.«

Sie kamen an einer Stelle vorbei, wo die Glaswände mit einer Gravur versehen waren: Stilisierte Blumen mit großen Blütenblättern. Hier war die Technikerin bei einer Implosion ums Leben gekommen. Das kleine Denkmal schoss in die Höhe und war im Licht verschwunden. Frank gab keinen Kommentar dazu ab.

Das an ihnen vorbeifliegende Gestein glühte nun in einem hellen Kirschrot. Es war, als ob sie durch ein großes, mit fluoreszierendem Gas gefülltes Glasrohr gefallen wären. Xenia spürte die Wärme trotz der Anzugsisolierung und der Kühlung des Tunnels.

Der Fall schien nicht enden zu wollen.

Sie waren von dicken Leitungen umgeben, die an Halterungen durch den Tunnel liefen. Die Leitungen führten Wasser, die die Wärme des Mondinnern zu den Hydrothermal-Kraftwerken an der Oberfläche transportierten. Sie wurde schier geblendet vom rosigweißen Leuchten des Gesteins.

Das Gurtzeug riss heftig an ihr und bremste sie ab. Sie schaute abwärts durch den Röhrenwald und sah, dass sie sich einem Endpunkt näherten, einer Plattform aus einer trüben, milchigen Keramik, die den Tunnel abschloss.

»Endstation«, sagte Frank. »Weiter unten gibt es nur noch die Schrämm-Maschinen, die Röhrenmaschine und anderen Kram … Weißt du eigentlich, wo du hier bist? Xenia, wir sind über tausend Kilometer tief und haben zwei Drittel des Wegs bis zum Mittelpunkt des Monds zurückgelegt.«

Die Bremswirkung der Führungsrollen verstärkte sich. Sie wurden langsamer und kamen ein paar Meter über der Plattform zum Stillstand. Mit Franks Hilfe entledigte sie sich des Gurtzeugs und sprang auf die Plattform hinab, wo sie wie bei einer Fallschirmlandung mit beiden Füßen aufkam.

Sie schaute auf die Chronometeranzeige. Der Abstieg hatte zwanzig Minuten gedauert.

Nachdem sie die Balance gefunden hatte, ließ sie den Blick schweifen. Sie waren allein.

Die Plattform war mit wissenschaftlicher Ausrüstung in Form anonymer grauer Kästen übersät, die durch Kabel mit Softscreens und Akkus verbunden waren. In Kühlmäntel gepackte Sensoren und Sonden waren an Buchsen in den Wänden angeschlossen. Sie sah gesammelte Daten übers Mondmaterial über die Softscreens wandern: Messungen der Porosität und Permeabilität, Daten von Gasspektrometern und Manometern, von Dynamometern und Gravimetern. Es gab hier auch Hinweise auf Arbeitsplätze in Gestalt kleiner aufblasbarer Zelte, Rückentornister und Notizblöcken – sogar einer Kaffeetasse, die hier völlig fehl am Platz wirkte. Menschliche Spuren im Mittelpunkt des Mondes.

Mit leichten Schritten, beinahe schwebend ging sie zur Wand. Hinter den fensterartigen Wänden erstreckte sich nacktes, rosig glühendes Gestein.

»Das tiefe Innere des Mondes besteht aus etwas, das die Felsenratten als primitives Material bezeichnen«, sagte Frank und trat neben sie. Er fuhr mit der behandschuhten Hand übers Glas. »Es stammt noch aus der Zeit der Entstehung des Sonnensystems. Ist nie geschmolzen und differenziert worden wie der Mantel, nie bombardiert worden wie die Oberfläche. Unberührt, seit der Mond sich von der Erde losgerissen hat.«

»Ich fühle mich leicht wie eine Feder«, sagte sie. Das stimmte wirklich; sie hatte das Gefühl, wie eine Seifenblase wieder an die Oberfläche emporzuschweben.

Frank richtete den Blick in den Tunnel über ihnen, wobei konzentrische Lichtringe auf den Helm projiziert wurden. »Die ganzen Gesteinsmassen üben keine Anziehungskraft auf uns aus. Sie könnten ebenso gut eine tausend Kilometer dicke Wolke aus Gesteinsstaub sein.«

»Ich vermute, im Mittelpunkt selbst wäre man schwerelos.«

»Glaube ich auch.«

Auf einer niedrigen Bank stand ein Glasgefäß, das mit einer durchsichtigen Kunststoff-Folie verschlossen war. Sie zog die Folie ab, die sie im dicken, unflexiblen Handschuh kaum spürte. Das Gefäß enthielt eine Flüssigkeit, die in der sanften Schwerkraft träge schwappte. Die Flüssigkeit war nicht klar, sondern eine trübe braune Brühe.

Frank grinste. Sie begriff sofort.

»Ich wünschte, man könnte das trinken«, sagte er. »Ich würde gern mit dir anstoßen. Weißt du, was das ist? *Es ist Wasser.* Mondwasser, Wasser aus dem Mondgestein.« Er nahm das Gefäß und drehte es langsam. »Wir sind davon umgeben. Wie Mariko gesagt hatte, ein ganzes Meer. Wadsleyit und Majorit mit einem dreiprozentigen Wasseranteil … Unglaublich. Wir haben es geschafft, Baby.«

»Frank. Du hattest recht. Ich wollte es nicht glauben.«

»Ich habe auf dem Resultat gesessen. Ich wollte, dass du die Erste bist, die das sieht. Die meine …« Ihm fehlten die Worte.

»Bestätigung«, sagte sie sanft. »Das ist deine Bestätigung.«

»Ja. Ich bin ein Held.«

Sie wusste, dass er einer war.

Es würde sich genauso entwickeln, wie Frank vorhergesagt hatte. Sobald die Weiterungen des Funds offensichtlich wurden – dass es wirklich Meere gab, die hier unten in den Tiefen des Monds vergraben lagen –, würden die Mond-Japaner mit ihrem Einfallsreichtum Franks Vision schnell in die Praxis umsetzen. *Hier* ging es schließlich um mehr, als nur Löcher in den Umwelterhaltungs-Systemschleifen zu stopfen. Hier lagerten mit Sicherheit genügend Ressourcen, um den Mond zukunftssicher zu machen, wie Frank sagte. Vielleicht wäre das auch ein Wendepunkt in der Menschheitsgeschichte, der Moment, in dem der lange Niedergang der Menschheit gestoppt wurde und die Menschen einen Platz zum Leben in einem System fanden, das nicht mehr das ihre war.

Nicht zum erstenmal erkannte Xenia Franks brutale Schläue im Umgang mit den Menschen: Sie so zu manipulieren, dass sie am Ende gar nicht umhin konnten, auf seine Linie einzuschwenken.

Frank würde die größte Berühmtheit auf dem Mond werden.

Allerdings würde ihm das auch nichts nützen, sagte sie sich bekümmert.

»Dann hast du also den Beweis erbracht«, sagte sie. »Wirst du nun aufhören?«

»Das Bohrloch schließen?« Er klang schockiert. »Nein, zum Teufel. Wir werden weitermachen, bis wir den Kern erreicht haben.«

»Frank, die Investoren ziehen sich bereits zurück.«

»Feige Arschlöcher. Ich werde weitermachen, und wenn ich es aus eigener Tasche zahlen muss.« Er stellte das Gefäß ab. »Xenia, das Wasser ist nicht genug; es ist nur ein erster Schritt. Wir müssen weitermachen. *Wir müssen die anderen flüchtigen Stoffe finden.* Methan.

Organische Verbindungen. Wir machen weiter. Verdammt, Roughneck ist *mein* Projekt.«

»Nein, ist es nicht. Wir haben schon so viele Aktien abgestoßen, um durch den Mantel zu kommen, dass du die Mehrheit verloren hast.«

»Aber wir sind jetzt reich«, sagte er. »Wir werden alles zurückkaufen.«

»Es verkauft aber niemand. Ganz bestimmt nicht, wenn du diesen Fund veröffentlichst. Du bist einfach zu erfolgreich. Es tut mir Leid, Frank.«

»Dann haben die Kerle sich also gegen mich verschworen, was? Egal, zum Teufel mit ihnen! Ich werde eine Möglichkeit finden, sie zu schlagen. Das habe ich bisher noch immer geschafft.« Er packte ihre behandschuhten Hände. »Das spielt jetzt aber keine Rolle. Hör zu, ich will dir sagen, weshalb ich dich hierher mitgenommen habe. *Ich bin ein Gewinner.* Ich werde alles bekommen, was ich immer schon haben wollte. Mit einer Ausnahme.«

»Was?«, fragte sie verwirrt.

»Ich will, dass wir heiraten. Ich will, dass wir Kinder bekommen. Wir sind aus der Vergangenheit hierher gekommen, und wir sollten in Zukunft unser eigenes Leben auf diesem japanischen Mond leben.« Seine Stimme war schwer, emotionsgeladen und brach fast. Im hellen Leuchten des Gesteins sah sie sein Gesicht nicht.

Das hatte sie nicht erwartet. Sie wusste nicht, was sie darauf antworten sollte.

»Du sagst ja gar nichts.« Nun war seine Stimme fast schrill.

»Der Komet«, sagte sie leise.

Er hielt sie schweigend an den Händen.

»Die Methanrakete«, sagte sie. »Auf dem Kometen. Sie wurde entdeckt.«

Sie merkte ihm an, dass er mit dem Gedanken spielte, sich dumm zu stellen. »Wer hat das herausgefunden?«, fragte er schließlich.

»Takomi.«

»Dieser Pisse saufende alte Bastard in Edo?«

»Ja.«

»Das beweist aber noch nicht …«

»Ich habe die Konten geprüft. Ich weiß, wie du die Mittel umgeleitet hast, wie du die Rakete gebaut hast, wie du sie gestartet hast, wie du sie auf den Kometen gelenkt hast. Alles.« Sie seufzte. »In solchen Dingen warst du noch nie gut, Frank. Du hättest mich fragen sollen.«

»Hättest du mir denn geholfen?«

»Nein.«

Er ließ ihre Hände los. »Ich wollte nicht, dass er dort einschlägt. In Fracastorius.«

»Das weiß ich. Trotzdem ist es geschehen.«

Er nahm das Glas Mondwasser in die Hand. »Aber weißt du was, ich hätte es auch durchgezogen, wenn ich es gewusst hätte. Ich brauchte den verdammten Kometen für diesen Paukenschlag. Es war die einzige Möglichkeit. Stagnation ist keine Lösung. Sie bedeutet den Untergang. Wenn ich den Mond-Japanern eine Wahl gelassen hätte, hätten sie für die Zeit, die ihnen noch geblieben wäre, Wasser aus altem Beton gesaugt.«

»Aber es wäre ihre Entscheidung gewesen.«

»Und das ist wichtiger als das Leben?«

Sie zuckte die Achseln. »Es ist gar nicht zu vermeiden, dass sie es erfahren.«

Er drehte sich zu ihr um, und sie spürte, dass er wieder dieses freche Grinsen im Gesicht hatte. »Immerhin habe ich mein Projekt beendet. Immerhin bin ich ein Held … Heirate mich«, sagte er.

»Nein.«

»Wieso nicht? Weil ich in den Knast wandern werde?«

»Nicht deshalb.«

»Weshalb dann?«

»Weil dieses Gefühl bei dir nicht lang anhalten würde. Du bist ein unruhiger Geist, Frank.«

»Du irrst dich«, sagte er. Aber es klang nicht sehr überzeugend. »Also keine Hochzeitsglocken«, sagte er. »Keine kleinen Mond-Amerikaner, die diesen Japanern beibringen, wie man Football spielt.«

»Sieht so aus.«

Er machte ein paar Schritte und drehte ihr den Rücken zu. »Gibt einem trotzdem zu denken«, sagte er.

»Was?«

Er wies auf die glühenden Wände. »Diese Technik ist gar nicht so fortschrittlich. Die ersten Menschen auf dem Mond hätten das zwar nicht geschafft, aber vielleicht wäre es uns gelungen, am Ende des zwanzigsten Jahrhunderts eine Art Mine auf dem Mond in Betrieb zu nehmen. Wir hätten das Wasser fördern und von dem leben können, was das Land bietet. Wenn wir nur von diesen ganzen Reichtümern gewusst hätten, dann wäre die NASA vielleicht aktiv geworden. Und dann hätten wir einen amerikanischen Mond gehabt, und wer weiß, wie die Geschichte sich dann entwickelt hätte?«

»Niemand von uns vermag den Lauf der Welt zu ändern«, sagte sie.

Er schaute sie an, wobei sein Gesicht vom Licht des Gesteins überstrahlt wurde. »Und wenn wir es noch so sehr versuchen.«

»Nein.«

»Was glaubst du, wie viel Zeit ich noch habe, bis sie den Laden dichtmachen?«

»Ich weiß nicht. Ein paar Wochen. Mehr nicht.«

»Dann muss ich diese paar Wochen optimal ausnutzen.«

Er zeigte ihr, wie sie das Gurtzeug des Anzugs in

das Zugseil einhängen musste, und dann begaben sie sich an den langen, langsamen Aufstieg an die Oberfläche des Mondes.

Auf der Bank auf der Schachtsohle sah sie das abgedeckte Gefäß mit dem Mondwasser darin.

■

Nach der Reise zum Mittelpunkt des Monds kehrte sie nach Edo zurück, um die Stille zu genießen.

Die Welt hier auf der Rückseite des Mondes war einfach: Unten der Regolith, oben das Sonnenlicht, das dem schwarzen Himmel entströmte. Land, Licht, Dunkelheit. Das und sie selbst. Als sie auf ihren Schatten schaute, wurde das Licht vom Staub auf sie reflektiert und legte ihr einen Kranz um den Kopf.

Die Mondblume hatte sich seit dem letzten Besuch deutlich verkleinert, wie sie sah; viele der äußeren Blüten waren abgebrochen oder zersplittert.

Nach einer Weile bekam sie Besuch von Takomi.

Er sagte: »Hinweise auf die Blumen hat man früher schon gefunden.«

»Wirklich?«

»Ich habe insgeheim alte Aufzeichnungen der Mondoberfläche studiert. Ein Vermächtnis aus besseren Zeiten, als der Mond bis ins Detail erforscht wurde. Aber diese Forscher, die nun lange tot sind, wussten natürlich nicht, was sie da gefunden hatten. Die Überreste wurden unter Schichten aus Regolith begraben. Ein paar von ihnen waren Milliarden Jahre alt.« Er seufzte. »Das Bild ist lückenhaft. Trotzdem ist es mir gelungen, ein Muster zu rekonstruieren.«

»Was für ein Muster?«

»Es stimmt, dass das letzte Saat-Ereignis die Kapseln mit absoluter Präzision an diesen Ort zurückbefördert hat. Wie Sie beobachtet haben. Die Kapseln wurden von der Struktur dieser Primärpflanze absorbiert, die seitdem verwelkt ist. Die Aussaat wurde offensichtlich durch das Erscheinen des Kometen ausgelöst, der den Mond vorübergehend in eine neue Atmosphäre hüllte. Aber ich habe auch die Muster früherer Aussaaten untersucht …«

»Die durch frühere Kometeneinschläge ausgelöst wurden.«

»Ja. Alle erfolgten sie, lang bevor die Menschen den Mond besiedelten. Es waren nur ein paar Einschläge in einer Milliarde Jahre. Ein kurzer Kometenregen und Luftschwaden, ehe der lange Winter wieder einsetzte. Und jeder Einschlag hat ein Saat-Ereignis ausgelöst.«

»Aha. Ich verstehe. Sie sind wie Wüstenblumen, die in der kurzen Regenzeit erblühen. Mohnblumen, Zistrosen, Gräser, *chenopodes.*«

»Genau. Sie durchlaufen schnell ihren Lebenszyklus und verbreiten sich möglichst weit, solang die Kometenluft noch Bestand hat. Und dann schlafen die Samen und warten auf das nächste Ereignis, das vielleicht erst wieder in einer Milliarde Jahren eintritt.«

»Ich stelle mir vor, dass sie sich über den ganzen Mond auszubreiten versuchen. So schnell und so weit wie möglich.«

»Nein«, sagte er.

»Was dann?«

»Bei jedem Kometenereignis *vereinigen* die Sämlinge sich. Genauso, wie sie es hier getan haben. Diese Pflanzen arbeiten sich zurück, Xenia.

Vor einer Milliarde Jahren gab es Tausende solcher Orte. In einer großen Aussaat verringerten sie sich auf hundert: Diese paar Glücklichen wurden mit Samen überhäuft, während die Erzeuger verwelkten. Und bei der nächsten Aussaat wurden diese hundert auf ein Dutzend oder so reduziert. Und zum Schluss wurden aus dem Dutzend Blumen eine. Diese hier.«

Sie versuchte, das zu rekapitulieren und stellte sich vor, wie die kleinen Samenkapseln sich vereinigten und immer weniger wurden. »Das ergibt doch keinen Sinn.«

»Nicht für uns, die wir Botschafter der Erde sind«, sagte er. »Irdisches Leben breitet sich aus, wann immer und wo immer es die Möglichkeit dazu hat. Doch das hier ist Mond-Leben, Xenia. Und der Mond ist eine alte, erkaltende und sterbende Welt. Seine besten Zeiten waren flüchtige Momente weit in der Vergangenheit. Also hat das Leben sich an die Umstände angepasst. Verstehen Sie?«

»Ich glaube schon. Aber ist das wirklich die letzte von ihnen? Das Ende?«

»Ja. Die Blume liegt im Sterben.«

»Aber wieso gerade hier und jetzt?«

Er zuckte die Achseln. »Xenia, Ihr Kollege Frank Paulis ist entschlossen, den Mond innen und außen umzukrempeln. Selbst wenn er scheitert, werden andere dort weitermachen, wo er aufgehört hat. Die Stille des Mondes ist verloren.« Er schniefte. »Mein Garten wird vielleicht überdauern, aber in einem Park, und er wird wie Ihre alten Apollo-Landefähren von Touristen angegafft werden. Das ist ein – Verlust. Mit den Blumen ist es das Gleiche. Auf dem neuen Mond, in unsrer Zukunft sind sie nicht überlebensfähig.«

»Aber woher wollen Sie denn wissen, dass sie nicht zu überleben vermögen? Ach, das ist die falsche Frage. Die Blumen sind schließlich nicht intelligent.«

Er musterte sie. »Sind Sie sicher?«

»Wie meinen Sie das?«

»Wir sind intelligent und aggressiv. Wir glauben, dass Intelligenz aus Aggression entsteht. Vielleicht stimmt das sogar. Trotzdem bedarf es einer größeren Vorstellungskraft, Stille zu begreifen, als auf den Lärm und die Hektik unser seichten menschlichen Welt zu reagieren.«

Sie runzelte die Stirn und erinnerte sich an Marikos Nachweis neuronaler Strukturen in den Blumen. »Wollen Sie damit sagen, diese Dinger hätten ein *Bewusstsein?*«

»Ich glaube schon, auch wenn es schwer nachzuweisen wäre. Aber ich habe viel Zeit in Kontemplation verbracht. Und ich habe eine Intuition entwickelt. Eine Sympathie vielleicht.«

»Aber das ist doch grausam. Was für ein Gott müsste das sein, um einen solchen Plan zu entwickeln? Stellen Sie sich das mal vor. Ein bewusstes Geschöpf ist auf der Oberfläche des Mondes gefangen, in dieser desolaten Einöde. Und der Sinn seiner vielleicht Milliarde Jahre währenden Existenz liegt allein darin, sich zurückzuentwickeln und sich auf diesen Untergang, diesen Tod, diesen *smert* vorzubereiten. Welchen Sinn hat ein Bewusstsein mit einer solch niederschmetternden Perspektive?«

»Aber vielleicht ist das gar nicht so«, sagte er sanft. »Die Kosmologen sagen uns, dass es viele Zeitströme gebe. Die Zukunft des Mondes in der Richtung, in die *wir* schauen, mag düster sein. Nicht aber die Vergangenheit. Wieso sich also nicht in *diese* Richtung wenden?«

Sie vermochte ihm kaum zu folgen. Aber sie erinnerte sich ans *kare sansui,* den wasserlosen Strom im Regolith. Es war unmöglich zu sagen, ob der Strom aus der Vergangenheit in die Zukunft floss oder aus der Zukunft in die Vergangenheit. Ob die Hügel aus Regolith wuchsen oder schrumpften.

»Vielleicht ist das für die Blumen – für *diese* Blume, die letzte oder vielleicht auch die erste – der Anfang, nicht das Ende«, sagte er.

»Velikij boch. Sie wollen damit sagen, dass diese Pflanzen rückwärts in der Zeit leben? Dass sie sich nicht in die Zukunft, sondern *in die Vergangenheit* ausbreiten?«

»In der Gegenwart gibt es nur ein Exemplar von ihnen. In der Vergangenheit gibt es viele – vielleicht Milliarden. In unserer Zukunft finden sie den Tod; in unserer Vergangenheit gelangen sie zu voller Blüte. Wieso also nicht in diese Richtung schauen?« Er berührte ihre behandschuhte Hand. »Wichtig ist, dass Sie nicht um die Blumen trauern dürfen. Sie haben ihren Traum, ihren *mečta* von einem besseren Mond in der tiefen Vergangenheit oder der tiefen Zukunft. Das Universum ist nicht immer grausam, Xenia Makarova. Und Sie dürfen Frank nicht dafür hassen, was er getan hat.«

»Ich hasse ihn auch nicht.«

»Es gibt eine Perspektive, aus der er nicht Nährstoffe aus dem Herzen des Monds *nimmt,* sondern hinein *gibt.* Er pumpt den Kern des Mondes voll Wasser und flüchtiger Stoffe, und wenn er damit fertig ist, wird er sogar das Loch auffüllen … Sie verstehen?«

»Takomi.«

Er schwieg.

»Das ist nicht Ihr richtiger Name, nicht wahr? Sie haben eine andere Identität angenommen.«

Er sagte nichts und hatte den Blick von ihr abgewandt.

»Ich glaube nicht einmal, dass Sie ein Mann sind. Ich glaube, Ihr Name ist Nemoto. Und Sie verstecken sich auf dem Mond und sitzen die Jahrhunderte aus.«

Takomi stand für eine Weile stumm da. »Meine Mond-Fabriken tauchen in eine bessere Vergangenheit ein. Für mich ist das aber keine Option. Ich muss meinen Weg in die unerfreuliche Zukunft machen. Hier bin ich aber weitgehend ungestört. Ich hoffe, Sie respektieren das.

Und nun kommen Sie«, sagte Takomi oder Nemoto. »Ich habe grünen Tee und Reisküchlein, und wir werden uns unter den Kirschbaum setzen und uns weiter unterhalten.«

Xenia nickte wie betäubt und ließ sich von ihm – ihr? – an die Hand nehmen. Zusammen gingen sie über die federnde Oberfläche des uralten Monds.

■

Wieder einmal fand am Südpol des Mondes eine Feier statt. Es war der Tag, an dem das Roughneck-Projekt sein Potential zu erfüllen versprach, indem die erste kommerziell nutzbare Wasserladung an die Oberfläche geholt wurde.

Wieder einmal herrschte reges Treiben: Investoren mit ihren Gästen, Familien mit Kindern, mit großen Softscreens drapierte Bohrausrüstung, Virtuelle Beobachter, durch die jeder auf dem Mond an den heutigen Ereignissen teilzuhaben vermochte. Selbst die Grauen waren hier, um den Abschluss des Projekts zu feiern und tanzten in einer ausgefeilten Choreographie.

Die Erde hing wie ein Gespenst überm Horizont, aber sie wurde ignoriert und die Kriege, die auf ihr ausgefochten wurden, waren bedeutungslos.

Diesmal sah Xenia Frank nicht im Sternenbanner-Raumanzug umherlaufen und Anweisungen erteilen. Frank sagte, dass er wüsste, woher der Wind wehte – eine irdische Metapher, die keiner der mondgeborenen Japaner verstand. Also hatte er sich im neuen *ryokan*, den er auf dem Gipfel eines der höchsten Kraterberge errichtet hatte, einen freiwilligen Hausarrest auferlegt.

Als sie eintraf, winkte er sie herein und reichte ihr einen Drink, einen edlen Sake. Das Anwesen war ein großzügiges Penthouse, dessen Inneneinrichtung eine Mischung aus westlichen und traditionellen japanischen Stilelementen darstellte. Die aufs Bohrloch hinausgehende Wand bestand aus einer durchgehenden Fensterscheibe aus festem wasserfreiem Mondglas. Sie sah einen abgedeckten Glaskrug mit trübem Wasser auf einem Tisch. Mondwasser, seine einzige Trophäe von Roughneck.

»Das ist ein toller Käfig«, sagte er. »Wenn man schon in einem Käfig leben muss.« Er lachte kehlig. »Zivilisiert, diese Mond-Japaner. Nun, wir werden sehen.«

Sie schaute auf die ölige Flüssigkeit in ihrem Glas. »Ich finde das nicht. Mir – gefällt es hier. Ich hätte sicher Spaß daran, eine Welt zu erschaffen.«

Er grunzte. »Du wirst heiraten. Kinder bekommen. Enkel.«

»Vielleicht.«

Er schaute sie finster an. »Wenn du das tust, denk auch mal an mich, der das alles ermöglicht hat und dem man als Lohn für seine Mühe den Arsch aufgerissen hat. Vergiss das nicht.«

Er führte sie ans Fenster.

Sie schaute hinaus und ließ wie eine Göttin den Blick über die Szenerie schweifen. Die Bohrstelle war eine Ansammlung klobiger Maschinen, die nun alle mit einer dicken grauen Staubschicht überzogen waren und in künstliches Licht getaucht wurden. Die Sterne hingen hell und still über der Ebene, und Fahrzeuge und Menschen schwärmten wie Ameisen in Raumanzügen über die alte zerklüftete Ebene aus.

»Das ist ein großer Tag«, sagte sie. »Sie verwirklichen deinen Traum.«

»*Meinen* Traum, verdammt.« Er füllte das Glas mit Sake und kippte ihn in einem Zug hinunter. »Sie haben ihn mir gestohlen. Und sie gehen runter. Das ist es, was Nishizaki und die anderen vorhaben. Ich habe ihre Pläne gesehen. Große Städte in der Kruste, die Platz für Tausende, sogar Hunderttausende von Menschen bieten und die mit Wärmeenergie aus dem Gestein versorgt werden. In fünfzig Jahren hat die gegenwärtige Mondbevölkerung sich vielleicht vervielfacht und den Mond ausgehöhlt.« Er schaute unruhig auf die Uhr.

»Was ist daran denn falsch?«

»*So* war das nicht gedacht, verdammt.« Er schaute auf zum narbigen Antlitz der Erde. »Wenn wir uns eingraben, werden wir *das* nicht mehr sehen. Wir werden es vergessen. Begreifst du denn nicht …?«

Plötzlich kam an der Bohrstelle Unruhe auf. Sie ging zum Fenster und beschirmte die Augen, um die Raumbeleuchtung auszublenden.

Leute rannten vom Bohrturm weg.

Dann erbebte der Mond. Das Gebäude schüttelte sich träge. Ein Beben auf dem ruhigen, stillen Mond?

Frank warf einen Blick auf die Uhr. Er stieß die Faust in die Luft und stapfte zum Fenster. »Genau rechtzeitig. Jetzt geht der Punk ab.«

»Frank, was hast du getan?«

Ein neuerliches, heftigeres Beben. Eine kleine Buddha-Statue rutschte vom Sockel und landete sanft auf dem mit Teppichen ausgelegten Boden. Xenia versuchte die Balance zu halten. Es war wie eine schlingernde Zugfahrt.

»Nicht viel«, sagte Frank. »Habe nur Hohlladungen in der Ummantelung gezündet. Sie haben die Wand des Bohrlochs und das dahinterliegende Gestein aufgerissen, sodass das Wasser und das klebrige Zeug direkt in die Röhre fließen und …«

»Ein Ausbläser. Du hast einen Ausbläser verursacht.«

»Wenn ich es richtig kalkuliert habe, wird das Innere des ganzen abgefuckten Monds aus diesem Loch sprudeln. Als ob man die Luft aus einem Ballon gelassen hätte.« Er fasste sie an den Armen. »Hör mir zu. Wir sind hier sicher. Ich habe es berechnet.«

»Und die Leute dort unten im Krater? Deine Manager und Techniker? Die Kinder?«

»Von diesem Tag werden sie ihren Enkelkindern erzählen.« Er zuckte die Achseln und grinste. Der Schweiß stand ihm auf der Stirn. »Sie werden mich sowieso einlochen. Wenigstens wird auf diese Art …«

Nun gab es eine Eruption in der Mitte des Bohrturms. Eine Säule schnell gefrierender Flüssigkeit bohrte sich durch den Turm und zertrümmerte die leichten Gebäude der Bohrstation. Schließlich schoss die Fontäne so hoch empor, dass sie das Sonnenlicht reflektierte, das schräg über die Berge einfiel. Sie schien in Flammen aufzugehen, und funkelnde Eiskristalle fielen in komplexen parabolischen Bündeln auf den Boden zurück.

Frank reckte wieder die Faust. »Weißt du, was das ist? Kerogen. Eine teerartige Substanz, die man in Ölschiefer findet. Sie enthält Kohlenstoff, Sauerstoff, Wasserstoff, Schwefel, Kalium, Chlor und andere Elemente … Ich wollte es nicht glauben, als die Laborfritzen mir erzählten, was sie dort unten gefunden hatten. Mariko sagt, Kerogen sei so nützlich, dass wir genauso gut Hühnersuppe im Gestein hätten finden können.« Er lachte keckernd. »Hühnersuppe aus der Urwolke. *Ich habe gewonnen,* Xenia. Mit diesem Ausbläser habe ich den Bau von Bedrock City verhindert. Ich werde berühmt.«

»Was ist mit den Mondblumen?«

Sein Gesicht verhärtete sich. »Wen juckt's, zum Teufel? Ich bin ein Mensch, Xenia. Mir geht es um das Schicksal der Menschen, nicht um ein paar wertlose Pflanzen, die man nicht mal *essen* kann.« Er wies auf die Eisfontäne. »Sieh dir das an, Xenia. Ich besiege die Zukunft. Ich bereue nichts. Ich bin ein großer Mann. Ich vollbringe große Dinge.«

Der Boden um die zerstörte Bohrstation brach auf, und das uralte reichhaltige Material des Monds regnete auf die Leute herab.

»Und was könnte wohl größer sein als das?«, flüsterte Frank Paulis.

■

Sie war im Dunkel und flog wie einer ihrer Samen. Sie war von Brocken des zerbrochenen Landes und von ihren Kindern umgeben.

Aber sie vermochte natürlich nicht zu ihnen zu sprechen; anders als das Land hatte das Dunkel kein Gestein, das ihre Gedanken übertragen hätte.

Es war eine Zeit der quälenden Einsamkeit.

Aber sie währte nicht lang.

Die Wolke zog sich bereits zusammen und verdichtete sich zu einem neuen und größeren Land, das unter ihr glühte – ein glühendes Meer aus Gestein, hundertmal größer als der kleine Ort, von dem sie gekommen war.

Und zuletzt sah sie, wie der größte aller Kometen sich aus dem Herzen dieses Lands riss, als Feuerball in den Himmel sprang und schnell im ewigen Dunkel verschwand.

Sie fiel diesem glühenden Meer entgegen, und ihr Herz war voll der Freude über die Verschmelzung der Länder …

Im letzten Moment ihres Lebens gedachte sie des Spenders.

Sie war die Erste, und der Spender hatte sie geboren. Nichts von alledem hätte ohne den Spender Bestand gehabt, der das Land nährte.

Sie wünschte sich, dass sie imstande gewesen wäre, ihrer Liebe zu ihm Ausdruck zu verleihen. Sie wusste, dass das unmöglich war.

Aber sie spürte, dass er es ohnehin wusste.

kapitel 21

HEIMKEHR

Von der Reise zu den Sternen kehrten Madeleine und Ben in ein stummes Sonnensystem zurück.

Über ein Jahrhundert war verstrichen. Sie selbst waren nicht einmal ein Jahr gealtert. Man schrieb nun das Jahr 2240, ein unvorstellbares, futuristisches Datum. Madeleine hatte sich auf verstärkte historische Drift und kulturelle Isolation eingestellt.

Nicht aber auf Stille.

Während die langen Wochen des Flugs vom Sattelpunkt-Radius ins innere System verstrichen und der Lichtklecks, der das innere System darstellte, zusehends heller wurde, wurden sie immer nervöser. Schließlich waren sie nah genug, um Bilder der Erde in den Teleskopen der *Ancestor* aufzulösen. Sie saßen gespannt vor den Monitoren.

Sie sahen eine leuchtend weiße Erde.

Eis zog sich von den Polen bis hin zum Äquator. Die Konturen der nördlichen Kontinente waren unter den Eismassen kaum noch zu erkennen. Die Farben des Lebens, braun, grün und blau waren zu einem schmalen Streifen um den Äquator zusammengepresst. Auf der Nachtseite des Planeten machte Madeleine hier und dort Funken von Feuern und Explosionen aus. Gaijin-Schiffe umkreisten die Erde und zogen von Pol zu Pol, wobei das Eis und die Meere im Widerschein der Ansaugstutzen golden glühten. Sie kartierten und studierten im Rahmen ihrer gewaltigen Projekte.

Madeleine und Ben waren durch diesen Anblick schockiert. Stundenlang beobachteten sie die Erde und ließen Mahlzeiten und Schlafperioden ausfallen.

Ben machte sich Sorgen um seine Frau und seine Leute auf Triton. Er wurde still und verdrießlich und zog sich von Madeleine zurück. Madeleine vermochte die Einsamkeit kaum zu ertragen. Sie hatte intensive Träume, die von driftenden außerirdischen Artefakten bevölkert waren.

■

Das Blumen-Schiff der Gaijin setzte sie im Mondorbit ab.

Nemoto holte sie ab. Sie erschien als dritte Figur in der engen und heruntergekommenen Versorgungskapsel der *Dreamtime Ancestor* – ein digitaler Geist, der in einer Wolke kubischer Pixel sich manifestierte.

Sie schaute Madeleine mit leuchtenden Augen an. »Meacher. Sie sind zurück. Sie werden bereits erwartet. Ich habe einen Auftrag für Sie.« Sie lächelte.

»Ich glaube einfach nicht, dass Sie noch am Leben sind. Sie müssen eine Art virtueller Simulation sein.«

»Es ist mir egal, was Sie glauben. Sie werden es auch nie erfahren.« Nemoto war noch mehr geschrumpft, und ihr Gesicht war eine lederartige Maske, als ob sie sich mit zunehmendem Alter zu einer frühen protomenschlichen Lebensform zurückentwickelte. Sie ließ den Blick schweifen. »Wo ist das FGB-Modul? – Oh.« Offensichtlich hatte sie gerade eine Zusammenfassung der Mission vom virtuellen Gegenstück heruntergeladen, das mit ihnen gereist war. Sie schaute finster. »Sie müssen doch überall hineinpfuschen, nicht wahr, Meacher?«

Madeleine stieß mit der Hand durch Nemotos Körper, und die Pixel flatterten wie Schmetterlinge. Für

Madeleine, die sich ein weiteres Jahrhundert von ihrer Zeit entfernt hatte, war diese Projektion eine eindrucksvolle neue Technik. Es gab keine Anzeichen für Zeitverzögerung; Nemoto – oder der Projektor – musste sich *hier,* auf dem Mond oder im Mondorbit befinden. Sonst wären die Reaktionen um ein paar Sekunden verzögert worden.

»Was ist mit Triton?«, fragte Ben mit belegter Stimme.

Nemotos Gesichtsausdruck war leer. »Triton schweigt. Es ist auch ratsam, zu schweigen. Aber Ihre Frau lebt noch.«

Madeleine spürte, dass Ben sich entspannte.

»Aber«, sagte Nemoto, »die Kolonie wird bedroht. Eine Flotte aus Blumen-Schiffen der Gaijin und Fabrikschiffen hat die Asteroiden verlassen. Sie befinden sich schon im Orbit um Jupiter, Saturn und sogar Uranus. Sie verfolgen Projekte dort draußen – zum Beispiel auf dem Jupitermond Io –, deren Zweck wir nicht kennen.« In ihrem Gesicht arbeitete es. Sie war sichtlich zornig. Nach all diesen Jahren war sie noch immer bereit, ihr Revier zu verteidigen. »Die Erde ist natürlich kollabiert. Und obwohl die Narren es noch nicht wissen, werden auf dem Mond langfristig die Ressourcen knapp, insbesondere bei Metallen. Und so weiter. Die *Gaijin gewinnen,* Meacher. Triton ist der einzige Brückenkopf, den wir Menschen im äußeren System haben. Die letzte Bastion. Sie darf nicht an die Gaijin fallen.«

Und du hast auch schon einen Plan, sagte Madeleine sich verdrossen. Einen Plan, in den ich einbezogen bin. Kaum zu Hause angekommen, wurde sie schon wieder Opfer von Nemotos Manipulationen und Plänen.

Ben runzelte die Stirn. Er stellte Nemoto ein paar dezidierte Fragen über ihre Anwesenheit, ihren Einfluss, ihre Möglichkeiten. Wie war die aktuelle politische Lage? Wer unterstützte sie? Wer finanzierte sie?

Sie beantwortete keine einzige seiner Fragen. Sie verriet ihnen nicht einmal, wo sie körperlich war, bevor sie mit dem Versprechen – oder der Drohung – verschwand, wiederzukommen.

■

Madeleine verbrachte lange Stunden am Fenster und betrachtete den Mond.

Der Mond wurde von einer straff organisierten föderalen Regierung kontrolliert, die in eine Reihe von Unternehmens-Zusammenschlüssen eingebettet schien, die hauptsächlich aus den japanischen Unternehmen hervorgegangen waren, die die ersten Wellen der Mondkolonisierung finanziert hatten. Die Mond-Behörden hatten der *Ancestor* eine weite Zwei-Stunden-Parkbahn zugewiesen, erteilten Madeleine und Ben aber keine Landeerlaubnis. Es war Madeleine klar, dass zurückgekehrte Sternenfahrer für diese geschäftigen Mondbewohner irrelevant waren.

Große glühende Blumen-Schiffe der Gaijin umkreisten den Mond über die Pole.

Dieser neue Mond glühte grün und blau, in den Farben des Lebens und der Menschheit. Die Mond-Japaner hatten die großen Krater – Copernicus, Eudoxus, Gassendi, Fracastorius, Ziolkovskij, Verne und viele andere – mit Kuppeln überwölbt, die mit Wasser und Luft und Leben gefüllt waren. Landsberg, die erste große Kolonie, war noch immer die Hauptstadt. Die mächtigen Kuppeln erhoben sich zum Teil zwei Kilometer über die Mondoberfläche. Es waren Gitterrohrrahmen-Strukturen mit sechseckigen Zellen, die von riesigen bewohnten Türmen getragen wurden. Überdachte Straßen, die von Häuserzeilen gesäumt waren, verbanden ein paar Kuppeln. Sie zogen sich wie glühende Stränge durch die Maria. Die Japaner wollten diese Strukturen erweitern, bis die ganze Mondoberfläche als ein ›Welthaus‹ unter Glas war. Es wäre wie ein gewaltiges Arboretum, eine kontrollierte Biosphäre.

All das wurde durch Tiefbohrungen mit der Bezeichnung Paulis-Minen ermöglicht, erfuhr Madeleine, die sich in das Informationsnetzwerk eingeloggt hatte, das den neuen Planeten umspannte. Frank Paulis selbst lebte auch noch. Madeleine verspürte einen Funken Stolz, dass ein Vertreter ihrer alten Generation eine solche Leistung vollbracht hatte. Doch fünfzig Jahre nach seinem technischen Triumph war Paulis eine Unperson und befand sich in Einzelhaft.

Die virtuelle Nemoto materialisierte erneut.

Madeleine hatte herausgefunden, dass Nemoto noch immer lebte – was man halt so als Leben bezeichnete. Aber sie hatte sich schon vor langer Zeit zurückgezogen. Es ging das Gerücht um, dass sie als Eremit auf der noch immer relativ unberührten Rückseite des Monds lebte. Diese Flucht aus der Öffentlichkeit schien schon ein paar Jahrzehnte zu dauern. Nemoto sprach aber nicht darüber; sie erzählte nichts von sich und nicht einmal von der Geschichte, die Madeleine und Ben übersprungen hatten. Stattdessen wollte sie nur über die Zukunft sprechen und über ihre Projekte, wie sie es immer schon gehalten hatte.

»Gute Neuigkeiten.« Ein Lächeln erschien auf ihrem Gesicht, der wie ein Totenschädel anmutete. »Ich habe ein Schiff.«

»Was für ein Schiff?«, fragte Ben.

»Die *Gurrutu*. Eins meiner Kolonie-Schiffe. Es hat den Erde-Neptun-Rundflug schon zweimal absolviert. Es steht im hohen Erdorbit.« Sie schaute sehnsüchtig. »Es ist dort sicherer als in der Mondumlaufbahn. Hier würde es geklaut und ausgeschlachtet werden.« Sie musterte die beiden. »Ihr müsst zum Triton fliegen.«

Ben nickte. »Natürlich.«

Nemoto beäugte sie. »Und Sie, Meacher.«

Natürlich musste Ben das tun, sagte Madeleine sich. Es sind schließlich seine Leute, die dort draußen in der Kälte ums Überleben kämpfen. Es geht um seine Frau, die noch am Leben ist und diese hundert Jahre auf der langen Strecke bewältigt hat. Aber ich habe damit nichts zu tun – was gehen mich Nemotos Ambitionen an.

Beim Anblick von Nemotos zerbrechlicher virtueller Gestalt, die so zäh ans Leben sich klammerte und kämpfte, verspürte sie jedoch einen inneren Konflikt. Vielleicht hängst du doch tiefer mit drin, als du glaubst, Madeleine.

»Selbst wenn wir es bis zum Triton schaffen«, sagte sie, »was sollen wir denn tun, wenn wir dort ankommen? Wie sieht Ihr Plan aus, Nemoto?«

»Wir müssen die Gaijin stoppen – und jeden, der ihnen folgt«, sagte Nemoto düster. »Was denn sonst?«

■

Sie würden einen Monat im Erdorbit verbringen müssen, um die *Gurruto* flott zu machen.

Das Kolonie-Schiff war bereits ein paar Jahrzehnte alt, und dieses Alter sah man ihm auch an. Die *Gurrutu* war aus dem Flüssigbrennstoff-Innenbooster einer Ariane 12-Rakete improvisiert worden. Er bestand aus einem simplen Zylinder, dessen innen liegende Brennstofftanks gereinigt und bewohnbar gemacht worden waren. Der Hauptaufenthaltsbereich der *Gurrutu* war ein großer Wasserstofftank, und der kleinere Sauerstofftank diente als Lagerraum. Eine Feuerwehrstange zog sich durch den Wasserstofftank, der durch Gitterrost-Böden in mehrere Abteilungen unterteilt war, bis zu einem Steuerraum.

Große, zerbrechlich wirkende Solarzellen-Flügel waren an der Außenwand befestigt. Im Zwielicht der Außenbereiche des Sonnensystems würden modernisierte Fissionsreaktoren als Energiequelle dienen. Dabei handelte es sich um technische Antiquitäten: Schweres sowjetisches Gerät des Baumusters ›Topaz‹. Ein solcher Topaz war ein Gewirr aus Röhren und Leitungen und Steuerstäben, das auf einem großen Kühlerkegel aus gewelltem Aluminium saß.

Am einen Ende des Innen-Boosters befanden sich eine Kopplungsvorrichtung und ein Instrumentenmodul, am andern ein Bündel Ionen-Raketen. Die Ionen-Triebwerke waren für Langzeit-Missionen ausgelegt, Missionen, die sich nach Jahren bemaßen und zu den äußeren Planeten und darüber hinaus führten. Und sie funktionierten auch: Sie hatten die Yolgnu zum Triton gebracht. Aber die Ionen-Triebwerke waren wartungsintensiv und auch schon veraltet. Der neuste Helium-3-Fusionsantrieb der Mond-Japaner war viel leistungsstärker, wie Madeleine erfuhr.

Der Flug zum Neptun würde keine Vergnügungsreise werden. Die Toiletten schienen nicht richtig zu funktionieren. Und eine Geräuschkulisse aus Schlägen, Pfeifen und Rasseln würde sie um den Schlaf bringen. Die Sonnensegel waren auch nicht mehr die Besten, sodass es nicht einmal so nah an der Sonne genug Energie gab. Madeleine wurde der lauwarmen Mahlzeiten, des lauwarmen Kaffees und des lauwarmen Badewassers bald überdrüssig.

Und doch hatten vierzig Menschen in den fünf Jahren, die die *Gurrutu* für den Flug zum Neptun gebraucht hatte, in diesem fensterlosen Grotten-Slum ausgehalten: Sie hatten sich von hydroponisch gezogenen Pflanzen ernährt, Fäkalien wiederaufbereitet und versucht, sich nicht gegenseitig verrückt zu machen. Im Tank waren Hängematten gespannt und Decken ausgelegt worden; Nester, mit denen die Menschen sich eine Privatsphäre geschaffen hatten.

Madeleine sah Markierungen an einem Aluminiumschott, die das Wachstum eines Kinds markierten, und fand das Bild eines Lieblingsonkels, das hinter einem Schrank gesteckt hatte.

Das Schiff hätte aus dem einundzwanzigsten Jahrhundert stammen können – sogar aus dem zwanzigsten. Die Forschung im Bereich der Raumfahrttechnik war bei der Ankunft der Gaijin zum Erliegen gekommen. Madeleine dachte an die Blumen-Schiffe, die sie zum Sattelpunkt-Radius und darüber hinaus gebracht hatten: Schmuckvolle, perfekte, makellose Geräte.

Mehr als die *Gurrutu* hatte einfach nicht in Nemotos Möglichkeiten gestanden. Umso bewundernswerter war ihre Leistung. Mit dieser Ausrüstung hatte Nemoto den Neptun erreicht – die dreißigfache Entfernung Erde-Sonne, zehnmal weiter als bis zum Asteroidengürtel. Nur Malenfant war ohne die Hilfe der Gaijin weitergekommen – und seine Missionen waren eine ›Einzelkämpferaktion‹ gewesen. Nemoto hatte aber zweihundert Kolonisten losgeschickt.

Während sie sich mit den zusammengeschusterten Systemen abmühte und improvisierte Reparaturen durchführte, wuchs Madeleines Respekt vor Nemoto.

Und während Madeleine arbeitete, glitt die Erde träge an den Fenstern der *Gurrutu* vorbei.

■

Diese alten Umweltschützer hatten mit ihren Kassandrarufen recht gehabt, wie Madeleine erfuhr. Das Klima war wirklich nur metastabil gewesen; nachdem die Menschen vierzigtausend Jahre lang Schindluder mit der Welt getrieben hatten, war das destabilisierte System schließlich gekippt und hatte mit verblüffender

Schnelligkeit diesen neuen, tödlichen Zustand eingenommen.

Madeleine erkannte Muster im Eis: Wellen und Moränen in verschiedenen Farben, wo das Eis von den Polen und Gebirgen herabgeflossen war. Es hingen kaum Wolken über den weiten Eisfeldern – nur ein paar Schleierwölkchen, an denen der Wind zupfte, der unablässig um riesige Tiefdrucksysteme wehte, die über dem ewigen Eis der Pole zentriert waren.

Das Eis überzog den größten Teil Kanadas. Eine Zunge erstreckte sich weit in den Mittleren Westen der Vereinigten Staaten und reichte weiter südlich als die Großen Seen – oder wo sie sich einmal befunden hatten. Chicago, Detroit, Toronto und die anderen Städte waren alle überflutet worden. Die markanten lappenförmigen Seen waren einem neuen Meer gewichen, das sich von der Ostküste tausend Kilometer weit landeinwärts erstreckte. Und im Westen zog sich ein Band aus Wasser vom Puget Sound in Richtung Alaska. Das Land selbst war vom Gewicht des Eises planiert worden, und Meerwasser hatte die dadurch entstandenen Senken geflutet.

Im Süden der Eisgrenze war das Land in einem desolaten Zustand. Wüste erstreckte sich von Oregon über Idaho, Wyoming und Nebraska bis nach Iowa, ein Gürtel aus riesigen geriffelten Sanddünen. Hier wehten orkanartige Winde, weil schwere kalte Luftmassen vom Eis übers flache Land strömten. Nachts sah sie flackernde Lichter in dieser Einöde: Das waren Lagerfeuer, die Nachkommen der Bewohner des Mittleren Westens entzündet hatten. Sie mussten auf ein Nomadendasein in dieser großen kalten Wüste zurückgeworfen worden sein.

Noch weiter südlich erschien die Erde auf den ersten Blick so gemäßigt und bewohnbar wie eh und je. Sie sah Grün in den tropischen Zonen, Korallenriffe und

Schiffe, die warme, eisfreie Meere durchpflügten. Aber auch diese Gebiete waren betroffen. Die großen Regenwälder von Äquatorialafrika und des Amazonasbeckens waren zu isolierten Taschen geschrumpft und von Zonen umgeben, die wie Grasland aussahen. Umgekehrt schien die Sahara zu ergrünen. Sogar die Umrisse der Kontinente hatten sich verändert; glitzernde Schichten des Kontinentalschelfs wurden durch den fallenden Meeresspiegel freigelegt.

Im Süden der Vereinigten Staaten gab es noch immer Städte: Große, dunstig graue Ballungsräume an den Küsten und den Flusstälern – von Baja California an der mexikanischen Grenze und dem Golf von Mexiko entlang bis nach Florida. New Orleans brannte; ganze Straßenzüge standen in Flammen, und die aufsteigenden schwarzen Rauchwolken breiteten sich Hunderte von Kilometern weit aus. Im Raum Orlando schien ein regionaler Krieg zu toben; sie erkannte Panzerspuren, und die Nacht wurde von Explosionen zerrissen.

Es war unmöglich, sich ein Bild über die aktuelle Lage zu machen. Die gesamte Kommunikation erfolgte wahrscheinlich über Landverbindungen oder gerichtete modulierte Laser; zu spät, so schien es, waren die Erdbewohner auf den Trichter gekommen, ihre Angelegenheiten nicht an die Sterne zu senden. Es hatte aber den Anschein, dass diese Kriege zum Teil schon vor der neuen Eiszeit ausgebrochen waren.

Der heftigste Konflikt schien in Nordafrika zu toben, wo die eurasische Population – ein paar hundert Millionen – versucht hatte, die südeuropäischen Länder und das neue nordafrikanische Grasland zu erreichen. Die geordnete Rückführung war aber längst gescheitert. Die Sahara wurde von großen schwarzen Kratern verunstaltet, von denen manche glitzerten, als ob sie mit Glas gefüllt wären. Einmal machte sie einen unheilverkündenden Wolkenpilz aus, der am braunen afrikanischen Horizont aufstieg.

Was aber noch schlimmer war – sie erkannte neuartige Formationen auf der geschundenen Erdoberfläche. Es handelte sich um silbrige spinnenartige, ausgedehnte Strukturen: Sie hatten keine Ähnlichkeit mit menschlichen Städten, sondern waren zentraler organisiert. Die Elemente waren miteinander verbunden wie einzelne Gebäude, die Dutzende von Kilometern überspannten. Das waren Gaijin-Kolonien. Es gab ein paar von ihnen in den eisfreien mittleren Breiten, ohne irgendwelche Anzeichen menschlicher Ansiedlungen in der Nähe. Sogar im Eis existierten ein paar Kolonien, an Orten, wo kein Mensch zu leben vermocht hätte. Niemand wusste, was die Gaijin hier wollten.

Sie verspürte eine kalte Wut. Hätten die Gaijin nicht etwas tun können, um den Kollaps ihrer Welt zu verhindern? Und wenn nicht, was, zum Teufel, wollten sie dann hier?

■

Ben sagte, dass er ein letztes Mal die Erde, Australien, sehen wollte, bevor er für immer ging. Madeleine war von dieser Idee nicht begeistert. *Das ist nicht mehr meine Welt.* Aber sie wollte Ben diesen spontanen Wunsch auch nicht abschlagen.

Eine automatisierte Zubringerfähre holte sie ab. Nemoto hatte jemanden gefunden, der bereit war, sie aufzunehmen, wenn auch nur kurzzeitig.

Sie nahmen im Morgenlicht Kurs auf Australien und flogen den Kontinent von Süden an. Sie erhielten keine Aufforderung zur Identifikation. Es gab keine Flugsicherung mehr, und es kam überhaupt keine Meldung vom Boden. Wie der Anflug auf einen unbewohnten Planeten.

Sie flogen über Sydney hinweg. Die Stadt war noch

immer bewohnt, und die Vororte waren von Kämpfen gezeichnet, aber es gab keinen Hafen mehr; Sydney war im trockenen Hinterland gestrandet. Die rostroten Wüsten wirkten noch trockener als früher. Aber sie erkannte keinerlei Anzeichen menschlicher Besiedlung. Alice Springs zum Beispiel war ausgebrannt; dort regte sich nichts mehr.

Sie flogen in niedriger Höhe über die großen geologischen Formationen im Süden der Alice dahin, Ayers Rock und die Olgas. Das waren Erhebungen aus hartem uraltem Sandstein, die aus der flachen Wüste ragten und über Millionen Jahre von fließendem Wasser bearbeitet worden waren. Auf die Aborigines, Nomaden in dieser unwirtlichen topfebenen Landschaft, mussten diese Formationen genauso eindrucksvoll gewirkt haben wie die mittelalterlichen Kathedralen, die Europa beherrscht hatten. Und so hatten die Aborigines sie zu Stätten mit totemischer und religiöser Bedeutung erhoben und sich von den Rissen und Falten zu Traumzeit-Geschichten inspirieren lassen, bis die Felsen eine Art mythisches Kino wurden, das in geologischen Zeitaltern erstarrt war. Es war wohl ein Triumph der Imagination gewesen, sagte sie sich, in einem Land wie ein Wahrnehmungsdeprivations-Tank.

Dieser Ort hatte sich kurzzeitig zu einem Touristenzentrum entwickelt. Doch die Touristen blieben schon lange aus, und der westliche Einfluss war schlagartig wieder verschwunden, aus der Traum von Reichtum und Überfluss. Die Aborigines aber waren geblieben. Aus der Luft sah sie schlanke Menschen durch die Landschaft trotten, die mit runden Gesichtern zu ihrem Fluggerät aufschauten. In den letzten zwölftausend Jahren hatte sich hier nichts verändert – genauso, wie Ben einst vorhergesagt hatte.

Ben schaute stumm und in sich gekehrt aus dem Fenster.

Vielleicht hundert Kilometer südlich von der Alice sahen sie eine hellblaue Struktur, einen Punkt in der Wüste. Ein Zelt.

Die Fähre kippte ab, fiel wie ein Stein und setzte einen halben Kilometer vom Zelt entfernt auf.

■

Niemand erschien zu ihrer Begrüßung. Nach ein paar Minuten verließen sie die Fähre und gingen zum Zelt.

Das Land war eine weite orangerote Platte, und der Himmel ein Zelt aus ausgewaschenem Blau. Es herrschte hier völlige Stille: Kein Vogelgezwitscher, kein Insektenzirpen. Die hoch am Himmel stehende Sonne brannte unbarmherzig und verströmte eine trockene Hitze. Sie gingen vorsichtig, der starken Erdanziehung entwöhnt.

Madeleine war überwältigt. Mit Ausnahme von ein paar Weltraumspaziergängen hatte sie seit Jahren zum erstenmal wieder festen Boden unter den Füßen und war nicht in einem engen Wohnmodul eingepfercht.

Ben berührte ihren Arm. Sie blieb stehen. Am hitzeflirrenden Horizont bewegte sich etwas, gemächlich und lautlos.

»Es sieht aus wie eine Eidechse«, flüsterte sie. »Ein Komodo-Waran vielleicht. Aber …«

»Aber er ist riesig.«

»Glaubst du, das ist wieder so ein Gaijin-Experiment?«

»Ich glaube, wir sollten uns ruhig verhalten«, sagte er.

Die Eidechse, ein urzeitlicher Alptraum, hielt für lange Sekunden inne, vielleicht für eine Minute. Eine Zunge mit der Länge einer Peitsche holte nach etwas Unsichtbarem aus. Dann trottete sie weiter und wandte sich von den Menschen ab.

Sie gingen eilig weiter.

Ihr Gastgeber war eine Frau: Eine kleine, kompakte Amerikanerin mit ernstem Gesicht. Das dicke schwarze Haar hatte sie zu einem strengen Knoten zusammengebunden. Sie war mit einem silbrigen Overall bekleidet und stellte sich als Carole Lerner vor.

Lerner musterte sie verächtlich von Kopf bis Fuß. »Nemoto hat Sie avisiert. Sie sagte mir aber nicht, dass ihr zwei Königskinder seid.« Sie musterte sie argwöhnisch. »Ich habe einen Vorrat angelegt.«

Ben runzelte die Stirn. »Was?«

»Ich werde Ihnen aber nicht sagen wo«, sagte Lerner. »Wenn ich sterbe, werden die Lager sich selbst zerstören.«

Madeleine verstand, was sie meinte. Unter anderem war die medizinische Versorgung zusammengebrochen, als die Eiszeit eingesetzt hatte. Also gab es auch keine Anti-Alterungs-Präparate mehr. Diese Medikamente waren das wertvollste Gut auf dem ganzen Planeten geworden. Sie hielt die Hände hoch. »Wir sind keine Bedrohung für Sie, Carole.«

Lerner ließ sie nicht aus den Augen.

Schließlich führte sie sie ins Zelt, das angenehm kühl war und eine hohe Luftfeuchtigkeit aufwies. Sie kramte zwei Overalls hervor und bedeutete ihnen, sie anzuziehen. »Die sind unbezahlbar. Im wahrsten Sinn des Worts. Thermoaktive Kleidung, fast unverwüstlich. Sie wird heute nirgends mehr hergestellt. Die Leute vererben sie wie Familienschmuck, von einer Generation zur andern. Behandeln Sie sie pfleglich.«

»Das werden wir«, versprach Madeleine.

Das Zelt hatte keine Trennwände. Ben zuckte die Achseln, zog sich aus und stieg in den Overall. Madeleine folgte seinem Beispiel.

Lerner kochte Wasser zum Trinken ab und gab ihnen etwas zu essen – eine Tütensuppe mit einem undefinierbaren Geschmack. Die Frau sah aus wie sechzig, war aber viel älter. Wie sich herausstellte, war sie *die* Carole Lerner, die im Rahmen eines anderen Projekts von Nemoto die Wolkendecke der Venus durchstoßen und als erster und einziger Mensch den Fuß auf die Oberfläche der Venus gesetzt hatte.

Bens Blick fiel auf Gesteinsprobenhaufen, Datenträger und ein paar altmodische, abgegriffene Bücher mit staubigen und vergilbten Seiten.

»Meine Arbeit«, knurrte Lerner und beobachtete ihn. »Ich bin Geologin. Keine Generation hat bisher den Einbruch einer Eiszeit überlebt.«

»Gibt es noch Universitäten, wissenschaftliche Institute und Fachzeitschriften?«, fragte Ben.

»Nicht auf der Erde«, sagte Lerner mürrisch. »Ich deponiere meine Proben und Aufzeichnungen. Vergrabe sie so tief, dass die Tiere nicht drankommen. Und ich schicke meine Ergebnisse und Interpretationen zum Mond und zum Mars.« Sie musterte Madeleine feindselig. »Ich weiß, was Sie denken. Dass ich eine alte Spinnerin, eine Besessene sei. Dass es auf Wissenschaft nicht mehr ankäme. Ihr Sternenfahrer macht mich krank. Ihr hüpft durch die Weltgeschichte und seht gar nichts. Ich will euch eins sagen: Die Gaijin arbeiten in langen Zeiträumen. Wir sind für sie Eintagsfliegen. Und aus diesem Grund kommt es auf die Wissenschaft an. Mehr als je zuvor. Nur so bleiben wir im Spiel.«

Madeleine hob die Hände. »Ich wollte doch gar nicht …«

Doch Lerner hatte sich inzwischen der Suppe zugewandt, und ihr Zorn verrauchte. Ben berührte Madeleine am Arm, und sie sagte nichts mehr.

Diese Frau hat eine *lange* Zeit allein verbracht, sagte sie sich.

■

Lerner hatte ein kleines Auto, nur eine Plastikkuppel auf einem leichten Rahmen. Angetrieben wurde das Gefährt von Batterien, die von Solarzellen auf dem Dach geladen wurden. Außerdem war ein großer Wassertank auf dem Dach montiert. Am nächsten Tag quetschten sie sich zu dritt in die Karre und fuhren Richtung Westen.

Nach ein paar Stunden kamen sie in einen Landstrich, der nicht ganz so öde wirkte. Madeleine sah grüne Vegetation, Bäume, Grasbüschel und Vögel. Sie erreichten einen flachen ausgetrockneten Wasserlauf. Lerner wendete im Flussbett und folgte seinem Verlauf. Sie kamen an etwas vorbei, das wie eine abgebrannte Farm aussah.

Sie nahmen eine sanfte Steigung, und Lerner ging vom Gas und ließ den Wagen fast geräuschlos rollen. Als sie sich dem höchsten Punkt der Erhebung näherten, stellte sie den Motor ab, und sie rollten durchs Trägheitsmoment des Fahrzeugs lautlos weiter.

Sie erreichten den Grat, und das Land breitete sich vor Madeleine aus.

Dort gab es Wasser, ein weites blaues Meer, das sich bis auf die halbe Distanz zum Horizont erstreckte. Damit hätte sie in dieser Einöde niemals gerechnet. Sie roch das Wasser förmlich. Durch irgendeinen primitiven Instinkt verbesserte ihre Stimmung sich schlagartig.

Und es dauerte eine volle Minute, bis die Augen sich an die Landschaft gewöhnt hatten und sie die Tiere sah.

Da war eine Herde von Tieren, die wie Rhinozerosse aussahen – richtige Ungetüme, die sich am Ufer suhlten. Aber sie hatten keine Hörner. Eins der Tiere hob seinen massigen Kopf, und sie sah kleine schwarze Knopfaugen. Es war ein hässlicher Anblick. Das Vieh hatte kleine, eigentümlich menschliche Füße, auf denen es davonstapfte.

»*Diprotodons*«, murmelte Lerner. »Von denen gibt es heute viele.«

Madeleine sah känguruartige Geschöpfe in allen Größen, bizarre, aufgeblasen wirkende Tiere, von denen manche so groß waren, dass sie kaum imstande schienen, sich überhaupt zu bewegen – aber sie sprangen mit behäbigen Hopsern umher. Es gab wie Faultiere anmutende Geschöpfe, bei denen es sich laut Lerner um große Beutelratten handelte.

Und es gab Raubtiere. Madeleine sah Rudel wolfartiger Tiere, die um die grasenden und trinkenden Pflanzenfresser herumschlichen. Ein paar hatten Ähnlichkeit mit Hunden, andere mit Katzen.

»Es ist überall das gleiche«, sagte Lerner. »Das Grasland und die Wälder der gemäßigten Breiten ziehen sich vorm Eis zurück und werden durch Tundra, Steppe und Nadelwälder ersetzt.«

»Orte, die diesen rekonstruierten Kreaturen einen Lebensraum bieten«, sagte Ben.

»Ja. Die Gaijin sind aber nicht für alles verantwortlich. In Asien gibt es Rentiere, Moschusochsen, Pferde und Bisons. In Nordamerika erobern die Wölfe, Bären und sogar Berglöwen ihr Territorium zurück.« Sie lächelte wieder. »Und im Tal der Themse soll es sogar wieder wuschelige Mammuts geben ... *Das* möchte ich gern mal sehen.«

Sie saßen stundenlang da und beobachteten die grasenden Pflanzenfresser aus grauer Vorzeit.

Dann fuhren sie weiter, Stunde um Stunde.

Erst nachdem sie in Lerners Camp zurückgekehrt und aus dem Auto ausgestiegen waren, wurde Madeleine sich bewusst, dass sie den ganzen Tag kein einziges menschliches Wesen gesehen hatte, nicht einmal irgendwelche Anzeichen menschlicher Besiedlung.

■

Sie blieben für drei Tage. Allmählich schien Lerner sie zu tolerieren.

Am Ende des letzten Tages bereitete Lerner ihnen ein Abschiedsmahl. Während die Sonne sich zum Horizont senkte, tranken sie wiederaufbereitetes Wasser im Schatten von Lerners Zelt.

Sie erzählten sich Abenteuergeschichten. Lerner erzählte ihnen über die Venus, und die Gäste revanchierten sich mit der Geschichte von den Chaera, die im tödlichen Glühen eines Schwarzen Lochs lebten. Und sie unterhielten sich über die Veränderungen, mit denen die Menschheit konfrontiert worden war.

»Es wurden viele *Worte* gemacht«, sagte Lerner verdrossen. »Flüchtlinge, Vertriebene, Diskontinuität, Hungersnot, Krankheit, Krieg. Tod in einem Ausmaß, wie wir es seit dem zwanzigsten Jahrhundert nicht mehr erlebt hatten. Und doch werden noch immer Kinder geboren. Wisst ihr, wie hoch die durchschnittliche Lebenserwartung der Menschen heute ist?«

»Na?«

»Fünfzehn Jahre. Gerade einmal *fünfzehn Jahre!* Für die meisten Leute auf diesem Planeten ist das normal.« Sie wedelte mit der Hand und erwähnte die entvölkerte Stadt, das vom Eis veränderte Klima, die seltsamen rekonstruierten Tiere und die schemenhaften Blumen-Schiffe, die am Himmel ihre Bahn zogen. »Wir stecken hier mitten in einer epochalen Katastrophe, und die Leute haben es *vergessen.*« Sie spuckte in den Staub und wischte sich den Mund mit dem Handrücken ab.

Ben beugte sich nach vorn. »Carole. Glauben Sie, dass Nemoto recht hat? Dass die Gaijin uns vernichten wollen?«

Lerner kniff die Augen zusammen. »Das glaube ich nicht. Aber sie wollen uns auch nicht helfen. Sie – studieren uns.«

»Und was versuchen sie herauszufinden?«

»Da fragen Sie mich was. Aber sie würden wahrscheinlich auch nicht verstehen, was ich herauszufinden versuche.«

Nach einer Weile verließ Lerner das Zelt, um Getränke-Nachschub zu holen.

»Wir Menschen tun uns schwer mit dem Altern, nicht?«, murmelte Madeleine in Bens Armen.

»Ja.«

Aber es ist den Menschen gar nicht bestimmt, so lang zu leben, sagte sie sich. Vielleicht wissen die Gaijin das. Nur dass *wir* es nicht wissen. Und das Gefühl der Hilflosigkeit ist überwältigend. Kein Wunder, dass Lerner eine Besessene ist und Nemoto eine Einsiedlerin.

Ben sagte nichts.

»Du denkst an Lena«, sagte sie. »Hast du Angst?«

»Wieso sollte ich Angst haben?«

»Hundert Jahre sind eine lange Zeit.«

»Aber wir sind *yirritja* und *dhuwa*«, sagte er. »Wir gehören zusammen.«

Sie zögerte. »Und wir?«

Er lächelte nur abwesend.

Sie schaute zum Himmel empor. In der staubgeschwängerten Luft wurden viele Sterne ausgeblendet, und der fast volle Mond leuchtete grau mit intensiven grünen Einsprengseln. Und sie sah Blumen-Schiffe am Himmel patrouillieren. Schiffe von Aliens, die stumm die Erde umkreisten.

Und jenseits der Schiffe sah sie ein Flackern zwischen den Sternen. Zum Beispiel in Richtung des Orion. Funken und Feuerstöße. Als ob die Sterne aufloderten und explodierten. Sie hatte das früher schon gesehen und es sich nicht zu erklären vermocht. Es war eigenartig. Beängstigend. Es war nicht vorgesehen, dass der Himmel sich *veränderte.*

Es war klar, dass irgendetwas in diese Richtung unterwegs war. Etwas, das die Sterne umspannte, eine Wellenfront kolonisierender Aliens vielleicht.

»Das gefällt mir nicht«, sagte sie.

»Du meinst Australien?«

»Nein. Den Planeten. Den Himmel. Er gehört nicht mehr uns.«

»Falls er uns jemals gehört hat.«

Ich fürchte mich vor dem Himmel, sagte Madeleine sich. Aber ich kann nicht schon wieder weglaufen. Ich stecke drin – wie Nemoto es geplant hatte.

Ich muss zum Triton gehen.

Um was zu tun? Blindlings Nemotos aberwitzigen Plan in die Tat umsetzen?

Sie lächelte insgeheim. Vielleicht fällt mir etwas ein, wenn wir erst einmal dort sind.

Lerner kam mit einer Flasche Schwarzgebranntem zurück; das Zeug schmeckte wie gespritzter Wein.

Sie lächelte sie kalt an. »Ich hörte, dass in Spanien und Frankreich die Leute sich in die Höhlen zurückgezogen hätten, an deren Wänden noch die Kunst aus der *letzten* Eiszeit prangt. Und sie überpinseln sie mit neuen Gemälden der Tiere, die sie in ihrer Umgebung sehen. Was meint ihr, vielleicht war das alles nur ein Traum? Die Warmzeit, die Zwischeneiszeit, unsere Zivilisation. Vielleicht ist alles, worauf es ankommt, das Eis und die Höhle.«

Als die Sonne versank, brachten sie im hellen Schein des bewohnten Mondes Toasts aus: Auf die Venus, die Chaera, die Erde – und das Eis.

kapitel 22

TRITON-TRAUMZEIT

Noch bevor Neptun sich als eine Scheibe abzeichnete, sah Madeleine, dass er blau und Triton weiß war. Blauer Planet und weißer Mond, die sich wie exotische Tiefseefische aus der allumfassenden Dunkelheit schälten.

Durch die hinter ihr stehende stecknadelkopfgroße Sonne schwoll Neptun zu einer Scheibe an. Der Planet war trübe und zeichnete sich als blaue Schliere gegen die Sterne ab, die mit Details sich füllte, während ihre Augen sich an die Dunkelheit gewöhnten. Neptun verwandelte sich in eine Kugel mit blauen und violetten Pastelltönen, die sichtlich strukturiert waren. Es gab große Sturmsysteme, wirbelnde Knoten wie Jupiters Rotes Auge. Und es gab eine Schraffur aus dünnen weißen Linien über dem Blau – hohe Wolken, die sich mit erstaunlicher Geschwindigkeit in wenigen Stunden bildeten und wieder auflösten. Wenn das Sonnenlicht im richtigen Winkel einfiel, sah sie, dass diese hohen Wolken Schatten auf die tieferen Schichten warfen.

Sie war *weit* von zu Hause entfernt.

Sie hatte nicht einmal einen Vergleichsmaßstab für die gewaltigen Dimensionen dieses Raums. Die Sonne war zu einem gleißenden Stern geschrumpft, der so hell war, dass er graue, aber rasiermesserscharfe Schatten warf. Der Griff der Sonnengravitation war hier schon so schwach, dass Neptun mehr als die hundertfache Zeit der Erde für eine Umkreisung brauchte. Und die Leere im Umkreis um Neptun betrug mehr als das Zehnfache der Entfernung Erde-Sonne – eine Leere, in der der ganze Jupiter-Orbit Platz gefunden hätte.

Die Welten, die hier draußen in dieser Stille, Kälte und Dunkelheit entstanden waren, hatten keine Ähnlichkeit mit der Erde. Hier waren die Planeten riesig und dunstig und mit leichten Elementen wie Wasserstoff und Helium angefüllt, die sich von den heißen inneren Welten gelöst hatten. Neptuns steiniger Kern war in dicke Schichten aus milchigem Gas gepackt; das Blau war Methan, kein Wasser. Es gab hier weder Kontinente noch Eiskappen.

Aber sie hatte nicht erwartet, dass der Neptun der Erde so verblüffend ähnlich war. Sie verspürte Anwandlungen einer nostalgischen Sehnsucht: Denn die Erde selbst war nicht mehr blau, sondern mit einem weißen Leichentuch überzogen, dem Weiß des vordringenden Eises.

Am letzten Tag ihres langen Fluges umrundete die *Gurrutu* mit feuernden Triebwerken die Kugel des Neptun. Das Manöver lief in völliger Stille ab, und Madeleine sah die große Welt an sich vorüberziehen, als ob sie durch eine riesige kalte, dunkle Kathedrale flöge.

Und dort war Triton, der schon hell war und immer heller wurde. Er schwebte wie eine rosig-weiße Perle in der Leere.

Der Landeanflug auf Triton war eine Herausforderung für die Navigationsroutinen. Triton war einzigartig unter den größeren Monden des Sonnensystems, denn er umlief Neptun in Gegenrichtung, umgekehrt zur Drehrichtung von Neptun selbst. Und Tritons Orbit war stark geneigt, etwa zwanzig Grad gegen die Ebene der Ekliptik. Diese exzentrischen Eigenschaften wurden Tritons Ursprung zugeschrieben: Er war früher ein eigenständiger Himmelskörper wie Pluto gewesen und dann von Neptun eingefangen worden, vielleicht durch die Kollision mit einem anderen Mond zum Teil oder durch einen Kontakt mit Neptuns Atmosphäre. Es war eine Katastrophe gewesen, in deren Verlauf der Mond zum Teil abgeschmolzen war und sich schließlich als Trabant stabilisiert hatte.

Die *Gurrutu* schlug eine weite elliptische Umlaufbahn ein. Madeleine sah, wie eine Oberfläche aus zerklüftetem, rosig gemasertem Wassereis unter dem Schiff dahinzog. Tritons trübes Zwielicht wurde durch eine einzige, von Menschenhand erschaffene Boje erhellt: An der Position der Kasyapa Township, der Heimat von Bens Volk. Sie waren aber nicht allein im Orbit. Viele Emigranten-Transportschiffe vom Typ der *Gurrutu* umkreisten den Mond. Andere waren gelandet und ausgeschlachtet worden.

Nach einem Tag wurden sie von einer kleinen Fähre in Empfang genommen. Tritons Atmosphäre, ein dünner Schleier aus mit Kohlenwasserstoffen versetztem Stickstoff, war für den Betrieb von Fluggeräten ungeeignet. Deshalb landete die Fähre auf den Düsen, wie die Apollo-Astronauten einst auf dem Mond gelandet waren.

Die Fähre drehte sich und eröffnete Madeleine einen Blick auf den eisigen Boden. Der weiße Grund war rosig marmoriert, hier und da auch mit dunkleren Streifen überzogen, die wie Staubverwehungen aussahen. Sie sah viele Einzelheiten, Grate, Spalten und Mulden im Eis, als ob die Kruste des Monds unter extremer Hitzeeinwirkung geschrumpft wäre.

Das Landungsboot zog für die letzte Phase des Landeanflugs die Nase hoch und ging in den Sturzflug. Der Horizont wurde schnell flacher, und der Boden explodierte förmlich in einer Detailfülle. Sie stiegen in eine Region ab, die kreuz und quer von niedrigen Graten durchzogen war. Das Eis wirkte wie ein Parkettboden mit Flächen und Vertiefungen. Und es gab Anzeichen menschlicher Aktivitäten: Zwei lange gerade Furchen zogen sich durch die geologischen Formationen – zwei schnurgerade Straßen wie römische Landstraßen waren ins Eis geschmolzen worden. Und am Endpunkt, der im Zentrum einer der umrandeten Eismulden lag, erblickte sie eine kleine achteckige Rampe aus einem Werkstoff, der wie Beton aussah, ein paar silbrige Tanks und Gebäude in der Nähe.

Die Landung war weich. Madeleine und Ben schlossen die Anzüge und stiegen aus der Landefähre.

Die umliegende Ebene war still, die Brennstofftanks und primitiven Gebäude lagen verlassen. Unter den Stiefeln knirschte Frost, der ein hartes weißes Gestein überzog.

Kein Gestein, sagte sie sich. Das war Eis, Wassereis. Sie schabte mit dem Stiefel auf dem Eis. Es war hart und undurchdringlich, und sie vermochte nicht einmal einen Kratzer zu hinterlassen; die Oberfläche war wie Stein. Hier, in dieser Kälte, spielte Eis die Rolle von Silikatgestein auf der Erde. Das Eis schimmerte in einem Hauch von Rosa, so schwach, dass es kaum zu sehen war. Eine Art organischer Reaktion durch Sonnenlicht vielleicht.

Sie machte einen, zwei Schritte. Schwebte und hüpfte wie ein Mondspaziergänger. Sie wusste, dass Tritons Schwerkraft kaum halb so stark war wie die auf dem Mond. Aber sie war ein großer plumper Mensch mit einem schwach ausgeprägten Schweregefühl; für ihren Körper fielen Triton und der Mond beide in die Sammelkategorie mit der Bezeichnung ›Schwache Gravitation‹.

Sie schaute zum schwarzen Himmel empor. Es gab keinerlei Anzeichen für Luft, keine Streuung des Sonnenlichts: Nur einen dunklen Sternenhimmel, wie man ihn auf einer Hochebene in der Wüste sah – der aber von einem hellen Stecknadelkopf in der Mitte dominiert wurde. Die Sonne war noch hell genug, um Schatten zu werfen, aber sie empfand es nicht als ›richtiges‹ Sonnenlicht, eher wie die Beleuchtung durch einen sehr hellen Planeten wie die Venus. Das Land war eine fahle weiße Ebene, ein Land mitternächtlicher Stille, dessen Ebenen und Falten im schwachen Licht wie Gaze wirkten. Es schien eine Schöpfung aus Rauch oder Dunst zu sein, nicht aus steinhartem Eis.

Dann neigte sie sich nach hinten und schaute nach oben zu der Stelle, wo Neptun am Himmel hing. Der Planet erschien in der Größe fünfzehn irdischer Vollmonde, die nebeneinander über den Himmel gespannt waren. Er war halb voll, düster, fast geisterhaft.

Aus dem Augenwinkel sah sie Bewegung: Flocken aus reinem Weiß, die um sie herabregneten.

»Schnee auf Triton?«

»Ich glaube, das ist Stickstoff«, sagte Ben.

Madeleine versuchte eine Stickstoff-Schneeflocke auf dem Handschuh zu erhaschen. Sie fragte sich, wie die Kristalle sich vom Wassereis-Schnee auf der Erde unterschieden. Aber die paar Flocken waren zu vergänglich und bald wieder verschwunden.

Ben tippte ihr auf die Schulter und deutete auf eine andere Stelle am Himmel, dichter über dem Horizont, auf etwas, das wie ein Stern aussah, der von einer diffusen Aureole umgeben wurde.

Es war ein Pionierkonvoi der Gaijin: Fremde Schiffe, die aus Asteroidengestein und Eis erbaut und auf dem Weg nach Triton waren.

■

Die ausgewanderten Yolgnu hatten sich im Ringwall einer flachen, kreisrunden Senke namens Kasyapa Cavus eine Heimat geschaffen. Sie befanden sich hier am östlichen Rand von Bubembe Regio, einer Region aus so genanntem Kantalupe-Terrain, der komplexen parkettartigen Landschaft, die Madeleine schon während des Landeanflugs aufgefallen war. Der Cavus hatte einen glatten schüsselartigen Boden, der eine leichte Fortbewegung ermöglichte. Es gab hier auch Fahrzeuge, deren große Ballonreifen keine Abdrücke auf dem Eisboden zu hinterlassen schienen. Kasyapa Township war ein System verzweigter Kavernen. Die Kolonisten hatten sich tief ins Eis gegraben. Durch eine dicke Schicht aus Eis und mit Metallhüllen der Raumschiffe schützten sie sich vorm Strahlenfluss von Neptuns Magnetosphäre und der kosmischen Strahlung des Leerraums.

Man wies ihr eine Unterkunft zu, einen Würfel, der grob aus dem Eis gehauen war. Sie brachte ihre Besitztümer ins Quartier – Bücherchips, ein paar Kleidungsstücke, virtuelle Darstellungen eines Gammastrahlers und des Akkretionsrings eines Schwarzen Lochs. Die Habseligkeiten muteten archaisch und deplatziert an. Die Wand – mit transparentem Kunststoff versiegeltes Triton-Eis – fühlte sich glatt und hart an unter Madeleines Hand. Nach der Weite des Neptun-Systems verspürte sie in Kasyapa sofort eine klaustrophobische Beklemmung.

Ben Roach wurde von der Familie mit Beschlag belegt, die er zurückgelassen hatte. Zwei neue Generationen waren in der Zwischenzeit herangewachsen: Neffen und Nichten, Großneffen und Großnichten.

Und da war natürlich noch Lena Roach. Sie war zu einer kleinen, bedächtigen Frau geworden, deren stilles Naturell von der Weisheit des Alters kündete. Sie hatte ihren Mann Ben seit hundert Jahren nicht mehr gesehen, für den größten Teil ihres langen Lebens. Aber sie hatte auf ihn gewartet und unter widrigsten Bedingungen ein Heim geschaffen.

Es zeigte sich sofort, dass trotz des Abgrunds der Zeit, der sie trennte, sie Ben noch liebte und er sie noch liebte. Es war, als ob eine Großmutter ihren Enkelsohn und zugleich eine Frau ihren Mann begrüßt – komplex und vielschichtig.

Madeleine schaute sich verdrossen um.

Es war für sie offensichtlich, dass die Kolonie keine Überlebenschance hatte.

Die Menschen waren abgehärmt und hatten eine blasse Hautfarbe. Sie waren unterernährt und wirkten wie Gespenster im trüben Sonnenlicht. Sie bewegten sich langsam, trotz der angenehmen Leichtigkeit der Gravitation. Mit Energie musste sparsam umgegangen werden. Es herrschte hier eine Gefängnis-Atmosphäre. Diese Menschen hatten einst die offene Landschaft, die endlose Wüste durchstreift, wie sie sich erinnerte. Nun waren sie hier gefangen in diesem eisigen Bau. Sie glaubte, dass sie darunter litten, vielleicht auf einer Ebene, der sie sich selbst nicht bewusst waren.

Es gab nur wenige Kinder.

Die Leute von Kasyapa begegneten ihr freundlich. Sie waren allerdings in engen Familienverbänden organisiert, sodass sie hier für immer eine Außenseiterin geblieben wäre.

Madeleine verbrachte viel Zeit allein in ihrer eisigen Kemenate. Sie führte zeitverzögerte Gespräche mit Nemoto, wobei sie mindestens zehn Stunden auf die entsprechende Erwiderung warten musste. Die Kommunikation glich eher dem Austausch von E-Mails. Aber sie kommunizierten wenigstens. Und allmählich enthüllte Nemoto den eigentlichen Auftrag, den sie für Madeleine vorgesehen hatte.

»Diese Leute verhungern«, flüsterte Nemoto. »Dabei sitzen sie auf einem gefrorenen Meer …«

Nemoto sagte ihr, dass Triton wahrscheinlich das

fernste signifikante und nutzbare Wasserreservoir des Sonnensystems darstellte, auf jeden Fall innerhalb des Kuiper-Gürtels. Sie sagte, dass Robert Goddard, der amerikanische Raketenpionier, in einem Aufsatz mit dem Titel ›Die letzte Wanderung‹ vorgeschlagen hätte, Triton als Vorposten und Ausgangsbasis für interstellare Expeditionen zu nutzen. »Das war 1927«, sagte Nemoto.

»Goddard war ein weitsichtiger Mensch«, murmelte Madeleine.

»… Auch wenn er sich geirrt hat«, sagte Nemoto – hatte sie vor fünf Stunden gesagt. »Selbst wenn, wie sich nun herausstellt, Triton als Brückenkopf für Expeditionen von den Sternen genutzt wird. Und nicht von *uns*, sondern von Aliens. Von den Gaijin.«

Aber das Meer unter Madeleines Füßen, ein paar Dutzend Kilometer tief, war nutzlos für die Kolonisten, solang es hart wie Stein war.

»Angenommen, es gelänge uns, dieses Meer zu schmelzen«, sagte Nemoto. Ihr Gesicht war eine ausdruckslose Maske.

Aber wie? Die Sonne war zu weit entfernt. Natürlich könnte man das Sonnenlicht mit Spiegeln oder Linsen bündeln. Aber wie groß müsste ein solcher Spiegel sein? Tausend Kilometer Durchmesser oder mehr? Ein solches Projekt schien absurd.

»So arbeiten die Menschen nicht«, sagte Madeleine düster. »Schauen Sie sich die Kolonisten hier an. Sie wühlen wie Ameisen. Wir sind klein und schwach. Wir müssen die Welten so nehmen, wie wir sie vorfinden. Wir können sie nicht verändern.«

»Trotzdem«, kam Nemotos Antwort Stunden später, »müssen wir genau das tun, wenn wir überleben wollen. Wir müssen eher wie Gaijin als wie Menschen handeln.«

Nemoto hatte einen Plan. Er sah vor, einen Mond namens Nereide aus der Bahn zu reißen und eine Kollision mit Triton herbeizuführen.

Madeleine war empört. Das war pure Hybris.

Aber sie wartete ab, bis der Download von Nemotos Daten abgeschlossen war.

■

Es war ein geradezu verwegener Plan. Die Raketentriebwerke, die die Kolonisten hierher gebracht hatten, würden nun dafür zweckentfremdet, einen Mond aus der Umlaufbahn zu reißen. Bei der Betrachtung der Zahlen kam Madeleine widerstrebend zu dem Schluss, dass es zu schaffen war. Es würde ein Jahr dauern, nicht länger.

Trotzdem war es Wahnsinn, sagte Madeleine sich. Sie stellte sich die um Jahrhunderte in der Zeit gestrandete Nemoto vor, wie sie isoliert in der entlegendsten Ecke des Mondes hauste und irre Pläne ausheckte, Monde durchs All zu schleudern – eine alte Frau, die die außerirdische Invasion mit einem Schuss aus der Hüfte abwehrte.

Und doch …

Sie betrieb Nabelschau. Was will *ich* überhaupt?

Ihre Familie, die Leute, mit denen sie aufgewachsen war, waren in der Vergangenheit verloren, auf einer gefrorenen Welt. Sie war entwurzelt. Trotzdem hatte sie keine Lust, sich dieser verschworenen Gemeinschaft anzuschließen, hatte Ben auch nicht beneidet, als Lena ihn nach seiner Ankunft hier wieder *eingefangen* hatte. Ihr Leben war zu einer Reihe von Episoden geworden, während sie durch eine mehr oder weniger unverständliche Geschichte reiste. War es überhaupt möglich, eine durchgängige Motivation aufrechtzuerhalten – etwas zu finden, das man wollte?

Ja, sagte sie sich. Man muss nicht pikaresk sein.

Schau Nemoto an. *Sie* weiß noch immer, was sie will – dasselbe, was sie die ganze Zeit schon wollte. Vielleicht galt das auch für Reid Malenfant, wo immer er auch gerade steckte. Und vielleicht war das auch der Grund, weshalb Madeleine ein Faible für Nemotos Projekte hatte – nicht wegen der Inhalte, sondern wegen Nemotos einzigartiger Willenskraft.

Sie besprach das mit Ben. Der reagierte zunächst wie sie.

»Was du da vorschlägst, ist barbarisch«, sagte Ben. »Du sprichst davon, einen Mond in einen anderen krachen zu lassen. Du wirst beide zerstören.«

»Es ist technisch machbar. Nemotos Zahlen beweisen, dass Nereides Ablenkung durch die Triebwerke der Transporter in der Umlaufbahn …«

»Mir geht es nicht um die Machbarkeit. Viele Dinge sind machbar. Deswegen sind sie noch lang nicht richtig. Wenn Triton erst einmal verändert ist, dann ist er für immer verändert. Wer weiß, was zukünftige, klügere Generationen aus diesen Ressourcen gemacht hätten, die wir so sinnlos vergeuden?«

»Aber die Gaijin sind doch schon unterwegs.«

»Entweder hauen wir diese Welt zu Klump, oder sie machen es. Ist das die Alternative, die du anbietest?«

»Wenn einer Triton zerstört, dann wir. Nicht sie.«

Er ließ sich das durch den Kopf gehen. »Ich gestehe dir zu, dass dein Plan wenigstens ein Gutes hat.«

»Und was?«

»Wir und die Yolgnu werden hier kaum überleben. So viel steht fest. Mit deinem Plan wird es vielleicht …«

Sie nickte. »Es wird funktionieren, Ben.«

»Es wird viele Widerstände geben. Die Leute leben schon seit ein paar Generationen hier. Es ist ihre Heimat. Hier sind sie zuhause.«

»Ich weiß. Es wird für uns alle schwer werden.«

»Was wirst du nun tun?«

Sie antworte nicht. Darüber hatte sie noch gar nicht nachgedacht. »Wir könnten Sonden zu Nereide schicken«, sagte sie. »Geeignete Stellen für die Triebwerke aussuchen und mit der Arbeit vielleicht schon beginnen. Ben, diese Gaijin sind unterwegs, was auch immer wir tun. Wenn wir zu lang damit warten, ist es vielleicht irgendwann zu spät.« Sie schaute mit schmalen Augen zum Eisdach empor und stellte sich vor, wie die verlassenen Schiffe über ihr kreisten. »Wir könnten vielleicht sogar schon die Triebwerke zünden und den Mond auf den neuen Kurs bringen. Die Brenndauer wird ein Jahr betragen, bis es zur Kollision kommt. Aber ich werde ohne die Zustimmung deiner Leute nichts unternehmen, was nicht wieder rückgängig gemacht werden könnte.«

»Du hast deine Karriere als Waffenschieber begonnen«, sagte er bekümmert. »Und du transportierst Waffen bis zum heutigen Tag.«

Das ärgerte sie. »Schau, Triton ist doch ein toter Planet. Es gibt hier nichts außer Menschen und dem, was wir hierher gebracht haben.«

Er sah sie an. »Bist du sicher?«

■

Nach ein paar Monaten hatte Lena Roach Madeleine zu ihrem Erstaunen zu einem Spaziergang eingeladen, um etwas mehr von Triton zu sehen.

Madeleine war etwas skeptisch. Sie stand nämlich noch immer im Brennpunkt der intensiven Debatte über die Zukunft der Kolonie; nach ihren bisherigen Erfahrungen musste doch ein Haken an der Sache sein.

Sie sprach mit Ben darüber.

Er lachte. »Du hast natürlich recht. Jeder vertritt seinen Standpunkt. Lena hat auch ihre Meinung. Aber was könnte es wohl schaden, rauszugehen und sich das Eis anzuschauen?«

Madeleine dachte einen Tag darüber nach.

Das Nereide-Projekt hatte begonnen. Ben hatte Ingenieure von Kasyapa für sie abgestellt, um die Triebwerke von den Frachtschiffen im Orbit zu demontieren, sie für den Einsatz auf Nereide umzurüsten und Systeme zu improvisieren, mit denen Brennstoff aus der Substanz des Monds gewonnen werden sollte. Sie hatte sich in ihrer Eis-Zelle eine Beobachtungs-Station einrichten lassen, die ihr per Telemetrie und einer optischen Übertragung diese Triebwerksgruppe zeigte, die im Dauerbetrieb feuerte, Nereides Substanz in Brennstoff für die Raketen und Steuertriebwerke umwandelte und den Mond langsam aus seiner weiten Ellipse schob. Es war gut, dass sie etwas zu tun hatte und sich mit konstruktiven Details zu befassen vermochte.

Aber sie würde ein Jahr warten müssen, auch wenn Kasyapas großes Palaver schließlich in die Akzeptanz des Programms münden sollte. Ben, der zwischen seiner verlorenen Familie und der Arbeit für die Kolonie hin- und hergerissen war, fand kaum Zeit für sie. Es gab hier nur wenige Menschen, kaum etwas zu tun und keine Abwechslung. Sie verbrachte viel Zeit allein in der Eis-Zelle, vertiefte sich in virtuelle Darstellungen und ging die elende Geschichte durch, die sie übersprungen hatte.

Es wäre gut, hier einmal rauszukommen. Sie nahm Lenas Einladung zu dem Spaziergang an.

Sie bestiegen eine Oberflächen-Zugmaschine, eine große Kuppel mit Ballonreifen.

Die Fahrt im sanft schaukelnden Gefährt verlief zunächst schweigend. Madeleine hatte das Gefühl, nackt über Tritons eisigem Boden zu schweben. Der Himmel war eine mit Sternen verzierte samtene Kuppel, und die verschleierte Wölbung des Neptun hing senkrecht über ihnen.

Lena war eine kleine, kompakte Frau mit bedächtigen und präzisen Bewegungen. Sie war gerade erst zwanzig gewesen, als Ben zum Sattelpunkt aufgebrochen war. Ihr Alter betrug nun über hundertzwanzig Jahre, doch dank der Verjüngungs-Therapie sah sie aus wie vierzig. Aber sie verhielt sich nicht wie vierzig, sagte Madeleine sich. Sie verhielt sich ihrem wirklichen Alter entsprechend.

Der Boden war komplex. Im Scheinwerferlicht sah man rosige Flecken auf dem Eis, die wie Blutspuren anmuteten, und es zogen sich auch Streifen eines dunkleren Materials über die Oberfläche. Hier und da wurde das schmutzige Wassereis von weißen Tupfen überlagert, die im Licht glitzerten: Das war Stickstoff-Neuschnee.

Das Land wurde uneben. Das Fahrzeug erklomm eine niedrige Anhöhe, und Madeleine wurde in den Sitz gedrückt. Vom höchsten Punkt der Erhebung erhaschte sie einen Blick auf eine mit großen Kratern übersäte Landschaft, von denen jeder dreißig Kilometer oder mehr durchmaß. Aber sie sahen nicht aus wie Einschlagkrater, sondern hatten überwiegend eine ovale Form.

Die Zugmaschine rumpelte in den nächsten Krater. Der Boden war schrundig und zerklüftet wie gefrorener Schlamm, und das Fahrzeug holperte und hüpfte in großen Sätzen über dieses Gelände.

»Das ist das älteste Terrain auf Triton«, sagte Lena. »Es bedeckt vielleicht ein Drittel der Oberfläche. Aus dem Orbit sieht das Land wie eine Honigmelone aus, und danach wurde es auch benannt.« Sie hatte einen merkwürdigen, von der Zeit geprägten Akzent, der in Madeleines Ohren erstickt klang. »Bei diesen ›Kratern‹ handelt es sich in Wirklichkeit um kollabierte Blasen im Eis … Wussten Sie eigentlich, dass Triton einmal flüssig war?«

»Nachdem er eingefangen wurde.«

»Ja.«

»Neptun verursacht starke Gezeiten auf Triton. Es gab ein Meer mit einer Tiefe von Hunderten von Kilometern, das an der Kontaktfläche mit dem Vakuum von einer dünnen Eisschicht überzogen war und für eine halbe Milliarde Jahre flüssig und warm blieb, während die Umlaufbahn kreisförmig wurde.«

Madeleine betrachtete sie argwöhnisch. »*Leben.* Darauf wollen Sie hinaus. Eingeborenes Leben hier in der Gezeitenschmelze von Triton.« Wie Ben schon angedeutet hatte. Sie war weder erstaunt noch sonderlich interessiert. Leben entstand, wo immer es möglich war. Leben war ein Allgemeinplatz.

»Wissen Sie«, sagte Lena, »nach unsrer Ankunft sind wir von Kasyapa über diese kleine Welt ausgeschwärmt.«

»Ihr habt Triton besungen.«

»Ja.« Lena lächelte. »Wir haben mit Lasern vom Orbit aus Straßen gebaut, und wir haben die Kantalupe-Senken, die Schneefelder und die Krater benannt. Wir waren voller Freude über diese neue Welt. *Wir* waren die Vorfahren! Doch dann wurden wir – entmutigt. Nichts regt sich hier. Hier ist nichts außer Eis, Schnee und Gas. Nichts lebt außer uns. Es gibt nicht einmal Knochen im Boden. Bald mussten wir Nahrung, Energie und Luft rationieren. Wir haben das Land vom Orbit aus kartiert und Roboter ausgesandt.«

»Roboter singen nicht.«

»Ja. Aber es gibt hier auch nichts zu besingen.«

Aus einem plötzlichen Impuls heraus legte Madeleine die Hand auf Lenas. »Eines Tages vielleicht. Und vielleicht gab es Leben in der tiefen Vergangenheit.«

»Sie verstehen immer noch nicht«, sagte Lena und

runzelte die Stirn. Sie tippte auf eine Schaltfläche, und der Motor drehte hoch.

Das Fahrzeug folgte komplexen Pfaden auf Höhenzügen und entfernte sich stetig von Kasyapa.

Sie unterhielten sich über alles mögliche, über Planeten-Entstehung, Lenas langes Leben auf Triton und Madeleines seltsame Erlebnisse zwischen den Sternen. Sie forschten sich gegenseitig aus, sagte Madeleine sich, was vielleicht auch der Zweck dieses Ausflugs war.

Lena wusste natürlich über Bens Beziehung zu Madeleine Bescheid. Schließlich schnitten sie auch dieses Thema an.

Lena hatte es schon lang vorher gewusst, bevor Ben zu den Sternen aufgebrochen war. Sie wusste, dass so etwas in einer Trennung, die sich über Generationen hinzog, unvermeidlich, geradezu zwangsläufig war. Sie selbst hatte auch Liebhaber gehabt, sogar einen inoffiziellen zweiten Ehemann, mit dem sie Kinder hatte. Die Bande des *galay* und *dhuway* wären zu stark, sagte sie, als dass sie durch Raum und Zeit zerreißen würden.

Lena wurde Madeleine sympathisch. Sie wusste aber immer noch nicht, ob sie Lena um die Gefühle beneiden sollte, die sie mit Ben verbanden. Die Vorstellung, durch solch starke Bande für alle Zeit aneinander gebunden zu sein, mutete sie klaustrophobisch an. Vielleicht bin ich schon zu lang allein, sagte sie sich.

Nach ein paar Stunden erreichten sie eine Polkappe. Es war eine Region mit Kantalupe-Terrain, wo jede Vertiefung mit Stickstoffschnee angefüllt war. Sie machten in der Nähe des Pols am Rand des interstellaren Raums Halt. Über sich sah Madeleine Wolken aus Stickstoffeiskristallen.

Der Pol war ein gefährliches Pflaster. Sie sah Anzeichen von Geysiren: Große Flächen, die vom Schnee befreit waren und dunkle Streifen, die sich wie die Überreste riesiger Straßen Dutzende von Kilometern durchs Land zogen. All das in Neptuns rauchigem Licht und unter dem funkelnden Sternenhimmel.

Es war eine bezaubernde Welt. Madeleine spürte, wie sie sich wider Willen in Triton verliebte.

Wider Willen, weil sie sich bewusst wurde, dass sie diesen Ort würde zerstören müssen.

Lena führte sie zu einer kleinen unbemannten Forschungsstation, die durch einen hellgelben Anstrich aus dem rosigen Schnee hervorstach.

»Wir führen seismische Untersuchungen durch«, sagte sie. »Stationen wie diese sind über den ganzen Triton verteilt. Immer wenn wir auch nur durch einen Schritt die Oberfläche erschüttern, pflanzen sich Wellen durchs gefrorene Innere dieser Welt fort, aus denen wir dann auf die Eigenschaften des Materials schließen.«

»Und?«

»Sie wissen, dass Triton eine Gesteinskugel ist, die von einem Meer ummantelt wird – einem gefrorenen Meer. Aber Eis ist nicht gleich Eis.« Lena hob einen Eisbrocken auf und legte ihn auf die behandschuhte Hand. »Diese Form wird als Eis I bezeichnet. Es ist die reguläre Form von Eis, wie auf der Erde.« Sie drückte den Brocken zusammen. »Wenn ich ihn aber zerquetschen würde, dann würde die Kristall-Struktur kollabieren und in einen dichter gepackten Molekül-Verbund umgewandelt.«

»Eis II.«

»Ja. Das wäre aber noch nicht das Ende. Es gibt eine ganze Reihe stabiler Formen, die mit zunehmendem Druck erreicht werden und bei denen die Kristallstruktur sich immer weiter von der reinen Tetraederform von Eis I entfernt. Also gibt es im Innern von Triton eine Reihe von Schichten: Eis I an der Oberfläche, auf der wir gehen, bis hinunter zu einer Schale aus Eis VIII, die den Gesteinskern überlagert.«

Madeleine nickte, aber nicht sonderlich interessiert.

Der Schnee schien geschichtet zu sein. Je tiefer sie mit der Stiefelspitze eindrang, desto kräftiger wurden die purpur-braunen Farben der Sedimentschichten, die sie freilegte. Diese Hemisphäre trat gerade in den vierzig Jahre währenden Frühling ein, und die Polkappe verdunstete. Dünne Stickstoff-Winde würden das ganze Material der Kappe zum anderen Pol tragen, wo es dann ausfror und sich als Schnee niederschlug.

Und wenn es hier Herbst wurde, kehrte der Fluss sich wieder um. Tritons Atmosphäre war nicht beständig, sondern sie resultierte aus der Wanderung der Polkappen von einem Pol zum andern.

Und Lena war immer noch am Erzählen. »... großmaßstäbliche Umformung des Planeten ist das Gleiche wie ...«

Madeleine hob die Hände. »Ich habe den Faden verloren. Was wollten Sie mir sagen, Lena?«

»Dass es Anzeichen dafür gibt, dass Triton in der tiefen Vergangenheit manipuliert wurde.«

Madeleine lief es kalt den Rücken hinunter. »Sogar hier?«

»Wie auf der Venus. Wie auf der Erde. Nichts befindet sich noch im ursprünglichen Zustand. Alles ist umgeformt worden.«

Diese innere Schicht aus Eis VIII war kein gewöhnlicher verdichteter Matsch. Sie war hochrein. Und sie schien geformt worden zu sein.

Nachdem sie zum Fahrzeug zurückgegangen waren, zeigte Lena Madeleine Diagramme und seismische Karten. Der Kern hatte Facetten – Dreiecke und Sechsecke –, die jeweils ein paar Kilometer durchmaßen. »Als ob jemand den Kern in einem riesigen Juwel eingefasst hätte«, sagte sie. »Und es muss geschehen sein, bevor der Mond erstarrt ist.«

»Jemand ist hier gewesen«, sagte Madeleine langsam, »und hat – durch die Manipulation der Temperatur und des Drucks in diesem tiefen Meer – diesen Käfig um den Meeresboden erschaffen.«

»Ja.«

»Und die dortigen Lebensformen …«

»Wurden natürlich sofort vernichtet, als sie von der Nährstoffversorgung abgeschnitten wurden und die Zellen durchs Gefrieren platzten. Wir erkennen ihre Überreste in den Proben, die wir aus der Tiefe geholt haben.«

Madeleine spürte einen heißen Zorn in sich aufwallen. »Wieso sollte jemand so etwas tun?«

Lena zuckte die Achseln. »Vielleicht war es gar keine böse Absicht. *Sie* hatten vielleicht eine Mission gehabt – irre, aber eine Mission. Vielleicht glaubten *sie*, dass sie diesen primitiven Triton-Kreaturen einen Gefallen taten. Vielleicht wollten *sie* den Kreaturen den Schmerz des Wachstums, der Veränderung, der Evolution und des Todes ersparen. Diese große Kristallstruktur enthält kaum Informationen. Man braucht nur ein paar Bits, um die Zusammensetzung – reines Eis VIII – und die regelmäßige wiederkehrende Struktur zu beschreiben. Sie ist statisch, perfekt – gar unverwüstlich. Leben erfordert andererseits eine hohe Komplexität. Es ist diese Komplexität, der wir unser Potential, allerdings auch den Schmerz verdanken. Vielleicht hat es ihnen sogar Leid getan.«

Madeleine runzelte die Stirn. »Lena, hat Ben Ihnen gesagt, dass Sie mir das zeigen sollen? Versuchen Sie etwa, mich vom Nereide-Projekt abzubringen?«

»Ben und ich haben unterschiedliche Erfahrungen gemacht«, sagte Lena. »Er ist zu den Sternen gereist und hat viele Dinge gesehen. Ich habe hier gearbeitet.

Ich helfe mit, diese seltsame alte Tragödie zu enträtseln.«

Ja. Es bestand gar keine Notwendigkeit, zu den Sternen zu fliegen, wie Madeleine nun erkannte. Es war die ganze Zeit alles *hier* gewesen, auf der Venus, auf Triton und Gott weiß wo – sogar auf der Erde. Das zentrale paradoxe Mysterium des Universums. Überall spross Leben. Überall verging Leben. Und keine Erklärung, *weshalb* das so sein musste. Ein ewiger Kreislauf.

Sie wurde nun richtiggehend wütend. Sie hatte ihre Entscheidung getroffen. Das hier entsprach einfach nicht dem, was Nemoto wollte. Es entsprach dem, was sie wollte. Und das war gut so.

Lena lächelte wissend.

Während sie nach Kasyapa zurückkehrten, wurden die Blumen-Schiffe an Tritons Himmel immer größer, bis sogar die zarten Filigranstrukturen mit bloßem Auge erkennbar waren. Dieselben verdammten Gaijin, die zugesehen hatten, wie die Erde zum Teufel ging.

Sie flog in den Orbit, ging an Bord der *Gurrutu* und nahm Kurs auf Nereide.

■

Madeleine sichtete Nereide nach zehn Tagen. Von Tag zu Tag, schließlich von Stunde zu Stunde wurde er immer größer, bis die zerklüftete graue Kruste die Sichtfenster ausfüllte.

Die Annäherung an den wirbelnden Fels war schwierig. Die *Gurrutu* war nicht zu der Geschwindigkeitsänderung imstande, die für eine Angleichung an Nereides rasante Rotation nötig gewesen wäre. Also musste Madeleine die Triebwerke zünden und diesen großen steinernen Wal mithilfe von Leinen und Felshaken ›harpunieren‹, sodass das Schiff mitgeschleppt wurde.

Die *Gurrutu* wurde dabei erheblich beschädigt, aber auch nicht so stark, dass Madeleine hätte abbrechen müssen.

Sie ging in einen weiten langsamen Orbit und inspizierte die Oberfläche des Mondes. Nereide war reizlos: Nur eine hässliche Kugel aus schmutzigem Eis, die mit Kratern übersät war. Sie war so klein, dass sie nie geschmolzen war, wie Triton Schichten aus Gestein und Eis ausdifferenziert und eine Geologie entwickelt hatte. Nereide war ein Relikt aus der Vergangenheit, eine Ruine des geordneten Mondsystems, das beim Einfangen von Triton zerstört worden war.

Trotz der geringen Größe hatte Nereide fünf Prozent der Masse von Triton. Und wo Tritons Orbit retrograd, aber schön kreisförmig war, beschrieb Nereide eine weite, ausgreifende Ellipse: Es dauerte fast ein Erdjahr, bis der Mond einen seiner ›Monate‹ um Neptun vollendet hatte.

Nereide war ein nützliches Geschoss. Es würde frontal mit Triton zusammenstoßen.

Sie navigierte mit automatischen Sternenverfolgern, peilte Kasyapa im Dopplernavigationsverfahren an und benutzte noch einen Sextanten. Sie musste die Flugbahn des kleinen Mondes überwachen und unterstützte die automatisierten Systeme mit optischer Beobachtung, die nach wie vor zu den präzisesten bekannten Navigationssystemen gehörte.

Nereide war auf dem richtigen Kurs. Allerdings wurde diese interplanetare Billardpartie auf einem riesigen Tisch gespielt, und Triton war nur ein kleines Ziel. Trotz der geringen Entfernung war es immer noch möglich, dass Nereide das Ziel verfehlte.

Manchmal drohte die schiere Dimension des Projekts – eine Welt auf Kollisionskurs mit einer anderen zu schicken – sie zu überwältigen. Das ist eine Nummer zu groß für uns. Das ist ein Projekt für so arrogante Gesellen wie die Gaijin und die anderen, die die Venus und Triton vergewaltigt haben.

Wenn sie aber nah genug war, vermochte sie das Glühen der Triebwerke an Nereides Rückseite zu sehen: Triebwerke, die von Menschen gebaut und von Menschen dort angebracht worden waren. Die *sie* dort angebracht hatte. Sie hielt ihren Zorn am Brennen und schöpfte Kraft daraus.

Selbst jetzt diskutierte Ben noch mit seinen Leuten die ethischen Aspekte der Situation. Die meisten Kolonisten waren lang nach der Emigration geboren worden: Geborene der Höhlen von Kasyapa, die nun schon selbst Kinder hatten. Für sie waren Madeleine und Ben Roach Eindringlinge aus dem trüben Klecks im Herzen des Sonnensystems, Invasoren aus einer anderen Zeit, die ihre Welt zerstören wollten. Die Kürze des menschlichen Lebens, das ist unser Fluch, sagte sie sich. Jede Generation glaubt, sie sei unsterblich, aber sie ist in eine Welt hineingeboren worden, die sich noch nie geändert hat und sich auch nicht ändern wird.

Sie ging in ihre Schlafkabine, einen Kasten, der kaum größer war als sie. Nachdem sie sich aber in den Schlafsack gekuschelt und die Falttür zugezogen hatte, fühlte sie sich behaglich und sicher. Sie würde Nereide so lang wie möglich verfolgen und ins Ziel bringen, es sei denn, sie bekam eine gegenteilige Anweisung.

Sie erhielt ein paar Direktrufe von Nemoto, die sie aber nicht entgegennahm. Nemoto war nun unwichtig.

In letzter Minute kam Ben durch.

Zu ihrem Erstaunen vernahm sie, dass die Kolonisten sich darauf geeinigt hatten, das Projekt weiterlaufen zu lassen. Ben würde die vorläufige Evakuierung der Kolonisten aus Kasyapa zu den alten Transportschiffen organisieren, die nun ohne ihre Triebwerke im Orbit schwebten.

»Lena ist erfreut«, sagte er ihr.

»Erfreut?«

»Über deine Reaktion auf die Kristallschale um den Kern. Das Eis VIII. Sie wollte dich provozieren. Wenn das Projekt Erfolg hat, dann wird die Kristallhülle zerstört. Und die letzten Spuren des eingeborenen Lebens werden sicher mit ihr zerstört.«

»Ich weiß, Ben«, knurrte Madeleine. »Ich habe es immer gewusst. Die Triton-Lebewesen waren schon vor langer Zeit vom Weg abgekommen, bevor sie überhaupt eine Chance hatten, sich bemerkbar zu machen. Die Erinnerung an sie sollte uns anspornen, nicht lähmen. Die Erbauer der Kristallkugel sind Vergangenheit, aber die Gaijin sind in diesem Moment hierher unterwegs. Zum Teufel mit ihnen! Wir haben hier eine Front eröffnet, und wir werden die Stellung auch halten.«

»Falls«, sagte er, »die Gaijin überhaupt der wahre Feind sind.«

»Im Moment sieht es jedenfalls so aus.«

Er lächelte traurig. »Du hörst dich schon an wie Nemoto.«

»Wir werden alle älter. Wieso hast du mir nichts über die eingeborenen Lebensformen erzählt, Ben?«

Seine virtuelle Abbildung zuckte die Achseln. »Nicht jeder, der hier geboren wurde, weiß darüber Bescheid. Das Leben ist auch so schon hart genug, ohne dass die Leute wissen, dass ein fremdes Artefakt unbekannten Alters im Herzen der Welt vergraben ist.«

Sie nickte. Ihre Frage hatte er aber nicht beantwortet. Trotz allem, was wir durchgemacht haben – obwohl wir beide Flüchtlinge aus einer anderen Zeit sind und zusammen zu den Sternen gereist sind –, stehe ich dir nicht nah genug, um deine Geheimnisse zu teilen.

In diesem Moment spürte sie, wie die Bande zwischen ihnen sich dehnten und rissen. Nun bin ich wirklich allein, sagte sie sich; ich habe meinen einzigen Begleiter aus der Vergangenheit verloren. Sie war erstaunt, wie wenig es schmerzte.

»Es gibt noch eine Möglichkeit«, sagte Ben. »Jenseits der Ethik, jenseits des angeblichen Konflikts mit den Gaijin. Du hast es an dir, überall dazwischenzufunken und Porzellan zu zerschlagen, Madeleine. Du bist wie Nereide, ein retrograder Irrläufer, der gekommen ist, um unsre kleine Gemeinschaft zu zerstören. Vielleicht ist das der Grund, weshalb du von dem Plan so angetan bist.«

»Vielleicht stimmt das sogar«, sagte sie gereizt. »Wenn du glaubst, meine Psyche analysieren zu müssen.«

Verärgert unterbrach sie die Verbindung.

■

In der Einsamkeit der *Gurrutu* erstellte sie eine komplette virtuelle Projektion von Triton, eine dreidimensionale Kugel mit einem Durchmesser von ein paar Metern. Sie warf einen letzten Blick auf die eisige Oberfläche von Triton, die zarten Nuancen aus Pink, Weiß und Braun.

Sie schaltete auf einen Blickpunkt am Triton-Äquator. Es war, als stünde sie auf der Oberfläche des Mondes.

Nereide sollte zwei Aufgaben erfüllen: Tritons Rotations-Geschwindigkeit erhöhen und die Meere schmelzen. Deshalb musste sie den Mond in einem steilen Winkel reinbringen, um Triton am Äquator einen Drehimpuls zu verleihen. Als sie den virtuellen Kopf drehte, dräute Nereide dicht überm Horizont: Ein ramponierter rotierender Mond, der schon räumlich wirkte und von Minute zu Minute anschwoll.

In die Ecke des Blickfelds wurde ein laufender

Countdown eingeblendet. Sie löschte das. Sie hatte Countdowns immer gehasst.

Ihre Abbildungssysteme zeigten Blumen-Schiffe der Gaijin im niedrigen Orbit um den Mond, die stiebenden goldenen Funken glichen. Sie grinste. Dann waren die Gaijin also auch neugierig. Sollten sie nur zugucken. Es wäre schließlich der größte Einschlag im Sonnensystem seit dem Ende der urzeitlichen Bombardierung.

Was für eine Show. Dieses eine Mal wenigstens waren es Menschen, die den Himmel in Brand setzten.

Das Ende kam mit unglaublicher Schnelligkeit. Nereide schwoll von einem dunklen Punkt zu einem Kieselstein an, zu einem faustgroßen Stein, zu – *großer Gott* – einem steinernen Dach über der Welt, und dann …

Blendendes Licht. Sie schnappte nach Luft.

Das Bild schaltete zurück zur Gesamtansicht des Monds. Sie hatte das Gefühl, gestorben und wiedergeboren zu sein.

Eine Trümmersäule stieg senkrecht von Tritons Oberfläche empor wie ein mächtiger Geysir: Rotglühende Gesteinsbrocken, Dampf, glitzerndes Eis und größere Bruchstücke, die wie Kanonenkugeln davonflogen.

Nereide existierte nicht mehr.

Der kleine Mond musste schon in der ersten Sekunde des Einschlags einen großen Teil der Substanz verloren haben, als Gestein, Eis und flüchtige organische Stoffe verdampft waren und sich auf Nimmerwiedersehen im All verflüchtigt hatten. Vielleicht würden sie vorübergehend einen neuen Ring um Neptun legen; vielleicht würde in Jahrhunderten ein Teil davon wieder auf Triton oder einen anderen Mond herabregnen.

Sie wusste, dass dies ein höchst ineffizienter Prozess

und deshalb auch ein Hauptkritikpunkt der Gegner des Projekts war. *Einen Mond, einen vier Milliarde Jahre alten Mond für so ein dürftiges Ergebnis zu zerstören ist ein Verbrechen.* Dem hatte Madeleine nichts entgegenzusetzen.

Außer, dass sie sich im Krieg befanden.

Und nun erschien etwas Neues an der Basis der Wolke. Es war eine kreisförmige Druckwelle, eine Wand aus splitterndem Eis wie eine Kraterwand, die über den Boden lief. Die Front hinterließ eine Spur der Verwüstung, und sie erkannte das Schimmern von flüssigem Wasser, das im Vakuum und in der Kälte dampfte. Schnell bildete sich Eis in Form von Platten und Schollen, die das Wasser zu überziehen versuchten. Aber es liefen noch immer die Nachbeben der großen Schockwelle durch dieses vorübergehende Meer, und mächtige blütenweiße Platten wurden hoch übers Wasser geschleudert, ehe sie in einem Hagel aus Bruchstücken zurückfielen.

Nun spieen in dieser verwüsteten Region Kryovulkane mit einem Durchmesser von Kilometern flüchtige Stoffe aus dem Innern von Triton aus: Stickstoff, Kohlendioxid, Methan, Ammoniak, Wasserdampf. Nereides Wärme tat ihr übriges; was von diesem Mond noch übrig war, musste sich zu Tritons Kern durchbohren, verbrennen, schmelzen und verdampfen. Bald verhüllte ein sich verdichtender Wolkenpilz die aufgewühlte Oberfläche. Ein paar der größeren Bruchstücke, die von der ersten Wolke empor geschleudert worden waren, hatten den Scheitelpunkt ihrer Flugbahn erreicht und brannten Schneisen in die vorübergehende Triton-Atmosphäre. Und als sie ins brodelnde Wassereis stürzten, erzeugten sie Sekundärwolken und neue Fontänen der Zerstörung.

Die Kilometer hohe Schockwelle raste über das uralte Eisland, das zum Teil noch mit Stickstoffreif überzogen war. Madeleine wurde sich bewusst, dass die Welle nicht zum Stehen kommen würde. Sie würde um den ganzen Triton rasen und seine Landschaften verwüsten: Den Stickstoffschnee im Norden, die alten organischen Ablagerungen im Süden. Sie würde das Stickstoff-Wetter zum Erliegen bringen und das uralte, kaum erforschte Kantalupe-Terrain unwiederbringlich zerstören. Die Schockwelle war wie ein riesiger Radiergummi, sagte sie sich, der Tritons ungelöste Rätsel und vier Milliarden Jahre eisiger Geologie in ein paar Stunden ausradierte.

Aber diese expandierenden Eisvulkan-Wolken legten sich schon wie ein dünner Schleier um den Mond, und der Dampf stieg auf eine Höhe empor, in der das zertrümmerte Eis ihn nicht mehr erreichte. Gnädigerweise wurde Tritons verwüstete Oberfläche schon nach einer Stunde von einem Leichentuch aus wabernden Wolken verhüllt, die unablässig von Blitzen durchzuckt wurden.

Sie hörte von Ben, dass die Yolgnu feierten. *Dies* war Triton-Traumzeit, die wahre Traumzeit, wo Riesen die Welt formten.

Nach drei Stunden erfolgte eine neuerliche Explosion, und eine neue Säule aus Feuer und Eis brach aus der Rückseite des Mondes. Die mächtige Schockwelle war um den halben Mond gewandert, bis sie am Antipoden des Einschlags gegen einen frischen Wall aus zertrümmertem Eis gebrandet war. Madeleine vermutete, dass Sekundärwellen entstehen würden, die sich in großen Kreisen wie Wellen in einer Badewanne über Triton ausbreiten würden, während das neue tosende Meer einen Gleichgewichtszustand anstrebte.

Nemoto materialisierte vor ihr.

»Sie haben gut improvisiert, Madeleine.«

»Lassen Sie das, Nemoto. Ich war ein braver kleiner Soldat.«

Aber die fünf Stunden entfernte Nemoto hörte sie natürlich nicht. »... Triton ist nun wertlos für die Gaijin, die Eis und massives Gestein für ihre Bauvorhaben brauchen. Doch für Menschen ist er alles andere als wertlos. Er ist noch immer eine kalte Welt, die bald wieder von einer dicken Eisschicht überzogen sein wird. Aber dieses Meer könnte dank Nereides Restwärme und Neptuns kräftiger Gezeitenwirkung für eine lange Zeit flüssig bleiben – für Millionen Jahre vielleicht. Und irdisches Leben könnte das neue Meer bevölkern. Leicht modifiziert zumindest – Tiefseegeschöpfe, die von der Wärme leben, die Tritons Kern abgibt, Plankton, Fische, sogar Wale. Triton am Rand des interstellaren Raums ist erdähnlich geworden. Stellen Sie sich die Zukunft für diese Aborigines vor«, sagte Nemoto lockend. »Triton war der Sohn von Poseidon und Aphrodite. Wie passend ...«

Das war Nemotos schönste Stunde, sagte Madeleine sich, diese heroische Anstrengung, nicht nur den Lauf von Welten, sondern den Lauf der Geschichte selbst zu beeinflussen. Sie versuchte sich an ihr eigenes Triumphgefühl zu klammern, aber es war ein schwacher Trost.

»Noch eins, Meacher.« Die virtuelle Nemoto beugte sich zu ihr. »Ich muss Ihnen noch etwas sagen ...«

■

Später rief sie Ben an.

»Wann kommst du nach Hause?«

»Gar nicht.«

Ben schaute sie stirnrunzelnd an. »Du machst Witze.«

»Nein. Kasyapa ist dein und Lenas Zuhause. Aber nicht meins.«

»Was dann? Die Erde? Der Mond?«

»Dort auch nicht«, sagte sie. »Ich bin Jahrhunderte von meiner Zeit entfernt.«

»Du willst zu den Sattelpunkten zurückgehen. Aber du bist doch die große Gaijin-Hasserin wie Nemoto.«

Sie zuckte die Achseln. »Ich bin gegen ihre Projekte. Aber ich fliege mit ihnen. Wieso auch nicht? Ben, sie sind die Einzigen, die noch Raumfahrt betreiben.«

»Was erhoffst du dir dort draußen?«

Sie antwortete nicht.

Ben lächelte. »Madeleine, ich wusste immer, dass ich dich ans Sternenlicht verlieren würde.«

Es fiel ihr schwer, sich auf sein Gesicht zu konzentrieren und seinen Worten zu lauschen. Sie wurde sich bewusst, dass er nicht mehr wichtig war und brach die Verbindung ab.

Sie dachte daran, was Nemoto ihr zuletzt gesagt hatte. *Finden Sie Malenfant. Er stirbt …*

kapitel 23

KANONENKUGEL

Das musste der hässlichste Planet sein, den Madeleine jemals gesehen hatte.

Es war eine Kugel von der Größe der Erde, die sich langsam drehte und von einem unbedeutenden kleinen Stern erhellt wurde. Das Land war eine zerklüftete schwarze Einöde mit Vulkankratern, Spalten, Auffaltungen und Einschlagkratern, die so aussahen, als ob sie in einen Metallblock gestanzt worden wären. Gallig gelbe Meere plätscherten an den Küsten verzerrter Kontinente. Und die Atmosphäre war ein rauchiger gelblicher Dunst, der mit hohen senfgrünen Wolken gescheckt war.

Auf dem Planeten gab es keine Hinweise auf – intelligentes – Leben: Keine Städte, die auf der Nachtseite leuchteten, keine Schiffe, die diese hässlichen gelben Meere befuhren. Aber es befanden sich drei Blumen-Schiffe der Gaijin im Orbit, Madeleines und zwei andere.

Ihre Neugier wurde nicht geweckt.

Die Auskünfte, die die Gaijin ihr erteilten, beschränkten sich darauf, ihr den Namen zu nennen, den sie dem Planeten gaben – Null-Null-Null-Null – und den Grund anzugeben, wieso sie sie hierher gebracht hatten – hundert Lichtjahre weit in einem Flug zwischen verschiedenen Sattelpunkt-Toren in einem halben Dutzend Systemen und hundert Jahre tief in die Zukunft: Sie brauchten ihre Hilfe.

Malenfant stirbt.

Zögerlich – nach einem Jahr im All hatte sie sich an das einsame Leben im antiken Wohnmodul der *Gurrutu* gewöhnt – suchte sie ihre Ausrüstung zusammen und wechselte in ein Gaijin-Landungsboot über.

■

Madeleine setzte den Fuß auf die Oberfläche einer neuen Welt.

Rillen im harten Boden schmerzten die Füße. Die Luft war diesig grau, aber mehr oder weniger transparent; sie sah die Sonne, die wie durch Winterwolken auf eine trübe Scheibe reduziert wurde. Sie fühlte sich instinktiv unwohl in dieser Umgebung. Die Gravitation war hoch – nicht niederdrückend, aber doch so stark, um die Bewegung zu erschweren. Der Bio-Tornister auf dem Rücken war eine echte Bürde.

Zahlen, die über die Innenseite des Helms wanderten, sagten ihr, dass die Schwerkraft etwa vierzig Prozent höher war als auf der Erde. Und weil diese Welt etwa die gleiche Größe hatte wie die Erde, bedeutete das, dass die Dichte auch vierzig Prozent höher war: Näher an der Dichte von reinem Eisen.

Die Erde war eine Kugel aus Nickel-Eisen, die von einem dicken Mantel aus dichtem Silikatgestein umhüllt wurde. Aus der hohen Dichte dieser Welt folgte, dass sie keinen nennenswerten Gesteinsmantel hatte. Sie bestand vom Kern bis an die Oberfläche aus Nickel-Eisen, als ob eine viel größere Welt des Mantels und der Kruste beraubt worden wäre und sie auf dem verbliebenen Eisenkern umherspazierte.

So abwegig war das gar nicht. Unter gewissen Umständen war so etwas möglich, zum Beispiel in der Frühzeit der Bildung eines Planetensystems, wenn große planetesimale Irrläufer Planeten bombardierten, die in der Entstehung begriffen waren. Merkur, der innerste Planet des Sonnensystems, war in grauer Vorzeit von einen gewaltigen Einschlag heimgesucht worden. Seither wurde der große Kern dieser kleinen Welt nur noch von einem sehr dünnen Mantel umgeben.

Zumindest hatten menschliche Wissenschaftler diesen Vorgang so interpretiert. Heute gab es diesbezüglich keine Gewissheit mehr.

Sie ließ den Blick durch den Himmel schweifen. Sie war hundert Lichtjahre von zu Hause entfernt, hundert Lichtjahre in Richtung des galaktischen Zentrums versetzt, und zwar auf einer Linie, die die Erde mit Antares im Skorpion verbunden hätte. Der Himmel war dunkel und düster.

Es gab keine Asteroidengürtel, nur eine Handvoll Kometen, die weiter draußen ihre Bahn zogen sowie zwei Gasriesen, die ihrer flüchtigen Stoffe beraubt und auf glatte Felskugeln reduziert worden waren. Sie befand sich nun mitten in der interstellaren Kolonisations-Wellenfront, die sich entlang des Spiralarms auszubreiten schien und sich der hundert Lichtjahre entfernten Erde näherte. Und das hier war ein typisches ›Hinterland‹-System: Kolonisiert, der Ressourcen durch eine kurzsichtige, auf primitiver Technik basierende Plünderungs-Strategie beraubt und verwüstet zurückgelassen.

Selbst die Sterne waren verdüstert. Das Licht wurde ihnen von Dyson-Sphären entzogen: Dichte Habitat-Wolken im Orbit, sogar feste Sphären. Asteroiden und Planeten waren zerstört und in Fallen verwandelt worden, die jedes Photon einfingen. Es war ein deprimierendes Bild: Ein konstruierter Himmel, ein Himmel voller Baustellen und Ruinen.

Der Himmel der Erde wirkte dagegen vergleichsweise ›naturbelassen‹. Das war ein Vorgeschmack auf die Zukunft der Erde.

Sie entfernte sich vom Landungsboot, das wie ein silbriger Kegel hinter ihr aufragte. Sie war nur ein paar Kilometer von der Küste eines der gelben Meere entfernt; sie vermutete es hinter einem niedrigen, zerklüfteten Höhenzug.

Sie erreichte den Fuß der Erhebung und erklomm sie. In der hohen Gravitation grenzte das an Leistungssport; sie spürte, wie ihre Temperatur stieg und die Exoskelett-Verstärker des Anzugs unmerklich aktiviert wurden und sie unterstützten.

Sie erreichte schnaufend den Grat. Eine Ebene breitete sich vor ihr aus: Mit roten und schwarzen Schattierungen, von Sanddünen durchzogen und mit etwas perforiert, das wie ein großer, stark erodierter Einschlagkrater aussah. Und in Richtung des rauchigen Horizonts war tatsächlich dieses gelbe Meer, über dem grünliche Nebelschwaden hingen. Es war eine bizarre, surreale Landschaft, als ob alle Farben der Erde durch ihre Komplementärfarben ersetzt worden wären.

Und nur hundert Meter vom Fuß des Höhenzugs entfernt sah sie zwei Gaijin-Landungsboote. Die silbernen Kegel standen nebeneinander. Von jedem gingen feine Staubstrahlen aus, die die Landeraketen in den Boden gefräst hatten. Neben einem Landungsboot stand ein Gaijin reglos wie eine spinnenartige Statue. Neben dem anderen stand ein Mensch in einem Exo-Anzug, der sich nur unwesentlich von Madeleines unterschied.

Der Mensch sah sie und winkte.

Madeleine zögerte.

Plötzlich verspürte sie Beklemmungen. Sie war keinem Menschen mehr begegnet, seit sie sich auf Triton von Ben verabschiedet hatte. Und zwischen den Sternen war sie noch nie jemandem begegnet. Die Gaijin mussten Jahrzehnte, wenn nicht gar Jahrhunderte gebraucht haben, um dieses seltsame Rendezvous zu arrangieren.

Sie stieg vom Grat zu den Landungsbooten hinab, wobei sie dem Anzug die meiste Arbeit überließ.

Der winkende Mensch erwies sich als eine katholische Priesterin namens Dorothy Chaum. Madeleine war ihr vor ein paar Relativ-Jahren schon einmal begegnet. Und in einem der Landungsboote befand sich noch ein Mensch, jemanden, den sie nur vom Hörensagen kannte.

Es war Reid Malenfant.

Und er lag wirklich im Sterben.

■

Malenfant befand sich in einer schlimmen Verfassung. Sein Kopf glich einem Totenschädel; die Knochen schimmerten durch dünne, papierne Haut, und die Kopfhaut war mit Leberflecken übersät.

Dorothy und Madeleine legten Malenfant den Anzug an und brachten ihn zu Dorothys Landungsboot. In dieser Schwerkraft war das trotz der Anzugs-Servomotoren eine Plackerei. Aber Dorothys Boot hatte eine bessere medizinische Einrichtung als Madeleines. Malenfant besaß nichts bis auf das, womit die Gaijin ihn versorgt hatten.

Malenfant war alt geworden und in sich versunken, wie ein bei Ebbe zurückweichendes Meer. Es war ihm gelungen, für ein paar Jahre zu überleben. Aber seine Ausrüstung funktionierte nicht mehr richtig – und die Gaijin, mit denen er gereist war, wussten bestimmt nicht genug über menschliche Biologie, um ihn zu behandeln. Und nicht nur das, er litt auch an der Diskontinuität.

Als sein Zustand lebensbedrohlich wurde, waren die Gaijin fassungslos.

»Also haben sie nach uns geschickt«, sagte Dorothy Chaum versonnen. »Sie haben Signale durch die Tor-Verbindungen gesandt.«

»Wie haben sie ihn so lang am Leben erhalten?«

»Das haben sie gar nicht. Sie haben ihn nur konserviert. Sie haben sein Signal im Sattelpunkt-Netzwerk hin- und hergeschickt und seine Körperlichkeit nie länger als für ein paar Sekunden aufrechterhalten ...«

Madeleine betrachtete Malenfant. War er bei Bewusstsein gewesen, als er eine blau blitzende Transition nach der andern vollführte, als er Lichtjahre und Jahrzehnte in Sekunden überbrückte? Malenfant erwachte, während sie ihn wuschen und für den Medo-Tank vorbereiteten. Er schaute Madeleine in die Augen. »Sind Sie überhaupt *qualifiziert,* mir den Sack zu schrubben?«

»Sie werden niemand anderes finden, Kumpel.«

Und dann starrte er Chaum mit dem diagrammatischen weißen Kragen an. »Was gibt das, die letzte Ölung?« Er versuchte sich auf Armen aufzurichten, die dünn wie Stecken waren.

Madeleine drückte ihn zurück. »Das wird es werden, wenn Sie nicht vernünftig sind.«

Er drehte den hageren Kopf. »Wo ist mein Anzug?«

Dorothy runzelte die Stirn und wies auf die Montur aus Gaijin-Fertigung, die sie in eine Ecke gelegt hatten. »Dort drüben.«

»Nein«, flüsterte er. »Mein *Anzug.*«

Wie sich herausstellte, meinte er damit die alte Shuttle-EMU aus der NASA-Ära, ein altes Schrottgerät, das seine Lebensdauer fast schon so weit überschritten hatte wie sein Besitzer selbst. Er gab keine Ruhe, bis Madeleine den Anzug anlegte, zum Landungsboot hinüberging, das ihn hergebracht hatte und ihm seine EMU brachte. Es war der einzige Besitz, den er in der Welt oder den Welten hatte. Sie vermochte nachzuvollziehen, wie er sich fühlte.

Er kramte in den Taschen und brachte ein verblichenes und geknicktes Foto zum Vorschein, das eine lächelnde Frau an einem Strand zeigte.

Nachdem sie ihn in den Tank verfrachtet hatten, verbrachte Madeleine einige Zeit mit der Reparatur dieses versifften alten Anzugs. Sie vermochte zwar die Thermounterwäsche und die Schläuche des Kühlanzugs auszubessern, die Schrammen am Kugelhelm herauszupolieren und das Gewebe zu flicken, aber sie bekam ihn nicht wieder sauber; der Staub vieler Welten hatte sich zu tief ins Material gefressen. Und Malenfants Gestank bekam sie auch nicht wieder heraus.

Die ganze Zeit saß der Gaijin, der durch die Fenster des Landungsboots zu sehen war, reglos wie eine Statue da und starrte vor sich hin. Als ob er darauf wartete, dass Dorothy oder Madeleine einen Fehler machten.

■

Während Malenfant schlief und sich von einer zwanzigjährigen Reise erholte, unternahmen Dorothy Chaum und Madeleine eine Wanderung über die schrundige Eisenebene zum gelben Meer.

Sie waren beide an die Einsamkeit gewöhnt und fühlten sich in der Gegenwart des jeweils anderen unbehaglich – und bei der Vorstellung, dass sie von den Gaijin herzitiert worden waren und einen Auftrag erhalten hatten.

Dorothy war eine kleine, korpulente Frau, die für diese überhöhte Gravitation wie geschaffen schien. Sie wirkte älter, als Madeleine sie in Erinnerung hatte; auf der Reise hatte sie mehr von ihrer relativen Lebenszeit verbraucht als Madeleine.

Sie kamen an dem reglosen Gaijin-Wächter vorbei.

»Malenfant nennt ihn *Kassiopeia*«, murmelte Dorothy.

»Er sagt, er sei seit dem Sonnensystem sein ständiger Begleiter.«

»Ein Junge und sein Gaijin. Nett.«

Bei Dorothy Chaums persönlicher Sternenfahrt schien es sich um eine sublimierte Suche nach Gott zu handeln. Diesen Eindruck hatte Madeleine jedenfalls.

»Ich habe die Gaijin auf der Erde studiert«, sagte Dorothy. Madeleine sah ihr Lächeln. »Sie erinnern sich an Kefallonia. Ich bekam meinen ersten Auftrag vom Papst ... Ich weiß nicht einmal, ob es überhaupt noch einen Papst gibt. Es gibt Gemeinsamkeiten zwischen den Gaijin und uns. Sicher, sie sind roboterartige Wesen, aber sie sind finit, etwa in der gleichen Größe wie wir erschaffen und scheinen zumindest eine gewisse Individualität zu haben. Doch trotz dieser Ähnlichkeit – oder vielleicht gerade deshalb – wurde ich sofort von ihrer Fremdartigkeit überwältigt. Das bewog mich dazu, ihnen zu den Sternen zu folgen und mit ihnen zu arbeiten.«

»Und haben Sie schon herausgefunden, ob die Gaijin eine Seele haben?«

Dorothy schien ihr das nicht übel zu nehmen. »Ich weiß nicht, ob diese Frage von Bedeutung ist. Umgekehrt scheinen die Gaijin von *unsrer* Seele fasziniert. Vielleicht sind sie neidisch ...«

Dorothy blieb plötzlich stehen und hob die Hand. Madeleine sah, dass eine Art schwarzer Schnee oder ein feiner Staub sich auf ihrem weißen Handschuh niederschlug. »Das ist Kohlenstoff«, sagte Dorothy. »Ruß. Nur dass er aus der Luft regnet. Erstaunlich.«

Das war es wohl, sagte Madeleine sich.

Sie gingen weiter durch den exotischen Regen.

»Dann sind Sie also mit den Gaijin gereist, weil Sie nach Erkenntnis gestrebt haben«, versuchte Madeleine Dorothy aus der Reserve zu locken.

»Ja. Malenfant hatte wahrscheinlich das gleiche Motiv.«

»Und hatten Sie Erfolg?«

»Ich glaube nicht. Das ist aber nicht so schlimm wie etwas anderes vielleicht«, sagte sie. »Ich glaube nämlich nicht, dass die Gaijin auf der Suche nach dem, wonach sie suchen, auch nur ein Stück weitergekommen sind.«

Sie erreichten die Küste des Meeres. Es war ein harter Strand, der mit einer dünnen Schicht aus rostigem Sand überzogen und mit Ruß geschwärzt war. Er sah aus wie der Saum eines unterseeischen Kohleflözes.

Das Meer war quittengelb. Die Flüssigkeit war dünn und schien zu sprudeln, als ob sie mit Kohlensäure versetzt wäre. Weiter draußen hingen schwere, dichte Nebelbänke. Es war ein unheimlicher Anblick, wie dieses bizarre Meer sich bis zu einem scharf konturierten gelben Horizont ausdehnte.

Sie gingen weiter, bis die Flüssigkeit über ihre Stiefel schwappte. Sie war kühl, aber nicht kalt und hinterließ einen feinen körnigen Rückstand. Dampf zischte um Madeleines Füße.

Dorothy tunkte einen behandschuhten Finger ins Meer, und Daten liefen über ihr Helmvisier. »Eisencarbonyl«, murmelte sie. »Eine Verbindung aus Eisen und Kohlenmonoxid.« Sie wies auf den Dampf. »Und das ist hauptsächlich Nickelcarbonyl. Hat einen niedrigeren Siedepunkt als die Eisenverbindung …« Sie seufzte. »Eisenverbindungen und eine eiserne Welt. Auf der Erde haben wir das Zeug in industriellen Prozessen verwendet, zum Beispiel für die Reinigung von Nickel. Hier könnte man darin schwimmen.«

»Ich frage mich, ob es hier Leben gibt.«

»O ja«, sagte Dorothy. »Natürlich gibt es hier Leben. Wissen Sie denn nicht, wo Sie sind?«

Madeleine sagte nichts.

»Daher kommen auch der Ruß und das Kohlendioxid«, sagte Dorothy. »Ich glaube, es findet eine Art Photosynthese statt, bei der Kohlenmonoxid entsteht. Und dann reagiert das Monoxid mit sich selbst, wodurch freier Kohlenstoff und Kohlendioxid entstehen. Bei dieser Reaktion wird Energie freigesetzt …«

»Die Tiere nutzen können.«

»Ja.«

»Es gibt Leben, wohin wir auch schauen«, sagte Madeleine.

»Ja. Leben scheint der Struktur des Universums selbst zu entspringen, in dem wir existieren und ist eine Konstituente der Gesetze der Physik. Deshalb glaube ich, dass auch Bewusstsein allgegenwärtig ist. *Emergenter Monismus:* Eine nette Bezeichnung. Obwohl wir kaum behaupten können, dass wir es verstünden …«

Sie gingen an den Strand zurück und stapften ohne große Begeisterung durch den rostigen Staub.

Dann sahen sie Bewegung.

Etwas kroch aus dem Meer. Es glich einer Krabbe. Es war niedrig und kompakt, etwa von der Größe eines Beistelltisches, mit einem Dutzend oder mehr Spinnenbeinen und etwas, bei dem es sich um Fühler – Augen, Ohren? – handeln musste. Auf jeden Fall komplexe kleine Zapfen am Ende dünner Stiele, die in der diesigen Luft schwankten. Das ganze Ding hatte die Farbe von Rost.

Und es hatte einen zwölfflächigen Körper.

Madeleine hörte es pfeifen.

»Eine Lunge«, sagte Dorothy. »Es hat eine Lunge. Aber – sehen Sie die Schlitze im Panzer? Kiemen, oder was meinen Sie?«

»Es gleicht einem Lungenfisch.«

Die Krabbe bewegte sich stockend, als ob sie nicht allzu gut sähe, und schlitterte über den knochenharten Strand. Eins der bleistiftdünnen Beine verhakte sich in einer Spalte und brach ab. Dieser zischende Atem wurde lauter, und das Ding verharrte mit zuckendem Stumpf.

Dann setzte die Krabbe sich wieder in Bewegung und kroch über den Strand, als ob sie etwas suchte.

Dorothy bückte sich und hob die abgebrochene Extremität auf, was mit dem Handschuh nicht ganz einfach war. Auf den ersten Blick wirkte sie primitiv: Nur eine hohle Röhre, eine Wand. Bei näherem Hinsehen erkannte man jedoch eine Waben-Struktur der Innenwand. »Festigkeit und Leichtigkeit«, sagte sie. »Und es besteht aus Eisen.« Sie lächelte. »Eiserne Knochen. Natürliche Roboter. Wir glaubten bisher, dass die Gaijin von Wesen, die uns mehr oder weniger ähnelten, hergestellt worden sein mussten – die erste Generation zumindest. Die Idee, dass solche mechanische Viecher sich natürlich entwickelten, vermochte man schwerlich ernst zu nehmen. Aber vielleicht war genau das eingetreten …«

»Wovon reden Sie überhaupt?«

Sie sah Madeleine an. »Sie wissen wirklich nicht, wo Sie sind? Haben die Gaijin es Ihnen denn nicht gesagt?«

Madeleine hatte eine Aversion gegen Gespräche mit den Gaijin. Aber das behielt sie lieber für sich.

»Diese Welt heißt Null-Null-Null-Null, Madeleine. Der Koordinatenursprung der Gaijin, der Ausgangspunkt ihrer Kolonisationsblase. *Der Ort, von dem sie kommen.* Kein Wunder, dass sie Malenfant hierher gebracht hatten, als sie glaubten, dass er starb.«

Madeleine war weder erstaunt noch verwundert, nicht einmal neugierig. *Na und?* »Und wenn das stimmt, wo stecken die dann alle?«

Dorothy seufzte. »Ich glaube, dass die Gaijin auch nicht immuner gegen die Ressourcenkriege und die Raubzüge anderer sind als wir.«

»Sogar die Gaijin?« Beim Gedanken, dass die mächtigen, rätselhaften und sternenumspannenden Gaijin selbst Opfer waren, bekam sie eine Gänsehaut.

»Wenn das ein robotischer Lungenfisch ist«, sagte Dorothy, »dann wurde das Leben hier durch die letzte Besucherwelle vielleicht wieder ins Meer zurückgedrängt. Vielleicht versucht dieser wackere Kerl, das Land zurückzuerobern.«

Das Krabbenwesen schien den höchsten Punkt und damit das Ziel der merkwürdigen Expedition erreicht zu haben. Es stand für lange Minuten auf dem rostigen Strand und wedelte mit den Augenstielen in der Luft herum. Madeleine fragte sich, ob es überhaupt von ihrer Anwesenheit wusste, ob es den Gaijin als entfernten Nachfahren erkannte.

Dann machte es kehrt und kroch zum gelben Meer zurück, bis es mit ein paar Blasen in der zischenden trüben Flüssigkeit untertauchte.

■

»Die Gaijin sind nicht wie wir«, flüsterte Malenfant. Er saß von Kissen gestützt und in eine Decke gehüllt auf einem Stuhl. Er war spindeldürr. Sie hatten ihn zu seiner eigenen Landefähre zurückgebracht, die ihm in dieser langen Zeit förmlich ans Herz gewachsen war. »Kassiopeia ist in stetem Fluss«, sagte er. »›Kassiopeia‹ ist nur der Name, den ich ihr gegeben habe. Ihr *richtiger* Name hat Ähnlichkeit mit Katalognummern für Bauteile – mit einem Unterschlüssel für Subkomponenten – *und* einem Anhang, der den Weg der Teile dokumentiert. Eher ein Fertigungsbericht als ein Name. Sie tauscht ständig Teile, Bleche und interne Komponenten aus und schaltet sie anders zusammen. Damit ändert sich zugleich ihr Name. Und ihre Identität …«

»*Ihre* Zellen verschleißen, Malenfant«, sagte Dorothy sanft. »Alle paar Jahre gibt es ein neues Sie.«

»Aber nicht *so* schnell. Es ist auch die Art und Weise, wie sie sich vermehren – falls man das überhaupt so bezeichnen kann. Zwei oder mehr von ihnen spenden Teile und bauen sie zu einem neuen Gaijin zusammen, der dann ins Ersatzteillager geht und sich die Stücke holt, die ihm noch fehlen. Ein ganz neues Individuum. Aber woher kommt es?« Er seufzte. »Sie haben eine Kontinuität der Erinnerung und des Bewusstseins, aber Identität ist fließend für sie: Man kann sie beliebig teilen und sogar mischen. Das zeigt sich bei ihren Debatten. Es gibt keine Auseinandersetzungen. Sie *verschmelzen* einfach und treffen dann eine Entscheidung. Aber die Gaijin sind vorsichtig«, sagte er langsam. »Sie sind rational, und sie wägen jedes Argument sorgfältig ab, was manchmal sogar zur Beschlussunfähigkeit zu führen scheint.«

»Wie Balaams Esel«, sagte Dorothy lächelnd. »Konnte sich nicht zwischen zwei gleichen Heuballen entscheiden.«

»Was ist mit ihm passiert?«, fragte Madeleine.

»Er ist verhungert.«

»Sie sind nicht wie wir«, fuhr Malenfant wie in einem Selbstgespräch fort. »Sie kommen nicht so schnell auf neue Ideen wie wir ...«

»Ihr Bewusstsein ist nicht für Meme empfänglich«, sagte Dorothy. »Sie haben kein Selbst-Bewusstsein ...«

»Aber«, sagte Malenfant, »die Gaijin *interessieren* sich für uns. Keine Ahnung warum, aber es ist so. Und für Wesen *wie* wir. Religiöse Führer. Leute, die Kreuzzüge führen und sich für eine Idee gegenseitig umbringen und sogar ihr Leben opfern.«

Madeleine erinnerte sich an die Chaera, die ihren Gott in Gestalt eines Schwarzen Lochs umkreisten und ihn vergeblich anriefen. Vielleicht hatte Nemoto recht;

vielleicht war es gar nicht die Technik des Schwarzen Lochs gewesen, wofür die Gaijin sich interessiert hatten, sondern die Chaera selbst. Aber – wieso?

Dorothy beugte sich vor. »Haben die Gaijin jemals über Wesen wie uns gesprochen? Was aus uns wird?«

»Ich vermute, dass wir uns selbst vernichten. Oder die Ausrottung mental betreiben. Meme gegen Gene. Das heißt, falls die Kolonisationskriege nicht schon vorher über uns hereinbrechen.« Er öffnete die wässrigen Augen. »Die Erde und das ganze Sonnensystem werden vom Ansturm der Kolonisten vielleicht überrollt. Das ist zuvor schon passiert, und es wird auch wieder geschehen. *Aber das ist nicht die ganze Geschichte.* Das kann es nicht sein.«

Dorothy nickte. »Gleichgewicht. Einheitlichkeit. Nemotos alte Argumente.«

Madeleine begriff nicht.

Malenfant lächelte sie zahnlos an. »*Wieso* muss es so sein? Das ist die Frage. Endlose Wellen der Ausbeutung und Verwüstung, alle werden auf die Stufe von Meeresbewohnern zurückgeworfen … Man sollte meinen, dass irgendjemand daraus lernen würde. Aber was stoppt sie?

Falls eine Expansion durch Krieg gestoppt würde, müsste man davon ausgehen, dass es in einem solchen Krieg keine Überlebenden gibt – weder als Rasse noch als eine einzelne, sich fortpflanzende Population. Oder, falls intelligente Spezies durch einen Öko-Kollaps untergehen, muss man davon ausgehen, dass *jede* Spezies sich unweigerlich auf diese Art selbst vernichtet.

Sie erkennen das Problem. Es gibt hundert Möglichkeiten, wie eine Spezies in Bedrängnis geraten kann. Aber welchen Zerstörungsprozess auch immer man betrachtet, er muss *hundertprozentig* effektiv sein. Wenn auch nur eine einzige Spezies aus dem Netz entwischt, füllt sie die Galaxis fast mit Lichtgeschwindigkeit aus.

Aber das sehen wir nicht. Was wir sehen ist eine Galaxis, die sich mit zankenden Rassen füllt – und dann *bumm.* Irgendein Mechanismus treibt sie alle ins Meer zurück. Es muss noch etwas anderes geben, einen anderen Mechanismus. Etwas, das sie alle zerstört. Einen Neustart ermöglicht.«

»Eine galaxisweite Sterilisation«, murmelte Madeleine.

»Und das würde auch Nemotos ersten Gleichgewichtszustand erklären«, sagte Chaum.

»Genau«, sagte Malenfant. »Deshalb schleichen sie nach wie vor mit lahmen Saugern, Teleportations-Toren und dem ganzen Kram durch die Galaxis; deshalb hat zum Beispiel auch noch niemand herausgefunden, wie man die Lichtgeschwindigkeit überwindet oder ein Wurmloch baut. Niemand hat lang genug existiert. Niemand hatte die *Chance,* sich fortzuentwickeln.«

Madeleine stand auf und streckte sich in der beachtlichen Schwerkraft dieser Kanonenkugel-Welt. Sie schaute aus dem Fenster auf den tristen konstruierten Himmel.

War das möglich? Gab es etwas dort draußen, das sogar noch ungestümer war als die weltenzerschmetternden Aliens, auf deren Spuren die Menschen immer wieder gestoßen waren, sogar in ihrem eigenen Sonnensystem? Ein Drache, der alle paar hundert Megajahre erwachte und so laut brüllte, dass alles intelligente Leben in der Galaxis verging?

Und – wie lang würde es dauern, bis der Drache wieder erwachte?

»Sie glauben, dass die Gaijin wüssten, worum es sich handelt? Wollen sie etwas dagegen unternehmen?«

»Ich weiß nicht«, sagte Malenfant. »Vielleicht. Vielleicht auch nicht.«

»Wenn sie auch nur Opfer sind wie wir«, sagte Madeleine grimmig, »wieso sagen sie uns dann nicht, was sie vorhaben?«

Malenfant schloss die Augen, als ob er von der Frage enttäuscht wäre. »Wir haben es hier mit Aliens zu tun, Madeleine. Sie sehen das Universum nicht mit unsren Augen – ganz und gar nicht. Sie haben eine eigene Sicht der Dinge und eigene Ziele. Wenn man darüber nachdenkt, ist es schon erstaunlich, dass überhaupt eine Kommunikation zwischen uns zustande kommt.«

»Aber sie wollen keinem Neustart unterzogen werden«, sagte Madeleine.

»Nein«, bestätigte er. »Ich glaube nicht, dass sie das wollen.«

»Vielleicht ist das der nächste Schritt in der Entstehung von Leben und Bewusstsein«, sagte Dorothy. »Spezies arbeiten Hand in Hand. Wir brauchen die unerschütterliche robotische Geduld der Gaijin, so wie sie uns und unsere Menschlichkeit brauchen ...«

»Unsren Glauben?«, fragte Madeleine zaghaft.

»Vielleicht.«

Malenfant lachte zynisch. »Wenn die Gaijin etwas wissen, dann sagen sie es mir nicht. Vergesst nicht, dass sie zu *uns* gekommen sind, um Antworten zu bekommen.«

Madeleine schüttelte den Kopf. »Das ist nicht gut genug, Malenfant. Nicht von Ihnen. Es besteht ein besonderes Verhältnis zwischen den Gaijin und Ihnen. Sie sind ihnen als erster Mensch begegnet und haben die meiste Zeit mit ihnen verbracht.«

»Und sie haben Ihnen das Leben gerettet«, gab Dorothy zu bedenken. »Sie haben uns hierher gebracht, um Sie zu retten. Sie haben im Sterben gelegen.«

»Das ist noch immer der Fall.«

»Irgendwie sind Sie wichtig, Malenfant. Sie sind der Schlüssel«, sagte Madeleine. In diesem Moment hatte sie eine machtvolle Eingebung, die richtig sein musste.

Aber der Schlüssel wozu?

Er nahm spöttisch die skelettartigen Hände hoch. »Sie meinen, ich würde zum Retter der Galaxis bestellt? Das ist gequirlte Scheiße, bei allem Respekt.« Er rieb sich die Augen und drehte das Gesicht zur Wand. »Ich bin nur ein alter Rammler, der nicht weiß, wann es genug ist.«

Aber vielleicht ist es gerade das, was den Gaijin gefällt, sagte Madeleine sich. Vielleicht haben sie gerade nach einem gesucht, der so blöd ist, dass er sich zu Tode hungert wie dieser verdammte Arsch.

»Was *wollen* Sie eigentlich, Malenfant?«, fragte Dorothy langsam.

»Nach Hause«, sagte er wie aus der Pistole geschossen. »Ich will nach Hause.«

Madeleine und Dorothy wechselten Blicke.

Malenfant war sehr lange Zeit fortgewesen. Er konnte ins Sonnensystem und zur Erde zurückkehren, wenn er das wollte. Aber sie beide wussten nur zu gut, dass die Heimat nicht mehr existierte.

buch vier

SCHLECHTE NACHRICHTEN VON DEN STERNEN

AD 3265–3793

Im Zentrum der Galaxis gab es einen Hohlraum, den der heftige Wind eines riesigen Schwarzen Lochs freigeblasen hatte. Der Hohlraum war mit Gas und Staub durchsetzt, ionisierten Teilchen, die durch die gewaltige Gravitation und die hier waltenden magnetischen Kräfte auf hohe Geschwindigkeiten beschleunigt wurden, sodass Bänder aus glühendem Gas den Hohlraum wie ein ätherisches Gespinst durchzogen. Dies war der Geburtsort von Sternen, auch eines Haufens junger blauer Sterne, die in unmittelbarer Nähe zum Schwarzen Loch standen.

Hie und da wanderten Sternen-Irrläufer durch den Hohlraum – und sie zogen einen hellen Schweif nach, wie hundert Lichtjahre lange Kometen.

Sterne wie Kometen.

Er verspürte ein Hochgefühl. Ich, Reid Malenfant, darf das sehen, das Herz der Galaxis, bei Gott! Er wünschte sich, Kassiopeia wäre hier, sein Begleiter während dieser endlosen Sattelpunkt-Sprünge von einem Stern zum andern …

Beim Gedanken an Kassiopeia loderte sein Zorn wieder auf.

Aber die Gaijin waren nie unser Feind gewesen, jedenfalls nicht in diesem Sinn. Sie haben Geduld gelernt zwischen den Sternen. Sie haben nur versucht, Schritt für Schritt und auf ihre Art zur Erkenntnis zu gelangen.

Aber für uns hat es zu lang gedauert.

Erst nach einer langen Zeit sahen wir auch den Rest von ihnen, die große Welle aus Kolonisten und Mineuren, die den Gaijin nachfolgten und entlang des Spiralarms der Galaxis in unsere Richtung unterwegs waren.

kapitel 24

KINTUS KINDER

Zweihundert Kilometer über der glühenden Erde faltete ein Blumen-Schiff der Gaijin die elektromagnetischen Schwingen zusammen. Drohnen-Roboter zogen ein verschrammtes Wohnmodul aus der sehnigen Struktur des Schiffes und schickten es auf einer langsamen präzisen Flugbahn zum *Baum.*

Der im Modul mitfliegende Malenfant sah, wie der *Baum* immer größer wurde.

Die Krone des *Baums,* der die Erde umkreiste, war eine glühende grüne Kugel aus Zweigen und Blättern, in der eine lebhafte Photosynthese stattfand. Der Stamm war ausgehöhlt und mit Kunstharz versiegelt. Er beherbergte den größten Teil der menschlichen Population des Baums. Lange Wurzeln ragten in die obere Atmosphäre: Es gab Schaufeln, die Rohmaterial für stetiges Wachstum förderten und Kabel, bei denen es sich um Supraleiter handelte, wie Malenfant später erfuhr. Sie wurden durch die Magnetosphäre der Erde gezogen und erzeugten so Energie.

Der *Baum* war ein zwanzig Kilometer langes lebendiges Ding, das in der Luft verwurzelt war, die Erde auf einer geneigten Kreisbahn umlief und die Lage durch orangefarbene Gasstöße stabilisierte.

Das war lächerlich, sagte Malenfant sich und wandte sich desinteressiert ab.

Er war zwölfhundert Jahre lang von der Erde weggewesen und ins unglaubliche Jahr 3265 zurückgekehrt.

Malenfant war erschöpft. Körperlich war er schließlich über hundert Jahre alt. Und wegen der abnehmenden Anzahl der Sattelpunkt-Verbindungen zwischen Null-Null-Null-Null und der Erde war er gezwungen gewesen, bei der Rückkehr einen Umweg zu machen.

Im Grunde hatte er nur noch den Wunsch, der Fremdartigkeit des Universums zu entfliehen: Er wollte sich in sein altes Ranchhaus in Clear Lake zurückziehen, ein Bier zischen, Kartoffelchips futtern und sich das *Twilight Zone*-Video anschauen. Beim Anblick dieses driftenden Gestrüpps wusste er jedoch, dass das ein Ding der Unmöglichkeit war. Es war genauso, wie Dorothy Chaum ihm klarzumachen versucht hatte, bevor sie sich auf der *Kanonenkugel* verabschiedet hatten. Das war die Erde dort unten, aber es war nicht mehr *seine* Erde. Malenfant würde für den Rest seines unglaublichen langen Lebens mit Fremden und in der Fremdartigkeit leben müssen.

Wenigstens ist das Eis wieder verschwunden, sagte er sich.

Seine ramponierte Kapsel kam zwischen den Ästen zur Ruhe, und Malenfant wurde ausgestoßen.

Es erschien niemand zu seiner Begrüßung. Er fand einen leeren Raum mit einem Fenster. Da rankten sich *Blätter* ums Fenster. An der *Außenseite.*

Lächerlich. Er schlief ein.

■

Als Malenfant aufwachte, war er mit einer Art OP-Hemd bekleidet.

Er fühlte sich besser. Behaglich und sauber. Er war weder hungrig noch durstig. Er verspürte nicht einmal den Drang, Wasser zu lassen.

Er hob die Hand. Die Haut war verhältnismäßig glatt, und die Leberflecken verblasst. Als er die Finger krümmte, funktionierten die Gelenke ohne zu knirschen.

Jemand war hier gewesen und hatte etwas mit ihm gemacht. Ich wollte das nicht, sagte er sich. Ich habe nicht darum gebeten. Er steigerte sich förmlich in dieses Gefühl der Ablehnung hinein.

Er richtete sich vorm Fenster auf und schaute auf die Erde.

Er sah ihre Wölbung, einen blauen und weißen Bogen vor dem schwarzen Raum. Er erhaschte einen Blick auf einen fahlblauen Meeresausschnitt mit einer Insel, einem grauen Klecks mit Braun in der Mitte und Schleierwolken, die wie Zuckerguss aussahen. Er war der Oberfläche des Planeten so nah, dass, wenn er sich aufsetzte, die stetig sich drehende Welt das Fenster ausfüllte.

Die Erde war *hell:* Heller, als er sie in Erinnerung hatte. Malenfant war ein Shuttle-Pilot gewesen und kannte die Erde aus dem Orbit – zumindest die Erde, wie sie gewesen war. Er staunte über die Klarheit der Atmosphäre, sogar über dem Herzen der Kontinente. Er wusste nicht, ob die Erde selbst sich verändert hatte oder seine Erinnerungen an sie. Er hatte schließlich die Augen eines alten Mannes, der alles aus einer nostalgischen Perspektive sah.

Eins war aber offensichtlich. Die Erde wirkte leer.

Als er über die Meere hinwegflog, hielt er Ausschau nach dem Kielwasser von Schiffen, das wie Pinselstriche sich auffächerte. Er sah aber nichts. In den unteren Breiten machte er Städte aus, einen grauen winkligen Flickenteppich, ein Gespinst aus Straßen. Aber keinen Smog. Also gab es auch keine Industrie.

Und in den höheren Breiten, in Richtung der Pole, erkannte er überhaupt keine Anzeichen menschlicher Besiedlung. Das Land wirkte urwüchsig, unberührt und wie gesäubert; die Granitflanken vereinzelter Berge schimmerten wie poliertes Metall, und die Ebenen waren mit Felsbrocken übersät, als ob ein Kind seine Spielsachen hätte liegen lassen. Er war nie gut in Geographie gewesen, zumal er sich auch noch tausend Jahre in der Zukunft befand – aber er hatte den Eindruck, dass die Küstenlinien sich verändert hatten.

Er fragte sich, wer – oder was – die Vergletscherung beseitigt hatte. Überhaupt wähnte er sich eher im Jahr 1000 als in 3265.

Zwei Leute schwebten in seinen Raum. Sie waren nackt und fast identisch – es handelte sich um Frauen, die so dürr waren, dass sie fast geschlechtslos wirkten. Sie hatten wallendes Haar wie Jane Fonda in *Barbarella*.

An der Hüfte waren sie wie siamesische Zwillinge durch einen Schlauch aus rosigem Fleisch verbunden.

Sie hatten nicht angeklopft, und er schaute sie grimmig an. »Wer seid ihr?«

Sie redeten in mehreren Sprachen zugleich auf ihn ein, von denen er ein paar verstand, andere wiederum nicht. Ihre Arme und Schultern waren muskulös und gut trainiert wie die von Tennisspielerinnen, aber die Beine waren knochige Stangen, die sie angewinkelt hatten. Mikrogravitations-Anpassung. Sie hatten blondes Haar, aber Mandelaugen wie Chinesen.

Schließlich verlegten sie sich auf ein Englisch mit starkem Akzent.

»Du musst Dummheit verzeihen.« – »Wir kümmern uns um zurückkehrende Reisende …« – »… aus vielen Zeitabschnitten über ein Jahrtausend …« – »… bis zu den Tagen von Reid Malenfant selbst.«

Sie wechselten sich bei der Rede ab, als ob sie sich einen Ball zuwürfen.

»Ich bin Reid Malenfant«, sagte er.

Sie schauten erst ihn an, drehten die Köpfe, wobei ihre Haare sich miteinander verwoben und sahen sich dann mit ihren Mandelaugen an. Diese beiden, sagte er sich, haben Probleme mit ihrer Frisur.

»Du musst die Behandlung verstehen, der du unterzogen wurdest«, sagte eine.

»Ich wollte aber keine Behandlung«, grummelte er. »Ich habe keine Einverständniserklärung unterschrieben.«

»Aber deine Alterung war ...« – »... fortgeschritten.« – »Wir haben natürlich kein Heilmittel.« – »Aber wir können die Symptome bekämpfen ...« – »Spröde Knochen, ein geschwächtes Immunsystem, ein geschädigtes Nervensystem.« – »In deinem Fall beschleunigt durch ...« – »Mikrogravitation.« – »Wir haben die Schäden durch Freie Radikale mit Antioxidations-Vitaminen behoben.« – »Wir haben alternde Zellhaufen aus der Ober- und Unterhaut geschnitten.« – »Wir haben das Eindringen fremder *Qualia* in dein Sensorium umgekehrt, ein Nebeneffekt häufiger Sattelpunkt-Transits.« – »Wir haben verschiedene schlafende Infektionserreger entfernt, die du vielleicht auf die Erde eingeschleppt hättest.« – »Wir haben eine Telomerase-Therapie angewandt, um ...«

»Genug. Ich glaube euch auch so. Ich wette, ich sehe keinen Tag älter aus als siebzig.«

»Das war reine Routine«, sagte ein Strubbelkopf-Zwilling. Sie verstummten. Dann: »Bist du wirklich Reid Malenfant?«

»Ja.«

■

Die Zwillinge gaben ihm zu essen und zu trinken. Die heißen und kalten Flüssigkeiten, die sie ihm servierten, vermochte er nicht zu identifizieren. Es handelte sich wahrscheinlich um Tees aus Früchten und Blättern. Er hielt sich lieber an Wasser, das kalt und rein war. Das Essen war geschmacklos und undefinierbar wie Babynahrung. Die Strubbelkopf-Zwillinge sagten ihm, dass es aus Algen bestünde, die mit etwas Vakuum-Grünzeug vom *Baum* gewürzt seien.

Die Zwillinge schoben ihn in der Mikrogravitation sachte durch verschlungene Tunnels wie hölzerne Adern, die nur durch eine Art Lumineszenz im Holz erhellt wurden. Es war wie ein Holzmodell eines Fantasy-Raumschiffs, sagte er sich.

Es gab hier ein paar Dutzend Kolonisten, die in Luftblasen im *Baum*stamm lebten. Sie waren alle an die Mikrogravitation angepasst, soweit er sah, wobei manche sogar noch weiter entwickelt waren als die Zwillinge. Da war ein Typ mit einem großen Schädel auf einem geschrumpften Rumpf, mit Gliedmaßen wie Stöcken und einem Penis wie eine Walnuss. Schambehaarung fehlte. Auf Malenfant wirkte er wie eine typische Science Fiction-Kreatur, wie das Chef-Alien in *Invasion vom Mars.*

Trotz des seltsamen Äußeren machten die Leute aber einen jungen und gesunden Eindruck auf Malenfant. Sie hatten eine glatte, faltenfreie und außer Tätowierungen makellose Haut. Sein ledriges Gesicht mit den Runzeln, die irdischem Wetter, ultraviolettem Licht und starker Gravitation geschuldet waren, war hier ein Kuriosum, ein Ausweis des Exotischen.

Sie alle hatten Mandelaugen und gelbe Haut.

Soweit Malenfant das beurteilen konnte, war dies eine Art Heimkehrer-Kolonie von den erdnahen Asteroiden, die von Nachkommen der Chinesen besiedelt worden waren. Im All schien es große Blasen-Habitate zu geben, deren Bewohner seit Jahrhunderten in der Schwerelosigkeit gelebt hatten.

Manchmal glaubte er ein leises Summen zu hören, einen Hauch von Ozon zu riechen und statische Elektrizität zu spüren, als ob er von starken elektrischen oder magnetischen Feldern umgeben wäre, die ihn zwickten. Vielleicht stimmte das sogar. Mit elektromagnetischen Feldern vermochte man Muskeln und Knochen zu stimulieren und zu stärken und sogar Knochenschwund entgegenzuwirken; die NASA hatte schon mit solchen Techniken experimentiert. Vielleicht badete der *Baum* seine menschliche Fracht in Elektrizität und hielt ihre Körper instand.

Aber vielleicht wurden so primitive Mittel tausend Jahre in der Zukunft gar nicht mehr benötigt. Schließlich bot der *Baum* eine gesunde Umwelt mit sauberer Luft, klarem Wasser und unbelasteter Nahrung: Es gab hier weder Schadstoffe noch Gifte oder Pathogene, und selbst natürliche Risiken – wie die natürliche Radioaktivität der Erde, die im Erdboden und Gestein vorkam – konnten eliminiert werden. Wenn man den Menschen einen guten Lebensraum bot, entwickelten sie sich vielleicht zu gesunden und langlebigen Wesen.

Und was die Anpassung an die Mikrogravitation betraf, so erfolgte die vielleicht auch ganz natürlich. Er erinnerte sich daran, dass die Delphine und andere Meeressäuger schließlich auch keine Zentrifugen oder Elektrostimulation brauchten, um das Funktionieren von Muskeln und Knochen in der schwerelosen Umgebung aufrechtzuerhalten, die *sie* bewohnten. Vielleicht hatten diese menschlichen Weltraum-Bewohner mehr mit den Delphinen gemeinsam als mit den knochigen Staubtretern seiner Art.

Der *Baum* war ein gentechnisch veränderter Spross von Mammutbäumen auf dem Mond. Die Menschen nutzten den *Baum* für viele Zwecke: Als Anlegestelle, Beobachtungsplattform, Freizeitanlage. Und der *Baum* selbst verfolgte nur das Ziel, zu wachsen und zu überleben, und diesem Bestreben schienen auch keine Grenzen gesetzt, bis die Sonne selbst flackerte und erlosch.

Es gab auch mehr als einen *Baum*.

Im Jahr 3265 war die Erde in ein expandierendes Geflecht aus Vegetation, raumtauglichen Bäumen und luftgestützten Spinnen gehüllt, das sich vom Weltall bis zur Oberfläche erstreckte. Und langsam entwickelten Systeme sich auch in die Gegenrichtung. Eines Tages würde es vielleicht eine Art biologischer Leiter geben, die von der Erde ins All reichte. Das war eine Strategie, sich langfristig Zugang zum Raum über stabile biologische Mittel zu sichern. Allerdings vermochte niemand Malenfant zu sagen, wessen Strategie das war.

Die Kolonisten in diesem *Baum* schienen sich mit einer geistesabwesenden Mildtätigkeit um heimkehrende Reisende wie ihn zu kümmern. Das Motiv, weshalb die Zwillinge mit ihm sprachen, schien eine gewisse Neugier zu sein. Vielleicht auch nur Höflichkeit.

Das Englisch der Strubbelkopf-Zwillinge enthielt einen Anteil von Wörtern – ein Fünftel oder ein Viertel –, die Malenfant unbekannt waren. Linguistische Drift, vermutete er. Es waren schließlich tausend Jahre vergangen; er war ein mittelalterlicher Ritter, der Neil Armstrong begegnete.

»Wohin bist du gereist?«, fragten sie.

»Der Startpunkt war Alpha Centauri. Die weiteren Stationen kenne ich nicht alle. Ich bin quasi herumgehüpft.«

»Was hast du gesehen?«

Er dachte darüber nach. »Ich weiß nicht. Ich habe nicht viel verstanden.«

Das stimmte. Und nun – genauso, wie Madeleine Meacher und Dorothy Chaum ihn gefunden und ihm auf dieser entfernten *Kanonenkugel* das Leben gerettet hatten, ohne ihn um Erlaubnis zu fragen – hatten die Strubbelkopf-Zwillinge ihn in eine unwillkommene Jugend zurückgeworfen. Er war wieder *neugierig*. Unzufrieden. Verdammt, er hatte sich daran gewöhnt, alt zu sein. Das war so bequem gewesen.

Es gab hier keine anderen Reisenden.

Bald langweilte er sich im *Baum* mit den unbegreiflichen Artefakten und Aktivitäten, die hier abliefen. Allein und desorientiert wie er war, versuchte er die Strubbelkopf-Zwillinge, seine geheimnisvollen Pflegerinnen, in ein Gespräch zu verwickeln. »Wisst ihr, ich erinnere mich noch daran, wie die Erde aussah, als ich damals in '93 den ersten Flug mit der Columbia unternahm. Das heißt, 1993. In jenen Tagen mussten wir diese großen Feststoff-Booster in den Orbit bringen, wisst ihr, und dann, und dann …«

Die Zwillinge hörten für eine Weile höflich zu. Doch dann schauten sie sich an, zogen eine Schnute, fuhren sich mit kleinen Händen über die nackten Körper, das Haar hüllte sie wie eine Wolke ein, diese fleischige Schnur zwischen ihnen wurde geknickt und zusammengepresst, und Malenfant kam sich vor wie ein trauriger alter Furz, der sie mit Kriegsgeschichten langweilte.

■

Falls er auf die Erde zurückkehrte, wo sollte er überhaupt landen?

Er bat die Strubbelkopf-Zwillinge um Enzyklopädien und Geschichtsbücher. Die Zwillinge lachten ihn aus. Es schien, dass die Menschen des Jahres 3265 die Geschichte vergessen hatten. Außer ihrem Fachgebiet, einer hochspezialisierten – wenn auch sehr fortschrittlichen – Medizin schienen die Strubbelkopf-Zwillinge kaum über Kenntnisse zu verfügen. Es war – enttäuschend. Andererseits, wie groß war sein Wissen und Interesse am Jahr 1000 gewesen?

Er wurde frustriert und blaffte die Zwillinge an. Sie schauten ihn nur an.

Er würde es selbst herausfinden müssen.

Er hatte noch immer den softscreenartigen Sensorpack, den Sally Brind ihm vor Jahrhunderten gegeben hatte, als er zum Sattelpunkt im Alpha Centauri-System aufgebrochen war. Das Gerät war auch als Multispektral-Sensor einsetzbar. Er vermochte es so zu konfigurieren, dass es die Bilder der Erde mit Infrarot- und Ultraschallbildern, Radarbildern etc. überlagerte; außerdem konnte man die Signaturen von Gestein, Erdboden, Vegetation, Wasser und industriellen Rückständen wie Schwermetallen und Schadstoffen auswählen.

Ohne fremde Hilfe fand er ein Fenster und studierte den Planeten.

Die Erde war in der Tat entvölkert.

Es gab noch Menschen dort unten, aber keine Gemeinschaften mit mehr als ein paar zehntausend Bewohnern. Es gab keine industriellen Rückstände außer ein paar Überresten aus der Vergangenheit, die sich um die alten Städte und entlang der unbenutzten Straßen konzentrierten. Er erkannte nicht einmal Anzeichen großmaßstäblicher Landwirtschaft.

Malenfant untersuchte, was von den Städten seiner Zeit noch übrig war, die irgendwie das Eis überlebt hatten. New York zum Beispiel.

Im Jahr 3265 war New York grün. Es war ein Waldgebiet mit Birken und Eichen, die aus einer Decke aus älterem Bewuchs ragten. Die Grundrisse von Straßen, Häuserzeilen und Parkplätzen waren noch zu erkennen, aber sie hatten sich in grüne Rechtecke verwandelt, die mit Moos, Flechten und robusten Pflanzen wie Buddleia bewachsen waren. Ein paar der größeren Gebäude von Manhattan standen noch. Sie ragten wie gebleichte Knochen über die Bäume empor, aber sie hatten keine Fenster mehr, und die Mauern waren von Ruß geschwärzt. Andere waren eingestürzt und lagen als skurrile Hügel unterm Grün. Die Brücken waren auch eingestürzt und hatten flache Wehre im Fluss hinterlassen. Er sah Füchse, Fledermäuse, Wölfe und andere Tiere, die vielleicht aus Wildgehegen ausgebrochen waren: Rotwild und Wildschweine.

Ein paar Straßen schienen sich komischerweise in gutem Zustand zu befinden. Vielleicht funktionierte der Smart-Beton noch, der kurz vor seiner Abreise erfunden worden war. Aber der große mehrspurige Freeway, der aus Manhattan hinausführte, mutete Malenfant seltsam an: Ein verschlungenes Band auf grasüberwachsenem Beton. Vielleicht reparierte er sich nicht nur selbst, sondern wuchs und kroch wie ein riesiger Lindwurm durch die verlassenen Vorstädte – ein semiintelligenter Highway, den seit Jahrhunderten kein Auto mehr befahren hatte.

Einmal erkannte Malenfant etwas, das wie eine Jagdgruppe aussah. Sie pirschte am Ufer des verbreiterten Hudson entlang und stellte einem antilopenähnlichen Tier nach. Die Leute waren groß, nackt und hatten goldenes Haar. Ein Jäger schaute zum Himmel auf, als ob er Malenfant direkt ansähe. Es war eine Frau mit ausdruckslosen blauen Augen. Sie hatte einen monströsen Kropf. Ihr Gesicht wirkte auch irgendwie nichtmenschlich, sagte er sich.

Als Malenfant vor tausend Jahren die Erde verlassen hatte, hatte er keine direkten Nachkommen hinterlassen. Seine Frau Emma war gestorben, ehe sie eine Möglichkeit hatten, Kinder zu bekommen. Aber er hatte Verwandte gehabt: Einen Neffen und zwei Nichten.

Nun lebte kaum noch jemand auf der Erde. Malenfant fragte sich, ob irgendjemand dort unten noch Träger seiner Gene sein könnte. Und wenn ja, was aus ihnen geworden war.

In einer sentimentalen Anwandlung hielt er Ausschau nach der Freiheitsstatue. Vielleicht war sie an den Strand gespült worden wie in *Planet der Affen*. Es gab keine Spur von der alten Dame.

Aber er fand ein anderes Monument: Ein kilometergroßes Artefakt, einen riesigen Ring, der mitten aus Manhattan heraus gestanzt war. Er sah aus wie ein Teilchenbeschleuniger. Vielleicht hatte er etwas mit dem Kampf der Stadt gegen das Eis zu tun. Jedenfalls war er nicht menschlichen Ursprungs. Er war überdimensioniert.

Es gab noch weitere Anzeichen von Hightech-Anlagen, die über den Planeten verteilt waren; aber die schienen auch nicht von Menschen zu stammen. Als der *Baum* zum Beispiel über die Pyrenäen hinwegzog, die Berge an der Grenze zwischen Frankreich und Spanien, sah er ein Geflecht aus Licht, schnurgerade Linien aus rubinrotem Licht, die die Gipfel wie ein Spinnennetz verbanden. Der Monitor sagte ihm, dass es sich um kohärentes, also Laserlicht handelte. Es gab ähnliche Systeme in anderen Gebirgsregionen auf dem ganzen Planeten. Die Lasersysteme waren im Dauerbetrieb. Vielleicht regulierten sie irgendwie die Atmosphäre und verbrannten zum Beispiel Fluorkohlenwasserstoffe.

Und er beobachtete Blitze an verschiedenen Stellen um den Äquator, in der Wasserhemisphäre der Erde. Ein paar Minuten nach jedem Blitz wurde die Luft etwas diesiger. Er schätzte, dass es im globalen Maßstab etwa jede Minute blitzte. Er erinnerte sich an Pläne des einundzwanzigsten Jahrhunderts, die Albedo der Erde – den Prozentsatz des in den Weltraum zurückreflektierten Sonnenlichts – zu erhöhen, indem man hochfeinen Staub in die Stratosphäre schoss. Dazu hätten Schiffsgeschütze genügt. Der Zweck war die Reduzierung der Erderwärmung. Aber der Staub wäre ausgefällt worden: Man hätte alle paar Sekunden einen Schuss abgeben müssen, und das über Jahre hinweg – Jahrzehnte, sogar Jahrhunderte. Die Idee hatte man damals für einen Witz gehalten. Jedoch würde ein solcher

Staubeintrag die Zunahme der globalen Helligkeit erklären, die er beobachtet zu haben glaubte.

Das war Planeten-Engineering. Von hier aus sah er aber nur das große physikalische Schema. Vielleicht war unten auf dem Planeten mehr los: Nanotechnische Regulierungsmechanismen zum Beispiel.

Irgendjemand reparierte die Erde. Malenfant hatte aber nicht den Eindruck, dass Menschen dahinter steckten. Das würde schließlich Jahrhunderte, vielleicht Jahrtausende dauern. Keine menschliche Zivilisation vermochte Projekte dieser Größenordnung abzuwickeln und hätte auch gar nicht die Möglichkeiten dazu. Also musste man den Auftrag jemand anders erteilen.

Aber nicht jede Veränderung war konstruktiv.

Im südlichen Afrika klaffte ein riesiger neuer Krater. Er wirkte wie eine Narbe im Grün des Planeten. Malenfant wusste nicht, ob das der Einschlagskrater eines Meteoriten war oder ein kilometergroßer Tagebau. Maschinen krochen über die Wände und den Boden des Kraters, fraßen zertrümmertes Gestein und holten haufenweise Mineralien und Metalle heraus. Aus dem Weltraum sahen die Maschinen wie Spinnen aus: Zwölfflächige Körper mit einer Größe von vielleicht fünfzig Metern und mit acht bis zehn gelenkigen Gliedern, die eifrig in dieser offenen Wunde in der Erde wühlten.

Malenfant hatte solche Maschinen früher schon gesehen. Es waren Fabrik-Drohnen der Gaijin, die für den ›Verzehr‹ von Eis und Gestein konzipiert waren. Nur dass sie jetzt nicht mehr im Asteroidengürtel oder Milliarden Kilometer entfernt am kalten Rand des Sonnensystems steckten. Die Gaijin waren hier, auf der Oberfläche der Erde selbst. Er fragte sich, was sie dort machten.

Er hielt weiter Ausschau nach Menschen und Zivilisation.

Der bevölkerungsreichste Ort auf dem Planeten schien eine Art Gemeinschaft in Zentralafrika zu sein. Es war, soweit seine Geographiekenntnisse reichten, in Uganda.

Der Sensorpack meldete eine eigenartige Signatur. Aus einer Quelle im Zentrum der Gemeinschaft registrierte er schwere Teilchen, die von Spaltprodukten mit einer kurzen Halbwertszeit zu stammen schienen. Und es gab noch energiereichere Teilchen: Fast wie kosmische Strahlen.

Aber die stammten aus einer Quelle, die in den Tiefen der Erde lag.

Die einzigen anderen ähnlichen Quellen sahen aus wie unterirdische atomare Endlager.

Die ugandische Gemeinschaft war keine Zivilisation, aber die technisch am höchsten entwickelt scheinende Spur auf dem Planeten. Population und ein Rätsel. Vielleicht sollte er sich diesen Ort einmal anschauen.

■

Die Strubbelkopf-Zwillinge zeigten ihm ein hölzernes Raumschiff. Gütiger Gott, es war seine Landekapsel. Sie glich einer Samenkapsel und war eine abgeflachte hölzerne Kugel mit einem Durchmesser von ein paar Metern. Sie war mit einer Liege und einem Lebenserhaltungssystem in Form primitiver organischer Filter ausgestattet, das für ein paar Stunden ausreichen würde – lang genug für den Eintritt. Die Kapsel hatte sogar ein Fenster, das im Holz gewachsen war: Eine Blase aus einer bernsteinartigen durchsichtigen Substanz. Er würde in eine dehnbare Membran einsteigen müssen, die sich wie eine Fruchtblase hinter ihm schloss.

Er verbrachte einige Zeit mit der Suche nach dem Hitzeschild der Kapsel. Die Strubbelkopf-Zwillinge schauten verwirrt zu.

Sie behielten ihn noch für etwa einen Monat im Orbit und bereiteten ihn auf die Schwerkraft vor: Mit Übungen, einer Überdosis Kalzium und elektromagnetischer Therapie. Sie gaben ihm einen Overall aus einer Art Biokomposit-Material, das weich auf der Haut lag, aber reißfest und so intelligent war, um ihn auf die richtige Temperatur einzustellen. Er verstaute seinen einzigen Besitz in der Sphäre: Den alten Shuttle-Druckanzug mit dem verblichenen Sternenbanner und dem NASA-Logo, den er beim Durchfliegen des ersten Tors getragen hatte – tausend AE von der Heimat entfernt, tausend Jahre vor dieser Zeit. Der Anzug war Schrott, aber er war alles, was er hatte.

Er genoss einen letzten Schlaf in der Schwerelosigkeit.

Als er aufwachte, überflog der *Baum* gerade Südamerika. Malenfant sah das Süßwasser des Amazonas, das deutlich heller war als das Salzwasser des Meeres; so stark war die Strömung, dass das Wasser sich erst Hunderte von Kilometern vor der Küste vermischte.

Er stieg in die Kapsel. Die Strubbelkopf-Zwillinge küssten ihn von beiden Seiten auf die Wangen und versiegelten ihn in warmer brauner Dunkelheit.

■

Malenfant wurde durch einen zurückschnellenden Ast vom *Baum* katapultiert. Er spürte ein kurzes Gefühl der Schwere und wurde in den Sitz gedrückt. Nach dem Abschuss verschwand das Gefühl wieder.

Nun befand die Kapsel sich aber nicht mehr in einem freien Orbit, sondern fiel schnell auf die Erde zu.

Am Rand der Atmosphäre erzitterte die Kapsel, in der er eingeschlossen war. Das führte ihm die Zerbrechlichkeit der Nussschale vor Augen, in der er mit dem Hintern voran in die Atmosphäre eintauchen würde.

Fünf Minuten nach der Trennung vom *Baum* baute sich eine Reibungs-Bremswirkung auf: Ein Zehntel, zwei Zehntel Ge. Die Verzögerung wurde immer stärker. Die Augen wurden in die Höhlen gedrückt, und er wurde auf die Liege gepresst.

Die Kapsel bockte wild. Malenfant wurde von einem dumpfen Tosen umhüllt. Er hielt sich an der Liege fest und versuchte ruhig zu bleiben.

Während der Hitzeschild wie ein Rammbock immer tiefer in die Luft eindrang, baute sich eine Plasmahülle um die Kapsel auf. Hinter den bernsteinfarbenen Fenstern wich die Schwärze des Raums einem tiefen Braun, das schnell das Spektrum durch Orange und ein helles Gelb bis zu einem gleißenden Weiß durchlief. Rußpartikel stoben von der angesengten Hülle der Kapsel und lagerten sich am Fenster ab; nun sah er nur noch grelle Leuchterscheinungen, als ob Feuerbälle am Fluggerät vorbeischössen.

Von der Erdoberfläche aus würde das Schiff wie ein Meteor erscheinen, der sogar am helllichten Tag sichtbar war. Er fragte sich, ob es jemanden dort unten gab, der begriff, was er sah.

Das eichenartige Holz der Hülle sei ein natürlicher Hitzeschild, hatten die Strubbelkopf-Zwillinge ihm gesagt – das Harz würde sich ablösen. Das war eine elegantere Lösung als die primitiven, klappernden mechanischen Gerätschaften seiner Zeit. Trotzdem hätte er es bevorzugt, wenn er von ein paar Schichten soliden Metalls und Keramik umgeben gewesen wäre – er war halt ein altmodischer Narr.

Das grelle Licht erlosch, und die Verzögerung schwächte sich ab. Nun waren die Fenster ganz von Ruß geschwärzt, doch dann wurde der Schild mit einem Knall abgestoßen und riss den Ruß mit. Malenfant sah einen kreisförmigen Ausschnitt eines klaren blauen Himmels.

Es gab wieder einen Knall, als der erste Fallschirm sich öffnete. Der Schirm riss an der Kapsel, sodass sie wie ein Pendel hin und her schwang. Er wurde im Wechsel gegen beide Kanten der Liege gedrückt, und die Kabine knarrte. Er fühlte sich verletzlich, hilflos und an die Liege gefesselt.

Dann öffneten sich in schneller Folge zwei Bremsfallschirme, und zuletzt der Hauptfallschirm. Durchs Fenster sah er ein großes grünes Blätterdach, wie ein Gemüsebeet unter dem blauen Himmel. Der Fallschirm schien trotz der pflanzlichen Grundbestandteile zu halten, und das Pendeln schwächte sich ab.

Malenfant erhaschte einen Blick auf den Boden. Anhand des Navigationssystems des Sensorpacks vermochte er sogar den Kurs zu verfolgen. Er war über der Insel runtergekommen, die früher Sansibar geheißen hatte und an der Ostküste Afrikas gelegen war. Nun trieb er landeinwärts, in nordwestlicher Richtung auf den Viktoria-See zu. Wald bedeckte die Berge wie ein dickes grünes Tuch.

Malenfant spürte, wie die Liege sich unter ihm aufblähte. Erschlaffende Säcke pumpten Kohlendioxid in die Liege und funktionierten sie in einen ›Airbag‹ für die Landung um. Er wurde gegen das gewölbte Dach der Kapsel gedrückt, bis nur noch eine schmale Lücke zwischen den Knien und dem Dach war. Er fühlte sich wie in einem Sarg, und ihm wurde heiß. Er verspürte den deutlichen Zug von Schwerkraft.

Die Kapsel kam auf dem Boden auf.

Die Fallschirme schleiften die Kapsel mit, und Malenfant kam mit dem Gesicht nach unten zu liegen. Die Kapsel ratterte über steinigen Boden. Er schlug mit dem Kopf gegen das Gestell der Liege.

Schließlich kam die Kapsel schlingernd zum Stillstand.

Malenfant lag auf der Seite, und Tageslicht strömte durchs Fenster hinter ihm. Der ›Airbag‹ drückte ihn noch immer gegen das Dach, sodass er keine Sicht nach draußen hatte. Er führte die Hände zum Gesicht. Er hatte Blut im Mund.

Die Wand der Kapsel löste sich auf, und ein Schwall warmer Luft flutete die Kapsel. Sie war so reich an Sauerstoff und mit Pflanzengerüchen geschwängert, dass es ihm den Atem raubte.

Er schickte sich an, die Kapsel zu verlassen.

Er war auf einem flachen Kiesstrand gelandet. Der Strand erstreckte sich in einer geraden hellgrauen Linie zwischen dem dunkleren Grau eines Sees und dem lebendigen Grün einer Bananenpflanzung. Vom Ufer des Sees bis zum höchsten Hügel sah er ein Farbenspiel aus kontrastierenden Grüntönen, die sich wie ein Teppich ausbreiteten.

Das war das Nordufer des Viktoria-Sees. Die Strubbelkopf-Zwillinge hatten ihn an den Ort befördert, der dem Populationszentrum mit der merkwürdigen Radioaktivitäts-Signatur am nächsten gelegen war.

Nachdem er erst einmal die Balance gefunden hatte, fiel ihm das Gehen nicht mehr so schwer. Er war nicht benommen, aber irgendwie desorientiert. Die inneren Organe bewegten sich spürbar und strebten einen neuen Gleichgewichtszustand an. Und er schien immun gegen Sonnenbrand zu sein.

Aber es war ein komisches Gefühl, sich ohne den Druckanzug zu bewegen. Unbehaglich. Und das Gefühl der Offenheit, der Weite, war beängstigend. Nach den langen Reisen war Malenfant selbst ein Außerirdischer geworden, der sich auf seiner eigenen Welt nicht mehr zu Hause fühlte.

Es gab keinerlei Anzeichen von Menschen.

Malenfant bezog in der versengten Hülle der Kapsel ein Lager. Er benutzte den Kugelhelm des alten NASA-Druckanzugs, um Wasser aus einem nicht weit entfernten Bach zu schöpfen. Er aß Feigen und Bananen. Falls er für längere Zeit hier festsaß, würde er im See fischen.

■

Die Tage waren kurz und heiß, obwohl der blaue Himmel immer leicht wolkenverhangen war. Er steckte einen Ast in den Sand und sah, wie der Schatten mit den Stunden wanderte und sich verlängerte. Auf diese Art ermittelte er die Ortszeit und stellte die Astronautenuhr danach. Wenn er lang genug hier verweilte, würde er vielleicht die Tagundnachtgleiche finden und einen Kalender erstellen.

Die Sonnenuntergänge gerieten durch den hochfeinen Staub zu einem spektakulären Ereignis.

Die Nächte waren kalt, und er wickelte sich auf dem Strand in die Betacloth-Außenschichten des Druckanzugs. Er lag für lange Stunden wach und beobachtete einen veränderten Himmel.

Die Mondsichel glühte blau.

Die Kante der Sichel wurde von einem verwaschenen Lichtband gesäumt, das sich teilweise um die dunkle Hälfte des Trabanten zog. Um den Mondäquator spannte sich ein breites Band, das wie Wolken aussah. Auf der dunklen Seite leuchteten Lichterketten: Kleinere und größere Städte, die die Konturen verborgener Mondkontinente nachzeichneten. Der Mond hatte ein Zwillingslicht, einen riesigen Spiegel, der ihn langsam umkreiste und die dunkle Hemisphäre in Licht tauchte, die sonst für vierzehn Tage im Dunklen gelegen hätte – wahrscheinlich lang genug, dass die wertvolle neue Luft ausgefroren wäre.

Und im Zentrum der verdunkelten Hemisphäre, auf

die er schaute, befand sich ein greller leuchtender Punkt. Bei der Punktquelle handelte es sich um Erdlicht, das von den Meeren des Monds zurückgeworfen wurde.

Selbst eine schmale Mondsichel erfüllte nun den Himmel mit Licht und blendete die Sterne und Planeten aus. Die Fauna der Erde machte sich dieses neue Licht zunutze: Er hörte das Krächzen von Amphibien und das Knurren einer Art Katze. Ohne Zweifel trug dieser veränderte Mond subtil zur Evolution mancher Spezies bei.

Der Mond war wunderschön und wundervoll, seine Umformung eine enorme Leistung. Aber für Malenfant war er genauso unerreichbar wie vor tausend Jahren vor Apollo. Und selbst von hier aus sah Malenfant Raumschiffe der Gaijin über die Pole kreisen.

Als der Mond unterging und sein Licht erlosch, trat die ganze Fremdartigkeit des Himmels zutage.

Riesige grüne und goldene Objekte schwebten vor schwarzem Hintergrund: Bäume, gespenstische Schlieren aus lebendigem Grün und Blumen-Schiffe der Gaijin, deren offene Ansaug-Mäuler mit dem Gewirr aus silbrigen Strängen wie Libellen aussahen.

Eine Lichterkette spannte sich um die Ebene der Ekliptik. Die funkelnden Knoten und Haufen wirkten aus dem Orbit fast wie Straßenlaternen. Es handelte sich aber um Gaijin-Städte im Asteroidengürtel.

Die Form der Sternbilder war im wesentlichen unverändert, denn die langsame Drift der Sterne hatte sich im Lidschlag der Zeit, die er weggewesen war, nur unmerklich ausgewirkt. Ein heller junger Stern war in Kassiopeia zum Leben erwacht und hatte das markante ›W‹ dieser Konstellation in ein Zickzack-Muster verwandelt. Doch viele andere Sterne hatten sich eingetrübt, zu Rot oder gar einem gespenstischen Grün – oder sie waren ganz hinter dem Wall des Lebens verschwunden. Dies war die Signatur der Kolonisierungswelle, die über die Sternenstraßen der Galaxis rollte, ein System nach dem andern verzehrte und hierher unterwegs war.

Und in einem Abschnitt des Himmels, lose im altehrwürdigen Sternbild des Orion zentriert, flackerten Sterne, brannten aus und erloschen. Das war ein Anzeichen zielgerichteter Aktivität, die sich über viele Lichtjahre hinweg erstreckte. Er schauderte. Vielleicht war das der Krieg, vor dem er sich fürchtete und der bald über das Sonnensystem hereinbrechen würde.

Im tiefsten Dunkel der Nacht machte er einen ebenso großen wie schönen Kometen aus, der über den Zenit wanderte. Selbst mit bloßem Auge vermochte er den hellen Funken des Kerns zu erkennen und einen fiedrigen Schweif, der durchs Himmelszelt peitschte.

Kometen kamen von der Oort-Wolke. Er fragte sich, ob ein Zusammenhang bestand zwischen diesem leuchtenden Besucher, der durchs Herz des inneren Systems flog, und den funkelnden Lichtern und der Störung, die er im fernen Orion sah.

■

Am Morgen kroch er nackt aus der Kapsel.

Draußen stand ein Mann und starrte ihn an.

Malenfant schnappte nach Luft und verschränkte die Hände vorm Gemächt.

Der Mann – wahrscheinlich eher noch ein Junge – war groß und maß über zwei Meter. Er hatte eine kupferbraune Haut und blassgoldenes Haar, das so dicht war, dass es fast schon wie ein Pelz anmutete. Er hatte blaue Augen und Muskeln wie ein Athlet. Er trug eine Art Lendenschurz aus einem weißen Material, hatte einen lederartigen Gürtel um die Hüfte und einen Beutel bei sich. Er war mit einer Reihe von Werkzeugen behängt, die allesamt aus Stein, Knochen oder Holz waren: Keile, Schaber, eine Axt und einen Hammer.

Er hatte einen dicken Hals wie ein Gewichtheber. Einen flachen länglichen Schädel mit einer Art Knochenkamm am Hinterkopf. Brauenwülste und eine fliehende Stirn unter dem blonden Haar. Einen starken vorspringenden Kiefer – aber kein Kinn –, kräftige Zähne, eine Stirnwulst und eine flache affenartige Nase. Er wirkte auf Malenfant nicht wie ein Mensch. Aber er war trotzdem ein schönes Wesen und schaute Malenfant offen und ohne Arg an.

Dann grinste er Malenfant an und leerte den Beutel im Sand aus. Er enthielt Bananen, Süßkartoffeln und Eier. »Iss Essen hungrig, iss Essen«, sagte er. Die Stimme war hoch und undeutlich, die Konsonanten verwaschen.

Malenfant war perplex. Er stand nur mit großen Augen da.

Der Besucher faltete den Beutel zusammen, machte kehrt und rannte wie ein goldbrauner Schemen durch den Sand davon, wobei ›Freitag‹ eine deutliche Spur hinterließ.

Malenfant grunzte. »Erstkontakt«, sagte er zu sich selbst. Seine Neugier wurde immer größer.

Er ging zur Baumlinie, um sein morgendliches Geschäft zu verrichten, und kam dann zum Essen zurück. Das war mal was anderes als die immergleichen Früchte und Fische.

Er beschloss zu warten. Freitag und seine Kameraden trachteten ihm sicher nicht nach dem Leben. Trotzdem hielt er sich in nächster Nähe der Kapsel auf und behielt den Waldrand im Auge.

Er suchte nach Gegenständen, die er als Waffe zu benutzen vermochte. Unauffällig schichtete er einen Haufen größerer Steine auf, die er am Strand auflas.

Als die nächsten Besucher kamen, näherten sie sich vom See. Er hörte die Stimmen zuerst.

Sechs mit Männern und Frauen vollbesetzte Kanus kamen um die Spitze der Bucht gerudert. Malenfant schielte, um die neuen, verbesserten Augen zu fokussieren.

Die Besatzung schien sich aus Angehörigen aller Rassen zusammenzusetzen, von Weißen bis zu Schwarzen. Malenfant erkannte ein paar schöne, goldhaarige Geschöpfe wie seinen Freitag. Und er sah jemanden, der wie ein Kommandant wirkte und in einem der Kanus stand. Er trug einen perlenbesetzten Kopfputz, der mit langen weißen Hahnenfedern verziert war und einen schneeweißen langhaarigen Ziegenfellmantel. Um die Schultern lag eine rote Robe. Er machte auf Malenfant den Eindruck eines Steinzeitfürsten. Aber er war gebeugt, als ob er krank wäre.

Mit leeren Händen ging Malenfant zum Strand hinunter, um sie zu empfangen.

Die Kanus schrammten über den Grund, und der Kommandant sprang heraus und lief barfuß durchs flache Wasser an Land. Malenfant sah, dass er stolperte; die Beine waren auf den Umfang von Baumstämmen angeschwollen. Sein Gesicht war schwarz verbrannt, und ein paar Haarbüschel sprossen wie Unkraut auf dem kahlen Kopf. Aber der Blick war wachsam und forschend.

Er streckte die Hand aus. Es roch nach verfaulter Haut, und Malenfant musste sich zusammenreißen, um nicht vor Ekel zu erbrechen. Für Malenfant schien es sich um einen Fall von Strahlenkrankheit im fortgeschrittenen Stadium zu handeln. Irgendetwas geht hier vor, sagte er sich.

Der Kommandant öffnete den Mund und hob zu sprechen an. Die Lippen teilten sich mit einem leisen Schmatzen, und Malenfant sah, dass die Schleimhäute angeschwollen waren. Er sprach zu Malenfant in einer Sprache, die dieser nicht verstand. Vielleicht Suaheli oder Kiganda.

Malenfant hob die Hände. »Es tut mir Leid. Ich verstehe nichts.«

Der Kommandant wirkte verblüfft. »Guter Gott«, sagte er, »ein Europäer … Ich hätte nicht erwartet, noch einmal einem Europäer zu begegnen!« Er sprach Englisch mit einem starken Akzent.

»Kein Europäer. Amerikaner.«

»Sie sind ein Tiefreisender.«

»Tief?«

»Tief in die Zeit. Wie ich. Ich habe die Erde zum ersten Mal 2191 verlassen. Und Sie?«

»Früher«, sagte Malenfant.

»Hören Sie, ich bin eine Art Botschafter des Kabaka.«

»Kabaka?«

»Der Kaiser. Zu meinen Obliegenheiten gehört auch der Empfang von Reisenden. Nicht dass oft welche kämen.« Er registrierte Malenfants Reaktion auf seinen Zustand. Er lächelte; sein Mund war eine verwüstete Höhle mit schwarzen Zähnen. »Machen Sie sich deswegen keine Sorgen. Ich bin beim Kabaka für eine Weile in Ungnade gefallen. Das passiert den meisten Leuten. Mein Name ist Pierre de Bonneville. Ich war mal ein Franzose. Ich bin mit den Gaijin nach Bellatrix gereist: Gamma Orionis, dreihundertsechzig Lichtjahre entfernt. Eine bemerkenswerte Reise.«

»Wieso?«

De Bonneville lachte. »Ich war Schriftsteller. Eigentlich ein Dichter. Mein Land glaubte nämlich daran, Künstler zu den Sternen zu entsenden: Augen und Ohren, die die Wahrheit nach Hause bringen sollten, die innere Wahrheit dessen, was dort draußen ist, wissen Sie. Ich bin mit einer der letzten Arianes von Kourou gestartet. Eine ebenso schmutzige wie geräuschvolle Angelegenheit! Als ich zurückkam, waren alle tot oder verschwunden. Es gab keinen Ort mehr, wo ich meine Beobachtungen zu veröffentlichen vermocht hätte, niemanden, der meinen Erzählungen gelauscht hätte.«

»Ich kenne dieses Gefühl. Mein Name ist Malenfant.«

De Bonneville musterte ihn. Er schien den Namen nicht zu kennen, und das war Malenfant auch nur recht.

Die goldenhaarigen Mannschaften stocherten neugierig auf der verkohlten Hülle von Malenfants Wiedereintritts-Kapsel herum.

De Bonneville grinste. »Sie bewundern meine goldenhaarigen Besatzungsmitglieder. Die *Aufrechten*. Ich nenne sie Kintus Kinder.«

»Kintu?«

»... Aber wir sind alle Kintus Kinder. Was wollen Sie hier, Malenfant?«

Reisende und Kaiser, Geschichte und Politik. Malenfant spürte das neue Blut in den Adern pulsieren. Er hatte allzu lang unter Aliens geweilt. Nun tauchte er wieder in die menschlichen Angelegenheiten in ihrer ganzen Komplexität ein.

Er grinste. »Bringen Sie mich zu Ihrem Anführer«, sagte er.

kapitel 25

WANPAMBAS GRUFT

Pierre De Bonneville verbrachte mit seiner Besatzung aus Menschen und goldenhaarigen Hominiden eine Nacht an dem Strand, wo Malenfant vom Himmel gefallen war. Im Feuerschein aß die menschliche Besatzung gebratenen Fisch und Süßkartoffeln. Die *Aufrechten* bedienten die Menschen, die sie weder eines Blickes würdigten noch sich auf irgendeine Art und Weise bei ihnen bedankten.

De Bonneville trank ein schaumiges Bier aus vergorenem Getreide, das er *pombe* nannte. Binnen einer Stunde hatte er verquollene Augen, eine schwere Zunge und bekam kaum noch ein Wort heraus.

Als sie mit ihren Verrichtungen fertig waren, ließen die *Aufrechten* sich in einiger Entfernung von den anderen nieder. Sie bauten eine eigene Feuerstelle und brutzelten etwas, das vor Fett troff und zischte; dem Geruch nach zu urteilen tippte Malenfant auf Schweinefleisch.

Der Junge, den Malenfant ›Freitag‹ getauft hatte, hieß in Wirklichkeit Magassa.

De Bonneville erzählte Malenfant, dass er von der Stelle, wo früher Kairo gewesen war, den Nil aufwärts bis zu diesem Ort gereist sei. Wie Malenfant hatte auch er sich nach der Rückkehr von den Sternen an dem orientiert, was einer Stadt am nächsten kam. Die Flussfahrt auf dem Nil hörte sich wie ein richtiges Abenteuer an: Im Jahr 3265 war Afrika wieder ein wilder Kontinent.

»Hören Sie mir zu. Der hiesige Herrscher heißt Mtesa. Mtesa ist der Kabaka von Uganda, Usogo, Unyoro und Karagwe – ein Reich mit einer Länge von dreihundert und einer Breite von fünfzig Kilometern und damit die größte politische Einheit in dieser gottlosen Welt. Malenfant, die Dinge haben sich auf der Erde – umgekehrt –, während wir weg waren. Die Menschen hier sind zu der Lebensweise zurückgekehrt, die sie Jahrhunderte vor Ihrer und meiner Zeit, bevor die Europäer sich über den Planeten ausbreiteten, gepflegt oder erduldet haben. Sie und ich sind ausgesprochene Anachronismen. Verstehen Sie? *Diese Leute sind nicht wie wir.* Sie haben keinen Sinn für Geschichte. Keinen Sinn für Veränderungen, für die Möglichkeit einer anderen Zukunft oder Vergangenheit. Das Jahr nach Ihrem oder meinem Kalender mag 3265 sein. Aber die Erde ist nun zeitlos.« Er hustete und spie einen blutigen Schleimbrocken aus.

»Was ist mit Ihnen passiert, de Bonneville?«

Der Franzose grinste und wechselte das Thema. »Ich will Ihnen etwas über dieses Land erzählen. Wir sind wie die ersten europäischen Forscher, die im neunzehnten Jahrhundert hierher ins dunkelste Afrika kamen. Und der Kabaka ist ein harter Knochen. Wenn der Reisende zum ersten Mal in sein Land kommt, scheint sein Weg mit Blumen gepflastert. Er kann sich vor Geschenken kaum retten, er wird geehrt und hofiert, und jeder Wunsch wird unverzüglich erfüllt. Solang vom Fremden der Reiz des Neuen ausgeht und seine Fähigkeiten oder seine Vermögensverhältnisse noch nicht ausgelotet worden sind, ist es hier wie im Paradies. Aber es kommt die Zeit, da er sich auch erkenntlich zeigen muss. Vermögen Sie mir zu folgen?«

Malenfant ließ sich das durch den Kopf gehen. Die Rede von de Bonneville war blumiger, als Malenfant es gewohnt war. Allerdings war er auch zweihundert

Jahre nach Malenfant geboren worden; in dieser Zeit konnte sich viel verändert haben. Obwohl er den Eindruck hatte, dass de Bonneville sich etwas zu stark in der ›Kommunalpolitik‹ engagierte – wen interessierte schon dieser Kabaka? –, ganz zu schweigen von seiner großen Verbitterung.

»Nein«, sagte er. »Ich weiß nicht, wovon Sie sprechen.«

De Bonneville wirkte frustriert. »Irgendwann müssen Sie dem Kabaka seine Gastfreundschaft vergelten. Tragen Sie Waffen, müssen sie diese abliefern; tragen Sie Ringe oder gute Kleidung, müssen Sie die auch abliefern. Und wollen Sie es nicht freiwillig rausrücken, gibt es andere Mittel und Wege, um Sie von überflüssigem Ballast zu befreien. Ihre Begleiter lassen sich von Mtesa kaufen und Sie im Stich. Und eines Tages werden Sie feststellen, dass Sie Ihrer ganzen Habe beraubt und hier gestrandet sind, tausend Kilometer von der nächsten unabhängigen Gemeinschaft entfernt.«

»Und das ist auch Ihnen passiert.«

»Als ich keinen Unterhaltungswert mehr für ihn hatte, zerrte der Kabaka mich vor sein Gericht. Und ich – habe ihn noch mehr enttäuscht. Und mit einem Kuss des Katekiro – Mtesas Adjutant – wurde ich zu einem Monat in der *Maschine von Kimera* verurteilt.«

»Eine Maschine?«

»Es ist eine Uranoxid-Mine. Ich gehörte zu den Niedrigsten der Niedrigen, Malenfant. Das Urteil hatte gesundheitliche Folgen, wie Sie sehen. Nach meiner Freilassung hat Mtesa – als der halbzivilisierte Herrscher, der er ist – mir Arbeit am Gericht verschafft. Ich bin Buchhalter.

Und nun kommt etwas, das Sie sicher amüsant finden. Anhand der Erinnerungen an die Inka-Kultur identifizierte ich das hier verwendete System der Zahlendarstellung. Es entspricht dem *quipu,* wo Zahlen als Knoten in Schnüren dargestellt wurden. Der Kabaka hat sich diese Technik zunutze gemacht. Jeder Untertan seines Königreichs ist in Form von Zahlen erfasst: Geburtsdatum, Verwandtschaft durch Geburt und Heirat, der Inhalt der Kornspeicher und Lagerhäuser. Es ist mir gelungen, ein Buchführungssystem zu entwickeln, das dem Mtesa beim Steuereintreiben unterstützt. Er erwies sich als überaus dankbar, und ich wurde wieder Favorit bei Hofe, wenn auch in einer anderen Eigenschaft.

Aber Sie erkennen die Ironie, Malenfant. Wir Reisenden kehren von den Sternen in diese elende post-technologische Zukunft zurück – eine Welt aus Analphabeten –, und ich bin Gefangener eines Reichs, das die Handlungen eines jeden Bürgers als nüchterne Zahlen registriert. Für Sie mag das wie der Garten Eden erscheinen; in Wirklichkeit ist es eine triste, seelenlose Metropolis!«

Die *Aufrechten* unterhielten sich lachend. Malenfant hörte ihre monotonen, plappernden Stimmen.

»Ihre Sprache ist einfach«, sagte Malenfant.

»Ja. Direkt und gegenständlich. Süß, nicht wahr? Etwa auf dem Niveau eines sechsjährigen Kindes.«

»Wer sind sie, de Bonneville?«

»Kommen Sie denn nicht von selbst drauf? In ihrer Gegenwart läuft es mir kalt den Rücken hinunter. Körperlich sind sie natürlich schön. Die Frauen sind willig … Hier. Noch etwas *pombe?*«

»Nein.«

Sie saßen in der kühlen Nacht, ein alter Mann und ein Invalide, die in der Zeit gestrandet waren. Und in der Ferne versammelten die großen und eleganten *Aufrechten* sich um ihr Feuer.

■

Malenfant erklärte sich bereit, mit Pierre de Bonneville nach Usavara zu reisen, dem Jagddorf des Kabaka, und von dort zur Hauptstadt Rubaga. Rubaga war die Quelle dieser Strahlungsanomalien, die Malenfant aus dem Orbit erfasst hatte.

Am nächsten Tag ruderten sie aus der Bucht hinaus. De Bonnevilles Kanu lief ausgezeichnet, und Magassa, der *Aufrechte,* trommelte eine Begleitung zum monotonen Singsang der Ruderer.

Der im Heck sitzende Malenfant fühlte sich in einen Themenpark versetzt.

Ungefähr zwei Kilometer von Usavara, dem Jagddorf, entfernt sah Malenfant Tausende von Waganda am Ufer stehen – so nannte diese neue Rasse sich selbst, sagte de Bonneville. Sie waren in zwei dichten Reihen am Ufer angetreten, an deren Enden jeweils ein paar gut gekleidete Männer in Rot, Schwarz und Schneeweiß standen. Als die Kanus sich dem Ufer näherten, wurde mit Pfeil und Bogen Salut geschossen. Pauken und Trommeln intonierten eine geräuschvolle Begrüßung, und Flaggen und Banner wehten.

Nachdem sie angelegt hatten, führte de Bonneville Malenfant das Ufer hinauf. Sie wurden von einer alten Frau empfangen. Sie war klein, gebückt und mit einer roten Robe bekleidet, die sie über einem weißen Kleid aus gebleichter Baumwolle trug. De Bonneville kniete vor dieser Gestalt nieder und sagte Malenfant, dass sie der Katekiro sei: Eine Art Premierminister des Kabaka.

Das Gesicht der Katekiro war eine runzlige Maske.

»Ach du Scheiße! Du bist's, *Nemoto.*« Sie war es wirklich; daran bestand für Malenfant kein Zweifel.

Als sie Malenfant näher betrachtete, weiteten ihre Augen sich, und sie wandte sich ab. Von da an schaute sie ihm nicht mehr in die Augen.

De Bonneville beobachtete die beiden neugierig.

Die Katekiro machte eine Kopfbewegung, und begleitet von einem Trommelwirbel gingen Malenfant und de Bonneville ins Dorf.

Sie kamen zu einem Kreis strohgedeckter Hütten, die ein großes Haus umstanden. Dieses Haus wurde Malenfant als Unterkunft zugewiesen. Sie würden die Nacht hier verbringen und morgen weiter ins Landesinnere gehen. Nemoto blieb keinen Moment länger als notwendig in Malenfants Nähe, sodass er keine Gelegenheit bekam, mit ihr zu sprechen.

Als Malenfant aus der Hütte hinaustrat, fand er Geschenke vom Kabaka: Bananenbüschel, Milch, Süßkartoffeln, grünen Mais, Reis, Eier und zehn Krüge mit *maramba*-Wein.

Reid Malenfant hatte sich den NASA-Druckanzug unter den Arm geklemmt. Er war völlig desorientiert. Und die Präsenz von Nemoto, eines menschlichen Wesens, dem er vor tausend Jahren begegnet war, verstärkte dieses irreale Gefühl nur noch mehr.

Er lachte, nahm sich einen Weinkrug und ging zu Bett.

■

Am nächsten Tag marschierten sie landeinwärts in Richtung der Hauptstadt.

Malenfant wanderte durch eine weite Graslandschaft. Die Straße war ein schnurgerader, zwei Meter breiter Streifen, der Dschungel und Savanne durchschnitt. Sie schien eigens für die Jagdausflüge des Kabaka angelegt worden zu sein. In der Nähe gab es einen kleinen brackigen See und dahinter eine Hügelkette, die sich zu einem Gebirge erhob. Die unteren Flanken der Berge waren bewaldet, und die Gipfel in Wolken gehüllt. Die kuppelförmigen Hütten der Waganda waren in Platanenwäldchen mit flachen Blättern und grünen Blumen versteckt, die die Luft mit dem eklig süßen Geruch überreifer Früchte schwängerten.

In der Ferne hörte Malenfant ein Bellen.

In einer Entfernung von zwei oder drei Kilometern sah er Tiere durch die Ebene ziehen. Es waren vielleicht Elefanten; sie waren groß und grau, und weiße Stoßzähne schimmerten im grauen Licht der einbrechenden Dämmerung. Im Gegensatz zu den Zootieren, an die Malenfant sich erinnerte, waren die Stoßzähne aber nach unten gerichtet.

Er fragte de Bonneville wegen der Tiere.

De Bonneville grunzte. »Diese elefantenartigen Viecher sind *deinotherium.* Genetische Archäologie.«

Malenfant versuchte all diese Eindrücke zu speichern und sich den Rückweg zur Küste einzuprägen. Aber es fiel ihm schwer, sich auf die Umgebung zu konzentrieren.

Nemoto: Gottverdammt. Sie hatte ihn sicher wiedererkannt. Aber sie hatte ihn kaum zur Kenntnis genommen, und nicht einmal auf diesem langen Marsch durch Afrika gelang es ihm, in ihre Nähe zu kommen.

Nach einer dreistündigen Wanderung erblickten sie einen Hügel mit einer flachen Kuppe, der lange Schatten über die Landschaft warf. Der Hügel wurde von ein paar großen konischen Grashütten gekrönt, die von einem Staketenzaun eingegrenzt wurden. Dieses Dorf auf dem Hügel sei Rubaga, die Hauptstadt, sagte de Bonneville, und der Hügel selbst sei als Wanpambas Gruft bekannt. Malenfant empfand Rubaga als einen unheimlichen Ort, der nicht mit der üppigen grünen Landschaft harmonierte, die er beherrschte.

In der Mitte des Haufendorfs stand ein größeres Gebäude, bei dem es sich offensichtlich um den Kaiserpalast handelte. Auf Malenfant machte er den Eindruck einer Scheune. Um das Zentralgebäude schossen Strahlen von Fontänen in die Luft, wie Diamanten, die im Licht funkelten. Das mutete Malenfant seltsam an. Fontänen? Woher kam der Druck für Springbrunnen?

Breite Straßen zogen sich strahlenförmig die Hügelflanken herunter. Diese Avenuen verengten sich zu Wegen, die das Land durchzogen. Malenfant sah, dass der Verkehr auf diesen strahlenförmigen Straßen – Fußgänger und Ochsenkarren – gerichtet war. Er führte nur zu ihr hin und von ihr weg.

Zwei breitere Straßen im Osten und Westen schienen sich in einem schlechteren Zustand zu befinden als der Rest; als ob sie Schwerlastverkehr zu bewältigen hätten. Die östliche Straße führte nicht den Hügel hinauf, sondern in einen Tunnel, der in den Hügel gebohrt war. Sie schien dem Zweck zu dienen, Lieferungen für eine Mine im Hügel zu befördern oder Erz herauszuschaffen. Und wirklich sah er einen Konvoi schwerer abgedeckter Wagen, die von Büffeln gezogen über die östliche Straße rollten. Es erinnerte Malenfant an ein aus zwanzig Maultieren bestehendes Gespann, das Bauxit aus dem Death Valley transportierte.

Sie erklommen den Hügel auf einer der Avenuen mit rötlichem Lehmuntergrund. Die Straße war mit Schilfrohr eingezäunt.

Leute tummelten sich auf den Avenuen. Die Waganda trugen braune Gewänder oder weiße Kleider, wobei manche ein weißes Ziegenfell über dem braunen Gewand trugen und andere eine turbanähnliche Kopfbedeckung aus Schnüren. Sie zeigten kaum Interesse an de Bonnevilles Reisegesellschaft. Offenbar war ein Reisender draußen in Usavara, in der Pampa, eine Attraktion, aber hier in der Hauptstadt waren alle viel zu cool, um ihnen Aufmerksamkeit zu widmen.

Zeichen der Zivilisation wie Fernsehantennen oder Cola-Automaten waren nirgends zu sehen. De Bonneville überraschte Malenfant aber mit der Information, dass die Leute hier bis zu 150 Jahre alt wurden.

»Wir sind zu den Sternen geflogen und zurückgekehrt. Rubaga mag primitiv wirken, aber der Eindruck täuscht. Wir leben auf der Rückseite eines tausendjährigen Fortschritts in Wissenschaft und Technik. Einschließlich dessen, was wir von den Gaijin und anderen gekauft haben. Es ist unsichtbar – in die Struktur der Welt eingebunden –, aber es ist *da.* So sind zum Beispiel viele Krankheiten ausgerottet worden. Und dank der Gentechnik ist der Alterungsprozess stark gebremst worden.«

»Was ist mit den *Aufrechten?*«

»Was?«

»Welche Lebenserwartung haben sie?«

De Bonneville wirkte irritiert. »Dreißig bis vierzig Jahre, glaube ich. Was spielt das aber für eine Rolle? Ich spreche vom *Homo sapiens,* Malenfant.«

Trotz de Bonnevilles Fortschrittsbeteuerungen erkannte Malenfant bald, dass es inmitten der gepflegten, gesunden und langlebigen Bürger auch solche gab, die längst nicht so gut aussahen. Diese Unreinen waren zwar anständig gekleidet. Aber sie alle – Mann, Frau und Kind – waren von Krankheiten und Behinderungen gezeichnet. Malenfant zählte die Symptome: Geschwollene Lippen, offene Wunden, und manche Leute hatten Köpfe wie Billardkugeln, an denen nur noch Haarbüschel hingen. Viele hatten schwarze Flecken im Gesicht und an den Händen. Bei manchen schien die Haut abzuschuppen, und andere hatten geschwollene Arme und Beine, sodass die Haut straff gespannt und glasig war.

Alles in allem die gleichen Symptome wie bei Pierre de Bonneville.

De Bonneville verzog das Gesicht beim Anblick seiner Leidensgenossen. »Der *Hauch von Kimera*«, zischte er. »Eine schreckliche Sache, Malenfant.« Mehr sagte er nicht dazu.

Während diese Unglücklichen sich durch die Menge

bewegten, wichen die anderen Waganda vor ihnen zurück und vermieden es sogar, die Unreinen auch nur anzuschauen.

■

Sie erreichten den Schilfrohrzaun, der das Dorf auf dem Hügel eingrenzte. Sie gingen durch ein Tor und betraten den zentralen Bereich.

Malenfant wurde zu dem Haus geführt, das man ihm zugeteilt hatte. Es stand mitten in einem Platanenhain und hatte die Form eines großen Zelts mit einem Vordach in Gestalt eines Säulengangs. Es hatte zwei Wohneinheiten. In der Nähe gab es drei kuppelförmige Hütten für Diener und Pferche für – wie man ihm sagte – seine Büffel und Ziegen.

Nützlich, sagte er sich.

Die Aussicht von hier war in der Tat ›kaiserlich‹. Eine in frühem Sommergrün leuchtende und in Sonnenlicht getauchte Landschaft fiel in Wellen weg. Eine frische Brise wehte vom großen Binnenmeer. Hie und da ragten einzelne kegelförmige Hügel aus der flachen Landschaft; sie muteten an wie riesige Tische auf einem grünen Teppich. Dunkle gewundene Linien markierten den Verlauf tiefer baumbestandener Senken, die sich durch gewelltes Grasland zogen. In breiten Vertiefungen erkannte Malenfant Gärten und Kornfelder. In Richtung des Horizonts verschmolzen all diese Details mit dem blauen Himmel.

Es war eine Postkarten-Idylle, wie sie vor der Ankunft der Europäer existiert haben mochte. Aber er fragte sich, was diese Landschaft schon alles gesehen hatte, wie viel Blut und Tränen die Erde getränkt hatten, bevor die Narben der Kolonisierung verheilt waren.

Nicht dass das Land nicht erschlossen war – im Gegenteil: Hauptsächlich durch ein Netz aus Bewässerungskanälen, die von hier aus deutlich sichtbar waren. Die Anlage war auf ihre Art eindrucksvoll. Malenfant fragte sich aber, wie der Kabaka und seine Vorgänger das geschafft hatten. So groß erschien die Bevölkerung ihm nämlich nicht, als dass sie in großer Zahl Arbeiter von den Feldern für diese Erdarbeiten abzustellen vermocht hätte.

Vielleicht hatten sie *Aufrechte* dafür herangezogen, wer auch immer sie waren.

So viel also zu der lauschigen Idylle, sagte er sich. Es hatte den Anschein, dass der *Homo sap* wieder unterwegs war, sich vermehrte und Flurschaden anrichtete und die Lasten seinen Mitmenschen und den anderen Mitgeschöpfen aufbürdete – wie gehabt.

In dieser ungeregelten Biosphäre, in der zu dichten, zu heißen und zu feuchten Luft hatte Malenfant Schwierigkeiten mit dem Einschlafen. Als er dann doch eingeschlummert war, wachte er wenig später verwirrt und mit einem Brummschädel wieder auf.

Es gab hier keinen Kaffee, weder koffeinfreien noch sonst welchen.

■

Am nächsten Nachmittag wurde Malenfant in den Palast geladen.

Die Katekiro – Nemoto – holte ihn ab. Offensichtlich hatte sie einen entsprechenden Auftrag erhalten. »Kommen Sie mit mir«, sagte sie kurz angebunden. Es war das erstemal, dass sie Malenfant direkt ansprach.

»Nemoto, ich weiß, dass Sie es sind. Und Sie haben mich auch wiedererkannt, nicht wahr?«

»Der Kabaka wartet.«

»Wie sind Sie überhaupt hierher gekommen? Wie lang sind Sie schon hier? Gibt es hier noch andere Reisende?«

Nemoto antwortete nicht.

Sie näherten sich dem hohen inneren Zaun um den Palast selbst. Er war heute nicht der einzige Besucher und stieß auf eine ganze Prozession. Die gemeinen Waganda durften diesen Punkt nicht übertreten, aber sie drängten sich an den Toren, unterhielten sich angeregt und versuchten, einen Blick hinter den Zaun zu werfen.

Es ertönte ein rollender Trommelwirbel, und das Tor wurde geöffnet; und die ganze Schar, Häuptlinge, Soldaten, Bauern und drei Sternenreisende betraten eine Anlage aus mehreren Höfen.

Ein breiter Weg verlief an der Innenseite des Zauns, und in den vier Ecken des Zauns sprudelten diese spektakulären Fontänen fünfzehn Meter oder noch höher in die Luft. Das Wasser entsprang primitiven Lehmrohren, die im Boden unter dem Palast verlegt waren. Vielleicht waren Pumpen im Hügel verborgen.

Malenfant näherte sich einer der Quellen. Er streckte die Hand aus und tauchte sie ins Wasser – mein Gott, es war *heiß,* so heiß, dass er sich fast die Finger verbrühte –, und Nemoto zog seinen Arm zurück. Ihre Hand fühlte sich ledrig und warm an.

Die Trommeln wurden wieder gerührt. Sie durchschritten eine Reihe von Höfen, bis sie schließlich vor dem Palast standen.

Es war nur eine Grashütte. Aber sie war groß und geräumig, voller Licht und Luft. Malenfant, der unter anderem das Weiße Haus besucht hatte, war schon in schäbigeren Regierungsgebäuden gewesen.

Das Herz des Palastes war ein Empfangsraum. Dabei handelte es sich um eine schmale, etwa zwanzig Meter lange Halle, deren Decke von zwei Säulenreihen getragen wurde. Die Gänge waren mit Würdenträgern und Staatsbeamten gefüllt. An jeder Säule stand eine kaiserliche Wache, die mit einem langen roten Mantel, einem mit Affenfell verzierten Turban, einer weißen

Hose und einer schwarzen Hemdbluse bekleidet war. Alle waren mit Speeren bewaffnet. Aber es gab dort keinen Thron, und Mtesa war auch nicht zugegen. Stattdessen gab es nur ein rechteckiges Loch im Boden, das Malenfant für einen Brunnen hielt.

Malenfant, Nemoto und den anderen wurden Plätze in Reihen vor der offenen Schacht angewiesen.

Trommeln ertönten, und Dampfschwaden waberten aus der Öffnung, gefolgt von einem mahlenden mechanischen Geräusch. Eine Plattform erhob sich leicht ruckelnd aus dem Loch. Erneut fragte Malenfant sich, woher man die Energie für diesen Faxenkram nahm. Auf der Plattform stand ein Thron – ein pompöser Bürosessel –, auf dem Mtesa saß. Mtesa hatte eine schlanke Figur und einen kahlrasierten Kopf, der mit einem Fez bedeckt war. Das Gesicht war glatt und faltenfrei, und sein Alter mochte zwischen fünfundzwanzig und fünfunddreißig Jahren liegen. Die großen leuchtenden Augen verliehen ihm eine eigentümliche Schönheit, und Malenfant fragte sich, ob das Blut von *Aufrechten* in seinen Adern floss. Mtesa schwitzte, und die Gewänder waren etwas in Unordnung geraten, aber er grinste breit.

Katekiro Nemoto, Mtesas Wesir und seine Schreiber traten alle vor und knieten vor ihm nieder. Ein paar küssten ihm die Handteller und Handrücken, andere warfen sich vor ihm auf den Boden. Es mutete Malenfant seltsam an, Nemoto in dieser Pose zu sehen.

Währenddessen stand ein Mädchen neben Mtesa. Es war groß, ganz in Weiß gekleidet und hatte dunkles Haar, aber auch den dicken Hals und den flaumigen goldenen Pelz der *Aufrechten*. Das Mädchen konnte nicht älter als fünfzehn sein. Es bewegte sich mit einer katzenhaften Geschmeidigkeit – und war teuflisch sexy, fand Reid Malenfant, der vertrocknete hundertjährige Sternenfahrer. Aber es wirkte auch besorgt, wie ein Kind, das ein schlechtes Gewissen hat.

An diesem Nachmittag ging es hauptsächlich um die Abfertigung von Bittstellern und Botschaftern, was Mtesa straff handhabte – und brutal, wenn er sich echauffierte. In solchen Fällen wurden die *Lords des Strangs* herbeigerufen: Große, kräftige Wachen, deren Aufgabe darin bestand, den Anlass von Mtesas Verdruss mit einem Strick um den Hals abzuführen. Das war eine bestechende Management-Technik, sagte Malenfant sich.

Nemoto war in ihrer Eigenschaft als Katekiro unmittelbar am ganzen Geschehen beteiligt: Am Vortrag der Fälle und der Vorlage von Beweismitteln sowie der Verkündung des Urteils. Und jedem Urteilsspruch ging ein Kuss voraus, den Nemoto dem verängstigten Opfer auf die Backe drückte – ein Todeskuss von einer tausend Jahre alten Frau, sagte Malenfant sich mit einem Schauder.

Schließlich wandte Mtesa sich an Malenfant. Durch einen Dolmetscher, einen verhutzelten kleinen Höfling, stellte der Kabaka Fragen. Er interessierte sich mit geradezu kindlicher Neugier für Malenfants Geschichte: Wo und wann er geboren war, die Orte, die er auf seinen Reisen gesehen hatte.

Nach einer Weile fand Malenfant sogar Gefallen an der Sache. Zum erstenmal seit tausend Jahren hatte Reid Malenfant jemanden gefunden, der seine Anekdoten über die frühen Tage des amerikanischen Raumfahrtprogramms wirklich hören *wollte*.

Es stellte sich heraus, dass Mtesa alles über die Gaijin, die Sattelpunkt-Tore und auch über die Diaspora der Menschen während der letzten tausend Jahre wusste. Die Vorstellung, dass Malenfant vor tausend Jahren geboren war, bereitete ihm keine Probleme. Zumal das ohnehin nur Abstraktionen für ihn waren, weil die

Gaijin sich nicht in die Belange der Erde einmischten – zumindest nicht offen – und Mtesa sich eh mehr für das Kapital interessierte, das er aus Malenfant zu schlagen vermochte.

Malenfant rief sich in Erinnerung, dass für die Menschen hauptsächlich ihr Abschnitt der Geschichte zählte; Mtesa war ein Mensch seiner Zeit, die mit Malenfants Epoche nichts zu tun hatte. Trotzdem fragte Malenfant sich, nach wie vielen Generationen nur die Könige und Höflinge noch die wahre Geschichte der Menschheit kannten, während alle anderen in Unwissenheit verharrten und die Blumen-Schiffe der Gaijin als Götter am Himmel verehrten.

Mtesa bot Malenfant verschiedene Geschenke dar, sagte ihm, dass er so lange bleiben dürfe, wie er wolle, und entließ ihn.

Nemoto, die Katekiro, setzte sich von Malenfant ab, sobald die Gelegenheit sich bot.

■

Als Malenfant an jenem Abend allein in seiner Villa war, fühlte er sich plötzlich krank.

Er vermochte das Essen nicht mehr bei sich zu behalten und meinte Fieber zu haben. Und die Hand schmerzte: Er spürte ein Brennen tief im Fleisch an der Stelle, wo das Wasser der Fontäne ihn berührt hatte.

Im Kugelhelm der EMU studierte er sein Spiegelbild. So schlimm sah er aber nicht aus. Er hatte vielleicht einen leicht glasigen Blick. Lag möglicherweise am Essen.

Er ging früh zu Bett und versuchte nicht mehr daran zu denken.

■

Er versuchte Kontakt zu Katekiro Nemoto aufzunehmen und schöpfte alle Möglichkeiten aus, um zu ihr vorzudringen.

Schließlich erklärte Nemoto sich mit allen Anzeichen des Unwillens bereit, etwas Zeit mit Malenfant zu verbringen. Sie kam zu seiner Hütte, und sie setzten sich im Schein einer Öllampe und des blauen Mondes auf die große Veranda mit ihrem Holzfußboden.

Sie hatte einen Buddha mitgebracht, eine dicke hässliche Skulptur. Sie sagte, dass sie aus glasiertem Regolith des Mare Ingenii bestünde: Mondgestein, das von der Zeit poliert worden war. Die verschrumpelte kleine Japanerin schaute zum blau-grünen Mond empor. »Und nun ist der Regolith unter ein paar Metern Erdreich begraben, durch das dicke Erdwürmer kriechen, die sich in der Schwerkraft des Mondes entwickelt haben. Wir haben überlebt, um seltsame Zeiten zu erleben, Malenfant.«

»So scheint es.«

Sie unterhielten sich weiter, aber Nemoto war nicht sehr gesprächig. Um Informationen von ihr zu erhalten, musste er sie aus der Reserve locken, indem er die Sprache auf die Gaijin brachte, von denen sie besessen war – oder am besten auf die Firma Nishizaki Heavy Industries, die in ihren Augen die menschliche Spezies verraten hatte.

Mit Erstaunen vernahm er, dass sie tausend Jahre der Geschichte auf dem ›langen Weg‹ bewältigt hatte: Sie war nicht etwa von Epoche zu Epoche gesprungen, wie er und die anderen Sattelpunkt-Reisenden es getan hatten, sondern war einfach nicht gestorben. Sie sagte ihm aber nicht, welcher Technik sie sich bedient hatte, um die übliche menschliche Lebensspanne so sehr zu verlängern.

Tausend Jahre des Bewusstseins: Ohne Zweifel wurde das von Kassiopeia und ihren mechanischen Geschwistern weit übertroffen, aber nach menschlichen Maßstäben schien eine solche Zeitspanne unerträglich. Er fragte sich, wie gut Nemoto noch auf die Erinnerungen an ihre tiefe Vergangenheit zuzugreifen vermochte, zum Beispiel an ihre erste Begegnung auf dem Mond. Vielleicht hatte sie sich der Technik bedienen müssen, um die unzähligen Erinnerungen neu zu ordnen und zu optimieren. Und während er Nemoto zuhörte, fragte er sich, inwieweit ihre geistige Gesundheit und Persönlichkeit unter diesem quälend langen Leben gelitten hatten. Sie deutete dunkle Zeiten an, Abstürze in Armut und Machtlosigkeit, sogar eine – Jahrhunderte lange – Phase, wo sie als Eremit auf der Rückseite des Mondes gehaust hatte.

Obwohl sie von der Zeit beschädigt worden war, hatte sie sich eines bewahrt: Ihre unversöhnliche Feindschaft gegen die Gaijin und die Aliens, die ihnen folgten.

»Als ich die Gaijin entdeckte, glaubte ich, dass uns ein tausendjähriger Krieg bevorstünde. Nun sind tausend Jahre vergangen, und der Krieg geht weiter. Malenfant, als ich noch Einfluss hatte, versuchte ich die Gaijin einzudämmen. Ich rekrutierte das Volk der Yolgnu. Ich gründete Kasyapa Township ...«

»Auf Triton.«

»Ja. Er war ein Brückenkopf, der die Gaijin daran hindern sollte, ihre industriellen Aktivitäten im äußeren System auszuweiten. Dieser Versuch ist misslungen. Nun gibt es nur noch eine Handvoll menschlicher Siedlungen außerhalb der Erde. Es gibt eine Kolonie auf dem Merkur, so nah an der Sonne, dass sie dem Zugriff der Gaijin entzogen ist ... Falls sie überlebt, wird das vielleicht unsre letzte Heimat werden. Denn *die Gaijin sind hier.*«

Eine Motte flog gegen die Lampe. Sie fing das Insekt mit einer verkrümmten Hand und zeigte Malenfant die zerdrückten Überreste.

Splitter von Glimmerflügeln. Das Schimmern von Kunststoff. Ein Schmierfilm wie von Nähmaschinenöl.

»Gaijin«, sagte Nemoto. »Sie sind hier, Malenfant. Sie sind überall und machen sich breit. Und noch Schlimmere sind unterwegs.« Sie deutete auf die Sterne an einem Himmel, der durchs Licht des tiefen Monds trüb wirkte. Er vermochte gerade noch den Orion zu erkennen. »Sie müssen die Novae gesehen haben.«

»Sind sie das?«

»Ja. Novae und kleinere Sternenexplosionen breiten sich wie eine Infektion entlang des Spiralarms aus. So geht das schon seit Jahrhunderten.«

»Mein Gott.«

Sie lächelte grimmig. »Ich habe Sie vermisst, Malenfant. Sie erkennen die Zusammenhänge sofort. Das erfolgt natürlich mit Absicht; es handelt sich um eine Strategie irgendeiner Intelligenz. *Irgendjemand zündet die Sterne* und lässt sie wie Feuerwerkskörper explodieren. Die ausgewählten Sterne gleichen der Sonne – mehr oder weniger. Wir haben die Zerstörung von Castor und Pollux im Sternbild der Zwillinge beobachtet. Castor ist ein Doppelstern mit zwei A-Klasse-Sternen und ungefähr fünfundvierzig Lichtjahre entfernt, und der K-Klasse-Pollux ist fünfunddreißig Lichtjahre entfernt. Dann kam Procyon, ein elf Lichtjahre entfernter F-Klassen-Stern und zuletzt Sirius …«

»Nur noch neun Lichtjahre entfernt.«

»Ja.«

»Wieso sollte jemand Sterne überhaupt hochjagen?«

Sie zuckte die Achseln. »Um die Rohstoffe auszubeuten. Oder um eine Flotte von Sonnensegel-Raumschiffen zu starten. Wer weiß? Ich nenne sie die *Kracher*«, sagte sie düster. »Zutreffend, meinen Sie nicht? Die Ausbreitung scheint allerdings uneinheitlich zu sein.«

»Aber sie sind hierher unterwegs.«

»Ja, sie sind hierher unterwegs.«

»Vielleicht werden die Gaijin uns verteidigen.«

Sie schnaubte. »Die Gaijin verfolgen ihre eigenen Interessen. *Wir* sind unwichtig, nur eine weitere Opfer-Spezies, die ein paar Jahrzehnte oder Jahrhunderte hinter der allgemeinen Entwicklung herhinkt und die in einem interstellaren Krieg zwischen räuberischen Kolonisten zerrieben wird.«

Wie Malenfant es schon zwischen den Sternen gesehen hatte. Immer wieder. Und nun würde es hier geschehen.

… Aber es gab noch viele Geheimnisse, sagte er sich. Es stellte sich noch immer die Frage des *Neustarts,* des großen Kataklysmus, der über die Galaxis und die sich zankenden Spezies hereinzubrechen drohte.

Welche Ziele verfolgten die Gaijin *wirklich* hier im Sonnensystem? Nemotos fundamentalistischer Antagonismus mutete Malenfant allzu einfach an, denn er kannte die Gaijin besser. Sie waren kaum Freunde der Menschen, doch genauso wenig waren sie ihre Todfeinde. Sie waren eben *Fremde,* die ihrem eigenen Stern folgten.

Aber Nemoto redete unaufhörlich weiter, ebenso resigniert wie fatalistisch. »Ich bin eine alte Frau. Ich war schon vor tausend Jahren eine alte Frau. Mir bleibt nichts anderes mehr übrig, als hier in diesem absurden kleinen Königreich zu überleben …«

Vielleicht. Aber wenn sie hätte abtreten wollen, sagte er sich, hätte sie das überall tun können. Sie hätte nicht *hierher,* in dieses triste Feudalreich kommen und seinem aufgeplusterten Herrscher dienen müssen. Diese Grasland-Metropolis – und die Strahlungssignatur, diese Spur der Technik – hatte sie angelockt, genauso wie ihn.

»Ich habe einen funktionierenden Druckanzug«, versuchte er sie aus der Reserve zu locken.

Sie rührte sich kaum, als ob sie ihre Reaktion darauf unterdrücken wollte. Sie glich einer Statue, wirkte selbst wie ein großer Buddha aus Mondgestein.

Sie verschweigt mir etwas, wurde er sich bewusst. Etwas Wichtiges.

■

Er wurde noch vor dem Morgengrauen geweckt.

De Bonnevilles zerstörtes Gesicht dräute über ihm wie ein schwarzer Mond, und sein Atem roch nach *pombe.* »Malenfant. Kommen Sie. Sie gehen auf die Jagd.«

»Wer denn?«

»Werden Sie schon sehen.«

Eine schwüle Hitze brandete gegen Malenfant an, als er aus der Hütte trat. Er ging hinter de Bonneville den Hügel hinab und folgte ihm auf immer schmaleren und verschlungeneren Pfaden, bis er das hohe und taufrische Gras einer Savanne unter den Füßen hatte. Wagandas folgten ihnen, Männer und Frauen gleichermaßen. Sie unterhielten sich leise, und ein paar lachten.

Der blaue Mond war längst untergegangen. Aber es standen noch immer Sterne am Himmel. Malenfant sah ein diffuses grünes Licht, das am südlichen Himmel seine Bahn zog: Es war ein *Baum,* ein lebendiger, mit *post*-Menschen bevölkerter Satellit, der über diese urzeitliche afrikanische Landschaft hinwegflog.

De Bonneville ließ den Blick schweifen und deutete in eine bestimmte Richtung. »Dort ist eine Spur – sehen Sie, wo das Gras niedergetrampelt ist? Sie führt zum See. Kommen Sie. Wir werden ihr folgen.« Und ohne auf Malenfants Zustimmung zu warten, machte er kehrt und ging hinkend und schnaufend voran. Seine Schmerzen schien er vor lauter Vorfreude auf das Spektakel gar nicht mehr zu spüren.

Malenfant folgte ihm und stapfte durchs hohe feuchte Gras. Sie kamen an einer Herde der Elefantenartigen vorbei, den *deinotherium.* Sie schienen die Menschen nicht zu bemerken. In einem Wäldchen sah Malenfant das Gesicht einer Großkatze – vielleicht eines Löwen – mit Säbelzähnen. De Bonneville sagte, das sei ein *megantereon.* Und er wäre fast über eine Echse gestolpert, die sich im Gras verborgen hatte; sie war einen halben Meter lang, und drei spitze Hörner wuchsen ihr aus dem Kopf. Das Tier entfernte sich ein Stück und schaute ihn mit großen Augen an.

Sie kamen an einem gebleichten Schädel vorbei, vielleicht von einer Antilope. Er war mit einem Faustkeil zertrümmert worden, der noch immer im Schädel steckte. Malenfant bückte sich und brach den Stein heraus. War dieses Werkzeug von den *Aufrechten* gefertigt worden? Für einen menschlichen Ursprung wirkte es allzu primitiv.

De Bonneville packte ihn am Arm. »Dort«, flüsterte er.

Vielleicht einen halben Kilometer entfernt hatte eine Gruppe von Geschöpfen, die wie große Affen aussahen – muskulös, behaart und mit großen Köpfen –, sich um einen Kadaver geschart. Malenfant sah gekrümmte Hörner; vielleicht handelte es sich auch um eine Antilope. Im Morgengrauen arbeiteten die Hominiden gemeinschaftlich mit Gegenständen, die wie Steinwerkzeuge aussahen, an der Zerteilung des Kadavers. Ein paar von ihnen hielten Wache und vertrieben lauernde Hyänen mit Steinwürfen.

»Sind das die Jäger, die Sie mir zeigen wollten?«, fragte Malenfant.

De Bonneville schnaubte verächtlich. »Die da? Nein. Das sind nicht mal Jäger. Sie haben darauf gewartet, dass Hyänen oder Schakale dieses *sivatherium* rissen und es ihnen dann geklaut … Ah. Schauen Sie, Malenfant.«

Zu Malenfants Linken schlichen geduckte Gestalten durchs Gras. Im grauen Licht machte Malenfant goldene Haut und aufblitzendes weißes Tuch aus. Es waren Magassa und andere seines Stammes, die sich an die affenartigen Abstauber heranpirschten.

»*Jetzt*«, zischte de Bonneville. »Nun geht's los.«

»Was sind das für Kreaturen, de Bonneville?«

Er grinste. »Nachdem das Eis sich zurückgezogen hatte, war die Erde ohne Leben. Verschiedene – Experimente – wurden durchgeführt, um sie wieder zu bevölkern. Aber nicht so wie bisher.«

»Mit älteren Lebensformen.«

»Ja. Mit Tieren und sogar mit Hominiden, unseren Urahnen.«

»Dann ist Magassa …«

»… ein ausgestorbener Hominide, der hier im Jahr 3265 zu neuem Leben erweckt wurde. Magassa ist ein *Homo erectus*. Und es gibt wieder Tiger in Indien und Mammuts in Nordeuropa, und viele Megafauna-Spezies durchstreifen wieder die Prärien Nordamerikas, die von den Siedlern der Steinzeit ausgerottet wurden … Das ist schon was, nicht wahr, Malenfant? Damit, dass Sie *das* nach Ihrer Rückkehr zur Erde vorfinden würden, hätten Sie sicher nicht gerechnet: Die verlorenen Spezies der Vergangenheit, die wieder zum Leben erweckt wurden und hier am Ende der Zeit den leeren Planeten durchstreifen.«

Auf Malenfant machte das den Eindruck einer typischen Gaijin-Manipulation. Genauso wie sie am Klima, der Biosphäre und den geophysikalischen Zyklen der Erde herumgefummelt hatten, schienen sie entschlossen, die der DNA innewohnenden Möglichkeiten zu erschließen und den Schatz des Lebens der Vergangenheit zu heben. Eine endlose Suche, um Antworten auf ihre unausgesprochenen Fragen zu finden. Und hier war nun eine Jagdgruppe des *Homo erectus*, bei Gott, die in diesem Jahr 3265 nach Christus über die Ebenen Afrikas streifte. »Wird das von irgendjemandem erforscht?«

De Bonneville schaute ihn verwundert an. »Vielleicht haben Sie nicht verstanden. *Die Wissenschaft ist tot,* Malenfant. Das sind nur *Aufrechte.* Aber ...« – er schaute nachdenklich – »ich frage mich manchmal, ob Magassa eine Seele hat. Wissen Sie, Magassa verfügt über eine gewisse Sprachfähigkeit. Seine Sprechwerkzeuge gleichen eher denen nichtmenschlicher Primaten. Trotzdem ist er imstande, sich verständlich zu machen. Schauen Sie Magassa in die Augen, Malenfant, und Sie werden ein wirkliches Bewusstsein erkennen – viel höher entwickelt als das jeden Tiers –, aber ein Bewusstsein, dem ein Großteil der Komplexität, der Abgründe und Verwirrung unsres Bewusstseins fehlt. Gibt es immer noch einen Papst oder Mullah irgendwo auf der Erde oder dem Mond, der sich mit solchen Fragen beschäftigt und Magassa vielleicht noch heute als entartet bezeichnen würde? Magassa selbst würde solche Fragen nicht formulieren; ohne unser volles inneres Bewusstsein würde es ihm an der Fähigkeit mangeln, anderen Dingen Bewusstsein zuzuschreiben und er wäre deshalb nicht in der Lage, sich Bewusstsein bei nichtmenschlichen Lebewesen und Gegenständen vorzustellen. Das heißt, er wäre auch nicht in der Lage, sich Gott vorzustellen.«

»Sie beneiden ihn«, sagte Malenfant.

»Ja. Ja, ich beneide Magassa um seine Gelassenheit und geistige Gesundheit. Nun gut. Das macht sie zu guten Arbeitern. Und die Frauen – Warten Sie. Schauen Sie sich das an.«

Magassa richtete sich plötzlich auf, stieß einen Schrei aus und schwenkte eine Fackel, die plötzlich aufloderte. Die anderen *Aufrechten* folgten seinem Beispiel.

Ihre hohen klaren Stimmen trugen wie Möwenschreie über die Grasebene zu Malenfant.

Bei dem Krawall sprangen die primitiven, diebischen Hominiden erschrocken auf. Mit blökenden Schreien ließen sie die Antilope im Stich und flohen vor den *Aufrechten*. Einer der Hominiden – eine Frau – war etwas mutiger; sie riss noch einen Fleischfetzen aus dem Kadaver, bevor sie mit wippenden flachen Brüsten zusammen mit den anderen die Flucht ergriff.

Doch nun sprangen weitere *Aufrechte* vor den fliehenden Hominiden aus dem Gras. Es war eine simple Falle; dennoch überstieg sie offensichtlich die mentale Kapazität der primitiveren Hominiden.

Bei diesem neuen Hindernis hielten die Räuber für einen Moment inne wie verängstigte Schafe. Dann sammelten sie sich, rannten weiter und versuchten die Horde der *Aufrechten* zu durchbrechen, die sie mit Steinen und Knochenspeeren empfing. Ein paar Waffen fanden ihr Ziel und entfalteten eine mörderische Wirkung, die Malenfant entsetzte. Soweit er sah, gelang den meisten Hominiden aber der Durchbruch.

Allen außer einem: Der Frau, die verspätet losgerannt war und sich nun ein paar Dutzend Meter hinter den anderen befand.

Die *Aufrechten* umzingelten sie. Sie wehrte sich – sie schien einen Stein in der Faust zu haben –, aber sie wurde überwältigt. Die *Aufrechten* stürzten sich auf sie, und sie ging in einem Wald aus wirbelnden Armen zu Boden.

Ihre flüchtenden Kameraden schauten sich nicht einmal um.

De Bonneville stand auf. Sein geschwärztes Gesicht war schweißüberströmt, und er atmete schwer.

Magassa, der *Aufrechte,* löste sich mit einer über die Schulter geworfenen Leiche von der Horde. Er hatte

Blut an den Zähnen und am goldenen Fell auf der Brust.

Der Körper, den er trug, hatte in etwa die Größe eines zwölfjährigen Kinds, schätzte Malenfant. Er war mit einem dunklen Haarflaum überzogen. Die Arme waren lang, doch Hände und Füße glichen denen eines neuzeitlichen Menschen. Der Schädel war eingeschlagen und eine blutige Masse, aber das Gesicht war intakt: Brauenwülste, eine flache affenartige Nase, ein vorspringender Kiefer, große Schneidezähne. Das Werkzeug hatte die Frau noch immer in der Hand; es war ein grob behauener Lavabrocken.

Der Kopf war im Leben oben getragen worden. Dieses Wesen hatte den aufrechten Gang beherrscht.

Magassa warf de Bonneville die Leiche vor die Füße und stieß ein Triumphgeheul aus.

»Und was ist *das,* de Bonneville?«

»Auch eine Rekonstruktion: Werkzeugmacher, vor etwa zwei Millionen Jahren ausgestorben. Mit noch weniger Bewusstsein als unsre *Aufrechten*-Freunde.«

»Homo habilis.«

»Malenfant, jede ausgelöschte Hominiden-Spezies ist in diesem weiten Land vertreten. Zu meiner Freude war die Beute an diesem Morgen Hominiden – die Australopithecinen sind zwar gute Läufer, aber zu dumm für einen guten sportlichen Wettkampf ...«

»Bringen Sie mich hier weg, de Bonneville.«

De Bonnevilles Augen verengten sich. »So empfindlich. So heuchlerisch. Hören Sie mir zu, Malenfant. So haben wir gelebt. Manchmal vergewaltigen sie ihre Opfer, ehe sie sie erschlagen. Überlegen Sie doch mal, Malenfant! Sie und ich sind zu den Sternen gereist. Und die ganze Zeit haben wir das Erbe unsrer Urahnen mit uns herumgetragen, das in uns schlummert und nur darauf wartet, wieder zum Leben erweckt zu werden ...«

Der *Aufrechte* nahm einen Stein vom Gürtel und hämmerte auf den Hinterkopf der toten Hominidenfrau. Dann grub er die Finger ins entstandene Loch, pulte eine graue blutige Substanz heraus und stopfte sie sich in den Mund.

Spätestens jetzt wusste Reid Malenfant, dass er wirklich heimgekehrt war. Er wandte sich schaudernd ab.

kapitel 26

KIMERAS HAUCH

Bald nach der Jagd der *Aufrechten* verschwand de Bonneville. Nemoto warnte Malenfant davor, zu viele Fragen zu stellen.

Malenfant wanderte allein in der Residenz umher, draußen auf den Straßen und sogar im Umland. Der Erkenntnisgewinn war aber bescheiden.

Es fiel ihm sogar schwer, zwischenmenschliche Kontakte zu knüpfen. Die Waganda nahmen kaum Notiz von ihm – nicht einmal vom Biokomposit-Overall, den die Strubbelkopf-Zwillinge ihm geschenkt hatten. Dieses Artefakt war allem, was es hier gab, in technischer Hinsicht um Jahrhunderte voraus.

Er passte einfach nicht hierher. Madeleine Meacher hatte ihm das gleich gesagt.

Außerdem wurde er schnell müde, und die Hand schmerzte noch immer. Vielleicht hatten diese Strubbelkopf-Zwillinge ihn doch nicht so gut wiederhergestellt, wie sie glaubten.

Die Tage vergingen, und er musste immer wieder an de Bonneville denken. Bei näherer Überlegung war Pierre de Bonneville – auch wenn er noch so ein Arschloch war – die einzige Person auf dieser Sackgassen-Welt, die versucht hatte, ihm zu helfen und ihn mit Informationen zu versorgen. Außerdem war de Bonneville auch ein Sternenfahrer, der in dieser seltsamen Zeit vielleicht in Schwierigkeiten steckte.

Also wurde er bei Nemoto in ihrer Eigenschaft als

Katekiro und beim Kabaka selbst vorstellig und verlangte, de Bonneville zu sehen.

Ein paar Tage später zitierte Nemoto Malenfant aus seiner Villa zu sich. Ungeduldig und widerwillig sagte sie, dass sie den Auftrag erhalten habe, Malenfant zu de Bonneville zu bringen. Wie sich herausstellte, wurde er in *Kimeras Maschine* festgehalten, dem mysteriösen Konstrukt, das im Hügel unter dieser Grashütten-Hauptstadt vergraben war.

»Ich rate davon ab, Malenfant.«

»Wieso? Weil es gefährlich ist? Ich kenne de Bonneville. Ich weiß, wie krank er ist …«

»Schon klar. Aber was versprechen Sie sich davon?« Sie sah ihn mit Augen wie Lavasplitter an; sie schien in Bitterkeit und Verzweiflung versunken. »Ich versuche, so gut es geht zu überleben. Sie müssen das auch tun. Suchen Sie sich einen Platz, eine Nische, die Sie verteidigen können. Was bleibt Ihnen anderes übrig? Haben Sie das nicht als die Quintessenz Ihrer tausendjährigen Reise erkannt?«

»Wenn Sie das wirklich glauben, wieso wollen Sie dann meinen Druckanzug?«

Sie hustete in ein Taschentuch; er sah, dass der Auswurf blutig war. »Malenfant …«

»Bringen Sie mich zu de Bonneville.«

■

In Begleitung zweier Wachen führte Nemoto Malenfant vom Palastgelände nach Rubaga hinein. Sie folgten Straßen, kaum mehr als Staubpisten, die sich zwischen den Grashütten hindurchschlängelten.

Nach einer Weile wurden die Hütten weniger, bis sie schließlich eine Stelle erreichten, wo es weder markierte Straßen noch Gebäude gab. Das Zentrum des Plateaus, das einen Durchmesser von vielleicht einem

Kilometer hatte und von Häusern eingefasst wurde, lag verlassen: Nur nackter Fels und toter Boden ohne Gras, Büsche, Insekten und Vögel. Selbst die Brise vom Victoria-See schien hier unterdrückt zu werden.

Er hatte den Eindruck, als ob hier eine Neutronenbombe explodiert wäre.

Sie betraten diese Notzone. Nemoto sagte kein Wort, aber der Widerwille war ihr auf Schritt und Tritt anzumerken.

Malenfant hatte sich die Nacht über elend gefühlt und kaum geschlafen. Ihm war schwindlig, und er zitterte. Und die Landschaft machte es auch nicht besser. Der Boden glich einer kleinen Insel des Todes inmitten dieses afrikanischen Meers des Lebens.

Schließlich erreichten sie die Mitte der Zentralebene. Sie gelangten zu einer großen, tiefen Grube. Es waren Stufen ins Gestein gehauen, die an der zylindrischen Wand wie eine Wendeltreppe nach unten führten. Im Licht der tiefstehenden Morgensonne vermochte Malenfant die Stufen bis in eine Tiefe von fünfzig Metern zu sehen, darunter war nur Dunkelheit.

Nemoto stieg die Treppe hinab. Sie bewegte sich wie die uralte Frau, die sie war; ihr operettenhafter Aufzug wirkte geradezu absurd in diesem Schacht. Malenfant folgte ihr langsam.

Er wünschte sich, er hätte eine Waffe.

Nach ein paar Minuten hatten sie eine Tiefe von vielleicht dreißig Metern erreicht – die Öffnung der Grube war nun eine mit hohen Wolken getupfte Scheibe aus blauem Himmel –, und Nemoto klopfte an eine Holztür, die in die Wand eingelassen war.

Die Tür öffnete sich. Malenfant sah eine erleuchtete Kammer, einen annähernden Würfel, der in den Fels gehauen war und von Fackeln erhellt wurde. An der Tür stand ein kaiserlicher Wachtposten. Er war ein Muskelberg mit einer fettigen Lederhaut. Nemoto sprach kurz mit der Wache, und nach einer feindseligen Musterung von Malenfant wurden sie durchgelassen.

Der Raum war erstaunlich groß. Es war drückend heiß darin, und die Luft war trotz der Abzüge in den Wänden mit dem Qualm der Fackeln geschwängert. Aber der Rauch vermochte nicht den süßlichen Gestank nach Erbrochenem und nach verwesendem Fleisch zu überdecken. Malenfant zog ein Taschentuch hervor und hielt es sich vors Gesicht.

Pritschen aus Holz und Stroh mit schmutzigen Decken waren in mehreren Reihen in der Halle aufgestellt. Malenfant ging vorsichtig zwischen ihnen hindurch. Ungefähr die Hälfte der Pritschen war belegt. In den Augen, in die Malenfant blickte, flackerte nur ein matter Anflug von Neugier.

Die Invaliden schienen in unterschiedlichen Stadien an der Krankheit zu leiden, von der auch de Bonneville befallen war. Ganze Hautpartien waren verbrannt, und es gab ein paar Leute, die fast gar keine Haut mehr hatten. Malenfant sah haarlose Köpfe – sogar Wimpern und Augenbrauen fehlten, als seien sie verbrannt. Gliedmaßen waren monströs angeschwollen, und viele Leute bluteten aus zerfressenen Mündern und Nasen. Es gab hier auch Pflegepersonal, doch soweit Malenfant sah, handelte es sich ausschließlich um *Aufrechte:* Homo erectus, rekonstruierte genetische Fossilien. Die großen Wesen mit dem goldenen Pelz liefen nackt zwischen den Kranken und Sterbenden umher. Eine medizinische Versorgung in diesem Sinn schien es nicht zu geben; die *Aufrechten* verteilten nur Wasser und Nahrungsmittel – und sie sprachen den Kranken mit ihren dünnen Stimmen Trost zu.

Es war wie ein Feldlazarett. Nur dass kein Krieg war – und außerdem lagen hier auch Frauen und Kinder.

Schließlich fand Malenfant de Bonneville. Er lag schlapp auf einer Pritsche. Er schaute auf. Das Gesicht war bis zur Unkenntlichkeit angeschwollen und verbrannt. »Malenfant – sind Sie das? Haben Sie ein Bier?« Er hob eine klauenartige Hand.

Fast wäre Malenfant vor ihm zurückgewichen. »Ich werde Ihnen welches bringen. De Bonneville, Ihr Zustand hat sich verschlechtert. Ist das ein Hospital?«

Er stieß ein Geräusch aus, das vielleicht ein Lachen sein sollte. »Malenfant, das ist … äh … ein Wohnheim. Für die Arbeiter wie mich, die das Uranoxid abbauen.«

»Uranoxid?«

»Die Substanz, die die *Maschine von Kimera* antreibt …« Er hustete, verzog vor Schmerz das Gesicht und veränderte die Position auf der Pritsche.

»Was haben Sie überhaupt? Ist es ansteckend?«

»Nein. Sie brauchen keine Angst zu haben, Malenfant.«

»Habe ich auch nicht«, sagte Malenfant.

De Bonneville lachte wieder. »Natürlich nicht. Es besteht auch kein Grund dazu. Die Krankheit kommt durch den direkten Kontakt mit dem Uranoxid. Wenn neue Arbeiter eintreffen, sind sie so gesund wie Sie. Wie dieses Kind dort drüben. Nach ein paar Wochen oder Monaten – das scheint von Fall zu Fall verschieden zu sein, und nicht einmal die robusteste Konstitution schützt einen davor – treten aber die Symptome auf.«

»De Bonneville, wieso hat man sie wieder zurückgeschickt?«

»Ich habe eine Begabung, dem Kabaka auf den Schlips zu treten, Malenfant, ohne dass ich mich großartig anstrengen müsste. Deshalb bin ich wieder hier.«

»Sie sind ein Gefangener?«

»In gewisser Weise. Die Wachen achten darauf, dass die Häftlinge lang genug hier bleiben, bis sie von der

Kimera-Krankheit gezeichnet sind. Dann darf man sich ungehindert in der Stadt bewegen.« Er berührte die geschwärzten Wangen; ein Fetzen Haut löste sich ab, was er ungerührt registrierte. »Das Stigma von Kimeras Bestrafung fällt sofort ins Auge«, sagte er. »Niemand nähert sich einem Uranarbeiter, und es findet sich schon gar keiner, der ihm zu essen gibt oder Beistand leistet. Schauen Sie, deshalb gibt es keine Alternative, als zur Maschine zurückzukehren, wo man wenigstens Kost und Logis hat und sein restliches Leben fristen kann ...«

»Wer ist Kimera überhaupt?«

»Ach, Kimera!«, sagte er und warf den zerstörten Kopf zurück. Kimera war eine mythische Gestalt: Ein Riese aus Ugandas Vergangenheit, der so mächtig war, dass seine Füße Abdrücke im Gestein hinterlassen hatten. »Er war der Urenkel von Kintu, dem Gründer Ugandas, der aus dem Norden hierher kam; und es war Wanpamba, der Ururenkel von Kimera, der den Hügel von Rubaga aushöhlte und Kimeras Seele hier ablegte ...« Und so weiter: Eine Menge poetischen, mythischen Krams, aber nur wenig harte Fakten. »Wissen Sie, diese alten Mythen mussten aus den letzten Enzyklopädien rekonstruiert werden, weil die Menschen sie vergessen hatten – aber lassen Sie das nur nicht den Kabaka hören ...« De Bonneville schloss die Augen und sank mit einem Seufzer auf die Pritsche.

Die offensichtlich nervöse Nemoto zupfte Malenfant am Ärmel. Ihr Gesichtsausdruck war unmissverständlich. Die Zeit war um; sie sollten von diesem ungesunden Ort verschwinden.

Malenfant erkannte, dass er keine andere Wahl hatte. Als er ging, spürte er die ganze Zeit de Bonnevilles Blick im Rücken.

Vor dem grässlichen Wohnheim schaute Malenfant

in die Schwärze der tiefen Grube. »Nemoto, *was ist dort unten?*«

»Dort unten lauert der Tod. Malenfant, wir müssen gehen.«

»Es ist die *Maschine von Kimera,* was, zum Teufel, sie auch darstellt. Sie wissen es, nicht wahr? Oder Sie glauben es zu wissen. Rubaga hat die einzige Strahlungsanomalie-Signatur auf der Erde …«

Ihr Gesicht war so ausdruckslos wie die Fratze ihres Buddhas aus Mondgestein. »Wenn Sie gegrillt werden wollen, Malenfant, müssen Sie schon allein gehen.« Sie drehte sich um und ging davon. Er blieb allein bei der Wache zurück.

Die Wache schaute ihn fragend an. Malenfant zuckte die Achseln und wies nach unten.

Er ging zum Rand der durch kein Geländer gesicherten Treppe – ein direkter Sturz in die Tiefe – und schaute nach unten in die Dunkelheit. Es schien eine Brise von oben zu wehen, die ihm über den Nacken strich und von der Grube angesaugt wurde, als habe die Welt dort unten ein Leck. Von hier aus würde er jedenfalls nichts herausfinden. Wohin ging die Luft? Gab es einen Tunnel, eine Art großen Extraktor?

Das einzige Licht kam von den Flammen der Fackeln, die im abwärtsgerichteten Luftzug flackerten, und Malenfants Augen gewöhnten sich allmählich an die Dunkelheit.

Er machte einen großen, zu Pulver zerstampften Erzhaufen aus, der sich in einer offenen, in den Fels gehauenen Kammer befand. Vielleicht handelte es sich bei diesem Erz um das Uranoxid, von dem de Bonneville gesprochen hatte. Lange Speere aus einer Substanz, die wie Holzkohle aussah – wie verkohlte Baumstämme –, ragten überall aus dem Haufen. Wasser strömte durch Kanäle in der Wand und tönerne Röhren und wurde in den Haufen geleitet. Er schätzte, dass der Haufen aus hundert Tonnen Uranoxid bestand, und er war mindestens mit vierzig verkohlten Stämmen gespickt.

Die Kammer war voller Leute.

Es handelte sich überwiegend um große *Aufrechte*, etliche kompakte Hominiden und ein paar Waganda: Männer, Frauen und Kinder, die sich in der schwülen Hitze durch die Dunkelheit schleppten und den Haufen bedienten wie einen hässlichen Gott. Sie zerrten an den Holzkohlestämmen, zogen sie aus dem Uranoxid heraus oder stießen sie tiefer hinein. Oder sie fuhren primitive Schubkarren mit Uranoxid-Pulver zum Haufen und füllten ihn ständig auf. Die schlechte gesundheitliche Verfassung sah Malenfant ihnen sogar von hier aus an. Aus seiner Perspektive wirkte die Szenerie wie ein quirliger Ameisenhügel.

Der Haufen war glühend heiß – Malenfant spürte den Hauch der Hitze im Gesicht –, und das Wasser trat an der Basis des Haufens als Dampf zutage, der tosend durch Rohre geleitet wurde. Es gab aber jede Menge Lecks, sodass der hässliche Haufen von Wasserdampf umwabert wurde.

Das Prinzip war offensichtlich. Der Haufen war eine Energiequelle. Der vom Haufen erzeugte Dampf musste durch einfache Pumpen und andere hydraulische Vorrichtungen die verschiedenen Gimmicks antreiben, die er gesehen hatte: Mtesas Hebethron und die Springbrunnen. Vielleicht wurde das Wasser, das durchs System lief, durch die Kraft des Dampfs aus einer tieferen Grundwasserschicht heraufgepumpt.

Aber es musste immer noch ein Energieüberschuss bestehen.

Und nun erkannte er eine andere Gestalt, die aus einer tieferen Kammer an der Basis der Grube auftauchte. Es war eine Frau. Sie sah aus wie eine Kreuzung zwischen einem Hominiden und einem *Aufrech-*

ten: Große Gestalt, dicker Hals, vorgestoßener Kopf. Sie trug einen Anzug aus einem durchsichtigen Plastikmaterial, der Rumpf, Hände und Kopf umhüllte. Er kannte sie aus hundert Fernsehsendungen und Abbildungen in Schulbüchern. Sie war ein Neandertaler: Noch ein ausgestorbener Verwandter der Menschen.

Was hatten die Gaijin noch alles angestellt?, fragte er sich.

Es blitzte in der verborgenen Kammer, von einer unsichtbaren Quelle.

Neandertaler und Druckanzüge und xenonblaues Licht. Er wurde von kreatürlicher Angst gepackt.

Er machte sich davon, so schnell er konnte.

■

Am nächsten Tag besuchte Malenfant de Bonneville erneut. Er brachte de Bonneville eine Flasche *pombe* mit, die der sich gierig schnappte und sorgfältig vor der übrigen Belegschaft der Abteilung versteckte. Malenfant wollte ihm Fragen zur Maschine stellen, aber de Bonneville hatte eine eigene Geschichte zu erzählen.

»Hören Sie, Malenfant. Ich möchte Ihnen erzählen, wie ich hierher gekommen bin. Es begann lang vor Ihrer Ankunft …«

De Bonneville sagte ihm, Mtesa, der Kaiser, habe Geschenke von Lukongeh erhalten, dem König der benachbarten Ukerewe. Die Gaben hätten fünf Stoßzähne umfasst, feinen Eisendraht, sechs weiße Affenfelle, ein Kanu für eine Besatzung von fünfzig Mann – und Mazuri, ein *Aufrechten*-Mädchen, eine holde Jungfrau von vierzehn Jahren, ein dem Kabaka würdiges Weib.

»Mtesas Harem zählt fünfhundert Frauen. Mtesa besitzt die Schönsten vieler Länder, und viele Frauen des Harems sind, was ich zu bezeugen vermag, von wirklich außergewöhnlicher Schönheit. Aber von allen war Mazuri die Schönste.«

»Ich glaube, ich habe sie im Palast gesehen. Mtesa schien sehr angetan von ihr.«

»Sie hat …« – de Bonneville versuchte vergeblich, mit den ruinierten Händen ihre Vorzüge zu beschreiben – »sie hat diese *animalische* Qualität der *Aufrechten.* Diese Intensität. Wenn sie einem in die Augen schaut, blickt man direkt in ihre urzeitliche Seele. Wissen Sie überhaupt, wovon ich rede, Malenfant?«

»Ja. Aber ich bin hundert Jahre alt«, sagte Malenfant sehnsüchtig.

»Mazuri war jung, ungestüm und ungehalten wegen ihrer Vermählung mit Mtesa – einem viel älteren Mann, dem noch dazu der Schwung ihrer Rasse fehlte …«

De Bonneville verstummte und erging sich in düsteren Erinnerungen.

»Erzählen Sie mir von der *Maschine.*«

»Die Waganda sagen, das Uranoxid sei von *Kimeras Hauch* durchdrungen«, sagte de Bonneville abschätzig. »Es sei der *Hauch,* der die Hitze erzeuge. Aber bei einer gegebenen Menge des Uranoxids flaut der *Hauch* irgendwann ab, sodass wir das Material ständig extrahieren und ersetzen müssen.«

»Was ist mit den Baumstämmen?«

»Wir müssen die Stämme hineinschieben und herausziehen, nach den Anweisungen von …« Er nannte einen Malenfant unbekannten Begriff, der offenbar eine Art Vorarbeiter bezeichnete. »Der *Hauch* ist unsichtbar und zu flüchtig, um eine große Wirkung zu haben – außer anscheinend auf den menschlichen Körper, den er zerstört! Die Baumstämme werden eingeschoben, um den *Hauch* aus dem Herzen des Haufens zu verlangsamen – verstehen Sie? Dann bestreicht er den Rest des Uranoxids. Wodurch der wiederum angeregt wird, selbst einen *Hauch* zu erzeugen. Es ist wie eine Kaskade, müssen Sie wissen. Aber die Waganda kontrollieren sie, indem sie die verkohlten Stämme herausziehen; dadurch beschleunigt der *Hauch* und zieht aus dem Haufen ab …«

Ja, eine Kaskade, sagte Malenfant sich. Eine Kettenreaktion.

»Und das Wasser? Wozu ist das gut?«

»Das Entweichen des Hauchs geht mit großer Hitze einher – die von der *Maschine* produziert wird. Wasser fließt durch den Hügel und durch die *Maschine.* Das Wasser ist ein Kühlmittel, das diese Hitze abführt, damit die *Maschine* nicht beschädigt wird. Und die Hitze verwandelt das Wasser natürlich in Dampf, der wiederum kanalisiert wird, um Mtesas diverse Spielzeuge anzutreiben …« Malenfant hörte, dass de Bonnevilles Sprechtempo sich verlangsamte, als ob er eine neue Idee entwickelte.

Für Malenfant ergab das alles einen Sinn.

Nukleares Spaltmaterial des zwanzigsten Jahrhunderts war eine simple Angelegenheit gewesen. Es handelte sich nur um Haufen radioaktiven Materials, zum Beispiel Uran, in das reaktionskontrollierende Moderatoren gestoßen wurden, zum Beispiel Graphitstäbe. Technische Komplexität kam nur dann hinzu, wenn man um die Sicherheit der Menschen besorgt war: Abschirmungen, Roboter für die Kontrolle der Moderatoren, die Abfallentsorgung und so weiter. Wenn Menschenleben *nicht* zählten, war ein Reaktor eine einfache Sache.

Nach einer entsprechenden Einweisung vermochte selbst ein Neandertaler einen Kernreaktor zu bedienen. Kinder konnten das. *Vor allem,* wenn Sicherheit kein Thema war.

»Es ist der *Hauch,* der Sie krank macht«, sagte er.

»Das stimmt.«

»Wieso nicht die anderen? Wieso nicht Mtesa selbst?«

»Der *Hauch* wird von der ein paar hundert Meter dicken Gesteinsschicht zurückgehalten, unter der die *Maschine* sich befindet. Trotzdem ist der allgemeine Gesundheitszustand der Bevölkerung schlecht, auch wenn darüber nicht gesprochen wird. Und es gibt strenge Vorschriften, die Produkte der *Maschine* zu meiden – man darf zum Beispiel nicht das Wasser trinken, das im Uranoxid zirkuliert hat.«

Malenfant erinnerte sich daran, dass Nemoto ihn davor gewarnt hatte, die Hände in Mtesas Springbrunnen zu halten. Er verspürte nun auch ein Jucken auf der verbrühten Haut.

Verdammt, sagte er sich. Ich muss eine Dosis abbekommen haben.

De Bonneville fuchtelte mit den verkrümmten Händen. »Die *Maschine* ist offensichtlich sehr alt, Malenfant. Die Legende der Waganda besagt, sie sei von einem alten König konstruiert worden, siebzehn Generationen vor unsrem ruhmreichen Mtesa. Ich habe den Eindruck, dass die Waganda die primitive Anlage nicht auf der Grundlage gesicherten Wissens zu kontrollieren gelernt haben, wie wir es getan hätten, sondern durch Versuch und Irrtum über Generationen hinweg. Versuch und Irrtum im großen Maßstab – was den Verlust von Menschenleben betrifft, meine ich.« Er wurde müde und verlor das Interesse an diesem Thema. »Ich will Ihnen von Mazuri erzählen …«

»Sie haben die Lieblingsfrau des Königs gevögelt, Sie Blödmann.«

»Ich wollte sie abservieren, als ich Rubaga verließ, um Sie zu empfangen. Als ich von *pombe* und der Jagd berauscht zurückkehrte, war sie aber wieder da … Ah, Malenfant, diese Augen, diese Haut, dieser Mund …«

Man hatte ihn dabei erwischt. Mtesas Zorn war fürchterlich gewesen. De Bonneville hatte seine Stellung bei Hof verloren. Die *Lords des Strangs* hatten ihn mit großer Freude an einem Strick um den Hals aus dem Palast gezerrt und fünfzig Hiebe mit einem Stock versetzt – eine harte Strafe, nach der er dauerhaft hinkte. Und dann hatten sie ihn in die niederste Stellung in der Gesellschaft von Rubaga verbannt: Zur Arbeit in den Uranoxid-*Maschinen,* die tief im Hügel vergraben waren.

De Bonneville packte Malenfant mit seinen ruinierten, klauenartigen Händen am Arm. »Das war eine Falle, Malenfant. Man schafft sich schnell Feinde an einem Ort wie diesem! Und ich … ich hatte schon immer zur Unbesonnenheit geneigt, wenn es um Frauen ging. Ich bin in die Falle getappt und vernichtet worden! Und wo ich Sie nun sehe, einen Reisenden, werde ich mir wieder bewusst, worum diese Wilden aus der Zukunft mich betrogen haben. Aber …«

»Ja?«

Die blauen Augen leuchteten in der geschwärzten Gesichts-Ruine. »Aber de Bonneville wird seine Rache genießen, Malenfant. O ja! Seine Entschlossenheit ist unerschütterlich …«

■

Er stellte Nemoto zur Rede.

»Nemoto, Sie wissen über die *Maschine* Bescheid, nicht wahr? Sie ist ein Atommeiler. Ein beschissener Atomreaktor.«

Nemoto zuckte die Achseln. »Es ist ein radioaktiver Dreckhaufen. Vielleicht hundert Tonnen Uranoxid – ›yellow-cake‹ – mit verbrannten Baumstämmen, die als Graphitmoderatoren verwendet werden. Es war ein geologischer Zufall: Uranoxid füllt diesen hohlen Berg aus, und ein natürlicher Wasserlauf fließt über den Reaktor und kühlt ihn …«

Natürliche Atomreaktoren waren an verschiedenen Orten auf dem Planeten entstanden, wo die entsprechenden geologischen Bedingungen vorgeherrscht hatten. Benötigt wurden Uranoxid in einer gewissen Konzentration und eine Art Moderator. Die Funktion des Moderators bestand darin, die Neutronen zu verlangsamen, die schweren Teilchen, die von zerfallenden Uranatomen ausgesandt wurden. Ein abgebremstes Neutron traf dann auf einen weiteren Atomkern und bewirkte dessen Zerfall, und die Neutronen aus diesem Ereignis lösten wiederum einen Zerfall aus – in einer Kaskade zerfallender Kerne, die von den Physikern als Kettenreaktion bezeichnet wurde.

In Rubagas Berg war durch die stete Wirkung des Wassers über Milliarden Jahre Uran aus dem Gestein gewaschen worden und hatte sich auf dem Grund eines flachen Meers abgelagert. Das Uran war von Sand überlagert worden, tektonische Kräfte hatten das Gestein verdichtet und angehoben, und das Uran war durch die langsame Oxidation des umgebenden Gesteins weiter konzentriert worden. So waren Uranflöze entstanden, große linsenförmige Lagerstätten mit einer Stärke von zwei bis drei Metern und vielleicht der zehnfachen Breite – direkt unter ihren Füßen.

Anfangs hatte es keine Kettenreaktion gegeben. Doch dann hatten Wasser und organische Materie, die durch Risse in die Uranflöze eingedrungen waren, als primitive Moderatoren gedient und die Neutronen so stark abgebremst, dass die Reaktion ausgelöst wurde.

»Die Reaktion hat wahrscheinlich als Reihe sporadischer Brände im höchstkonzentrierten Uranoxid begonnen«, flüsterte Nemoto. »Dann hat sie auf weniger angereicherte Bereiche übergegriffen. Der Vorgang war selbstregulierend; das durch die Reaktionshitze verdampfte Wasser wurde aus dem Gestein herausgepresst – und die Reaktion wurde abgeschwächt, bis mehr Wasser aus den oberen Schichten nachsickerte und die Reaktion erneut auslöste.« Sie lächelte verhalten. »Genau das hat diese Neandertaler-Gemeinschaft entdeckt. Sie haben zwar ein paar Jahrhunderte gebraucht, doch dann bekamen sie den Prozess in den Griff und verwendeten Holzkohle – Graphit – als sekundäre Moderatoren …«

Die Arbeiter waren mit bloßen Händen am Reaktor tätig. Manchmal mussten sie Uranoxid-Haufen von einem Abschnitt des Reaktors zum andern tragen, oder sie mischten das Uranoxid von Hand mit anderen Moderator-Verbindungen, oder sie reinigten die Kühlwasserleitungen – die kleinen Finger von Kindern waren für diese Verrichtung besonders gut geeignet. Und der reguläre Betrieb des Reaktors wurde immer wieder von Störfällen unterbrochen, die Nemoto auflistete: *Lecks, Überfließen, Zerfall, Überhitzung, Verpuffung.*

»Wieso mussten die Neandertaler das tun?«

»Wegen uns. Für den *Homo sapiens,* Malenfant. Nach dem Eis war die Erde für eine Weile leer. Die Gaijin implantierten kleine Taschen mit rekonstruierten Vormenschen. Aber dann traten wir auf den Plan, und es ging alles wieder von vorne los, wie vor dreißig- oder vierzigtausend Jahren. Sie haben selbst gesehen, wie die Einheimischen die *Aufrechten* und die Hominiden behandeln.«

»Ja.«

»Genauso verhielt es sich mit den Neandertalern … außer hier. Die Neandertaler hatten Uran und Radioaktivität. Was sie nicht in ausreichendem Maß hatten, war Wasser. Sie bestückten die Speere mit Klingen … Damit hielten sie sich die Menschen vom Leib, bis ein schlauer menschlicher Führer – ein Vorgänger von Mtesa – ihnen einen Handel vorschlug.«

»Also versorgt Mtesa die Neandertaler mit menschlichen Sklaven. Um den Reaktor zu betreiben.«

»Im Wesentlichen. Da kommt man schon ins Grübeln, nicht wahr, Malenfant? Wenn nur die *echten* Neandertaler aus unsrer tiefen Vergangenheit eine solche Ressource entdeckt hätten. Vielleicht wäre es ihnen gelungen, sich unserer zu erwehren und bis in die Neuzeit zu überleben – *unsre* Zeit, meine ich.«

Malenfant runzelte die Stirn. »Allzu plausibel klingt das aber nicht. Ein Kernreaktor ist keine Waffe in diesem Sinn ... Man sollte meinen, dass Mtesas Soldaten imstande seien, die Neandertaler zu überwältigen, zu vertreiben und sich selbst des Reaktors zu bemächtigen. Und die Radioaktivität – wir alle leben hier auf einem ungesicherten Kernkraftwerk. Selbst diejenigen, die nicht in diesem Loch arbeiten müssen, werden kontaminiert.«

Nemoto schnitt eine Grimasse. »Sie leben nicht mehr in Clear Lake, Malenfant. Diese Leute akzeptieren Bedingungen, die wir verweigert hätten. Die Waganda haben ein stabiles soziales Gefüge um ihre *Maschine* errichtet. Sie halten ihren Genpool sauber, indem sie alle Individuen stigmatisieren, die Anzeichen von Mutation und Strahlenkrankheit zeigen. Es ist eine Art Symbiose. Die Waganda nutzen die Energie der Maschine. Und die Maschine wird dadurch am Laufen gehalten, dass sie einen Teil der Waganda-Population verstrahlt. Allerdings werden sowieso nur *Aufrechte* und Hominiden für diese Arbeiten herangezogen; die einzigen Menschen, die in der Maschine enden, sind Mtesas Opfer.«

»Diese Spielzeuge von Mtesa«, sagte Malenfant, »die Springbrunnen und der Thron im Kaiserpalast – verbrauchen doch nicht mehr als ein paar Prozent der Reaktorenergie ... Der Rest fließt in dieses Sattelpunkt-Tor. Nicht wahr, Nemoto. Und *das* ist auch der eigentliche Zweck dieses Orts. *Es ist ein großes Gaijin-Projekt.*«

»Ich bin keine Reiseführerin, Reid Malenfant. Ich

weiß von nichts.« Sie wandte den Blick von ihm ab. »Und nun lassen Sie mich in Ruhe.«

■

Malenfant hatte Schwierigkeiten einzuschlafen. Er fühlte sich krank, und manchmal wurde er von Angst überwältigt.

Er hatte einen Blick auf ein Sattelpunkt-Tor erhascht, das tief in dieser afrikanischen Hügellandschaft vergraben war. Dorthin ging die ganze Energie. Und dieser Fallwind war Luft gewesen, die durchs Tor strich, ein Leck im Gefüge der Welt.

Er fühlte sich vom Tor angezogen wie von einem Schwerefeld.

Ich will das nicht, sagte er sich. Ich wollte einfach nur nach Hause. Aber ich habe mich selbst *hierher* gebracht. Ich hatte mich dafür entschieden, zu diesem Ort zu gehen und habe gewühlt, bis ich *das* gefunden habe, den Mittelpunkt von allem. Ein Weg zurück ins Spiel. Genauso wie Nemoto.

Ein Weg, der Bestimmung gerecht zu werden, die die Gaijin ihm zugedacht zu haben schienen.

Ich kann das nicht tun. Nicht schon wieder. Ich will nur meine Ruhe haben. Ich *muss* diesen Weg nicht gehen und mich auf irgendetwas einlassen.

Aber die Logik seines Lebens schien das Gegenteil zu sagen.

Verschont mich damit, sagte er sich; und er wünschte sich, dass er an einen Gott glaubte, der seine Gebete erhörte.

■

Malenfant wurde unsanft geweckt. Sein Bett wackelte. Er riss die Augen auf und sog warme afrikanische Luft ein. Für eine Sekunde wähnte er sich im Orbit: *Ein*

Druckabfall im Shuttle-Orbiter durch einen Mikrometeoriten, der das Fenster Nummer Zwei durchschlagen hatte …

Er war allein in der Hütte, und das Grasdach war intakt. Er schlug die Decke zurück und versuchte aufzustehen.

Der Boden schwankte erneut, und ein tiefes unterirdisches Stöhnen ertönte, ein Knirschen hochbeanspruchten Gesteins. Ein Erdbeben?

Durch die Fensterhöhlen der Hütte fiel ein neues Licht. Er sah ein amorphes rot-weißes Leuchten, das in einer Lohe über den Dächern von Rubaga eruptierte. Grashütten gingen in Flammen auf, als glühende Erde zurückfiel und die leicht entzündlichen Bauwerke traf. Er hörte Schreie und das Patschen bloßer rennender Füße.

Malenfant erkannte sofort, dass die Flammensäule im Herzen der Stadt emporschoss – sie entsprang dem Loch von Kimera, der Grube mit dieser monströsen *Maschine.*

De Bonneville. Er musste es sein. Irgendwie hatte er seine vage Drohung wahrgemacht.

Das Beben ebbte ab, und Malenfant hatte wieder festen Boden unter den Füßen. Er streifte den Biokomposit-Overall über und trat aus der Hütte.

Rubagas gesamte Bevölkerung schien auf den engen Straßen unterwegs zu sein: Höflinge, Bauern, Kurtisanen und Häuptlinge liefen panisch durcheinander. Die großen Tore des Schilfrohrzauns, der die Stadt umgab, waren aufgestoßen worden, und Malenfant sah, dass auch die breiten Avenuen mit Leuten überfüllt waren, die aufs Land flohen.

Malenfant ging durch die Stadt zum Zentrum des Plateaus. Er musste sich einen Weg durch die panischen Waganda-Horden bahnen, die wie Schemen an ihm vorbeistoben.

Als er die freie Fläche auf dem Hügel erreicht hatte,

sah er, dass Mtesas großer Graspalast in Flammen stand.

Malenfant betrat die Zentralebene und ließ die brennenden Hütten hinter sich. Erleichtert betrat er die Notzone; zum ersten Mal seit ein paar Minuten vermochte er wieder durchzuatmen.

Das Feuer Kimeras schlug vor Malenfant aus der Erde, eine große, zornige und tödliche Flamme. Am Rand der Ebene sah er den Schein von Rubagas brennenden Hütten. Großer Gott: Er befand sich mitten in einem kleinen Tschernobyl. Und der Gedanke, dass es niemanden hier gab, *niemanden*, der wusste, was hier vorging und Krisenmanagement betrieb, jagte ihm eine höllische Angst ein.

Er ging mit schweren Beinen weiter. Die Hitze brandete gegen Oberkörper und Gesicht an, und die verbrühten Hände juckten. Der Feuerschein blendete ihn schier. Er vermochte nicht näher heranzukommen und ging um die Feuersäule herum. Er stolperte immer wieder, und die Augen waren wund und ausgetrocknet.

Ich bin verdammt zu alt für so was, sagte er sich.

Dann sah er etwas auf dem Boden liegen, das wie ein totes Tier aussah. Malenfant trotzte dem Feuer, schützte den Kopf mit den Armen und ging näher heran.

Es war de Bonneville. Er lag mit dem Gesicht im Staub von Rubaga. Malenfant sah an den Spuren im Staub, dass er sich von der Grube entfernt hatte, bis er nicht mehr gehen konnte. Dann war er gekrochen, und zuletzt hatte er sich mit den zerstörten Fingerspitzen über den Boden gezogen.

Malenfant kniete nieder und schob die Arme unter dem verkrümmten Torso hindurch. De Bonneville war leicht wie ein Kind. Malenfant drehte ihn um und bettete den geschwärzten Kopf im Schoß.

De Bonneville schlug die blauen Augen auf. »Großer Gott. Malenfant. Haben Sie ein Bier?«

»Nein. Leider nicht, de Bonneville.«

»Sie müssen von hier verschwinden. Ihr Leben ist verwirkt, Malenfant, wenn Sie *Kimeras Hauch* spüren …« Er schloss die Augen. »Ich habe es getan. *Ich* …«

»Die *Maschine?*«

»Es war das Wasser«, sagte er träumerisch. »Nachdem ich mich erst einmal zum Handeln entschlossen hatte, war es ganz einfach, Malenfant … Ich habe nur die Leitungen blockiert, durch die das Wasser ins Loch fließt …«

»Sie haben den Kühlkreislauf unterbrochen?«

»Die Hitze konnte nicht mehr entweichen … Wissen Sie, es dauerte nur Minuten. Ich hörte sie schreien, als das brennende und spritzende Uranoxid sie verbrannte und sie noch die Baumstämme in den Haufen rammten. Es dauerte nur Minuten, Malenfant …«

De Bonneville war ein paar Minuten vor der Überhitzung und Explosion aus dem Loch entkommen.

»Und war es das wert?«, fragte Malenfant. »Sie sind von den Sternen zurückgekehrt, um das zu tun?«

»O ja«, sagte de Bonneville und rollte die Augen. »Weil er mich vernichtet hat. *Mtesa.* Wenn ich sterbe, stirbt sein Reich mit mir … Und das ist noch nicht alles.« De Bonneville versuchte sich die Lippen zu lecken, aber sein Mund war eine schwärende Wunde. »*Sie waren es,* Malenfant. Sie, eine Heldengestalt, die aus der tiefen Vergangenheit zurückgekehrt war! Aus einer Zeit, als Menschen noch mehr anstrebten als das bloße Überleben in einer Welt, die von den Gaijin übernommen worden war. Sie und ich stammen aus einer Zeit, wo die Menschen noch etwas *geleistet* haben, Malenfant. Mein Gott, wir haben ganze Welten geformt. Sie haben mich daran erinnert. Also beschloss ich, meine Welt zu formen …«

Er verstummte und erschlaffte.

Die Morgenröte breitete sich von Osten aus, und Malenfant sah eine Rauchwolke, einen großen schwarzen Wolkenpilz in den Himmel steigen.

Sie waren es, hatte de Bonneville gesagt. Meine Schuld, sagte er sich. Alles meine Schuld. Es war mir wahrscheinlich bestimmt, dort draußen zwischen den Sternen zu sterben. Es hätte so kommen müssen. Nicht *so*.

Er wiegte de Bonneville im Licht der Morgendämmerung, bis der stoßweise Atem ihn nicht mehr erschütterte.

■

Am Morgen nach der Explosion wurde Malenfant festgenommen.

Malenfant wurde von zwei Wachen zu Mtesas provisorischem Hof gebracht, eine große, ein paar Kilometer von Wanpambas Gruft entfernte Hütte, und vorm Kabaka in den Staub geworfen.

Sein Prozess war kurz, ohne Umschweife und wurde von vielen Rufen und Fingerzeigen begleitet. Man stellte ihm keinen Dolmetscher an die Seite. Aus den paar Brocken der Landessprache, die er sich angeeignet hatte, schloss er jedoch, dass er als Urheber der Explosion, dieses epochalen Verbrechens angeklagt wurde.

Nemoto stand schweigend neben dem Kabaka, während diese Scharade in Form einer komischen Oper über die Bühne ging. Sie hat das getan, wurde er sich bewusst. Sie hat mich ans Messer geliefert.

Zu seinem Glück schien Mtesa den Vorgang eher skeptisch zu beurteilen. Außerdem schien er Malenfant wohlgesonnen und war klug genug, diese Sache als eine Auseinandersetzung zwischen Malenfant und der Katekiro zu durchschauen. *Wieso müsst ihr mich damit behelligen? Könnt ihr das denn nicht selbst regeln?*

Dennoch hatte niemand am Urteil gezweifelt.

Nachdem es verkündet war, kamen die *Lords des Strangs* zu Malenfant. Ein Strick wurde ihm um den Hals gelegt, und er wurde auf die Füße gezerrt.

Nemoto trat vor, verneigte sich und stellte sich vor ihn hin. Auf Englisch sagte sie: »Sie haben eine milde Strafe erhalten, Malenfant. Sie müssen nicht in der *Maschine* arbeiten. Sie werden …«

»In die Grube geworfen.« Und dann fiel es ihm wie Schuppen von den Augen. »Das Tor. Sie zwingen mich zum Sattelpunkt-Tor. Darum ging es von Anfang an, nicht wahr?«

»*Sie haben das Licht gesehen,* Malenfant. Wenn ich gewusst hätte, dass Ihr Druckanzug mir passen würde, wäre ich selbst gegangen. Ich wäre in die *Maschine von Kimera* gegangen und zum Ursprung des Rätsels vorgedrungen. Ich wäre diesen geheimnisvollen Wesen gefolgt, die kommen und gehen … Aber ich kann nicht. Es ist mein Schicksal, hier zu bleiben und den Kabaka zu belustigen, bis die Antialterungs-Behandlung versagt und ich sterbe.

Ich musste es tun, Malenfant. Ich sah Ihr Zögern, diesen Schritt zu machen – *obwohl Sie sich selbst hierher gebracht hatten,* in den Mittelpunkt aller Dinge. Ich habe gesehen, dass Sie es nicht über sich brachten, den letzten Schritt zu tun.«

»Dann haben Sie mir also einen Schubs gegeben. *Wieso,* um Gottes willen? Wieso tun Sie das?«

»Nicht um Gottes willen, sondern wegen der Geschichte. Schauen Sie sich um, Malenfant. Schauen Sie die Fremdartigkeit dieser zukünftigen Erde. Das Erscheinen Außerirdischer hat den Lauf der Geschichte gewiss verändert – und diese explodierenden Sterne am Himmel künden von noch größeren Verwerfungen.

Aber kein Mensch hat jemals die Kräfte der Geschichte, des Klimas und der Geologie beherrscht, die eine Welt formen; und nur ein paar von uns sind überhaupt Zeuge solcher Veränderungen geworden.«

»Wenn niemand von uns die Geschichte zu verändern vermag, töten Sie mich für nichts.«

»Ach.« Sie lächelte. »Einzelne Menschen *haben* aber schon die Geschichte verändert, Malenfant – nicht auf die Art und Weise, wie ich es versucht habe, mit Plänen und Projekten –, sondern indem sie durchs Feuer gegangen sind und sich selbst geopfert haben. Verstehen Sie. Und *das* ist Ihr Schicksal.«

»Sie sind ein Ungeheuer, Nemoto. Sie spielen mit Menschenleben. An der Seite dieses Steinzeit-Despoten sind Sie gut aufgehoben.«

Sie hob die knochige Hand und wischte sich blutigen Speichel vom Kinn, ohne darauf zu reagieren.

Er wurde von Angst und Zorn zugleich überwältigt. »Nemoto. Verschonen Sie mich!«

Sie beugte sich vor und küsste ihn auf die Wange; ihre Lippen waren trocken wie Herbstlaub, und er roch Blut in ihrem Atem. »Leben Sie wohl, Malenfant.«

Der Strick um seinen Hals straffte sich, und er wurde abgeführt.

■

Der Rest der Geschichte entfaltete sich mit unerbittlicher Logik. Als verurteilter Häftling hatte Malenfant keine Wahl und auch keinen eigenen Willen mehr; am besten fügte er sich in sein Los, versuchte sich mit der Situation zu arrangieren und die Angst von sich abfallen zu lassen.

Er wurde tatsächlich milde behandelt. Man erlaubte ihm, noch einmal zu seiner Hütte zu gehen. Er nahm die EMU mit, den alten Druckanzug.

Dann wurde er an den Rand der Notzone geführt.

Dort wartete eine kleine Gruppe: Wachen mit zwei weiteren Gefangenen, zwei jungen Frauen. Sie waren bis auf einen Lendenschurz nackt und hatten die Hände auf dem Rücken zusammengebunden. Die Gefangenen erwiderten trübe seinen Blick. Malenfant sah, dass beide so heftig geschlagen worden waren, dass die Rücken blutige Striemen hatten.

Ich habe einen weiten Weg zurückgelegt, sagte Malenfant sich, um das zu erleben: Einen Marsch in die Hölle mit zwei Verdammten.

Wieder stieg er die primitive Wendeltreppe hinab.

Bald waren sie so tief, dass der Himmel über dem Eingang des Schachts zu einer münzgroßen blauen Scheibe geschrumpft war. Das einzige Licht wurde von Schilffackeln gespendet, die in unregelmäßigen Abständen platziert waren. Die grob behauenen Treppenstufen waren so hoch, dass sie den Abstieg zusätzlich erschwerten. Malenfant war heiß, und die Beine schmerzten ihm.

Im Widerschein der Fackeln sah er die vor Angst angespannten Gesichter der Häftlinge.

Sie kamen an zwei großen, in die Felswand getriebenen Ausgängen vorbei, die sich im zylindrischen Schacht gegenüberlagen. Die Luft aus diesen Ausgängen war nicht ganz so stickig wie sonst überall. Vielleicht führten sie zu den großen Avenuen aus dem Osten und Westen, die er von draußen bemerkt hatte und die als Tunnels in den Hügel führten.

Hundert Meter tiefer sprudelte Wasser aus kunstvoll geformten tönernen Brunnen an der Wand. Das Wasser wurde von einem spiralförmigen Kanal aufgenommen, der sich parallel zur Treppe durch den Schacht zog. Die Brunnen sprudelten immer stärker, je tiefer sie kamen – Wasserdruck, sagte Malenfant sich –, und bald waren die spiraligen Kanäle mit einer sprudelnden, schäumenden Flüssigkeit gefüllt, die die stickige Luft der Grube befeuchtete. Aber die Brunnen und Kanäle waren durch Feuer stark beschädigt worden; durch die notdürftig zugeschmierten Risse sickerte ständig Wasser.

Die Hitze machte ihm zu schaffen, und ihm war schwindlig; vielleicht eine Auswirkung der Dosis, die er abbekommen hatte. Er bückte sich über einen Kanal, um mit den Händen Wasser zu schöpfen. Eine dunkle knochige Hand schoss aus der Dunkelheit und stieß ihn weg. Es war eine der Gefangenen, deren Augen in der Düsternis leuchteten.

Malenfant betrachtete die schmalen blutenden Schultern der vor ihm gehenden Gefangenen. Da stieg sie zur Hölle hinab, fast noch ein Kind, und trotzdem hatte sie versucht, einen Fremden vor Schaden zu bewahren.

Tiefer und tiefer. Bis hierher drang das Tageslicht nicht mehr.

Sie erreichten einen Punkt, wo die beiden Gefangenen in eine aus dem Fels gehauene Kammer geführt wurden. Später würden sie vermutlich zur Arbeit eingesetzt werden. Bevor sie hineingestoßen wurden, warfen sie noch voller Abscheu und Furcht einen Blick in die Grube. Dort unten wartete die *Maschine,* die ihr Henker war.

Schließlich nahm die Treppensteigung ab. Malenfant vermutete, dass sie sich dem Mittelpunkt des ausgehöhlten Bergs näherten. Sie blieben vielleicht fünfzehn Meter über der Sohle des Schachts stehen. Von hier aus musste Malenfant allein weitergehen.

Im Licht einer qualmenden Funzel bat er die Wachen mit einem Minenspiel um einen Gefallen. Sie zuckten die Achseln und schienen keine Einwände gegen eine Pause zu haben.

Malenfant zog den ramponierten alten NASA-Druckanzug aus dem Sack.

Er hob die Untere Torso-Baugruppe, die untere Hälfte der EMU an und stieg in die Hose mit den angeschweißten Stiefeln. Anschließend zwängte er sich ins Oberteil. Dann streifte er die Astronautenhaube über, und zuletzt stülpte er sich den verschrammten Kugelhelm über den Kopf. Er ließ den Verschluss im Halsring einrasten.

Die Wachen schauten trübe zu.

Er schaute an sich hinunter. Im Licht eines fremden Sterns hatte Madeleine Meacher sich die Zeit genommen, den Anzug für ihn auszubessern. Die EMU leuchtete noch immer in einem annehmbaren Weiß, und das Sternenbanner prangte noch immer am Ärmel.

... Doch dann war das kleine Ritual des Ankleidens vorbei, und er wurde wieder in den Strudel der Ereignisse gerissen.

War es das? Sollte er nach all seinen Reisen, nach dem langen Leben allein hier sterben?

Irgendwie wollte er das nicht glauben. Er nahm seinen Mut zusammen.

Er ließ die Wachen stehen und ging die Treppe hinunter, dem Feuer entgegen. Durch die Schrammen des alten Kugelhelms tanzten und flackerten die Flammen; es war sogar irgendwie schön. Der Atem rauschte im Helm, und er glaubte schon zu ersticken und zu verbrennen, obwohl das wahrscheinlich nur Einbildung war. Der Tornister war tot – kein Zischen von Sauerstoff, keine surrenden Lüfter – und lastete schwer auf dem Rücken. Aber vielleicht würde der Anzug ihm noch eine Gnadenfrist verschaffen.

Er würde einfach weitergehen und diese Stufen im Dunklen hinuntergehen, solang er konnte. Er wusste auch nicht, was er sonst hätte tun sollen.

Es schien aber nicht allzu lang zu dauern, bis die Hitze und der Sauerstoffmangel ihn überwältigten. Die

Welt wurde grau, und er kippte vornüber. Er hob die Hände, um den Helm zu schützen und rollte sich wie eine Schildkröte auf den Rücken.

Er vermochte nicht mehr aufzustehen. Vielleicht sollte er kriechen wie de Bonneville, aber er schien nicht einmal mehr dazu in der Lage.

Er war schließlich hundert Jahre alt.

Er schloss die Augen.

■

Es schien ihm, als hätte er für eine Weile geschlafen. Er wunderte sich darüber, dass er überhaupt wieder aufgewacht war.

Er sah ein Gesicht über sich. Ein dunkles breites Gesicht. War es de Bonneville? Nein, de Bonneville war tot.

Zwei Brauenwülste. Tiefe Augen. Eine Affenstirn unter einer Art durchsichtigem Helm.

Er wurde getragen. Abwärts. Noch tiefer in den Berg von Kimera hinein. Es waren starke Arme, die ihn trugen.

Keine menschlichen Arme.

Und dann sah er ein neues Licht. Ein blaues Glühen.

Er lächelte. Dieses Glühen kannte er.

Malenfant freute sich auf den Schmerz der Transition, während er in nichtmenschlichen Armen gewiegt und durchs Tor geschoben wurde.

Er sah einen Blitz aus xenonblauem Licht.

kapitel 27

KINTUS ANTLITZ

Vor langer Zeit, vor langer, langer Zeit.

Mächtiger Kintu kommt von Norden.

Nichts.

Keine Welten, keine Sterne, keine Menschen. Kintu traurig. Kintu einsam. Sehr einsam. Nichts nichts nichts.

Kintu atmet ein. Was atmet er ein? Nichts atmet er ein.

Die Brust schwillt an, riesengroß. Rund. Mund von Kintu *hier,* Nabel von Kintu *dort. Atme ein, tief tief tief, sauge dieses ganze Nichts ein.*

Die Haut platzt, pop pop pop. Welten. Sterne. Menschen. Platzen aus der Haut, pop pop pop. Atmet noch immer ein, ein ein ein, tief tief tief.

Hier. Jetzt. Das Antlitz von Kintu. *Hier. Schau, wie die Haut platzt, pop pop pop, neue Baby-Welten, neues Leben, Dinge zu essen. Wir leben wo, auf dem* Antlitz von Kintu.

Der Stab von Kintu. *Menschen sterben, Menschen sterben nicht. Im* Stab von Kintu. *Glücklich glücklich glücklich. Leben wie lang, lange Zeit, lange, lange Zeit, für immer.*

In Zukunft, lange, lange Zeit. Kintu wirft Stab *weit, weit weg. Wirft* Stab *wohin, in* Nabel von Kintu. *Menschen leben auf Bauch von Kintu, lange, lange Zeit, weit, weit weg, wie glücklich, glücklich, glücklich, glücklich.*

Alle anderen was? Tot.

■

Der Transitionsschmerz verging wie tauender Frost. Er spürte die schwellenden Muskeln der Arme, die ihn trugen, die stählerne Kraft des Bizeps.

Sein Kopf hing nach hinten herunter. Er sah die weiße fleischige Unterseite eines kleinen haarlosen Kinns. Sonst sah er nur noch schwarzen Himmel. Eine Art hoher grünlicher Schleierwolken. Eine sich kräuselnde Aurora.

Sein Gewicht hatte sich geändert. Er war leicht wie ein Kind, wie ein vertrockneter Ast.

Also nicht die Erde.

Er konnte überall sein. Als Datenstrom codiert hätte man ihn über eine Distanz von tausend Lichtjahren zu versetzen vermocht. Und weil Sattelpunkt-Signale sich mit Lichtgeschwindigkeit ausbreiteten, war er vielleicht auch tausend Jahre von einer Rückkehr entfernt. Die rätselhafte Erde, zu der er zurückgekehrt war, die Erde des Jahres 3265 war vielleicht so weit entfernt wie die Steinzeit vom Jahr seiner Geburt.

Oder auch nicht.

Nun erschien ein Gesicht über ihm, so breit und glatt wie der Mond. Es befand sich unter dem Helm eines primitiven Druckanzugs, der nicht viel mehr war als ein transparenter Sack. Offensichtlich hominid. Aber das Gesicht hatte dicke, massige Brauenwülste, eine große platte Nase und einen tiefen Haaransatz. Buschige schwarze Augenbrauen wie ein Russe, große dunkle Augen. Die Brauenwülste verliehen ihr einen immerzu fragenden Gesichtsausdruck.

Ihr. Es war eine Frau. Jung? Die Haut wirkte glatt, aber er hatte keinen Vergleichsmaßstab.

Sie schaute ihn lächelnd an. Sie war natürlich ein Neandertalermädchen.

Er sah schwarz am Rand des Blickfelds.

Die Luft wurde knapp. Der Anzug war bloß noch

eine funktionsuntüchtige Antiquität. Er war alles, was er hatte. Und nun würde er ihn umbringen.

Das Mädchen legte in offensichtlicher Besorgnis das Gesicht in Falten. Sie hob die Hand – nun hielt sie ihn nur noch mit *einem Arm,* um Gottes willen – und vollführte mit der rechten Hand wischende Bewegungen vorm Körper. Sie zog diese dichten russischen Augenbrauen hoch und bekam wieder den fragenden Ausdruck.

Sie will mich etwas fragen, sagte er sich. *Schmerzen?*

»Ja, es schmerzt.« Sein Funkgerät funktionierte auch nicht mehr, zumal sie keinen Empfänger zu haben schien. Außerdem sprach sie wahrscheinlich kein Englisch, was ein Problem für ihn wäre. Er war Amerikaner, und in seiner Zeit hatten Amerikaner es nicht nötig gehabt, Fremdsprachen zu lernen. Vielleicht vermochte sie von den Lippen zu lesen. »Hilf mir. Ich kann nicht atmen.« Er wiederholte das ein paar Mal, bis ihr fragender Blick einem Ausdruck der Bestürzung wich.

Mit langen Schritten trug sie ihn weiter. Sein Kopf schlug gegen die Innenseite des Kugelhelms.

Nun sah er auch die Landschaft.

Eine Ebene, die von frisch aussehenden Kratern perforiert war. Der Boden hatte die Grundfarbe Rot und war mit gelben, braunen, orangefarbenen, grünen und tiefschwarzen Streifen gemasert. Er wirkte lehmig und verkrustet wie eine alte Pizza. Das Terrain war großenteils gefroren. Am Horizont sah er eine aufsteigende, blau sich verfärbende Gaswolke, die im trüben Licht einer fernen Sonne funkelte. Die Wolke fiel wie der Strahl eines Gartensprengers senkrecht auf den Boden zurück.

Und da war etwas Großes und Helles am Himmel. Es war eine Scheibe aus verwaschenem Licht dicht am Horizont, eine große Platte mit rosigen, purpurnen und braunen Wolkenbändern. Wo die Bänder sich trafen, erkannte er feine Turbulenzlinien, Schnörkel und Wirbel, wie ein bizarres Wasserfarbengemälde. Vielleicht handelte es sich um einen Mond. Falls es einer war, dann war er riesig – dreißig- bis vierzigmal so groß wie der Mond am Erdhimmel.

Er sog krampfhaft die schlechte Luft ein. Im heißen Helm stank es nach Angst, Kohlendioxid und Kondensation. Obwohl er sich zu beherrschen versuchte, zappelte er schwach.

... *Jupiter.* Denk nach, Malenfant. Dieser große ›Mond‹ musste Jupiter sein.

Und wenn das eine vulkanische Wolke war, die er gesehen hatte, dann befand er sich auf Io.

Trotz des klaustrophobischen Schmerzes verspürte er eine ebenso große wie unlogische Erleichterung. Er war also noch immer im Sonnensystem. Vielleicht würde er hier sterben. Aber wenigstens war er nicht gar so fern der Heimat. Das war irgendwie tröstlich.

Aber – *Io,* um Gottes willen. Anscheinend lebten im Jahr 3265 Neandertaler, die aus genetischen ›Restbeständen‹ moderner Menschen rekonstruiert worden waren, auf Io. Wieso, zum Teufel, musste er noch herausfinden.

Die Schwärze verdunkelte sein Blickfeld wie sich senkende Theatervorhänge.

■

Er erlangte das Bewusstsein zurück.

Er befand sich in einer Art Zelt. Es lief wie ein Tipi kegelförmig über ihm zu. Er vermochte nicht durch die Wände zu sehen. Das Licht kam von Glühlampen. Vielleicht Relikte der Hightech-Vergangenheit.

Er war nackt. Er hatte nicht einmal mehr den schlichten Overall, den die Strubbelkopf-Zwillinge ihm im Erdorbit gegeben hatten. Scheu bedeckte er mit den Händen seine Blöße. Er hatte tausend Jahre überbrückt und war Dutzende von Lichtjahren weit gereist, aber diese presbyterianische Erziehung vermochte er einfach nicht abzuschütteln.

Leute bewegten sich um ihn herum. Neandertaler. Im Zelt zogen sie die Druckanzüge aus, warfen sie in die Ecke und gingen nackt.

Er driftete in den Schlaf ab.

Später kümmerte das Mädchen, das ihn durchs Sattelpunkt-Tor gezogen und über Io getragen hatte, sich um ihn. Sie gab ihm Wasser, eine breiige Speise wie heißer Joghurt und eine dünne Brühe wie eine verwässerte Hühnersuppe.

Er wusste, dass es schlecht um ihn stand.

Durch den Kontakt mit diesem radioaktiven Haufen hatte er eine Strahlenüberdosis abbekommen. Die Schleimhäute von Mund, Speiseröhre und Magen waren in Mitleidenschaft gezogen worden und lösten sich großflächig ab; etwas anderes als das Yoghurtzeug hätte er auch gar nicht hinuntergebracht. Er bekam Durchfall, ein paar Dutzend Mal am Tag. Seine Pflegerin säuberte ihn geduldig, aber er sah, dass Blut in den flüssigen Exkrementen war. Das rechte Schienbein schwoll an, bis es steif war und schmerzte; die Haut war straff gespannt und glänzte bläulich-purpurn. Am Rücken bildeten sich Blasen. Er spürte, dass die Körperhaare ausfielen, die Augenbrauen, Scham- und Brusthaare.

Er reagierte überempfindlich auf Geräusche, und wenn die Neandertaler viel Lärm machten, bekam er wieder Durchfall. Nicht dass sie oft laut waren; sie stießen gelegentlich ein hohes Grunzen aus, doch schienen sie sich überwiegend mit Mimik und Gestik zu verständigen. Sie verzogen das Gesicht und zeigten mit Fingern aufeinander.

Er durchlebte Phasen unruhigen Schlafs. Vielleicht lag er im Delirium. Er vermutete, dass er sterben würde.

Seine Neandertaler-Pflegerin war nicht von großer Statur, aber ihr Körper wirkte enorm kompakt. Sie hatte einen großen Bauchumfang und eine richtige Tonnenbrust mit flachen Brüsten, und die Oberarmmuskeln hatten den gleichen Umfang wie Malenfants Oberschenkelmuskulatur. Die Aura der Stärke war körperlich spürbar; sie hatte eine viel intensivere Präsenz als irgendein Mensch, dem Malenfant jemals begegnet war.

Aber was sofort ins Auge fiel, war ihr Gesicht.

Es war unproportioniert: Die Augen standen zu weit auseinander, die Nase war abgeplattet und überhaupt waren die Merkmale des Gesichts zu großflächig verteilt, als ob es auseinander gezogen worden wäre. Sie hatte einen ausgeprägten Kiefer, aber nur ein kleines Kinn, das wie abgeschnitten aussah. Aus der Stirn wölbte sich eine dicke Wulst, eine Knochenschwellung wie ein Tumor. Sie dominierte das Gesicht und erweckte den Eindruck, dass die Augen tief in den Höhlen lagen. Das verlieh ihr den Effekt einer verzerrten Reflexion wie ein Embryo in einem medizinischen Gefäß. Eine Aufwölbung am Hinterkopf glich das Gewicht des massiven Wulsts aus. Dadurch wurde der Kopf aber so schwer, dass das Kinn fast auf der Brust ruhte und der stämmige Hals umgeknickt wurde.

Aber die Augen waren klar und menschlich.

Er gab seiner Pflegerin den Namen Valentina – wegen der russischen Augenbrauen. Valentina, nach der gleichnamigen Tereškova, der ersten Frau im All, der er einmal auf einer Flugshow in Paris begegnet war.

Valentina glich mehr einem Menschen als einem Affen, und doch war sie kein Mensch. Und es war diese gleichzeitige Nähe und Fremdheit, die Malenfant Unbehagen verursachte.

Er durchlebte Schlaf- und Wachphasen. Vielleicht vergingen Tage; er hatte keine Möglichkeit, den Lauf der Zeit zu bestimmen.

Er wurde niedergeschlagen.

Er wurde ängstlich. Er verfluchte Nemoto wegen des neuerlichen Exils.

Er presste den alten ruinierten Raumanzug an die Brust und strich mit schmerzenden Händen über das Missionsabzeichen und das Sternenbanner, die vom harten Licht von Alpha Centauri ausgebleicht waren. Er betrachtete das Bild von Emma, des einzigen menschlichen Gesichts hier und weinte wie ein Baby.

Valentina ließ ihn gewähren.

Und zu seiner Überraschung ging es ihm allmählich wieder besser. Nach einiger Zeit war er sogar imstande, sich aufzusetzen und selbst zu essen.

Valentina, eine dreckstarrende Neandertalerin mit nacktem Arsch heilte ihn von der Strahlenkrankheit. Er hatte keine Ahnung, wie sie das anstellte, aber er war auf jeden Fall dankbar dafür. Vielleicht war hier eine Art Nanomaschine am Werk und behob den gesundheitlichen Schaden, den er erlitten hatte, auf der molekularen Ebene. Er hatte schon Beweise dafür gesehen, dass die Erde mit uralten Maschinen von jenseits der Sattelpunkte, von den Sternen angefüllt war.

Oder vielleicht lag es auch nur an der Suppe.

■

Bald vermochte Malenfant wieder die ersten Schritte zu tun.

Die Neandertaler ignorierten ihn meistens. Sie schritten über ihn hinweg und um ihn herum, als ob sie ihn nicht einmal wahrnähmen.

Für ihn waren die Neandertaler hingegen ein Kuriosum.

Er zählte ungefähr dreißig Individuen, die sich in dieses Zelt gequetscht hatten. Da waren Erwachsene, gebrechliche alte Leute und Kinder bis hinunter zu Säuglingen. Aber er wusste, dass es noch lang dauern würde, bis er so vertraut mit ihnen war, dass er einzelne Personen zu unterscheiden vermochte. Er war der Archetyp des Reisenden in einem fremden Land, für den alle Einheimischen gleich aussahen.

Die Frauen schienen so stark wie die Männer. Sogar die Kinder mit Muskeln wie olympische Kugelstoßer beteiligten sich an den alltäglichen Verrichtungen. Unter Einsatz der Zähne und anderer Werkzeuge zerteilten sie Fleisch und schabten Felle ab – Fleisch, das, wie er vermutete, von der Erde durch die Sattelpunkt-Tore transportiert worden war, durch die er selbst gegangen war. Das Fleisch wurde zum Teil in Herden geröstet, sofern man sie überhaupt als solche bezeichnen wollte: Es handelte sich nur um flache Mulden im Boden, die mit im Feuer erhitzten Steinen ausgelegt und mit Erde bedeckt waren. Das zartere Fleisch ging an die Kinder und an Malenfant, der es von wem? – von Valentina bekam. Die Erwachsenen aßen das Fleisch meistens roh; sie zerrissen es mit den kräftigen Kiefern und kauten so lang darauf herum, bis sie es hinunterschlucken konnten.

Ein alter Mann zeigte eine gewisse Neugier für Malenfant. Eine Gestalt, die stark humpelte und gebückt ging, sodass der Bauch über den verschrumpelten Penis herabhing. Malenfant beschloss, ihn Esau zu nennen. Die Schöpfung, wenn er sich recht erinnerte: *Siehe, mein Bruder Esau ist rau, doch ich bin glatt.*

Malenfant schaute Esau in die Augen und fragte sich, was er dachte. Er fragte sich, *wie* er dachte.

Das ist mein Verwandter, aber so entfernt, dass er

eine fremde Spezies verkörpert, ein fremdes Bewusstsein. Als meine Urahnen sich von Afrika ausbreiteten, trafen sie sogleich auf Aliens, die Eeties der tiefen Vergangenheit: Der erste echte Kontakt. Und als die letzten Neandertaler in irgendeiner Höhle in Frankreich, Spanien oder China im Sterben lagen, musste ein *letzter* Kontakt erfolgt sein: Der letzte, den wir für dreißigtausend Jahre gehabt hatten, bis die Gaijin im Asteroidengürtel auftauchten.

Ein verdammt hartes Schicksal, eine so lange Zeit allein zu sein.

Die Neandertaler hatten ein mobiles Sattelpunkt-Tor. Als sie es aufstellten und in Betrieb nahmen, staunte Malenfant Bauklötze.

Es war ein blauer, vielleicht drei Meter durchmessender Reif. Sie waren imstande, mit dem charakteristischen blauen Blitz durch ihn hindurchzugehen und Io zu verlassen; später kehrten sie mit Lasten zurück, hauptsächlich Steine, Fleisch und Metallkanister, die vielleicht Sauerstoff enthielten. Das musste ihre Verbindung zur Erde, zur Kimera-Mine sein – der Weg, auf dem er hierher gebracht worden war.

Er spielte mit dem Gedanken an Flucht. Mit der Rückkehr zur Erde. Aber dieser Weg würde ihn nur zur Kimera-*Maschine* führen, die den Tod bedeutete; und selbst wenn es ihm gelang, die Mine zu verlassen, würde er wieder dem Mtesa in die Hände fallen.

Vielleicht war das ein letzter Ausweg. Fürs Erste steckte er hier fest.

Was wusste Malenfant über Neandertaler? Verdammt wenig. Eins wusste er aber: Dass sie keine Sprache hatten. Ihr Gaumen hatte nicht die richtige Form oder in der Art. Er hatte gesehen, wie sie sich mit Mimik verständigten – sie waren auf jeden Fall intelligent. Aber Sprache, so lautete die Theorie, an die er sich erinnerte, war der entscheidende Vorteil gewesen, dessen *Homo sap* sich erfreut hatte. Da war er also der einzige sprechende Mensch in einer grunzenden Horde.

Vielleicht gelang es Reid Malenfant, die Neandertaler sprechen zu lehren. Vielleicht gelang es ihm, sie zu zivilisieren. Er wurde von plötzlichem Enthusiasmus befeuert.

Er wies auf Esau. »Du.« Auf sich. »Ich. Sag es. Du, du, du. Ich. Malenfant. Mein Name. Mal-en-fant. Versuch es.«

Esau musterte Malenfant für eine Weile, und dann versetzte er ihm einen kräftigen Schlag, der ihn zu Boden warf.

Malenfant stand wieder auf. Die Wange brannte wie Feuer; Esau war *stark.*

Esau gestikulierte wild: Zeigte auf sich, zwei Finger auf die Stirn, dann eine Faust auf Malenfants Stirn. Er wirkte nicht verärgert, sondern schien Malenfant etwas mitteilen zu wollen. *Zeige. Faust an Kopf. Zeige. Faust.*

»Ach so.« Malenfant wies erst auf sich und machte dann das Faust-Zeichen. »Ich verstehe. Das ist der Name, den du mir gegeben hast. Ein Zeichen-Wort.«

Esau schlug ihn wieder. Es war nicht böse gemeint, aber er ging wieder zu Boden.

Nachdem Malenfant aufgestanden war, machte er die Zeichen ›Zeige‹ und ›Faust‹, ohne diesmal etwas zu sagen.

So ging das für eine Weile. Wenn er mehr als ein paar Silben sprach, gab es Haue von Esau.

Sein Zeichen-Vokabular wuchs: Zehn Wörter, ein Dutzend, zwei Dutzend.

Er beobachtete Mütter mit Kindern. Bei ihnen setzte es auch was, wenn sie zu viel Lärm machten. Er versuchte die komplexen Fingerzeige und Gesten zu deuten, mit denen die Erwachsenen flüssig miteinander kommunizierten. Er erkannte vielleicht ein Zeichen von hundert.

So viel zum sprechenden Menschen in der grunzenden Horde. In den Augen dieser Leute war er ein Kind.

Erst nach langer Zeit fand er heraus, dass dieses Faust-an-Kopf-Zeichen, sein Name, *Dummkopf* bedeutete.

■

Als er eines Tages aufwachte, stiegen gerade alle in die transparenten Druckanzüge: Männer, Frauen, Kinder. Die Säuglinge wurden in kleine sackartige Tragevorrichtungen gesteckt. Ein paar Erwachsene bauten das Zelt ab. Sie zogen an den Stangen und rollten die Bodenmatte zusammen.

Es war anscheinend an der Zeit, weiterzuziehen.

Malenfant bedeckte die Genitalien mit dem Kugelhelm und drückte sich ängstlich an die Wand des zusammenfallenden Zelts, während die Abbrucharbeiten um ihn herum in vollem Gang waren. Malenfant hatte keinen Druckanzug: Nur die NASA-Antiquität, mit der bekleidet er die Reise ins All damals angetreten hatte. Was, wenn die Neandertaler glaubten, dass sie noch funktionsfähig sei? Wenn er die Oberfläche von Io betrat, würde der Anzug ihn binnen einer Viertelstunde umbringen.

Valentina kam zu ihm. Sie hatte ihren Anzug schon angelegt und den weichen Helm übergezogen. Sie reichte ihm einen anderen Anzug, der wie eine abgezogene Haut aussah.

Er nahm ihn dankbar. Sie zeigte ihm, wie man ihn anzog und wie die Nähte mit dem Fingernagel verschweißt wurden. Der Anzug war zu kurz und breit für ihn, aber er schien dehnbar zu sein.

Und er *stank:* Nach Urin, Fäkalien – ein Geruch nach saurer Milch. Er roch wie Esau, wie ein alter Neandertaler.

Jemand war in diesem Anzug gestorben.

Als ihm das bewusst wurde, kotzte er beinahe das Frühstück aus und wollte sich den Anzug vom Leib reißen. Da schlug Valentina ihn so hart, wie sie es seit langer Zeit nicht mehr getan hatte. Die Anordnung, die sie ihm mit ein paar schnellen Zeichen gab, war unmissverständlich. *Anziehen. Sofort.*

Das hier ist nicht das Gebäude für Bemannte Raumflug-Operationen auf Cape Canaveral, sagte er sich. Hier liegen die Dinge anders. Arrangiere dich damit, wenn du überleben willst.

Er zog den Anzug an und dichtete ihn ab. Dann stand er da und versuchte, sich in dem stinkenden Anzug nicht zu übergeben, während die Neandertaler das Lager abbauten und das Licht von Jupiter zum Vorschein kam.

Morgen auf Io:

Auroras wogten wie große Bahnen aus Licht am Himmel.

Die Sonne war eine geschrumpfte, tiefstehende Scheibe, die jeden anderen Stern am Himmel überstrahlte. Sie warf lange Punktquellen-Schatten aufs Gammelpizza-Terrain. Jupiter hing wie ein rosiger, gestreifter Fußball noch immer an derselben Stelle überm Horizont. Nur dass die Phase sich verändert hatte: Jupiter war eine Sichel, der Terminator verschwamm unter den Schichten der Atmosphäre, und die Nachtseite hob sich als kompakte Masse vom sternenübersäten Hintergrund ab. Blitze durchzuckten die Nachtseite wie riesige Glühlampen, die in rosigen Wolken explodierten. Sie stammten von Gewitterfronten, die größer waren als die Erde.

Im rot-grünen Glühen der Auroras packten die Neandertaler das Zelt und andere Ausrüstung zusammen und verluden alles auf großen schlittenartigen Gefährten, wobei sie eifrig in Zeichensprache kommunizierten. Malenfant nahm sein einziges Besitzstück, den NASA-Anzug und machte ihn auf einem Schlitten fest.

Nachdem sie aufgeladen hatten, traten die Neandertaler vor die Schlitten und legten Gurtzeug an; einfaches Geschirr, das aus dem allgegenwärtigen Plastik bestand. Bald hatte sich jeder vor einen Schlitten gespannt, außer den kleinen Kindern, die auf den Lasten mitfuhren.

Niemand sagte Malenfant, was er tun solle. Er suchte nach Valentina und richtete es ein, dass er das Gespann neben ihr bekam. Sie half ihm beim Anlegen des Gurtzeugs und machte es mit einfachen Schnallen fest.

Und dann ging der Treck los.

Die Neandertaler zogen an wie Pferde. Und dann zogen sie im Licht des Jupiter die Schlitten über Ios verkrustete Oberfläche. Malenfants Schlitten ließ sich etwas schwerer ziehen als die anderen, und seine Mannschaft musste sich schwer ins Zeug legen. Sie verständigten sich mit hektischen Gesten, bis die Kufen sich mit einem Ruck vom Gestein losrissen, das sie gebremst hatte.

Die Gangart der marschierenden Valentina war – anders. Sie schien sich vorzubeugen, als ob ihr Schwerpunkt irgendwo über den Hüftgelenken läge und nicht weiter hinten wie bei Malenfant. Und bei jedem Schritt schien sie mit dem vollen Gewicht aufzustampfen. Diese Art der Fortbewegung war plump und affenartig und stellte in Malenfants Augen den größten Unterschied zum Menschen dar.

Im Gegensatz zu Malenfant war Valentina nicht für die Überwindung großer Distanzen geschaffen. Vielleicht hatten die Neandertaler sich als Sesshafte entwickelt.

Malenfant gab sein Bestes, um mit den anderen mitzuhalten. Er wusste nicht, weshalb man ihn überhaupt am Leben erhielt; er vermochte es sich nur so zu erklären, dass Valentina einen vagen altruistischen Impuls verspürte. Man erwartete aber offenbar von ihm, dass er für sein Essen arbeitete. Also stellte er seine schwachen *Homo sap*-Kräfte in den Dienst der Neandertaler.

So zogen die Hominiden von der Erde über den Jupitermond Io.

Der Boden bestand hauptsächlich aus nacktem Fels: Es ging über große Brocken Silikatgestein, die mit Blasen durchsetzt waren. Es handelte sich um Basalt – Vulkangestein, das aus Ios Innerem hochgepumpt worden war. Das Gestein war dick mit gelbem Schwefel gepudert, der unter den Füßen knirschte. Io war eine Gesteinswelt und keine Eiskugel wie die meisten anderen Monde des äußeren Systems; mit einer Größe zwischen dem Erdmond und dem Mars war Io ein erdähnlicher Planet, den es in den Jupiterorbit verschlagen hatte.

Jupiter veränderte ständig sein Aussehen – es war ein überwältigender Anblick.

Malenfant erinnerte sich, dass Io den Mutterplaneten in einem gebundenen Orbit umlief und Jupiter immer dieselbe Seite zuwandte. Der Mond umkreiste Jupiter in zweiundvierzig Stunden, sodass der Gasriese seinen ganzen Phasenzyklus in weniger als zwei Tagen durchlief. Und Jupiter drehte sich alle zehn Stunden einmal um die eigene Achse. Malenfant sah, wie die Wolkenschichten sich drehten und die turbulenten Bänder und Ketten kleiner weißer Kugeln, die sich um die gestreiften Bänder jagten. Aber das Rote Auge fehlte, wie er zu seiner Enttäuschung feststellte; offensichtlich hatte dieser Jahrhunderte dauernde Sturm sich in den tausend Jahren seiner Abwesenheit gelegt.

Jupiter hatte eine starke Magnetosphäre, einen

Strahlengürtel aus Elektronen und Ionen, in dem Io seine Bahn zog. Und durch Jupiters schnelle Rotation peitschte diese Magnetosphäre wie ein unsichtbarer Sturm über Io. Das war auch der Grund für die Auroras, die ständig über ihm waberten – energiereiche Teilchen, die die dünne Lufthülle dieses Mondes durchdrangen und jede Sekunde eine Tonne Atmosphärenmaterial wegrissen. Bei der Vorstellung, dass dieser Schauer energiereicher Teilchen auf ihn prasselte, schauderte Malenfant, der nackt im ›geerbten‹ Anzug steckte.

Die Neandertaler indes machten sich keine Sorgen. Sie zogen mit der Ausdauer von Ochsen, und die Spuren der drei Schlitten liefen in einer geraden Linie durch die Landschaft auf den Jupiter zu. Malenfant, der hundert Jahre auf dem Buckel hatte und sich zudem noch von der Strahlenkrankheit erholte, blieb nichts anderes übrig, als sich ins Geschirr zu legen und von den anderen mitziehen zu lassen.

Er hatte die Neandertaler als regelrechte Arbeitstiere kennen gelernt. Sie setzten ihre mächtigen gorillaartigen Körper ein, wo der *Homo sap* mit Werkzeug hantiert hätte. Sie standen unter körperlicher Dauerbelastung. Malenfant sah, dass zum Beispiel Esaus Körper von alten Wunden, Narben und schlecht verheilten Knochenbrüchen gezeichnet war. Es war, als ob sie jeden Tag einen Berg bestiegen oder einen Marathonlauf absolvierten.

Aber die Neandertaler nahmen das als unvermeidliche Risiken hin.

Dafür zeichneten sie sich durch Naturverbundenheit und urwüchsige Körperlichkeit aus. Sie waren eins mit der Welt. Sie waren Geschöpfe ihrer Welt und hatten ein intensives Lebensgefühl. Im Vergleich zu ihnen fühlte Malenfant, als das einzig verfügbare Exemplar der Spezies *Homo sap,* sich saft- und kraftlos, als ob er im Nebel umhertapste. Er gestand sich ein, dass er sie beneidete.

Die Neandertaler sangen auf der Wanderung – das heißt, sie waren in einen Singsang gefallen. Es war ein Lied über das Antlitz von Kintu. Kintu war eins der paar Wörter, die sie vokalisierten, und bezeichnete, wie Malenfant sich erinnerte, den Namen eines ugandischen Gottes, des Großvaters von Kimera. Das Lied handelte davon, dass Kintu sich so mit Atem aufblähte, bis Sterne und Welten aus seinem Körper platzten, wie Vulkane auf Io ausbrachen. Kintu war Gott und das Universum für die Neandertaler, und das *Antlitz von Kintu* war ihr Name für Io – was er aber erst nach einer Weile herausfand.

Die Zeichen- und Gebärdensprache war unerlässlich für die Neandertaler, weil ihre magischen Anzüge keine Funkgeräte hatten. Es war eine schöne Art der Verständigung, wenn man ihr denn zu folgen vermochte, eine Kombination aus Tanz und Sprache.

Er ließ sich zeigen, wie man die sanitären Funktionen des Anzugs nutzte. Im Grunde war es ganz einfach – man musste nur sein Geschäft verrichten. Die Beschichtung des Anzugs absorbierte flüssige und feste Fäkalien; sie verschwanden einfach im transparenten Material, als ob sie aufgelöst würden. Das meiste zumindest. Unterwegs hatte Malenfant keine Möglichkeit, den Zauberanzug zu öffnen, diese Hülle, die vom Gestank eines toten alten Manns und nun auch von seinem eigenen Mief erfüllt wurde. Mit der Hygiene hatten die Neandertaler es nicht so. Nach ein paar Tagen sehnte Malenfant sich nach einer Dusche.

Nach einiger Zeit setzte Schneefall ein; feine blaue Kristalle rieselten auf Malenfants Kopf und Schultern und puderten den Basaltuntergrund.

Valentina stupste ihn an und wies zum Horizont, wo ein Geysir blies. Das war der Ursprung des Schnees.

Die glitzernde Wolke stieg mehr als zehntausend Meter in den Weltraum empor. Die Wolke war blau und bestand aus Schwefeldioxid. Im oberen Teil der Wolke glitzerte das Eis hell: Es wurde von Jupiters magnetischen Winden ionisiert, und die geladenen molekularen, energiereichen Fragmente schimmerten wie eine kleine Aurora. An der Basis der Wolke strömte Lava. Vielleicht handelte es sich um flüssigen Schwefel. Zuerst floss er zäh und langsam wie Melasse, doch während er abkühlte, verbesserte die Fließfähigkeit sich, bis er wie Maschinenöl an den flachen Hängen des Vulkans herabrann.

Eine vulkanische Wolke, die in der Dunkelheit glühte. Sie sah aus wie eine riesige verdrehte Röhre: Ebenso exotisch wie fremdartig und spektakulär. Seine Stimmung hob sich wie damals, als er Alpha Centauri ansichtig geworden war. Er verstand vielleicht nicht alles, was er sah. Aber er wusste nun, dass es sich gelohnt hatte, diesen Weg zu gehen – der wissenschaftlichen Erkenntnisse wegen hatte es sich gelohnt, es hatte sich gelohnt, all die unglaublichen Strapazen und Kulturschocks zu erleiden, und es hatte sich sogar gelohnt, sich von Neandertalern ohrfeigen zu lassen. Anblicke wie dieser entschädigten einen für alle Unbill.

Die Kolonne änderte die Richtung, um die Wolke zu umgehen.

Bald erreichten die Wanderer ein Gebiet, das von einer Art dickem grün-blauem Frost überzogen war – wahrscheinlich Schwefeldioxid. Der Untergrund wurde merklich kälter unter Malenfants Füßen, und er bibberte.

Die Wanderer verließen diesen Bereich und suchten eine wärmere Gegend.

Er wurde sich bewusst, dass sie über Hot Spots gingen. Aber diese Hot Spots mussten wandern. Der von Vulkanismus geplagte Io verformte sich wie ein Gummiball in der Faust von Jupiters Gezeitenkräften, und Lavaströme veränderten ständig das Antlitz des Mondes.

Also waren die Neandertaler auf Io stetig auf Wanderschaft, auf der Suche nach der Wärme des Bodens.

Das war ein verdammt ungemütlicher Lebensstil. Aber sie schienen glücklich dabei.

■

Zweimal pro Io-Tag machte die Karawane Halt.

Die Neandertaler schlugen nicht immer ein Lager auf. Aber sie entluden immer verschrammte Ausrüstungsgegenstände, Kästen in der Größe von Kühlschränken oder Waschmaschinen. Dann schlossen sie die magischen Anzüge für ein paar Stunden an Hüfte und Mund an. Aus dem Mundanschluss quoll Nahrung, eine dicke geschmacklose Pampe.

Malenfant wusste nicht, wie der Zauberanzug ihn mit Sauerstoff versorgte; einen Tank hatte er jedenfalls nicht. Der Anzug musste die Schwefeldioxid-Atmosphäre irgendwie aufbrechen und Kohlendioxid aus der Lunge abführen. Über den Hüftanschluss wurden vielleicht Abfälle wie Kohlendioxid, Urin und Exkremente entsorgt und wiederaufbereitet. Auf jeden Fall schienen die Kästen die Zauberanzüge aufzuladen und ihre Funktionsfähigkeit jeweils für die nächsten zehn bis zwölf Stunden aufrechtzuerhalten.

Die Anzüge funktionierten störungsfrei. Die Neandertaler hatten aber nur eine bestimmte Anzahl magischer Anzüge und schienen auch nicht imstande zu sein, für Ersatz zu sorgen. Wenn nicht irgendein alter Sack gestorben wäre, dann hätte es keinen Zauberanzug für Malenfant gegeben. Was wäre dann passiert? Hätten sie ihn im Stich gelassen? Sie hatten ihn schließlich auch nicht eingeladen.

Er hatte keine Ahnung, wie alt diese Ausrüstung war. Aber er wusste, dass jemand diese Neandertaler-Niederlassung auf Io gegründet hatte. *Irgendjemand.* Die Gaijin natürlich. Wer sonst?

Trotzdem musste er herausfinden, welche Bewandtnis es mit ihnen hatte.

Bei jedem Stopp überprüften die Neandertaler den *Stab von Kintu.*

Dabei handelte es sich um eine Metallstange von der Größe eines Staffelholzes. Es schien ihr wertvollster Besitz zu sein. Das einen halben Meter lange Rohr bestand aus einem aluminiumähnlichen Metall und wirkte leicht. Die Erwachsenen setzten sich auf den Boden und ließen den Stab reihum gehen. Sie prüften sein Gewicht, wiegten ihn und betrachteten ihn versonnen. Die Lieder, die sie über den Hauch Kintus sangen, handelten auch vom *Stab.* Vielleicht war er eine Art Totem. Aber es war allzu leicht, allem, das man nicht verstand, eine religiöse Bedeutung zuzuschreiben. Vielleicht steckte mehr dahinter.

Malenfant beneidete sie um ihre Gemeinschaft. Er wurde nicht einmal von den Kindern beachtet und fühlte sich ausgeschlossen und einsam. Er verspürte das Bedürfnis, die Zeichensprache der Neandertaler zu erlernen.

Malenfant prägte sich Zeichen ein und wiederholte sie in Valentinas Gegenwart.

Zuerst hatte er nur einfache, konkrete Substantive und Adjektive zu erfassen vermocht, die eine klare Aussage enthielten: Die zum Mund geführte Hand für ›Nahrung‹ zum Beispiel und das Reiben des Bauchs für ›hungrig‹. Allmählich gelang es ihm, auch den Ausdruck abstrakterer Gedanken zu deuten. Zusammengeführte Zeigefinger schienen ›gleichartig‹ oder ›ähnlich‹ zu bedeuten; zwei aufeinander zeigende Finger bezeichneten ›Streit‹ oder ›Kampf‹. Bedeutung schien auch der

Krümmung der Hände innezuwohnen, der Haltung relativ zum Körper und begleitenden Merkmalen wie Körpersprache, Haltung und Gesichtsausdruck. Außerdem schien der Zeichenabfolge eine Grammatik zugrunde zu liegen. War auch nur eins der Elemente falsch, so ergab das Zeichen den falschen oder gar keinen Sinn.

Er hatte den Eindruck, dass mehrere Zeichen gleichzeitig, als Bruchstücke mehrerer Wörter übertragen wurden. Die Neandertaler waren nicht darauf beschränkt, wie er linear zu sprechen – Wort für Wort. Sie vermochten ganze Informations-›Pakete‹ simultan zu übermitteln, und zwar mit einer viel höheren Übertragungsgeschwindigkeit als Menschen. Und dann wurde ihm bewusst, dass diese rekonstruierten Neandertaler ihre ausdrucksstarke, komplexe Sprache in nur ein paar Generationen entwickelt haben mussten. Schließlich hatten sie keine Möglichkeit gehabt, die verlorene Sprache ihrer genetischen Vorfahren, der originalen Neandertaler zu rekonstruieren.

Es war eine wundervolle, facettenreiche Kommunikation.

Er war darauf bedacht, sich möglichst wenig Ohrfeigen einzufangen. Aber das ließ sich nicht vermeiden, wenn er die Zeichen falsch interpretierte.

»Ihr könnt eure Kraft nicht dosieren. Ich bin ein alter Mann, verdammt!«

Klatsch.

Zum Schlafen legten die Neandertaler sich in den magischen Anzügen auf die nackte Oberfläche von Io.

Er identifizierte die Sternbilder – und den fahlen Streif eines Kometen, eines großen Kometen, dessen gegabelter Schweif sich durch den Himmel zog. Und in Richtung des Orion ging etwas vor: Helle Blitze wie von entfernten Explosionen, die über einen schildförmigen Abschnitt des Himmels verteilt waren. Es war ein lautloses, nicht enden wollendes Feuerwerk: Als ob eine Schlacht tobte, dort draußen am Rand des Sonnensystems – ein Abwehrkampf gegen einen anstürmenden Eindringling.

Vielleicht tobte ein Krieg in der Oort-Wolke. Kämpften die Gaijin dort draußen im Glacis des Sonnensystems gegen Nemotos sternenknackende Aliens und verteidigten Sol? Und wenn ja, wieso? Die Menschen spielten für die Motivation der Gaijin sicherlich keine Rolle. Wenn sie kämpften, dann nur aus dem Grund, um ihre Interessen und Projekte zu schützen.

Und falls wirklich ein Krieg in der Oort-Wolke tobte, dann hatte er eine erschreckende Weiterung: Dass die *Zerstörer* nämlich nicht mehr im tiefen Raum waren, bei Procyon oder Sirius, sondern *hier.*

Solche Vorzeichen förderten nicht gerade das Einschlafen. Schließlich verkroch er sich unter dem NASA-Druckanzug und blendete den dräuenden Himmel aus.

Nach vielleicht einer Woche schlugen sie zu Malenfants großer Erleichterung wieder ein Lager auf. Es war ein Platz, der offensichtlich schon benutzt worden war: Ein annähernder Kreis aus aufgeworfener Erde mit Feuerstellen.

Im Zelt zogen die Neandertaler sich aus. Nachdem sie für eine Woche in den Anzügen gesteckt hatten, fiel Malenfant beim Gestank ihrer Leiber fast in Ohnmacht.

Es gab ein spontanes Fest der Körperlichkeit. Die Kinder rauften, und die Erwachsenen kopulierten. Malenfant sah, wie eine junge Frau einen älteren Mann verfolgte – buchstäblich: sie verfolgte ihn mit sichtlich geschwollener und leuchtend roter Vulva durchs Zelt, bis sie ihn erwischte und bestieg. Dann trieben sie es, zwei große Klumpen stinkenden, haarigen Fleisches, die ineinander verhakt rhythmisch zusammenklatschten. Wachen hatten sie nicht aufgestellt; vermutlich gab es auf Io keine Räuber und Feinde.

Malenfant kauerte sich unbeachtet in eine Ecke, wurde aber von Valentina und Esau mit Nahrung versorgt.

Manchmal – wenn das Licht schräg einfiel, wenn er eine Frau oder ein Kind aus dem Augenwinkel wahrnahm – sagte er sich, dass sie wie er seien, wie Menschen. Aber sie waren keine Menschen. Nicht besser oder schlechter als Menschen. Nur anders. Eine andere Form des Bewusstseins.

Er hatte den Eindruck, dass die Neandertaler enger mit der Welt verbunden waren als er. Diese intensive Körperlichkeit war der Schlüssel. Ihr Bewusstsein war an der Peripherie des Seins gestreut, in den Körpern, den Gegenständen und den Artgenossen, die die Welt bedeuteten. Wenn zwei von ihnen beisammen saßen – kommunizierend, arbeitend oder in stummer Eintracht –, schienen sie sich wie eine Person zu bewegen, in einer langsamen, ungelenken Choreographie, als ob ihre unscharfen Identitäten in höchster Innigkeit verschmolzen wären. Malenfant glaubte gar, den Fluss ihres Bewusstseins wie tiefe Ströme zu sehen, ungestört von den Turbulenzen und Reflexionen seiner eigenen Natur.

Sie freuten sich über jeden neuen Tag, als sei es der erste ihres Lebens.

Malenfant fragte sich, wie es überhaupt möglich war, dass solche intelligenten, vielschichtigen und lebensfrohen Leute ausgestorben waren.

Ausgestorben: Ein brutales, kompromissloses Wort. Durch Aussterben erfuhr der Tod eine Steigerung der Endgültigkeit, weil es der Tod einer Spezies war. Da spielte es auch keine Rolle mehr, wie kunstvoll die Zeichen- und Gebärdensprache der Neandertaler gewesen war, ob sie das Potential gehabt hätten, eine menschenähnliche Sprache zu entwickeln, wie ausgeprägt ihr tief eingebettetes Bewusstsein war. Weil von alledem nichts mehr existierte.

Die Gaijin hatten den Neandertalern zu einer kurzen Renaissance verholfen, um sie für ihre Zwecke einzuspannen. Allerdings hatten sie der Evolution damit kein Schnippchen geschlagen, weil diese Neandertaler eben *nicht* diejenigen waren, die ausgestorben waren; sie hatten keine Erinnerung an ihre Vorfahren, keine Kontinuität. Das Aussterben der Neandertaler in der tiefen Vergangenheit der Erde hatte Perspektiven und Erinnerungen begraben, die Vergangenheit von der Zukunft getrennt.

Und nun befürchtete Malenfant, dass der Zeitpunkt eines noch viel größeren Auslöschungs-Ereignisses nahte: Eine Auslöschung über viele Sternensysteme, die so allumfassend war, dass nicht einmal Knochen und Werkzeuge zurückbleiben würden, mit denen zukünftige Archäologen sich zu befassen vermochten.

■

Valentina weckte ihn mit einem Tritt. Sie winkte ihm – eine universale Geste – und reichte ihm den Anzug.

Benommen streifte er ihn sich über und folgte ihr aus dem Zelt.

Draußen erleichterte er sich und ließ den Blick schweifen. Auf Io herrschte Sonnenfinsternis – der Stecknadelkopf der Sonne stand hinter dem Jupiter. Der Boden wurde vom Schatten des Riesenplaneten verdunkelt und nur von Sternenlicht und einem aurealen Glühen Jupiters erhellt, der sonst nichts als ein Loch im Himmel war.

Während ihm die warme Flüssigkeit unangenehm am Bein hinunter lief, stolperte er Valentina hinterher, die bereits über die verkrustete Ebene marschierte.

Die Gruppe bestand aus fünf Neandertalern und Malenfant. Sie alle trugen Werkzeugbeutel. Die Neandertaler bewegten sich in einem hüpfenden Trab, bei dem Malenfant trotz der niedrigen Schwerkraft kaum mitzuhalten vermochte.

So ging das über eine Stunde, vielleicht noch länger. Dann blieben sie plötzlich stehen. Malenfant beugte sich nach vorn und stützte sich keuchend auf die Knie.

Hier war etwas. Eine Linie im Boden, die im Sternenlicht silbern funkelte. Sie verlief schnurgerade zum geschwollenen Antlitz des Jupiter.

Malenfant erkannte die Beschaffenheit. Es war das gleiche Material, das er an den Wurzeln der *Bäume* im Orbit gesehen hatte: Material, das man auf der Oberfläche der Venus gefunden hatte.

Es war ein Supraleiterkabel.

Die Neandertaler gaben sich eifrig Zeichen und drückten ein Gerät ans Kabel. Malenfant vermochte nicht zu erkennen, was genau sie dort machten. Vielleicht handelte es sich um eine Art Diagnosewerkzeug. Nach ein paar Minuten richteten sie sich auf und gingen weiter.

Während sie unterwegs waren, näherte die Sonnenfinsternis sich dem Ende. Die Sonne lugte hinter dem Jupiter hervor und stieg als geschrumpfte Scheibe durch Wolkenschichten empor; gelb-oranges Licht strömte durch die wirbelnden Wolkenbänke und warf Schatten länger als der Erddurchmesser.

Das Morgenlicht fiel auf Ios Flussröhre. Es war wie ein riesiger Tornado, der über ihm aufragte. Die Flussröhre war ein dunstiger Strom geladener Teilchen, die von Ios emsigen Vulkanen empor geschleudert wurden und auf eleganten Kurven des Magnetfelds dem Riesenplaneten entgegenstrebten. Und wo die Röhre in die obere Jupiter-Atmosphäre eindrang, Hunderte von Kilometern über den Wolkenbänken des Planeten, fanden unablässig Explosionen statt: Gase, die heißer waren als die Sonnenoberfläche, wurden mit orbitaler Geschwindigkeit um den riesigen Planeten gezerrt und erzeugten zuckende Auroras mit einem Durchmesser von ein paar hundert Kilometern.

Io, ein planetengroßer Himmelskörper, der durch Jupiters Magnetosphäre wanderte, glich einem riesigen elektrischen Generator. Es entstand eine Potentialdifferenz von ein paar hunderttausend Volt mit dem Monddurchmesser als Gradient, und Ströme mit einer Stärke von Millionen Ampère flossen durch die Ionosphäre.

Malenfant, der an seinem Standort direkt in die Flussröhre schaute, wurde von der körperlichen Wucht der Energie schier erdrückt; fast hätte er ängstlich gewimmert und sich vor dem Sturm hochenergetischer Teilchen geduckt, die vom Himmel regnen mussten. Aber er blieb stehen und trotzte diesem gottartigen Energieausbruch. Nicht vor den Neandertalern, sagte er sich.

Bald kamen sie an eine Stelle, wo das Kabel unter einem Strom erstarrter schwefliger Lava begraben war. Nach einer schnellen Zeichenfolge packten die Neandertaler primitive Schaufeln und Hacken aus. Sie bearbeiteten die Lava und legten das Kabel frei.

Malenfant brauchte dringend eine Pause. Er bekam Krämpfe in den Beinen, und die Muskeln verhärteten sich wie Stein. Aber er wusste, dass er sich sein Essen verdienen musste. Er massierte die Beine und ging zu den anderen. Er bearbeitete die Lava mit einer Hacke und half den anderen, den Schutt wegzuräumen.

Er hielt es aber für unwahrscheinlich, dass dies das einzige Supraleiter-Kabel auf Io war. Vor seinem geistigen Auge spannte sich ein Netz aus dem Zeug über den ganzen verdammten Mond und hüllte die bewegte Oberfläche wie ein Gitternetz ein. Vielleicht waren die Überreste jenes uralten gescheiterten Projekts von der Venus hierher gebracht worden, um für einen neuen Plan der Gaijin verwendet zu werden.

Die Aufgabe der Neandertaler musste darin bestehen, das Supraleiter-Netzwerk freizuschaufeln und instand zu halten. Bei der Umschichtungsrate auf diesem aktiven kleinen Mond wäre das Netz sonst in ein paar Jahrhunderten begraben worden. Die Arbeit war auch riskant, weil die Neandertaler sich nur dort zu bewegen vermochten, wo die vulkanischen Hot Spots es ihnen ermöglichten. Trotzdem würden sie irgendwann den ganzen Mond abarbeiten.

Das war eine clevere Lösung, sagte er sich. So hatten die Neandertaler eine eigene Welt, wo sie vor den Nachstellungen des *Homo sap* sicher waren. Und die Erschaffer dieses Netzes – vermutlich die Gaijin – hatten ein Reservoir billiger und zuverlässiger Wartungsarbeiter.

Neandertaler waren geduldig und fügsam. Auf der Erde hatten sie mit einer für sie geeigneten Technik mehr oder weniger unverändert sechzigtausend Jahre lang überlebt. Hier auf Io waren sie vielleicht auch schon ein paar Jahrhunderte lang vertreten. Mit den Neandertalern hatten die Gaijin sich Arbeitskräfte herangezüchtet, die fast so intelligent waren wie Menschen, sich nicht über die hiesigen Ressourcengrenzen hinaus vermehren würden und denen die Anspruchshaltung einer typisch menschlichen Belegschaft fehlte.

Ein vorteilhaftes Geschäft – für die Gaijin.

Nun musste er nur noch herausfinden, welchem Zweck das Netz diente: Dieses große Gaijin-Projekt, das offensichtlich darauf angelegt war, die mächtigen natürlichen Energieströme von Io anzuzapfen. Was erschufen sie hier?

Ohne ein Wort an Malenfant folgten die Neandertaler dem weiteren Verlauf des Kabels in Richtung Jupiter.

Malenfant lief keuchend hinterher.

■

Als sie zum Zelt zurückkamen, stellten sie fest, dass Esau gestorben war.

Valentina war tief betrübt. Sie hatte sich in einer Ecke des Zelts hingehockt, und ihr massiger Körper wurde von einem Weinkrampf geschüttelt. Offensichtlich hatte sie in einer engeren Beziehung zu Esau gestanden; vielleicht war er ihr Vater oder Bruder gewesen.

Niemand traf Anstalten, sie zu trösten.

Malenfant hockte sich ihr gegenüber hin. Er nahm ihren kinnlosen Kiefer in die Hand und versuchte den großen Kopf anzuheben.

Zuerst verharrte Valentina in der zusammengesunkenen Stellung. Dann hob sie – zögernd und ohne ihn anzuschauen – die große Hand und strich ihm über den Hinterkopf.

Sie schaute erstaunt auf. Die kräftigen Finger waren auf eine knochige Erhebung gestoßen. Malenfant wusste, dass sie als Dysplasie bezeichnet wurde, ein Relikt seiner entfernten französischen Vorfahren. Sie nahm seine Hand und führte sie an ihren Hinterkopf. Da war eine ähnlich knochige Ausbeulung unter ihrem langen schwarzen Haar. Nun hatten sie wenigstens eine Gemeinsamkeit gefunden. Vielleicht war seine Dysplasie ein Indiz dafür, dass zu seiner Ahnenreihe auch Neandertaler gehört hatten; eine Phantom-Spur einer speziesübergreifenden Romanze vor vielen tausend Jahren.

Valentinas menschliche Augen, die von diesem Knochenwulst überschattet wurden, schauten ihn mit neu erwachtem Interesse an. Sie hatte flache Brüste, breite Hüften und überhaupt die kräftige Statur eines Mannes. Und aus dem Gesicht stachen eine lange Nase, hohe Wangenknochen und ein langer Kiefer ohne Kinn. Aber sie wirkte nicht hässlich auf ihn. Fast – ja, sie war schön.

Der Moment zog sich in die Länge. Wo sie ihm nun so nah war, spürte Malenfant, wie sich unwillkürlich eine Erektion aufbaute.

Diese verdammten Strubbelkopf-Zwillinge. Komplikationen dieser Art konnte er jetzt nicht gebrauchen.

Er versuchte sich ein aufreizendes Verhalten von Valentina vorzustellen: Vielleicht ein koketter Augenaufschlag, ein schräggelegter Kopf, ein leicht geöffneter Mund – Signale, die Frauen seiner Art zu seiner Zeit auf der ganzen Welt ausgesandt hatten.

Aber so verhielten Neandertaler-Frauen sich nicht. Sie kokettierten nicht mit ihren Reizen, sagte er sich.

Zumal eine Kreuzung zwischen Menschen und Neandertalern wahrscheinlich ohnehin unmöglich war. Außerdem hatten ein paar hunderttausend Jahre getrennter Entwicklung sie bestimmt mit unterschiedlichen Flirtsignalen ausgestattet. Ihm dämmerte, wie es vielleicht in der tiefen Vergangenheit gewesen sein mochte: Dass Vertreter zweier gleichwertiger, entwicklungsfähiger, kommunikativer, neugieriger menschlicher Spezies mit einem reichen Gefühlsleben zusammen in einen engen Raum hätten gesperrt werden können, ohne dass bei ihnen auch nur die geringste Regung erfolgt wäre. Sehr bedauerlich.

Er stellte sich vor, wie Valentina ihn mit ihrer plumpen Hand bei den Eiern packte – und seine Erektion schmolz dahin.

■

Die Neandertaler hielten eine Zeremonie ab.

Sie zogen die Bodenmatte des Zelts zurück, sodass der karmesinrote Untergrund zum Vorschein kam. Das Zelt wurde von einem stechenden, bleicheartigen Gestank erfüllt: Schwefeldioxid.

Die Neandertaler hoben ein Grab aus. Sie benutzten dazu ihre kräftigen Hände, wobei sie effektiv zusammenarbeiteten. Ab einer Tiefe von etwa einem Meter hoben sie Material in einem kräftigen Orange und Blau aus.

Malenfant betrachtete es neugierig: Dies war schließlich Material von Io. Es sah aus wie zerbröseltes Gestein, war aber orangefarben, gelb und grün gefärbt: Schwefelverbindungen, vermutete er, die das Gestein durchsetzt hatten. Es gab auch reinen Schwefel in Form zerfallender gelber Kristalle.

Das tiefere Material sah aus, als wäre es von Flechten durchzogen.

Es war weitgehend farblos, ein mattes Grau, zum Teil grün und purpurn. Malenfant war kein Biologe, aber er wusste, dass es auf der Erde Bakterienarten gab, die in sauren und schwefelhaltigen Umgebungen ohne Sauerstoff gediehen, zum Beispiel in Vulkankratern. Vielleicht fand hier wirklich Photosynthese statt. Oder vielleicht basierten die Abläufe auf einer exotischen Chemie. Es mochte Untergrund-Reservoirs geben, wo Pflanzen Energie speicherten, indem sie Schwefeldioxid in instabile Verbindungen wie Schwefeltrioxid umwandelten; und vielleicht gab es sogar primitive Tiere, die das Zeug einatmeten und zur Energiegewinnung elementaren Schwefel verbrannten …

In wissenschaftlicher Hinsicht war das sicher interessant, sagte er sich. Aber er würde es nie erfahren. Außerdem war er nicht im Dienst der Wissenschaft hier, genauso wenig wie die Neandertaler.

Und überhaupt ist Leben im Kosmos etwas Universelles, Malenfant. Der Tod anscheinend auch.

Nachdem sie das Grab ausgehoben hatten, senkten sie den Leib von Esau hinab. Valentina stieg mit ihm ins Grab und brachte ihn in eine Art Embryostellung. Dann stattete das Mädchen den alten Mann mit ein paar Grabbeigaben aus, Dinge, die ihm vielleicht wichtig gewesen waren: Eine Flöte zum Beispiel, die aus einem Oberschenkelknochen geschnitzt zu sein schien.

Und dann schob Valentina Esau den Totemstab, die *Stange von Kintu* in die starre Hand.

Danach verharrte Valentina für eine lange Zeit im Grab bei dem Leichnam. Es wurden viele Zeichen gewechselt; Malenfant vermochte nur wenige zu deuten, aber er erkannte einen rhythmischen Fluss der Zeichen, die von den Zuschauern am Grab ausgingen. Er vermutete, dass sie sangen.

Als Valentina schließlich aus der Grube stieg, besserte sich auch Malenfants morbide Stimmung. Die Neandertaler warfen den Aushub von Io ins Grab zurück.

Und dann – kurz bevor das Grab wieder gefüllt war, drehte Esau den geschrumpften Kopf und hob einen spindeldürren Arm.

Öffnete verklebte Augen.

Die Neandertaler schaufelten das Grab ungerührt weiter zu.

… *Aber er lebt doch noch!* Malenfant erstarrte; er wusste nicht, was er sagen oder tun sollte.

Kümmere dich um deinen eigenen Kram, Malenfant. Sei froh, dass sie das nicht auch mit dir gemacht haben.

Danach fiel es ihm schwer, einzuschlafen. Er glaubte, immerzu ein Kratzen und Scharren im Boden unter sich zu vernehmen.

■

Er schreckte aus dem Schlaf.

Ein helles xenonblaues Glühen drang unter der Bodenmatte hervor und leuchtete das kegelförmige Zelt aus. Ein Glühen, das aus dem Grab des Alten kam.

Malenfant hatte dieses Glühen zuvor schon gesehen: Tausend Astronomische Einheiten von der Erde entfernt, im Licht anderer Sonnen, im Innern eines Berges in Afrika und nun hier auf Io. Es war das Glühen der Sattelpunkt-Tore.

Er wollte Valentina und den anderen Fragen dazu stellen. Aber ihm fehlten die Worte, und sie verscheuchten ihn mit Schlägen.

Nach einiger Zeit – es mochten ein paar Tage verstrichen sein – schlugen die Neandertaler die Matte wieder zurück und öffneten das Grab.

Zu Malenfants Erleichterung war der Gestank nicht allzu schlimm und wurde noch durchs Schwefeldioxid kaschiert. Sind vielleicht die falschen Bakterien im Boden, sagte er sich.

Valentina griff ins Grab und zog die metallene *Stange* heraus. Sie zeigte keine Anzeichen des Kummers, die damals bei ihr zu sehen waren.

Die Neandertaler schaufelten das Grab ohne Umschweife wieder zu.

Malenfant kam nah genug heran, um einen Blick ins Grab zu werfen. Es war leer. Er bekam eine Gänsehaut.

Er versuchte, die Stange zu begutachten. Vielleicht war sie der Grund für dieses xenonblaue Sattelpunkt-Glühen und das Verschwinden der Leiche. Aber das Mädchen versteckte sie.

■

Wieder ging ein Wartungstrupp am Kabel entlang. Valentina und Malenfant waren auch dabei. Malenfant war in Gedanken versunken und ignorierte die phantastische Szenerie, ignorierte sogar die Schmerzen im restaurierten Körper.

Sein Kopf schien wieder zu funktionieren, wenn er auch noch nicht wieder ganz auf der Höhe war.

Dabei war das Arrangement mit den Gaijin keine einseitige Sache. Für die Neandertaler schienen sich auch Vorteile zu ergeben, und zwar größere als das Geschenk dieses entlegenen Mondes.

Er dachte an den xenonblauen Sattelpunkt-Blitz, der aus dem Grab des alten Esau gefahren war. Die Funktionsweise von Sattelpunkt-Teleportations-Toren bedeutete die Zerstörung eines Körpers mit dem Ziel, die quantenmechanische Struktur zu speichern. Jeder Durchgang durch ein Tor war wie ein kleiner Tod. Vielleicht hatte der *Stab von Kintu,* das kleine metallene Artefakt, die Struktur des sterbenden Alten aufgezeichnet.

Vielleicht waren Esau – und die Vorfahren der Neandertaler über einen Zeitraum von ein paar Jahrhunderten – auf die eine oder andere Art noch lebendig, als im *Stab* gespeicherte Sattelpunktsignale. Kein Wunder, dass die Neandertaler das Artefakt als höchstes Heiligtum hüteten. Vielleicht war das ihre Belohnung, das Weiterleben im *Stab,* bis …

Bis was?

Bis sie genug Energie für die mächtigen Maschinen gewonnen hatten, die Io umhüllten, sagte er sich. Bis Kintu bereit war, seinen *Stab* bis zum Nabel zu werfen. Genauso wie in den Liedern.

Er grinste angesichts der Erkenntnis. Dieser *Stab,* der in einem Neandertaler-Rucksack lag, war gar kein Totem. Er war ein raffiniertes *Raumschiff.*

Und *dafür* speicherten sie die Energie des natürlichen Dynamos, der Io war.

Malenfant packte Valentina erregt am Arm. »Hör mir zu.«

Sie hob die Hand und holte zum Schlag aus.

Er wich zurück und versuchte es mit Zeichensprache. *Warte. Sag mir, du sagst mir.* Stab von Kintu, Nabel. *Ihr geht in* Nabel, *in* Stab. Nabel *was* Nabel, *was was was?* »Ach verdammt. Was produzieren die Gaijin hier? Antimaterie? Was ist der *Nabel?* Ist er das Ziel, das die Gaijin anstreben?« Sie versetzte ihm einen Schlag, der ihn umwarf, aber er redete weiter. Nabel.

»Kintu hat Bauch, Bauch, *Nabel* … Ich habe recht, stimmt's?« Sprich wahr, wisse wahr. »Ich …«

Sie wollte ihn schon wieder schlagen.

Plötzlich wurde ihm der Boden unter den Füßen zu heiß. Er hatte das Gefühl, auf einer Herdplatte zu stehen. Instinktiv wich er zurück, bis er einen kühleren Platz erreichte.

Valentina hatte sich nicht von der Stelle bewegt. Sie schaute mit einem verwirrten Ausdruck nach unten. Der im allgegenwärtigen Rot leuchtende Boden verdunkelte sich. Blaues Gas eruptierte um Valentinas Füße wie ein Bühnen-Effekt.

Es war ein Vulkan, der unter Valentina ausbrach.

Als der Boden aufriss, nahm er das gar nicht zur Kenntnis. Er machte nur einen Satz und streckte die Arme aus. In Ios schwacher Gravitation schien der Sprung eine halbe Ewigkeit zu dauern.

Er traf sie an der Schulter. Trotz der größeren Masse und des tiefen Schwerpunkts taumelte sie von der Bodenspalte zurück und fiel auf festen Untergrund, wo sie in Sicherheit war.

Malenfant hingegen war in der Bredouille.

Mit gespreizten Gliedmaßen fiel er im Zeitlupentempo in die Spalte, die sich zu einer Grube mit brodelndem flüssigem Schwefel verbreitert hatte. Er spürte, wie die Haut am Oberkörper und im Gesicht Blasen warf und wie der Schwefel zischte. Mit dieser Situation war der Zauberanzug offenbar überfordert.

Er lachte. Dann war das die Endstation. Wenigstens hatte er die Antwort gefunden. Einen Teil zumindest.

Es gab schlimmere Tode.

Der Schwefel schlug über ihm zusammen, und der Schmerz wurde unerträglich.

Aber er spürte eine starke Hand im Genick …

■

Danach nur Bruchstücke:

Lag auf dem Rücken. Spürte gar nichts.

Sterne über sich. Springendes Blickfeld. Ein Auge funktionierte noch? Wurde getragen?

Wände um ihn herum, aufgehoben, ein Kreis aus Gesichtern mit buschigen Brauen.

... Oh. Ein Grab. *Er* war nun der alte *Zerstörer.* Er wollte lachen, aber alle Körperfunktionen schienen lahmgelegt zu sein.

Ein schwarzer Regen über ihm. Dreck. Er fiel ihm auf die Brust und ins Gesicht. Schmerz durchfuhr ihn, als das rohe Fleisch getroffen wurde. Da arbeiteten Hände über ihm, große starke Hände wie Bratpfannen, die ihn mit Dreck überhäuften. Valentinas Hände und andere.

Der Dreck geriet ihm in die Augen und in den Mund. Er schmeckte nach Bleiche.

Ich bin am Leben. Sie begraben mich bei lebendigem Leib!

Er wollte schreien, aber der Mund war mit Dreck verstopft. Er versuchte aufzustehen, aber er hatte keine Kraft in den Gliedern, als ob er gefesselt wäre.

Der Dreck regnete ihm ins Gesicht, ein schwarzer schwefliger Hagel. Er vermochte sich nicht zu rühren.

Da war etwas am Rand des Blickfelds. Ein metallisches Funkeln.

Ein Blitz aus xenonblauem Licht.

kapitel 28

WIR MENSCHEN KAMEN VON DER ERDE

Noch vor der Morgendämmerung trat Xenia Makarova aus ihrem Haus in silbriges Licht. Die Atemluft kristallisierte vorm Gesicht, und die eisige Kälte des Monds fraß sich durch die Haut in die spindeldürren Knochen.

Das silbergraue Licht stammte von der Erde und dem *Spiegel* am Himmel: Zwillingssphären, die eine aus milchigen Wolken bestehend, die andere eine kleine Sonne. Aber das Licht war dennoch nicht so hell, als dass sie nicht die veränderten, kolonisierten Sterne gesehen hätte und die trüberen Schweife der Kometen, die in schneller Folge durchs innere System jagten – Echos des apokalyptischen Krieges, der am Rand des Sonnensystems tobte.

Und jenseits der Kometen loderte noch immer die neue Supernova – das tödliche Erblühen des Sterns, dem die Astronomen den Namen Phi Cassiopeiae gegeben hatten – so hell wie die Venus, auch wenn das Leuchten schon schwächer wurde. Als Xenia geboren wurde, wäre ein solches Schauspiel, eine nur neun Lichtjahre entfernte Supernova ein Quell großen wissenschaftlichen und öffentlichen Interesses gewesen. Aber nicht heute, nicht im Jahr A.D. 3480.

Nun wuchtete die Sonne selbst sich über den Horizont und überstrahlte sogar die Supernova. Lichtperlen wie gefangene Sterne markierten die Gipfel von Tychos Randbergen, und ein dunkles, blutiges Rot färbte den Himmel. Fast die ganze Luft in diesem Himmel war von den großen Paulis-Minen im Herzen des Mondes verbraucht worden. Doch nun waren die Minen geschlossen und der Kern des Mondes ausgebeutet, und vor dem geistigen Auge sah sie den Deckel des Himmels, unter dem die Luft des Mondes über ein Jahrtausend ins All entwichen war.

Sie ging den Weg entlang, der zum kreisförmigen Meer führte. Der Untergrund war natürlich mit Frost überzogen, aber der Mondboden, der in ihrer Jugend liebevoll geharkt worden war, bot ihr einen sicheren Tritt. Das Wasser des Meeres war schwarz und ölig und schlappte leise ans Ufer. Weiter draußen sah sie den grauen Schimmer von Packeis, aber der größte Teil des Meers lag hinter dem nahen Horizont und entzog sich ihrem Blick. Das Sonnenlicht streckte seine Finger übers Eis aus, und grau-goldener Dunst schwebte über dem Wasser.

Das Heben und Senken des Eises auf dem Meer wurde von einem ständigen Stöhnen und Knacken begleitet. Das Wasser gefror nicht an Tychos Rand, und das Eis taute nicht in der Mitte, sodass eine mächtige Eisscheibe um die Zentralberge driftete. Es war, als ob der Rand dieses künstlichen Meeres den eisfreien Meeren der Erde nacheiferte, die seine Schöpfer hervorgebracht hatten.

Sie glaubte ein Bellen draußen auf dem Packeis zu hören. Vielleicht war es eine Robbe. Und eine Glocke läutete: Ein Fischerboot, das im Morgengrauen aus dem Hafen auslief. Das volltönende, tröstliche Geräusch trug weit durch die stille dichte Luft. Sie hielt Ausschau nach den Lichtern des Bootes, aber ihre wässrigen Augen, in die die Kälte stach, ließen sie im Stich.

Sie konzentrierte sich auf ihren klapprigen Körper: Die Schmerzen in den allzu dünnen, langen und spröden Knochen, die Schmerzattacken in der Blase, das seltsame Jucken auf der leberfleckigen Haut. Sie war einfach schon zu alt. Der *Spiegel* reflektierte genug Wärme, damit die Meere in der langen Mond-*Nacht* nicht zufroren und die Luft nicht ausgefällt wurde. Etwas mehr Komfort hätte sie sich trotzdem gewünscht.

Sie machte kehrt und stapfte über den Regolithpfad zum Haus zurück.

Als sie dort ankam, wartete Berge, ihr Enkel, schon auf sie. Da wusste sie natürlich noch nicht, dass er den neuen *Tag* nicht überleben würde.

Er wollte unbedingt über Leonardo da Vinci sprechen.

■

Berge hatte die Schwingen abgelegt und sie an die Betonwand des Hauses gelehnt. Sie sah, dass die Schwingen mit einer Reifschicht überzogen waren – so dick, dass die Papierfedern sicher kaum noch Spiel hatten. Obwohl er schon vor ein paar Minuten gelandet war, war er noch immer außer Atem, und der modisch kahlgeschorene Kopf, dessen beachtliche Größe ihn als Mondgeborenen auswies, war mit Schweißperlen übersät.

Sie schalt ihn, noch während sie ihn ins Warme brachte und ihm in den Drucktöpfen heiße Suppe und Tee zubereitete. »Du bist genauso ein Narr wie dein Vater«, sagte sie. Sein Vater war natürlich Xenias Sohn gewesen. »Ich hatte mit eigenen Augen gesehen, wie er vom Himmel fiel und dich zur Waise gemacht hat. Du weißt doch, wie gefährlich die Turbulenzen vor der Morgendämmerung sind.«

»Ja schon, aber die Kraft der Thermik, Xenia«, sagte er und schlürfte die Suppe. »Ich kann kilometerhoch fliegen, ohne mich im geringsten anzustrengen ...«

Nur Berge nannte sie Xenia.

Sie hätte die Strafpredigt am liebsten fortgesetzt, was auch ein Vorrecht ihres hohen Alters gewesen wäre. Aber sie brachte es nicht übers Herz. Da stand er vor ihr, voller Eifer und zum Erbarmen dürr. Berge war immer schon schlank gewesen, sogar im Vergleich zu den anderen Mondgeborenen; doch nun war er nur noch Haut und Knochen.

Und was am merkwürdigsten war, seine Haut schien in einem wächsernen goldenen Glanz zu schimmern. Sie verzichtete darauf, sich dazu zu äußern – nicht hier und jetzt, nicht ehe sie sicher war, was das zu bedeuten hatte und dass die Augen, mit denen sie altersbedingt gelbstichig sah, ihr keinen Streich spielten.

Also hielt sie sich zurück.

Sie sprachen das rituelle Gebet – murmelten etwas davon, dass sie ihren Leib der Erlösung der Welt stiften wollten – und aßen die Suppe auf.

Und dann hielt Berge mit jugendlichem Elan den Vortrag über Leonardo da Vinci, einen lang toten Bewohner eines lang toten Planeten. Er schien es kaum erwarten zu können. Schwungvoll stellte er die leeren Suppenschüsseln auf den Boden, zog Papiere aus der Jackentasche und breitete sie vor ihr aus. Die vergilbten und durchs Alter fleckigen Blätter waren mit einer krakeligen, unleserlichen Handschrift und vereinzelten Skizzen von Gerätschaften, fließendem Wasser und geometrischen Figuren versehen.

Sie zeigte auf eine eindrucksvolle Skizze der aufgehenden Erde …

»Nein, Xenia«, sagte Berge geduldig. »Das ist nicht die Erde. Denk doch mal nach. Es muss der aufgehende *Mond* gewesen sein.« Er hatte natürlich recht; sie lebte schon zu lang auf dem Mond. »Siehst du, Leonardo verstand das Phänomen, das er den aschenen Mond nannte – wie unsre aschene Erde, die alte Erde, die in den Armen der neuen zu sehen ist. In *dieser* Hinsicht war er seiner Zeit um hundert Jahre voraus.«

Dieses Papier hatte in seiner langen Geschichte viele Namen gehabt, von denen ›Codex Leicester‹ der bekannteste war. Berges Kopie war während des *Scheiterns* angefertigt worden, dieser turbulenten Zeit, als die dem Untergang geweihten Bibliotheken des Mondes Unmengen Papier produziert hatten – ein letzter verzweifelter Versuch, das gespeicherte elektronische Wissen zu retten, ehe die Energie versiegte. Es war eine Abhandlung über das Thema, das Leonardo als den ›Körper der Erde‹ bezeichnete, jedoch mit Ergänzungen unter Berücksichtigung des Wasserbaus, der Geometrie von Erde und Mond und der Ursprünge der Fossilien.

Der Aspekt der Fossilien hatte es Berge besonders angetan. Leonardo hatte sich für Fossilien von Meerestieren – Fische, Muscheln und Korallen – interessiert, die man hoch oben in den Gebirgen Italiens gefunden hatte. Weil er aber nichts von tektonischen Vorgängen wusste, hatte er sich mit der Erklärung beholfen, dass die Fossilien vielleicht durch globale Überschwemmungen dort abgelagert worden waren.

Sie erinnerte sich daran, dass sie Berge, als er noch klein war, hatte erklären müssen, was ein ›Fossil‹ war. Auf dem Mond gab es keine Fossilien: Keine Knochen im Boden außer denen, die die Menschen dort selbst hinterlassen hatten. Doch heute interessierte Berge sich viel mehr für die Worte des längst toten Leonardo als für die Erzählungen seiner Großmutter.

»Du musst dir die Welt vorstellen, in der Leonardo lebte«, sagte er. »Die alten Paradigmen existieren noch immer: Die stationäre Erde, ein von Sphären überwölbter Himmel, primitive aristotelische Proto-Physik. Leonardos Herangehensweise bestand darin, die Beobachtung vor die Theorie zu setzen – und er beobachtete viele Dinge, die mit der vorherrschenden Weltsicht unvereinbar waren …«

»Wie Fossilien auf Berggipfeln.«

»Ja. Er arbeitete allein und versuchte mit Erklärungen aufzuwarten. Und seine Überlegungen waren zum Teil – unheimlich.«

»Unheimlich?«

»Geradezu prophetisch.« Golden irrlichternde Augen funkelten. Der Junge blätterte im Codex vor und zurück und zeigte ihr Skizzen von Erde, Mond und Sonne, akkurate Kreise, die durch spinnennetzartige Lichtstrahlen verbunden waren. Was Leonardo umtrieb, war die Frage, weshalb der Mond nicht viel heller am Erdhimmel schien. *Wenn* der Mond eine Kristall-Sphäre mit vollkommener Rückstrahlung war, hätte er so hell sein müssen wie die Sonne.

»Wie der *Spiegel.*«

»Ja. Also stellte Leonardo die These auf, dass der Mond von Meeren bedeckt sei.« Er fand eine Abbildung, die den Mond mit überdimensionierten grauen Wellen zeigten, die in gebündelte Sonnenstrahlen getaucht waren. »Leonardo sagte sich, dass die Wellen der Mondmeere den Großteil des reflektierten Sonnenlichts von der Erde ablenken müssten. Er glaubte, die dunkleren Stellen, die auf der Mondoberfläche zu sehen sind, markierten große stehende Wellen oder sogar Stürme auf dem Mond.«

»Er irrte sich«, sagte sie. »Zu Leonardos Zeit war der Mond eine Felskugel. Bei den dunklen Bereichen handelte es sich nur um Lavafelder.«

»Ja, natürlich. Doch nun«, sagte Berge erregt, »*ist* der Mond überwiegend mit Wasser bedeckt. Nicht wahr? Und es *gibt* starke Stürme mit ein paar hundert Kilometer langen Wellen, die von der Erde aus zu sehen sind – oder zu sehen wären, wenn es noch jemanden gäbe, der sehen könnte …«

Sie disputierten noch stundenlang.

Als er ging, brachte sie ihn zur Tür und winkte ihm zum Abschied.

Der Tag war noch jung, die Sonne stand tief, und der *Spiegel* erhellte noch den Himmel. Leonardos Vorhersagen hatten sich noch auf eine andere Art und Weise bewahrheitet, sagte sie sich, auch wenn sie das ihrem ohnehin schon aufgekratzten Enkel gegenüber nicht erwähnt hatte: In dieser Zukunft *gab* es Kristall-Sphären im Orbit um die Erde. Mit dem einen Unterschied, dass Menschen sie dort platziert hatten.

Als sie die Tür schloss, hörte sie das laute Schnattern von Gänsen. In Scharen flohen sie die gleißende Helligkeit des vollen Tageslichts.

■

Jeden Morgen, wenn die Sonne emporstieg, brach ein Sturm los. Dicke, fette Wolken jagten über den Himmel, und dann öffnete er seine Schleusen. Wolkenbrüche frästen neue Wasserläufe in den uralten von Kratern übersäten Grund und verwandelten das Eis am Rand des Tycho-Schelfs in eine zerbrechliche, dünne Schicht aus grauem Matsch.

Die Stürme hielten noch an, als es Mittag an jenem letzten Tag wurde und sie mit Berge zu der Phytominen-Feier reiste, die an den unteren Hängen von Maginus stattfinden sollte.

Sie fuhren an weiten Feldern vorbei, die mit menschlicher und tierischer Muskelkraft bestellt wurden und auf denen dünne Halme dem Himmel sich entgegenstreckten. Die Mieten waren geöffnet und das Korn der schwülen Wärme ausgesetzt worden. Bald schlossen sie sich den Strömen der Karren an, die alle nach Maginus unterwegs waren. Der Anblick der Leute deprimierte Xenia: Die spindeldürren Erwachsenen, die

Kinder mit tief in den Höhlen liegenden Augen – sogar die Ochsen, Pferde und Maultiere waren mager und mühten sich mit ihrer Last ab. Der Mondhumus war dünn, und Mensch und Tier wurden obendrein schleichend vergiftet.

Die meisten Leute suchten Schutz vor dem Regen. Für Xenia war er ein Vergnügen. Mond-Regentropfen waren schimmernde Kugeln von Daumengröße. Sie schwebten vom Himmel, wurden durch den Widerstand der Luft abgeplattet und platschten sanft, fast liebkosend auf Kopf und Rücken. Das Wasser klebte in großen Placken an ihr, die sie mit den Fingern abwischen musste. So lang und langsam war der Fall aus den hohen Wolken, dass die Tropfen in der dichten, feuchten Luft oftmals erwärmt wurden. Sie stellte sich vor, dass sie von der Sturmfront mitgerissen wurde, die den ganzen Mond umkreiste.

Das erinnerte sie an den Tag von Frank Paulis' großem Triumph.

Sie erinnerte sich an jene Stunde, als man zum ersten Mal aus den Kuppeln hinauszutreten vermocht hatte: Die Stunde, als Menschen erstmals ungeschützt auf dem Mond zu überleben vermochten – in Luft gehüllt, die aus den großen Minen angesaugt wurde, die Paulis' Namen trugen. Eine Stunde, die geschlagen hatte dank Franks visionärer Kraft, Mut, Entschlossenheit und wegen seiner Skrupellosigkeit. Frank hatte seinen Triumph genossen; an jenem Tag hatten die Behörden ihn aus diesem Anlass vom Hausarrest befreit. Sie erlaubten ihm aber nicht, als Erster eine Kuppel ohne Maske zu verlassen – *dieses* Privileg hatten sie ihm dann doch nicht zugestehen wollen. Aber er war unter den Ersten. Und das hatte ihm vielleicht auch schon genügt. Sie erinnerte sich, wie der vierschrötige Typ trotzig an die frische Luft gegangen war, die von ihm erzeugte Luft in tiefen Zügen einsog und lachte, als der Regen, dicke Mond-Regentropfen, ihm in den zahnlosen Mund platschten.

Und bald darauf war er gestorben.

Danach war Xenia mit den Gaijin zu den Sternen geflogen.

Nach der Rückkehr stellte sie fest, dass die Geschichte um 1300 Jahre fortgeschritten war. Die Erde war eine in Wolken gehüllte Ruine, das Sonnensystem wurde von einem interstellaren Krieg bedroht, und die letzten Menschen kämpften auf Merkur und dem Mond ums Überleben. Niemand erinnerte sich an sie, nicht einmal an die Vergangenheit: Es war, als ob es nie etwas anderes als diese düstere instabile Gegenwart gegeben hätte und auch nie etwas anderes geben würde. Also hatte sie ihre alte Identität aufgegeben und sich in diese Gemeinschaft integriert.

Dank des erneuerten Körpers, eines Geschenks aus einer der Zukünfte, die sie besucht hatte, war sie körperlich jung geblieben. Sogar jung genug, um noch Kinder zu bekommen. Und nun starb sie trotz der unsichtbaren Reparatur des Körpers einen langsamen Tod, wie ihre Mitmenschen, wie der Mond.

Schon seltsam, dass die Lebensspanne des bewohnten Monds so kurz war wie ihre eigene: Dass ihre Geburt und ihr Tod Werden und Vergehen dieser kleinen Welt umspannten, dass *ihre* steinigen Knochen bald die Haut aus Luft und Wasser durchstoßen würden, wie Xenias Knochen durch ihr verwesendes Fleisch stoßen würden.

Schließlich erreichten sie Maginus.

Maginus war ein alter erodierter Kraterkomplex im Südosten von Tycho. Die uralten Wälle schimmerten im Widerschein von sichelförmigen Seen und Gletschern. Der von den Winden des *Morgens* und *Abends* geschützte Maginus war ein Mittelpunkt des Lebens, und lange bevor sie das Vorgebirge erreichten, sah sie im nachlassenden Regen die Wipfel von Mammutbäumen über den Horizont lugen. Sie glaubte, Tiere von Ast zu Ast hüpfen zu sehen. Es handelte sich vielleicht um Lemuren oder Fledermäuse; vielleicht ließen aber auch ein paar Kinder Drachen steigen.

Beim Durchqueren der vielen Wasserläufe geriet Berge in Verzückung. Er deutete auf Konstruktionen, die Leonardo vorweggenommen hatte: Dämme, Brücken, Stichkanäle und so weiter, die man zum Teil noch nach dem *Scheitern* errichtet hatte. Trotzdem war das kein Trost für Xenia angesichts der todgeweihten Menschheit. Sie befuhren eine aus Mondglas bestehende Straße, die spiegelglatt und absolut wetterfest war. Sie war vor langer Zeit von großen weltraumgestützten Maschinen angelegt worden. Aber sie befuhren diese Hightech-Straße in einem mittelalterlichen Holzkarren, der von einem klapprigen Maultier gezogen wurde.

Solche Kontraste waren ein steter Quell der Betrübnis für eine in der Zeit gestrandete Sternenfahrerin wie Xenia. Immerhin wäre die Technik, von der sie umgeben war, Berges Held Leonardo höchst vertraut gewesen, sagte sie sich in einer Anwandlung von Ironie. Es gab Vorrichtungen mit Hebeln und Flaschenzügen und Zahnrädern, deren hölzerne Zähne immer wieder abbrachen; es gab Spannschlösser, Vorrichtungen für die Errichtung von Kathedralen aus Mond-Beton; und es hatten sogar lunare ›Kriegsspiele‹ mit Katapulten und Armbrüsten stattgefunden, die imstande waren, Felsbrocken ein paar Kilometer weit zu schleudern.

Doch früher hatten die Menschen Minen bis zum Mittelpunkt des Monds vorgetrieben. Die heutigen Menschen wussten, dass das so war, denn sonst hätten sie hier nicht zu existieren vermocht. *Sie* wusste, dass es so war, denn sie erinnerte sich daran.

Als sie sich der Phytomine näherten, vereinigten die Verkehrsströme sich zu einer unüberschaubaren Ansammlung von Mensch und Tier. Es gab ein großes Wiedersehen von Freunden und Familien, und ein lautes Stimmengewirr erfüllte die Luft.

Als die Menge gar zu dicht wurde, ließen Xenia und Berge den Karren stehen und gingen zu Fuß weiter. Mit instinktiver Hilfsbereitschaft stützte er sie am Arm und führte sie durch diesen menschlichen Mahlstrom.

Kinder wuselten so schnell um sie herum, dass sie kaum zu glauben vermochte, dass auch sie einmal so jung und flink gewesen war. Sie spürte, wie die Reizbarkeit einer alten Frau von ihr Besitz ergriff. Aber viele Kinder waren schon mit sieben, acht oder neun Jahren größer als sie – Mädchen mit großen Augen und der Statur kleiner Giraffen. Die einzige Konstante menschlicher Evolution auf dem Mond war, dass die Kinder in der schwachen Gravitation immer länger und schlaksiger wurden. Im späteren Leben zahlten sie jedoch einen hohen Preis in Form spröder Knochen, denen es an Kalzium mangelte.

Und Berge kannte wieder nur ein einziges Thema: Leonardo da Vinci.

»Leonardo versuchte die Zyklen der Erde herauszufinden. Wie man zum Beispiel Berge wieder in Meere zu verwandeln vermochte.« Er blätterte im zerlesenen Manuskript. »Man kann sagen, dass die Erde vom Geist des Wachstums beseelt und dass der Boden ihr Fleisch sei; die Knochen sind die vielen Schichten des Gesteins, das die Berge bildet; die Knorpel sind Tuffstein; die Wasseradern sind das Blut … Und das Herz der Welt ist das Feuer, das in der Erde sich ausbreitet; und der Geist des Wachstums hat seine Herkunft im Feuer, das an verschiedenen Orten der Erde in heißen Quellen und Schwefelminen ausgehaucht wird … Verstehst du, was er damit sagen will? Er versucht, die

Zyklen der Erde analog zu den Systemen des menschlichen Körpers zu beschreiben.«

»Er hat sich geirrt.«

»Aber er hat eher richtig als falsch gelegen, Großmutter! Siehst du das denn nicht? Er schrieb das Jahrhunderte bevor die Geologie als Wissenschaft etabliert wurde, bevor Materie- und Energiezyklen erforscht wurden. Leonardo hatte die richtige Idee, woher auch immer. Er hatte nur nicht das intellektuelle Rüstzeug, um sie auch auszudrücken …«

Und so weiter. Nichts von alledem interessierte Xenia sonderlich. Während sie spazieren gingen, hatte sie das Gefühl, dass *er* schwerer wog, als ob sie, die närrische alte Frau, dazu verurteilt sei, ihn zu tragen, den Jungspund. Es war offensichtlich, dass die Krankheit schnell voranschritt – und andere schienen das auch zu bemerken, denn die Menge machte ihnen mitleidig, wenn auch widerwillig Platz.

Schließlich erreichten sie die Pflanzung. Sie mussten sich in eine mehr oder weniger geordnete Schlange einreihen. Die Leute unterhielten sich angeregt und vermittelten den Eindruck freudiger Erwartung. Solche Besuche waren für viele Leute die Krönung eines langen Mond-*Tags*.

Durch einen Maschendrahtzaun und einen breiten Streifen nackten Bodens von den Menschen getrennt erstreckte sich ein Meer aus lebendigem Grün. Die Vegetation bestand hauptsächlich aus Senfpflanzen. Diese Pflanzen waren ihrer Größe und des schnellen Wachstums wegen ausgesucht und seit der letzten Mond-*Dämmerung* als Samen oder Schösslinge gesetzt worden. Die Pflanzen bildeten kräftige Stiele und leuchtende fedrige Blätter aus. Es waren aber schon viele Pflanzen krank, und die Blätter hatten sich gelblich verfärbt.

Der Zaun wurde von einem mürrischen Aufseher

bewacht, der – um den Leuten zu zeigen, dass ihr Opfer einem höheren Zweck diente – Artefakte von unglaublichem Wert trug: Ohrringe, Broschen und Kettchen aus reinem Kupfer, Nickel und Zinn.

Der Aufseher leierte einen einstudierten Vortrag herunter und erzählte ihnen, dass die Maginus-Mine die berühmteste und exotischste aller Phytominen sei: Weil hier nämlich Gold gefördert wurde, das noch immer als das edelste aller Metalle galt. Diese Senfpflanzen wuchsen in einem Boden, wo Gold, das durch Ammoniumthiocyanat aus dem Urgestein gewaschen wurde, in einer Konzentration von vier Teilen pro Million vorkam. Nachdem die Pflanzen aber geerntet und verbrannt wurden, enthielt die Asche vier*hundert* Teile Gold pro Million, die das Kraut während seines kurzen Lebens aus dem Boden gezogen hatte.

Die Phytominen, wo Metalle von Pflanzen konzentriert wurden, waren der vielleicht wichtigste Industriezweig, der auf dem Mond noch aktiv war.

Wie Frank Paulis vor Jahrhunderten schon gesagt hatte, war der Mondboden taub und unergiebig. Doch wo die Erde nun ruiniert war und es keinen Raumflug mehr gab, war der Mond alles, was die Menschen noch hatten.

Die Bewohner des Mondes hatten weder die Mittel noch den Willen, ihre Welt bis zu einer Tiefe von hundert Metern aufzureißen, um die benötigten Edelmetalle zu fördern. Weil ihnen die Kraft und das Werkzeug fehlten, hatten sie sich etwas anderes einfallen lassen müssen.

Die Phytominen waren das Ergebnis.

Die Technik war alt – älter als der kolonisierte Mond, älter noch als der Raumflug. Die Wikinger, Marodeure des irdischen Mittelalters, gewannen ihr Eisen aus ›Wiesenerz‹, eisenhaltigen Knollen, die dicht unter der Erdoberfläche von Bakterien angelagert wurden: Winzige, unsichtbare Bergarbeiter, die die Wikinger mitverbrannt hatten, als sie Nägel und Schwerter, Pfannen und Kessel schmiedeten.

Und so existierte auf diesem kleinen Planeten eine Hierarchie aus Bakterien, Pflanzen, Insekten und Vögeln, die Gold, Silber, Nickel, Kupfer und Bronze sammelten. In ihren vergänglichen Körpern vereinigten sich verstreute Moleküle, die in Blättern, Fleisch und Knochen gespeichert waren – alles zum Nutzen jener zukünftigen Generation, die eines Tages den Mond retten musste.

Im Rahmen eines Rituals ließen Berge und Xenia Fragmente von Senfpflanzen-Blättern auf der Zunge zergehen und schluckten sie hinunter. Mit der vom Alter pelzigen Zunge schmeckte sie die Schärfe des Senfs kaum noch. Diese armen Senfpflanzen wurden nicht durch Mieten vorm Nachtfrost geschützt, weil sie den Sonnenuntergang nicht mehr erleben würden: Sie gingen innerhalb eines Mond-Tags an Cyanid-Vergiftung ein.

Berge sah ein paar Freunde und tauchte in der Menge unter.

Xenia ging allein und in Gedanken versunken nach Hause.

Sie sah, dass ihre Robbenfamilie aus dem Meer ans Ufer gekommen war. Sie waren ständige Besucher. In der Wärme des *Mittags* lagen sie stundenlang in der Sonne, wobei Männchen, Weibchen und Jungtiere über- und durcheinander lagen. Bis der Regolith, auf dem sie sich tummelten, mit ihren Ausscheidungen getränkt war und zum Himmel stank. Die Robben waren die einzigen irdischen Lebewesen, die sich nicht an die Bedingungen auf dem Mond angepasst zu haben schienen. In der geringen Schwerkraft hätten sie sicher Purzelbäume zu schlagen vermocht. Aber das taten sie nicht; stattdessen nahmen sie ein Sonnenbad, wie ihre

Vorfahren an den fernen Gestaden der Arktis es getan hatten.

Xenia wusste nicht, weshalb das so war. Vielleicht waren die Robben einfach nur klüger als die sich abzappelnden, träumenden Menschen.

■

Der lange milde Nachmittag neigte sich dem Ende zu. Das gestreute Licht der tiefstehenden Sonne färbte den Himmel gelb-rot.

Die in gelbe Wolken gepackte Erde war deutlich zu sehen – es handelte sich um Wolken aus Staub, Schutt und Wasserdampf, die durch den großen Einschlag vor hundert Jahren aufgewirbelt worden war. Wolken, die laut Aussage der Wissenschaftler sich erst in ein paar hundert Jahren wieder auflösen würde. Heute warf kaum noch jemand einen Blick auf die Erde – als ob sie, wo sie nun kein ›Blauer Planet‹ mehr war, unansehnlich geworden wäre und das Auge irgendwie beleidigte. Xenia machte jedoch eine trübe grüne Wolke aus, die um die Erde wanderte: Das war ein fliegender Wald, *Bäume,* die den Einschlag überlebt hatten und die noch immer mit Supraleiter-Wurzeln Nährstoffe aus der turbulenten Luft zogen.

Der Kometeneinschlag war vergleichsweise schwach gewesen, zumindest im kosmischen Maßstab solcher Ereignisse. Aber er hatte ausgereicht, um die Erde zu zerstören; niemand auf dem Mond wusste, wer oder was auf der Oberfläche überlebt hatte. Xenia fragte sich jedoch, ob die Bäume auch die schwereren und häufigeren Einschläge überstehen würden, die nach Einschätzung vieler Leute die unvermeidliche Konsequenz des Kampfs in der Oort-Wolke waren. Die *Zerstörer* drohten nämlich den Sperrriegel der Gaijin zu durchbrechen, und dann würden kriegerische Aliens das überfüllte Zentrum des Sonnensystems mit einem Bombardement aus vagabundierenden Himmelskörpern belegen.

Solche Gedanken lenkten sie aber nicht von der Sorge um Berges Zustand ab, der sich zusehends verschlechterte. Sie war gerührt, als er beschloss, die ihm noch verbleibende Zeit bei ihr zu verbringen – ›auszuchecken‹, wie er sich ausdrückte.

Ihre Zuneigung zu Berge war leicht zu verstehen. Ihre Tochter war im Kindbett gestorben. Damit musste man rechnen, wenn der große fragile Schädel eines mondgeborenen Kindes sich durch ein Becken zu zwängen versuchte, das sich in der starken Erd-Gravitation entwickelt hatte – und Xenias Gene stammten natürlich von der Erde, aus ihrer tiefsten Vergangenheit.

Deshalb hatte sie sich über die Geburt von Berge gefreut, der von ihrem Sohn, einem Mondgeborenen gezeugt worden war; sie hatte sich damit getröstet, dass ihre Gene, die einem am Himmel verlorenen Urmeer entsprungen waren, bis in die fernste Zukunft weitergegeben würden. Doch nun schien es, als ob sie selbst um diesen Trost gebracht würde.

Aber sie war nicht wichtig, weder die Zukunft noch ihre komplexe Vergangenheit. Das Einzige, was zählte, war Berge hier in der Gegenwart, und ihm widmete sie ihre ganze Kraft und ihre Liebe.

Berge investierte die schwindende Energie in fieberhafte Aktivitäten. Er war von Leonardo besessen. Er zeigte ihr Bilder unglaublicher Maschinen, weit jenseits der technischen Möglichkeiten von Leonardos Zeit: Wellen und Zahnräder für die Erzeugung enormer Kräfte, ein Tauchapparat, ein ›leichtbeweglicher Wagen‹ mit eigenem Antrieb. Der berühmte Hubschrauber hatte es Berge besonders angetan. Er baute unzählige spiralförmige Modelle aus Bambus und Papier; sie widersetzten sich mit Leichtigkeit der Schwerkraft des Mondes, stiegen hoch in die Luft empor und leuchteten im Widerschein des Sonnenuntergangs.

Sie war sich nicht sicher, ob er überhaupt wusste, dass er bald sterben würde.

Wenn sie bei ihrem Enkel saß und über seinen Schlaf wachte oder wenn sie dem unheilvollen, mysteriösen Rumoren ihres Körpers lauschte, der vergiftet und von den Kapriolen der Mondgravitation zerrüttet war, fragte sie sich manchmal, wie tief die Menschen noch sinken mussten.

Selbst die schwereren Moleküle der dichten Atmosphäre bewegten sich zu schnell, um von der Mond-Gravitation festgehalten zu werden. Die Luft würde sich in ein paar tausend Jahren ausgedünnt haben: Eine lange Zeit, aber ein überschaubarer Zeitraum. Die Menschen würden diese Welt, die sie erschaffen hatten, lang vorher zurückerobern müssen, oder sie würden sterben.

Also sammelten sie Metalle, Molekül um Molekül.

Außerdem würden sie Wissen brauchen.

Der Mond war zu einer Welt geduldiger Mönche geworden, die unablässig die großen Texte der Vergangenheit kopierten und den Jungen das zerfasernde Wissen von Jahrtausenden einhämmerten. Xenia hielt es für wichtig, dass sie nicht das Zusammengehörigkeitsgefühl als ein Volk und die Erinnerung verloren. Aber sie befürchtete, dass das unvermeidlich war. In technischer Hinsicht waren sie bereits aufs Niveau neusteinzeitlicher Bauern abgestiegen, und die Jungen zerbrachen schon an der Arbeit, während sie noch in der Ausbildung waren.

Sie hatte lang genug gelebt, um zu erkennen, dass das Wissen der Menschheit Stück für Stück verlorenging.

Wenn sie eine einfache Botschaft hätte, die sie künftigen Generationen übermitteln sollte, etwas, an das sie sich erinnern sollten, damit sie nicht in der Barbarei versanken, dann diese: *Wir Menschen kamen von der Erde.* Hier waren Kosmologie, die Geschichte der Spezies und die Verheißung der Zukunft in einem einzigen, ebenso rätselhaften wie heroischen Satz verpackt. Sie sagte ihn jedem, dem sie begegnete. Vielleicht würden die zukünftigen Denker sich seine Bedeutung erschließen und wissen, was zu tun war.

■

Berges Verfall beschleunigte sich, als die Sonne am Horizont versank; das Uhrwerk des Universums spiegelte seinen Zustand mit einer ebenso plumpen wie gedankenlosen Ironie. In den letzten Stunden saß sie bei ihm und sprach leise mit ihm. Auf sein altkluges Philosophieren reagierte sie mit der üblichen Burschikosität, an der sie in dieser letzten Stunde bewusst festhielt.

»… Hast du dich jemals gefragt, weshalb wir *hier* und *jetzt* sind?«, flüsterte er. Im Licht der untergehenden Sonne stach die kränkliche goldene Färbung seines Gesichts umso intensiver hervor. »Was sind wir denn schon, ein paar Millionen, die in Städten und Farmen über den Mond verteilt sind. Was sind wir im Vergleich zu den *Milliarden,* die in den besten Jahren die Erde bevölkert hatten? Wieso lebe ich *jetzt* und nicht *damals?* Es ist so unbegreiflich …« Er drehte den großen Mond-Kopf. »Hast du jemals das Gefühl gehabt, in der falschen Zeit geboren zu sein, als ob du in der Zeit gestrandet wärst, ein *unbewusster* Zeitreisender?«

Sie hätte ihm das zu bestätigen vermocht, sagte aber nichts.

»Angenommen, ein moderner Mensch – oder jemand aus der hohen Blütezeit der Erde – wäre im sechzehnten Jahrhundert, in Leonardos Zeit gestrandet.

Angenommen, er hätte alles über seine Kultur und Wissenschaft vergessen ...«

»Aber wieso? Und wie?«

»*Ich* weiß es nicht ... Wenn es aber wahr wäre – und wenn in seinem gelöschten Bewusstsein noch ein winziger Rest des Wissens vorhanden gewesen wäre, das er verloren hatte –, würde er dann nicht genau das tun, was Leonardo getan hatte? Eifrig studieren, versuchen, neue Fakten mit den vorhandenen, unbefriedigenden Paradigmen zu vereinbaren, nach den tieferen Wahrheiten suchen, die er verloren hatte? Verstehst du? Leonardo verhielt sich *genauso,* wie ein gestrandeter Zeitreisender sich verhalten würde.«

»Aha.«

Sie glaubte zu verstehen; aber sie verstand natürlich nichts. Und gedankenlos, wie sie war, hob sie zu einem ausführlichen Diskurs über das Gefühl der Entfremdung an: Dass jeder Heranwachsende irgendwann einmal das Gefühl hätte, in einem fremden Körper, einer Erwachsenen-Kultur gestrandet zu sein ...

Berge hörte gar nicht zu. Er wandte sich ab und blickte in die aufgeblähte Sonne.

»Ich glaube«, sagte sie, »du solltest noch etwas Suppe trinken.«

Aber er brauchte keine Suppe mehr.

■

Der *Tag* schien allzu schnell vergangen zu sein, und die Kälte ergriff wieder vom Land Besitz. Neue Eisschollen bildeten sich am Rand des Tycho-Meers.

Xenia informierte Berges Freunde, Lehrer und alle, die ihn gekannt hatten.

Sie klammerte sich ans höhere Ziel: Dass die Gold-, Nickel- und Zinkatome, die in Berges Blut und Knochen gespeichert waren und ihn wie die Senfpflanzen von Maginus getötet hatten – die sie früher oder später alle töten würden –, sich in noch höheren Konzentrationen in den Körpern der Nachkommen ablagern würden. Wenn der geringe Gold- und Nickelanteil, der Berge das Leben gekostet hatte, irgendwann gefördert wurde, würde er vielleicht den Kreis schließen, der die ersten Keramik-Schiffe aus der kippenden Atmosphäre des Monds hinaustrug.

Vielleicht. Das war ein schwacher Trost.

Fürs Erste löffelten sie in feierlicher Stille die Suppe aus Berges aufgelösten Knochen und Fleisch. Sie nahmen das einzige Geschenk seines Lebens, erhöhten die Konzentration des Metalls für die Zukunft und verkürzten zugleich ihr Leben, wie er es getan hatte.

Sie war nie eine gute Gastgeberin gewesen. Die jungen Leute waren schnell wieder verschwunden. Sie unterhielt sich mit Berges Lehrern, aber sie hatten sich wenig zu sagen; sie war schließlich nur seine Großmutter. Sie war auch nicht böse drum, als sie wieder allein war.

Als sie schlafen ging – sie ging, ehe die aufgeblähte Sonne noch hinterm zerklüfteten Horizont verschwunden war –, hatte der Wind gedreht. Die warme Luft hatte es eilig, der untergehenden Sonne zu folgen. Bald rieselte der erste Schnee auf die schwarze Oberfläche des Tycho-Meers.

Die Robben glitten zurück ins Wasser, den Verheißungen und Gefahren entgegen, die unterm Mondkern-Eis auf sie warteten.

kapitel 29

SCHLECHTE NACHRICHTEN VON DEN STERNEN

Als Madeleine Meacher ins Sonnensystem zurückkehrte – nur ein paar Momente, nachdem sie den Schmerz der letzten Sattelpunkt-Transition verspürt hatte –, fiel sie aus allen Wolken: Nemoto materialisierte in der Mitte ihres kleinen Wohnmoduls.

»Nemoto – Sie? Was …? Wie …?«

Nemoto war klein und gebückt, ihr Gesicht eine finstere Maske. Das war natürlich eine virtuelle Abbildung, noch dazu eine schlechte; Nemoto schwebte leicht schief in der Luft.

Nemoto ließ den Blick schweifen, als ob sie nicht damit gerechnet hätte, gerade hier aufzutauchen. »Meacher. Sie sind es. Welches Jahr haben wir?«

Madeleine musste einen Blick auf den Kalender werfen. Es ist das Jahr 3793.

Nemoto lachte hohl. »Wie absurd.«

Es gab keine wahrnehmbare Zeitverzögerung. Das bedeutete, dass der Sender in der Nähe sein musste. Aber Nemoto hatte auf gar keinen Fall wissen können, aus welchem Sattelpunkt-Tor Madeleine kommen würde. »Nemoto, *was* sind Sie?«

Nemoto grunzte ungehalten. »Ich bin eine Projektion mit beschränkter Empfindungsfähigkeit. Ich habe die Funktion, auf zurückkehrende Sternenreisende zu warten. Ich habe den Sattelpunkt-Radius im ganzen System ›verwanzt‹. Ich habe ihn mit Überwachungsgeräten, Sonden und Transmittern bestückt. Die Technik hat sich weiterentwickelt, Meacher. Das werden Sie noch merken. Aber das spielt jetzt keine Rolle … Hören Sie, was ich zu sagen habe.«

»Nemoto …«

»*Hören Sie zu,* verdammt! Die Gaijin kämpfen gegen die *Zerstörer.* Draußen am Rand des Systems.«

»Das weiß ich.«

»Der Krieg dauert schon fünf Jahrhunderte, vielleicht noch länger. Die Oort-Wolke ist groß, Meacher, ein tiefer Schützengraben. Doch nun ist der Krieg verloren.«

Die schlichte Brutalität dieser Aussage schockierte Madeleine. »Sind Sie sicher?«

Nemoto stieß ein bellendes Gelächter aus. »Die Gaijin ziehen sich aus dem Sonnensystem zurück. Sie machen sich nicht einmal die Mühe, das vor uns zu verbergen. Genauso wie die wenigsten Leute sich die Mühe machen, den Blick gen Himmel zu richten und zu *sehen,* was dort los ist … Es bleiben zwar viele Gaijin zurück. Späher, Beobachter, Transportschiffe wie dieses. Aber das Gros der Gaijin-Flotte – die hauptsächlich aus gestohlenen Ressourcen erbaut wurde, *unseren* Asteroiden – hat den Rückzug zu den Sattelpunkten angetreten. Der Krieg im Äußeren System ist vorbei.«

»Sind unterwegs ins Innere System. Sie haben schon die Heliopause durchstoßen, die Randzone des Sonnenwinds.« Die Projektion flackerte, verschwamm zu großen Pixels und wurde fast transparent. »Das Spiel geht in die Endrunde.«

»Nemoto, was muss ich tun?«

»Gehen Sie zum Merkur. Finden Sie *mich.*« Sie schaute an sich hinab, wie in Erinnerung versunken. »Das heißt, finden Sie Nemoto.«

»Und was ist mit Ihnen? Nemoto, was ist eine *Projektion mit beschränkter Empfindungsfähigkeit?*«

Nemoto hob die Hand. Sie zerfiel in Lichtklötze. »Ich bin autonom, heuristisch, empfindungsfähig. Ich wurde vor einer Minute geboren, um Ihnen diese Nachricht zu überbringen. Aber meine Funktion ist erfüllt. Ich sterbe.« Sie schaute Madeleine an, als ob diese Erkenntnis sie schockierte und streckte die Hand aus.

Madeleine wollte sie ergreifen, aber die Finger stießen durch eine Wolke aus Licht.

Mit einem leisen Wimmern zerfiel die virtuelle Nemoto.

■

Auf dem Weg ins Innere Sonnensystem nutzte Madeleine Gaijin-Technologie, um sich ein Bild von der seltsamen neuen Epoche zu machen, in die es sie verschlagen hatte.

Es waren kaum noch Gaijin unterwegs, wie die virtuelle Nemoto schon gesagt hatte.

Aber sie fand Signaturen unbekannter Schiffe – es schien sich um Schiffe mit Sonnensegeln zu handeln, große Flotten, die das System wie eine riesige Schale umschlossen. Sie standen noch auf der Höhe der fernen Kometenorbits, aber sie kamen immer näher – wie eine Faust, die ins warme innere System hineinstieß.

Zerstörer-Flotten im Anflug, um die Sonne zu sprengen.

Die Erde wirkte tot. Der fahlblaue Mond war stumm. Es gab noch Zentren menschlicher Aktivität auf den Asteroiden, auf dem Mars – und auf Triton. Sie machte Flüchtlings-Flotten aus, Menschen, die zum Kern des Systems flohen, zum Merkur. Aber der ferne Triton war weder Start- noch Landepunkt von Raumschiffen.

Als sie das erkannt hatte, wusste sie, wohin sie zuerst gehen musste.

■

Das Blumen-Schiff der Gaijin umkreiste Triton. Glatte Eisfelder leuchteten im Widerschein des Fusionsfeuers. Es war eine Welt, die von einem gefrorenen Meer bedeckt wurde; aber die dünne Eiskruste wurde schnell von den träge pulsierenden Gezeiten dieses kleinen Mondes zerbrochen, und dann traten große Wassermassen zutage, die heftig brodelten und zischten und als Wasserdampf den Raum auszufüllen versuchten.

Es gab hier sechs menschliche Siedlungen.

Die Niederlassungen sahen aus wie Blasen in einem Tümpel. Es handelte sich um ausgedehnte, unregelmäßige Kleckse in flexibler Modulbauweise, die offensichtlich dafür ausgelegt waren, auf dem Wasser zu treiben. Fünf Siedlungen schienen verlassen – kein Licht, keine Emissionen, keine Wärmestrahlung, die signifikant über der Hintergrund-Temperatur gelegen hätte. Selbst die sechste Siedlung schien zum Teil verlassen. Nur in der Mitte der Blasen-Ansammlung schien noch Licht; die Ränder waren der Kälte preisgegeben worden.

Per Funk bat sie um Landeerlaubnis und Landeanweisungen. Es reagierten nur automatisierte Bojen. Die Antwort erfolgte zwar in einer menschlichen Stimme, aber in einer Sprache, die sie nicht verstand. Das Übersetzungsprogramm, das in die Ausrüstung integriert war, wusste auch nicht weiter. Sie ließ sich von den Gaijin an einer Stelle absetzen, die wie ein Landeplatz anmutete. In der Nähe gab es ein System aus Luftschleusen.

Sie legte den Anzug an und verließ das kegelförmige Gaijin-Landungsboot.

Alle Oberflächen waren mit Frost überzogen. Aber er war körnig und hart wie Sand. Madeleine, du musst bedenken, dass Wassereis das Gestein von Triton ist.

Sie ging vorsichtig zum Rand der Plattform und ließ

den Blick über das Terrain jenseits der Blasen-Stadt schweifen. Eine Punktquellen-Sonne warf farbloses Licht über glatte Eisfelder. Neptun stieg gerade als dunstig blaue Kugel über den Horizont und tauchte das Eis in ein komplexes Licht mit sanft glühenden Schatten. Wunderschön, sagte sie sich. Aber Perlen vor die Säue. Sie wandte sich ab.

Sie fand eine Tür, durch die ein Mensch im Raumanzug hindurchpasste. Die ausführliche Bedienungsanleitung neben der Steuerkonsole war ein Buch mit sieben Siegeln für sie. Aber sie fand etwas, an dessen Verwendungszweck kein Zweifel bestand – einen dicken roten Knopf, der *Drück mich!* schrie. Sie hieb mit der Faust drauf.

Sie hörte ein lautes statisches Rauschen. Die Tür glitt zurück, und es entwich Luft, die sofort kristallisierte. Sie zwängte sich in eine kleine, hell erleuchtete Luftschleuse. Die Tür schlug zu, und die Luftschleuse wurde sofort wieder mit Druck beaufschlagt.

Sie nahm den Helm ab. Luft entwich zischend aus dem Anzug, und es knackte in den Ohren. Die Luft war beißend kalt. Sie roch muffig.

Sie legte die Hand auf eine Schaltfläche, worauf die innere Tür sich öffnete und schaute in einen langen kahlen Korridor, der sich in der Ferne verlor.

Auf der Wanderung durch die Gänge wurde sie schließlich von einer Frau in Empfang genommen. Sie war offensichtlich eine Polizistin: Spindeldürr und fragil nach fünfzehnhundert Jahren Anpassung an die niedrige Gravitation, aber sie hatte ein fies aussehendes Gerät bei sich, das nur eine Waffe sein konnte.

Die Polizistin führte Madeleine mit Sack und Pack in die Stadtmitte. Die Haut der Frau war pechschwarz. Madeleines Translator vermochte ihre Sprache nicht zu übertragen.

Madeleine warf flüchtige Blicke in verlassene Korridore und auf irgendwelche komplexen, riesigen Maschinen. Einmal ging sie über durchsichtigen Boden, unter dem schwarzes und tiefes Wasser dahinströmte. Sie sah dort etwas schwimmen, etwas Schlankes und Weißes, das schnell in die dunkle Tiefe abtauchte.

Die Polizistin lieferte sie in einem Komplex kleiner Büros ab. Madeleine nahm in einem Vorzimmer Platz und harrte der Dinge, die da kommen würden. Vielleicht war dies das Büro des Bürgermeisters oder des Stadtrats, sagte sie sich. Es gab keine Hinweise auf die Aborigines, die Gründer der Kolonie, außer einem Kunstobjekt an der Wand: Es hatte einen Durchmesser von etwa einem Meter und war ein kobaltrotes Werk der Kunstrichtung des Pointilismus. Vielleicht eine Traumzeit-Darstellung.

Madeleine versuchte das Bild zu interpretieren. Triton war eine kleine Stadt am Rande des interstellaren Raums. Die Leute hier waren nicht an Besuch gewöhnt und auch nicht sehr daran interessiert.

Schließlich kam ein gestresst wirkender Offizieller – auch eine Frau, die das krause Haar straff zurückgekämmt hatte – in den Raum. Sie musterte Madeleine bekümmert.

Madeleine rang sich ein Lächeln ab. »Freut mich, Ihre Bekanntschaft zu machen. Wer sind Sie, der Bürgermeister?«

Die Frau runzelte die Stirn und überhäufte sie mit einem Wortschwall.

Madeleine lächelte und nickte und tippte gegen den Helm. »Gut so. Erzähl nur weiter. Mein Name ist Madeleine Meacher. Ich komme von den Sternen …«

Ihr Translator war ein Gaijin-Produkt. Es entbehrte nicht der Ironie, dass siebzehnhundert Jahre, nachdem die Gaijin unangemeldet im Asteroidengürtel erschienen waren, die Menschen noch immer auf Alien-Technik angewiesen waren, um miteinander zu kommunizieren.

Schließlich regte der Translator sich.

»Endlich. Danke für Ihre Geduld. Ich …«

»Und ich bin sehr beschäftigt«, flüsterte der Translator in einer geisterhaften Nachahmung der Rede der Frau. »Wir müssen das bekannt machen, Ihre Ankunft hier.«

»Mein Name ist Meacher …«, fasste Madeleine die Angaben zur Person zusammen.

Es stellte sich heraus, dass der Name der Frau Sheela Dell-Cope war. Sie war eine Verwaltungsassistentin im Büro des hiesigen *Ortsvorstehers* – obwohl der *Ortsvorsteher* nach allem, was Madeleine inzwischen wusste, eine Frau war.

»Ich habe eine Mission«, sagte Madeleine. »Ich überbringe schlechte Nachrichten. Schlechte Nachrichten von den Sternen.«

Die Frau brachte sie mit erhobener Hand zum Verstummen. »Es stellt sich die Frage nach Ihrer Unterbringung und der angemessenen Bezahlung …«

Madeleine musste sich eine lange Liste mit komplizierten Bestimmungen für einen befristeten Aufenthalt anhören. Für Dell-Cope war Madeleine Meacher fremdartig und verwirrend, ein Besucher aus einer anderen Zeit und von einem anderen Ort. Nun bin *ich* der Gaijin, sagte Madeleine sich.

Sie würde das Äquivalent eines Visums beantragen müssen. Und sie würde für jeden Tag ihres Aufenthalts zahlen oder für ihre Luft arbeiten müssen. Dies war eine geschlossene Welt mit begrenzten Ressourcen, wo man für jeden Atemzug zahlen musste.

»Die Arbeit ist nicht angenehm«, sagte Dell-Cope. »Zum Beispiel die *Otec* bedienen. Oder mit den *Flips* arbeiten.«

Das sagte Madeleine zwar nichts, aber sie verstand

die unausgesprochene Botschaft. »Ich werde zahlen.« Sie hatte etliche High-Tech-Gimmicks der Gaijin an Bord, mit denen sie zahlen konnte. Zumal sie eh nicht lang hier bleiben würde.

Wie sich herausstellte, handelte es sich bei dem Gemälde an der Wand um die Darstellung eines uralten Kunstwerks der Aborigines: Das Träumen eines Geschöpfs des australischen Outback, der Honigameise. Aber es war die x-te Kopie des Originals, die mit Farben aus Seetang angefertigt worden war. Und sie hätte wetten mögen, dass niemand auf Triton wusste, was eine Honigameise überhaupt war.

■

Man wies ihr einen Raum in einem Wohnbereich zu. Es schien hier keine Hotels zu geben.

Der Raum war nur ein Würfel aus Beton. Er hatte ein Bett, ein paar seltsame Möbelstücke – fragile Niederschwerkraft-Stühle –, eine kleine Küche und eine Funkstation mit einer frappierend menschlichen Schnittstelle.

Nicht dass die Küche so einfach zu bedienen gewesen wäre. Sie schrie die Einrichtung an und befingerte sie, wie sie es immer tat, wenn sie es mit einer neuartigen Technik zu tun hatte. Schließlich gelang es ihr, die Küche zur Ausgabe einer heißen Flüssigkeit, einer Art Tee zu bewegen.

Es gab keine Fenster. Der Raum war ein Betonbunker, ein Sarkophag, eine Höhle. Hier, in der Leere am Rand des interstellaren Raums, hatten sich Menschen aus Angst vorm Himmel eingegraben.

Was willst du eigentlich hier, Meacher?

Was sollte sie tun? Einfach mit der Neuigkeit rausplatzen – dass eine außerirdische Invasionsflotte am Rand des Sonnensystems zusammengezogen wurde, dass sie mit größter Wahrscheinlichkeit bald die Neptun-Region überrollen würde, dass sie mit dem freundlichen Gaijin gekommen sei, um diesen Leuten bei der Evakuierung auf Welten zu helfen, die ihre Vorfahren vor tausend Jahren verlassen hatten? Das erschien ihr absurd und melodramatisch.

Sie fummelte an der Kommunikationsanlage herum und versuchte sie in ihrem Sinn zu nutzen. Welche Ironie, sagte sie sich, dass Kommunikationsausrüstung, deren Zweck schließlich darin bestand, Menschen zusammenzubringen, immer wieder mit konstruktiven Überraschungen aufwartete, die die größte Herausforderung für den Zeitreisenden darstellten.

Sie versuchte einen Gesprächstermin beim *Ortsvorsteher* zu bekommen, wurde aber abschlägig beschieden. Sie versuchte es abwärts auf der örtlichen Hierarchieleiter, aber auch ohne jeden Erfolg.

Niemand interessierte sich für sie.

Sie war frustriert. Aus einer Laune heraus beschloss sie, nach Nachfahren der Kolonisten zu suchen, die sie gekannt hatte. Mithilfe des Translators bat sie die Kommunikations-Station, nach Personen mit ›Roach‹ im Nachnamen zu suchen.

Die meisten Nachnamen, die mit phonetischer Wiedergabe vor ihr abgespult wurden, waren ihr unbekannt. Aber es gab ein paar Familien mit Doppelnamen, die den Namen ›Rush‹ enthielten.

Quasi um die Ecke, in derselben driftenden Blase, in der auch dieser Raum war, lebte ein – anscheinend lediger – Mann mit dem Nachnamen Rush-Bayley.

Es dauerte eine geschlagene Stunde, um das Kommunikations-Gerät dazu zu bewegen, ihm eine Nachricht zu hinterlassen.

■

Sie unternahm einen langen Marsch durch die leere Stadt. Lampen schalteten sich auf ihrem Weg automatisch ein und wieder aus, sodass sie sich in einem wandernden Lichtkegel bewegte.

Sie überbrückte die driftenden Blasen auf Überführungen, die aus Keramik zu bestehen schienen; wenn die Blasen sich gegeneinander verschoben, knarrten die Brücken verdächtig. Sie begegnete nur wenigen Leuten. Die Schritte hallten, als ob sie durch riesige Hangars ging.

Madeleine vermochte sich vorzustellen, dass dieser Ort für die zehn- bis zwanzigfache Anzahl der Menschen, die nun hier lebten, errichtet worden war. Und sie dachte an die anderen Kolonien, die verlassen in den Gewässern von Triton dümpelten.

Es stimmte sie traurig, dass nichts – außer ein paar sentimentalen Relikten wie Gemälden – von der Aborigines-Kultur überdauert hatte, die Bens Generation hier etabliert hatte. Was waren schon fünfzehnhundert Jahre auf Triton gegen vielleicht sechzig*tausend* Jahre in Australien. Aber es schien, dass die Traumzeit-Legenden den Übergang von den uralten Wüsten Australiens in diese geschlossenen High-Tech-Blasen nicht überlebt hatten.

Sie erreichte das Zentrum der kilometerweiten Kolonie. Hier ragte, durch Panoramafenster sichtbar, eine große Struktur aus der zugefrorenen See. Sie ruhte auf einer Säule und weitete sich ein paar hundert Meter über dem Eis zu einem großen kuppelförmigen Panzer. Das Objekt hatte gewisse Ähnlichkeit mit einem Wasserturm. Sie machte konstruktive Elemente aus: Verdunster, Entfeuchter, Generatoren, Turbinen und Kondensationsröhren. Später erfuhr Madeleine, dass dieser Turm auf einer Wurzel stand, die kilometertief ins Meer ragte.

Dies war der *otec.* Der Name war ein Akronym aus

dem alten Englisch und stand für Ocean Thermal Energy Converter. Bei dieser Art der Energiegewinnung machte man sich die Temperaturdifferenz zwischen dem Tiefenwasser, das mit vier Grad dicht über dem Gefrierpunkt lag und dem Oberflächen-Eis mit minus hundert Grad zunutze. Der *otec* war die wichtigste Energiequelle der Kolonie. Er war fünfzehnhundert Jahre alt, so alt wie die Kolonie selbst und wurde von den Kolonisten mit geradezu mönchischer Hingabe gewartet. Es gab auch noch andere Energiequellen wie Fusionskraftwerke. Aber die Kolonisten waren knapp an Metall; der nächste Gesteinskörper war nämlich Tritons Silikatkern, der unter ein paar hundert Kilometern Wasser begraben lag. Die Kolonisten betrieben den *otec,* diese klobige Maschinerie, mit Material, das sie aus dem Wasser gewannen.

Nachdem sie ein paar Tage vertrödelt hatte, sah sie, dass die Kommunikationsanlage grün glühte. Verwirrt stocherte sie darauf herum.

Es stellte sich heraus, dass eine Nachricht von Rush-Bayley vorlag.

■

Adamm Rush-Bayley war groß, dünn und hatte einen dunklen Teint. Er trug einen weiten Kittel, unter dem nackte Beine hervorlugten. Der Kittel leuchtete in allen Farben des Regenbogens und bildete einen netten Kontrast zu der tristen Umgebung.

Er war siebzig Jahre alt, obwohl man ihm das nicht ansah.

Er hatte natürlich keine Ähnlichkeit mit Ben oder Lena. Hatte sie gehofft, etwas von Ben wiederzufinden, von ihrer verlorenen Vergangenheit? Eine Ähnlichkeit mit Ben war doch illusorisch angesichts der sechzig Generationen, die Rush-Bayley von ihm trennten.

Aber seine Familie hatte das Andenken an Ben und seine Geschichte bewahrt – und die Geschichte des Nereide-Einschlags. Er musterte sie mit verhaltener Neugier. »Sie sind *dieselbe* Madeleine Meacher, die …«

»Ja.«

»Das ist wirklich außergewöhnlich. Natürlich haben wir Aufzeichnungen.« Er lächelte. »Es gibt ein öffentliches Archiv, und meine Familie hat eigene Erinnerungsgegenstände. Vielleicht möchten Sie sie einmal sehen.«

»Vergessen Sie nicht, ich bin wegen der Lebenden hier.«

»Ja. Sie müssen faszinierende Geschichten zu erzählen haben.« So begeistert klang er gar nicht, sagte Madeleine sich; sie begriff, dass er ihr lieber die Aufzeichnungen präsentieren wollte, die seine Familie stolz aufbewahrte, als von ihr einen Geschichtsvortrag zu hören. Die Vergangenheit war etwas, das man besaß, in Kisten und Archiven speicherte und nichts, das man erforschte.

Es war aber nicht das erste Mal, dass sie mit einer solchen Reaktion konfrontiert wurde.

In seiner Unterkunft, einer Höhle mit mehreren Kammern, bereitete er ihr eine Mahlzeit. Das Hauptgericht war Schellfisch, mit einer Sättigungsbeilage aus püriertem Seetang oder Algen. Sie aßen von Tellern, die aus einer Art Papier bestanden. Sie erfuhr, dass das Papier nicht auf Zellstoff basierte, sondern aus Chitin von Hummerpanzern.

Adamms Kleidung bestand aus Seetang – oder genauer, einem Seetang-Extrakt mit der Bezeichnung Algin. Algin ließ sich zu seidenartigen Fäden spinnen – es war der Grundstoff der Kleidung der Kolonisten und anderer Gewebe und von Produkten wie Folien, Gels, Polituren und Farben. Algin war sogar als Nahrungsmittelzusatz in ihrem Essen.

Sie unterhielten sich beim Essen.

Adamm verdiente seinen Lebensunterhalt mit der Fertigung von Kunst- und Gebrauchsgegenständen aus Perlen. Er zeigte ihr eine faustgroße Perle, die er aufgeschnitten, ausgehöhlt und in einen Behälter für ein leicht berauschendes Pulver in der Art von Schnupftabak verwandelt hatte. Die Perle war exquisit, genauso wie die handwerkliche Ausführung.

Meistens arbeitete er jedoch für gewerbliche Auftraggeber; Luxusartikel waren nur selten gefragt. Sein Kundenkreis war schließlich auf seine Mitbürger beschränkt. Sie hatte den Eindruck, dass es hier keinen Reichtum, aber auch keine Armut gab. Aber dies war Adamms Zuhause, und er war mit den Zuständen hier besser vertraut.

Sie erfuhr, dass die meisten Leute wahrscheinlich älter waren, als sie ihr erschienen. In der geringen Schwerkraft von Triton und bei den Antialterungs-Mechanismen, die vor ein paar Jahrhunderten ins menschliche Genom eingepflanzt worden waren, betrug die Lebenserwartung etwa zweihundert Jahre. Und sie hätte sogar noch höher gelegen, wären da nicht die Probleme mit der Lebenserhaltung der Kolonie gewesen. »Wir haben Abstürze und Ausfälle, Krankheiten und Vergiftungserscheinungen …«

Die Biosphäre war einfach zu klein.

Zur Zeit lebte Adamm allein. Er hatte ein Kind aus einer früheren Ehe. Er spielte mit dem Gedanken, wieder zu heiraten und noch ein paar Kinder zu bekommen. Aber es gab eine Quote.

Er lauschte wortlos ihrem Bericht über den interstellaren Krieg. Madeleine hatte den Eindruck, dass Adamm bloß höflich sein wollte zu jemandem, der vielleicht seine Vorfahren gekannt hatte.

Sie spürte, wie die Konzentration nachließ und sie von der kulturellen Stagnation überwältigt wurde.

Nach dem Essen unternahmen sie einen Spaziergang.

Er führte sie in einen Bereich, der wie ein Atrium aussah. Wände, Decke und Boden bestanden aus transparentem Material, und zum erstenmal fiel das Gefühl der Enge von ihr ab. Um sie herum erstreckte sich eine Eisschicht bis zum nahen, stark gekrümmten Horizont. Über ihr war Neptuns diesige Kugel, die langsam emporstieg, während Triton seinen langen künstlichen Tag durchlief. Und unter ihren Füßen sah sie das Meer von Triton, in dem sich fahle weiße Geschöpfe tummelten.

»Ich erinnere mich noch daran, wie Neptun reglos am Himmel hing«, sagte sie. »Seinen Aufgang zu beobachten ist – unheimlich. Aber dadurch bekommt Triton wohl etwas mehr Ähnlichkeit mit der Erde.«

Sie erkannte einen Anflug von Feindseligkeit in seinem Gesicht.

»Sie sind nicht die erste Reisende, die zurückgekehrt ist«, sagte er. »Was spielt es für eine Rolle, ob Triton *erdähnlich* ist oder nicht? Madeleine, ich habe die Erde nie gesehen. Wieso sollte ich auch?«

Diese kleine Auseinandersetzung deprimierte sie. Er hat natürlich recht, sagte sie sich; ›erdähnlich‹ musste Adamm so fremdartig erscheinen wie mir die Akkretionsscheiben-Heimat der Chaera. Fünfzehnhundert Jahre; fünfzig, sechzig Generationen … Wir Menschen sind einfach nicht imstande, kulturelle Kontinuität zu bewahren, nicht einmal über einen so kurzen Zeitraum.

Während die Gaijin weiterfliegen.

Wie aufs Stichwort blitzte es am Himmel, irgendwo hinter der blauen Masse des Neptun.

Sie packte Adamms Hand; er zuckte vor ihrer Berührung zurück. »Da. Haben Sie das gesehen?«

»Nein.«

Es gab auch nichts mehr zu sehen, weder ein Nachglühen noch einen weiteren Blitz. Sie fühlte sich wie ein Kind, das einen Meteor am Wüstenhimmel gesehen hatte, ein Aufblitzen, das niemand sonst gesehen hatte. »Das war nicht nur ein Licht am Himmel«, sagte sie trotzig. »Das war vielleicht die Zerstörung eines Eismonds oder eines Kometenkerns …«

»Ist das Ihr Krieg?«, fragte Adamm zögernd.

»Adamm, das ist nicht mein Krieg. Aber er ist *real* …«

Ein schlankes weißes Geschöpf teilte das Wasser unter ihren Füßen. Sie wich erschrocken zurück. Sie sah einen glatten, stromlinienförmigen Kopf, geschlossene Augen, ein kleines Maul – sieht aus wie ein Delphin, sagte sie sich. Das Wesen öffnete das Maul und stieß einen schrillen Schrei aus, wie eine quietschende Tür.

Dann wirbelte es herum und verschwand. Madeleine stand wie betäubt da.

»Krieg«, sagte Adamm verdrießlich. Dann seufzte er. »Ich glaube, Sie meinen es gut. Aber er scheint so – entfernt.«

»Glauben Sie mir, das ist er nicht. Adamm, ich werde Ihre Hilfe brauchen. Die *Ortsvorsteherin* will mich nicht empfangen. Sie müssen mir helfen, die Leute zu überzeugen.«

Er lachte, nicht unfreundlich. Dann wies er aufs schwarze Wasser. »Fangen Sie mit Ihnen an.«

»Mit wem?«

»Mit den *Flips.* Versuchen Sie, sie zu überzeugen. Sie sind auch Menschen.«

Sie schaute konsterniert ins Wasser.

Er ging davon. Ihr blieb nichts anderes übrig, als ihm zu folgen.

■

Das Büro der Ortsvorsteherin lieh ihr einen Hartschalen-Anzug, der mit elektronischen Hilfseinrichtungen und Heizelementen ausgestattet war. In einer Bucht in den Außenbezirken der Blasenstadt stieg sie durch ein Loch, das säuberlich ins Eis gestanzt war, ins Wasser.

Sie sank langsam in die Tiefe und testete den Anzug. Sie spürte die Kälte nicht, und der Wasserdruck hier auf diesem Niedergravitations-Mond war auch ziemlich gering, aber das Wasser setzte der Bewegung Widerstand entgegen. Als das Loch im Eis nur noch ein Stecknadelkopf aus blauem Licht über ihr war, schaltete sie die Helmlampen ein. Der Strahl durchdrang die Dunkelheit nur ein paar Meter weit. Sie führte eine schnelle Sichtprüfung der Systeme durch und schaute auf, um sich zu vergewissern, dass sie noch an der Leine hing, der stofflichen Verbindung zur Welt aus Luft und Licht über ihr.

Tiefseetauchen auf Triton. Die Kolonisten hatten es nicht so mit dem Wassersport. Für sie war die Tiefsee nur eine Ressource, eine Mine und kein Ort zum Erforschen, geschweige denn zum Vergnügen.

Etwas schwamm dicht an ihrem Gesicht vorbei.

Sie zuckte zurück. Sie schlug mit dem Kinn auf den Lufteinlass, und plötzlich fiel der Druck ab. In den Ohren knackte es besorgniserregend.

Sie zwang sich zur Ruhe. Es war nur ein Fisch gewesen. Sie kannte die Art nicht – eine original irdische oder für diese spezielle Umgebung gentechnisch verändert?

Sie sank schneller.

Die Trübung des Wassers verstärkte sich. Es handelte sich wahrscheinlich um organische Rückstände, auf die man sie schon hingewiesen hatte: Zersetzte Körper, die sich auf dem tiefen Meeresboden ablagerten. Mehr Kroppzeug und Pflanzen drifteten an ihr vorbei. Seetang-Stränge, etwas, das wie winzige Garnelen aussah, Fische in vielen Formen und Größen und sogar etwas, das an ein Seepferdchen erinnerte.

Es gab hier unten eine komplette Biosphäre, die aus gen-modifizierten irdischen Lebensformen bestand. Photosynthese fand hier kaum statt – dafür gab es zu wenig Licht. Den größten Teil der Energie bezog das Leben hier aus der Wärme aus Tritons Innerem. Infolgedessen war die Nahrungskette in Gemeinschaften exotischer Kreaturen verankert, die sich um dampfende, mineralreiche Quellen geschart hatten: Spalten im Meeresboden, die Hunderte von Kilometern vom Licht entfernt waren.

... Sie spürte es, lang bevor sie es sah. Ein plötzliches und unerwartetes Reiben an den Beinen, weich, warm und neugierig. Sie drehte sich im Wasser und verdrillte dabei die Leine.

Es glich wirklich einem Delphin: Einem jungen Delphin mit einem schlanken, zwei Meter langen Körper, schneeweißem Pelz, einer starken Fluke und kurzen Flossen. Aber es – nein, *er;* da war ein voll ausgeprägter Penis unter dem schlanken Bauch –, *er* hatte ein Gesicht, das wenig mit einem Delphin gemein hatte: Stumpfe, abgerundete Konturen, ein breiter Mund, eine plattgedrückte Nase und zwei zu Schlitzen verlängerte Nasenlöcher. Blasen quollen aus einem Blasloch an der Oberseite des Kopfes. Und die Augen waren geschlossen; sie erkannte weder Brauen noch Lider.

Keine Augen, wurde sie sich bewusst. Welchen Sinn hätten Augen in dieser Finsternis gehabt?

Das war natürlich ein Mensch: Oder vielmehr ein *post*-Mensch, der für diese Umgebung gentechnisch verändert worden war – das eigentliche Herz von Triton, tief unter der kalten Oberfläche.

Er schwamm geschmeidig um sie herum und streifte sie an den Beinen, Füßen, Armen und an der Brust. Sie hörte ein pulsierendes Klicken, vielleicht eine Art Echolot …

Er rollte auf den Rücken.

Genug der Analyse, Madeleine.

Ohne zu überlegen streckte sie die behandschuhte Hand aus und kraulte ihm den waschbrettartigen, schlachtschiffgrauen Bauch. Sie fühlte nicht die Textur des Pelzes. Aber das Klicken und Schnalzen, das er ausstieß, wurde tiefer und schien Wohlbehagen auszudrücken.

»Hörst du mich? Verstehst du mich …?« Bist du auch ein Roach, fragte sie sich, ein entfernter, umgemodelter Nachkomme von Ben und Lena?

Anstatt zu antworten, entfernte er sich und verharrte knapp außerhalb ihrer Reichweite.

Sie sank etwas tiefer und berührte ihn wieder. Er ließ sich für ein paar Minuten streicheln und entfernte sich dann wieder von ihr. Und sie musste wieder etwas tiefer sinken, um an ihn heranzukommen.

Und so weiter.

Er testet mich, sagte sie sich. Er spielt ein Spiel mit mir. Psychologie. In dieser Hinsicht war er ganz Mensch geblieben.

Und es erregte ihn, wie sie am Anschwellen des imposanten Penis bemerkte.

Sie stieg ein Stück und verschränkte die Arme.

Als er merkte, dass sie nicht mehr mit ihm spielen wollte, rollte er herum und peitschte mit den Flossen das Wasser, als ob er enttäuscht wäre. Aber er verzieh ihr schnell und schwamm wieder um ihre Beine herum, schmiegte sich an sie und stupste sie an.

Dann sah sie noch mehr Schemen im Wasser: Zwei, drei, vier Flips. Sie drängten sich neugierig um sie. Sie fragte sich, ob ihr erster Begleiter sie auf eine Art und Weise gerufen hatte, die ihr verborgen geblieben war. Sie versuchte stillzuhalten, als die kräftigen Körper die Ausrüstung streiften, die sie am Leben erhielten; sie wirkten gar nicht bösartig, sondern zeigten eine Art liebevoller Neugier; und die Ausrüstung war sicher eigens dafür entwickelt worden, um solche Begegnungen zu überstehen.

Nun stieß einer von ihnen – der ihr als Erster begegnet war? Schwer zu sagen – andere Laute aus. Es war eine Art Pfeifen, viel reiner als das Echolot-Klicken und das knarrende Stöhnen, das sie zuvor gehört hatte.

Ein anderer fiel ein und stieß ein Pfeifen aus, das erst etwas schwankte und sich dann auf der gleichen Tonhöhe wie bei dem Ersten einpendelte. Und nun hörte sie ein Pulsieren, das den schlichten Reinton-Gesang überlagerte. Takte, sagte sie sich, die Interferenz der verschiedenen Töne.

Die anderen Flips stimmten ein und erzeugten weitere Takte. Als Musikstück war es simpel, eine Folge reiner Töne, die eine Harmonie bildeten. Aber die Takte waren komplexer, ein flüchtiges Muster aus Impulsen, die sich verschoben und von einer Frequenz zur anderen sprangen – manchmal so schnell, dass sie ihnen nicht zu folgen vermochte.

Intuitiv stellte sie eine Verbindung zu ihrem Betonbunker in der Oberflächen-Kolonie her und ließ den Gesang vom Übersetzungsprogramm aufzeichnen. Dann schloss sie die Augen und ließ sich in den Gesang versunken treiben und spürte nicht einmal mehr die sanften Berührungen der Flips, die um sie herumschwammen.

... Die Flips stoben plötzlich wie in Panik auseinander, verschwanden in der Dunkelheit und ließen sie allein zurück. Sie war schockiert und fühlte sich irgendwie verlassen; ohne den Gesang schien die Welt leer.

Und dann hörte sie ein neues Geräusch: Ein tiefes regelmäßiges Brummen. Etwas bewegte sich vor ihr durchs Wasser, etwas Massives, eine Wand im Ozean.

Es war ein Netz.

■

Sie ging in Adamms Büro auf und ab. »Was seid ihr nur für Menschen? Die Flips sind doch eure …«

»Kinder?« Er lächelte belustigt und trank einen Schluck Wein, dessen Hauptingredienz Seetang war. »Geschwister? Cousins? Seien Sie nicht albern. Sie sind eine andere Spezies. Sie haben sich diese Daseinsform selbst ausgesucht. Als sie zum erstenmal ins Meer tauchten, nahmen sie Werkzeug mit, um Metalle zu gewinnen. Sie legten eins nach dem andern ab. Sie stießen sogar die Hände ab und die Augen, alles was uns zu Menschen macht. Sehen Sie, sie *entschieden* sich dafür, in die – Bewusstlosigkeit zurückzufallen. Es war eine ideologische Entscheidung.«

Sie fragte sich, wie viel und ob überhaupt etwas davon der Wahrheit entsprach. »Aber sie zu jagen …«

Er betrachtete sie neugierig. »Glauben Sie vielleicht, wir würden sie *essen?* Sie halten nicht viel von uns, nicht wahr? Die Flips sind eine Plage. Sie zerstören die Ökologie. Sie beeinträchtigen die Systeme der Stadt, zum Beispiel die Filterventile …«

Vielleicht, sagte sie sich.

Der Translator hatte den Gesang der Flips analysiert.

Ohne Bezüge war es unmöglich, eine Eins-zu-Eins-Übertragung zu bewerkstelligen. Aber es war offensichtlich, dass der Gesang strukturiert war. Das Übersetzungsprogramm identifizierte Muster im Frequenzgang und die Art und Weise, wie die Takte manipuliert wurden – Abstände, Schnelligkeit, Intonation und Höhe … Das Programm schätzte, dass eine Stunde Gesang eine Million Bits umfasste. Was zum Vergleich dem Informationsgehalt von Homers *Odyssee* entsprach.

Die Flips hatten zwar nicht die Ausdruckskraft der Gesänge irdischer Wale. In ein paar Jahrhunderten würden sie sie aber erreicht haben, sagte sie sich.

Also wurde der Gesang hier fortgeführt, hier in dieser Wasserwüste, einem noch elementareren Ort als dem Outback.

Adamm redete noch immer. »… Und Sie müssen auch nicht glauben, dass sie knuddelige Streicheltiere seien. Sie haben sich teilweise zu Räubern entwickelt, müssen Sie wissen. Ökologische Nischen neigen dazu, besetzt zu werden … Sie fressen sich gegenseitig auf. Schauen Sie, das sind doch nur Flips. Sie zählen nicht.«

»Das Gleiche sagten die Weißen in Australien über Ihre Vorfahren.«

Sein Gesicht verhärtete sich. »Sie haben diese Welt mit Ihren Mond-Karambolagen erschaffen, soweit ich weiß. Und nun wollen Sie sie wieder zerstören und Tausende von Menschen evakuieren.« Er lächelte. »Sie sind als Pfuscher in die Geschichte eingegangen. Sie haben mit grandiosen Ideen aufgewartet, die Ihre Möglichkeiten leider überstiegen.« Bei seiner Rede schien er irgendwie neben sich zu stehen, als ob er es selbst nicht fasste, dass er diese historische Gestalt rügte – als ob er Columbus oder Julius Cäsar runtergeputzt hätte. Er schaute hinaus in die interstellare Dunkelheit, zum Rand des Systems. »Wenn diese Aliens so mächtig sind, wie Sie behaupten, sollten wir uns vielleicht einfach mit dieser Entwicklung abfinden. Wie mit dem Tod. Dagegen kann man nicht ankämpfen.«

»Nein, aber man kann es ablehnen«, sagte sie knurrig und stand auf. »Ich bin weder an Ihrer Meinung über mich noch an Ihren Analysen interessiert. Ich werde die *Ortsvorsteherin* aufsuchen, ob es ihr nun passt oder nicht. Ich werde mein Möglichstes tun, um für jeden, der es will, die Evakuierung ins innere System zu arrangieren. Sogar für die Flips.«

Er musterte sie stumm; irgendwie spürte sie, dass dieser ferne Nachfahre von Ben und Lena nirgendwohin gehen würde, mit oder ohne sie.

»Auf Wiedersehen, Adamm.«

Lebwohl.

kapitel 30

ZUFLUCHT

Das Blumen-Schiff der Gaijin raste auf einer hocheffizienten Trajektorie ins Innere des Sonnensystems. Die Sonne wurde immer heller und blendete die Nuancen des Sternenhimmels aus. Ihr loderndes Licht wurde zum alles beherrschenden Merkmal des Universums.

Madeleine verspürte einen irrationalen Anflug von Klaustrophobie. Es gab hier keine Wände, und der dunkle Raum war so groß, dass ganze Planeten in ihm Platz hatten, und doch machte dieser Ort einen bedrückenden, beengenden Eindruck wie das Herz einer Großstadt. Sie aktivierte die Milchglas-Funktion der Fenster des Landungsbootes, blendete das gelb-weiße Lodern aus und driftete lange Zeit unter einer Projektion des kühlen, kargen Neptun.

Die Gaijin waren nicht bereit, Madeleine näher an die Sonne heranzubringen als bis in den Erdorbit. Zum Merkur würde sie in einem engen Boot weiterfliegen müssen, das hauptsächlich für Zubringerflüge vom Orbit zum Boden konzipiert war.

Die paar hundert Flüchtlinge von Triton, die ihr zurück ins Herz des Systems gefolgt waren, würden die gleichen Strapazen auf sich nehmen müssen. Entsprechend übellaunig waren die Leute. Das Überwechseln in die Landefähren verlief chaotisch.

Es war aussichtslos gewesen, die Tiefsee-Bewohner von der Notwendigkeit einer Evakuierung überzeugen zu wollen. Also hatte sie sie zurücklassen müssen, diese delphinartigen *post*-Menschen. Hatte sie ihrem Schicksal überlassen, ohne dass sie jemals erfahren würde, ob diese Wesen überhaupt begriffen, was ihnen widerfuhr.

Eine Frage, die die abziehenden Gaijin sich vielleicht auch in Bezug auf sie stellten.

Als sie das Blumen-Schiff in der Dunkelheit des Alls verschwinden sah, verspürte sie einen völlig unerwarteten Anflug von Einsamkeit und des Gefühls der Verlassenheit.

Sie war bisher immer der Ansicht gewesen, dass Malenfants Marotte, seinem Gaijin-Gefährten einen Namen zu geben – Kassiopeia als Entsprechung eines Menschen zu behandeln –, nur Anthropomorphismus war, blöde Sentimentalität. Aber sie stellte fest, dass sie diese abgehobenen, gemessenen, rationalen Gaijin lieber mochte als viele Menschen – insbesondere die rassistischen Oberflächen-Kolonisten, denen sie auf Triton begegnet war. Die Gaijin waren uralt, weitgereist und hatten Dinge erlebt, die für die meisten Menschen unvorstellbar waren. Ihnen musste ein kurzlebiges menschliches Einzelschicksal so flüchtig und unbedeutend – vielleicht aber auch so schön – wie ein sich kräuselnder Rauchfaden oder ein zerspritzender Regentropfen erscheinen.

Zehn Tage, nachdem die Gaijin sie verlassen hatten, kam schließlich der Planet Merkur in Sicht. Sie hielten auf die Nachtseite zu, sodass er wie eine schmale Sichel in der Dunkelheit hing, die sich langsam verbreiterte. Die Krater waren schon aus großer Entfernung zu erkennen.

Sie ging in den Orbit und musste dort warten, während eine elektronische Bürokratie – die von einer regierenden Körperschaft mit der Bezeichnung *Koalition* betrieben wurde – ihre Bitte um Landegenehmigung prüfte und Maschinen, die durch Jahrhunderte technischer und sozialer Entwicklung getrennt waren, nach einem Weg suchten, miteinander zu kommunizieren.

Der unter ihr sich drehende Merkur war wie der ältere Bruder des Mondes: eine Gesteinskugel mit einer fahlen, kraterübersäten Oberfläche. Aber es gab keine Entsprechung für die großen Maria des Monds; welche Prozesse auch immer diese großen Mondmeere aus erstarrter Lava erschaffen hatten, hier hatten sie nicht gewaltet. Und es gab Merkmale, die dem Mond fehlten: Zonen der Auffaltung, Grate, Risse und Spalten wie die verschrumpelte Haut einer Tomate; als ob der Planet nach der Entstehung geschrumpft wäre.

Das hervorstechendste Merkmal war ein riesiges Einschlagbecken, vielleicht auf dreißig Grad nördlicher Breite. Sie flog über einen Ring aus gezackten Bergen hinweg – kein simpler Kraterrand, sondern eine Struktur mit den höchsten Bergen im Zentrum und den flachen Vorbergen am Rand. Innerhalb des Rings war ein vergleichsweise ebener Boden, der von Graten, Falten und Spalten zerklüftet wurde. Sie hatten ein annähernd konzentrisches Muster wie Sprünge in einem alten Porzellanteller. Es war ein phantastischer Anblick. Es dauerte eine Weile, bis die Landefähre beim ersten Anflug das Becken mit den Bergringen überflogen hatte, in denen die Großen Seen der USA Platz gefunden hätten.

Und im Kernschatten in der Mitte des großen Kraters sah sie Lichter, eine Ahnung von Ordnung, Gebäuden und Spuren. Das war eine menschliche Siedlung, hier in der tiefsten Niederung des unwirtlichsten Planeten im ganzen Sonnensystem. Der Anblick hätte ihre Stimmung eigentlich heben müssen. Aber dieser winzige Funke inmitten dieser niederschmetternden Einöde erschien ihr nur absurd.

Es herrschte reger Verkehr am Himmel.

Es waren menschliche Schiffe. Die meisten wurden von hauchdünnen, ästhetischen Sonnensegeln angetrieben, ätherische Schwingen, die vor Merkurs starrem steinernem Antlitz kreuzten. Die urtümlichen Formen kaschierten die intelligente Steuerung, die sie führte. Die Schiffe ritten auf dem Schwall der Photonen, der sich von der mächtigen, nahen Sonne ergoss. Dies war eine viel effektivere Art der Fortbewegung, als sie im Erdorbit und anderswo praktiziert wurde.

Es fiel sofort ins Auge, dass mehr Schiffe landeten als starteten. Allerdings war dies der einzige Zufluchtsort, den die Menschen im Sonnensystem des Jahres 3793 noch hatten; Merkur war eine Menschen-Senke, keine Quelle.

Auf der Rückseite des Merkur sah sie eine Landschaft, wie sie ihr noch nie zuvor untergekommen war: Zerklüftet, zertrümmert, chaotisch. Sie stellte fest, dass dies der exakte Antipode jener großen Einschlagstruktur war, das Ziel konvergierender sphärischer Druckwellen, die sich um den Planeten fortgepflanzt haben mussten. Die gewaltigen Energien waren hier gebündelt worden und hatten das Land wie mit einem Presslufthammer bearbeitet.

Einst hatte Madeleine im äußeren Sonnensystem mit Monden um sich geworfen. Nun fühlte sie sich nichtig und klein beim Anblick der Auswirkungen solcher Kräfte. Sie wurde von einem Gefühl der Ohnmacht überwältigt.

■

Ihr wurde eine Landezone nahe der menschlichen Hauptsiedlung zugewiesen. Sie lag in einem breiten Krater mit dem Namen Chao Meng-Fu, einer anderen riesigen Einschlagstruktur, die fast den ganzen Südpol bedeckte.

Sie wurde von der hohen Schwerkraft überrascht, die etwa doppelt so hoch war wie auf dem Mond. Erstaunlich bei einem so kleinen Planeten, der im Grunde kaum größer war als der Mond. Der Merkur hatte eine hohe Dichte und war auch so eine ›Kanonenkugel‹.

Madeleine legte den Anzug an. Das war eine leichte Übung; im Lauf der Jahrhunderte hatte sie festgestellt, dass, im Gegensatz zu Kommunikationsanlagen und Haushaltsgeräten, die Bedienung von lebenswichtiger Ausrüstung wie Druckanzügen und Luftschleusen niemals Rätsel aufgab.

Sie verließ die Zugmaschine. Schon wieder setze ich den Fuß auf eine neue Welt, sagte sie sich. Ob ich schon den Rekord halte?

In Chao Meng-Fu gab es Kraftwerke und automatisierte Tagebau-Roboter. Die Oberflächenstrukturen duckten sich in den Schatten der Randberge und mieden eine grelle Sonne, die für hundertsechsundsiebzig Erd-Tage ununterbrochen schien – eine erstaunlich lange Zeit. Der Merkur-Tag war durch Gezeiteneffekte als zwei Drittel des Achtundachtzig-Tage-Jahrs des kleinen Planeten definiert, wodurch der Kalender zu einer komplexen Angelegenheit geriet.

Sie schaute zur Sonne hinauf, die tief überm Horizont stand. Filter im Helm blendeten die Sonnenscheibe aus, aber diese Scheibe war dreimal so groß wie von der Erde aus gesehen – ein aufgeblähtes Ungeheuer.

Sie sah keinen einzigen Menschen an der Oberfläche.

Ihre Ankunft in Chao City wurde von primitiven Virtuellen abgewickelt. Diese Software-Roboter waren entwickelt worden, um Reisende mit unverständlichen Sprachen aus dem ganzen Sonnensystem abzufertigen. Sie waren allenfalls menschliche Karikaturen und leiteten sie wortlos mit simpler Mimik und Gestik. Chao

City war ein Labyrinth aus Gängen und Tunneln, die man ins Urgestein getrieben hatte. Bevölkert war die Stadt mit einem Dutzend verschiedener Rassen, die sich mit Misstrauen begegneten und zu Revierkämpfen neigten.

Ihr wurde ein winzig kleiner Raum zugewiesen, wieder so eine Höhle wie die, die sie von Triton kannte – obwohl sie diesmal wenigstens aus vertrautem Silikatgestein gehauen war anstatt aus Wassereis. Es war schon seltsam, dass Menschen, auf welcher Welt des Sonnensystems sie auch siedelten, sich wie Maulwürfe im Boden eingruben.

Der Raum enthielt ein Kommunikationsgerät, das natürlich grundverschieden von der Konstruktion auf Triton war. Sie plagte sich damit ab. Schließlich gelang es ihr, die zeitgenössische Entsprechung eines Datenspähers mit der Suche nach Nemoto zu beauftragen – falls sie sich überhaupt hier auf Merkur befand.

Das Kommunikationsgerät piepste leise. Nach halbstündigem Herumexperimentieren wusste sie nun, dass das Gerät ihr mit diesem Ton das Eingehen einer Nachricht signalisierte. *Kommen Sie mich besuchen. Ich lebe in einem Krater namens Bernini. Nicht allzu weit von Chao entfernt. Sie werden die Aussicht genießen.* Ort und Zeit waren angegeben.

Die Nachricht stammte von Dorothy Chaum.

■

Sie musste noch einmal vierundzwanzig Stunden ausharren. Dann wurde sie zur so genannten Einwanderungsbehörde gebracht. Noch mehr Bürokratie, sagte sie sich und drohte schier zu verzweifeln. Genau wie auf Triton; ein universaler menschlicher Charakterzug.

Der Einwanderungs-Offizielle redete sie allen Ernstes auf Lateinisch an. *Quo vadis? Quo animo?* – Wohin wollen Sie? Aus welchem Grund? Sie hatte den Helm des Druckanzugs mit dem integrierten Übersetzungsprogramm mitgenommen, und im Büro gab es ähnliche Hilfsmittel. Sie wartete geduldig, bis die Ausrüstung arbeitete.

Der Name des Offiziellen war Carl ap Przibram. Er war auf einem Asteroiden geboren: Groß, dürr, mit einem Eierkopf unter dichtem Haar und langen, knochigen Fingern – der Prototyp des Pianisten. Er hatte eine fahle und glatte Haut, als ob sie gespannt wäre, und Schlitzaugen – Spuren asiatischer Vorfahren, aber andere ethnische Einflüsse von der Erde waren längst vermischt und verschliffen. Er schien sich ausgesprochen unwohl zu fühlen – wofür Madeleine auch Verständnis hatte, denn er bewegte sich in einer Schwerkraft, die seine gewohnte Belastung um ein Vielfaches übertraf.

Als die Verständigung endlich hergestellt war, erfasste er ihren Namen und fragte diverse Identifikationsnummern ab, die sie freilich nicht hatte. Dann verlangte er einen kurzen Lebenslauf. Sie zählte die Reisen zwischen den Sternen auf. Mit einem im Schreibtisch integrierten Computer rief er aus irgendeiner großen Datenbank Daten über sie ab, die über Jahrhunderte gespeichert worden waren. Ap Przibram schien in seiner Arbeit aufzugehen, in all den Dokumentationen und Prozeduren und ignorierte dabei die Realität des exotischen Fossils vor sich. Diese Reaktion kannte sie von Triton und von vielen anderen Orten.

Er forderte sie auf, eine DNA-Probe abzugeben. Das war logisch – so wurde der kleine, isolierte Genpool der Menschheit aufgefrischt –, aber sie hatte auch schon von Reisenden gehört, die einen schwungvollen Schwarzhandel mit genetischen Proben von Reisenden betrieben, vor allem mit Sperma. Die Legende dieser Zeit, die von manchen Reisenden noch kräftig genährt wurde, besagte, dass die gute Ware dieser tausend Jahre alten primitiven Barbaren lebendiger und potenter sei als der verwässerte moderne Stoff.

Schließlich überreichte er ihr eine Plastikmarke mit eingestanzten vorläufigen Identifikationscodes. Die würde sie bis zum endgültigen Implantat tragen müssen. »Ich heiße Sie hier willkommen«, sagte er.

»Danke.« Sie kam auf ihre Begleiter von Triton zu sprechen.

»Ihre Anträge werden so schnell wie möglich bearbeitet.« Er verstummte, sein Gesicht zeigte keine Regung.

Sie tippte auf den Schreibtisch. Es fiel ihr schwer, seine Körpersprache und den Ausdruck seines glatten Gesichts zu deuten. »Sie sind dreißig Astronomische Einheiten durchs System geflogen, und zwar in Landefähren, die für orbitale Hüpfer über hundert Kilometer ausgelegt sind. Diese Shuttles sind fliegende Toiletten. Wir haben Kinder dabei, alte Leute, Behinderte, Kranke …«

»Wir bearbeiten ihre Anträge. Bis die Bescheide ergehen, vermag ich nichts zu tun.«

Er hatte einen leeren Blick. Der Mann ist fertig, sagte sie sich. Merkur setzt ihm zu, und nun komme ich noch mit einem Haufen Flüchtlinge, ganzen Bootsladungen unwilliger Eisbewohner. Unter solchen Umständen ist Bürokratie ein Mittel des zivilisierten Diskurses; wenigstens schmeißt er mich nicht raus.

Sie beschloss, sich in Geduld zu üben.

■

Schließlich wurde es Zeit, Dorothy einen Besuch abzustatten. Es gab eine Einschienenbahn von Chao nach Bernini – ein langsames, unbequemes Transportmittel mit dem Komfort einer Postkutsche, in dem sie ordentlich durchgerüttelt wurde –, und von dort musste sie in einem robotischen Fahrzeug, einem Vehikel mit riesigen Drahtgeflecht-Rädern, über den Merkur fahren.

Sie erreichte die Anlage, die Dorothy als Sonnensegel-Farm bezeichnet hatte.

Sie stieg aus und betrachtete den Himmel.

Sie sah nur ein paar Sterne. Sonnensegel-Schiffe, die wie Funken eines Feuers aussahen, schwärmten um Merkurs Äquator und brachten weitere Flüchtlinge. Aber der Himmel wirkte irgendwie diesig; die übergroße Sonnenscheibe wurde wie von einem Dunstschleier verhüllt, und weiter draußen sah sie eine fahle Schliere, wie eine Milchstraße ohne Sterne. Sie sah die dünne Atmosphäre der Sonne, die durch die künstliche Verdunkelung des Zentralgestirns sichtbar geworden war. Und das flache Lichtband weiter draußen war das Zodiakallicht, der Widerschein der Staubteilchen, Meteoriten und Asteroiden in der Ebene der Ekliptik. Einst waren dort Gaijin-Städte in voller Pracht erstrahlt, doch nun war der Asteroiden-Gürtel wieder verlassen.

Wenn sie die Augen mit den Händen beschirmte, sah sie den Schweif eines anderen großen Kometen, der eine milchige Spur durch die schwarze Himmelskuppel zog. *Zerstörer*-Schiffe sah sie natürlich nicht – noch nicht. Obwohl gemunkelt wurde, dass sie sich schon diesseits des Neptun-Orbits befänden.

Nach dem Fall der Oort-Wolke war Merkur von einer Koalition aus Nationen der Asteroiden-Kolonien besetzt worden: Von den erdnahen Asteroiden, dem Hauptgürtel und sogar von ein paar Trojanern im Jupiter-Orbit. ›Besetzung‹ war allerdings nicht ganz zutreffend; außer ein paar Eremiten hatte nämlich niemand hier gelebt. Die Verfassung des Gemeinwesens war kaum als demokratisch zu bezeichnen – allerdings musste man der Notregierung, der *Koalition*, zugute halten, dass sie mit dieser Situation selbst nicht glücklich zu sein schien. Immerhin funktionierte es.

Die Kolonisten hatten sich Techniken zunutze gemacht, die man schon bei der Kolonisierung des Mondes angewandt hatte: Wieder einmal mussten Menschen Luft aus Gestein gewinnen. Aber es gab langfristige Pläne – zum Beispiel eine Paulis-Mine in Caloris Planitia, dem riesigen Einschlagkrater, den sie aus dem Orbit gesehen hatte. Jedoch war das hier nicht der Mond. Merkur bestand aus einem massiven Eisenkern mit einer dünnen Gesteinskruste. Eine andere Welt mit anderen Herausforderungen.

Dann sah sie einen Doppelstern, eine helle Stecknadelkopf-Doublette. Der eine war leuchtend blau, der andere hatte eine fahle grau-weiße Färbung …

»Das ist natürlich die Erde.« Dorothy stand dicht neben ihr. In einem Anzug, der mit schwarzem Merkur-Staub förmlich imprägniert war, sodass er trotz des grellen Sonnenlichts fast unsichtbar war. Dorothys kugelförmiger Helm hatte eine starke Goldtönung; Madeleine sah ihr Gesicht nicht.

Sie tauschten ein paar belanglose Nettigkeiten aus; für eine Begegnung von so außergewöhnlichen Menschen wie ihnen, die Zeit und Raum überwunden hatten, gab es keine Etikette.

Dann marschierte Dorothy mit schwerem Tritt über die Ebene. Madeleine folgte ihr widerwillig.

Der Regolith knirschte unter den Füßen; das Geräusch wurde deutlich in den Anzug übertragen. Sie hinterließ Fußabdrücke im jungfräulichen Staub, die so scharf konturiert waren wie auf dem Mond; und der Staub, den sie aufwirbelte, fraß sich ins Anzugsgewebe. Das Gehen fiel ihr ziemlich schwer in dieser doppelten Mond-Gravitation. Hier waren keine großen Sprünge drin.

Trotzdem war die Ähnlichkeit mit dem Mond groß – der gleiche gewellte, stark erodierte und kraterübersäte Boden. Die Oberfläche glich einem staubigen Meer. Nur dass die Erosion hier noch stärker war. Die Hügel – sie befand sich in der Nähe des Ringwalls vom Bernini-Krater – waren flach und mit Regolith bedeckt. Die kleineren Krater waren kaum mehr als Schatten ihrer selbst, Abdrücke mit verschwommenen Konturen.

Sie hatte Dorothy nicht mehr gesehen, seit sie mit Malenfant auf der Heimatwelt der Gaijin gewesen war und die drei auf verschiedenen Routen ins Sonnensystem zurückgekehrt waren. Dorothy kam Madeleine verändert vor: Verschlossener, geheimniskrämerisch, fast schon besessen. Irgendwie älter.

Dorothy wies auf ein Loch im Boden. »Hier lebe ich. In einem Suboberflächen-Schutzraum. Das ist gar nicht mal so schlimm. Nicht, wenn man schon viele Jahre in Raumschiffs-Wohnmodulen zugebracht hat.«

Zu Madeleines Füßen lag ein abgeplatteter Stein, dessen Oberseite so glattgeschliffen wie eine Linse war. Sie bückte sich schwerfällig, scharrte im Boden und brach den Stein heraus. Er war größtenteils im Boden versteckt gewesen wie ein Eisberg. Die Unterseite war scharfkantig und schrundig.

»Er liegt wahrscheinlich schon seit einer Milliarde Jahren hier«, sagte Dorothy, »nachdem er durch einen Einschlag um den halben Planeten geschleudert worden war. Und seitdem ist das Stück, das aus dem Boden ragte, Schicht um Schicht erodiert und abgeschliffen worden.«

Madeleine runzelte die Stirn. »Mikrometeoriten-Einschläge?«

»Nicht nur. Mittags wird es so heiß, dass Blei schmilzt. Und in der Nacht, die fast ein halbes Jahr dauert, ist es so kalt, dass Sauerstoff sich verflüssigt.«

»Also thermische Belastung.«

»Ja. Sie hat die Landschaft geformt. Der Sargnagel des Ingenieurs auf dieser kleinen heißen Welt. Kommen Sie mit. Ich möchte Ihnen zeigen, wie ich meinen Lebensunterhalt bestreite ...«

Sie marschierten zügig durch einen flachen Krater, der mit Glassplittern übersät war.

So kam es Madeleine auf den ersten Blick zumindest vor. Sie war von zarten Glasblättern umgeben, die den Regolith bedeckten und wie spitze Stacheln hervorstachen. Dann gab es noch eine andere Struktur: Kurze, dicke Zylinder, die wie winzige Kanonenrohre in alle Himmelsrichtungen wiesen. Es war wie ein Skulpturenpark.

Dorothy marschierte unermüdlich weiter, wobei sie achtlos über die blütenförmigen Glasscheiben hinwegging und ein paar zertrat. Madeleine passte besser auf. »Wir sind imstande, Sonnensegel direkt aus dem Gestein sprießen zu lassen«, sagte Dorothy. »Sie sind gentechnisch veränderte Abkömmlinge der Vakuum-Blumen auf dem Mond. Ich habe mich selbst in diese Technik eingearbeitet. Es ist gut, einen Beruf zu haben auf einer Welt, auf der man für die Luft zahlen muss, die man atmet, finden Sie nicht?« Sie legte den Kopf in den Nacken. »Wenn Sie das nächste Mal ein Sonnensegel-Schiff sehen, denken Sie an diesen Ort und daran, wie diese Schiffe geboren werden – sie wachsen direkt aus dem Gestein unter Ihren Füßen. Das ist wunderschön, nicht?«

Sie gingen weiter. Madeleine erkundigte sich nach Malenfant.

Dorothy zuckte die Achseln. »Ich bin zwanzig Jahre vor Ihnen zurückgekehrt. Wenn er seine Ankündigung wahrgemacht hat und gleich ins System zurückgekehrt ist, nachdem wir uns getrennt hatten, hätte er schon vor ein paar Jahrhunderten hier eintreffen können. Ich weiß nicht, was aus ihm geworden ist.«

Madeleine musterte sie. »Sie machen sich Sorgen. Die Zeit, die wir auf der *Kanonenkugel* verbracht hatten ...«

»Das trifft es nicht ganz. Eher fühle ich mich schuldig.« Sie lachte. »*Schuld:* Das große Patent der katholischen Kirche.«

»Und deshalb arbeiten Sie hier so hart.«

»Psychoanalyse, Madeleine?«, fragte Dorothy. »Ich arbeite auch, um zu leben – wie wir alle. Aber es stimmt, ich habe Malenfant auf der *Kanonenkugel* im Stich gelassen. Ich war Priesterin. Wenn ein Mensch jemals Seelenqualen verspürt hat, dann war es Reid Malenfant. Und ich vermochte ihm nicht zu helfen.«

Madeleine verzog das Gesicht. »Was auf der *Kanonenkugel* passiert ist, betraf nur Malenfant, Dorothy. Mit Ihnen hatte das nichts zu tun. Sie haben sich nichts vorzuwerfen. Malenfant war ein Opfer. Ein Werkzeug der Gaijin, das durch die Galaxis gezerrt wurde. Im Rahmen eines Plans, den wir immer noch nicht kennen. Wieso hätte er sich damit belasten sollen?«

»Weil er wusste oder zumindest glaubte, dass es das einzig Richtige war, wenn die Gaijin sich eine Chance ausrechneten ...« – sie wies auf den dräuenden Himmel –, »... *das hier* abzuwenden. Die Kolonisierungswellen, die Kriege, die Verwüstung von Welten und Ausrottung von Arten. Solang auch nur die geringste Aussicht auf Erfolg bestand, hätte Malenfant nicht gezögert, sich zu opfern.«

»Aber er ist doch auch nur ein Mensch. Wieso sollte er sein Leben hingeben? Würden Sie das denn tun?«

Dorothy seufzte. »Mich dürfen Sie das nicht mehr fragen. Würden *Sie* es denn tun?«

»Ich weiß nicht.« Madeleine lief es kalt den Rücken hinunter. »Armer Malenfant.«

»Wo auch immer er ist, und was auch immer aus ihm wird, ich hoffe, dass er nicht allein ist. Sogar Christus hatte den Trost Seiner Familie am Fuß des Kreuzes. Sie haben Flüchtlinge mitgebracht, nicht wahr?«

Madeleine grunzte. »Soweit ich weiß, ist hier jeder ein Flüchtling. Aber hier sind wir so sicher wie an jedem anderen Ort.«

Dorothy stieß ein bellendes Lachen aus. »Sie begreifen es immer noch nicht, oder? Offensichtlich haben Sie nicht mit Nemoto gesprochen ... *Sie* lebt noch immer. Wussten Sie das? Viele Jahrhunderte alt ... Von allen Orten ausgerechnet *dieser* – Merkur als letzte Zuflucht der Menschheit? *Falsch.*«

»Merkur befindet sich tief im inneren System. So nah an der Sonne, dass es den Gaijin zu ungemütlich ist.«

»Aber die Gaijin sind nicht der Feind«, zischte Dorothy. »Sie müssen die größeren Zusammenhänge erfassen, Madeleine. Wir glauben zu wissen, wie diese *Zerstörer* arbeiten. Sie manipulieren den Zielstern und verwandeln ihn in eine Nova. Eine Sternenexplosion, die in ein paar Tagen so viel Energie freisetzt wie ein Stern in zehntausend Jahren. Die *Zerstörer* ernähren sich von dem Lichtpuls«, sagte Dorothy. »Dann brechen sie mit ihren Sonnensegel-Schiffen zu neuen Systemen auf. Sie verbreiten sich wie Sporen eines aufgeplatzten Pilzes und hinterlassen verbrannte und zerstörte Planetensysteme. Wir hatten immer geglaubt, Novae seien natürliche Vorgänge. Eine Panne im Fusionsprozess eines Sterns, die vielleicht durch eine Materiezufuhr von einem anderen Stern verursacht wurde. Nun fragen wir uns, ob überhaupt eine Nova, die wir in der

Geschichte beobachtet haben, natürlich war. Vielleicht sind für alle Novae die *Zerstörer* verantwortlich – oder andere irre Spezies wie sie.«

Nun begriff Madeleine. »Wie verwandelt man einen Stern in eine Nova?«

»Im Prinzip ist das ganz einfach. Man positioniert eine Kette leistungsstarker Teilchenbeschleuniger im Orbit um den Zielstern. Sie erzeugen Ströme geladener Teilchen, die wiederum ein Magnetfeld erzeugen, das den Stern einhüllt – und dieses Feld kann dann manipuliert werden.«

»Aha. Aber man bräuchte doch eine Ressourcenbasis, um diese Tausende oder Millionen Maschinen zu produzieren. Und einen Ort, an dem man eine neue Generation von Sonnensegel-Schiffen baut.«

»Ja. Madeleine, was wäre hier im Sonnensystem der *ideale* Ort für solch eine Mine?«

Eine Gesteinswelt, nicht allzu weit vom Zentralgestirn entfernt. Ein dicker, fetter Kern aus Eisen und Nickel, der geradezu danach schreit, ausgegraben und ausgebeutet zu werden, ohne dass ein allzu dicker Gesteinsmantel durchstoßen werden muss …

»Merkur«, flüsterte Madeleine. »Was sollen wir tun? Müssen wir den Planeten evakuieren?«

»*Wohin denn?«*, fragte Dorothy. »Meacher, bedenken Sie, wo Sie sind. Das Sonnensystem haben wir schon verloren. Dies ist das letzte Schlupfloch. Es bleibt uns nichts anderes übrig, als uns so tief wie möglich einzugraben.«

Die Art und Weise, wie Dorothy den letzten Satz betonte, machte Madeleine stutzig.

»Weshalb sind Sie wirklich hier, Dorothy? Sie planen doch etwas, nicht wahr …?« Ihre Gedanken jagten sich. »Sie wollen zum Gegenschlag gegen die *Zerstörer* ausholen – ist es das? *Arbeiten Sie mit Nemoto zusammen?«*

Dorothy ignorierte die Frage. »Was können *wir* tun? Die *Zerstörer* haben sogar die Gaijin vertrieben, eine Spezies, die viel älter, intelligenter und mächtiger ist als *wir.* Wir sind nur Ungeziefer, das ein Grundstück in bester Lage verseucht.«

»Wenn Sie uns mit Ungeziefer vergleichen, dann haben Sie wirklich Ihren Glauben verloren«, sagte Madeleine kalt.

Dorothy lachte. »Wie würden Sie uns im Vergleich zu den Gaijin denn sonst bezeichnen? Von den *Zerstörern* gar nicht zu reden.« Sie richtete den Blick in den Himmel; ihr Gesicht war hinter dem verschrammten Glas nicht zu erkennen. »Denken Sie daran, Madeleine. *Sagen Sie ihnen, sie sollen sich tief eingraben.* Das ist von größter Wichtigkeit. So tief sie können …«

■

Sie ging zu Carl ap Przibram zurück, um mit ihm das Problem der Aborigines zu besprechen. Interstellarer Krieg hin oder her, sie hatten immer noch keine Ausweichmöglichkeit.

»Bitte schenken Sie mir reinen Wein ein. Ich weiß es zu schätzen, dass Sie helfen wollen. Ich will Ihnen auch nicht zu nahe treten oder andeuten …«

»… dass ich ein unmoralischer Bastard sei«, sagte er gepresst.

Dieser archaische Begriff erstaunte sie. Sie fragte sich, welche Stratageme auf der anderen Seite der plappernden Translatoren Gültigkeit hatten.

»Ich habe keine leichte Aufgabe«, sagte er. »Ich vermag es hier kaum einem recht zu machen.«

»Ich verstehe. Aber ich brauche trotzdem Ihre Hilfe. Ich bin weit von meiner Heimat entfernt – und von meiner Zeit. Ich weiß nicht, was hier überhaupt los ist. Aber es muss endlich etwas geschehen.« Sie wies zur

Decke. »Dort oben sind zweihundert Leute. Sie haben den ganzen Weg von Triton am Rand des Sonnensystems zurückgelegt. Sie wissen nicht, wohin sie gehen sollen. Sie sind hilflose Flüchtlinge.«

»Wir sind alle Flüchtlinge.«

Sie grunzte. »Das ist hier wohl die Standardfloskel, nicht wahr?«

Er schaute sie stirnrunzelnd an. »Aber es stimmt. Und ich weiß nicht, ob Sie die Bedeutung dieser Tatsache verstehen. Ich bin noch nie zuvor einem Reisenden begegnet, Madeleine Meacher. Aber ich habe schon von Leuten Ihrer Art gehört.«

»Meiner *Art?*«

»Sie sind doch auf der Erde geboren, stimmt's? Zu einer Zeit, als es noch keine Kolonien jenseits des Heimatplaneten gab.«

»Das stimmt nicht ganz …«

»In Ihrer Vorstellung sind wir, die Weltraumbewohner, exotische Wesen und im Grunde keine richtigen Menschen mehr. Aber so ist das nicht. Meine Heimatgesellschaft auf Vesta war fünfzehnhundert Jahre alt. In dieser Zeit hatten meine Vorfahren den Asteroiden bewohnbar gemacht. Jahrhunderte lang hatten sie zum Schutz vor der Strahlung in Tunneln, Lavaröhren und Höhlen gehaust. Ein einziger Fehler, und ihre Existenz wäre vernichtet gewesen … Wir sind ein zutiefst konservatives Volk, Madeleine Meacher. Wir sind das Reisen nicht gewohnt. Wir sind keine Erbauer von Welten. Wir sind auch fern der Heimat.«

»Ihr wart zuerst hier«, sagte Madeleine. »Und nun weist ihr alle anderen ab.«

Er schüttelte den Kopf. »Das stimmt nicht. Ohne uns gäbe es *das hier* – eine bewohnbare Nische des Merkur – überhaupt nicht.«

Sie stand auf. »Ich weiß, dass Sie nur Ihre Arbeit machen, Carl ap Przibram.«

Er nickte. »Sehr freundlich von Ihnen. Aber Sie verstehen, dass das trotzdem keine Garantie ist, wenn Ihre Gruppe hier landen darf. Sollten wir sie nicht ernähren können ...« Er legte die langen Finger aufeinander. »Langfristig macht es vielleicht sowieso keinen Unterschied«, sagte er. »Sie verstehen?«

Falls die *Zerstörer* gewinnen und hierher kommen. *Das* meint er damit.

Er schaute sie um Hilfe und Verständnis heischend an.

Jeder tut nur sein Bestes, sagte sie sich missmutig. Und am Ende ist es vielleicht doch umsonst.

kapitel 31

ENDSPIEL

In den letzten Monaten überschlugen die Ereignisse sich förmlich. Die mächtige Flotte der *Zerstörer* drang in Schalen-Formation ins Sonnensystem ein – durch die weiten, leeren Orbits der äußeren Planeten, vorbei an aufgegebenen Asteroiden ins heiße Herz des Systems.

Eine nach der andern wurde die menschliche Präsenz im System vernichtet: Auf Triton, den Asteroiden, dem Mars. Menschliche Schicksale erfüllten sich in ewiger Kälte und Dunkelheit.

■

Die Datenspäher fanden Nemoto – oder vielleicht wollte sie auch gefunden werden, sagte Madeleine sich.

Wie sich herausstellte, hatte Nemoto sich nicht in die Untergrund-Kolonien zurückgezogen. Sie arbeitete an der Oberfläche, in einer aufgelassenen Forschungsstation in einem großen Krater namens Bach, der etwa tausend Kilometer nördlich von Chao City gelegen war.

Madeleine nutzte die Einschienenbahn, um nach Bach zu gelangen. Die Bahn war noch in Betrieb; die anfliegenden *Zerstörer*-Schiffe hatten Merkur noch nicht beeinträchtigt. Trotzdem hielt sich kein Mensch mehr auf der Oberfläche des Planeten auf; die unermüdlich arbeitenden robotischen Bagger waren sozusagen unter sich. Und überall sah Madeleine den Schimmer sprießender Sonnensegel-Blumen, die zum Teil von Robotern gehegt wurden.

Im Schatten einer durch Erosion geglätteten Kraterwand bestellte Nemoto eine Regolith-Parzelle. Hier hatte eine der glasblättrigen Strukturen sich über den sonnendurchglühten Boden ausgebreitet. Die vom Alter gezeichnete Nemoto ging gebückt wie eine betende Nonne. Geduldig hegte und pflegte sie ihre Pflanzen aus Glas und Licht.

Die Sonne stand in diesen nördlichen Breiten höher am Himmel. Sie war ein lodernder Feuerball, und Madeleines silberglänzender Schutzanzug warnte sie immer wieder vor drohender Überhitzung.

»Nemoto ...«

Nemoto richtete sich mühsam auf. Sie bedeutete Madeleine zu schweigen und winkte sie zu sich in den Schatten. Dann wies sie nach oben.

Madeleine lüftete das Helmvisier. Allmählich passten ihre Augen sich an die Lichtverhältnisse an, und die Sterne kamen hervor. Eine Ecke des Himmels wurde von der flammenden Korona der Sonne ausgefüllt.

Aber die Sterne waren nur Kulisse für eine Armada von Schiffen.

Sie hatten den Merkur völlig umzingelt. Sie sahen aus wie eine riesige Libellen-Wolke, die im Flug erstarrt war. Ein paar Geschwader umkreisten wie Irrlichter den Planeten. Und schon war ein weiterer Schwarm im Anflug. Er kam von der unsichtbaren Sonne, die diese Invasoren zuvor umkreist hatten.

Die hauchdünnen silbrigen Flügel waren gefältelt und so ausgestellt, dass sie möglichst viel Sonnenlicht einfingen. Die Spannweite der gazeartigen Schwingen betrug Tausende von Kilometern. Diese Schiffe waren keine Kurzstrecken-Fluggeräte, wie die Menschen sie für den Betrieb im dichten Sonnenwind entwickelt hatten; es waren mächtige interstellare Raumkreuzer, die Lichtjahre zu überbrücken vermochten und durch Räume flogen, wo selbst die größten Sterne zu Punkten schrumpften.

Keine Libellen, korrigierte Madeleine sich. Heuschrecken. Denn kein einziges dieser Schiffe war von Menschenhand erbaut worden. Auch nicht von Gaijin. Es waren Schiffe der *Zerstörer.*

»Das ist ein bemerkenswerter Anblick«, sagte Nemoto. »Ich meine, wenn man ihnen über Stunden oder Tage zusieht. Ich stehe einfach nur da und beobachte sie. Dann sehe ich, wie sie Segel setzen. Das Sonnenlicht stößt sie natürlich von der Sonne ab. Aber sie fliegen trotzdem auf die Sonne zu, indem sie quasi gegen das Licht kreuzen: Sie verlieren einen Teil der orbitalen Geschwindigkeit und stürzen einfach der Sonne entgegen. Allerdings sind Segelschiffe dieser Größe schwer zu manövrieren. Sie müssen den Kurs von der Oort-Wolke bis hierher zum Merkur exakt abgesteckt haben.«

»Ich frage mich, woraus die Segel wohl bestehen«, sagte Madeleine.

Nemoto grunzte. »Jedenfalls aus keinem Material, zu dessen Herstellung *wir* in der Lage wären. Vielleicht wüssten die Gaijin es. Für die Takelage kämen nur Diamantfasern infrage. Und was die Segel betrifft, wäre mit Aluminium metallisierte Spinnenseide für *uns* das Nonplusultra. Für Schiffe dieser Größe wäre aber selbst das noch viel zu schwer. Vielleicht züchten sie die Segel durch eine Art Vakuum-Ablagerung, Molekül für Molekül. Oder vielleicht sind sie Meister der Nanotechnik.«

»Sie kommen wirklich, nicht wahr, Nemoto?«

Nemoto drehte sich zu ihr um. Ihr Gesicht war im

Dunkel verborgen. »Natürlich kommen sie. Wir sind beide viel zu alt für Illusionen, Meacher. Sie schwirren wie Bienen um einen Honigtopf, der in diesem Fall Merkurs dicker Eisenkern ist.«

Zusammen gingen sie um das große Beet aus Glasblumen, die im Widerschein des Sternenlichts und der Lichter von Alien-Schiffen funkelten.

Madeleine versuchte Nemoto in ein Gespräch zu verwickeln und aus der Reserve zu locken. Schließlich reichte ihre Bekanntschaft – Freundinnen waren sie indes nie geworden – über *sechzehnhundert Jahre* bis zu jenem Büro in Kourou und einem Tank zappelnder Chaera auf dem prä-Paulis-Mond zurück. Nemoto wollte nicht über ihr Leben und die Vergangenheit sprechen: Für sie gab es nur die aktuellen Themen des Tages, Merkur und die *Zerstörer* und die über sie hereinbrechende Kolonisierungswelle – ebenso große wie unpersönliche Themen.

Madeleine fragte sich, ob das normal war.

Aber was war schon *normal* bei einer Frau, die siebzehn Jahrhunderte gelebt hatte. Nemoto war wahrscheinlich der älteste Mensch, der jemals existiert hatte; um zu überleben, hatte Nemoto sich einer ständigen Erneuerung von Körper und Geist unterziehen müssen. Und im Gegensatz zu den einsamen Sternenreisenden hatte sie all die Jahre auf Welten voller Menschen zugebracht: Erde, Mond, Merkur. Ihre Biographie musste sich wie ein roter Faden durch das verworrene Geflecht von anderthalb Jahrtausenden Menschheitsgeschichte ziehen.

Dennoch wusste Madeleine kaum etwas über diese uralte, geheimnisvolle Frau. Hatte sie sich jemals verliebt oder geheiratet? Hatte sie jemals Kinder bekommen? Und wenn ja, lebten sie noch – oder hatte sie Generation um Generation ihrer Nachkommen überlebt? Vielleicht wusste das niemand außer Nemoto selbst.

Und Nemoto wollte nicht darüber reden. Sie ließ alle persönlichen Fragen unbeantwortet und widmete sich nur ihren Pflanzen aus Glas.

Trotz der Langsamkeit des Alters wirkte sie konzentriert, sagte Madeleine sich. Entschlossen und agil. Fast glücklich. Als ob sie eine Mission hätte.

Madeleine beschloss, ein wenig auf den Busch zu klopfen.

Sie ging um die glasigen Blätter herum. Dann bückte sie sich schwerfällig und brach ein schimmerndes Blatt ab. Das ging ganz leicht. Dann zerbrach sie das filigrane Gebilde. Es zerbröselte in der Hand.

Nemoto machte einen kleinen Schritt auf sie zu. Das sollte wohl eine stumme Ermahnung sein.

Madeleine ließ die Splitter fallen. »Ich habe mich erkundigt«, sagte sie.

»Ach ja?«

»Über Sie. Über Ihre … ähem … Karriere.« Sie wies auf die Blätter. »Ich glaube, ich weiß, was Sie hier tun.«

»Sagen Sie's mir.«

»Mondblumen. Sie haben sie hierher zum Merkur gebracht. Es geht nicht nur um das Züchten von Sonnensegeln. Der ganze verdammte Planet ist von Mondblumen überwuchert. Sie haben sie ausgesät, stimmt's?«

Nemoto ging in die Hocke und betrachtete die Pflanze vor sich. »Sie gedeihen hier prächtig. Das liegt am Sonnenlicht, müssen Sie wissen. Ich habe sie gentechnisch verändert – wenn man das so nennen will. Das genetische Material dieser Blumen ist in einem kristallinen Substrat gespeichert, das sich von unsrer Biochemie deutlich unterscheidet. Aber egal. Ich habe ein paar unnötige Merkmale entfernt.«

»Unnötig?«

»Das rudimentäre Nervensystem. Die Ansätze von Bewusstsein.«

»*Wieso,* Nemoto? Wollen Sie den sterbenden Merkur etwa in einen Garten verwandeln?«

»Was *glauben* Sie denn, Meacher?«

»Dass Sie einen Gegenangriff planen. Gegen die *Zerstörer.* Sie sind schon ein Phänomen, Nemoto. Sie wollen den Kampf einfach nicht aufgeben … Und diese Blumen haben etwas damit zu tun.«

Nemoto war so reglos wie ihre Blumen. Die zarten Glas-Blüten spiegelten sich in ihrem Helmvisier. »Ich frage mich, wie sie angefangen haben«, sagte sie. »Die *Zerstörer.* Wie sie zu dieser gewaltigen, zerstörerischen Odyssee aufgebrochen sind. Haben Sie sich diese Frage schon einmal gestellt? Es liegt sicher nicht in der *Absicht* einer Spezies, sich zu einem Schwarm gefräßiger interstellarer Heuschrecken zu entwickeln. Vielleicht waren sie Kolonisten in einem riesigen Sternenschiff, einem Generationenschiff. Als sie ihr Ziel jedoch erreicht hatten, war der Raumflug ihnen zur zweiten Natur geworden. Also bauten sie neue Schiffe und flogen weiter … Der Trick, Sonnen für einen Extra-Schub explodieren zu lassen, kam vielleicht später. Und nachdem sie den Bogen erst einmal raus hatten und die Vorteile genossen, vermochten sie der Versuchung nicht zu widerstehen und taten es immer wieder.«

»Die falsche Strategie, um sich beliebt zu machen.«

»Alles, was in dieser darwinistischen Galaxis zählt, ist kurzfristiger Erfolg. Egal, wie viele Sonnen dabei zerstört und wie viele Welten verwüstet werden … Die Zeit reicht einfach nicht, um sich Skrupel zu leisten. Das ist der Lauf der Galaxis – sie schert sich nicht um die winzigen Wesen, die in ihr kämpfen und sterben …«

Sie fuhr mit der Gartenarbeit fort, und Madeleine folgte ihr.

■

»Sie müssen uns helfen«, sagte Carl ap Przibram.

Madeleine fühlte sich unbehaglich und fragte sich, was sie darauf erwidern solle. Sie hatte Platzangst in diesem Büro, angesichts der über ihrem Kopf lastenden Gesteinsschichten des Merkur und der dräuenden Nähe der Sonne: Als ob sie die riesige Masse und die durch sie verursachte Verzerrung des Raums irgendwie spürte.

Er beugte sich vor. »Seit fünfzehn Jahrhunderten leben meine Leute in solchen Verhältnissen.« Er hielt die Hände hoch, um die räumliche Enge darzustellen. »In geschlossenen Umgebungen. Fragile kollektive Systeme.« Sein Gesicht umwölkte sich vor Zorn und Feindseligkeit. »Wir vermochten uns den Luxus von Aggression und Krieg nicht zu leisten.«

Nun verstand sie. »Im Gegensatz zu uns auf der ›primitiven Erde‹. Ist das Ihre Meinung? Allerdings war meine Welt auch klein. *Wir* hätten einen Krieg zu entfesseln vermocht, der den Planeten unbewohnbar gemacht hätte.«

»Das stimmt.« Er wies mit dem Finger auf sie. »Aber so haben Sie nicht *gedacht*, nicht wahr? *Sie,* Madeleine Meacher, schafften Waffen von einem Kriegsgebiet ins andere. Das war Ihr Job, mit dem Sie sich Ihren Lebensunterhalt verdienten.

Sie stammen aus einer einzigartigen Zeit, an die wir uns heute noch erinnern; wir haben das nämlich im Unterricht gelernt. Ihr wart über die Maßen verschwenderisch. Ihr hattet reichlich Energie aus den urzeitlichen Reserven der Erde. Es ist euch sogar gelungen, auf einer fremden Welt, dem Mond Fuß zu fassen. Aber ihr habt euer Erbe verprasst – habt es in Gift verwandelt, das das Klima eures Planeten aus dem Gleichgewicht brachte.«

Sie stand auf. »Das ist ein alter Hut.« Die Erbitterung über die gründlich dokumentierte Verschwendung ihrer ›guten alten Zeit‹ hatte sich in den darauffolgenden Jahrhunderten kaum gelegt, und die Reisenden, in der Zeit gestrandete Flüchtlinge aus jener Ära, waren leichte Zielscheiben für ätzende Kritik. Doch *nun* kam es auch nicht mehr darauf an. »Carl ap Przibram, sagen Sie mir endlich, was Sie von mir wollen.«

»Ich bin ermächtigt, mit Ihnen zu verhandeln. Ich darf Ihnen alles anbieten, worüber wir verfügen …«

Sein Ansinnen war ebenso klar wie unmöglich. Die *Koalition* wollte sie mit der Verteidigung des Merkur beauftragen: Sie sollte Waffen montieren und eine Art Streitmacht aufstellen, sie ausbilden und eine Taktik entwickeln. Sie sollte Krieg gegen die *Zerstörer* führen.

Sie lachte, und ap Przibram wirkte beleidigt. »Sie halten mich wohl für eine Art Barbarenkrieger, der aus der Vergangenheit gekommen ist, um Sie mit seinen primitiven Instinkten zu retten.«

Er schaute finster. »Sie sind mehr Krieger – und Barbar –, als ich jemals sein werde.«

»Das ist absurd. Ich weiß nichts über eure Ressourcen, eure Technologie und Kultur. Wie sollte ich euch da führen können?« Sie musterte ihn misstrauisch. »Oder läuft hier ein anderes Spiel? Sucht ihr vielleicht jemanden, der für euch die Kastanien aus dem Feuer holt? Ist es das?«

Er rätselte über diese Redewendung. Dann vertiefte sein Stirnrunzeln sich. »Entweder wollen Sie bemüht witzig sein, oder Sie reden Unsinn. Wenn wir uns nicht verteidigen, wird es bald niemanden mehr geben, der irgendwelche Kastanien aus einem Feuer holt. Im schlimmsten Fall wird es *überhaupt* niemanden mehr geben. Wir wenden uns an Sie, weil …«

Weil sie verzweifelt sind, sagte sie sich, diese sanften asteroidengeborenen Menschen. Verzweifelt und zu

Tode erschrocken angesichts dieses darwinistischen Ansturms von den Sternen.

»Ich werde mein Möglichstes tun«, sagte sie. »Aber ich kann nicht euer Anführer sein. Es tut mir Leid«, fügte sie hinzu.

Er schloss die Augen und legte die Finger aneinander. »Ihre Freunde, die Flüchtlinge von Triton, sind noch immer im Orbit.«

»Das weiß ich«, sagte sie schroff.

Er sagte nichts.

»Ach so«, sagte sie in plötzlicher Erkenntnis. »Sie versuchen, mit mir zu feilschen.« Sie stützte sich auf den Schreibtisch. »Ich durchschaue euren Bluff. Ihr hättet sie niemals dort oben verhungern lassen. Ihr lasst sie nicht sterben. Ihr werdet sie sobald wie möglich runterbringen; eure Drohung war überhaupt nicht ernst gemeint.«

Verlegen verzog er das schmale Gesicht. »Das war nicht meine Idee, Madeleine Meacher.«

»Ich weiß«, sagte sie in einem sanfteren Ton.

»Letztendlich spielt das sowieso keine Rolle«, sagte er. »Die *Zerstörer* interessieren sich einen Dreck um unsre Geschichte und zwischenmenschlichen Auseinandersetzungen und Händel.«

»Das stimmt. Wir sind Ungeziefer für sie.« Bei diesem Gedanken, bei der Bezeichnung, die Dorothy verwendet hatte, loderte Zorn in ihr auf.

Aber es stimmt, sagte sie sich.

Die Siedlung hier auf dem Merkur ist vielleicht die größte noch existierende Konzentration von Menschen. Falls die *Zerstörer* mit ihrem Projekt Erfolg haben, wird das das Ende der Menschheit sein. Dann wird alles verloren sein, was uns Menschen ausgemacht hat. Wir werden auf den Kehrrichthaufen des Universums gefegt, als weitere Schicht organischen Schutts in der langen, düsteren Geschichte eines zerstörten Sonnensystems.

Ich darf das nicht zulassen, sagte sie sich. Und ich muss Nemoto sprechen.

■

Auf der Oberfläche des Merkur seufzte Nemoto: »Wissen Sie, die Strategie der *Zerstörer* – Sonnen in Novae zu verwandeln – ist gar nicht so clever. In einer Entfernung von ein paar Durchmessern des zerstörten Sterns schrumpft er nämlich zu einer Punktquelle, und die Intensität des Sonnenwinds nimmt rapide ab. Hat man aber einen großen Stern – zum Beispiel einen Roten Riesen –, segelt man mit einer Lichtwand im Rücken, und es entsteht ein Beschleunigungseffekt. Es dauert *viel* länger, bis der Wind abflaut. Sie verstehen?«

»Also …«

»Also wäre es die beste Strategie für die *Zerstörer,* die Entwicklung der Sonne zu manipulieren. Sie vorzeitig altern zu lassen, damit sie sich zu einem roten Ballon aufbläht, der bis zum Erdorbit reicht, und sich dann von diesem roten Wind treiben zu lassen. Aber so schlau sind die *Zerstörer* nicht. Im Grunde ist *keins* dieser Aliens dort draußen intelligent, müssen Sie wissen.«

»Vielleicht arbeiten die *Zerstörer* gerade an einer solchen Optimierung«, sagte Madeleine trocken.

»Zweifellos«, sagte Nemoto nüchtern. »Die Frage ist nur, ob sie rechtzeitig auf den Trichter kommen, bevor *ihr* Rennen gelaufen ist.«

»Wieso haben Sie den Flüchtlingen denn nicht gesagt, was Sie vorhaben, Nemoto?«

»Meacher, die Leute auf dieser Eisenkugel sind konservativ. Und gespalten: Es gibt hier viele Fraktionen. Manche halten es für möglich, die *Zerstörer* von ihrem Vorhaben abzubringen. Dass diese Aliens freiwillig abziehen.«

»Das ist doch lächerlich. Die *Zerstörer können* gar nicht abziehen. Sie *müssen* die Sonne zerstören, um ihre Expansion fortzusetzen.«

»Trotzdem werden solche Ansichten vertreten. Und diese Leute würden mich aufzuhalten versuchen, wenn sie von meinem Projekt wüssten.«

»Was sollen wir also tun?«

»Die Siedler müssen sich so tief wie möglich ins Innere verkriechen.«

Genau das hatte Dorothy Chaum auch gesagt. »Und wann?«

»Wenn die *Zerstörer*-Schiffe hier eintreffen. Wenn die Bienen um den Honigtopf schwärmen.«

»Ich werde es versuchen. Aber was ist mit Ihnen, Nemoto?«

Nemoto lachte nur.

Madeleine beugte sich vor. »Sagen Sie mir, was Malenfant widerfahren ist.«

Nemoto wich ihrem Blick aus.

Sie erzählte Madeleine eine lange und verworrene Geschichte, die um die jüngere Geschichte der geschundenen Erde kreiste, um ein Sattelpunkt-Tor in einem Berg in Afrika. Ihr Bericht war nüchtern, schlüssig und leidenschaftslos.

»Dann ist er also zurückgegangen«, sagte Madeleine. »Durch die Sattelpunkte, zurück zu den Gaijin.«

»Sie verstehen das nicht«, sagte Nemoto emotionslos. »Er hatte keine Wahl. *Ich* hatte ihn zurückgeschickt. Ich hatte die Situation manipuliert, um dieses Resultat zu erzielen.«

Madeleine ergriff Nemotos kalte Hand.

»... Genauso wie ich anscheinend die halbe Menschheit manipuliert habe. Ich habe Malenfant gegen seinen Willen ins Exil geschickt. Ich glaube, ich habe ihn in den Tod geschickt, Meacher«, sagte Nemoto scharf. »Doch selbst wenn es ein Verbrechen war, war es gerechtfertigt – falls es den Gaijin gelingt, sich seinen Tod zunutze zu machen.«

»Das müssen Sie wohl glauben«, murmelte Madeleine.

»Ja. Ja, das muss ich.«

Nemotos Verhalten mutete seltsam an – selbst für ihre Verhältnisse: Zu cool, zu überlegt; zu optimistisch, sagte Madeleine sich.

Madeleine wusste, dass kein Mensch über tausend Jahre zu existieren vermochte, ohne den überfrachteten Kopf von unnötigem Erinnerungsballast zu befreien. Nemoto musste eine Möglichkeit gefunden haben, die Erinnerung zu bearbeiten, zu minimieren und sogar zu löschen – ein Vorgang, der sich natürlich auch auf ihre Persönlichkeit auswirkte.

Vielleicht hatte sie versucht, sämtliche Erinnerungen an Malenfant zu löschen und die Schuld zu vergessen, die sie durch den Verrat an ihm auf sich geladen hatte. Nur deshalb vermochte sie diese Sache so distanziert zu betrachten.

Und selbst wenn dem so war, hatte sie nur einen Teilerfolg erzielt. Weil sie bei dieser Aktion gegen die *Zerstörer,* wie auch immer sie aussieht, nämlich auf der Strecke bleiben wird, wurde Madeleine sich bewusst.

Und diese Aussicht macht Nemoto froh.

■

Madeleine sprach mit Carl ap Przibram und versuchte ihn dazu zu bewegen, Nemotos Ratschlag zu beherzigen. Das war nicht leicht, weil sie selbst nicht über die Einzelheiten von Nemotos Plan informiert war. Doch schließlich zeigte er sich einsichtig und verschaffte ihr einen Auftritt vorm Obersten Rat der *Koalition.*

Es war eine unerfreuliche Sitzung. Sie fand in einer

muffigen Höhle statt, die mit hundert Delegierten aller Flüchtlings-Fraktionen angefüllt war, die gegen ihren Willen in die Unterwelt des Merkur gepfercht waren. Sie sah ein paar relativ kräftige Gestalten, aber hauptsächlich Varianten des spindeldürren Niedergravitations-Typs. Und dann gab es noch eine Anzahl von Delegierten, die an die Schwerelosigkeit und sogar an exotische Atmosphären angepasst waren – diese Leute nutzten Umwelttanks, Rollstühle und andere Hilfsmittel.

Sie schaute in Reihen von Gesichtern, in denen sich Misstrauen, Furcht, Egoismus und sogar Verachtung spiegelten. Es würde nicht leicht werden. Dann entdeckte sie im höchsten Regierungsgremium eine Frau von den Triton-Transporten, die schließlich doch eine Landeerlaubnis bekommen hatten. Diese Leute waren schwierig, reserviert, abergläubisch und furchtsam. Doch selbst in diesen schlechten Zeiten nahmen sie Flüchtlinge auf und räumten ihnen sogar einen Ehrenplatz ein.

Das machte sie irgendwie stolz. *Das* hätten die Gaijin studieren sollen, sagte sie sich. Und nicht die Geheimnisse unsres Genoms. *Diese Eigenschaft:* Selbst wenn wir mit dem Rücken zur Wand stehen, geben wir nicht auf und heißen sogar noch Fremde willkommen.

Sie hielt ihren Vortrag. Dann stellte sie sich für eine gute Stunde den Fragen des Publikums. Sie hatte nicht immer Antworten, aber sie meisterte die Situation souverän und versuchte die Leute durch ihren unerschütterlichen Glauben und ihre Entschlossenheit zu überzeugen.

Sie vermochte nicht jeden zu überzeugen. Das wäre auch gar nicht möglich gewesen. Doch am Ende erklärten Fraktionen, die insgesamt etwa sechzig Prozent der Bevölkerung des Planeten ausmachten, sich mit Nemotos Plan einverstanden.

Ungemein erleichtert ging Madeleine in ihre Unterkunft und schlief zwölf Stunden durch.

■

Die Evakuierung ging schnell über die Bühne.

Die Reste der Menschheit waren so weit wie möglich ins Sonnensystem zurückgewichen, also auf Merkur. Und nun rückten sie noch einmal zusammen, bewegten sich per Bahn, Transporter oder Landungsfähre über die Oberfläche des Merkur und sammelten sich im großen Becken von Caloris Planitia: Der zertrümmerten Region, wo Menschen unter einer hohen und erbarmungslosen Sonne nach Wasser gebohrt hatten.

Zwischenzeitlich reihte das letzte Geschwader der riesigen interstellaren Flotte von *Zerstörer*-Segelschiffen sich in die dichten, komplexen Orbits um den Merkur ein: Die Bienen strebten zum Honig, genau wie Nemoto gesagt hatte. Daten wurden in rauen Mengen und unverschlüsselt zwischen den *Zerstörer*-Einheiten ausgetauscht, sodass sie sogar von den in Deckung liegenden Menschen verstanden wurden. Diese Aliens glaubten ganz offensichtlich, freie Bahn zu haben, nachdem die Gaijin abgezogen waren.

Vielleicht würden die *Zerstörer* tausend Jahre brauchen, um ihr Werk zu vollenden. Vielleicht würde es tausend Jahre dauern, vielleicht aber auch nur tausend Stunden. Niemand wusste es.

Madeleine verbrachte einige Zeit mit Carl ap Przibram. Wenn es hier jemanden gab, den sie auch nur annähernd als Freund zu bezeichnen vermochte, dann ihn.

Sie aßen in seiner Unterkunft zu Abend. Das Essen fand in einer gezwungenen Atmosphäre statt. Die Recycling-Schleifen waren eng – so unlogisch es auch war, es fiel ihr schwer, Nahrung zu verzehren, die ein paar Mal durch Carls Körper gegangen sein musste. Beiläufig machte sie ihm das Angebot, mit ihm zu schlafen. Aber dieses Angebot entsprang eher der Höflichkeit als der Lust, und er lehnte genauso höflich ab – insgeheim waren sie wohl beide erleichtert, vermutete sie.

Madeleine verbrachte ihren letzten Tag auf Merkur in der Paulis-Mine in Caloris. Sie war eine fünfhundert Meter breite Röhre mit transparenten Wänden, hinter denen das Gestein orangefarben glühte. Die Mine war der ›große Bruder‹ von Frank Paulis' erstem Schacht auf dem Mond. Sie war aber nie fertiggestellt worden und würde das wohl auch nie werden, doch nun erfüllte sie einen neuen Zweck als Tiefbunker für die letzten Reste der Menschheit.

Man hatte riesige Böden aus Spinnenseide und Aluminium in den Schacht eingezogen. Sie wurden von Versorgungsleitungen, Stromkabeln und einer großen Säule mit offenen Fahrstühlen durchbrochen. Hier war die Hälfte der Merkur-Population, eine halbe Million Menschen, in Blasen aus Spinnenseide und Aluminium untergebracht – in Sicherheit vor der Strahlung, der Sonnenhitze und der Kälte im Schatten. Der Paulis-Tunnel war jedoch nicht mit Druck beaufschlagt, sodass die Blasen durch flexible Stege miteinander verbunden waren. Die Ebenen waren dunstig und durchscheinend, genauso wie die Habitat-Blasen. Beim Blick in die glühende Grube der Menschheit sah Madeleine die in den vielen Etagen verteilten Leute. Sie bewegten sich in den Habitaten wie Mikroben in Wassertropfen, die in einer diesigen lichterfüllten Unendlichkeit hingen.

Es war allgemein bekannt, dass sie heute abreisen wollte. Auf den oberen Ebenen schauten viele Leute zu ihr empor – sie sah die Gesichter als fahle Ovale. Sie war immer schon isoliert gewesen, vor allem in diesem letzten Fallschirm-Sprung in die menschliche Geschichte. Vielleicht war sie auch schon zu alt oder einfach zu entwurzelt. Sie hatte zudem das Gefühl, dass die geflüchteten Triton-Kolonisten ihr mit Ablehnung begegneten – als ob sie, die sie sie hierher geführt hatte, irgendwie an der Katastrophe schuld sei, die ihre Heimat ereilt hatte.

Aber das war jetzt auch egal. Sie kehrte der glimmenden Paulis-Mine, dem Lager der Menschen, den Rücken und ging zurück an die Oberfläche.

■

Sie startete vom Merkur und flog durch eine Wolke von *Zerstörer*-Schiffen.

Sie befand sich in einem Wald aus Segeln. Auch die zum Teil gerefften Segel hatten noch eine beeindruckende Größe und spannten sich über Dutzende Kilometer – als ob große Stücke aus einer Landschaft gerissen und in den Weltraum geschleudert worden wären. Manche Segel waren nicht gerefft, sondern durchsichtig geworden, sodass das helle Licht der Sonne durch skelettartige Strukturen aus leuchtenden Fäden schien. Und die Schwingen hatten eine komplexe Morphologie: Sie verformten und wellten sich, wahrscheinlich je nach der Intensität des einfallenden Lichts und den Schatten, die die benachbarten Segel warfen.

Die Schiffe der Invasoren flogen in dichten Formationen: In großen, vielfach gestaffelten Schichten, deren Abstände manchmal nur einen halben Kilometer betrugen. Das waren winzige Lücken im Vergleich zur riesigen Ausdehnung der Flügel. Manchmal kamen sie sich so nah, dass eine Welle in einer Schwinge sich auf die benachbarten übertrug, sodass ganze Stapel von Flügeln in Bewegung gerieten wie beim Umblättern der Seiten eines riesigen Buches. Madeleine sah aber nicht, dass diese mächtigen Schwingen sich auch nur einmal berührt hätten; die Koordination war verblüffend.

Madeleine durchstieß diese Zusammenballung in ihrem kleinen Gaijin-Landungsboot. Die ästhetischen Schwingen zogen sich einfach vor ihr zurück.

In einer Entfernung von zehn Merkurdurchmessern schaute sie zurück.

Merkur war eine Gesteinskugel von der Größe ihrer Faust, auf Armlänge betrachtet. Er sah aus, als ob er in viele Lagen Silberpapier gewickelt sei wie ein Weihnachtsgeschenk – oder als ob riesige silberne Bienen ihn umschwärmten. Ein wunderschöner Anblick, sagte sie sich. Aber wenn sie in ihrer langen und zweifelhaften Laufbahn eins gelernt hatte, dann das, dass Schönheit nicht nur dem Guten, sondern auch dem Schlechten, Mörderischen und Tödlichen innewohnte.

Sie streckte sich in der Schwerelosigkeit. Sie war tief erleichtert – und schämte sich zugleich –, dass sie wieder allein war und ihr Schicksal selbst in die Hand zu nehmen vermochte, ohne dass ihr Leben durch andere Menschen unnötig kompliziert wurde.

Nemoto rief sie von der Oberfläche aus an.

»Ich wundere mich darüber, dass die *Zerstörer* Sie einfach so durchgelassen haben. Schließlich sind Sie in einem Gaijin-Schiff.«

»Aber die Gaijin sind verschwunden. Die *Zerstörer* glauben offenbar, dass die Gaijin keine Bedrohung mehr darstellen. Und uns Menschen scheinen sie noch nicht einmal wahrgenommen zu haben.« Die *Zerstörer* treten in einen Ameisenhaufen, ohne überhaupt zu sehen, dass dort unten etwas ist – dass *wir* dort sind, sagte sie sich.

»Meacher, wie weit draußen sind Sie?«

»Zehn Durchmesser.«

»Das müsste reichen«, zischte Nemoto.

»Reichen wofür …? Egal. Nemoto, wieso suchen Sie den Tod? Wo Sie doch so lang gelebt und so viel erlebt haben.«

»Ich habe genug gesehen?«

»Und nun wollen Sie zur Ruhe kommen?«

»Nein. Findet man im Tod überhaupt Ruhe? Ich will nur handeln.«

»Um die Spezies wieder einmal zu retten?«

»Vielleicht. Aber der Kampf ist niemals vorbei, Meacher. Je länger wir leben, je tiefer wir schauen, desto mehr Schichten der Täuschung, Manipulation und Zerstörung finden wir … Betrachten Sie nur den Merkur, der vielleicht dazu verurteilt ist, als Steinbruch für die *Zerstörer* zu dienen. Wenn ich ein misstrauischer Mensch wäre, ein Verschwörungs-Theoretiker, würde es mir *verdächtig* vorkommen, dass eine riesige Kugel aus Nickel und Eisen den *Zerstörern* geradezu auf dem *Präsentierteller* dargeboten wird. Was meinen Sie? Wäre es denkbar, dass irgendwelche Vorgänger der *Zerstörer* – vielleicht sogar ihre Vorfahren – den gigantischen Einschlag arrangiert hatten, der Merkur der Kruste und des Mantels beraubte und diese rostige Kugel übrig gelassen hat?«

Die Vorstellung, dass die Integrität des Sonnensystems derart verletzt worden war, schockierte Madeleine. Dennoch schüttelte sie den Kopf. »Selbst wenn das wahr wäre, was für einen Unterschied würde es machen?«

Nemoto stieß ein bellendes Lachen aus. »Überhaupt keinen. Sie haben recht. Eins nach dem andern. Sie waren immer schon eine Pragmatikerin, Madeleine. Und wie soll's nun mit Ihnen weitergehen? Werden Sie sich mit den anderen in den Höhlen des Merkur verkriechen?«

Madeleine runzelte die Stirn. »Ich bin kein Kriechtier, Nemoto. Außerdem sind das nicht meine Angehörigen.«

»Menschen wie wir haben keine ›Angehörigen‹ ...«

»Malenfant«, sagte Madeleine. »Wo auch immer er ist, was auch immer er durchmacht, er ist ganz allein. Ich werde mich auf die Suche nach ihm machen.«

»Aha«, flüsterte Nemoto. »Ja, Malenfant. Er ist vielleicht der Wichtigste von uns allen. Leben Sie wohl, Meacher.«

»Nemoto ...?«

Merkur explodierte.

■

Sie musste die Aufzeichnung immer wieder ablaufen lassen, bis sie es endlich fassen konnte.

Es war urplötzlich passiert. Es war, als ob die ersten paar Meter der Merkur-Oberfläche abgesprengt und ins All geschleudert worden wären.

Überall auf Merkur – von den Tiefen von Caloris Planitia bis zum verwüsteten Terrain am Antipoden, von Chao City am Südpol bis zu den verlassenen Siedlungen im Norden – hatten kleine Geschützrohre den Regolith durchstoßen und in den Himmel gefeuert. Die Geschosse waren nicht ›intelligent‹, nur Steine aus den tiefen Regolithschichten. Aber sie hatten eine hohe Geschwindigkeit, die die Fluchtgeschwindigkeit des Merkur weit übertraf.

Die *Zerstörer* hatten keine Chance. Die Steine perforierten die ätherischen Schwingen und zertrümmerten automatische Reparaturmechanismen. Die *Zerstörer*-Schiffe wurden zerfetzt wie Schmetterlinge von einem Hagelschauer. Die Schiffe stießen zusammen, stürzten auf die Oberfläche des Merkur oder trieben steuerlos ins All ab.

Die Mondblumen natürlich: Sie hatten das bewirkt,

oder vielmehr ihre gentechnisch veränderten Nachkommen, die Nemoto auf den Merkur verpflanzt hatte. Die Mondblumen waren in der Lage, Sprengstoff aus Aluminium und Sauerstoff herzustellen, der aus dem Mond- beziehungsweise Merkurgestein gewonnen wurde. Ursprünglich hatte er als chemischer Raketenbrennstoff für die Verbreitung der Samenkapseln gedient. Nemoto hatte die Nachkommen der Blumen zu Waffenproduzenten umgeformt.

Die *Zerstörer* hatten keine Ziele, auf die sie das Feuer zu erwidern vermocht hätten. Sie waren dem anschwellenden Sturm aus Gesteinsbrocken schutzlos ausgeliefert. Nach dem, was allgemein bekannt war, hätte schon ein Überlebender genügt, um die Mission der *Zerstörer* fortzuführen. Aber es gab keine Überlebenden. Die *Zerstörer* hatten tausend Jahre gebraucht, um vom Ausgangspunkt Procyon eine Front aus Gaijin-Schiffen zu durchbrechen und den Merkur zu erreichen. Die Menschen – geflissentlich ignoriertes Ungeziefer, das unter Steinen hauste – hatten tausend Sekunden gebraucht, um sie zu vernichten.

Als sie sah, wie die Schuttwolke vom Boden aufstieg, die filigranen Schiffe eins nach dem andern zerfetzte und sich schließlich in den freien Raum ausdehnte, stieß Madeleine einen Jubelschrei aus.

■

Die Trümmerwolke expandierte stetig und schwenkte hinter Merkur auf einen Orbit um die Sonne ein. Sie reflektierte das helle Licht wie Regen den Sonnenschein. Vielleicht würde Merkur bald Ringe bekommen, sagte sie sich, Ringe, die wie Straßen am Himmel leuchteten. Ein schönes Denkmal. Die Topographie der Oberfläche war natürlich erhalten geblieben; es hätte schon stärkerer Kräfte bedurft, um Caloris Planitia umzukrempeln.

Aber jeder Quadratmeter des Bodens war umgepflügt worden.

Sie kontaktierte die *Koalition.*

Alle Menschen auf Merkur hatten überlebt – sogar diejenigen, die Nemotos Rat, in der Tiefe Schutz zu suchen, nicht befolgt hatten. Die Ersten kamen schon wieder hervor und schauten blinzelnd in einen staubigen Sternenhimmel.

Alle außer Nemoto.

Wenigstens haben wir uns eine Atempause verschafft: Zeit, um wiederaufzubauen, uns vielleicht ein wenig zu vermehren und auszubreiten, bevor die nächste Horde von hungrigen Aliens durchs Sonnensystem walzt. Gut gemacht, Nemoto. Du hast dein Bestes gegeben. Saubere Arbeit.

Und was mich betrifft – die Geschichte endet hier, Madeleine. Zeit, wieder das Universum zu durchstreifen.

Und so floh Madeleine vor der Trümmerwolke von Merkur – die sich immer noch ausdehnte, eine dunkle, dräuende Wolke, die mit glitzernden Wrackteilen von *Zerstörer*-Schiffen gespickt war –, floh auf der Suche nach den Gaijin und Reid Malenfant.

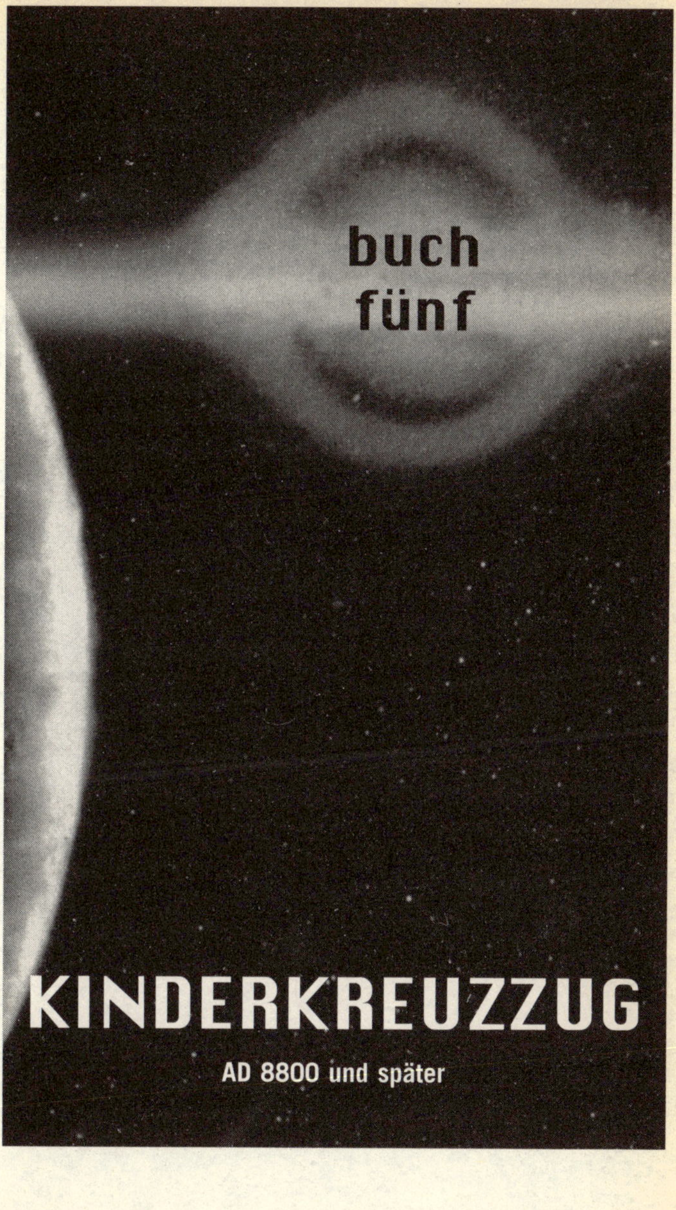

buch fünf

KINDERKREUZZUG

AD 8800 und später

Der Neutronenstern war von vielen Lichtpunkten umgeben. Sie muteten Malenfant wie Protuberanzen an: Gewaltige, nicht enden wollende Stürme an der Oberfläche des Neutronensterns. Weiter draußen verloren die Gaszungen ihre Struktur und wurden trüb und diffus. Sie verschmolzen mit einer großen Trümmerwolke, die vom Neutronenstern wegzustreben schien wie ein starker Sonnenwind. Und dahinter gab es nur noch die Sterne des galaktischen Kerns – sie schauten aufmerksam und stumm, als würden sie dieses laute, feuerspeiende Ungeheuer missbilligen.

Es war ein Pulsar. Man empfing seine Radiowellen noch auf der Erde.

Malenfant war mit der Geschichte der Entdeckung des ersten Pulsars aufgewachsen. Astronomen der prä-Gaijin-Ära hatten ein ungewöhnliches Radiosignal aufgefangen: Einen gleichmäßig tickenden Puls mit einer Genauigkeit von einer Millionstel Sekunde. Beim Anblick solcher Spuren war den Wissenschaftlern zum ersten Mal der Gedanke gekommen, dass es sich vielleicht um die Signatur von Intelligenzen handelte, die von den Sternen riefen.

Als Gesandte von den Sternen sich dann bemerkbar machten, geschah das aber nicht als leise tickende Radiosignale, sondern als eine Welle zerstörerischer Ausbeutung, die die Menschheit in alle Winde zerstreute und fast das ganze Sonnensystem unter sich begraben hätte – und das war nicht das erste Mal gewesen.

Wir haben ihnen einen formidablen Kampf geliefert, sagte

er sich. Wir haben sogar ein paar Siege errungen. Aber am Ende war trotzdem alles umsonst.

Welche Ironie, sagte er sich grimmig. Diese alten prä-Gaijin-Sterngucker hatten geglaubt, dieser erste Pulsar sei ein Signal von kleinen grünen Männchen gewesen.

Stattdessen war es eine Todesbotschaft von kleinen grünen Männchen gewesen.

kapitel 32

SAVANNAH

Sie wurde von einem Luftzug geweckt: Vom Rauschen des Winds in Bäumen, vielleicht vom Rascheln von Gras, einer sanften Brise im Gesicht, dem Geruch von Tau und Holzrauch. Sie lag mit geschlossenen Augen auf dem Rücken. Sie spürte ein Kitzeln am Hals, die schlüpfrige Textur von Laub unter den Handflächen. Irgendwo zirpten Grillen.

Sie öffnete die Augen. Sie schaute auf zu den Ästen eines Baums, der sich gegen einen blau-schwarzen Himmel abhob.

Und der Himmel war voller Sterne. Ein breiter Strom aus Licht floss von Horizont zu Horizont. Er war mit rosig-weiß glühenden Wolken gesprenkelt – ein schöner Anblick.

Sie erinnerte sich.

Io. Sie war auf Io gewesen.

Die Gaijin-Führer hatten sie zu einem Grab gebracht: Reid Malenfants Grab, sagten sie, das von starken Neandertaler-Händen ausgehoben worden sei. Sie hatte schier verzweifeln wollen; sie war allzu lang auf ihrer selbst gewählten Mission unterwegs gewesen, und er war allein und fern der Heimat gestorben.

Die Gaijin schienen sie nicht verstanden zu haben.

Dann hatte sie einen blauen Blitz gesehen und einen kurzen Schmerz verspürt …

Und nun *das.* Wo, zum Teufel, war sie? Sie wurde von Angst ergriffen und setzte sich auf.

Sie sah ein flackerndes Feuer und eine Gestalt, die davor hockte. Ein Mensch. Er hatte etwas auf einem Stock aufgespießt, vielleicht einen Fisch. Nun stand er auf und kam auf sie zu.

Sie spürte, wie sie sich noch mehr verspannte.

Sein Kopf hob sich gegen den Sternenhimmel ab; er war kahl und die Haut glatt wie Leder. Es war Reid Malenfant.

Sie kauerte sich wimmernd zusammen. *»Sie sind tot.«*

Er ging vor ihr in die Hocke und nahm ihre Hand. Er fühlte sich warm, real und ruhig an. »Ganz ruhig, Madeleine.«

»Man hat Sie doch auf Io begraben. Mein Gott ...«

»Stellen Sie keine Fragen«, sagte er gleichmütig. »Noch nicht. Konzentrieren Sie sich aufs Hier und Jetzt. Wie *fühlen* Sie sich? Ist Ihnen schlecht, heiß oder kalt ...?«

Sie prüfte ihre Befindlichkeit. »Ich bin in Ordnung. Glaube ich zumindest.« Sie krümmte Finger und Zehen und drehte den Kopf hin und her. Alle beweglichen Teile waren noch funktionsfähig; sie hatte keine Schmerzen, nicht einmal einen verspannten Nacken. Das Zittern legte sich unter dem Eindruck einer enormen Detailfülle und der Normalität. Das Hier und Jetzt, genau.

Es war Reid Malenfant. Er trug einen hellblauen Overall und weiße Slipper. Sie schaute an sich hinunter und sah, dass sie die gleiche schlichte Montur trug.

Er musterte sie. »Sie waren völlig unterkühlt. Ich hielt es für das Beste, Sie in Ruhe zu lassen. Wir scheinen hier keine medizinische Ausrüstung zu haben.«

Der Geruch nach Fisch stieg ihr in die Nase. »Ich habe Hunger«, sagte sie verwundert. »Sie haben gefischt?«

»Wieso nicht? Ich habe meinen Raumanzug ausgeschlachtet. Nicht zum erstenmal. Ein Faden und ein Angelhaken aus einem Reißverschluss. Ich kam mir vor wie Tom Sawyer.«

Vergiss den Fisch. Der Mann ist *tot.* »Malenfant, man hat Sie begraben. Ihre Verbrennungen ...« Und dann kamen ihr weitere Erinnerungen. Die Neandertaler hatten das Grab geöffnet. Es war leer.

»Schauen Sie mich an.« Er ballte die Hände zu Fäusten und drehte den Kopf, wie sie es getan hatte. »Ich habe mich nicht mehr so gut gefühlt wie damals, als die Strubbelkopf-Zwillinge mich aufgepäppelt hatten.«

»Wer?«

»Das ist eine lange Geschichte. Möchten Sie nun etwas Fisch oder nicht?« Er ging mit elastischen Schritten zum Feuer zurück, schob einen angespitzten Zweig durch einen zweiten Fisch und hielt ihn übers Feuer.

Sie stand auf und folgte ihm.

■

Der Himmel leuchtete in einem sanften Licht; vielleicht so hell wie ein Viertelmond. Selbst in einiger Entfernung von diesem galaktischen Streifen waren die Sterne noch dicht gedrängt. Nahe des Zenits war ein Muster heller Sterne, das wie ein Kasten oder ein Drachen aussah. Nicht weit entfernt gab es noch ein Muster, sechs Sterne, die zu einer flachen Ellipse angeordnet waren. Aber sie sah kein bekanntes Sternbild.

Die mit vereinzelten Bäumen bestandene grasbewachsene Ebene verlor sich in der Ferne. Die Vegetation erschien schwarz und silbern im Sternenlicht. Im Schein von Malenfants Feuer sah sie aber, dass das Gras grün war, wie es sich gehörte.

Etwa die gleiche Schwerkraft wie auf der Erde, sagte sie sich abwesend.

Sie glaubte eine Bewegung zu sehen, einen Schemen, der an einer Baumgruppe vorbeilief. Sie rührte sich nicht und wartete für einen Moment. Sie hörte nichts, auch keine Schritte im Unterholz.

Sie hockte sich neben Malenfant hin, ließ sich einen halben Fisch geben und biss hinein. Er war weich, schmeckte aber nach nichts. »Ich habe mir noch nie viel aus Fisch gemacht«, sagte sie.

»Tut mir Leid.«

»Wo ist der Fluss?«

Er wies mit einem Nicken in Richtung des Feuers. »Diese Richtung. Ich habe einen Spaziergang gemacht.«

»Tagsüber?«

»Nein.« Er legte den Kopf zurück. »Als ich aufwachte, war es Nacht, so wie jetzt.« Er schaute zum Himmel empor und fixierte einen Komplex glühender Wolken. »Was sagen Sie zu diesem Anblick?«

Die größte Wolke war eine Rose aus rosigem Licht. Das Zentrum war mit hellen Lichtpunkten gesprenkelt – Sterne? –, und die Wolke selbst wurde von einem Saum samtig schwarzer Dunkelheit gesäumt, wo keine Sterne leuchteten. Es war ein ebenso schönes wie fremdartiges Bild.

»Das ist ein Sternengeburts-Nebel«, sagte er. »Er ist wahrscheinlich noch viel größer. Wir sehen nur eine Blase, die von einer Ansammlung junger Sterne im Zentrum erhellt wird – sehen Sie das sphärische Glühen? Die Strahlung der Sterne regt das Gas über weite Entfernung zum Leuchten an, bis sie absorbiert wird. Aber man sieht noch andere, jüngere Sterne, die an den Rändern der Blase entstehen. Dieser dunkle Bereich ums Glühen, der die dahinterstehenden Sterne ausblendet, ist ein Ausschnitt des eigentlichen Nebels: Dichte Wolken aus Staub und Wasserstoff, die wahrscheinlich Proto-Sterne enthalten, die erst noch gezündet werden müssen ... Madeleine, als Kind war ich ein kleiner Hobby-Astronom. Ich *erkenne* dieses Gebilde; es ist auch von der Erde aus zu sehen. Wir nennen ihn den Lagunen-Nebel. Und sein Begleiter dort drüben ist Trifid. Die Lagune enthält junge und helle Sterne, die man mit bloßem Auge von der Erde aus erkennt.«

Auf all ihren Reisen durchs Sattelpunkt-Netzwerk hatte Madeleine nichts Derartiges gesehen.

»Aha«, sagte Malenfant, als sie das erwähnte. »Aber *das* haben wir doch schon längst hinter uns.«

Sie zitterte und sehnte sich plötzlich nach Tageslicht. »Malenfant, ich glaube, zwischen den Bäumen dort drüben habe ich ...«

»Es gibt hier Neandertaler«, beeilte er sich zu sagen. »Sie brauchen sich vor ihnen nicht zu fürchten. Ich glaube, sie sind von Io. Vielleicht sind auch welche von der Erde dabei. Ich glaube, sie wurden hierher gebracht, als wir beide dem Tod nah waren. Aber ich habe bisher noch keinen von ihnen erkannt. Es gab da einen älteren Neandertaler, den ich etwas besser kannte. Aber er ist gestorben. Ich nannte ihn Esau. Er muss hier irgendwo sein.«

Sie versuchte all das zu sortieren. Er schien mit der Situation aber keine Probleme zu haben. Sie wurde sich bewusst, dass sie einen großen Erklärungsbedarf hatte.

»Wir sind nicht mehr auf Io, stimmt's?«

»Nein.« Er wies mit dem halbverzehrten Fisch zu den Sternen. »Das ist nicht der Himmel der Erde. Auch nicht von Io.«

Madeleine spürte, wie etwas in ihr zerbrach. *»Malenfant ...«*

»Hey.« Er war sofort bei ihr und fasste sie an den Schultern. In der Dunkelheit wirkte er größer, als er war. »Nimm's nicht so schwer.«

»Es tut mir Leid. Es ist nur …«

»Wir sind weit von zu Hause entfernt. Ich weiß.«

»Ich muss dir so viel erzählen.« Dann platzte sie mit allem heraus, was sie erlebt hatte, seit sie, Malenfant und Dorothy Chaum von der *Kanonenkugel*-Heimatwelt der Gaijin ins Sonnensystem zurückgekehrt waren: Der interstellare Krieg, der Kometenhagel ins Herz des Systems, die *Zerstörer*.

Er hörte aufmerksam zu. Er äußerte Bedauern über die Verwüstungen, von denen die Erde heimgesucht worden war. Er lächelte, als sie über Nemoto sprach. Und während die Details nur so aus ihr heraussprudelten, hielt er sie wieder an den Schultern.

»Madeleine.«

Sie schaute zu ihm auf; seine Augen waren schattige Kreise im Sternenlicht.

»*Das spielt jetzt alles keine Rolle mehr.* Sieh dich um, Madeleine. Wir sind weit von alledem entfernt. Es gibt nichts, was wir daran noch ändern könnten …«

»Wie weit?«

»Du kannst später noch Fragen stellen«, sagte er sanft. »Meine erste Amtshandlung nach dem Aufwachen bestand darin, mich in diese Büsche zu schlagen und herzhaft einen abzuprotzen.«

Trotz ihrer Betrübnis musste sie lachen.

Sie aßen noch Fisch und ein paar maniokartige Knollen, die Madeleine gesammelt hatte. Es war noch immer dunkel, ohne dass eine Dämmerung sich abgezeichnet hätte. Also bereitete Madeleine sich ein Lager aus Laub und trockenem Gras, schob die Arme in den Overall und war kurz darauf eingeschlafen.

Als sie aufwachte, war es immer noch dunkel.

■

Malenfant hatte sich in der Nähe eines Wäldchens auf den Boden gehockt. Er betrachtete den Himmel und schien mit einem Stock Muster in den Boden zu kratzen. Hinter ihm war eine Gruppe von Gestalten, die im Sternenlicht schemenhaft wirkten. Neandertaler?

Es gab noch immer keinerlei Anzeichen einer Dämmerung oder eines Mondes: Kein Lichtschimmer am Horizont außer Sternen. Und trotzdem hatte sie den Eindruck, dass eine Veränderung eingetreten war. Waren die Sterne etwas heller? Auf jeden Fall schien das Glühen der Milchstraße dicht überm Horizont intensiver geworden zu sein. Und es schien ihr, als ob die Sterne sich leicht am Himmel verschoben hätten. Sie suchte nach den Sternmustern, die sie zuletzt gesehen hatte – der Kasten und die Ellipse. Waren sie leicht verzerrt, etwas gequetscht?

Sie ging zu Malenfant. Er gab ihr eine Frucht, und sie setzte sich neben ihn.

Bei der Gruppe der Neandertaler schien es sich um einen Familienverband aus fünf oder sechs Erwachsenen und genauso vielen Kindern zu handeln. Die haarigen, gedrungenen Wesen waren nackt: Wie Comic-Affenmenschen. Und zwei Kinder balgten sich und wälzten sich auf dem Boden, wobei sie eher Gorillas als Menschen glichen.

»Wieso bist du hierher gekommen, Madeleine?«, fragte Malenfant schließlich, ohne ihr in die Augen zu blicken.

Er wirkte steif; und sie war verlegen, als ob sie einen dummen Fehler gemacht hätte. »Ich habe das aus freien Stücken getan. Die Gaijin haben mir geholfen. Ich wollte dich finden.«

»Wieso?«

»Ich habe dich auf der Kanonenkugel kennen gelernt, Malenfant. Die Vorstellung hat mir nicht gefallen, dass du allein bist, wenn …«

»Wenn was?«

Sie zögerte. »Weißt *du* überhaupt, weshalb du hier bist?«

»Nur zur Erinnerung«, sagte er. »Ich habe dich nicht darum gebeten, mir zu folgen.« Verärgert ritzte er Linien in den Boden.

Sie wich verwirrt und mit einem Gefühl der Verlorenheit zurück; sie fühlte sich ferner der Heimat als je zuvor.

Sie betrachtete seine Skizzen. Sie waren primitiv, im Grunde nur ein Gekritzel mit dem Stock. Aber sie erkannte den Kasten und die Ellipse.

»Das ist eine Sternkarte«, sagte sie.

»Genau. In einfacher Ausführung. Nur die hellsten Sterne. Aber schau hier, hier und hier …«

Ein paar Punkte waren doppelt.

»Die Sterne haben sich verschoben«, sagte sie.

»*Dieser* hier stand gestern – beziehungsweise bevor wir geschlafen haben – hier. Und nun steht er dort.« Er zuckte die Achseln. »Die Verschiebung ist gering – kaum innerhalb des Messbereichs unsrer Instrumente –, aber ich halte sie für real.«

»Mir ist es auch aufgefallen«, sagte sie.

»Und es hat nicht nur eine Verschiebung stattgefunden, sondern auch noch andere Veränderungen gegeben. Ich glaube, dass es mehr Sterne gibt als gestern. Sie scheinen auch heller zu sein. Und sie wandern in diese Richtung …« – er deutete auf das helle Milchstraßen-Band am Horizont – »durch den Himmel.«

»Wieso gerade in diese Richtung?«

Er schaute zu ihr auf. »Weil das auch unsere Richtung ist. Sieh selbst.« Er stand auf, nahm sie an der Hand und zog sie auf die Füße. Dann führte er sie an einer Baumgruppe vorbei.

Nun sah sie das galaktische Band in seiner ganzen Länge: Es war ein Fluss aus Sternen, gewiss, aber die Sterne waren verschieden, gelb, blau und orange, und der Fluss war mit exotischen Merkmalen gespickt, riesigen Dunkelwolken und hell leuchtenden Nebeln.

»Es sieht aus wie die Milchstraße«, sagte sie. »Aber ...«

»Ich weiß«, sagte er. »Von der Erde aus betrachtet sieht sie anders aus ... Aber ich glaube, dass wir hier den Sagittarius-Arm sehen.«

»Das ist aber nicht der Arm, in dem sich die Sonne befindet«, sagte sie langsam.

»Nein, zum Teufel. Sie befindet sich am Rand des Orion-Arms. Das ist nur ein kurzer Bogen.« Er wies mit einer ausladenden Geste auf den Sternenfluss. »Wirf mal einen Blick auf diese Nebel – siehst du? –, den Adler, Omega, Trifid, die Lagune – ein riesiger Geburtsort von Sternen, einer der größten der Galaxis. Jede der riesigen Gas- und Staubwolken ist in der Lage, Millionen Sterne zu gebären. Der Sagittarius-Arm ist einer der beiden großen Spiralarme der Galaxis, ein riesiger Materiewirbel, der vom Kern der Galaxis bis zum Rand reicht und eine volle Drehung beschreibt. Aus dieser Perspektive sieht man ihn, wenn man von der Sonne Kurs aufs Zentrum der Galaxis nimmt.«

Unter dem mächtigen, überfüllten Himmel fühlte sie sich nichtig und klein. »Wir haben einen weiten Weg zurückgelegt, nicht wahr, Malenfant?«

»Ich glaube, wir sind an der Peripherie des Sattelpunkt-Netzwerks herausgekommen. Wir wissen, dass die Ausdehnung des Netzwerks nicht mehr als ein paar tausend Lichtjahre beträgt und sich nur einen Bruchteil der Strecke bis zum Zentrum der Galaxis erstreckt. Wir müssen einen Radius erreicht haben, wo die Sattelpunkte nicht mehr funktionieren. Das ist ein

Problem, wenn man weitergehen will … Ich glaube, wir stehen hier erst am Anfang der eigentlichen Reise.«

Er sprach ganz sachlich und nüchtern, als ob er eine Radwanderung plante. Sie musste sich zusammenreißen, um nicht die Kontrolle über sich zu verlieren. Sie wollte vor Malenfant, diesem schwierigen alten Mann keine Schwäche zeigen.

»Und wohin wird diese eigentliche Reise uns führen?«, fragte sie.

Er zuckte die Achseln. »Vielleicht den ganzen Weg bis zum Mittelpunkt der Galaxis.« Er musterte sie, vielleicht um zu sehen, wie sie das aufnahm. Dann wies er gen Himmel. »Schau, Madeleine – der Lagunen-Nebel dort oben ist fünftausend Lichtjahre von der Erde entfernt.«

Also schreiben wir das Jahr 8800 oder so, sagte sie sich. Das war eine Zahl, die ihr völlig irreal vorkam. Und selbst wenn sie nun umkehrte und sich auf den Heimweg machte – unter der Voraussetzung, dass das überhaupt möglich war –, würde es noch einmal fünftausend Jahre dauern, bis sie die Erde erreichte.

Aber das Zentrum der Galaxis war fünfundzwanzigtausend Lichtjahre von der Sonne entfernt. Selbst mit Lichtgeschwindigkeit würde man für den Hin- und Rückweg fünfzigtausend Jahre brauchen. Fünfzigtausend Jahre. Das war keine normale Reise, nicht einmal ein epochenüberspannender Sattelpunkt-Hüpfer; die menschliche Spezies selbst war nur hunderttausend Jahre alt …

Er beobachtete sie noch immer. »Ich hatte Zeit genug, mich an solche Dimensionen zu gewöhnen.«

»Schon in Ordnung.«

»Madeleine …«

»Es ist wirklich alles in Ordnung«, sagte sie schroff. Sie stand auf, drehte ihm den Rücken zu und stapfte davon. Sie stieß auf einen Wasserlauf, trank daraus und benetzte das Gesicht. Dann schloss sie die Augen, atmete tief durch und verbrachte ein paar Minuten allein.

Vielleicht sind wir Menschen einfach nicht imstande, die Distanzen zu erfassen, die wir überwunden haben. Wenn wir noch intelligenter wären, würden wir glatt verrückt werden.

Vergiss nicht, weshalb du hergekommen bist, Madeleine. Wegen Malenfant. Ob es diesem alten Arsch nun recht ist oder nicht. Malenfant ist stark. Aber vielleicht hilft es ihm trotzdem, wenn ich bei ihm bin. Wenn er jemanden hat, um den er sich kümmern kann.

Aber ihre Eignung als Psychologin war immer fraglich gewesen. Auf jeden Fall war sie hier, ob er sie brauchte oder nicht.

Sie ging zu Malenfant zurück.

Eine Neandertaler-Frau bearbeitete einen Stein und stellte ein Werkzeug her. Sie hielt einen Gesteinsbrocken in der Hand, der wie Obsidian aussah, ein glasiges Vulkangestein. Sie versetzte dem Stein einen Schlag, worauf ein Stück absplitterte. Ein paar leichte Schläge, und der Brocken hatte sich in eine tränenförmige Klinge verwandelt, wie eine Pfeilspitze. Die Frau überreichte mit einem schiefen Grinsen und schnellen Gesten die Klinge einem der Männer.

»Sie sagt, dass er auf die Kante acht geben soll«, sagte Malenfant.

Sie runzelte die Stirn. »Ich verstehe nicht, wie diese Leute überhaupt hierher gekommen sind.«

Er erzählte ihr, was er bei den Beerdigungszeremonien der Neandertaler gesehen hatte: Der mysteriöse *Stab von Kintu.*

»Dann glaubst du also, dass die Gaijin die sterbenden Neandertaler-Malocher für ihre Mühen mit einem … mit diesem Himmel belohnt hätten?«

Er lachte. » Falls das stimmt, dann wären sie die ersten Götter in der Geschichte, die ihre Versprechen vom Paradies eingelöst haben.«

Sie ging auf und ab, wobei sie das Gras unter den Füßen und den Wind im Gesicht spürte. »Wieso ist es ausgerechnet so? Bäume, Grasland, Flüsse – man fühlt sich wie in Afrika. Aber das ist nicht Afrika, nicht wahr?«

»Nein. Aber wenn man einen Menschen fragt, egal wo, welche Landschaft er bevorzugt, fällt die Antwort so aus: Weites Grasland mit ein paar Bäumen. Sogar Clear Lake in der Nähe von Houston hatte diese Kriterien erfüllt: Ein Rasen vorm Haus mit ein paar Bäumen. Und man hat die Bäume nie direkt vor die Fenster gepflanzt; man brauchte nämlich freie Sicht aus der Höhle, um die Räuber kommen zu sehen. Nachdem die Gaijin uns tausend Jahre lang seziert hatten, kennen sie uns gut. Und unsre Neandertaler-Verwandten. Von Afrika sind wir zeitlich hunderttausend Jahre entfernt, Madeleine, und räumlich fünftausend Lichtjahre.« Er tippte sich auf die Brust. »Aber wir tragen es noch immer in uns.«

»Du willst damit sagen, sie hätten uns in eine Umgebung versetzt, in der wir uns wohl fühlen. In einen Neandertaler-Themenpark.«

Er nickte. »Ich glaube, das wenigste von dem, was wir sehen, ist real.« Er wies auf den Himmel. »Aber *das* ist real.«

»Und wieso?«

»Weil es sich verändert.«

■

Sie schlief wieder.

Und beim Aufwachen hatte der Himmel sich schon wieder deutlich verändert. Sie lag neben Malenfant auf dem Rücken und schaute in den dynamischen Himmel.

Er erzählte ihr, wie er hierher gelangt war.

»Sie hatten mich durch eine Reihe von Sattelpunkt-Toren auf eine Reise durch die ganze Galaxis geschickt … zuerst in Richtung Skorpion. Wussten Sie eigentlich, dass unsere Sonne sich mitten in einer Raum-Blase mit ein paar hundert Lichtjahren Durchmesser befindet? Es ist ein Vakuum, das durch eine uralte Supernova-Explosion ins galaktische Medium gesprengt wurde. Und dann wurden die Sattelpunkt-Sprünge immer länger …«

Als er die Sonne schon nicht mehr sah, hatte man ihn aus der lokalen Blase in einen benachbarten Leerraum versetzt, den die Astronomen als *Schleife 1* bezeichneten.

»Ich habe Antares im Dunst gesehen«, sagte er, »der wie ein leuchtendes Juwel in einen glühenden Abschnitt des Himmels eingelassen war – eine Zone junger Sterne, die als Rho Opiuchi-Komplex bezeichnet wird. Ein unglaubliches Bild. Ich hielt Ausschau nach der Sonne, sah sie aber nicht. Dafür sah ich eine breite Bahn junger Sterne, die sich an Sol vorbei durch die Ebene der Galaxis zog. Diese Konstellation wird als *Gould's Gürtel* bezeichnet, und ich wusste, dass dort die Heimat lag.

Und vor mir war ein Band aus Dunkelheit. Ich erreichte die innere Grenze unseres Spiralarms und schaute in den Abgrund zwischen den Armen, auf die dichten dunklen Wolken, die ihn ausfüllten. Und dann überwand ich den Abgrund und landete hier – an diesem Ort mit den Neandertalern …«

»Und den Sternen.«

»Ja.«

Während sie geschlafen hatte, hatten die Sterne sich weiterbewegt. Nun standen sie *alle* am Horizont mit dem Sagittarius-Arm – in der Richtung, die Malenfant vorhergesagt hatte. Der entgegengesetzte Horizont war dunkel, denn alle Sterne hatten ihn geflohen. Alle Sterne am Himmel hatten sich zu einer Scheibe zusammengedrängt – jedenfalls glaubte sie, dass es eine Scheibe war; ein Teil von ihr stand unterm Horizont. Und die Farben hatten sich auch verändert; die Sterne hatten sich grün, gelb und blau verfärbt.

Unter welchen Voraussetzungen würden die Sterne wohl wie Fische am Himmel umherschwimmen?

»Das ist die Aberration des Sternenlichts, nicht wahr, Malenfant? Die Verzerrung des sichtbaren Universums, das man sehen würde, wenn ...«

»Wenn man extrem schnell reist«, sagte er leise. »Genau.«

Sie verstand das Prinzip. Es war, als ob man im Regen liefe, einem Regen aus Sternenlicht. Je schneller man lief, desto härter prasselte der Regen auf einen nieder. Und wenn man wirklich schnell rannte, schien der Regen fast von vorn zu kommen ...

»Wir sind auf einem Sternenschiff«, sagte sie atemlos.

»Ja. Wir bewegen uns so schnell, dass die meisten Sterne, die wir in Flugrichtung sehen, Rote Riesen sein müssen, Infrarotquellen, die wir unter normalen Umständen überhaupt nicht sehen würden. Und die regulären Sterne sind durch die Blauverschiebung unsichtbar geworden. Wohin auch immer wir kommen, wir reisen wie in alten Zeiten: In einem Raumschiff, das auf relativistische Geschwindigkeiten gebracht worden ist. Und wir beschleunigen noch immer.«

Sie setzte sich auf und grub die Finger ins Gras. »Aber ich habe nicht das *Gefühl,* in einem Raumschiff zu sein. Wo ist die Besatzung? Was ist unser Ziel? Was wird geschehen, wenn wir es erreicht haben?«

»Als ich dich fand, hoffte ich eigentlich, dass *du* es mir sagen würdest.« Er stand auf. »Was sollen wir deiner Meinung nach nun tun?«

Sie zuckte die Achseln. »Weitergehen. Es hat keinen Sinn, dass wir hier bleiben.«

»In Ordnung. Welche Richtung?«

Sie wies auf den Horizont mit dem glühenden Sagittarius-Arm – der Ort, von dem die Sterne flohen und der ihr mutmaßliches Ziel war.

Er lächelte. »Und noch ein paar Kilometer pro Stunde auf die achtzig Prozent der Lichtgeschwindigkeit draufpacken? Wieso eigentlich nicht? Wir sind schließlich aufrecht gehende Tiere, wir Menschen.«

Malenfant nahm einen Seesack an sich, der seinen alten Raumanzug enthielt – die Lumpen, mit deren Ausbesserung sie auf der *Kanonenkugel* stundenlang beschäftigt gewesen war. In einer Anwandlung von Ordnungsliebe verwischte er die in den Boden gekratzte Sternkarte. Dann brachen sie auf.

Sie kamen an der Neandertaler-Sippe vorbei, die noch immer am selben Ort wie gestern verharrte.

Als Madeleine sich umschaute, saßen die Neandertaler noch immer reglos da – während die Menschen sich entfernten und die Sterne über ihnen dahinströmten.

■

Als sie das nächste Mal aufwachte, stand nur noch eine einzige Lichtquelle am Himmel. Es war eine kleine Scheibe, heller als der Vollmond, aber schwächer als die Sonne von der Erde aus gesehen. Sie hatte einen deutlichen Blaustich.

Davon abgesehen war der wolkenlose Himmel völlig leer.

Malenfant stand vor ihr und schaute ins Licht. Hinter ihm sah sie Neandertaler, einen Familienverband, der auch ins Licht schaute. Sie hatten die klobigen Köpfe in den Nacken gelegt. Schatten flohen vorm Licht, Schatten von Menschen und Bäumen, stetig und dunkel.

Sie stellte sich neben Malenfant. »Was ist das? Sterne?«

Er schüttelte den Kopf. »Die Sterne sind durch die Blauverschiebung alle unsichtbar geworden.«

»Was dann ...«

»Ich glaube, das ist das Nachglühen.« Die Hintergrundwärme des Universums, die vom Urknall übrig geblieben ist und ein paar Grad über dem absoluten Nullpunkt liegt. »Wir sind nun fast so schnell wie das Licht, sodass selbst dieses Nachglühen durch die Aberration verzerrt und zu einer kleinen Scheibe zusammengepresst wird. Ein seltenes Naturschauspiel, findest du nicht ...« Er hielt sich die Hand vors Gesicht und blendete die Universums-Sonne aus. »Ich erinnere mich noch, wie ich damals von der Erde zum Sattelpunkt aufgebrochen bin. Dort angekommen schaute ich mich um und sah, dass die Erde zu einem Lichtpunkt geschrumpft war, der noch kleiner war als *dieser.* Mein ganzes Wissen – über fünf Milliarden Jahre Geologie und Biologie, über Kontinentalverschiebung, Meere und Pflanzen, Dinosaurier und Menschen –, all das steckte in einem Licht-Splitter, der von Nichts umgeben war. Und nun ist das ganze verdammte *Universum,* mit Sternen, Galaxien, Aliens und so weiter in diesem Lichtklecks enthalten.«

Er sagte ihr, dass sie womöglich auf einer Antimaterie-Rakete ritten.

»Das würde auch erklären, was die Gaijin auf Io getan haben. Sie haben die Energie der Jupiter-Magnetosphäre angezapft. Wahrscheinlich haben sie den Mond in einen großen Teilchenbeschleuniger verwandelt und die Antimaterie aus den Trümmern geklaubt.« Bei der Antimaterie-Rakete handelte es sich vielleicht um eine so genannte Strahlenkern-Maschine, spekulierte er. »Das Prinzip ist ganz einfach. Man braucht nur Tanks mit Atomen und Anti-Atomen – wahrscheinlich Wasserstoff, und der Anti-Kram steckt in einer Magnetfalle –, und dann leitet man die Komponenten in eine Düse, wo sie explodieren. Aus den Elektronen entstehen Gammastrahlen, und aus den Atomkernen Pionen, alles hochenergetisches Zeug, und die geladenen Pionen kommen quasi zur Düse heraus ... Es gibt aber noch andere Möglichkeiten. Ich kann mir aber nicht vorstellen, dass die Konstruktion der Gaijin besonders hochentwickelt ist.«

»Die Gaijin müssen aber sehr lang gebraucht haben, um die erforderliche Antimaterie zu gewinnen. Das war wohl ein gewaltiges Projekt.«

»Ganz sicher. Allein schon der Transport der Supraleiter-Kabel von der Venus und so weiter. Ein enormer Aufwand.«

»Aber«, sagte Madeleine dezidiert, »es ist unmöglich, all das ...« Sie deutete auf die Ebene mit den Bäumen. »... ein Schiff von der Größe eines kleinen *Mondes* bis zum Kern der Galaxis auf relativistische Geschwindigkeiten zu beschleunigen. Oder?«

Er schaute in den Himmel. »Ich kenne eine Studie, die besagt, dass man hundert Tonnen Antimaterie bräuchte, um einen einzigen Astronauten nach Proxima Centauri zu befördern. Damals hätte *unser* größter Teilchenbeschleuniger zweihundert Jahre gebraucht, um nur *ein Milligramm* zu produzieren. Ich bezweifle, dass das, was auch immer die Gaijin auf Io gebaut hatten, um so vieles fortschrittlicher war. Also lautet die Antwort ›nein‹, Madeleine. Das ist mit einen kleinen Mond nicht zu machen.«

Sie betrachtete ihre Hand und zwickte sie. Sie spürte den Schmerz. »Was sind wir, Malenfant. Glaubst du, dass wir eine Art Simulation sind, die in einem riesigen Computer abläuft?«

»Das wäre möglich.« Er sagte das beiläufig, als ob er es für belanglos hielte. »Es bedarf nur einer endlichen Anzahl von Bits, um einen Menschen zu codieren. Das liegt an der Unschärfe und der Körnigkeit der Natur … Sonst würden die Sattelpunkt-Tore überhaupt nicht funktionieren. Andererseits …« Er stieß die Hand in den Boden und brachte einen Stein von der Größe eines Daumennagels zum Vorschein. »Falls das Universum die Größe dieses Steins hätte, wäre ein Stern so groß wie ein Quark. Es gibt Größenordnungen und Strukturen unterhalb der Ebene eines Menschen. Es ist viel Platz dort unten.«

Sie spürte ein Pulsieren, einen Druck im Kopf. »Aber«, sagte sie, »wenn wir nur Emulationen in einem Spielzeug-Raumschiff sind, sind wir doch tot. Ich meine, wir sind nicht mehr wir selbst. Oder? Wie ist es möglich, dass wir überhaupt noch existieren?«

Er musterte sie. »Du warst schon nicht mehr du selbst, nachdem du zum erstenmal durch ein Tor gegangen bist. Jede Transition bedeutet Tod und Wiedergeburt. Was glaubst du wohl, weshalb sie mit solchen Schmerzen verbunden ist?«

Sie fühlte sich schwach und hatte Knie wie Pudding. Vorsichtig ließ sie sich ins Gras nieder und grub die Hände in den kühlen körnigen Boden.

Er kniete sich neben sie und nahm ihre Hand. »Hör zu. Ich wollte dich nicht so runterziehen. Was weiß ich denn schon? Ich kann auch nur Vermutungen anstellen. Ich hatte nur mehr Zeit, mich an den ganzen Kram zu gewöhnen, das ist alles. Ich weiß, dass du gekommen bist, um mir zu helfen. Ich weiß noch, wie du auf der *Kanonenkugel* meinen Anzug ausgebessert hast. Du warst – nett.«

Sie sagte nichts.

»Ich glaube nur nicht, dass du mir eine Hilfe bist.« Seine Gesichtszüge verhärteten sich wieder. »Oder sein *wirst*.«

Diese harsche Abfuhr verletzte sie tief. »Eine Hilfe wobei, Malenfant? Wieso haben die Gaijin sich die ganze Mühe gemacht – Neandertaler abzurichten, um Antimaterie auf Io abzubauen, ein Raumschiff zu bauen und es über Lichtjahre zu katapultieren?«

Ihre Frage schien ihn zu bedrücken. »Ich glaube – ich habe dieses schreckliche Gefühl, den Verdacht –, dass das alles *mir* galt. Eine Verschwörung von Außerirdischen mit dem Ziel, mir einen Flug durch die Galaxis zu ermöglichen.« Er schaute sie an. Sie war fassungslos. »Oder ist das paranoid und größenwahnsinnig? Hältst du mich für verrückt, Madeleine?«

Hinter ihm, vielleicht einen halben Kilometer entfernt, machte sie einen neuen Schemen aus: Eine eckige, schmale Silhouette, die sich scharf gegen das Licht des Kosmos abhob.

Es war ein Gaijin.

»Vielleicht werden wir es bald herausfinden«, sagte sie.

■

Sie näherten sich dem Gaijn. Er stand nur reglos und stumm da. Madeleine sah, dass an den bleistiftdünnen Kegelstücken, die den Abschluss der Beine bildeten, Gras klebte und dass die obere Panzerung mit quasiafrikanischem Staub überzogen war.

Malenfant sagte, dass er den Gaijin wiedererkannte. Es sei der Gaijin, den er als Kassiopeia kennen gelernt hatte.

»Wirklich? Und woher willst du das wissen, Malenfant? Die Gaijin sind spinnenartige Roboter. Sehen sie denn nicht alle gleich aus …?«

Er enthielt sich einer Antwort.

Das mechanische Schweigen des Gaijon brachte Madeleine auf die Palme. Sie bückte sich, hob eine Handvoll Dreck auf und bewarf den Gaijin damit. Der Dreck prallte an der Hülle ab, ohne auch nur einen Kratzer zu hinterlassen. »Du. Weltraum-Roboter. Ihr spielt mit uns, seit ihr in unserem Asteroiden-Gürtel aufgetaucht seid. Und wenn ihr noch so fremdartig seid – ich habe die Schnauze voll von euren blöden Spielchen …«

Ihre Flüche schienen Malenfant zu schockieren. Irgendwie fand sie das lustig. Malenfant war wirklich ein Mensch seiner Zeit: Da entfernten sie sich nun mit Beinahe-Lichtgeschwindigkeit von der Erde, zu quarkgroßen Kopien geschrumpft oder sonst wie in einer fremdartigen virtuellen Realität gefangen, und *er* war schockiert über eine fluchende Frau. Aber er stand einfach nur da und wartete, bis sie sich abreagiert hatte. Eine Therapie zur Bewältigung der Schocks, denen sie laufend ausgesetzt war.

Schließlich hatte sie sich total verausgabt und ließ sich wieder ins Gras fallen.

Der Gaijin bewegte sich wie ein herumschwenkender Panzer-Turm. Madeleine glaubte eine Hydraulik zu hören, gepaart mit einem metallischen Schaben. Der Gaijin hob mit dröhnender Stimme an zu sprechen. Es war eine gute Emulation einer menschlichen Stimme – genauer gesagt, einer Frauenstimme mit einem leichten Einschlag von Malenfants Akzent.

IHR WERDET EUCH ZWEIFELLOS FRAGEN, WESHALB ICH EUCH HEUTE HIERHER BESTELLT HABE.

Das Schweigen zog sich in die Länge. Malenfant musterte den Gaijin skeptisch.

»Es hat einen Witz gemacht«, sagte Madeleine langsam. »Dieses lächerliche Alien hat einen Witz gerissen.«

Malenfant starrte Madeleine an. Dann warf er die

Hände in die Luft, ließ sich ins Gras fallen und kringelte sich vor Lachen.

Dann fiel auch bei Madeleine der Groschen. Das Lachen schien in ihrem Bauch aufzuwallen und aus Hals und Mund zu quellen, obwohl sie es mit aller Macht zu unterdrücken versuchte.

Der Gaijin wartete darauf, dass die beiden sich wieder einkriegten.

■

Derweil jagte das zentimetergroße Sternenschiff mit seiner kostbaren Fracht aus Bewusstsein, Hoffen und Bangen dem Kern der Galaxis und seinem Schicksal entgegen.

kapitel 33

DAS FERMI-PARADOXON

Sie tranken aus einem Bach und aßen Früchte. Dann legten sie sich ins Gras und ließen die Anspannung von sich abfallen. Madeleine glaubte, dass sie eine Zeit lang geschlafen hatte, wobei sie und Malenfant sich wie zwei erschöpfte Kinder im Gras aneinander gekuschelt hatten.

Und dann – als sie aufgewacht waren und vor Kassiopeia saßen – wedelte der Gaijin mit einer filigranen metallenen Extremität, und die Welt löste sich auf. Sie schmolz wie ein Bild, das an Schärfe verlor: Gras und Boden, Bäume und Bach flossen zusammen, alles bis auf die drei Geschöpfe, zwei Menschen und ein Gaijin und diese unheimliche Universums-Sonne. Sie schienen zu schweben. In solch einer Finsternis, wie Madeleine sie noch nie erlebt hatte.

Sie griff nach Malenfants Hand. Sie war warm und fest. Sie sah ihn sogar; in den Falten seiner Springerkombi fing sich das kosmische Glühen. Sie grub die Finger der anderen Hand in den lehmigen Boden unter sich. Sie verankerte sich dort und ließ sich von der Anziehung der imaginären Welt zu Boden drücken.

Malenfant schaute jedoch über die metallene Schulter des Gaijin nach oben. »Sieh dir das an!«

Sie schaute widerwillig auf. Ihr Bedarf an Wundern war fürs Erste gedeckt.

Eine Decke aus gequirltem Licht spannte sich über den Himmel. Es war eine Galaxie, eine Scheibe aus

Sternen, die flacher und dünner war, als sie erwartet hätte. Im Verhältnis zum Durchmesser war sie nicht dicker als ein paar Blatt Papier. Sie glaubte Schichten in dieser Scheibe zu erkennen, eine Struktur und eine zentrale Schicht aus schwärmenden blauen Sternen und Staubbahnen, die zwischen trüben, alten Sternen eingelegt war. Der Kern, der wie Eigelb aus der Ebene der Scheibe hervorquoll, war eine kompakte Masse aus gelblichem Licht. Aber er war nicht sphärisch, sondern hatte eine stark elliptische Form. Die babyblauen Spiralarme waren fragmentiert und mit rubinroten Nebeln und dem blauen Lodern einzelner Sterne durchsetzt – was ihnen ein körniges Aussehen verlieh – und durch dunkle Bahnen getrennt. Sie sah vereinzelte Lichtblitze und Gasblasen. Vielleicht waren das Supernova-Explosionen, die Blasen aus heißem Plasma mit einem Durchmesser von ein paar hundert Lichtjahren erzeugten.

Aber die vertraute Scheibe mit dem leuchtenden Kern und den Spiralarmen war in eine größere sphärische Masse aus trüben roten Sternen eingebettet. Die roten Himmelskörper standen in großen Haufen zusammen, die jeweils Millionen Sterne enthalten mussten.

Die Silhouette des Gaijin hob sich gegen diese Kulisse ab wie der spinnenartige Projektor eines Planetariums.

»Eine Galaxie«, sagte Madeleine. »*Unsere* Galaxis?«

»Ich glaube schon«, sagte Malenfant. »Sie entspricht Radiokarten, die ich gesehen habe.« Er wies auf die Galaxis und zeichnete mit den Händen Muster nach. »Schau. Das muss der Sagittarius-Arm sein. Die andere große Struktur wird als der Äußere Arm bezeichnet.« Diese beiden großen Arme, die aus dem elliptischen Kern wuchsen, definierten die Galaxis: Sie schlangen sich einmal um den Kern, ehe sie sich am Rand in einem Dunst aus leuchtenden Sternen, glühenden Nebeln und dräuenden schwarzen Wolken auffächerten. Bei den anderen Armen handelte es sich wirklich nur um Fetzen, wie sie sah – die Spiralstruktur der Galaxis war viel ungeordneter, als sie erwartet hätte. Und doch ist die Sonne in einem dieser verstreuten ›Fragmente‹ verloren, sagte sie sich.

Die Abbildung der Galaxis wurde in langsame Rotation versetzt.

»Ein galaktischer Tag«, sagte Malenfant atemlos. »Ein vollständiger Umlauf dauert zweihundert Millionen Jahre …«

Madeleine sah, dass die Sterne wie eine Schule glitzernder Fische ausschwärmten und individuelle Umlaufbahnen um den Kern der Galaxis einschlugen. Die Spiralarme entwickelten sich auch – zu Bändern, die im Licht junger Sterne funkelten und sich drehten. Aber die Arme waren nur Druckwellen wie der Ziehharmonikaeffekt bei Staus auf der Autobahn, wobei die einzelnen Sterne durch die Regionen hoher Dichte schwammen.

Und nun sah Madeleine, dass in der Scheibe eine neue Entwicklung ihren Anfang nahm. Wie die pulsierenden Blasen von Supernovae gerieten erst einzelne Sterne in Wallung, bis dieses Pulsieren sich schließlich über einen kleinen Bereich der Scheibe ausbreitete. In jeder Wellenfront erloschen Sterne oder verfärbten sich rot oder sogar grün; manchmal platzten die Sterne auch und loderten gleißend hell auf.

»Leben«, sagte sie. »Dyson-Sphären. Sterne-*Zerstörer* …«

»Ja«, sagte Malenfant grimmig. »Kolonisations-Blasen. Wie diejenige, in der *wir* gefangen waren.«

SO HABEN WIR DAS GELERNT, sagte der Gaijin nüchtern.

Leben spross überall, sagte Kassiopeia. Planeten waren die Voraussetzung. Leben entstand, fasste Fuß und entwickelte sich in jeder Spalte und Nische, die es im großen Brutkasten namens Galaxis gab.

Normalerweise dauerte es ein paar hundert Millionen Jahre, bis Leben die Komplexität erreicht hatte, die es brauchte, um seine Umwelt in großem Maßstab zu manipulieren. Auf der Erde hatte das Leben für zwei Milliarden Jahre im Stadium des Einzellers verharrt – den größeren Teil seiner Geschichte. Und nun entwickelte sich auf einer Welt nach der andern Komplexität, dämmerte Bewusstsein, entstanden Zivilisationen.

Die meisten dieser Kulturen waren selbstbeschränkt.

Manche waren sesshaft. Andere – Meeresbewohner wie die Flips zum Beispiel – hatten keinen Zugang zu Metallen und Feuer. Manche vernichteten sich auf die eine oder andere Art selbst, durch Kriege, Zufall, obskure Sinnkrisen oder durch schlichte Unfähigkeit – wobei Letztere wohl das Schicksal der Menschheit besiegelt hätte, sagte Madeleine sich, wenn sie so wie bisher weitergemacht hätte.

Vielleicht eine von tausend Kulturen schaffte es durch solche Flaschenhälse.

Die paar Glücklichen gründeten autarke Kolonien jenseits ihrer Heimatwelten. Wo sie nun dem Gefahrenpotential entronnen waren, das eine Rasse bedrohte, die nur an eine Welt gefesselt war, breiteten sie sich aus. Oder sie bauten Maschinen, Roboter, die Welten und sich selbst umzuformen vermochten und schickten sie ins All, wo *sie* sich dann verbreiteten.

Wie auch immer, von einer von tausend bewohnbaren Welten breitete sich eine Kolonisierungswelle aus.

Es gab viele verschiedene Strategien. Manchmal breiteten Generationen von Kolonisten sich langsam von Stern zu Stern aus wie die disperse Phase in einer Emulsion. Manchmal erfolgte die Verbreitung viel schneller, wie Gas in Vakuum. Manchmal war es auch eine Art Tröpfeln, eine schwammartige, fraktale Struktur der Ausbeutung, die weite Bereiche unberührt ließ.

Es war ein brutales Geschäft. Niedere Spezies – selbst wenn sie im Rennen der Entwicklung von Komplexität und Macht nur knapp zurücklagen – wurden einfach überrannt, ihre Welten und Sterne vernichtet. Und wenn es zu einer Begegnung mit einer Kolonisations-Blase einer anderen Spezies kam, brachen mörderische Kriege aus.

»Es ist schwer zu glauben, dass jede Spezies in der Galaxis sich so schlecht benimmt«, sagte Madeleine verdrießlich.

Malenfant grinste. »Wieso denn? So sind *wir* nun mal. Und vergiss nicht, zwischen denjenigen, die sich zwischen den Sternen ausbreiten, findet eine Selektion statt. Sie wachsen unkontrolliert und verschlingen alles, denn sie kennen weder Maß noch Ziel – so sind sie *nun* mal. Diejenigen, die keine skrupellosen räuberischen Eroberer sind, bleiben entweder zu Hause oder werden aufgefressen.«

Allerdings kam es auf die Einzelheiten der Expansion auch gar nicht an. Nach ein paar Generationen der Kolonisierung entstanden nämlich immer Konflikte. Der Ressourcenschwund in der besiedelten Blase setzte die Kolonien am Rand unter Druck. Oder die Kolonisten, die durch ihre Expansion ein überlegenes technisches Niveau erreicht hatten, wandten sich gegen ihre Verwandten im Innern. In beiden Fällen waren die Kolonisten dazu verurteilt, immer weiter und schneller zu expandieren.

Es dauerte nicht lang, bis die Grenze der Kolonisierung mit nahezu Lichtgeschwindigkeit nach außen verschoben wurde; und im verwüsteten Hinterland, dessen Bewohner keine Ausweichmöglichkeit hatten, brachen Wirtschaftskrisen und Kriege aus.

So würde das über Jahrtausende, vielleicht über Jahrmillionen gehen.

Und dann kam der Kollaps.

Das geschah in schneller Abfolge. Keine Blase wurde allzu groß – nicht größer als ein paar hundert Lichtjahre –, bevor sie einfach schrumpfte wie eine Bakterienkolonie unter einer Sterilisierungslampe. Und einer nach dem andern kamen wieder die Sterne zum Vorschein und erstrahlten in neuem Glanz, nachdem das Rot und Grün der Technik und des Lebens verblasst waren.

»Das Polynesische Syndrom«, sagte Madeleine düster.

»Aber es wird nicht immer so ablaufen«, knurrte Malenfant. »Früher oder später muss *eine* dieser Rassen die lokalen Kriege gewinnen, den inneren Schweinehund überwinden und die Galaxis erobern. Aber wir wissen, dass das in den Milliarden Jahren der Existenz der Galaxis noch niemandem gelungen ist. Und genau das ist das Fermi-Paradoxon.«

JA, sagte Kassiopeia. ABER DIE GALAXIS IST NICHT ÜBERALL EIN SO WOHNLICHER ORT.

Nun wurde die rotierende Galaxis mit einer neuen Abbildung überlagert: Einem hellen Funken, einer unheimlichen blauen Lohe, deren Ursprung in der Nähe des überfüllten Kerns lag. Er strahlte die Sterne auf vielleicht einem Achtel des Umfangs der galaktischen Scheibe an. Und während die Galaxis sich langsam weiterdrehte, blitzte es wieder auf – wieder und immer wieder. Die meisten dieser Ereignisse hatten ihren Ursprung in der Nähe des galaktischen Kerns: Es musste also etwas mit den dicht gedrängten Sternen zu tun haben. Weiter draußen blitzte es auch, aber nicht so oft – in der Scheibe und in dem trüben Halo umlaufender Sterne, die die eigentliche Galaxis umspannten.

Jeder dieser Funken verwüstete eine Kolonisations-

Blase im jeweiligen Raumsektor: Die Expansion wurde abgebrochen, und das Sternenlicht setzte sich wieder durch.

Tod im interstellaren Maßstab.

■

Ihre virtuelle Perspektive veränderte sich plötzlich und wurde in die Ebene der Galaxis verlagert. Als die Spiralarme sich über ihr ausbreiteten und sich in einzelne Sterne auflösten, die über ihrem Kopf verteilt waren und aus dem Blickfeld auswanderten, schrie Madeleine auf und klammerte sich an Malenfant. Nun flogen sie nach innen, in Richtung des galaktischen Kerns, und sie erhaschte einen Blick auf eine Struktur jenseits der sich aufblähenden Sterne, dieser Skulpturen aus Gas, Licht und Energie.

Schließlich richtete ihr Augenmerk sich auf ein kleines Sternen-Paar, das zornig loderte. Diese Sterne standen nah beieinander, wobei der Abstand zwischen ihnen nur ein paar Dutzend ihrer Durchmesser betrug. Die zwei Sterne umliefen sich auf wilden elliptischen Bahnen, für deren Durchlauf sie nur Sekunden brauchten. Madeleine verglich sie mit balzenden Vögeln – doch dann änderten die Umlaufbahnen sich vor ihren Augen zu immer breiteren Ellipsen und schließlich zu schönen Kreisen.

Ein paar Gasschwaden umgaben die beiden Sterne. Im Gegensatz zu den blau glühenden Sternen war das umgebende Gas rötlich. Weiter draußen sah sie einen ätherischen bunten Schleier, eine dünne Gasschicht, die sich vor den gedrängten Sternwolken im Hintergrund bauschte.

»Neutronensterne«, sagte Malenfant. »Vielmehr ein Doppel-Neutronenstern. Das blaue Glühen ist Synchrotron-Strahlung, Madeleine. Elektronen, die von den starken Magnetfeldern der Sterne auf enorme Geschwindigkeiten beschleunigt werden ...«

Der Gaijin sagte: VIELLEICHT FÜNFZIG PROZENT ALLER STERNE IN DER GALAXIS SIND ALS DOPPELSYSTEME KONFIGURIERT – SYSTEME MIT ZWEI STERNEN ODER AUCH MEHR. UND EIN PAAR DIESER STERNE SIND RIESEN, DIE ZU EINER SCHNELLEN ENTWICKLUNG VERURTEILT SIND.

»Supernovae«, sagte Malenfant

DIE MEISTEN DERARTIGEN EXPLOSIONEN TRENNEN DIE DARAUS RESULTIERENDEN RESTSTERNE. EINS VON HUNDERT PAAREN BLEIBT AUCH NACH EINER SUPERNOVA-EXPLOSION ERHALTEN. DIE PAARIGEN NEUTRONENSTERNE UMKREISEN SICH MIT HOHER GESCHWINDIGKEIT. SIE GEBEN ENERGIE IN FORM VON GRAVITATIONSSTRAHLUNG AB – WELLEN IN DER RAUMZEIT.

Die beiden Sterne näherten sich einander an und zehrten ihre Energie auf. Die Rotation beschleunigte sich, bis sie der Bewegung der Sterne mit bloßem Auge nicht mehr zu folgen vermochte. Als die Sterne nur noch einen ihrer Durchmesser auseinander standen, begann das Zerstörungswerk. Große Fetzen leuchtenden Materials wurden aus den Oberflächen der Sterne gerissen und in eine riesige glühende Scheibe geschleudert, die ihr die Sicht nahm.

Schließlich berührten die Sterne sich. Sie implodierten in einem Lichtblitz.

Eine gewaltige Schockwelle raste durch die Trümmerscheibe und zerstreute und zermahlte das Material. Aber die Scheibe kollabierte fast sofort, binnen weniger Sekunden, am Ort der Kollision und ließ nur ein paar Schwaden zurück, die sich langsam auflösten und abkühlten.

»Daraus muss ein Schwarzes Loch entstehen«, murmelte Malenfant. »Zwei Neutronensterne ... zu massiv, um etwas anderes zu ergeben. Das ist ein Gammastrahler. Wir hatten sie seit den sechziger Jahren des zwanzigsten Jahrhunderts am ganzen Himmel beobachtet. Wir schickten Raumschiffe hoch, um verbotene Atomwaffentests in der Atmosphäre aufzuspüren. Stattdessen waren die Quellen Millionen von Lichtjahren entfernt.«

ES HANDELT SICH WIRKLICH UM EINEN GAMMASTRAHLEN-AUSBRUCH – PHOTONEN MIT SEHR HOHER ENERGIE. DANN KOMMT EIN PULS HOCHENERGETISCHER TEILCHEN; KOSMISCHE STRAHLEN, DIE VON DER KOLLABIERENDEN MATERIESCHEIBE AUSGEHEN UND DEN GAMMASTRAHLEN MIT NAHEZU LICHTGESCHWINDIGKEIT FOLGEN.

DIESE EREIGNISSE SIND HOCHGRADIG DESTRUKTIV.

EIN IN DER NÄHE BEFINDLICHER PLANET WÜRDE INNERHALB VON SEKUNDEN – HAUPTSÄCHLICH IN FORM VON GAMMASTRAHLEN – ETWA EIN ZEHNTEL DES JÄHRLICHEN ENERGIEINPUTS VON DER SONNE ERHALTEN. ABER DER GAMMA-SCHAUER IST NUR DER VORBOTE DER KOSMISCHEN STRAHLEN-KASKADEN, DIE UNTER UMSTÄNDEN FÜR MONATE ANHALTEN. BEIM DURCHSTOSSEN DER ATMOSPHÄRE ERZEUGEN DIESE STRAHLEN MYONEN-SCHAUER – ENERGIEREICHE SUBATOMARE TEILCHEN. DIE MYONEN HABEN EINE GROSSE DURCHSCHLAGSKRAFT. NICHT EINMAL EIN PAAR HUNDERT METER WASSER ODER GESTEIN WÄREN EIN AUSREICHENDER SCHUTZSCHILD GEGEN SIE.

»Ich habe mit eigenen Augen gesehen, was diese Dinger anrichten, Madeleine«, sagte Malenfant. »Als ob in nächster Nähe eine Supernova explodierte. Die Ozonschicht würde durch die Gammastrahlen perforiert. Eiweißverbindungen würden zerfallen. Saurer Regen. Die Zerstörung der Biosphäre ...«

EIN KOLLAPS WÜRDE GENÜGEN, UM EINE REGION IM UMKREIS VON VIELLEICHT TAUSEND LICHTJAHREN ZU STERILISIEREN. IN EURER GALAXIS RECHNEN WIR EINMAL IN EIN PAAR ZEHNTAUSEND JAHREN MIT EINEM SOLCHEN EREIGNIS – HAUPTSÄCHLICH IM ÜBERFÜLLTEN KERN DER MILCHSTRASSE.

Madeleine sah, dass die Darstellung der Galaxis wiederhergestellt wurde. Überall im Kern fanden Ausbrüche statt.

Malenfant schaute finster in den gefährlichen Himmel. »Kassiopeia, willst du mir damit sagen, diese Zusammenbrüche seien das große Geheimnis – die Ursache des *Neustarts,* der galaktischen Auslöschung?«

Madeleine schüttelte den Kopf. »Wie ist das möglich, wo ein solches Ereignis doch auf tausend Lichtjahre beschränkt ist? Die Galaxis ist hundertmal so groß. Es wäre sicher nicht lustig, wenn ein solches Ding in unserem Hinterhof losginge. Aber ...«

ABER, sagte Kassiopeia, EIN PAAR DIESER EREIGNISSE SIND – AUSSERGEWÖHNLICH.

Sie sahen eine Kaskade, einen Ausbruch nach dem andern – wie bei einer Diavorführung.

In manchen Fällen handelte es sich um den Zusammenbruch besonders massiver Objekte, von denen ein paar mit drei, vier und sogar fünf Objekten zugleich kollidierten. Ein paar Ausbrüche richteten Schaden an, weil aufgrund der jeweiligen Ausrichtung und durch das Zusammenwirken von Zufall und Kollisionsdynamik die gewaltige Energie in die Scheibe der Galaxis abgestrahlt wurde, wo die Sterne besonders dicht standen. Und so weiter.

Und ein paar dieser Ereignisse richteten sogar großen Schaden an.

Kassiopeia sagte: DER AUSLÖSCHUNGS-PULS DER SCHLIMMSTEN EREIGNISSE BREITET SICH MIT LICHTGESCHWINDIGKEIT AUS UND SCHLÄGT ÜBER DER GALAXIS UND ALL IHREN BEWOHNERN ZUSAMMEN, BIS HIN ZUM RAND UND SOGAR ZU DEN HALO-CLUSTERN. EINEN SCHUTZ GIBT ES NICHT. KEIN KOMPLEXER ORGANISMUS, KEIN ORGANISIERTER DATENSPEICHER VERMAG ZU ÜBERLEBEN. BIOSPHÄREN ALLER ART WERDEN ZERSTÖRT ...

So geht es zu Ende, sagte Madeleine sich, die Evolution und die Kolonisierung, die Kriege und das Streben nach Erkenntnis: Alles vergeht in einem Blitz, einem kosmischen Billardspiel. Es war reiner Zufall, Pech eben. Aber es gab so viele Zusammenstöße von Neutronen-Sternen, dass alle paar hundert Millionen Jahre ein Ereignis stattfand, das stark genug oder entsprechend gerichtet war, um die ganze Galaxis blank zu putzen.

Es war schon oft geschehen. Und es würde wieder passieren, wurde sie sich bewusst. Immer wieder, ein Trommelwirbel der Zerstörung. Das hatten die Gaijin gelernt.

»Und für uns heißt das«, sagte Malenfant grantig, »zurück in die Ursuppe, jedes verdammte Mal … So viel zu Fermis Paradoxon. Nemoto hatte recht. Das ist nämlich der Gleichgewichtszustand für Leben und Bewusstsein: Eine Galaxis voller neuer, junger Spezies, die von ihren Heimatwelten ausschwärmen, von Furcht und Hass verzehrt eine Schneise durch die Sterne schlagen und über die Überreste ihrer vergessenen Vorgänger trampeln.«

… Und genau das wollten die Gaijin mir auf meiner ersten Sattelpunkt-Reise zum Gammastrahler zeigen, wie Madeleine sich erinnerte: Die Sternen-Flechten, eine schnell sich entwickelnde Lebensform, die alle vierzehn Sekunden von einem Sternenausbruch ausgelöscht wurde. Es war ein fraktales Bild dieser größeren Wahrheit.

Das Bild der Galaxis verschwand plötzlich; die Spiralarme, der Kern und der umgebende Halo implodierten wie ein geplatzter Ballon. Madeleine blieb angesichts des abrupten Szenenwechsels die Luft weg. Die Welt verdichtete sich um sie herum: Gras, Bäume und dieser schwarze Himmel, und das alles lag im Schein eines gleißenden, blauen kosmischen Lichts. Sie fühlte enorme körperliche Erleichterung, als ob sie endlich wieder tief durchatmen könnte.

Aber die Gedanken jagten sich. »Es muss doch möglich sein, das zu stoppen. Wir müssen nur *einen* Kollaps verhindern – und so viel Zeit gewinnen, um die

Kriege und Konflikte zu beenden, uns weiterzuentwickeln und zu lernen, wie man die Galaxis richtig managt. Dann müssten wir uns nicht mehr mit diesem Unsinn rumärgern.«

Malenfant lächelte. »Nemoto hat dich zu recht als Pfuscher bezeichnet.«

ABER DU HAST RECHT, sagte der Gaijin. EIN PAAR VON UNS VERSUCHEN ES ...

Vor ihnen sah sie eine Gruppe Neandertaler im Licht des Kosmos. Sie tanzten, gestikulierten wild und sprangen auf und nieder. Irgendeine Veränderung ging mit dem Himmel vor, und die Neandertaler reagierten darauf.

Sie schaute in ihre Richtung. Dieser kosmische Lichtpunkt schien sich auszudehnen.

Der sich entfaltende Himmel war voller Sterne. Es war das Zentrum der Galaxis.

Malenfant wandte sich an den Gaijin. »Kassiopeia«, sagte er leise, »was hat das alles mit mir zu tun?«

Der Gaijin sagte: MALENFANT, DU BIST UNSERE LETZTE HOFFNUNG.

Und dann drehte der Gaijin sich mit einem metallischen Kratzen um, und die Füße sanken mit einem Zischen in den Boden ein.

ER GEHT AUF.

■

Der Gaijin drehte sich um, entfernte sich von der Baumgruppe und stakste auf drei Beinen über das Grasland. Madeleine sah, dass die Neandertaler ihm als eine schemenhafte Gruppe folgten. Ihre Muskeln zeichneten sich im Sternenlicht ab.

Malenfant fasste Madeleine an der Hand.

Sie gingen über eine Wiese. Das Gras war feucht und kühl unter ihren Füßen, und der Tau glitzerte im Widerschein der Sterne.

Sie waren in ein diffuses Licht ohne Schatten getaucht an diesem Ort, wo jeder Winkel des Himmels so hell leuchtete wie die Oberfläche des Mondes. Im silbrigen Licht schienen alle Farben ausgebleicht zu sein; das Gras war dunkelgrün, das Laub an den Bäumen schwarz. Madeleine fragte sich flüchtig, ob dieses galaktische Licht überhaupt stark genug war, um Photosynthese zu ermöglichen, ob Leben auf einem vagabundierenden, sonnenlosen Planeten wie diesem nur vom Licht der dichten Sterne zu existieren vermochte.

Sie erklommen einen Bergrücken und schauten in ein weites, flaches Tal hinab. Es gab vereinzelte Bäume und stehende Gewässer in Form silberblauer Bänder und Becken. Die reglose Szenerie mutete fast unheimlich an im diffusen Sternenlicht.

Kassiopeia, der Gaijin, war hier auf dem Grat stehen geblieben. Die Neandertaler hatten sich ein Stück bergab versammelt und ließen den Blick übers Tal schweifen.

Doch ein Neandertaler kam in dieser für sie typischen plumpen Gangart auf Malenfant zu. Es war ein Mann mit hängenden Schultern, schlaffer Haut und verschwitztem Oberkörper. Der große Stirnwulst zog den Kopf herunter, sodass das Kinn fast auf der Brust ruhte.

»Hallo, Esau …«, sagte Malenfant.

Esau scheuerte ihm eine, schnippte mit den Fingern und hieb sich mit der Faust gegen die Stirn.

Malenfant grinste und übersetzte. *»Hallo, Dummkopf.«* Malenfant schien sich aufrichtig zu freuen, diesen alten Neandertaler wiederzusehen.

Plötzlich regte Kassiopeia sich, und Malenfant packte seinen Arm. »Malenfant. Schau!«

Ein neuer Stern ging überm Tal, überm neu konfigurierten Horizont auf und überstrahlte das Hintergrund-Leuchten.

Es war ein Neutronenstern, ein heller roter Punkt. In der Nähe des Sterns waren viele Lichtkleckse. Sie hatten eine Struktur mit Adern und Bändern, sahen aus wie Schmetterlingsflügel an diesem lodernden zwergenhaften Körper. Sie glühten rosig und in einem unheimlichen Blau, vielleicht durch die Synchrotronstrahlung beschleunigter Elektronen.

Und da war etwas neben dem Stern. Es sah aus wie ein Netz – mützenförmig wie das Netz eines Schmetterlingssammlers und war dem Stern zugewandt, als ob es ihn einfangen wollte.

Offensichtlich künstlich.

Kassiopeia sagte: WIR SIND NOCH NICHT AM ZIEL UNSERER REISE, MALENFANT. WIR MÜSSEN INS GALAKTISCHE ZENTRUM SELBST VORSTOSSEN. DAS STREBEN WIR AN.

»Das ist der Standort eines Gammastrahlers«, sagte Malenfant. »Eines zukünftigen *Neustart*-Ereignisses. Ich habe recht; stimmt's, Kassiopeia?«

DER BEGLEITER DES STERNS IST NOCH ZIEMLICH WEIT ENTFERNT – MILLIARDEN KILOMETER. ZU WEIT WEG, ALS DASS MAN IHN SCHON SEHEN KÖNNTE. UND DOCH HAT DIE KONVERSION BEREITS BEGONNEN. DIE KOLLISION IST UNVERMEIDLICH. ES SEI DENN …

»Es sei denn, irgendjemand unternimmt etwas dagegen«, flüsterte Madeleine.

Das seltsame Artefakt stieg immer höher in den Himmel, wie ein ätherischer, komplexer Mond. Es war ein Netz, das zwischen den Sternen aufgespannt war. Es musste ein paar tausend Kilometer groß sein.

Madeleine wollte nicht glauben, dass es nur ein paar Meter über ihrem Kopf hing, fast so nah, dass sie es zu berühren vermocht hätte. Das menschliche Bewusstsein war einfach nicht darauf programmiert, riesige planetenumspannende Artefakte am Himmel zu sehen. Stell es dir als Aurora vor, sagte sie sich, diese Vorhänge aus Licht, die hoch über der Luft flattern, die du atmest. Und nun stell dir *das* vor: Es hängt viel höher als jede Aurora, ist im Raum aufgespannt, vielleicht hinter dem Mond …

Aber da stimmte etwas nicht: Das Netz war offensichtlich kaputt; große Löcher waren in die Struktur gerissen.

»Es ist beschädigt«, sagte Malenfant.

IHR WÜRDET DAS ALS EIN KADOV-SEGEL BEZEICHNEN …

Es war ein Ding aus Materie und Energie, mit einer zarten Takelage und Magnetfeldern: Ein Schirm, um die Strahlung des Neutronensterns und den Sonnenwind abzuhalten. Aber es war durch unsichtbare Stränge aus Gravitation mit dem Stern vertäut.

»Aha«, sagte Madeleine. »Ihr zerstört die Symmetrie des Sonnenwinds. Du verstehst, Malenfant? Der Wind vom Stern bläht das Segel. Aber wegen der Schwerkraft verändert das Segel seine Position zum Stern nicht. Also wird der Wind zurückgelenkt …«

»Das ist eine Sternenrakete«, sagte Malenfant. »Es nutzt den Sonnenwind, um den Stern abzudrängen.«

GENAU DAS IST DER ZWECK. WENN ES FERTIG IST, WIRD ES EINE SCHEIBE MIT EINEM DURCHMESSER VON HUNDERTTAUSEND KILOMETERN SEIN. SIE WIRD MIT INTELLIGENZ IMPRÄGNIERT SEIN, EIN DYNAMISCES OBJEKT, DAS IN DER LAGE IST, DEN SONNENWIND DES STERNS IN EINE BELIEBIGE RICHTUNG ZU LENKEN UND AUF SEINE KOMPLEXEN STRÖMUNGEN ZU REAGIEREN.

Malenfant grinste. »Brandheiß. Es schlägt wirklich jemand zurück.«

»Wer baut dieses Ding«, fragte Madeleine. »Ihr?«

NICHT WIR ALLEIN. VIELE RASSEN SIND HIER ZUSAMMENGEKOMMEN UND BETEILIGEN SICH AM BAU DES SEGELS. ES SCHEINT SICH UM EIN RELIKT AUS EINEM FRÜHEREN ZYKLUS ZU HANDELN, AUS DER ZEIT VOR DEM LETZTEN *NEUSTART*.

»Wie das Sattelpunkt-Netzwerk.«

Madeleine schaute skeptisch auf die große, unglaubliche Struktur. »Wie kann ein solches Segel einen Neutronenstern überhaupt bewegen – ein Objekt, das viel massiver ist als die Sonne?«

DER SCHUB IST SEHR SCHWACH, DIE BESCHLEUNIGUNG MINIMAL. ÜBER EINEN ENTSPRECHEND LANGEN ZEITRAUM VERMAG ABER AUCH EIN SCHWACHER SCHUB WELTEN ZU BEWEGEN. SOGAR STERNE.

»Und wird das ausreichen, um den Zusammenprall dieses Doppelsterns und den *Neustart* zu verhindern?«

ER SOLL GAR NICHT VERHINDERT WERDEN. ER SOLL NUR LANG GENUG AUFGESCHOBEN WERDEN. FALLS ES UNS GELINGT, DIESEN STERILISATIONS-EFFEKT ZU VERHINDERN …

»Könnten wir Zeit gewinnen«, sagte Malenfant.

»Ist das *wirklich* die beste Option?«, fragte Madeleine den Gaijin. »Habt ihr keine bessere Idee?«

Malenfant musterte sie. »Zum Beispiel?«

»Das weiß ich doch nicht, zum Teufel. Man könnte es mit Antigravitation versuchen. Mit Einsteins kosmologischer Konstante, der Kraft, die die Ausdehnung des Universums bewirkt. Oder man könnte die fundamentalen Konstanten der Physik manipulieren. Es gibt da zum Beispiel ein Teilchen mit der Bezeichnung Higgs-Boson, das für die Masse der Materie verantwortlich ist. Würde man es entfernen oder neutralisieren, könnte man die Neutronensterne leichter machen und einfach wegschieben. Oder man entzieht ihnen gleich die *ganze* Masse, und sie entschwinden mit Lichtgeschwindigkeit. Ganz einfach. Gebt mir einen Hebel, und ich hebe die Welt aus den Angeln …«

DAS ÜBERSTEIGT UNSRE MÖGLICHKEITEN, sagte Kassiopeia, und Madeleine glaubte Bekümmerung aus dieser synthetisierten Stimme herauszuhören. WIR HABEN NACHFORSCHUNGEN ANGESTELLT. ES GIBT KEINE ZIVILISATION, DIE WESENTLICH HÖHER ENTWICKELT WÄRE ALS UNSRE – AUCH NICHT JENSEITS DER GALAXIS.

ES IST WIE DAS FERMI-PARADOXON. WENN SIE EXISTIERTEN, WÜRDEN WIR SIE SEHEN. STELLT EUCH EINE GALAXIS VOR,

DEREN SÄMTLICHE STERNE AUSGEBEUTET UND VON DYSONSPHÄREN UMHÜLLT WURDEN UND DEREN PHYSIKALISCHE EIGENSCHAFTEN VIELLEICHT SO VERÄNDERT WURDEN, DASS IHRE LEBENSDAUER VERLÄNGERT WURDE. STELLT EUCH DIE GALAXIS SELBST VON EINER DYSON-STRUKTUR UMHÜLLT VOR. UND SO WEITER. SELBST SO SIMPLE KONSTRUKTIONEN WÄREN IN EINEM SOLCHEM MASSSTAB ZU SEHEN. WIR SEHEN ABER NICHTS DERARTIGES, SO WEIT WIR AUCH IN RAUM UND ZEIT SCHAUEN.

Das war aber auch kein Wunder, sagte Madeleine sich. Wie lang würde der Aufstieg einer galaktischen Zivilisation wohl dauern – selbst unter der Voraussetzung, dass sie die Kriege und damit verbundenen existentiellen Probleme bewältigte? Wegen der Lichtgeschwindigkeit würde es schon hunderttausend Jahre dauern, bis nur *eine* Nachricht die Galaxis durchlaufen hatte. Und wie vieler Nachrichten bedurfte es wohl, um die Kultur von tausend Spezies mit völlig unterschiedlichen Entstehungsgeschichten, von Wesen aus Fleisch und Metall, aus Gestein und Gas zu vereinheitlichen? Tausend galaktische Querungen, mindestens?

Aber das wären locker hundert Millionen Jahre, und in dieser Zeit hätte schon der nächste Gammastrahler seine Hülle abgesprengt, der nächste *Neustart* alles Leben ins Urmeer zurückgeworfen.

Dann war dieses primitive Netz vielleicht doch die beste Option.

»Ein paar Dutzend Millionen Jahre«, sagte sie. »Man würde das verdammte Ding über ein paar Dutzend Millionen Jahre in Schuss halten müssen, um etwas zu bewirken. Wie soll eine Spezies, die mit der unseren – oder der *euren* – auch nur die geringste Ähnlichkeit hat, ein solches Projekt über viele Millionen Jahre konsequent verfolgen? So lang *existieren* wir noch nicht einmal in der heutigen Form.«

... ABER, sagte Kassiopeia langsam, WIR MÜSSEN ES VERSUCHEN.

»Wir?«, fragte Malenfant.

DU MUSST DICH UNS ANSCHLIESSEN, MALENFANT.

Madeleine ergriff Malenfants Hand. Aber er stieß sie weg. Sie schaute zu ihm auf. Er hatte das Gesicht verzogen, und die Augen waren zu Schlitzen verengt. Sie erkannte, dass er erschöpft war und Angst hatte, als ob er von diesem Ding am Himmel zum Zenit hinaufgezogen würde.

Weil das, wie sie sich bewusst wurde, sein Schicksal war.

■

Malenfant stand vor dem außerirdischen Roboter, dessen Silhouette sich im Licht des galaktischen Kerns abzeichnete. Er wirkte schwach und hilflos, sagte Madeleine sich, wie ein abgerissener Vasall vor diesem Vertreter einer überlegenen, uralten galaktischen Macht.

Und doch war es Kassiopeia, die gegenüber Malenfant, dem Menschen, als Bittsteller auftrat.

»Das wird euch nicht gelingen«, sagte er nachdenklich. »Es wird euch nicht gelingen, dieses Projekt zu vollenden. Dazu – fehlt euch etwas.«

ES GIBT KONTROVERSEN, sagte Kassiopeia.

Malenfant ließ den Blick über die hauchdünne Struktur schweifen. Da klafften Löcher im Netz, in die ein kleiner Planet gepasst hätte, und an manchen Stellen schienen die Stränge auf einer Länge von tausend Kilometern verbrannt, geschmolzen oder verzogen zu sein. *Kontroversen.*

»Hier haben Kriege stattgefunden«, sagte Malenfant ohne Umschweife.

DIE RASSEN DER GALAXIS SIND SEHR DIVERGENT. DIE EINIGKEIT DROHT ZU SCHWINDEN. ES GIBT HÄUFIG KONFLIKTE. MANCHMAL VERSUCHT EINE RASSE, SICH DIESE TECHNIK ANZUEIGNEN UND FÜR IHRE EIGENEN ZWECKE ZU NUTZEN; DANN MÜSSEN DIE ANDEREN EINE KOALITION BILDEN, UM DEN ÜBEL-

TÄTER ZU STOPPEN. MANCHMAL VERSUCHT EINE RASSE, ANDEREN EINFACH IHREN WILLEN AUFZUZWINGEN. DAS ENDET ÜBLICHERWEISE IN EINEM KONFLIKT UND MIT DER NIEDERLAGE BEZIEHUNGSWEISE DER VERNICHTUNG DES ÜBELTÄTERS.

Malenfant lachte. »Konkurrenzkampf. Kommt mir irgendwie bekannt vor.«

ES GIBT AUCH DIVERGENZEN UNTER UNS.

Madeleine schreckte auf: »Du meinst, sogar unter euch Gaijin?«

ES GIBT PARTEIEN, DIE DER MEINUNG SIND, DASS WIR DAS PROJEKT ANDEREN RASSEN ÜBERTRAGEN SOLLTEN. SIE SPEKULIEREN DARAUF …

Malenfant grunzte. »Sie spekulieren darauf, dass die anderen die Arbeit für euch erledigen – ohne dass ihr die Kosten für die Arbeit tragen müsst. Ihr hofft auf die Uneigennützigkeit anderer, während ihr selber selbstsüchtig handelt. Spieltheorie.«

ANDERE STREBEN EINE ZEITSYMMETRIE AN …

Malenfant wirkte perplex, doch Madeleine glaubte zu verstehen. »Wie die Mond-Blumen, Malenfant. Wenn die Gaijin die Fähigkeit erlangen würden, in der Zeit *rückwärts* zu denken, dann müssten sie nicht befürchten, in der Zukunft ausgelöscht zu werden.«

Malenfant lachte den Gaijin aus.

Diese deutlichen Anzeichen für Uneinigkeit unter den Gaijin machten Madeleine zu schaffen. Sollten sie nicht zu einer Art Super-Bewusstsein verschmelzen und Entscheidungen im Konsens herbeiführen, ohne die rüden Auseinandersetzungen der Menschen? Diese offenkundige Zwietracht musste eine Entscheidungsunfähigkeit der Gaijin-Gemeinschaft bedeuten, die vor der gewaltigen Herausforderung des Sternensegel-Projekts stand. Lähmung – oder Schizophrenie.

»Aber eure Parteien irren sich, stimmt's?«, fragte Malenfant. »Die Vollendung dieses Projekts ist keine

Frage eines Spiels, ob theoretisch oder nicht. Es ist eine Frage des Opfers.«

Opfer?, fragte Madeleine sich. Was sollte geopfert werden – oder wer?

MALENFANT, IHR SEID KURZLEBIG – EUER LEBEN IST SO KURZ, DASS IHR KEINEN DER SIGNIFIKANTEN PROZESSE DES UNIVERSUMS ÜBERSCHAUT. EURE REAKTION AUF UNSRE PRÄSENZ IM SONNENSYSTEM WAR UNEINHEITLICH, CHAOTISCH, FLIESSEND. IHR VERSTEHT NICHT EINMAL *EUCH SELBST*.

UND DOCH TRANSZENDIERT IHR EURE KURZLEBIGKEIT. UND DOCH ENTSCHEIDEN MENSCHEN, DIE ZU EINEM KURZEN LEBEN VERURTEILT SIND, SICH FREIWILLIG FÜR DEN TOD – UM EINER IDEE WILLEN. UND MIT JEDEM TOD WIRD DIESE IDEE STÄRKER.

WIR SIND AUF UNSREN REISEN VIELEN SPEZIES BEGEGNET. DOCH NUR SELTEN SIND WIR EINER SOLCHEN STÄRKE DES GLAUBENS BEGEGNET.

Malenfant ging auf und ab. Er war offensichtlich hin- und hergerissen. »Wovon sprichst du überhaupt, Kassiopeia? Erwartest du von mir, dass ich eine Religion stifte? Ihr verlangt von mir, dass ich den Robotern, Cyborgs und wer sonst noch alles am Neutronenstern-Segel baut, Glauben lehre – etwas, das sie vereint und wodurch sie gezwungen sind, die Differenzen zu begraben und das Projekt über Generationen hinweg fortzuführen ... Ist es das?«

Nein, sagte Madeleine sich bekümmert. Sie verlangt noch viel mehr.

Sie will dich, Malenfant. Sie will deine Seele.

Und dann sprach der Gaijin über Bewusstsein, Identität, Meme und Ideen-Viren.

Für Kassiopeias Begriffe war Malenfant kaum intelligent. Vom Standpunkt der Gaijin war Malenfants Bewusstsein nicht mehr als ein Zusammenschluss konkurrierender Ideen-Viren, ein unlogisch konstruierter und temporärer Verbund. Die Ideen wurden zu Komplexen gruppiert, die sich gegenseitig verstärkten und bei der Replikation unterstützten – genauso wie diese anderen Replikatoren, die Gene, im menschlichen Körper zusammenwirkten, um ihre eigene Reproduktion zu befördern.

Genau, sagte Madeleine sich. Allmählich verstand sie. Und der fundamentalste Ideenkomplex war das Selbst-Bewusstsein.

Das Selbst war eine Ansammlung von Erinnerungen, Glaubenssätzen, Überzeugungen, Hoffnungen, Ängsten, Träumen: Alles Ideen oder Vehikel für Ideen. Wenn das Selbst sich eine Idee zu eigen machte – wenn sie *Malenfants* Idee wurde, die er notfalls unter Einsatz seines Lebens verteidigte –, dann erhöhten ihre Erfolgsaussichten sich deutlich. Sein Selbst-Bewusstsein, das Bewusstsein von sich selbst, war eine Illusion. Nur ein Geflecht, das von den konkurrierenden Ideen-Viren gesponnen wurde.

Die Gaijin hatten kein derartiges Bewusstsein. Manchmal war es aber unentbehrlich.

Malenfant verstand. »Jeder verdammte Gaijin hat eine Erinnerung, die bis zu diesem hässlichen gelben Meer auf der *Kanonenkugel* zurückreicht. Aber sie sind – fließend. Sie lösen sich in ihre Bestandteile auf, zerstreuen sich und setzen sich wieder zusammen. Oder sie verschmelzen zu großen Schwärmen und tauschen sich aus. Identität ist für sie eine Variable, ein Muster wie der Schatten einer vorüberziehenden Wolke. Aber nicht für uns. Und aus diesem Grund haben die Gaijin *das* nicht.« Er tippte sich an die Brust. »Sie haben kein *Ich*-Bewusstsein.«

Und ohne ein Selbst gab es auch keine Selbstaufopferung, sagte Madeleine sich.

Deshalb vermochten die Gaijin das Projekt zur Verhinderung des *Neustarts* nicht durchzuführen. Nur Menschen, so schien es – Sklaven replizierender Ideen, genährt und getröstet durch die Illusion des Selbst –

waren vielleicht stark genug und verrückt genug dafür.

Malenfant musste seine Identität auf die hier arbeitenden fragmentierten Entitäten übertragen, um ihnen ein Gefühl der Bestimmung zu verleihen, die Motivation für einen höheren Zweck. Ein Gefühl der Aufopferung, des Glaubens, des Selbst. Um den Gaijin bei der Rettung der Galaxis zu helfen, würde Malenfant wie die Gaijin werden müssen. Er würde sich verlieren … und in der unbegreiflichen Gemeinschaft, die am Geflecht des Segels arbeitete, wiederfinden müssen.

Malenfant stand zitternd vor dem spinnenartigen Gaijin. »Und du glaubst, das wird funktionieren?«

Nein, sagte Madeleine sich. Aber sie sind verzweifelt. Sie setzen alles auf eine Karte. Was sollten sie auch sonst tun?

Der Gaijin antwortete nicht.

»Ich kann das nicht tun«, flüsterte Malenfant schließlich und rang die Hände. »Verlange das nicht von mir. Nimm dieses Ansinnen zurück.«

Madeleine verspürte das Bedürfnis, zu ihm hinzulaufen, ihn zu umarmen und schlichten menschlichen Trost zu spenden, animalische Wärme. Aber sie wusste, dass sie das nicht tun durfte.

Und der Gaijin antwortete immer noch nicht.

Malenfant ging allein durchs leere Grasland davon.

■

Madeleine schlief.

Als sie aufwachte, war Malenfant immer noch weg.

Sie lag auf dem Rücken und schaute zu einem Himmel empor, der mit Sternen und glühenden Staubwolken übersät war. Die Sterne wirkten klein und einheitlich; es gab nur ein paar helle blaue, junge Sterne, als ob sie in dieser drangvollen Enge zu wenig Brennstoff hätten – was vielleicht auch der Fall war. Und die Staubwolken waren zerfetzt, von den gewaltigen Kräften, die hier wirkten, in ausgefranste Lagen und Stränge zerrissen.

In Richtung des Herzens der Galaxis erkannte Madeleine eine Struktur. Vor dem Hintergrund der Sternenschwärme machte sie zwei annähernd konzentrische Ringe aus Licht aus, die aus ihrer Perspektive zu Ellipsen geneigt waren. Die Ringe waren komplex: Sie sah Gas und Staub, Sterne, die sich zu kleinen, kompakten Kugelsternhaufen gruppiert hatten, sphärische Arrangements fast identischer Stecknadelköpfe. An einer Stelle war der äußere Ring zu einem großen Knoten der Sternentstehung explodiert – Zehntausende junger, heißer blauer Sterne loderten im ausgefransten Zentrum einer rosig-weißen Wolke. Sie sah, dass die Ringe sich ausbreitenden Wellen glichen, oder Gaswolken von irgendeiner Explosion. Falls es aber eine Explosion gegeben hatte, dann musste sie wirklich gewaltig gewesen sein; dieser äußere Ring war ein zusammenhängendes Objekt mit einem Durchmesser von tausend Lichtjahren; groß genug, um fast alle Sterne zu umfassen, die von der Erde mit bloßem Auge sichtbar waren.

Und als Madeleine den Kopf hob, sah sie, dass der innere Ring eigentlich die Basis einer noch größeren Formation war, die aus der allgemeinen Ebene der Galaxis aufragte. Es war ein zerklüfteter Bogen aus leuchtenden Gassträngen, dessen Scheitelpunkt hoch am Himmel lag, wo die Sternendichte schon geringer war. Es erinnerte sie an Bilder von Protuberanzen, Gaszungen, die vom Magnetfeld der Sonne geformt wurden – nur dass dieser Bogen weitaus größer war und Hunderte Lichtjahre überspannte. Und als ob das noch nicht genug gewesen wäre, schoss ein riesiger Gasstrahl aus dem Bogen, durchstieß die Ebene der Galaxis und zog sich tausend Lichtjahre durchs All, bis er sich schließlich in der Dunkelheit verlor.

Das war eine Schau der Superlative, die sie über sich sah, wobei die jeweiligen ›Akteure‹ sich noch zu übertrumpfen versuchten.

Aber vom Zentrum der Galaxis selbst sah sie nur einen kompakten, undurchdringlichen Sternenhaufen – Abertausende, die sich in unglaublich engen Abständen umliefen und sich noch näher standen als die Planeten des Sonnensystems. Welche Struktur auch immer den Kern der Galaxis bildete, sie wurde von diesen dicht gedrängten Sternen abgeschirmt.

Der Gaijin stand still und stumm auf dem Grat. Die Konturen hoben sich gegen das Glühen des Pulsars ab.

Malenfant war immer noch nicht zurückgekehrt. Madeleine versuchte sich vorzustellen, was wohl in seinem Kopf vorging, während er über der Frage brütete, ob er auf die schreckliche Forderung dieses Aliens eingehen und sich seiner Menschlichkeit berauben lassen solle.

Madeleine stand auf und ging zum Gaihin hin, um ihn zur Rede zu stellen. Sie war sich bewusst, dass die Neandertaler sie neugierig beobachteten. Sie gaben sich Zeichen. *Schaut diesen verrückten Flachkopf.*

»Wieso lasst ihr uns nicht in Ruhe?«, schrie Madeleine. »Ihr seid ungebeten auf unseren Planeten gekommen, ihr habt unsre Ressourcen verbraucht, ihr habt unsre Geschichte zum Stillstand gebracht …«

Der Gaijin schwenkte mit mechanischer Präzision herum. WIR HABEN ASTEROIDEN AUSGEBEUTET, DIE IHR WAHRSCHEINLICH NIE ERREICHT HÄTTET. OHNE UNS HÄTTET IHR DIE ZERSTÖRER ERST BEMERKT, WENN SIE SCHON IM HERZEN EURES SYSTEMS GEWESEN WÄREN. WAS EURE GESCHICHTE BETRIFFT, SEID IHR SELBST DAFÜR VERANTWORTLICH. WIR HABEN NICHT INTERVENIERT. DIE MEISTEN VON EUCH HÄTTEN DAS OHNEHIN NICHT GEWÜNSCHT.

»Ihr verfluchten unsterblichen Roboter, ihr seid so verdammt *selbstgefällig.* Aber trotz all eurer Macht braucht ihr Malenfant … Aber wieso *Malenfant,* um Gottes willen?«

REID MALENFANT IST SELBST-AUSGEWÄHLT. MADELEINE MEACHER, ERINNERE DICH, DASS ER AUS EIGENEM ANTRIEB ZWEIMAL ZUM ZENTRUM UNSRER PROJEKTE GEREIST IST, BEIM ERSTEN MAL DURCH DAS ALPHA-CENTAURI-TOR UND DANN ÜBER IO.

»Reid Malenfant ist ein sturer, dickschädeliger Hundesohn. Aber er ist auch nur ein Mensch. Muss er denn sterben?«

Der Gaijin zögerte für eine Weile. Dann: ER WIRD NICHT STERBEN.

Nein, sagte sie sich. Er muss etwas viel Schlimmeres erdulden. Was er auch zu wissen schien.

Der Gaijin hob ein Bein, als wolle er es inspizieren. MADELEINE MEACHER, WENN DU WÜNSCHST, DASS WIR IHN VERSCHONEN, WERDEN WIR DIR DIESEN WUNSCH ERFÜLLEN.

Sie war konsterniert. »Was hat das denn mit mir zu tun?«

DU BIST EIN MENSCH. DU BIST MALENFANTS FREUND. DU HAST SELBST EIN OPFER GEBRACHT, INDEM DU IHM HIERHER GEFOLGT BIST. ALSO HAST DU VERANTWORTUNG ÜBERNOMMEN. WENN DU WILLST, DASS WIR MALENFANT VERSCHONEN, DANN SAGE ES. WIR WERDEN DIR ENTSPRECHEN.

»Und was dann?«

WIR HABEN SATTELPUNKT-TORE. WIR KÖNNEN IHN HEIM AUF DIE ERDE SCHICKEN. EUCH BEIDE. WIR KÖNNEN DIE ZEITVERSCHIEBUNG NICHT VERHINDERN, ABER IHR WERDET WEITERLEBEN.

»Selbst wenn *er* weitermachen will?«

MALENFANT TUT SICH SCHWER, DIE RICHTIGE WAHL ZU TREFFEN. DAS WÜRDE JEDEM MENSCHEN SO GEHEN. DEINE ENTSCHEIDUNG HAT VORRANG VOR SEINER.

»Und wenn ihr ihn gehen lasst – was wird dann aus dem Projekt, dem Segel?«

DANN MÜSSEN WIR EINEN ANDEREN WEG FINDEN.

Madeleine sank ins Gras. Scheiße, sagte sie sich. Damit hatte sie nicht gerechnet.

Die Vorstellung, eine Galaxis voller empfindungsfähiger Geschöpfe vor blinder Zerstörung zu retten, war einfach zu *viel* – sie überstieg ihr Vorstellungsvermögen bei weitem. Aber sie hatte den verheerenden Ansturm der außerirdischen Kolonisten gegen das Sonnensystem überstanden und Indizien für andere Ereignisse dieser Art in der tiefen Vergangenheit gefunden. Sie hatte es selbst erlebt.

Und du hast sogar schon eine Welt erschaffen, Madeleine. Außerdem bist du selbst für deine Überheblichkeit bekannt.

Falls diesem Projekt Erfolg beschieden war, würde den Menschen und ähnlichen Spezies ein solcher Leidensweg in Zukunft vielleicht erspart bleiben. Ist das Leben eines Menschen ein zu hoher Preis dafür?

Aber wer bin ich, dass ich das verlangen dürfte?

... Es gab aber noch eine andere Option, sagte sie sich, die bisher niemand erwähnt hatte, weder sie noch der Gaijin.

Es muss doch gar nicht Malenfant sein. Vielleicht könnte *ich* seinen Platz einnehmen. Ihn retten und das Projekt irgendwie vorantreiben.

Sie schlang die Arme um den Oberkörper. Malenfant wird von Selbstzweifeln und Ängsten geplagt. Vielleicht wäre er auch gar nicht in der Lage, dieses Opfer zu bringen. Aber er ist dort draußen, um neue Kraft zu tanken und sich in seiner Entschlossenheit zu bestärken. Diese unbedingte Willenskraft habe ich einfach nicht.

Der Gaijin wartete mit stoischer Geduld.

»Nehmt ihn«, flüsterte sie und hasste sich selbst, als sie diese Worte sprach. »Nehmt Malenfant.« *Nehmt ihn und verschont mich.*

Und sie hatte ihre Wahl kaum getroffen, als sie sich an Malenfants unerklärliche Kälte erinnerte, mit der er sie hier empfangen hatte.

Sie hatte ihn schließlich doch verraten. Und nun wurde sie sich bewusst, dass er von Anfang an gewusst hatte, dass sie das tun würde.

Sie schlug die Hände vors Gesicht.

■

Nach vielleicht einem ganzen Tag kehrte Malenfant zurück. Madeleine saß müßig an einem träge dahinplätschernden Bach und betrachtete das Spiel von Gasschwaden im galaktischen Kern.

Malenfant eilte zu ihr.

Er ließ sich neben ihr ins Gras fallen. Er schwitzte, die Glatze war mit Schweißperlen übersät, und er atmete schwer. »Joggen macht einen freien Kopf«, sagte er und nahm eine katzenhafte Sitzposition ein. »Das ist der Hammer, stimmt's, Madeleine? Wer hätte das gedacht? Nemoto müsste mich jetzt mal sehen. Meine Frau Mutter auch.« Es war eine verblüffende Veränderung mit ihm vorgegangen. Er wirkte kraftvoll, ausgeruht, zuversichtlich und konzentriert. Sogar fröhlich.

Aber sie sah das zerknitterte Foto seiner toten Frau im Ärmel stecken.

Sie schlang die Arme um die Knie. Sie vermochte ihm vor Scham nicht ins Gesicht zu sehen. »Hast du eine Entscheidung getroffen?«

»Ich habe eigentlich keine Wahl, richtig?«

Zögerlich griff sie nach seiner Hand, und er packte sie und drückte sie fest. Sie spürte seine Kraft. »Malenfant, hast du denn keine Angst?«

Er zuckte die Achseln. »Ich hatte Angst, als ich zum ersten Mal an Bord einer Raumfähre ging, ein marodes altes Schiff, das schon dreißig Jahre auf dem Buckel hatte, und auf Millionen Tonnen Sprengstoff saß. Ich hatte Angst, als ich zum ersten Mal in ein Sattelpunkt-Tor schaute und nicht wusste, was dahinterlag. Aber ich bin trotzdem an Bord der Raumfähre und durch das Tor gegangen.« Er schaute sie an. »Und was wird aus dir? Wenn …«

»Wenn du tot bist?«, platzte sie heraus.

Er zuckte zusammen, und sie bereute es sofort.

Sie erzählte ihm vom Angebot des Gaijin, ihr einen Flug zur Erde zu spendieren.

»Nimm das Angebot an. Geh zur Erde zurück, Madeleine.«

»Aber sie ist nicht mehr meine Erde.«

Er zuckte die Achseln. »Und die Alternative?«

»Ich habe nachgedacht«, sagte sie zaghaft. »Was, wenn wir – die Intelligenzen der Galaxis, diese Generation – den nächsten Neustart *doch* überleben? Was, wenn wir diesmal *nicht* wieder ganz von vorn anfangen müssten? Wenn ich ohne Unterlass durch die Sattelpunkt-Tore gehe, werde ich das vielleicht erleben.«

Er nickte. »Zwischen den Sternen hin- und herflitzen, während das Netz erweitert wird. Immer weiter, ohne Grenzen. Das gefällt mir.«

»Ja.« Sie schaute auf. »Vielleicht sehe ich Andromeda, ehe ich sterbe.«

»Es gibt schlechtere Vorsätze.«

»… Malenfant. Komm mit mir.«

Er schüttelte den Kopf. »Das geht nicht, Madeleine. Ich habe nachgedacht. Und ich werde tun, worum Kassiopeia mich gebeten hat.« Er schaute zum Himmel auf. »Wissen Sie, als Kind hatte ich nachts immer auf dem Rasen gelegen, mich im Tau gewälzt und zu den Sternen emporgeschaut. Ich wollte fühlen, wie die Erde sich unter mir dreht. Ich spürte die pure Lust am Leben – na klar, welcher Zehnjährige tut das nicht? Aber ich wusste, dass die Erde nur eine Steinkugel am

Rand einer namenlosen Galaxis war. Ich wollte damals schon nicht glauben, dass es dort niemanden gab, der auf mich hier unten herabschaute. Aber ich fragte mich auch, welchen Sinn mein Leben, die menschliche Existenz überhaupt hätte, wenn das Universum wirklich leer war. Was bliebe uns anderes übrig, als so lang wie möglich zu überleben? Obwohl ich das nicht als eine sehr reizvolle Aussicht empfand.

Heute weiß ich, dass das Universum nicht leer ist, sondern von Leben nur so wimmelt. Und ist das, trotz der Kriege und der Vernichtungsfeldzüge nicht besser als die Alternative – besser als nichts? Und weißt du, ich glaube, dass ich sogar den Sinn des Lebens in solch einem Universum herausgefunden habe – zumindest was mich betrifft. Für diejenigen, die uns nachfolgen, bessere Voraussetzungen zu schaffen. Was sollten wir auch sonst tun?« Er schaute sie mit umwölkten Augen an. »Ergibt das einen Sinn?«

»Schon. Aber die Kosten, Malenfant …«

»Nemoto hat das vorhergesagt. Die Menschen vermögen die Geschichte nicht zu ändern, höchstens auf *diese* Art. Indem einer von uns bis an die Grenze geht …«

Plötzlich wurde ihr das alles zu viel, und sie schlug die Hände vors Gesicht. »Die Geschichte ist mir egal, Malenfant. Und das Schicksal des Universums kümmert mich wenig. Wir reden hier über *dich.*«

Er legte ihr den Arm um die Schulter; er war warm, sein Körper noch erhitzt vom langen Lauf. »Es ist schon gut«, versuchte er sie zu beruhigen. »Es ist schon gut. Weißt du was? Ich glaube, dass die Gaijin neidisch sind. Neidisch auf uns kleine Würmer. Weil wir etwas haben, das sie nicht haben und das wertvoller ist als alle technischen Gimmicks in diesem Universum, wertvoller als eine Lebensdauer von einer Milliarde Jahre.«

Der Gaijin stand vor ihnen. Wie aus dem Nichts ragte er plötzlich vor ihnen auf.

»Jetzt schon, Kassiopeia?«, fragte Malenfant mit einem kleinen Zittern in der Stimme.

ES TUT MIR LEID, MALENFANT.

Malenfant richtete sich auf und nahm den Arm von Madeleines Schulter. Sie spürte das Zögern in der Bewegung. Sie wurde sich bewusst, dass sie ihm doch Trost gespendet hatte; durch die Fürsorge für sie hatte er die traurige Realität zu verdrängen vermocht. Doch nun hatte die Realität ihn in Gestalt des Gaijin wieder eingeholt, und er musste sich ihr stellen – allein.

Und da war auch der alte Esau und grinste übers ganze Gesicht. In den tiefen Augen spiegelte sich Sternenlicht. Er gestikulierte: Die Faust an die Stirn, dann die Handfläche der linken Hand nach oben gedreht und die Faust mit nach oben gerecktem Daumen draufgelegt. *He, Dummkopf. Ich werde dir helfen.*

Wobei willst du mir helfen? Wobei?, signalisierte Malenfant zurück.

Zeige- und Mittelfinger beider Hände aneinander gelegt, wie ein Messer vorgestreckt und dann nach unten gestoßen. Ein krasses, unmissverständliches Zeichen. *Beim Sterben.*

kapitel 34

DER KINDERKREUZZUG

Kassiopeia nahm ihn in sich auf.

Er wurde von gelenkigen Armen umschlungen und in ihren Körper gezogen. Er roch versengtes Metall, das dem Vakuum und dem Licht von hundert Sonnen ausgesetzt gewesen war. Und nun tasteten dünne Arme seinen Körper ab wie Tentakel. Sie tasteten die Haut, Mund und Augen ab.

Durch einen Schleier aus metallenen Wimpern sah er Madeleine vor sich auf dem Hügel. Sie weinte. »Erzähl ihnen von mir, Madeleine. Damit sie mich nicht vergessen.«

»Das werde ich tun. Ich verspreche es.«

Nun stocherten warme Sonden in seinen Ohren, im Mund und sogar auf den Augen herum. Sie stocherten und piekten, und er spürte einen dutzendfachen stechenden Schmerz. Dann erfolgte ein besonders heftiger Einstich, und er schmeckte Blut. »Es tut weh, Madeleine.« Ein Schmerzensschrei entfuhr ihm. »O Gott!«

Plötzlich war Esau vor ihm und gestikulierte wild. *Dumm dumm. Schau mir zu.*

Malenfant versuchte sich zu konzentrieren, obwohl die Schmerzen immer stärker wurden.

Esau saß auf dem Hügel. Im Licht der Sterne des Zentrums der Galaxis hielt er einen Faustkeil aus Obsidian.

Malenfant streckte die Hand aus. An den Armen

hingen lange schimmernde Tentakel, die zum kalten Körper des Gaijin führten, mit dem er verschmolzen war. Er sah, dass er die Finger noch zu bewegen vermochte. Aber sie glänzten metallisch.

Esau hielt ihm noch immer den glasigen Stein hin.

Malenfant nahm ihn. Er spürte die raue Textur, aber nur undeutlich, als ob er Gummihandschuhe trüge. Er wendete den Stein in den Händen.

Esau hielt einen anderen Obsidianbrocken in die Höhe, dazu Hämmer aus Knochen und Stein. Er gab Malenfant Zeichen. *So wie ich, Dummer. Tu so wie ich! Nachmachen!*

Malenfant tat wie geheißen, ahmte Esaus Bewegungen nach und bearbeitete unbeholfen den Stein. Fünfundzwanzigtausend Lichtjahre von der Heimat entfernt übte er das älteste Handwerk der Menschen aus.

»Die Buddhisten haben die Doktrin des *anatta*«, murmelte Madeleine. »Das heißt *kein Selbst.* Es bedeutet, dass das Selbst nur vorübergehend sei, wie eine Idee oder eine Geschichte. ›Taten existieren, wie auch ihre Folgen, aber die handelnde Person existiert nicht …‹ So schlimm wird es schon nicht werden, Malenfant. Manche Leute tun das sogar ohne fremde Hilfe. Sie *entscheiden* sich dafür …«

Er sah, dass sie weinte. Tränen sickerten aus den geschlossenen Augen. Sie weinte um ihn. Aber er durfte nicht an sie denken. Er versuchte in seiner Aufgabe aufzugehen. Er konzentrierte sich auf die Arbeit, die Bewegungen der Hände und Arme. Dann schweiften seine Gedanken wieder zu Madeleine ab – und er verdrängte sie wieder. Die Unterschiede zwischen seinen Händen und denen des Neandertalers stachen ihm ins Auge, und er ärgerte sich über seine Unbeholfenheit. Aber er musste auch diesen Gedanken verdrängen.

Zeitweise hatte er den Bogen raus. Es war, als ob er den Stein, das Werkzeug, das er herstellte, mit einer Art hellsichtiger Klarheit sah: Den Gegenstand selbst, nicht die geologischen Prozesse, die das Rohmaterial erzeugt hatten, nicht die geheimnisvollen interstellaren Tore, die ihn und den Stein an diesen Ort gebracht hatten, nicht einmal den Zweck des Werkzeugs. Nur den Gegenstand und die Handlung.

Doch dann war der Zauber plötzlich verflogen, und Pläne, Analysen und logische Überlegungen beherrschten wieder sein Denken und Handeln, das Bewusstsein der Gegenwart von Madeleine und Esau, der Bäume, des Graslands und des Herzens der Galaxis und der *Schmerzen,* die ihn schier umzubringen schienen.

»Du musst loslassen, Malenfant«, flüsterte Madeleine. »Nicht denken. Lebe in der Gegenwart, nur für den Moment. Wenn Gedanken aufsteigen, Erinnerungen, Hoffnungen, Ängste, lass sie los. Wie Schmetterlinge, die aus dem Fenster fliegen. Behandle alles gleich. Filtere nichts heraus und konzentriere dich auf nichts. Nimm dir ein Beispiel an Esau ...«

Ja, Esau.

Malenfant war wie ein Beobachter. Doch Esau *war* der Stein, den er entrückt bearbeitete – mit einer Selbstvergessenheit, zu der Malenfant wohl nie fähig wäre. Es war eine gleitende, rollende, fließende Form des Bewusstseins ohne Vergangenheit und Zukunft, Erinnerung und Vorausschau. Als ob man am Steuer eines Autos säße und in eine Unterhaltung vertieft wäre. Als ob man zugekifft wäre. Oder als ob man ein kleines Kind wäre und jeden Moment des unbeschwerten Daseins genösse.

Madeleine redete noch immer, aber er hörte die Worte nicht mehr. Sie wurde entrückt, als ob sie sich auflöste.

Lebwohl, Lebwohl.

Er schloss die Augen.

… Nein, das stimmte nicht.

Die Augen wurden geschlossen.

Er sah einen blauen Blitz und spürte einen stechenden Schmerz.

»*Emma!*«, rief er.

Und dann …

■

Funktionsfähige Gliedmaßen. Empfindsam und geschmeidig. Aufgaben, die erledigt wurden.

Das Seil: Komplex, aus vielen Strängen geflochten, ein Ding aus monomolekularen Fasern mit supraleitenden Fäden. Die Verlängerung des Seils, die Reparatur von Rissen, die Aufgabe der Gliedmaßen.

Visuelle Rezeptoren, Augen. Eine Umpositionierung.

Datennetze oben, unten, überall, eine weite gewölbte Wand. An den Rändern eine flache Ebene, in jeder Richtung in die Unendlichkeit: Das Segel.

Oben der feuerspeiende Neutronenstern, die Gashülle.

Hier ein Körper, ein spinnenartiges Gebilde mit vielen Gliedmaßen, ein zwölfflächiger Kasten in der Mitte. Multiple Aufgaben für diese Gliedmaßen. Das Segel, das repariert und gesetzt war; der Körper, der gewartet, eingestellt und erweitert war; Aufzeichnungen, die gespeichert wurden; ein Netzwerk der Kommunikation mit anderen, das gepflegt und erweitert wurde.

Weitere Arbeiter.

Manche nah. Manche fern. Manche wie sein Körper, ein einheitliches Design. Millionen an der Zahl. Ein paar nicht. Aufgaben, die erledigt wurden.

Die Struktur. Vibrationen, das Flattern gerissener

Stränge. Komplexe Modi, Wellenformen in Raum und Zeit.

Krieg in einem entfernten Teil des Segels.

Eine Position, die justiert wurde, eine Verankerung des Körpers, die gesichert und verbessert wurde.

Die Arbeit, die in einem Teil des Segels erledigt wurde, Krieg in anderen Teilen.

Die Verankerung. Die Selbstwartung. Die Arbeit.

Ein Universum voller Aufgaben, voller Dinge.

Kein Zentrum.

… Und er hatte das Gefühl zu ertrinken, in einer zähen, viskosen Flüssigkeit dem Licht entgegenzustreben. Er wollte den Mund aufmachen und schreien – aber er hatte keinen Mund – und keine *Worte.* Was würde er überhaupt schreien?

Ich.

Ich bin.

Ich bin Reid Malenfant …

Nein. Nicht nur Malenfant. Malenfant / Esau / Kassiopeia.

Der Schmerz!

Das Flattern des Netzes. Die Verankerung. Die Arbeit, die erledigt wurde …

Nein! Mehr als das. *Ich* spüre das Flattern. *Ich* muss mich am Netz festhalten; *ich* muss die Arbeit fortführen in der Hoffnung, dass die Vernunft obsiegt, dass der Konflikt beigelegt wird, dass die Arbeit fortgesetzt wird, dass das größere Ziel erreicht wird.

Das muss es sein. O Gott, der *Schmerz.*

Er wurde von Angst überwältigt. Und von Liebe. Und von Zorn.

■

Er sah das Segel.

Es war eine hauchzarte Schicht, die sich über die

dicht gedrängten Sterne dieses Orts spannte. Und im Segel eingewickelt sah er den Neutronenstern, eine zornrote, blau gemaserte Kugel wie ein großer Spielball.

Schrecklich. Schön.

Und er sah es mit nicht-menschlichen Augen.

Er sah die intensiven Strahlen, die sich ans menschliche Spektrum anschlossen: Das ultraviolette Leuchten des Segels, das düstere infrarote Glühen des Sterns. Er sah das Segel, seine Wölbung, den Stern aus einem Dutzend Perspektiven, als ob diese ganze unmögliche, unwahrscheinliche Struktur eine Fliege sei, die in seinem göttlichen Augapfel schwamm – von allen Seiten zugleich sichtbar, als ob sie vor ihm auf ein Stück Pappe gepinnt worden sei.

Und er sah, wie das ganze Projekt in die Zeit eingebettet war, wie das Segel gesetzt wurde und sich blähte, wie der Stern langsam abgelenkt wurde. Er sah seine Ursprünge – das Segel hatte die gleichen Konstruktionsmerkmale wie das Artefakt, das ein Schwarzes Loch im System der Spezies mit dem Namen Chaera umspannt hatte; vielleicht war es ein Relikt dieser verschollenen Erbauer.

Und er sah es auch aus der Perspektive der Mathematik. Er erkannte die brutalen Gleichungen der Gravitation und des Elektromagnetismus, die die Anziehung des fernen Stern-Begleiters beschrieben, die Kraft, die der Stern aufs Segel und das Segel auf den Stern ausübte. Und er sah, wie diese Gleichungen entstanden – wie leuchtende Kurven, die von diesem Moment ausgingen und auf ihn zuliefen –, die Entwicklung des Systems in der Zeit, aus der Vergangenheit durch die Gegenwart in die Zukunft.

Nicht genug, erkannte er.

Die Konstruktion des Segels blieb noch immer hinter der Annäherung des Neutronensterns zurück. Das

Projekt war zum Scheitern verurteilt; aus mathematischer Sicht stand fest, dass die Sterne kollidieren würden, noch bevor sie vom Segel abgelenkt wurden; angesichts des tödlichen Gammastrahlen-Schwalls waren ihre Anstrengungen vergebliche Liebesmüh. Aber die Gemeinschaften, die sich hier abrackerten, würden und mussten alles daransetzen, um doch noch Erfolg zu haben.

… Und wo du das alles siehst, Malenfant, was bist dann *du?* Ein Mathematiker bist du weiß Gott nicht.

Er schaute an sich hinab.

Versuchte es.

Die Blickrichtung änderte sich zwar, und im Blickfeld waberten unmenschliche Spektren. Aber der *Kopf* bewegte sich nicht.

Er hatte nämlich keinen Kopf.

Ein flüchtiges Körpergefühl. Lag breitbeinig auf dem hauchzarten Gespinst des Segels. Klammerte sich mit Fingern und Zehen, Affenextremitäten, hier im Zentrum der Galaxis fest.

Natürlich nur eine Metapher, eine Illusion, um sein armes menschliches Bewusstsein zu trösten. Was war er wirklich? Eine partielle Persönlichkeit, die in einen klobigen Roboter geladen worden war, der sich an dieser monströsen Struktur festklammerte und in die tödliche Strahlung eines Neutronen-Sterns getaucht wurde?

Und nun knüpfte auch der Roboter, in dem er sich befand, das Netz. Dieser Körper arbeitete, ohne dass *ich* oder sonst jemand ihn dazu angewiesen oder angeleitet hätte.

Aber so ist das eben, Malenfant. Vergiss nicht, das Selbst ist nur eine Illusion. Du bist immer ein Passagier gewesen, der in deinem knochigen Schädel gereist ist. Nur dass diese Tatsache jetzt noch etwas – deutlicher wird.

Willkommen in der Realität.

Aber wenn ich ein Roboter bin, weshalb dann der *Schmerz?*

Er hielt Ausschau nach Kassiopeia, irgendwelchen anderen Gaijin mit den vertrauten zwölfflächigen Körpern. Er sah nichts, obwohl durch die unwillkommenen Erweiterungen des Sehvermögens das Sehfeld sich vergrößerte und er den ganzen Raumsektor absuchte.

Beim Gedanken an Kassiopeia wallte Zorn in ihm auf. Wieso?

Es waren doch erst ein paar Minuten verstrichen, seit sie ihn in diesem simulierten Grasland in sich integriert hatte … oder etwa nicht?

Woher willst du das denn *wissen,* Malenfant? Woher willst du wissen, ob du nicht seit zehntausend Jahren in einem Datenspeicher abgelegt bist?

Und … vielleicht ist das auch nicht das erste Mal, dass du dich in dieser Form manifestierst.

Woher *sollte* er es auch wissen? Wenn er immer wieder eine neue Identität erhielt und die alte zerstört wurde, welche Spuren würde das in seiner Erinnerung hinterlassen? Was *war* seine Erinnerung? Was, wenn er jedes Mal wie ein Datenträger gelöscht und wie ein zurückgesetzter Computer *neugestartet* wurde? Woher sollte er das *wissen?*

Von Angst überwältigt, verloren in Raum und Zeit – hilflos und mutterseelenallein –, wollte er wieder schreien. Aber es gelang ihm natürlich nicht.

■

Das Segel flatterte. Große Wellenfronten pflanzten sich über Tausende von Kilometern durchs Netz fort. Als die Störungen abgeebbt waren, sah er, dass andere abgeschüttelt worden waren und beschädigte Ausrüstung davonwirbelte.

Ohne durchs Bewusstsein gesteuert zu werden, spürte er, dass sein Körper (oder waren es mehrere? – woher willst du eigentlich wissen, dass du dich *nur an einem Ort befindest,* Malenfant?) sich fester an die feine Struktur klammerte.

Er spürte die Konzentration von Bewusstsein um sich herum. Vielleicht waren noch weitere Arbeiter hier. Oder weitere Teile von ihm selbst.

Furchtsam.

Verliert nicht den Glauben, sagte er seinen Begleitern, seinen anderen Teilen. Oder seinen Jüngern.

Aber genau das war das Problem. *Sie* hatten keinen Glauben. Glaube war ein gefährliches Konzept. Es gab nur eins, das gefährlicher war, und das war das Universum selbst, diese schreckliche *Reboot*-Panne der Himmelsmechanik.

All das war früher schon passiert. Die Kriege. Die Vernichtung. Die unvollendete Arbeit. Die Wiederaufnahme und die ewigen Reparaturen.

Es gab eine Spezies, die er als die *Feuerschlucker* bezeichnete. Sie waren mit den *Zerstörern* verwandt, die versucht hatten, die irdische Sonne zu vernichten. Aber diese ehrgeizigeren Verwandten wollten ein Stück des Segels klauen und eine Hypernova darin einwickeln, einen der größten explodierenden Sterne der Galaxis. So wie er es verstand, wollten sie einen Bruchteil dieser gewaltigen Energien einfangen, um sich mit annähernder Lichtgeschwindigkeit aus der Galaxis hinauszukatapultieren. Indem sie auf diese Art und Weise ihr subjektives Empfinden durch Zeitdilatation fast bis zum Erstarren verlangsamten, wollten sie diesen *Reboot* überleben und auch alle darauffolgenden. Er erinnerte sich an eine Ressourcenumleitung, einen großen Krieg und eine starke Beschädigung des Segels, ehe die *Feuerschlucker* schließlich zurückgeschlagen wurden.

… Er erinnerte sich.

Ja. Er hatte sich zuvor schon so manifestiert, hatte sich als Malenfant unter einem Himmel voller stummer, tödlicher und kriegführender Aliens zusammengekauert – in einer Ecke des Segels, wo die Taue peitschten und rissen.

Hatte sich mehr als einmal manifestiert.

Viele Male.

Wie lang bin ich schon hier? Und wie lang habe ich mich zwischen diesen Intervallen des vage erinnerten Bewusstseins hier abgerackert – wach, aber ohne Bewusstsein?

Ja, aber schau doch mal, wo du *bist,* Malenfant.

Er wandte den Blick vom flatternden Segel, vom tödlichen Neutronenstern ab und schaute zum Himmel empor.

Er befand sich im Herzen der Galaxis: Innerhalb des großen zentralen Sternenhaufens, nicht weiter als ein paar Dutzend Lichtjahre vom eigentlichen Zentrum entfernt. Dieses Zentrum bestand aus einem etwa zwanzig Lichtjahre durchmessenden Hohlraum, der von einer Schale dicht gedrängter zerstörter Sterne umgeben wurde; und der Neutronen-Doppelstern stand dicht am inneren Rand dieser Schale.

Die Leere des ›Hohlraums‹ war freilich nur relativ. Er enthielt eine große Doppelspiralen-Architektur von Sternen, die wie eine Miniatur-Kopie der Galaxis anmutete. Die in Spiralen sich bewegenden Sterne wurden auf immer engere Umlaufbahnen um das Objekt im Gravitationskern der Galaxis gezwungen: Ein Schwarzes Loch mit einer großen glühenden, funkensprühenden Akkretionsscheibe, die selbst ein Loch mit ungefähr drei Millionen Sonnenmassen war. Es waren die heftigen Winde von der gewaltigen Akkretionsscheibe, die diesen relativen Hohlraum erschaffen hatten.

Trotzdem war dieser Raum noch mit Gas und Staub angefüllt, dessen Teilchen von den hier waltenden gravitationalen und magnetischen Kräften auf hohe Geschwindigkeiten beschleunigt und ionisiert wurden, sodass der Hohlraum von einem Geflecht glühender Gasbänder durchzogen wurde. Sterne waren hier geboren worden – die markantesten waren ein Haufen junger blauer Sterne in unmittelbarer Nähe des Schwarzen Lochs. Hier und da fielen vagabundierende Sterne durch den Hohlraum und zogen leuchtende Schweife hinter sich her, wie hundert Lichtjahre lange Kometen.

Sterne wie Kometen.

Er verspürte ein Hochgefühl. Ich, Reid Malenfant, darf das sehen, das Herz der Galaxis, bei Gott! Er wünschte sich, dass Kassiopeia hier wäre, sein Begleiter auf den endlosen Sattelpunkt-Reisen von einem Stern zum andern …

Doch dann geriet er beim Gedanken an Kassiopeia wieder in Rage.

Und wo sein rekonstruiertes Bewusstsein wieder besser funktionierte, erinnerte er sich auch an den Grund dafür.

Er hatte es irgendwann herausgefunden, nachdem er sich Kassiopeias kalter, qualvoller Umarmung hingegeben hatte, nachdem er *hier* angekommen war.

Er hatte erfahren, dass, selbst wenn hier alles gut ging – wenn die Kriege aufhörten, wenn der Nachschub an Rohstoffen nicht unterbrochen wurde, selbst wenn das Neutronenstern-Segel, dieses wundervolle Artefakt, fertiggestellt wurde und wie vorgesehen funktionierte – es *ihm* überhaupt nicht zum Vorteil gereichen würde.

Weil es nämlich schon zu spät war. Für ihn und für seine Spezies.

Ja, *dieser* Doppelstern: Dessen Explosion lag noch so

weit in der Zukunft, dass man sie mit einer einfachen technischen Lösung – Roboter, Netze und Sonnenwind-Raketen – abzuwenden vermochte. Dieser Stern stellte keine akute Gefahr dar.

Es gab aber einen weiteren Neutronen-Doppelstern, der noch tiefer im Herzen der Galaxis steckte und bei dem ebenfalls ein *Neustart* anstand. Und um den zu verhindern, war es schon zu spät – zu spät, um die sich abzeichnende Katastrophe noch zu verhindern.

Dieses unglaubliche Segel würde funktionieren. Aber erst langfristig. Das Projekt würde erst den *nächsten Neustart* verhindern.

Wir waren seit jeher dem Untergang geweiht. Wir hatten keine andere Möglichkeit, als für den nächsten Zyklus bessere Voraussetzungen zu schaffen und die Projekte so weit voranzutreiben, dass *sie* – die nächsten, die sich aus der Ursuppe der Galaxis entwickelten, die nächsten, die nach ein paar Dutzend Millionen Jahren über das halbfertige Segel stolperten – ein etwas besseres Verständnis hatten als wir und wussten, was zu tun war und wie man es vollenden musste.

Die ersten Konstrukteure des Segels, irgendwann vor dem letzten *Neustart*, hatten es gewusst. Kassiopeia hatte es gewusst.

Sie hatte aber gar nicht daran gedacht, es ihm zu sagen, bevor er – starb. Vielleicht hatte sie es für unerheblich gehalten. Ein Opfer war schließlich ein Opfer. Vielleicht hatte er es auch nur nicht verstanden; vielleicht hatte sie von ihm erwartet, dass er selbst darauf kam. Sie vermochte die mathematischen Zusammenhänge schließlich zu erkennen.

Er erinnerte sich daran, wie er sich gefühlt hatte, als er es herausfand. Es war der schrecklichste Verrat gewesen.

Und daher der Zorn.

Aber darauf kam es nun nicht mehr an. Vielmehr gewannen seine Arbeit und die Rolle, die er hier spielte, noch an Bedeutung.

Menschen, Gaijin, Chaera, die ganze heutige ›Generation‹ galaktischer Intelligenzen – alle, die an der Entstehung des Segels mitwirkten –, sie *alle* waren dem Untergang geweiht, wenn sie auch noch so verbissen dagegen ankämpften.

Sie vermochten nicht mehr zu tun, als der nächsten Generation einen besseren Start zu ermöglichen.

Und die Alternative zu all diesem Schmerz, sagte er sich mit einem Gedanken an Madeleine, wäre noch viel schlechter: Ein lebloses Universum, dem nichts anderes bestimmt war als bedeutungslose Expansion.

Ihr dürft nicht verzagen, sagte er sich / ihnen. Wir haben ein hehres Ziel. Unser Tod ist unbedeutend. Die Zukunft, die Kinder … selbst wenn sie nicht unsre Kinder sind. Darauf kommt es an. Wir werden in ihnen weiterleben.

Er musste weitermachen. Er musste Kontakt zu den anderen aufnehmen, die hier arbeiteten. Er musste sie überzeugen.

Mitreißen.

Das war nämlich kein Projekt. Es war ein Kreuzzug.

Das Netz flatterte schon wieder. Dieser verdammte Krieg.

Malenfant löste sich auf und sank zurück. Er wehrte sich nicht dagegen. Es war gut so.

Malenfant seufzte. Man muss nicht verrückt sein, um hier zu arbeiten, aber es wäre von Vorteil.

Blaues Licht umfing ihn. Der Schmerz wurde stärker.

… *Kassiopeia,* zürnte er. Wieso hast du mich verraten?

■

Kein Zentrum.

Das Universum der Aufgaben, der Dinge.
Die Verankerung. Die Selbstwartung. Die Arbeit.
Immer nur Arbeit.

epilog

Die Gaijin-Kolonie lag still unter der transparenten Blase. Die abgerundeten Kanten der Gebäude verliehen der kleinen Stadt das Aussehen durcheinander geworfener angeschmolzener Spielzeuge. Außerhalb der Blase erstreckte eine luftlose, desolate Ebene sich bis zu einem klaren Horizont. Die Ebene wurde von Schatten überzogen.

Sie schaute auf und ließ die phantastische Geometrie des Quasars auf sich wirken.

Das Kraftwerk im Herzen des kaum zweihundert Lichtjahre entfernten Quasars erstrahlte in unnatürlicher Helligkeit. Je zwei parallele Elektronenflüsse gingen von den Polen des Kraftwerks aus und strebten dem Zenit und dem Nadir entgegen. Und um den Äquator des Quasars spannte sich ein Ring aus glühendem Schutt. Diese Kolonie-Welt lief fast innerhalb des Rings um, sodass der Schutt wie zwei himmlische Arme wirkte, die das Kraftwerk umschlangen und die künstlichen Wolken unter der Blase berührten.

Der Himmel hing voller zwölfflächiger Körper mit glänzenden dreieckigen Seiten, die wie kantige Seifenblasen im All schwebten.

Es war ein phänomenaler Anblick.

Sie hatte sich entlang der Krümmung des Universums eine Milliarde Lichtjahre von der Erde entfernt. Aber das hatte sie nicht mitbekommen. Sie war gespeichert gewesen und von einem Tor zum andern gesprungen, seit sie Malenfant verlassen hatte.

Ich bin eine Milliarde Jahre von zu Hause entfernt, sagte sie sich. Mein ganzes Wissen ist unter tiefen Schichten der Vergangenheit begraben. Die Menschen müssen die Erde verlassen haben oder untergegangen sein. Nicht einmal die Biosphäre der Erde hätte so lang Bestand gehabt. Vielleicht bin ich der letzte Mensch.

Vielleicht bin ich auch schon ein Konstrukt außerirdischer Qualia; vielleicht bin ich gar kein Mensch mehr.

Damit muss ich mich aber noch nicht beschäftigen. Noch nicht.

Sie schaute zum Zenit hoch. Ein Galaxienhaufen schimmerte durch die Blase.

Die Galaxien leuchteten grün, jede Einzelne von ihnen.

Leben überall. Es triumphierte. Ehrfurcht, Staunen und Liebe wallten in ihr auf.

Das war natürlich der Beweis. Schon das Erwachen nach dem Sattelpunkt-Netzwerk war Beweis genug gewesen. Menschen und ihre Verbündeten – oder Rivalen oder Nachfolger – hatten den Wettlauf gegen die Zeit gewonnen, hatten die Grenzen der Galaxis gesprengt und waren ausgeschwärmt. Sie hatten sich im Universum ausgebreitet und Sattelpunkt-Verbindungen zwischen den Galaxien eingerichtet.

Und wenn sie schon *so* weit gekommen waren, dann mussten sie überall sein. Was für eine Vorstellung.

Aber …

Wohin nun, Madeleine?

Sie fragte sich, ob es möglich war, dass Malenfant in der einen oder anderen Form überlebt hatte, selbst über so eine gewaltige Spanne aus Raum und Zeit. *Ihr* war es immerhin gelungen. Sie lächelte beim Gedanken an Malenfant, den grauen Cyborg.

Der Quasar versank nun hinterm Horizont; optische Filter in der Blase reduzierten die Helligkeit und ließen ihn rot erscheinen. Der Elektronenfluss zeichnete den Himmel wie Bürstenstriche auf Samt. Die letzten Spuren des Quasars färbten den Himmel wie kalter Rauch.

Es war so schön, dass es schmerzte.

Sie wandte sich ab und machte sich auf die Suche nach Malenfant.

nachwort

Einen guten Überblick über unseren aktuellen Kenntnisstand, was außerirdisches Leben betrifft, bietet Paul Davies' *Are We Alone?* (Penguin Books, New York 1995); deutsch: »Sind wir allein im Universum?« (Scherz Verlag, Bern-München-Wien, 1996). Die Abschnitte, die auf dem Mond spielen, beruhen zum Teil auf Gesprächen mit dem ehemaligen Astronauten Charles M. Duke, der 1972 als Pilot der Mondfähre von Apollo 16 auf dem Mond spazieren gegangen ist. Natürliche Atommeiler gibt es tatsächlich; nachzulesen in ›Fossil Nuclear Reactors‹ von Michael Maurette, *Annual Review of Nuclear Science,* Band 26, S. 319–350 (1976). Ich habe im *Journal of the British Interplanetary Society* einen technischen Artikel über die Plausibilität eines Meeres im Innern des Monds veröffentlicht (Band 51, S. 75–80, 1998).

Für eventuelle Fehler, Auslassungen oder Fehlinterpretationen übernehme natürlich ich die Verantwortung.

Stephen Baxter

Von **Stephen Baxter** erschien in der Reihe
HEYNE SCIENCE FICTION & FANTASY:

Zeitschiffe · 06/5295; auch 01/13533
Anti-Eis · 06/5891
Mission Ares · 06/5982
Titan · 06/6351

DER XEELEE-ZYKLUS:

Das Floß · 06/5162
Das Geflecht der Unendlichkeit · 06/5240
Ring · 06/5397
Flux · 06/5937
Vakuum-Diagramme · 06/6374

DAS MULTIVERSUM:

Zeit · 06/6423
Raum · 06/6424
Ursprung · 06/6425

PerryRhodan
Das größte Weltraumabenteuer aller Zeiten.
Faszinierende Romane an den Grenzen
unseres Universums.
1. Auflage.
Jede Woche
neu am
Kiosk.
Das Sternenfenster
3. und
5. Auflage.
Erscheint alle
14 Tage neu.
Der Terraner
Internet: www.Perry-Rhodan.net